RITMO LOUCO

ZADIE SMITH

Ritmo louco

Tradução
Daniel Galera

Copyright © 2016 by Zadie Smith

Proibida a venda em Portugal.

Grafia atualizada segundo o Acordo Ortográfico da Língua Portuguesa de 1990, que entrou em vigor no Brasil em 2009.

Título original
Swing Time

Capa
Carlos di Celio

Preparação
Ana Paula Martini

Revisão
Luciana Baraldi
Thaís Totino Richter

Dados Internacionais de Catalogação na Publicação (CIP)
(Câmara Brasileira do Livro, SP, Brasil)

Smith, Zadie
  Ritmo louco / Zadie Smith ; tradução Daniel Galera. — 1ª ed. — São Paulo : Companhia das Letras, 2018.

  Título original: Swing Time.
  ISBN 978-85-359-3166-2

  1. Ficção inglesa I. Título.

18-19787   CDD-823

Índice para catálogo sistemático:
1. Ficção : Literatura inglesa 823

Cibele Maria Dias – Bibliotecária – CRB-8/9427

[2018]
Todos os direitos desta edição reservados à
EDITORA SCHWARCZ S.A.
Rua Bandeira Paulista, 702, cj. 32
04532-002 — São Paulo — SP
Telefone: (11) 3707-3500
www.companhiadasletras.com.br
www.blogdacompanhia.com.br
facebook.com/companhiadasletras
instagram.com/companhiadasletras
twitter.com/cialetras

para minha mãe, Yvonne

Quando troca a música, troca a dança.
Provérbio hauçá

Prólogo

Era o primeiro dia da minha humilhação. Empurrada para dentro de um avião, mandada de volta para casa, para a Inglaterra, instalada num lugar temporário em St. John's Wood. O flat ficava no oitavo andar, as janelas davam para o campo de críquete. Tinham escolhido aquele lugar, imagino, por causa do porteiro, que rebatia todas as perguntas. Eu ficava fechada em casa. O telefone na parede da cozinha não parava de tocar, mas me disseram para não atender e para deixar meu próprio telefone desligado. Eu acompanhava as partidas de críquete, um jogo que não compreendo e que era incapaz de me distrair de verdade, mas ainda assim era melhor do que ficar olhando para o interior daquele apartamento de condomínio de luxo, em que tudo havia sido projetado para ser perfeitamente neutro, com todos os cantos arredondados, como um iPhone. Quando as partidas de críquete terminavam, eu ficava olhando para a cafeteira sofisticada embutida na parede, para as duas fotos do Buda — um de bronze, o outro de madeira — e para a foto de um elefante de joelhos ao lado de um menininho indiano, que também estava ajoelhado.

Os cômodos eram de bom gosto e em tons de cinza, interligados por um corredor revestido com um carpete de lã bege impecável. Eu ficava admirando a textura do carpete.

Dois dias se passaram assim. No terceiro dia, o porteiro interfonou e disse que o saguão estava liberado. Olhei para o meu celular, que descansava na mesinha em modo avião. Eu tinha ficado setenta e duas horas off-line, e lembro de sentir que isso deveria constar entre os grandes exemplos de estoicismo pessoal e resiliência moral dos nossos tempos. Vesti a jaqueta e desci. Encontrei o porteiro no saguão. Ele aproveitou a oportunidade para resmungar com ar emburrado ("Você não faz ideia de como tem sido aqui embaixo nos últimos dias — diabo, parecia Piccadilly Circus!"), embora também tenha ficado claro que ele tinha sentimentos conflituosos, talvez estivesse até um pouco decepcionado: era uma pena, para ele, que a confusão tivesse acabado — durante quarenta e oito horas, ele havia se sentido muito importante. Ele me contou, orgulhoso, que tinha mandado várias pessoas "tirarem o cavalinho da chuva" e dito para tal e tal pessoa que, se achavam que conseguiriam passar por ele, iriam "quebrar a cara". Fiquei apoiada em sua escrivaninha, escutando ele falar. Eu tinha ficado tanto tempo longe da Inglaterra que muitas das expressões coloquiais britânicas mais simples agora me soavam exóticas, quase sem sentido. Perguntei se ele achava que apareceria mais gente naquela noite, e ele disse que achava que não, desde a noite anterior não aparecia ninguém. Quis saber se seria seguro trazer um visitante para passar a noite comigo. "Não vejo problema", ele disse num tom que me fez sentir que a pergunta era ridícula. "A porta dos fundos está sempre ali." Ele deu um suspiro, e no mesmo instante uma mulher parou para perguntar se ele poderia receber suas roupas da lavanderia, pois ela estava de saída. A atitude da mulher era rude e impaciente, e ela não olhava para o porteiro ao falar, preferindo manter o olhar cravado no calendário que estava sobre a escrivaninha, um bloco cinza com uma tela digital que informava à pessoa em frente, com uma precisão de segundos, o momento exato no qual ela se encontrava. Era o vigésimo quinto dia do mês de outubro, do ano dois mil e oito, e o horário era doze horas, trinta e seis minutos e vinte e três segundos. Me virei para ir embora; o porteiro resolveu o assunto com a mulher e saiu correndo de detrás da escrivaninha para abrir a porta da frente para mim. Ele perguntou aonde eu iria; respondi que não sabia. Saí caminhando pela cidade. Era uma tarde de outono londrina perfeita, fria porém iluminada, folhas douradas estavam caídas debaixo de algumas árvores. Passei a pé pelo campo de críquete e pela mesquita, pelo Madame Tussauds, subi a Goodge Street e desci a Tottenham Court Road, atravessei a Trafalgar Square e, finalmente, cheguei ao Embankment e atravessei a ponte. Pensei — como penso muitas vezes ao atravessar aquela ponte — nos dois jovens estudantes que certa vez a cruzaram tarde da noite e foram atacados e arremessados por cima da grade de proteção, para dentro do Tâmisa. Um sobreviveu, o outro morreu. Nunca entendi como o sobrevivente conseguiu essa façanha, na escuridão, no frio absoluto, após um choque terrível e com os calçados nos pés. Pensando nele, tomei o cuidado de seguir pelo lado direito da ponte, rente aos trilhos, e evitei olhar para a água. Quando cheguei em South Bank, a primeira coisa que vi foi um pôster anunciando um evento vespertino de bate-papo com um diretor de cinema austríaco que começaria em vinte minutos no Royal Festival Hall. Num impulso, decidi tentar obter um ingresso. Caminhei até lá e consegui comprar um assento na galeria, na última fileira. Não esperava muita coisa, só queria me distrair dos meus problemas por um tempo, sentar no escuro e ouvir um debate sobre filmes que nunca tinha visto, mas no meio do evento o diretor pediu ao entrevistador que exibisse um trecho de *Ritmo louco*, um filme que conheço muito bem, era a única coisa a que eu assistia sem parar quando era criança. Me aprumei na cadeira. Na imensa tela à minha frente, Fred Astaire dançava com três figuras silhuetadas. Elas não conseguem acompanhá-lo, começam a perder o ritmo. Por fim, jogam a toalha, fazem aquele gesto bem americano de "ah, dane-se" com suas três mãos esquerdas e deixam o palco. Astaire continuava dançando sozinho. Entendi que as três sombras também eram Fred Astaire. Teria me dado conta disso na infância? Ninguém mais dá aquelas patadas no ar, nenhum outro dançarino dobra os joelhos daquele jeito. Enquanto isso o diretor expunha sua teoria a respeito do "cinema puro", que começou definindo como "a interação entre claro e escuro, expressa como uma espécie de ritmo ao longo do tempo", mas achei sua linha de pensamento tediosa e difícil de acompanhar. Atrás dele, por alguma razão, o mesmo trecho do filme passou novamente e os meus pés começaram a bater no assento à frente, acompanhando a música. Senti uma leveza maravilhosa no corpo, uma felicidade ridícula, surgida aparentemente do nada. Eu tinha perdido meu emprego, uma certa versão da minha vida, minha privacidade, mas tudo isso parecia pequeno e trivial perto do sentimento alegre que brotava enquanto eu assistia à dança e acompanhava seus ritmos precisos com meu próprio corpo. Senti que estava perdendo a noção da minha localização física, flutuando acima do meu corpo, vendo minha vida de um ponto muito distante, pairando acima dela. Lembrava a maneira como as pessoas descrevem experiências com drogas alucinógenas. Enxerguei todos os meus anos de uma só vez, mas eles não estavam empilhados uns sobre os outros, uma experiência após a outra, construindo algo substancial — pelo contrário. Uma verdade estava se revelando para mim: a de que eu sempre tentara me vincular à luz de outras pessoas, a de que eu nunca tivera uma luz própria. Estava me vivenciando como uma espécie de sombra.

Quando o evento terminou, voltei até o flat caminhando pela cidade, liguei para Lamin, que aguardava num café das redondezas, e lhe disse que a barra estava limpa. Ele também tinha sido demitido, mas em vez de deixá-lo voltar para casa, para o Senegal, eu o havia trazido para cá, para Londres. Ele apareceu às onze, usando uma blusa com capuz para o caso de haver câmeras. O saguão estava vazio. De capuz ele tinha um aspecto ainda mais jovem e mais bonito, e me pareceu um tanto escandaloso que eu não pudesse encontrar espaço no meu coração para sentimentos verdadeiros em relação a ele. Mais tarde, ficamos deitados lado a lado na cama com nossos laptops, e para evitar checar meus e-mails eu fiz pesquisas no Google, de início aleatórias, mas depois com um propósito: estava procurando aquele trecho de *Ritmo louco*. Queria mostrá-lo a Lamin, estava curiosa para saber o que ele achava, agora que ele também era um dançarino, mas ele disse que nunca tinha visto nem ouvido falar de Astaire, e enquanto o vídeo era reproduzido ele ficou sentado na cama com a testa franzida. O que estávamos vendo era quase incompreensível para mim: Fred Astaire fazendo *black face*. No Royal Festival Hall eu havia sentado no fundo da galeria, sem meus óculos, e a cena começa com Astaire em plano geral. Mas nada disso explicava como eu conseguira bloquear aquela imagem da infância da minha memória: os olhos revirados, as luvas brancas, o sorriso de Bojangles. Me senti uma idiota completa, fechei o laptop e fui dormir. Acordei cedo na manhã seguinte, deixei Lamin na cama, escapuli para a cozinha e liguei o celular. Esperava encontrar centenas de mensagens, milhares. Tinha umas trinta. Era Aimee quem costumava me enviar centenas de mensagens por dia, e agora eu finalmente entendia que Aimee jamais me enviaria outra mensagem. Por que eu tinha levado tanto tempo para assimilar algo tão óbvio, isso eu não sabia. Rolei a tela para baixo e me deparei com uma lista deprimente — uma prima distante, alguns amigos, vários jornalistas. Encontrei uma com o título: VADIA. Vinha de um endereço sem sentido, com letras e números, e trazia em anexo um vídeo que não abria. O corpo da mensagem continha uma única frase: *Agora todos sabem quem você realmente é.* Era o tipo de bilhete que você poderia receber de uma pirralha maldosa de sete anos com um firme senso de justiça. E é claro que aquela mensagem — se não levarmos em conta a passagem do tempo — era exatamente isso.

PARTE UM
Primórdios

Um

Se todos os sábados de 1982 podem ser considerados um único dia, conheci Tracey às dez da manhã daquele sábado, atravessando a pé o cascalho arenoso do jardim de uma igreja, cada uma de mãos dadas com a sua mãe. Muitas outras meninas estavam presentes, mas por motivos óbvios reparamos uma na outra, nas semelhanças e diferenças, como é comum entre meninas. Nosso tom pardo era exatamente o mesmo — como se tivessem recortado um único pedaço de tecido marrom-claro para nos fabricar —, nossas sardas se concentravam nos mesmos lugares, e tínhamos a mesma altura. Meu rosto, porém, era pensativo e melancólico, com um nariz comprido e imponente, e meus olhos eram curvados para baixo, assim como minha boca. O rosto de Tracey era espevitado e redondo, ela parecia uma Shirley Temple mais escura, a não ser pelo nariz problemático como o meu, reparei nisso de imediato, um nariz ridículo — empinado como o de um porquinho. Gracioso, mas também obsceno: suas narinas estavam permanentemente expostas. No quesito nariz, dava para declarar empate. No cabelo, ela ganhava com folga.

Tinha cachos espiralados, chegavam até o traseiro e estavam presos em duas tranças compridas, reluzindo com algum tipo de óleo, amarradas nas pontas com lacinhos de cetim amarelo. Lacinhos de cetim amarelo eram um fenômeno desconhecido para a minha mãe. Ela puxava minha grande cabeleira crespa para trás formando uma nuvem amarrada com uma fita preta. Minha mãe era feminista. Seu penteado era um afro de um centímetro e meio, seu crânio tinha um formato perfeito, ela nunca usava maquiagem e vestia a nós duas da maneira mais despojada possível. Cabelo não é essencial quando você se parece com a Nefertiti. Ela não tinha nenhuma necessidade de maquiagem, produtos, joias ou roupas caras e, dessa forma, sua situação financeira, suas convicções políticas e sua estética estavam perfeitamente — convenientemente — alinhadas. Acessórios apenas deturpavam seu estilo, incluindo, ou pelo menos era o que eu sentia na época, a menina de sete anos com cara de cavalo a seu lado. Observando Tracey à minha frente, diagnostiquei o problema oposto: sua mãe era branca, obesa, coberta de acne. Usava seus cabelos finos e loiros puxados bem firmes para trás, no que sei que minha mãe teria chamado de "*facelift* de Kilburn". Mas o glamour pessoal de Tracey era a solução: ela era o acessório mais chamativo de sua mãe. O visual da família agredia o gosto da minha mãe, mas era cativante para mim: logotipos, pulseiras e argolas de metal, imitações de diamantes em tudo, tênis esportivos caros do tipo que me minha mãe se recusava a aceitar como uma realidade do mundo — "Aquilo não é um calçado". Aparências à parte, porém, não havia muita diferença entre nossas famílias. Vivíamos em conjuntos habitacionais e não recebíamos benefícios. (O que era motivo de orgulho para a minha mãe e de indignação para a de Tracey: ela havia tentado diversas vezes — sem sucesso — "se encostar como deficiente".) Na visão da minha mãe, eram justamente essas semelhanças superficiais que davam tanto peso às questões de gosto. Ela se vestia para um futuro que ainda não tinha se materializado, mas cuja chegada já antecipava. Era para isso que serviam suas calças de linho brancas, sua camiseta "Breton" listrada de branco e azul, suas espadrilhas desgastadas, sua bela e austera cabeça africana — tudo muito básico, muito discreto, completamente fora de sintonia com o espírito da época e também com o lugar. Um dia nós iríamos "cair fora daqui", ela terminaria os estudos, se tornaria uma radical chic de verdade, talvez até tão bem falada quanto uma Angela Davis ou Gloria Steinem... Calçados de sola de corda eram todos parte dessa visão, eles apontavam sutilmente para conceitos mais elevados. Eu era um acessório somente no sentido em que meu próprio despojamento indicava uma admirável austeridade materna, pois era considerado de mau gosto — nos círculos aos quais minha mãe aspirava pertencer — vestir sua filha como uma putinha. Mas Tracey era a aspiração e o avatar desavergonhados de sua mãe, a única alegria na vida dela, usando aqueles lacinhos amarelos vibrantes, uma saia de babados e uma blusa curta que deixava à mostra centímetros de uma barriguinha infantil castanha, e quando nos acotovelamos com as duas no engarrafamento de mães e filhas entrando na igreja observei com interesse a mãe de Tracey empurrando a menina à sua frente — e na nossa frente — usando o próprio corpo como barreira, balançando a carne dos braços enquanto nos afastava para trás, até chegar à sala da aula de dança da srta. Isabel com uma expressão de grande orgulho e ansiedade no rosto, pronta para deixar sua preciosa carga aos cuidados de terceiros. A atitude de minha mãe, em contraste, era de um servilismo enfastiado e semi-irônico, ela achava a aula de dança ridícula, tinha coisas melhores a fazer, e, passados alguns sábados — nos quais ela ficou atirada numa das cadeiras de plástico enfileiradas na parede do lado esquerdo, quase incapaz de esconder seu desprezo pela atividade como um todo —, foi promovida uma mudança e meu pai assumiu a tarefa. Fiquei esperando que o pai de Tracey também assumisse a tarefa, mas ele nunca o fez. Acabou sendo revelado — como minha mãe adivinhara de primeira — que não havia "o pai de Tracey", pelo menos não no sentido convencional, de marido. Esse era outro exemplo de mau gosto.

Dois

Agora quero descrever a igreja, bem como a srta. Isabel. Um prédio despretensioso do século XIX com fachada de grandes pedras de cor clara, não muito diferentes do revestimento barato que se via nas casas mais toscas — embora certamente não fosse o caso —, com um campanário pontudo e convincente no topo de um salão simples em formato de celeiro. O nome era St. Christopher's. Era igualzinha à igreja que fazíamos com as mãos ao cantar:

Aqui fica a igreja
E a torre com os sinos
Abram as portas
Aqui nos reunimos

Os vitrais contavam a história de são Cristóvão atravessando um rio com o Menino Jesus nos ombros. Era malfeito: o santo parecia mutilado, com um braço só. As janelas originais tinham sido destruídas por explosões durante a guerra. Em frente à igreja ficava um conjunto habitacional de prédios altos com má reputação, e era ali que Tracey morava. (O meu era melhor, de prédio baixos, na rua ao lado.) Construído nos anos 60, tinha substituído uma fileira de casas vitorianas arruinadas no mesmo bombardeio que danificara a igreja, mas a ligação entre os dois prédios terminava aí. A igreja, incapaz de fazer os residentes em frente atravessarem a rua em nome de Deus, tinha tomado a pragmática decisão de diversificar suas atividades para outras áreas: um grupo de convívio para crianças pequenas, inglês para imigrantes, aulas de direção. Essas eram atividades populares e bem estabelecidas, mas as aulas de dança nas manhãs de sábado eram uma novidade e ninguém sabia bem o que esperar delas. A aula em si custava duas libras e meia, mas havia um boato circulando entre as mães a respeito dos custos de sapatilhas de balé, uma mulher tinha ouvido falar em três libras, outra em sete, fulana de tal jurava que o único lugar para encontrá-las era a Freed, em Covent Garden, onde te arrancavam dez libras do bolso só de olhar — e o que dizer do "sapateado" e da "dança moderna"? As sapatilhas de balé também serviam para a dança moderna? Não havia a quem perguntar, ninguém tinha conhecimento prévio, você ficava empacada. Eram raras as mães com curiosidade suficiente para ligar para o número escrito nos panfletos caseiros pregados nas árvores da vizinhança. Muitas garotas que podiam ter se tornado grandes dançarinas nunca chegaram a atravessar a rua por medo daqueles panfletos caseiros.

Minha mãe era uma raridade: panfletos caseiros não lhe botavam medo. Ela possuía um tremendo instinto para costumes da classe média. Sabia, por exemplo, que uma venda de garagem — apesar do nome desabonador — era a ocasião certa para encontrar pessoas de qualidade superior, assim como suas velhas edições de bolso da Penguin, às vezes de Orwell, suas antigas caixinhas de porcelana para remédios, seus vasos de barro rachados da Cornualha, suas rodas de oleiro descartadas. Nosso apartamento era cheio dessas coisas. Nada de flores de plástico para nós, brilhando de orvalho falso, e nada de estatuetas de cristal. Tudo isso fazia parte do plano. No fim das contas, até as coisas que eu detestava — como as espadrilhas da minha mãe — costumavam ser atraentes para o tipo de pessoa que estávamos tentando atrair, e aprendi a não questionar os seus métodos, mesmo quando me enchiam de vergonha. Uma semana antes do começo das aulas, eu a ouvi entonar sua voz esnobe no balcão da cozinha, mas ao sair do telefone ela tinha todas as respostas: cinco libras pelas sapatilhas de balé — se você fosse ao shopping em vez das lojas do centro da cidade — e as de sapateado podiam esperar. Sapatilhas de balé podiam ser usadas para dança moderna. O que era dança moderna? Ela não tinha perguntado. Ela podia fazer o papel de mãe preocupada, mas nunca, de jeito nenhum, o de mãe ignorante.

Meu pai foi enviado para comprar as sapatilhas. O tom de rosa do couro acabou sendo um pouco mais claro do que eu esperava, parecia a barriga de um gatinho, a sola era de um cinza encardido como a língua de um gato, e não havia longas fitas de cetim rosa para cruzar em volta dos tornozelos, não, apenas uma tirinha de elástico triste que meu pai mesmo costurou no calçado. Aquilo me deixou extremamente amuada. Mas talvez as sapatilhas, assim como as espadrilhas, fossem "simples" de propósito, de bom gosto? Foi possível me agarrar a essa ideia até o instante em que, já dentro do salão, nos disseram para vestir a roupa de dança ao lado das cadeiras de plástico e ir até a parede oposta, onde ficava a barra. Quase todas tinham as sapatilhas de cetim rosa, não o couro rosa esbranquiçado, cor de porco, que eu estava sendo forçada a usar, e algumas — meninas que eu sabia pertencerem a famílias que recebiam auxílio, ou que tinham pais ausentes, ou ambos — tinham as sapatilhas com as longas fitas de cetim rosa entrelaçadas nos tornozelos. Tracey, que estava parada bem do meu lado, com o pé esquerdo erguido diante de sua mãe, tinha as duas coisas — o cetim de um rosa intenso e as fitas entrelaçadas — e também um tutu completo, o que ninguém sequer havia considerado uma possibilidade, assim como ninguém pensaria em aparecer na primeira aula de natação com um traje de mergulho. A srta. Isabel, por sua vez, tinha feições dóceis e amigáveis, mas era velha, talvez chegasse a ter uns quarenta e cinco anos. Era decepcionante. De construção sólida, ela parecia mais a esposa de um agricultor do que uma dançarina de balé e era toda rosa e amarelo, rosa e amarelo. Seus cabelos eram amarelos, não loiros, amarelos como um canário. Sua pele era muito rosada, um rosa de carne viva, e pensando agora me ocorre que ela talvez sofresse de rosácea. Seu collant era rosa, sua calça de abrigo era rosa, seu cardigã de balé era de lã mohair rosa — mas as sapatilhas eram de seda amarela, do mesmo tom dos cabelos. Isso também me deixou amuada. Ninguém tinha dito nada sobre amarelo! Ao lado dela, no canto, estava sentado um homem branco muito idoso, de chapéu de feltro, tocando "Night and Day" em um piano de armário, uma canção que eu adorava e tive orgulho em reconhecer. Eu conhecia as músicas antigas por causa do meu pai, ele próprio filho de um ardente cantor de pub, o tipo de homem — ou pelo menos era o que meu pai acreditava — cujas escorregadelas criminais representam, pelo menos em parte, um instinto criativo frustrado. O pianista se chamava sr. Booth. Cantarolei o mais alto que pude enquanto ele tocava, esperando que me ouvissem, abusando do vibrato. Eu era melhor cantora do que dançarina — de dançarina eu não tinha nada —, embora me orgulhasse em excesso do meu canto, de um modo que minha mãe, eu sabia, achava deplorável. O canto era um dom natural para mim, mas coisas que eram dons naturais de mulheres não impressionavam minha mãe nem um pouco. Na visão dela, era o mesmo que ter orgulho de respirar, caminhar ou parir.

Nossas mães nos ajudavam a manter o equilíbrio, serviam de apoios para os pés. Colocávamos a mão nos seus ombros, colocávamos o pé em seus joelhos dobrados. Meu corpo estava nas mãos de minha mãe — sendo erguido, amarrado, apertado, endireitado, ajeitado —, mas a minha mente estava em Tracey e nas solas de suas sapatilhas de balé, onde eu agora podia ler a palavra "Freed" claramente estampada no couro. Os arcos naturais de seus pés eram dois beija-flores em pleno voo, curvados por conta própria. Os meus pés eram quadrados e chatos, pareciam se esgarçar a cada posição. Eu me sentia como uma criancinha posicionando blocos de madeira numa série de ângulos retos entre si. Esvoaçando, esvoaçando, esvoaçando, dizia a srta. Isabel, isso, muito bem, Tracey. Elogios faziam Tracey jogar a cabeça para trás e exibir seu narizinho de porco de maneira odiosa. Fora isso, ela era a perfeição, fiquei pasma. Sua mãe também parecia encantada, e seu comprometimento com aquelas aulas era o único aspecto consistente daquilo que passaríamos a chamar de "seu cuidado com a filha". Ela comparecia às aulas com mais frequência que todas as outras mães e, uma vez presente, sua atenção raramente desviava dos pés da filha. O foco da minha mãe estava sempre em alguma outra coisa. Ela era incapaz de apenas sentar em algum canto e deixar o tempo passar, precisava estar aprendendo alguma coisa. Ela chegava no começo de uma aula com, digamos, *Os jacobinos negros* em mãos, e quando eu ia até ela pedir que trocasse minhas sapatilhas de balé pelos calçados de sapateado, ela já tinha avançado cem páginas. Mais tarde, quando meu pai assumiu o posto, ele dormia ou "saía para dar uma volta", o eufemismo dos pais para irem fumar no jardim.

Nesse estágio inicial, Tracey e eu não éramos amigas, inimigas ou mesmo conhecidas: mal nos falávamos. Ainda assim, havia sempre essa consciência mútua da presença da outra, uma corda invisível nos amarrando, nos conectando e impedindo que nos dispersássemos em relações mais profundas com outras meninas. Tecnicamente, eu conversava bem mais com Lily Bingham — que estudava na mesma escola que eu —, e a companhia à disposição de Tracey era a pobre e velha Danika Babić, com sua meia-calça rasgada e sotaque acentuado — as duas moravam no mesmo corredor. Mas apesar de rirmos e fazermos piadas com essas meninas brancas durante a aula, e apesar de elas terem todo o direito de presumir que eram o alvo das nossas risadas, o centro das nossas preocupações — de que éramos, para elas, as boas amigas que parecíamos ser —, assim que chegava a hora do intervalo, do suco de frutas e dos biscoitos, Tracey e eu sempre emparelhávamos uma do lado da outra, era quase inconsciente, duas raspas de limalha de ferro atraídas por um ímã.

Acabou ficando claro que Tracey tinha tanta curiosidade por minha família quanto eu pela dela, argumentando, com certa autoridade, que para nós as coisas "estavam na ordem errada". Determinado dia, no intervalo, mergulhando ansiosamente um biscoito no suco de laranja, escutei sua teoria. "Com todas as outras, é o pai", ela disse, e como eu sabia que isso era mais ou menos exato, não consegui pensar em nada para acrescentar. "Quando seu pai é branco, significa que...", ela prosseguiu, mas naquele instante Lily Bingham se aproximou e parou do nosso lado, e nunca fiquei sabendo o que significava quando seu pai era branco. Lily era desengonçada, trinta centímetros mais alta que todas as outras. Tinha cabelos loiros compridos e perfeitamente lisos, bochechas rosadas e uma índole alegre e receptiva que nos dava a impressão, a mim e a Tracey, de ser uma consequência direta do número 29 da Exeter Road, uma casa inteira, que eu tinha sido recentemente convidada a visitar, fornecendo a Tracey — que não recebera o mesmo convite — um relato ávido de um jardim privado, um vidro de geleia gigante cheio de moedas de troco e um relógio de pulso Swatch do tamanho de um humano adulto pendurado na parede de um dos quartos. Por consequência, havia coisas que não se podia discutir na frente de Lily Bingham, e na ocasião Tracey fechou a boca, empinou o nariz e atravessou o salão para pedir à mãe as sapatilhas de balé.

Três

O que queremos de nossas mães na infância? Submissão completa.

Ah, é muito bacana e racional e respeitável dizer que uma mulher tem todo o direito à sua própria vida, às suas ambições, às suas necessidades e por aí vai — é o que eu mesma sempre reivindiquei —, mas, na infância, não, a verdade é que se trata de uma guerra desgastante, a racionalidade não entra no jogo, nem um pouco, tudo que você quer da sua mãe é que ela admita, de uma vez por todas, que é apenas a sua mãe e mais nada, e que a batalha dela com o restante da vida está encerrada. Ela precisa depor as armas e se render a você. E se ela não faz isso, a guerra é para valer, e eu e minha mãe vivíamos em guerra. Só quando me tornei adulta fui capaz de admirá-la de verdade — especialmente nos últimos e dolorosos anos de sua vida — por tudo que fez para cavar algum espaço para si nesse mundo. Quando eu era jovem, sua recusa em se submeter a mim me causava dor e confusão, ainda mais porque, no meu entender, os motivos mais comuns para esse tipo de recusa não se aplicavam.

Eu era sua única filha, ela não tinha emprego — não naquela época — e mal falava com o resto de sua família. Do meu ponto de vista, tempo era o que ela mais tinha. Mas mesmo assim eu não conseguia obter sua total submissão! Minha primeira impressão a respeito dela era a de uma mulher planejando uma fuga, de mim, do próprio papel de mãe. Eu tinha pena do meu pai. Ainda era um homem mais ou menos jovem, que a amava e desejava mais filhos — era a discussão diária deles —, mas nesse assunto, como em todos os outros, minha mãe se recusava a ceder. A mãe dela tinha dado à luz sete filhos, e sua avó, onze. Ela não estava disposta a revisitar aquele tempo. Acreditava que o meu pai queria mais filhos para aprisioná-la, e quanto a isso ela basicamente estava certa, embora a prisão nesse caso fosse apenas uma outra palavra para o amor. Ele a amava tanto! Mais do que ela sabia ou se importava em saber, ela era uma pessoa que vivia em seu próprio mundo onírico, que presumia que todos a seu redor sentiam o mesmo que ela, o tempo inteiro. Sendo assim, quando ela começou lentamente, e depois cada vez mais rápido, a exceder meu pai em termos intelectuais e pessoais, foi natural que ela esperasse que ele estivesse passando pelo mesmo processo ao mesmo tempo. Mas ele continuou sendo o que sempre foi. Cuidando de mim, amando-a, tentando acompanhar, lendo *O manifesto comunista* do seu modo vagaroso e diligente. "Algumas pessoas carregam consigo a Bíblia", ele me dizia com orgulho. "Esta é a minha Bíblia." Causava impressão — tinha como objetivo impressionar minha mãe —, mas eu já tinha percebido que aparentemente ele estava sempre lendo esse livro e não muito mais que isso, em todas as aulas de dança ele o levava, só que nunca passava das vinte primeiras páginas. No contexto do casamento, era um gesto romântico: eles se viram pela primeira vez em uma reunião do Partido Socialista dos Trabalhadores em Dollis Hill. Mas até isso consistiu em um certo mal-entendido, pois meu pai tinha ido para conhecer belas garotas de esquerda que usavam saia curta e não tinham religião, enquanto minha mãe tinha realmente ido por causa de Karl Marx. Minha infância transcorreu no abismo que foi se abrindo. Assisti à minha mãe autodidata ultrapassar meu pai com rapidez e facilidade. As estantes da nossa sala de estar — que ele havia construído — se encheram de livros de segunda mão, livros didáticos da Open University, livros de política, livros de história, livros sobre raça, livro sobre gênero, "Todos os 'ismos'", como meu pai gostava de chamá-los sempre que um vizinho dava uma passada e via aquele conjunto espantoso.

Sábado era seu "dia de folga". Folga do quê? De nós. Ela precisava avançar na leitura dos seus ismos. Depois da aula de dança, eu e meu pai precisávamos seguir em frente de alguma maneira, encontrar algo para fazer, ficar fora do apartamento até a hora do jantar. Criamos o ritual de pegar uma sequência de ônibus em direção ao sul, bem depois do rio, até a casa de meu tio Lambert, irmão da minha mãe e confidente do meu pai. Ele era o irmão mais velho da minha mãe, a única pessoa que conheci daquele lado da família. Tinha criado a minha mãe e o restante de suas irmãs e irmãos quando todos ainda viviam na ilha, depois que a mãe deles veio à Inglaterra trabalhar como faxineira em um asilo. Ele sabia com o que meu pai estava lidando.

"Dou um passo na direção dela", ouvi meu pai reclamar um dia, no auge do verão, "e ela dá um passo para trás!"

"Essa mulé não tem jeito. Sempre foi assim."

Eu estava no jardim, no meio dos tomateiros. Era uma roça, na verdade, nada era decorativo ou destinado à admiração, tudo servia para comer e crescia em fileiras longas e retas, amarradas em varas de bambu. No final da plantação havia uma latrina, a última que vi na Inglaterra. Tio Lambert e meu pai ficavam sentados em espreguiçadeiras nos fundos, fumando maconha. Eram velhos amigos — Lambert era a única outra pessoa na foto de casamento dos meus pais — e trabalhavam na mesma área: meu tio era carteiro, e meu pai um gerente do setor de entregas do Royal Mail. Tinham em comum o senso de humor ácido e uma falta de ambição que minha mãe considerava uma causa perdida, nos dois casos. Enquanto fumavam e lamentavam tudo que não tinha jeito na minha mãe, fiquei passando os braços pelos tomateiros, deixando que se enroscassem nos meus pulsos. Muitas das plantas de Lambert eram ameaçadoras para mim, tinham o dobro da minha altura, e tudo o que ele semeava crescia desvairadamente: um matagal de galhos e capim alto repleto de cabaças de proporções obscenas. O qualidade do solo é melhor em South London — em North London temos argila demais —, mas na época eu não sabia disso e tinha ideias confusas: achava que quando visitava Lambert estava visitando a Jamaica, o jardim de Lambert era a Jamaica para mim, tinha o cheiro da Jamaica, e lá se comia doces de coco, e mesmo hoje, na minha memória, faz calor sempre no jardim de Lambert e eu estou com sede e com medo dos insetos. O jardim era estreito e comprido, virado para o sul, e a latrina era contígua à cerca do lado direito, de modo que se podia ver o sol desaparecendo por trás dela, ondulando o ar ao cair. Eu queria muito ir ao banheiro, mas tinha decidido segurar a vontade até estarmos de volta a North London — eu tinha medo da latrina. O piso era de madeira e coisas cresciam entre as frestas, folhas de capim, e também cardos e dentes-de--leão que roçavam o joelho quando você subia no assento. Teias de aranha interligavam os cantos. Era um jardim de abundância e decomposição: os tomates eram maduros demais, a maconha era forte demais, os pulgões se escondiam embaixo de tudo. Lambert vivia ali completamente sozinho, e eu sentia que aquele era um lugar para morrer. Mesmo naquela idade, eu achava esquisito que meu pai precisasse viajar treze quilômetros até a casa de

Lambert em busca de conforto, quando parecia que Lambert já tinha sido vítima do tipo de abandono que meu pai tanto temia.

Cansada de andar entre as fileiras de vegetais, cruzei o jardim de volta e vi os dois homens escondendo os baseados inutilmente com a mão.

"Entediada?", perguntou Lambert. Confessei que estava.

"Teve um tempo que essa casa era uma criançada só", disse Lambert, "mas as criança tem criança agora."

A imagem que me veio à mente foi a de crianças da minha própria idade segurando bebês no colo: era um destino que eu associava a South London. Sabia que minha mãe tinha saído de casa para escapar daquilo, para garantir que nenhuma filha sua se tornasse uma criança com uma criança, pois qualquer filha sua faria mais do que apenas sobreviver — como tinha sido o caso dela —, uma filha sua iria florescer, adquirindo uma profusão de habilidades inúteis como o sapateado. Meu pai me estendeu a mão e subi no seu colo, cobrindo sua careca com uma das mãos e sentindo os fios esparsos de cabelo molhado que ele usava para cobri-la.

"Tímida, é? Não vai me dizer que fica tímida com o tio Lambert."

Os olhos de Lambert eram injetados e suas sardas eram como as minhas, só que salientes; seu rosto era redondo e simpático, com olhos castanho-claros que confirmavam, supostamente, o sangue chinês na árvore da família. Mas eu ficava tímida diante dele. Minha mãe — que nunca visitava Lambert, a não ser no Natal — sugeria que eu e meu pai o fizéssemos com uma estranha insistência, embora sempre com a ressalva de que nos mantivéssemos alertas, nunca permitindo que fôssemos "tragados de volta". Para o quê? Me contorci em volta do corpo do meu pai até alcançar suas costas e enxergar o pequeno tufo de cabelos compridos que ele mantinha na nuca, determinado a não perdê-

-los. Embora ele ainda estivesse nos trinta, eu nunca tinha visto meu pai com a cabeça cheia de cabelos, nunca o tinha visto loiro e nunca o veria grisalho. O que eu via era aquele castanho falso que ficava nos dedos se você tocasse, e cuja origem eu tinha descoberto uma vez, uma lata redonda e rasa que permanecia destampada na borda da banheira, com uma rodela marrom e oleosa preenchendo o contorno e um círculo vazio no meio, que nem meu pai.

"Ela precisa de companhia", ele se queixou. "Um livro não serve, né? Um filme não serve. As pessoas precisam de uma companhia de verdade."

"Essa mulé não tem jeito. Eu sabia desde que ela era pequena. A cabeça dela é dura como aço."

Era verdade. Ela não tinha jeito. Quando chegamos em casa, ela estava assistindo a uma conferência da Open University, bloco de notas e lápis na mão, linda, serena, encolhida no sofá com os pés descalços debaixo do traseiro, mas assim que se virou eu percebei que estava incomodada, tínhamos retornado cedo demais, ela queria mais tempo, mais paz, mais sossego para poder estudar. Éramos os vândalos do templo. Ela estava estudando sociologia & política. Não sabíamos por quê.

Quatro

Se Fred Astaire representava a aristocracia, eu representava o proletariado, disse Gene Kelly, e por essa lógica Bill "Bojangles" Robinson deveria mesmo ter sido o meu dançarino, porque Bojangles dançava para o dândi do Harlem, para a garotada do gueto, para o meeiro — para todos os descendentes de escravos. Mas para mim um dançarino era um homem de lugar nenhum, sem pais ou irmãos, sem povo ou nação, sem obrigações de qualquer tipo, e o que eu amava era exatamente essa característica. O resto, os detalhes todos, ficavam de fora. Eu ignorava os enredos ridículos daqueles filmes: as idas e vindas operísticas, as viradas de sorte, os ultrajantes encontros fortuitos e coincidências, os menestréis, as empregadas e os mordomos. Para mim, eles eram somente estradas que conduziam à dança. A história era o preço a se pagar pelo ritmo. "Com licença, garoto, essa é a Chattanooga Choo-Choo?" Cada sílaba encontrava seu movimento correspondente nas pernas, na barriga, na bunda, nos pés. Na hora do balé era diferente, dançávamos ao som de música clássica — "música de branco", como Tracey dizia sem rodeios — que a srta. Isabel gravava do rádio em uma série de fitas cassete. Mas eu mal conseguia reconhecer aquilo como música, eu não conseguia distinguir o compasso, e embora a srta. Isabel tentasse nos ajudar gritando os tempos de cada pedaço, eu não conseguia relacionar de forma alguma aqueles números com o mar de melodia que os violinos despejavam sobre mim ou com o estrondo repentino dos metais. Mesmo assim, eu compreendia melhor que Tracey: eu sabia que havia algo estranho em suas noções rígidas — música negra, música branca —, que deveria existir um mundo em que as duas se combinavam. Eu tinha visto, em filmes e fotografias, homens brancos sentados ao piano enquanto garotas negras cantavam em pé ao lado. Ah, eu queria tanto ser como elas!

Às onze e quinze, logo depois do balé, no meio do nosso primeiro intervalo, o sr. Booth entrava no salão trazendo uma grande maleta preta, do tipo que os médicos de interior costumavam carregar, e nessa maleta ele guardava as partituras para as aulas. Se eu estivesse livre — em outras palavras, se eu conseguisse escapar de Tracey —, eu corria até ele e o seguia à medida que se aproximava lentamente do piano, e então, posicionada como as garotas que tinha visto nos filmes, pedia que ele tocasse "All of Me", ou "Autumn in New York" ou "42nd Street". Na aula de sapateado, ele precisava tocar a mesma meia dúzia de canções repetidamente e eu precisava dançá-las, mas antes da aula — enquanto o resto das pessoas no salão se ocupava de conversar, comer, beber — nós tínhamos esse tempinho sobrando, e eu o convencia a tocar uma música inteira para mim, cantando em volume mais baixo que o piano se estivesse me sentindo tímida ou, caso contrário, um pouco mais alto. Às vezes, quando eu cantava, os pais que estavam do lado de fora do salão fumando sob as cerejeiras entravam para ouvir, e as meninas que estavam ocupadas se preparando para dançar — vestindo meias-calças, amarrando cordões — pausavam as atividades e prestavam atenção em mim. Entendi que minha voz — desde que eu não cantasse de propósito em volume inferior ao do piano — tinha algo de carismático e atraía as pessoas. Não se tratava de um dom técnico: minha extensão vocal era pequena. Tinha a ver com a emoção. Eu era capaz de expressar com muita clareza o que quer que estivesse sentindo, conseguia "colocar na voz". Comigo, as músicas tristes ficavam muito tristes e as felizes, radiantes. Quando chegou o momento dos nossos "exames de desempenho", aprendi a usar a voz como recurso para desviar a atenção, da mesma forma que alguns mágicos fazem você olhar para sua boca enquanto você devia estar acompanhando suas mãos. Mas eu não conseguia enganar Tracey. Ao descer do palco eu a via parada nas coxias com os braços cruzados no peito e o nariz empinado. Embora ela sempre desbancasse todas as outras e o mural de cortiça na cozinha de sua mãe já não aguentasse o peso das medalhas de ouro, ela nunca estava satisfeita, queria o ouro na "minha" categoria também — cantar e dançar —, apesar de mal conseguir acertar uma nota. Era difícil de entender. Eu realmente achava que, se pudesse dançar como Tracey, não desejaria mais nada nesse mundo. Outras meninas tinham ritmo nos membros, algumas o tinham nos quadris ou nas bundinhas, mas ela tinha ritmo em cada ligamento, em cada célula. Cada movimento era tão afiado e preciso quanto uma criança podia sonhar em fazer, seu corpo conseguia se alinhar a qualquer compasso, por mais intrincado que fosse. Talvez você pudesse dizer que ela era esmerada em excesso às vezes, não especialmente criativa, ou que lhe faltava um pouco de alma. Mas ninguém em sã consciência poderia botar defeito na sua técnica. Eu ficava — ainda fico — embasbacada com a técnica de Tracey. Ela sabia o momento exato de fazer tudo.

Cinco

Um domingo no fim do verão. Eu estava na sacada olhando algumas meninas do nosso andar pulando corda dupla perto das lixeiras. Ouvi minha mãe me chamar. Virei a cabeça e a vi entrando no condomínio de mãos dadas com a srta. Isabel. Acenei e ela ergueu a cabeça, sorriu e gritou "Não saia daí!". Eu nunca tinha visto a minha mãe e a srta. Isabel juntas fora da aula, e mesmo de onde estava pude perceber que a srta. Isabel estava sendo arrastada para alguma coisa. Quis debater o assunto com o meu pai, que estava pintando uma parede na sala, mas sabia muito bem que minha mãe, tão carismática com estranhos, tinha pavio curto com os membros da família, e que aquele "Não saia daí!" significava exatamente isso. Acompanhei o par inusitado atravessar a área comum do conjunto habitacional e subir as escadarias, refratado nos blocos de vidro como um borrão amarelo, rosa e cor de madeira. Enquanto isso, as meninas que estavam perto das lixeiras inverteram a direção dos giros e uma nova saltadora se enfiou corajosamente no meio das cordas e deu início a uma nova cantiga, aquela sobre o macaco que se engasga com tabaco.

Finalmente, minha mãe veio até mim, me analisou — tinha uma expressão acanhada no rosto —, e a primeira coisa que me disse foi: "Tire os sapatos".

"Ah, não precisa ser agora", murmurou a srta. Isabel, mas minha mãe disse "Melhor saber agora do que mais tarde" e sumiu dentro do apartamento, voltando um minuto depois com um saco de farinha de trigo e espalhando a farinha no piso da sacada até formar um fino tapete branco como neve recém-caída. Eu deveria caminhar sobre a farinha de pés descalços. Pensei em Tracey. Me perguntei se a srta. Isabel estava visitando a casa de todas as alunas. Que desperdício atroz de farinha! A srta. Isabel agachou para examinar. Minha mãe apoiou os cotovelos sobre o beiral da varanda, fumando um cigarro. Ela formava um ângulo com a varanda, e o cigarro formava um ângulo com sua boca, e estava usando uma boina como se fosse a coisa mais natural do mundo. Estava formando um ângulo em relação a mim, um ângulo irônico. Alcancei a outra extremidade da varanda e me virei para olhar minhas pegadas.

"Ah, muito bem, era onde queríamos chegar", disse a srta. Isabel, mas onde queríamos chegar? No reino dos pés chatos. Minha professora tirou um dos sapatos e pisou com o próprio pé a título de comparação: em sua pegada víamos apenas os dedos, o peito do pé e o calcanhar, e na minha o contorno cheio de uma pegada humana. Minha mãe ficou muito interessada no resultado, mas a srta. Isabel, vendo a expressão no meu rosto, foi caridosa: "Uma dançarina de balé precisa de um arco, sim, mas você pode sapatear com pé chato, sabe, claro que pode". Não achei que fosse verdade, mas o comentário era caridoso e me agarrei a ele, continuei frequentando as aulas e com isso continuei convivendo com Tracey, o que, me dei conta mais tarde, era justamente o que minha mãe estava tentando impedir. Como Tracey e eu íamos a colégios diferentes, em bairros diferentes, ela tinha concluído que a aula de dança era a única coisa que nos aproximava, mas quando chegou o verão e as aulas de dança terminaram a situação não se alterou em nada, fomos ficando cada vez mais próximas, até que, com a chegada de agosto, quase não havia dia que não tivéssemos passado juntas. Da minha varanda, eu podia ver o conjunto habitacional dela e vice-versa, não eram necessários telefonemas nem arranjos formais, e apesar de nossas mães mal se darem ao trabalho de acenar com a cabeça quando se cruzavam pela rua, tornou-se uma coisa natural, para nós, entrar e sair do prédio uma da outra.

Seis

Tínhamos um modo diferente de estar em cada apartamento. No de Tracey, brincávamos e testávamos os brinquedos novos, que pareciam brotar de um estoque infinito. O catálogo Argos, de cujas páginas eu podia escolher três itens baratos no Natal e outro no meu aniversário, era uma bíblia cotidiana para Tracey, ela o lia religiosamente, circulando suas escolhas, muitas vezes em minha companhia, com uma canetinha vermelha que usava apenas para isso. Seu quarto era uma revelação. Virava do avesso tudo que eu pensava ter compreendido a respeito de nossa situação compartilhada. Sua cama cor-de-rosa tinha o formato de um carro esportivo da Barbie, suas cortinas eram franzidas, todos os seus gaveteiros eram brancos e brilhosos, e parecia que alguém tinha simplesmente esvaziado o trenó do Papai Noel no meio do quarto. Você tinha que *abrir caminho* entre os brinquedos. Os brinquedos quebrados formavam uma espécie de alicerce sobre o qual cada nova onda de aquisições era depositada em camadas arqueológicas, correspondendo mais ou menos aos comerciais de brinquedos que estavam passando na televisão naquele momento. Aquele verão era o verão da boneca mijona. Você lhe dava água e ela mijava por toda parte. Tracey possuía várias versões dessa impressionante tecnologia e era capaz de extrair dela os dramas mais variados. Às vezes ela batia na boneca por ela ter mijado. Às vezes a colocava sentada no canto, nua e envergonhada, com as pernas de plástico torcidas em ângulo reto em relação ao bumbum cheio de dobrinhas. Nós duas representávamos os pais da pobre e incontinente criança, e nas falas que Tracey me dava eu às vezes podia identificar ecos embaraçosos da sua própria vida em família, ou então das numerosas novelas a que ela assistia, era difícil dizer.

"Sua vez. Diga: 'Sua piranha — ela nem é minha filha! É culpa minha que ela se mija toda?'. Vamos, sua vez!"

"Sua piranha — ela nem é minha filha! É culpa minha que ela se mija toda?"

"'Escute aqui, espertinho, fique você com ela! Fique com ela e veja como se sai!' Agora diga: 'Nem que a vaca tussa, mocreia!'."

Certo sábado, após longa hesitação, mencionei a existência das bonecas que mijavam para minha mãe, tomando o cuidado de dizer "xixi" em vez de "mijo". Ela estava estudando. Ergueu os olhos do livro com um misto de nojo e incredulidade.

"Tracey tem uma dessas?"

"Tracey tem *quatro*."

"Venha aqui um instantinho."

Ela abriu os braços e senti meu rosto contra a pele de seu peito, firme e quente, de uma vitalidade plena, como se existisse uma segunda jovem mulher querendo irromper de dentro da minha mãe. Ela vinha deixando o cabelo crescer, e tinha acabado de trançá-lo no formato de uma esplêndida concha de molusco atrás da cabeça, como uma escultura.

"Sabe sobre o que estou lendo?"

"Não."

"Estou lendo sobre o sankofa. Sabe o que é isso?"

"Não."

"É um pássaro que olha para si mesmo, assim." Ela girou a bela cabeça para trás, o máximo que pôde. "Da África. Ele olha para trás, para o passado, e aprende com o que já aconteceu. Algumas pessoas nunca aprendem."

Meu pai estava na cozinha diminuta, cozinhando em silêncio — ele era o chef em nossa casa —, e a conversa era, na verdade, dirigida a ele, ele era quem devia ouvi-la. Os dois tinham começado a discutir com tanta frequência que eu era, não raro, o único canal pelo qual a informação podia ser passada, às vezes em tons abusivos — "Vá explicar para a sua mãe" ou "Você pode ver que eu e seu pai somos diferentes nisso" — e às vezes daquele jeito, com uma ironia delicada e quase bonita.

"Ah", falei. Não vi a ligação com as bonecas mijonas. Sabia que minha mãe estava no processo de se tornar, ou tentando se tornar, uma "intelectual", porque meu pai vivia jogando esse termo na cara dela durante as discussões como forma de insulto. Mas no fundo eu não entendia o que o termo significava, exceto que uma intelectual era uma pessoa que estudava na Open University, gostava de usar boina, empregava com frequência a expressão "o Anjo da História", bufava quando o resto da família queria assistir televisão no sábado à noite e parava para argumentar com os trotskistas na Kilburn High Road quando todas as outras pessoas atravessavam a rua para evitá-los. Mas a principal consequência de sua transformação, a meu ver, eram essas indiretas novas e enigmáticas em seu discurso. O tempo todo, ela parecia estar fazendo piadas adultas por cima do meu ombro, para se divertir ou atazanar o meu pai.

"Quando você está com aquela menina", minha mãe explicou, "é gentil da sua parte brincar com ela, mas ela foi criada de uma certa maneira, e o tempo presente é tudo que ela tem. Você foi criada de outra maneira — não se esqueça disso. Aquela aula de dança boba é o mundo para ela. Não é culpa dela — ela foi criada assim. Mas você é inteligente. Não importa que você tenha pés chatos, não importa *porque você é inteligente*, e sabe de onde vem e para onde está indo."

Concordei com a cabeça. Escutei meu pai batendo as panelas de maneira expressiva.

"Não vai esquecer do que acabo de dizer?"

Prometi que não esqueceria.

No nosso apartamento não havia boneca alguma, portanto Tracey era forçada a se encaixar em hábitos diversos quando me visitava. Em minha casa escrevíamos, de maneira um tanto frenética, em uma série de cadernos de folhas A4 amarelas e pautadas que meu pai trazia para casa do trabalho. Era um projeto colaborativo. Por causa de sua dislexia — embora na época não soubéssemos o nome daquilo —, Tracey preferia ditar enquanto eu tentava acompanhar as reviravoltas naturalmente melodramáticas de sua mente. Quase todas as nossas histórias tinham a ver com uma primeira bailarina cruel e riquinha de "Oxford Street" quebrando a perna no último minuto, permitindo que nossa valente heroína — quase sempre uma modesta assistente de figurino ou humilde faxineira do teatro — entrasse em cena para salvar o dia. Percebi que eram sempre loiras, essas garotas valentes, com cabelos "como a seda" e grandes olhos azuis. Uma vez tentei escrever "olhos castanhos" e Tracey tirou a caneta da minha mão e riscou as palavras. Escrevíamos deitadas de bruços no chão do meu quarto, e os momentos em que minha mãe entrava e nos via daquele jeito eram os únicos em que olhava para Tracey com algo semelhante a afeto. Eu aproveitava aqueles momentos para obter novas concessões em favor da minha amiga — Tracey pode ficar para o chá? Tracey pode passar a noite aqui? — embora soubesse que, se minha mãe parasse para ler o que escrevíamos nos cadernos amarelos, Tracey nunca mais teria permissão de entrar em nosso apartamento. Em várias histórias, homens negros "se escondiam nas sombras" com barras de ferro para quebrar os joelhos de bailarinas brancas como lírios; numa delas, a primeira bailarina tinha um segredo terrível: ela era "mestiça", palavra que tremi de medo ao escrever, sabendo por experiência própria a que ponto ela enfurecia completamente minha mãe. Mas se esses detalhes me causavam algum desconforto, essa sensação empalidecia comparada ao prazer trazido por nossa colaboração. Eu era completamente absorvida pelas histórias de Tracey, ficava embriagada com seu adiamento interminável da gratificação narrativa, o que também era algo que ela tinha aprendido com as novelas ou extraído das duras lições que a própria vida lhe ensinava. Pois era só você começar a achar que o final feliz tinha chegado que Tracey logo encontrava uma maneira nova e fabulosa de destruí-lo ou afastá-lo, de modo que o instante de realização — o que para nós duas, acho, significava simplesmente ter um público ovacionando em pé — parecia não chegar nunca. Quem me dera ainda ter aqueles cadernos comigo. De todas as milhares de palavras que escrevemos sobre bailarinas submetidas a várias formas de ameaça física, guardei apenas uma frase: *Tiffany pulou alto para beijar seu príncipe e ficou na ponta dos pés ah ela estava tão sexy mas foi bem aí que o tiro acertou sua coxa.*

Sete

No outono, Tracey voltou para sua escola só de meninas em Neasden, na qual quase todas as garotas eram indianas ou paquistanesas, e também arruaceiras: eu avistava as mais velhas no ponto de ônibus, com os uniformes adaptados — camisa desabotoada, saia puxada para cima — gritando obscenidades para os garotos brancos que passavam. Uma escola turbulenta em que ocorriam muitas brigas. A minha, em Willesden, era mais tranquila e misturada: metade negra, um quarto branca, um quarto sul-asiática. Da metade negra, pelo menos um terço era de "mestiços", uma nação minoritária dentro de uma nação, embora seja a verdade que reparar neles me incomodava. Eu queria acreditar que Tracey e eu éramos irmãs e aliadas em espírito, sozinhas no mundo e necessárias uma para a outra de um modo especial, mas agora eu não podia deixar de ver na minha frente todos os vários tipos de crianças das quais minha mãe me incentivara a me aproximar o verão inteiro, meninas com origens semelhantes mas com aquilo que minha mãe chamava de "horizontes mais amplos". Havia uma menina chamada Tasha, metade guianense, metade tâmil, cujo pai era um verdadeiro Tigre Tâmil, o que deixava minha mãe imensamente impressionada, o que portanto cimentou em mim o desejo de jamais me relacionar de maneira alguma com a menina. Havia uma dentuça chamada Irie, sempre a primeira da turma, com história familiar parecida com a nossa, mas que tinha se mudado do conjunto e agora morava em Willesden Green, em um sobrado cheio de luxo. Havia uma garota chamada Anoushka, filha de pai santa-lucense e mãe russa, cujo tio era, de acordo com minha mãe, "o mais importante poeta revolucionário do Caribe", mas praticamente todas as palavras daquele aposto eram incompreensíveis para mim. Minha mente não estava na escola ou nas pessoas de lá. No pátio, eu enfiava tachinhas nas solas dos meus sapatos e às vezes passava toda a meia hora de recreio dançando sozinha, contente em meu isolamento. E quando chegávamos em casa — antes da minha mãe, portanto fora de sua jurisdição — eu largava a mochila, deixava meu pai preparando o jantar e ia direto para a casa de Tracey para praticarmos nossos *time steps* juntas na sacada, seguido de potes do mousse de caixinha Angel Delight, que "não era comida" segundo a minha mãe, mas que eu achava delicioso mesmo assim. Ao voltar para casa, eu já sabia que uma discussão que ninguém mais sabia onde tinha começado estaria em curso. A preocupação do meu pai seria alguma pequena questão doméstica: quem tinha passado o aspirador onde e quando, quem tinha ido ou deveria ter ido à lavanderia. Ao passo que minha mãe, ao responder, desviaria para tópicos bem distantes: a importância de cultivar uma consciência revolucionária, a insignificância relativa do amor sexual diante da luta dos povos, o legado da escravidão nos corações e mentes da juventude, e por aí vai. Naquela época ela já tinha concluído o ensino médio, estava matriculada na Politécnica de Middlesex, em Hendon, e mais do que nunca nós estávamos defasados, éramos uma decepção, ela precisava ficar explicando os termos que usava o tempo todo.

Na casa de Tracey, as únicas vozes exaltadas vinham da televisão. Eu sabia que devia ter pena de Tracey em razão de seu pai ausente — a praga que afligia metade das portas do nosso corredor — e me sentir grata pelos pais casados que tinha em casa, mas sempre que me sentava em seu enorme sofá de couro branco comendo Angel Delight e assistindo em paz a *Desfile de Páscoa* ou *Os sapatinhos vermelhos* — a mãe de Tracey tolerava apenas musicais em tecnicolor — eu não podia deixar de reparar na placidez de um pequeno lar só de mulheres. Na casa de Tracey, a decepção com o homem eram águas passadas: elas nunca tinham esperado muita coisa, pois ele quase nunca estivera em casa. Ninguém se surpreendia com a incapacidade do pai de Tracey de fomentar a revolução ou fazer qualquer outra coisa. Apesar disso, a lealdade de Tracey à memória do pai era imperturbável, e era bem mais provável ela defender o pai ausente do que eu dizer algo de afetuoso a respeito do meu pai totalmente presente. Sempre que sua mãe xingava seu pai, Tracey tomava o cuidado de me levar até seu quarto ou a algum outro local privado para rapidamente integrar o que a mãe havia acabado de dizer à sua própria versão oficial, segundo a qual seu pai não a havia abandonado, não, nada disso, ele só vivia ocupado demais porque era um dos dançarinos de apoio de Michael Jackson. Poucas pessoas eram capazes de acompanhar Michael Jackson dançando — na verdade, quase ninguém era capaz disso, apenas vinte dançarinos no mundo inteiro, se muito, estavam à altura da tarefa. O pai de Tracey era um deles. Ele não precisara nem chegar ao fim do teste — era tão bom que eles perceberam logo de cara. Era por causa disso que ele mal ficava em casa: vivia em uma eterna turnê mundial. Sua próxima visita à cidade se daria provavelmente no Natal, quando Michael se apresentaria no Estádio de Wembley. Nos dias de céu limpo, era possível ver esse estádio da sacada de Tracey. É difícil para mim dizer, hoje, quanto crédito eu dava a essa história — uma parte de mim com certeza sabia que Michael Jackson, enfim livre da família, agora dançava sozinho —, mas, assim como Tracey, nunca toquei no assunto na presença da mãe dela. Em minha mente, o fato era ao mesmo tempo absolutamente verdadeiro e obviamente falso, e talvez somente as crianças sejam capazes de conviver com esse tipo de fato dúbio.

Oito

Eu estava na casa de Tracey, assistindo a *Top of the Pops*, quando o videoclipe de "Thriller" começou a passar, nenhuma de nós o vira até então. A mãe de Tracey ficou empolgadíssima: sem chegar a se levantar, ela começou a dançar como louca, quicando para cima e para baixo nas dobras de sua poltrona reclinável. "Vamos, meninas, quero ver vocês! Em pé — se mexendo!" Descolamos do sofá e começamos a deslizar de um lado para o outro em cima do tapete, eu sem muito jeito, Tracey com uma boa dose de habilidade. Giramos, levantamos a perna direita, deixando o pé balançar como se fôssemos bonecos, balançamos nossos corpos de zumbis. Havia tanta informação nova: as calças de couro vermelhas, a jaqueta de couro vermelha, o antigo cabelo afro transformado em algo ainda mais incrível que os cachos de Tracey! E, é claro, aquela linda garota parda vestida de azul, a vítima potencial. Ela também era "mestiça"?

Em razão de minhas fortes convicções pessoais, quero enfatizar que esse filme não endossa de maneira nenhuma a fé no oculto.

Assim diziam os créditos de abertura, eram palavras do próprio Michael, mas o que elas queriam dizer? Só compreendemos a seriedade da palavra "filme". O que estávamos assistindo não era de forma alguma um videoclipe musical, era uma obra de arte que devia ser adequadamente apreciada nos cinemas, era mesmo um acontecimento mundial, um toque de clarim. Éramos modernas! Essa era a vida moderna! De modo geral, eu me sentia distante da vida moderna e da música que fazia parte dela — minha mãe tinha feito de mim um pássaro sankofa —, mas por acaso meu pai tinha me contado uma história segundo a qual Fred Astaire em pessoa tinha ido certa vez à casa de Michael, se apresentando como uma espécie de discípulo, e tinha implorado a Michael que lhe ensinasse o *moonwalk*, e isso faz sentido para mim, inclusive hoje, pois um grande dançarino não pertence a uma época ou geração, ele se move eternamente pelo mundo, se tornando reconhecível para qualquer dançarino de qualquer época. Picasso seria incompreensível para Rembrandt, mas Nijinski entenderia Michael Jackson. "Não parem agora, meninas — de pé!", gritou a mãe de Tracey quando paramos um segundo para descansar no sofá. "*Don't stop till you get enough!* Dançando!" Como aquela música parecia longa — mais longa que a vida. Parecia que nunca ia terminar, que estávamos presas em um tempo recorrente e teríamos que dançar daquele jeito endiabrado para sempre, como a pobre Moira Shearer em *Os sapatinhos vermelhos*: "O tempo passa correndo, o amor passa correndo, a vida passa correndo, mas os sapatinhos vermelhos seguem dançando…". Mas então acabou. "Isso foi legal pra cacete", suspirou a mãe de Tracey, se descuidando, e nós duas nos curvamos em reverência e corremos para o quarto de Tracey.

"Ela adora quando o vê na televisão", Tracey me confidenciou assim que ficamos sozinhas. "Isso fortalece o amor deles. Quando ela o vê, tem certeza que ele ainda a ama."

"Ele era qual deles?", perguntei.

"Segunda fileira, no final, à direita", Tracey respondeu sem titubear.

Não tentei — não era possível — conciliar esses "fatos" a respeito do pai de Tracey com as pouquíssimas ocasiões em que de fato o vi, sendo que a mais terrível foi a primeira, em começo de novembro, não muito depois de assistirmos ao vídeo de "Thriller". Estávamos as três na cozinha, tentando preparar batatas ao forno recheadas com queijo e bacon, pretendíamos embrulhá-las em papel alumínio e levá-las ao Roundwood Park para assistir aos fogos de artifício. As cozinhas dos apartamentos do conjunto de Tracey eram ainda menores que as do nosso conjunto: quando você abria a porta do forno, ela quase raspava na parede. Para que três pessoas a ocupassem ao mesmo tempo, uma delas — nesse caso, Tracey — precisava sentar em cima do balcão. A função dela era raspar a batata fora da casca, e a minha, que estava em pé ao lado dela, era misturar a batata com queijo ralado e pedacinhos de bacon picotados com uma tesoura, para que enfim sua mãe colocasse tudo de volta dentro da casca e devolvesse ao forno para gratinar. Apesar de minha mãe viver insinuando que a mãe de Tracey era relaxada, um ímã para o caos, achei a cozinha delas mais limpa e mais organizada que a nossa. A comida nunca era saudável, mas era preparada com seriedade e cuidado, ao passo que minha mãe, sempre perseguindo uma alimentação saudável, não conseguia ficar quinze minutos dentro de uma cozinha sem recair em uma espécie de mania autocomiserativa, e não raro todo o experimento desastrado (preparar lasanha vegetariana, fazer "alguma coisa" com quiabo) se tornava uma tortura tão grande para todos os envolvidos que ela inventava alguma briga e saía de cena aos berros. Acabávamos comendo panquecas congeladas outra vez. Na casa de Tracey, as coisas eram mais simples: você começava com a intenção declarada de preparar panquecas ou pizza congelada, ou linguiça com batata frita, e tudo ficava delicioso e ninguém gritava. Aquelas batatas eram um quitute especial, uma tradição da Noite das Fogueiras. Estava escuro na rua, embora ainda fossem cinco da tarde, e o cheiro de pólvora se espalhava entre os prédios do conjunto. Cada apartamento tinha seu arsenal particular e os estouros aleatórios e pequenas queimas localizadas tinham iniciado duas semanas antes, assim que as lojas de doces começaram a vender fogos de artifício. Ninguém aguardava até os eventos oficiais. Os gatos eram as vítimas mais frequentes daquela piromania generalizada, mas de vez em quando alguma criança ia parar na Emergência. Por causa dos estouros constantes — já estávamos bem acostumadas a estouros — a princípio ninguém reparou nas batidas na porta de entrada do apartamento de Tracey, mas então escutamos uma voz que era o meio-termo entre um grito e um sussurro, um embate entre o pânico e a cautela. Era uma voz de homem, ele dizia: "Me deixa entrar. Me deixa entrar! Você está aí? Vamos, mulher, abra!".

Tracey e eu olhamos para a mãe dela, que ficou parada nos encarando de volta, segurando uma bandeja cheia de batatas cobertas de queijo e perfeitamente recheadas. Sem prestar atenção no que fazia, ela tentou colocar bandeja no balcão, calculou mal e a deixou cair.

"Louie?", disse ela.

Ela nos agarrou e puxou Tracey de cima do balcão, pisamos em cima das batatas. Fomos arrastadas pelo corredor e jogadas dentro do quarto de Tracey. Não devíamos mover um músculo. Ela fechou a porta e nos deixou sozinhas. Tracey foi direto para a cama, entrou debaixo das cobertas e começou a jogar *Pac-Man*. Ela não olhava para mim de jeito nenhum. Ficou claro que eu não podia lhe perguntar nada, nem mesmo se Louie era o nome de seu pai. Fiquei parada onde a mãe dela tinha me deixado e esperei. Eu nunca tinha ouvido uma comoção daquelas na casa de Tracey. Seja lá quem fosse Louie, ele tinha sido recebido — ou entrara à força — e agora metade das palavras eram *porra* e havia estrondos enormes de mobília sendo revirada e um choro de mulher apavorante, parecia o grito de uma raposa. Continuei parada ao lado da porta, olhando para Tracey, que continuava enfiada na cama da Barbie, mas ela não parecia ouvir o que eu estava ouvindo ou mesmo se recordar da minha presença: não tirou os olhos do *Pac-Man*. Em dez minutos, acabou: ouvimos a porta da frente bater. Tracey continuou na cama e eu continuei parada onde estava, incapaz de me mover. Passado algum tempo, bateram de leve na porta e a mãe de Tracey entrou, vermelha de tanto chorar, trazendo uma bandeja de mousses Angel Delight, vermelhos como o rosto dela. Ficamos sentadas, comendo em silêncio, e mais tarde fomos ver os fogos.

Nove

Havia uma espécie de negligência entre as mães que conhecíamos, ou pelo menos parecia negligência a quem era de fora, porque nós chamávamos de outra coisa. Para os professores da escola, devia dar a impressão de que elas não se importavam o suficiente nem para comparecer à Reunião de Pais, deixando os professores sentados um ao lado do outro nas carteiras, mirando o vazio, aguardando com paciência as mães que nunca chegavam. E entendo que nossas mães pudessem parecer um pouco negligentes quando, informadas pelo professor de alguma travessura no parquinho, começavam a gritar com o professor em vez de repreender a criança. Mas nós entendíamos um pouco melhor as nossa mães. Sabíamos que elas, na sua época, também haviam temido as escolas, temido as regras arbitrárias que as humilhavam, assim como os uniformes novos que não tinham dinheiro para comprar, a obsessão desconcertante pelo silêncio, a incessante correção de seu patoá original ou *cockney*, a sensação de que nunca iriam conseguir fazer nada direito de qualquer jeito. Uma profunda ansiedade com relação a "levar broncas" — por causa de quem eram, por causa do que tinham ou não tinham feito, e agora por causa dos atos de seus filhos — esse medo nunca abandonou nossas mães, muitas das quais haviam se tornado nossas mães quando ainda eram, elas próprias, pouco mais que crianças. Assim, a "Reunião de Pais" não estava, na cabeça delas, muito longe da "repreensão". Continuava sendo um lugar onde poderiam ser humilhadas. A diferença é que agora elas eram adultas e não podiam ser forçadas a ir.

Digo "nossas mães", mas é claro que a minha era diferente: ela sentia a raiva, mas não a humilhação. Ela sempre ia à Reunião de Pais. Naquele ano, por alguma razão, a data caiu no Dia dos Namorados: o saguão estava debilmente enfeitado com corações de papel cor-de-rosa grampeados nas paredes, e cada carteira ostentava uma rosa amarrotada de papel de seda no topo de um limpador de cachimbo verde. Eu a segui enquanto ela percorria a sala intimidando os professores, ignorando toda tentativa da parte deles de discutir o meu progresso e, em vez disso, proferindo uma série de palestras improvisadas a respeito da incompetência da administração das escolas, a cegueira e estupidez da assembleia local, a desesperadora necessidade de "professores de cor" — no que deve ter sido a primeira vez que ouvi aquele novo eufemismo, "de cor". Os coitados dos professores agarravam os lados das cadeiras, temendo por suas vidas. Em dado momento, para enfatizar um argumento, ela deu um murro em uma mesa e derrubou no chão a rosa de papel de seda e um punhado de lápis: "Essas crianças merecem mais que isso!". Não eu, especificamente — "essas crianças". Como lembro bem dela fazendo aquilo, e como ela estava maravilhosa, parecia uma rainha! Eu tinha orgulho de ser sua filha, a filha da única mãe da vizinhança livre das garras da humilhação. Desembestamos juntas para fora do saguão, minha mãe triunfante, eu pasma, nenhuma de nós tendo aprendido nada a respeito do meu desempenho escolar.

Lembro, entretanto, de um episódio de humilhação, foi algunos dias antes do Natal, um final de tarde de sábado, depois da aula de dança, depois da casa de Lambert, e eu estava no meu apartamento assistindo a uma coreografia de Fred e Ginger junto com Tracey, repetidas vezes. Tracey tinha a ambição de um dia recriar toda aquela coreografia por contra própria — hoje entendo que isso era como ver a Capela Sistina e esperar recriá-la no teto do quarto — embora ela ensaiasse apenas a parte masculina, nunca ocorria a nenhuma de nós aprender a parte de Ginger em nada. Tracey estava em pé na porta que dava para a sala de estar, dançando sapateado — não havia carpete ali — e eu estava ajoelhada perto do videocassete, rebobinando e pausando quando necessário. Minha mãe estava sentada em um banco alto na cozinha, estudando. Meu pai — e isso era incomum — tinha "saído", sem mais explicações, apenas "saído", em torno das quatro da tarde, sem objetivos ou tarefas a cumprir, até onde eu sabia. Lá pelas tantas, me aventurei até a cozinha para buscar dois copos de suco. Em vez de encontrar minha mãe debruçada sobre os livros, usando fones de ouvido, alheia à minha presença, eu a flagrei com o olhar perdido na direção da janela, o rosto molhado de lágrimas. Quando me viu, estremeceu de leve como se eu fosse um fantasma.

"Eles vieram", ela disse, quase para si mesma. Olhei para a mesma direção que ela e vi meu pai atravessando a área livre entre os prédios com dois jovens brancos no encalço, um rapaz de uns vinte anos e uma garota que parecia ter quinze ou dezesseis.

"Quem veio?"

"Umas pessoas que o seu pai quer que você conheça."

E a humilhação que ela sentiu, acredito, era a humilhação da falta de controle: ela não tinha como dominar a situação nem me proteger dela porque, para variar, a situação pouco lhe dizia respeito. Em vez disso, ela se precipitou para a sala e mandou

Tracey ir embora, mas Tracey tomou o cuidado de demorar para recolher suas coisas: ela queria dar uma boa olhada neles. Eram uma visão e tanto. Visto de perto, o rapaz tinha cabelos loiros desgrenhados e barba, vestia roupas feias, sujas e antiquadas, sua calça jeans estava remendada e sua mochila de lona puída estava coberta de emblemas de bandas de rock: ele parecia estar ostentando sua pobreza de modo desavergonhado. A garota era tão peculiar quanto, porém mais arrumada, realmente "branca como a neve", como em um conto de fadas, com os cabelos pretos cortados em estilo chanel sóbrio, com franja reta e um desenho diagonal abrupto nas orelhas. Estava vestida toda de preto, com um enorme par de botas Dr. Martens nos pés, e era pequenina, com traços delicados — com a exceção dos peitos grandes e indecentes, que ela parecia querer esconder com todo aquele preto. Tracey e eu ficamos só olhando. "Hora de você ir para casa", meu pai disse a Tracey, e ao vê-la sair me dei conta de como, apesar de tudo, ela era minha aliada, pois sem ela, naquele momento, me senti totalmente indefesa. Os adolescentes brancos arrastaram os pés para dentro da nossa pequena sala de estar. Meu pai pediu aos dois que sentassem, mas só a garota obedeceu. Eu me inquietei ao ver minha mãe, que eu sabia ser uma pessoa livre de neuroses em condições normais, se remexendo de ansiedade, tropeçando nas palavras. O rapaz — seu nome era John — se recusava a sentar. Quando minha mãe tentava encorajá-lo a sentar, ele não respondia ou sequer olhava para ela, até que meu pai falou algo com uma agressividade que não lhe era característica e vimos John ir embora do apartamento com passos firmes. Corri até a varanda e o avistei no gramado da área comum, sem ter para onde ir — ele precisava esperar a garota — andando em um pequeno círculo, esmagando a geada com os pés. Sobrou a garota. Seu nome era Emma. Quando voltei para dentro, minha mãe me mandou sentar ao lado dela. "Esta é sua irmã", disse meu pai, e saiu para preparar uma xícara de chá. Minha mãe ficou perto da árvore de Natal, fingindo estar ajustando alguma coisa nas luzes decorativas. A garota se virou para mim e nos encaramos abertamente. Até onde eu podia ver, não tínhamos quaisquer traços em comum, aquilo tudo era ridículo, e estava claro que essa tal de Emma pensava a mesma coisa a meu respeito. Para além do fato comicamente óbvio de que eu era negra e ela branca, eu tinha ossos largos e ela era esguia, eu era alta para a minha idade e ela era baixa para a dela, meus olhos eram grandes e castanhos e os dela, estreitos e verdes. E então senti que havíamos reparado no mesmo instante: a boca curvada para baixo, os olhos tristes. Não lembro de raciocinar logicamente, não me perguntei, por exemplo, quem era a mãe dessa tal de Emma nem quando e onde ela podia ter conhecido o meu pai. Minha mente não conseguiu ir tão longe. Só pensei: ele fez uma como eu, e outra como ela. Como duas criaturas tão diferentes podem brotar da mesma fonte? Meu pai voltou para a sala com uma bandeja de chá.

"Bem, isso tudo é uma certa surpresa, não é?", ele disse, entregando uma xícara a Emma. "Para todos nós. Faz muito tempo desde que vi… Mas é que sua mãe decidiu de repente… Bem, ela é uma mulher de caprichos imprevisíveis, não é?". Minha irmã ficou encarando meu pai sem expressão, e na mesma hora ele desistiu de dizer o que pretendia e passou a falar de amenidades. "Pois então, fiquei sabendo que Emma estuda um pouco de balé. É algo que vocês duas têm em comum. No Royal Ballet, por algum tempo — bolsa integral —, mas precisou parar."

Dançando no palco, ele queria dizer? Em Covent Garden? Como bailarina principal? Ou no "porco de baile", como dizia Tracey? Mas não — "bolsa integral" parecia assunto escolar. Isso queria dizer que existe uma "Escola do Royal Ballet"? Mas se um lugar desses existia, por que *eu* não tinha sido enviada para lá? E se a tal de Emma tinha sido, quem estava pagando? Por que ela precisou parar? Porque o peito dela era enorme? Ou um tiro havia acertado sua coxa?

"Talvez um dia vocês dancem juntas!", minha mãe disse para preencher o silêncio, e era o tipo de futilidade maternal que ela raramente cometia. Emma correspondeu com receio ao olhar da minha mãe — era a primeira vez que ousava olhar diretamente para ela —, e seja lá o que tenha visto, lhe causou um horror renovado: ela caiu no choro. Minha mãe se retirou. Meu pai me disse: "Vá um pouco para a rua. Vamos. Vista o casaco".

Escorreguei para fora do sofá, tirei meu casaco de lona do gancho e saí. Desci a passarela tentando combinar essa nova realidade com tudo que sabia sobre o passado do meu pai. Ele era de Whitechapel, de uma família grande do East End, não tão grande quanto a da minha mãe, mas quase, e o pai dele tinha sido um criminoso de alguma espécie, com repetidas passagens pela prisão, e era por isso, minha mãe explicou uma vez, que ele investia tanto na minha infância: cozinhava, me levava para a escola e para a aula de dança, embalava a minha merenda e coisas do tipo, o que eram atividades incomuns para um pai naquela época. Eu era uma compensação — uma retribuição — pela sua própria infância. Sabia também que houve um período em que ele próprio "não valia nada". Uma vez, quando estávamos assistindo televisão, começou a passar algo sobre os gêmeos Kray e meu pai disse, casualmente, "Ah, bem, todo mundo conhecia eles, era impossível não conhecer na época". Seus vários irmãos e irmãs "não valiam nada", o East End em geral "não valia nada", e tudo isso ajudava a consolidar a minha noção do nosso cantinho de Londres como um pequeno cume de ar puro no meio de um atoleiro generalizado para onde você podia regressar com um empurrão vindo de qualquer direção, ao encontro da pobreza e do crime verdadeiros. Mas ninguém jamais tinha mencionado um filho ou uma filha.

Desci as escadas até a área comum e fiquei encostada num pilar de concreto observando meu "irmão" chutar lascas de grama semicongelada. Com sua barba e seus cabelos compridos e aquela cara de enterro, ele me lembrava a figura de um Jesus adulto, que eu conhecia somente da cruz pendurada na parede da aula de dança da srta. Isabel. Ao contrário de minha reação à garota — o simples sentimento de que estava diante de uma fraude — agora eu olhava para o rapaz e não conseguia negar sua essência correta. Era correto que ele fosse filho do meu pai, qualquer pessoa que olhasse veria sentido nisso. O que não fazia sentido era eu. Algo friamente objetivo tomou conta de mim: o mesmo instinto que me permitia isolar a voz que saía de minha garganta como um objeto de estudo, de consideração, se manifestava naquele momento, e ao olhar para o rapaz, pensei: sim, ele é certo e eu sou errada, não é interessante? Eu poderia, suponho, ter pensando em mim mesma como a criança legítima e no rapaz como a falsificada, mas não o fiz.

Ele se virou e me viu. Algo em seu rosto me disse que eu estava sendo alvo de compaixão, e fiquei comovida quando ele, com bondade esforçada, iniciou um jogo de esconde-esconde entre os pilares de concreto. Cada vez que seus cabelos loiros revoltos despontavam atrás de um bloco, eu tinha aquela sensação extracorpórea: ali está o filho do meu pai, e ele é a cara do meu pai, não é interessante? No meio dessa brincadeira, escutamos vozes exaltadas no andar acima. Tentei ignorá-las, mas meu novo amiguinho parou de correr e parou bem embaixo da sacada, escutando. Em dado momento, a raiva piscou novamente em seus olhos e ele me disse: "Deixa eu te dizer uma coisa: ele não se importa com ninguém. Ele não é o que parece. Ele é fodido da cabeça. Se casando com aquela crioula!".

E então a garota desceu as escadas correndo. Ninguém correu atrás dela, nem meu pai, nem minha mãe. Ela continuava chorando quando veio abraçar o rapaz, e os dois atravessaram o gramado abraçados e foram embora do conjunto. Uma neve suave caía. Observei enquanto partiam. Não voltei a vê-los até a morte do meu pai e nunca se falou deles pelo resto da minha infância. Por muito tempo, pensei que todo o episódio tinha sido uma alucinação, ou talvez algo que eu tinha tirado de um filme ruim. Quando Tracey me perguntou a respeito, contei-lhe a verdade, ainda que acrescida de alguns detalhes: aleguei que em um prédio pelo qual passávamos diariamente, na Willesden Lane, aquele com o toldo azul esfarrapado, ficava a Escola do Royal Ballet, e que minha cruel irmã branca e rica estudava lá, que ela fazia muito sucesso mas não se sujeitava nem a acenar para mim da janela quando eu passava, dá para acreditar? À medida que ela escutava, pude ver em seu rosto que ela estava lutando para acreditar, era evidente acima de tudo nas narinas. É claro que Tracey muito provavelmente tinha estado no interior daquele prédio e sabia perfeitamente o que ele era na realidade: uma casa de eventos chinfrim onde aconteciam boa parte das festas de casamento baratas da região, e às vezes noites de bingo. Poucas semanas mais tarde, estava sentada no banco traseiro do carrinho ridículo da minha mãe — um Citroën 2CV branco, minúsculo e ostensivamente francês com um adesivo da Campanha pelo Desarmamento Nuclear bem ao lado do adesivo redondo da taxa do veículo —, avistei uma noiva carrancuda, com o rosto envolto em cachos e tules, parada no lado de fora da minha Escola do Royal Ballet, fumando um cigarro, mas não deixei aquela visão penetrar minha fantasia. Àquela altura eu já estava insuscetível à realidade como minha amiga. E agora — como se tentássemos subir numa gangorra ao mesmo tempo — nenhuma de nós apertava demais a outra e era possível manter um equilíbrio delicado. Eu podia ter minha bailarina malvada se ela pudesse ter seu dançarino de apoio. Talvez eu nunca tenha me livrado desse hábito de acréscimo de detalhes. Vinte anos mais tarde, durante um almoço complicado, revisitei a história dos meus irmãos fantasmagóricos diante de minha mãe, que suspirou, acendeu um cigarro e disse: "Você não perde uma chance de acrescentar neve".

Dez

Muito antes de entrar na carreira, minha mãe já tinha uma mente voltada à política: era de sua natureza pensar coletivamente nas pessoas. Mesmo na infância eu notava isso, e meu instinto me dizia que havia algo de frio e insensível em sua capacidade de analisar as pessoas que viviam a seu redor com tanta precisão: amigos, sua comunidade, a própria família. Éramos todos, ao mesmo tempo, pessoas que ela conhecia e amava e também objetos de estudo, a personificação de tudo que ela andava aprendendo na Politécnica de Middlesex. Ela se colocava à parte, sempre. Nunca se sujeitou, por exemplo, ao culto do "requinte" praticado pela vizinhança — a paixão por abrigos esportivos reluzentes e bijuteria cintilante, por dias inteiros gastos no salão de beleza, crianças calçando tênis de cinquenta libras, sofás pagos em anos de prestações — embora também não o condenasse de todo. As pessoas não são pobres porque fizeram más escolhas, minha mãe gostava de dizer, elas fazem más escolhas porque são pobres. Muito embora fosse serena e antropológica em relação a esses assuntos em seus ensaios acadêmicos — ou dando lições a mim e a meu pai na mesa de jantar — eu sabia que, na vida real, ela se exasperava com frequência. Tinha deixado de me buscar na escola — meu pai passou a se encarregar disso — porque o cenário que encontrava por lá a tirava do sério, em especial o modo como o tempo parecia se corromper novamente, todas as tardes, transformando as mães em crianças que tinham vindo buscar as suas crianças, e todas aquelas crianças juntas se livravam da escola com alívio, finalmente livres para conversar entre si como bem entendessem, rir, fazer piadas, tomar o sorvete da van de sorvetes que estava de plantão e produzir uma quantidade de barulho que consideravam perfeitamente normal. Minha mãe já não se encaixava naquilo. Ela ainda se importava com o grupo — intelectualmente, politicamente —, mas já não fazia parte dele.

De vez em quando ela acabava tomando parte dele, em geral por causa de algum erro de cálculo, e se via presa em uma conversa com alguma outra mãe, com frequência a de Tracey, na Willesden Lane. Nesses casos ela podia se tornar ferina, fazendo questão de mencionar cada nova conquista minha nos estudos — ou de inventar algumas — mesmo sabendo que a mãe de Tracey só poderia oferecer de volta os elogios da srta. Isabel, o que para a minha mãe era um produto sem nenhum valor. Minha mãe tinha orgulho de se esforçar mais do que a mãe de Tracey, mais do que todas as outras, para me colocar em uma escola estadual minimamente boa em vez das inúmeras que eram péssimas. Ela estava promovendo um campeonato de zelo, mas suas competidoras mais próximas, como a mãe de Tracey, estavam tão despreparadas em comparação a ela que a batalha seria fatidicamente assimétrica. Muitas vezes me perguntei: precisa ser uma disputa? As outras precisam perder para que nós possamos vencer?

Certa manhã, no início da primavera, meu pai e eu cruzamos com Tracey debaixo do nosso bloco de apartamentos, perto das garagens. Ela parecia nervosa, e embora tenha dito que só estava atravessando nosso conjunto para chegar no dela, não tive dúvidas de que estava à minha espera. Estava acabrunhada: me pareceu que ela não tinha nem ido à escola. Eu sabia que às vezes ela gazeteava as aulas, e com o consentimento da mãe. (Minha mãe ficou chocada, certa tarde, no horário das aulas, ao topar com as duas saindo da butique What She Wants na avenida principal, rindo e carregando um monte de sacolas de compras.) Vi meu pai saudar Tracey de maneira efusiva. Para ele, ao contrário da minha mãe, estabelecer uma conexão com Tracey não era motivo de ansiedade, ele achava sua dedicação bitolada à dança algo cativante, e também, creio eu, admirável — pois se encaixava na sua ética de trabalho — e era bastante evidente que Tracey adorava meu pai, que era até mesmo um pouco apaixonada por ele. Ela se enchia de uma dolorosa gratidão por ele se dirigir a ela como um pai, embora às vezes ele passasse um pouco do limite, se mostrando incapaz de compreender que na esteira de um pai emprestado apenas por um instante vinha o sofrimento de ter que devolvê-lo.

"Os exames estão chegando, não?", ele perguntou para ela. "Como vai ser?"

Tracey empinou o nariz, orgulhosa. "Vou fazer nas seis categorias."

"Não me surpreende."

"Mas não vou fazer o de dança moderna sozinha, terei um par. Sou mais forte no balé, depois sapateado, depois moderna, depois canto e dança. Minha meta é pelo menos três ouros, mas se forem dois ouros e quatro pratas já fico feliz."

"E deveria mesmo."

Ela pôs as mãozinhas na cintura. "Mas você vem me assistir ou não?"

"Ah, estarei lá! Com a bola toda! Torcendo pelas minhas meninas."

Tracey adorava se gabar diante do meu pai, ela desabrochava em sua presença, às vezes chegava a enrubescer, e os "sim" e "não" monossilábicos que costumava dar como resposta aos adultos, incluindo minha mãe, cediam lugar àquele tipo de falatório desgovernado, como se ela temesse que uma interrupção no fluxo de palavras acarretasse o risco de perder de vez atenção dele.

"Tenho uma novidade", ela disse casualmente, se virando para mim, e então entendi por que tínhamos cruzado com ela. "Minha mãe deu um jeito."

"Deu um jeito em quê?", perguntei.

"Estou saindo da minha escola", ela disse. "Estou indo para a sua."

Mais tarde, em casa, contei a novidade para a minha mãe e ela também ficou surpresa e, suspeitei, um pouco incomodada com essa prova de que a mãe de Tracey dedicava mais esforço à filha do que a qualquer outra coisa. Ela sugou o ar entre os dentes: "Eu realmente não imaginava que ela fosse capaz".

Onze

Foi preciso que Tracey viesse para a minha turma para que eu entendesse o que minha turma realmente era. Eu pensava que era uma sala cheia de crianças. Na verdade, era um experimento social. A filha da merendeira dividia a mesa com o filho de um crítico de arte, um menino cujo pai estava na prisão dividia a mesa com o filho de um policial. A filha do gerente da agência de correio dividia a mesa com a filha de um dos dançarinos de apoio de Michael Jackson. Uma das primeiras ações de Tracey como minha colega de mesa foi articular essas sutis diferenças por meio de uma analogia simples, mas convincente: os limpos e fofinhos Cabbage Patch Kids contra os sujos e hediondos Garbage Pail Kids. Cada criança caía em uma dessas categorias, e ela deixou bem claro que qualquer amizade que eu tivesse feito antes de sua chegada seria agora considerada — no caso de envolver a transposição daquela divisa — nula e inválida, dispensável, pois na verdade nunca tinha realmente existido. Não podia haver amizade verdadeira entre Cabbage Patch e Garbage Pail, não naquele momento, não na Inglaterra. Ela tirou da nossa mesa a minha adorada coleção de cartões dos Garbage Patch Kids e os substituiu por seus cartões dos Garbage Pail Kids, os quais — como quase tudo que Tracey fazia na escola — se tornaram imediatamente a nova febre. Até as crianças que, aos olhos de Tracey, faziam o tipo Cabbage Patch começaram a colecionar os cartões dos Garbage Pail Kids, incluindo Lily Bingham, e competíamos para ver quem possuía os cartões mais repulsivos: a Garbage Pail Kid com ranho escorrendo pelo rosto, ou aquela sentada no vaso sanitário. Sua outra inovação chocante era a recusa em permanecer sentada. Só admitia ficar em pé diante da mesa, se debruçando para trabalhar. Nosso professor — um homem gentil e enérgico chamado sr. Sherman — guerreou com ela durante uma semana, mas Tracey, como minha mãe, tinha uma determinação de aço, e no fim das contas teve permissão para ficar em pé como bem entendesse. Não creio que Tracey tivesse paixão especial por ficar em pé, era uma questão de princípio. O princípio, na verdade, podia ser qualquer coisa, mas a questão é que ela precisava sair ganhando. Ficou evidente que o sr. Sherman, tendo perdido aquela batalha, julgava necessário retaliar em algum outro território, e então, certa manhã, quando estávamos todas trocando cartões das Garbage Pail Kids animadamente em vez de ouvir seja lá o que ele estivesse falando, ele perdeu completamente as estribeiras, começou a gritar como um lunático e foi de mesa em mesa confiscando os cartões de dentro dos compartimentos ou de nossas próprias mãos, até acumular em sua mesa uma pilha enorme que foi embaralhada, deitada de lado sobre o tampo e arrastada com a mão para dentro de uma gaveta, que por sua vez foi trancada ostentosamente com uma pequena chave. Tracey não falou nada, mas suas narinas de porquinho se alargaram e eu pensei: ai, não, o sr. Sherman não percebe que ela jamais o perdoará?

Naquela mesma tarde, caminhamos juntas para casa depois da escola. Ela não falava comigo, ainda ardia em fúria, mas quando fiz menção de entrar no acesso do meu prédio ela pegou o meu pulso e me puxou até o outro lado da rua, onde ficava o prédio dela. Permanecemos em silêncio enquanto o elevador subia. Eu tinha a sensação de que algo importante estava prestes a acontecer. Podia sentir sua fúria, era como uma aura que a envolvia, quase uma vibração. Quando chegamos diante da sua porta, vi que o batente — um leão de Judá de bronze com a boca aberta, comprado em uma das bancas da avenida principal que vendiam artigos africanos — tinha sido avariado e estava pendurado por um único prego, e me perguntei se o pai dela teria aparecido outra vez. Segui Tracey até o quarto dela. Quando a porta se fechou, ela avançou na minha direção, me fuzilando com os olhos, como se eu fosse o sr. Sherman, e me perguntou em tom agressivo o que eu iria fazer agora que estávamos ali sozinhas. Eu não fazia a menor ideia: nunca tinha me consultado para saber o que fazer, quem tinha as ideias era sempre ela, o planejamento nunca antes tinha cabido a mim.

"Bem, e pra que veio até aqui se não tem porra de ideia nenhuma?"

Ela desabou na cama, pegou o *Pac-Man* e começou a jogar. Senti meu rosto ardendo. Propus timidamente que praticássemos nossos *times steps* triplos, mas Tracey só resmungou.

"Não preciso. Já avancei pros *wings*."

"Mas eu não sei fazer *wings* ainda!"

"Olha só", ela disse, sem tirar os olhos da tela, "você não consegue nem ganhar prata sem fazer *wings*, pode esquecer o ouro. Então pra que fazer seu pai vir só pra ver você cagando tudo? Não tem por quê, né?"

Olhei para os meus pés idiotas que não conseguiam fazer *wings*. Sentei e comecei a chorar baixinho. Isso não mudou em nada a situação, e após um minuto me senti uma coitadinha e parei. Decidi me ocupar organizando o guarda-roupa da Barbie. Todas as roupas dela estavam socadas dentro do conversível do Ken. Meu plano era retirá-las, desamassá-las, pendurá-las nos cabidezinhos e colocá-las de volta no guarda-roupa, o tipo de brincadeira que eu não tinha permissão para fazer em casa devido aos ecos de opressão doméstica. No meio desse procedimento meticuloso, o coração de Tracey misteriosamente amoleceu: ela escorregou da cama e sentou de pernas cruzadas ao meu lado no chão. Juntas, colocamos em ordem a vida daquela pequenina mulher branca.

Doze

Tínhamos um vídeo favorito, a etiqueta da fita dizia "Desenhos de Sábado e *Top Hat*", ele ia e voltava do meu apartamento para o de Tracey toda semana e era assistido com tanta frequência que as distorções de *tracking* já estavam comendo as margens superior e inferior da imagem. Como não podíamos correr o risco de avançar a fita vendo a imagem — isso piorava o problema do *tracking* — avançávamos "às cegas", adivinhando a duração a partir da espessura de fita preta que ia de um rolo para o outro. Tracey era uma exímia avançadora de fitas, parecia saber nas entranhas o momento exato em que os desenhos animados irrelevantes ficavam para trás e quando apertar *stop* bem no começo, por exemplo, da canção "Cheek to Cheek". Agora me dou conta de que para ver aquele mesmo vídeo hoje — como acabei de fazer há alguns minutos, logo antes de escrever isso — não é preciso esforço nenhum, leva um instante, digito meus termos de busca e ele aparece. Naquela época, era uma arte. Fomos a primeira geração a ter em casa o poder de recuar e avançar a realidade: até crianças bem pequenas conseguiam apertar aqueles botões grandalhões para ver o-que-foi se tornar o-que-é ou o o-que-será. Quando Tracey mergulhava nesse processo, ficava absolutamente concentrada, não apertava *play* até que Fred e Ginger estivessem exatamente onde ela queria, na varanda, entre as buganvílias e as colunas dóricas. E nesse ponto ela começava a ler a dança de um jeito que nunca fui capaz de imitar, ela via tudo, as penas de avestruz perdidas caindo no chão, os músculos flácidos nas costas de Ginger, o modo como Fred precisava erguê-la de qualquer posição deitada, estragando a fluidez, arruinando a coreografia. Ela via a coisa mais importante de todas, que era a aula de dança dentro da performance. Com Fred e Ginger, sempre se pode ver a aula de dança. Em certo sentido, a aula de dança é a performance. Ele não olha para ela com amor, nem mesmo com o amor falso dos filmes. Ele olha para ela como a srta. Isabel olhava para nós: não esqueça de x, por favor preste atenção em y, sobe o braço agora, desce a perna, rodopia, inclina, dobra.

"Olha só ela", disse Tracey com um sorriso bizarro, colocando o dedo no rosto de Ginger exibido na tela. "Parece que ela está assustada pra cacete."

Foi durante uma das sessões daquele vídeo que fiquei sabendo de algo novo e importante a respeito de Louie. O apartamento estava vazio na ocasião, e como a mãe de Tracey se incomodava quando assistíamos ao mesmo vídeo sem parar, naquela tarde nos esbaldamos. No instante em que Fred parava e se encostava na balaustrada, Tracey engatinhava à frente, apertava o botão mais uma vez e lá íamos nós de volta para o-que-foi. Devemos ter assistido uma dúzia de vezes ao mesmo vídeo de cinco minutos. Até que, de repente, bastou: Tracey levantou e me disse para segui-la. Tinha escurecido. Eu me perguntei a que horas sua mãe chegaria em casa. Passamos pela cozinha e fomos até o banheiro. Era exatamente igual ao da minha casa. O mesmo piso de cortiça, o mesmo jogo verde-abacate de louças. Ela se ajoelhou e empurrou o painel lateral da banheira, que caiu para dentro com facilidade. Dentro de uma caixa de sapatos Clarks que estava ao lado do encanamento havia um pequeno revólver. Tracey pegou a caixa e mostrou o revólver para mim. Disse que pertencia a seu pai, que ele o tinha deixado ali, e que quando Michael viesse se apresentar em Wembley no Natal ele seria, além de dançarino de apoio, seu segurança particular, precisava ser assim para confundir as pessoas, era tudo altamente secreto. Se contar para alguém, ela me disse, seremos mortas. Ela encaixou o painel de volta no lugar e foi para a cozinha preparar um chá. Fui para a minha casa. Lembro de ter sentido uma inveja intensa da glamorosa vida familiar de Tracey quando comparada à minha, de sua natureza sigilosa e explosiva, e caminhei em direção ao meu apartamento pensando em algo equivalente que pudesse revelar a Tracey na próxima vez que a visse, uma doença terrível ou um novo bebê, mas não havia nada, nada, nada!

Treze

Estávamos na sacada. Tracey ergueu o cigarro que tinha roubado do meu pai e eu estava pronta para acendê-lo. Antes que eu o fizesse, ela cuspiu o cigarro, chutou-o para trás e apontou para minha mãe, que para nossa surpresa estava bem embaixo de nós, na grama da área comum, sorrindo para cima. Era uma manhã quente e luminosa de um domingo de meados de maio. Minha mãe brandia uma pá de dimensões dramáticas, como uma fazendeira soviética, e usava um traje sensacional: jardineira jeans, mini blusa de tecido marrom-claro e fino que ficava perfeito sobre sua pele, sandálias Birkenstock e um lenço amarelo quadrado que havia sido dobrado em um triângulo e ajustado à cabeça. O lenço estava preso à nuca com um nó pequeno e elegante. Ela explicou que havia tomado a iniciativa de cavar a grama da área comum, um retângulo de cerca de dois metros e meio por um, com a ideia de plantar uma horta que todos pudessem aproveitar. Ficamos vendo ela trabalhar. Ela cavou por algum tempo, parando às vezes para descansar com o pé na lâmina da pá e gritar coisas para nós a respeito de alfaces, suas diversas variedades e a época certa de plantá-las, um assunto pelo qual não tínhamos o menor interesse, mas tudo que ela dizia parecia mais instigante por causa daquela roupa. Enquanto a observávamos, várias pessoas saíram de seus apartamentos para expressar preocupação ou questionar seu direito de fazer aquilo, mas ninguém era páreo para ela, e percebemos com admiração como ela despachou todos os pais em questão de minutos — essencialmente os encarando — enquanto às mães também oferecia resistência, sim, mas precisava se esforçar mais, soterrando-as em linguagem até que entendessem que não tinham chance, até que o córrego de suas objeções fosse engolido pela correnteza rápida da fala de minha mãe. Tudo que ela dizia soava tão convincente, tão impossível de contradizer. Era uma onda quebrando sobre sua cabeça, inexorável. Quem não gostava de rosas? Quem podia ser tão mesquinho a ponto de relutar em conceder a uma criança urbana a oportunidade de plantar uma semente? Não tínhamos vindo todos da África, originalmente? Não éramos gente da terra?

Começou a chover. Minha mãe, que não estava vestida para chuva, voltou para casa. Na manhã do dia seguinte, antes da escola, saímos animadas para ver o espetáculo de onde ele havia parado: minha mãe, parecendo Pam Grier em pessoa, cavando um buraco grande e ilegal, sem permissão da administração. Mas a pá continuava cravada no lugar onde ela a havia deixado e a vala estava cheia d'água. O buraco parecia uma cova que alguém tinha cavado pela metade. No dia seguinte também choveu e a escavação seguiu interrompida. No terceiro dia, um lodo cinzento subiu e começou a se espalhar pela grama.

"Argila", disse meu pai, enfiando um dedo. "Agora ela arranjou um problema."

Mas ele estava enganado: o problema era dele. Alguém tinha dito à minha mãe que a argila é apenas uma camada do solo, que cavando fundo o bastante você a atravessava, e que então bastava ir à floricultura comprar adubo e despejá-lo em seu buraco enorme e ilegal... Olhamos para dentro do buraco que meu pai agora cavava: debaixo da argila havia mais argila. Minha mãe desceu as escadas e também olhou, e alegou estar "muito animada" com a argila. Ela nunca mais mencionou os vegetais, e se alguém tentasse mencioná-los ela adotava sem titubear a nova linha do partido, segundo a qual o buraco nunca teve nada a ver com alfaces, a motivação do buraco tinha sido, desde o início, encontrar argila. E a argila tinha sido encontrada. Na verdade, ela tinha duas rodas de oleiro sem uso em casa! Que material fabuloso para as crianças!

As rodas eram pequenas e muito pesadas, ela as havia comprado porque "gostava da aparência delas", em um fevereiro congelante em que as portas do elevador estavam quebradas: meu pai escorou os joelhos, encaixou os braços e carregou as malditas rodas três lances de escada acima. Eram bem básicas, brutas de um certo modo, ferramentas de camponês, e nunca tinham sido usadas para nada em nosso apartamento, a não ser como pesos de porta na sala de estar. Agora a usaríamos, *precisávamos* usá-las: se não o fizéssemos, minha mãe teria cavado um buraco enorme na grama da área comunitária a troco de nada. Tracey e eu fomos incumbidas de angariar crianças. Só conseguimos convencer três nos conjuntos: para fazer número, adicionamos Lily Bingham. Meu pai encheu sacolas de argila e as levou de carrinho de mão para o nosso apartamento. Minha mãe instalou um cavalete na sacada e depositou um grande pedaço de argila diante de cada uma de nós. O processo fazia muita sujeira, teria sido melhor usar a cozinha ou o banheiro, mas a sacada oferecia o elemento de exibição: dali do alto, o novo conceito de educação infantil de minha mãe podia ser apreciado por todos. Essencialmente, ela estava colocando uma pergunta diante de todos os moradores do conjunto habitacional. E se não abandonássemos nossos filhos na frente da televisão todos os dias para assistir a desenhos e novelas? E se, em vez disso, oferecêssemos a eles pedaços de argila, derramássemos um pouco de água sobre eles e os ensinássemos a girá-las até que obtivessem uma forma entre as mãos? Que tipo de sociedade estaríamos promovendo nesse caso? Observamos enquanto ela fazia a argila girar entre as mãos. Ficou parecendo um pênis — um pênis comprido e marrom —, mas só depois que Tracey sussurrou essa ideia no meu ouvido eu pude admitir que estava pensando justamente naquilo. "É um vaso", declarou minha mãe, acrescentando em seguida, para melhor esclarecer: "Para uma única flor." Fui convencida. Olhei para as outras crianças. Será que a mãe *delas* já tinha pensado em cavar a terra e obter um vaso? Ou plantar uma única flor para colocar dentro dele? Mas Tracey não estava levando nada daquilo muito a sério, ela seguia descontrolada com a ideia do pênis de argila e agora tinha despertado a mesma coisa em mim, e diante disso minha mãe fez cara feia para nós e voltou sua atenção a Lily Bingham, perguntando o que ela gostaria de fazer, um vaso ou uma caneca. Entre os dentes, Tracey sugeriu mais uma vez a obscena terceira opção.

Ela estava rindo da minha mãe — era libertador. Eu nunca tinha imaginado que minha mãe pudesse ser ou fosse efetivamente alvo de deboche, mas Tracey achava tudo nela ridículo: a maneira como se dirigia a nós com respeito, como se fôssemos adultas, deixando que fizéssemos nossas próprias escolhas em assuntos que Tracey achava que não nos cabia escolher, e a licença que nos concedia em geral, permitindo toda aquela bagunça desnecessária na sacada da sua casa — quando todo mundo sabia que uma mãe de verdade odeia bagunça — e depois tendo a desfaçatez de chamar aquilo de "arte", de chamar aquilo de "artesanato". Quando chegou a vez de Tracey e minha mãe lhe perguntou o que ela pretendia criar com a roda de oleiro, um vaso ou uma caneca, Tracey parou de rir e fechou a cara.

"Entendi", disse minha mãe. "Bem, o que você *gostaria* de fazer?"

Tracey ergueu os ombros.

"Não precisa ser um utensílio", minha mãe insistiu. "A arte não precisa ter utilidade! No oeste africano, por exemplo, algumas mulheres que viviam lá cem anos atrás começaram a fazer potes com formato estranho, potes que não se podia usar, e os antropólogos não entendiam o que elas estavam fazendo, mas isso é porque eles, os cientistas, esperavam que um povo abre aspas "primitivo" fecha aspas só fabricasse coisas úteis, quando na verdade elas só estavam fazendo os potes porque eram bonitos — da mesma forma que um escultor — e não para coletar água, não para guardar grãos, só porque eram bonitos, e para dizer: *nós estávamos aqui, nesse instante de tempo, e isso é o que fizemos.* Bem, você poderia fazer algo assim, não poderia? Sim, você poderia fazer algo ornamental. É a sua liberdade! Aproveite! Vai saber. Talvez você seja a próxima Augusta Savage!"

Eu estava acostumada com os discursos da minha mãe — tendia a sintonizar em outra coisa sempre que aconteciam — e também já estava familiarizada com seu hábito de preencher conversas ordinárias com seja lá qual fosse o assunto que estivesse estudando naquela semana, mas tenho certeza que Tracey nunca tinha ouvido nada parecido em toda a sua vida. Ela não sabia o que era um antropólogo, nem o que fazia um escultor, nem quem era Augusta Savage, ou mesmo o que significava a palavra "ornamental". Ela pensou que minha mãe estava tirando uma onda da cara dela. Como ela poderia saber que, para a minha mãe, era impossível falar de maneira natural com uma criança?

Catorze

Quando Tracey chegava em casa todos os dias depois da escola, seu apartamento estava quase sempre vazio. Quem sabia dizer onde estava sua mãe? "Na avenida", dizia a minha mãe — o que significava "bebendo" —, mas eu passava na frente do pub Sir Colin Campbell todos os dias e nunca a via por lá. Em quase todas as ocasiões em que a vi, ela estava na rua alugando a orelha de alguém, não raro aos prantos e secando os olhos com um lencinho, ou então sentada em um ponto de ônibus do outro lado do muro do conjunto habitacional, fumando e encarando o vazio. Tudo menos ficar enclausurada naquele apartamento minúsculo — e eu não a culpava. Tracey, ao contrário, gostava muito de ficar em casa, nunca queria ir ao parquinho ou andar na rua. Ela levava uma chave dentro do estojo de lápis, abria a porta sozinha, ia direto para o sofá e começava a assistir às novelas australianas, até que as britânicas começavam, um processo que tinha início às quatro da tarde e terminava com os créditos finais de *Coronation Street*. Em algum ponto no meio do caminho, ou ela preparava um chá sozinha, ou sua mãe aparecia com comida da rua e sentava junto com ela no sofá. Eu sonhava com a liberdade que ela tinha. Quando eu chegava em casa, minha mãe ou meu pai sempre queriam saber "como tinha sido a escola hoje", insistiam muito nisso, não me deixavam em paz até que eu lhes contasse alguma coisa, e então, naturalmente, passei a mentir. A essa altura eu já os via como duas crianças, mais inocentes que eu, e que eu tinha a responsabilidade de proteger do tipo de verdade desconfortável que os faria pensar (minha mãe) ou sentir (meu pai) de forma exagerada. Naquele verão, o problema se agravou porque a resposta honesta para "Como foi a escola hoje?" era "Está rolando uma mania de apalpar vaginas no parquinho". Três meninos do conjunto de Tracey tinham começado a brincadeira, mas agora todo mundo estava participando, as crianças irlandesas, as gregas, até mesmo Paul Barron, filho completamente anglo-saxão de um policial. Era como pega-pega, mas as meninas nunca pegavam, só os meninos pegavam, nós, meninas, só corríamos sem parar até sermos encurraladas em algum canto discreto, longe dos olhares das merendeiras e monitores, e ali nossa calcinha era afastada e uma mãozinha atacava nossa vagina, o menino fazia cócegas com urgência e ímpeto e então saía correndo em disparada, e a brincadeira toda voltava para o início. Era possível definir a popularidade de uma menina pelo empenho e insistência com que era perseguida. Tracey, com sua risada histérica — e velocidade de fuga deliberadamente baixa —, era, como sempre, a número um. Eu, querendo ser popular, às vezes também não me esforçava muito para correr, e a verdade constrangedora é que desejava ser pega — gostava da eletricidade que corria da minha vagina até as orelhas só de antecipar o ataque da mãozinha inquieta —, mas também era verdade que bastava a mãozinha aparecer para que algum reflexo dentro de mim, algum conceito arraigado de autopreservação herdado de minha mãe, sempre me fizesse comprimir as pernas, e então eu tentava lutar contra a mãozinha, o que no fim era sempre impossível. Tudo que consegui com minha resistência ao primeiro contato foi me tornar ainda mais impopular.

Quanto à sua preferência por esse ou aquele garoto na hora da perseguição, não, ninguém se preocupava com isso. Não havia uma hierarquia do desejo porque o desejo era um elemento muito fraco, quase inexistente na brincadeira. O importante era que você fosse vista como o tipo de menina que valia a pena perseguir. Não era uma brincadeira sexual, mas sim de status — de poder. Não desejávamos ou tínhamos pavor dos meninos em si, somente desejávamos e tínhamos pavor de sermos escolhidas ou não. A exceção era um menino com um caso terrível de eczema, de quem todas sentiam um sincero e profundo pavor. Tracey incluída, pois ele deixava floquinhos de pele cinzenta e morta dentro da sua calcinha. Quando a brincadeira evoluiu de travessura do parquinho para aventura em plena sala de aula, o menino com eczema se tornou meu pesadelo diário. Agora a brincadeira era assim: um menino deixava um lápis cair no chão bem na hora em que o sr. Sherman estava de costas para nós e com os olhos atentos à lousa. O menino engatinhava debaixo da mesa para pegar o lápis, se aproximava do meio das pernas de uma menina, afastava sua calcinha e enfiava os dedos, mantendo-os ali pelo que julgasse ser o maior tempo possível antes de ser flagrado. O elemento aleatório já não fazia parte: só os três meninos originais participavam dessa versão e eles só visitavam as meninas que estivessem perto de suas próprias carteiras e que, de acordo com a avaliação deles, não iriam reclamar. Tracey era uma delas, eu era outra, e uma menina do meu corredor chamada Sasha Richards. As meninas brancas — que em geral eram incluídas na versão do parquinho — agora eram misteriosamente excluídas: era como se nunca tivessem se envolvido. O menino com eczema sentava a uma carteira de distância da minha. Eu odiava aqueles dedos escamados, me enchiam de nojo e horror, mas, ao mesmo tempo, eu não podia evitar de sentir prazer com aquela eletricidade deliciosa e incontrolável que corria da minha calcinha até as orelhas. Não era possível, é claro, descrever nada daquilo para os meus pais. Na verdade, esta é a primeira vez que abordo o assunto com qualquer pessoa — inclusive comigo mesma.

É estranho pensar que todos tínhamos apenas nove anos naquela época. Mas ainda recordo daquele período com uma certa gratidão pelo que hoje considero minha relativa sorte. Foi a temporada do sexo, sim; mas ela também foi, em todos os sentidos cruciais, desprovida do sexo propriamente dito — e não é essa uma das definições proveitosas de uma infância feliz para uma menina? Eu não entendi ou valorizei esse aspecto da minha sorte até bem depois de me tornar adulta, quando comecei a descobrir que entre minhas amigas mulheres, em mais casos do que poderia supor, independentemente de suas origens, as temporadas do sexo na infância haviam sido exploradas e corrompidas por crimes cometidos pelos tios e pais, primos, amigos, desconhecidos. Penso em Aimee: abusada aos sete anos, estuprada aos dezessete. E para além da sorte pessoal há também a sorte geográfica e histórica. O que acontecia com as meninas nas plantações — ou nos orfanatos vitorianos? O mais perto que estive de qualquer coisa parecida foi o incidente do almoxarifado de partituras, que nem chegou perto, e tenho a agradecer à minha sorte histórica, com certeza, mas também a Tracey, pois foi ela, à sua maneira peculiar, quem veio me socorrer. Foi numa sexta-feira no fim do dia, a pouco tempo do término das aulas naquele ano, e eu tinha ido ao almoxarifado pegar uma partitura emprestada, a da canção "We All Laughed", que Astaire cantava com tanta beleza e simplicidade, com a intenção de trazê-la ao sr. Booth na manhã de sábado para que a cantássemos em dueto.

Outro fator de sorte para mim foi que o sr. Sherman, meu professor da escola, também era o professor de música e apreciava as velhas canções tanto quanto eu: ele tinha um arquivo cheio de partituras de Gershwin e de Porter, entre outros, que ficava guardado no almoxarifado, e às sextas-feiras eu tinha permissão para pegar o que quisesse e devolver na segunda. O espaço era típico daquele tipo de colégio, naquela época: caótico, apertado, sem janelas, várias telhas faltando. Velhos estojos de violino e violoncelo estavam encostados numa das paredes, e havia diversas flautas doces de plástico, cheias de saliva e com os bocais mastigados como brinquedos caninos. Havia dois pianos, um deles quebrado e coberto por um lençol, e outro muito desafinado, e vários conjuntos de tambores africanos, pois eram relativamente baratos e qualquer um podia tocá-los. A lâmpada do teto não acendia. Você precisava encontrar o que buscava enquanto a porta ainda estivesse aberta, gravar a localização e então, caso o objeto não estivesse ao alcance do braço, deixar a porta fechar e prosseguir no escuro. O sr. Sherman tinha me dito que deixara a pasta que eu queria em cima do armário de arquivos cinza, no canto esquerdo da sala, e depois de localizá-lo deixei a porta fechar. A escuridão era total. Eu estava com a pasta na mão e de costas para a porta. Uma faixa estreita de luz riscou o ambiente por alguns instantes e sumiu. E me virei — e senti mãos encostando em mim. Reconheci na mesma hora um dos pares de mãos — era o menino com eczema — e logo concluí que o segundo par pertencia ao melhor amigo dele, um menino magricela, descoordenado e com deficiência mental chamado Jordan, que era fácil de influenciar e às vezes perigosamente impulsivo, um conjunto de sintomas que carecia de diagnóstico específico na época, ou que nunca tinha sido esclarecido a Jordan e sua mãe. Jordan estava na minha turma, mas eu nunca o chamava de Jordan, eu o chamava de Mongo, como todo mundo, mas fazia muito tempo que ele tinha desarmado o insulto embutido no termo respondendo alegremente sempre que o chamavam assim, como se fosse mesmo o seu nome. Sua situação em nossa turma era peculiar: apesar de sua condição, fosse qual fosse, ele era alto e bonito. Enquanto todos nós ainda parecíamos crianças, ele parecia um adolescente, seus braços tinham músculos bem marcados e seu cabelo era atraente, raspado nas laterais em uma barbearia de verdade. Ele não tinha bom desempenho nas aulas, não tinha amigos de verdade, mas era um comparsa útil e passivo para meninos com planos nefastos, e na maioria dos casos se tornava o foco da atenção dos professores, qualquer interrupção provocada por ele surtia efeito desproporcional, o que era interessante para os outros. Tracey poderia mandar um professor "se foder" — e de fato o fez — sem ao menos ser enviada à sala de castigo, mas Jordan passava a maior parte do tempo naquele saguão por causa do que pareciam ser, para nós, infrações mínimas — retrucar a um professor ou não tirar um boné de beisebol — e depois de algum tempo começamos a perceber que os professores, em especial as mulheres brancas, tinham medo dele. Respeitávamos isso: parecia algo de especial, um êxito, provocar medo em uma mulher crescida, muito embora você não passasse de um menino de nove anos com deficiência mental. Pessoalmente, eu me dava bem com ele: seus dedos tinham entrado na minha calcinha algumas vezes, mas nunca me convenci de que ele sabia por que estava fazendo aquilo, e se acontecia de nos encontrarmos na caminhada para casa, às vezes eu cantava para ele — a música tema de "Top Cat", um desenho animado pelo qual ele era obcecado — e isso o acalmava e alegrava. Ele ia andando junto, a cabeça inclinada em minha direção, fazendo um barulho baixinho e borbulhante como o de um bebê contente. Eu não pensava nele como um agressor, mas agora ali estava ele no almoxarifado de música, me tocando de cima a baixo, dando risadinhas maníacas, acompanhando e imitando o riso mais calculado do menino com eczema, e ficou claro que não se tratava mais da brincadeira do parquinho ou da sala de aula, era um avanço novo e talvez perigoso. O menino com eczema ria, e eu deveria rir junto, era para ser uma espécie de piadinha, mas toda vez que eu tentava puxar para cima alguma peça de roupa eles a forçavam para baixo, e era esperado que eu risse disso também. De repente as risadas cessaram e uma urgência se impôs, eles passaram a agir em silêncio e eu me calei também. Naquele momento, a faixa estreita de luz reapareceu. Tracey estava na porta: vi sua silhueta emoldurada pela luz. Ela entrou e fechou a porta. De início, ela não disse nada. Só ficou parada conosco na escuridão, em silêncio, sem fazer nada. As mãos dos meninos foram se acalmando: era uma versão infantil da absurdidade sexual — conhecida dos adultos —, quando algo que parecia tão inadiável há apenas um instante de repente se torna (e muitas vezes em conjunto com uma luz sendo acesa) pequeno e insignificante, até mesmo trágico. Olhei para Tracey, ainda fixa na minha retina em forma de alívio: vi seu contorno, o nariz arrebitado, as tranças perfeitamente divididas com seus laços de cetim. Finalmente, ela recuou um passo, abriu bem a porta e a manteve aberta.

"Paul Barron está te esperando no portão", ela falou. Como apenas a encarei, ela repetiu as mesmas palavras com irritação, como se eu estivesse desperdiçando o seu tempo. Abaixei minha saia e saí às pressas. Nós duas sabíamos muito bem que não era possível que Paul Barron estive me esperando no portão, a mãe dele o buscava todos os dias em um Volkswagen, o pai dele era policial, ele tinha um lábio superior que estava sempre tremendo e olhos grandes, azuis e úmidos como os de um cachorrinho. Eu não tinha trocado nem duas palavras com Paul Barron em toda a minha vida. Tracey alegava que ele tinha enfiado os dedos na calcinha dela, mas eu já tinha prestado atenção nele enquanto participava da brincadeira e percebido que ele corria pelo parquinho sem muito rumo, procurando uma árvore atrás da qual se esconder. Eu tinha uma forte suspeita de que ele não queria pegar ninguém. Mas tinha sido o nome certo na hora certa. Os meninos podiam mexer comigo desde que me considerassem parte daquele grupo da escola que não esperava nem merecia outra coisa, mas Paul Barron fazia parte de outro mundo, não se podia mexer com ele, e aquela conexão fictícia com ele, mesmo que apenas momentânea, constituía uma espécie de proteção. Desci correndo o morrinho até os portões e encontrei meu pai à minha espera. Compramos sorvetes na van e andamos juntos para casa. Perto do semáforo, ouvi um barulhão, e ao me virar para olhar avistei Tracey, o menino com eczema e o menino que chamavam de Mongo rindo, brigando e mexendo uns com os outros, falando palavrões à vontade e parecendo contentes com a censura e a desaprovação que surgiam envolvendo-os como uma nuvem de mosquitos vinda da fila no ponto de ônibus, dos vendedores parados na porta de suas lojas, das mães e dos pais. Meu pai, míope, forçou a visão até o outro lado da rua, na direção do distúrbio: "Aquela não é a Tracey, é?".

PARTE DOIS

Cedo e tarde

Um

Eu ainda era criança quando meu caminho cruzou com o de Aimee pela primeira vez — mas como dizer que foi destino? O caminho de todo mundo cruzou com o dela no mesmo instante, ela já surgiu no mundo livre de restrições de espaço e tempo, e não tinha apenas um caminho com o qual cruzar, mas todos os caminhos — eles eram todos dela, era como a Rainha de *Alice no País das Maravilhas*, todos os movimentos pertenciam a ela —, e claro que milhões de pessoas sentiram a mesma coisa que eu. Toda vez que escutavam seus discos, era como se a estivessem encontrando — e segue sendo assim. Seu primeiro single foi lançado na semana do meu aniversário de dez anos. Ela tinha vinte e dois. Aimee me contou que, ao término daquele ano, já não podia andar na rua, não importava se estivesse em Melbourne, Paris, Nova York, Londres ou Tóquio. Uma vez, quando estávamos sobrevoando Londres com destino a Roma, conversando casualmente sobre a cidade de Londres, suas vantagens e inconvenientes, ela admitiu que nunca tinha usado o metrô, nem uma só vez, e que tinha dificuldade em imaginar aquela experiência. Tentei ajudar, dizendo que os sistemas de metrô eram mais ou menos parecidos no mundo inteiro, mas ela me contou que a última vez que estivera em um trem de qualquer espécie havia sido vinte anos antes, ao deixar a Austrália e se mudar para Nova York. Naquela época, ela tinha saído de sua pacata cidade natal havia apenas seis meses, sua ascensão a estrela do underground em Melbourne tinha sido muito rápida, e bastaram outros seis meses em Nova York para que se tornasse simplesmente uma estrela. É uma estrela incontestável desde então, o que para ela não acarreta tristeza nem traços de neurose ou autocomiseração, e esse é um dos fatos extraordinários a respeito de Aimee: ela não possui um lado trágico. Aceita tudo que lhe aconteceu como parte do destino, sendo o que é com a mesma falta de surpresa ou alienação com que imagino Cleópatra sendo Cleópatra em sua época.

Comprei aquele single de estreia de presente para Lily Bingham na sua festa de aniversário de dez anos, que por acaso foi poucos dias antes da minha. Eu e Tracey fomos convidadas, Lily veio pessoalmente nos entregar os convites de papel feitos em casa, em uma manhã de sábado durante a aula de dança, o que foi um tanto inesperado. Fiquei muito feliz, mas Tracey, talvez por suspeitar que havia sido incluída apenas por delicadeza, recebeu o convite com uma expressão azeda e o entregou na mesma hora para sua mãe, que ficou ansiosa a ponto de interceptar minha mãe na rua alguns dias depois e enchê-la de perguntas. Era o tipo de evento em que se deixava os filhos e depois ia embora? Ou era esperado que ela, na posição de mãe, entrasse na casa? O convite mencionava uma ida ao cinema — mas quem pagaria o ingresso? A convidada ou a anfitriã? Precisava levar presente? Que tipo de presente *nós* iríamos comprar? Será que minha mãe podia lhe fazer um favor e levar nós duas? Era como se a festa fosse acontecer em algum território estrangeiro misterioso, e não em uma casa do outro lado do parque, a três minutos a pé. Minha mãe, com toda a condescendência possível, disse que levaria nós duas e que permaneceria caso fosse necessário. Sugeriu que comprássemos um disco de presente, um single de música pop, podia ser o presente de nós duas, barato mas impossível de não agradar: ela nos levaria até a Woolworths da avenida principal para que escolhêssemos algo adequado. Mas estávamos preparadas. Sabíamos exatamente qual disco queríamos comprar, o nome da canção e da cantora, e sabíamos que minha mãe — que nunca tinha lido um tabloide na vida e só escutava estações de rádio que tocavam reggae — desconhecia a reputação de Aimee. A única coisa que nos preocupava era a capa: nunca a tínhamos visto e não sabíamos o que esperar. Levando em conta a letra — e a performance a que tínhamos assistido boquiabertas no *Top of the Pops* — estávamos prontas para qualquer coisa. Ela poderia estar completamente nua na capa de seu single, poderia estar em cima de um homem — ou de uma mulher — fazendo sexo, poderia estar mostrando o dedo médio, como tinha feito por um instante, no fim de semana anterior, durante a transmissão ao vivo de um programa infantil na televisão. Poderia ser uma foto de Aimee executando um de seus movimentos de dança estonteantes e provocativos, que tinham nos apaixonado a ponto de nos fazer abrir mão temporariamente de Fred Astaire, naquele momento queríamos dançar como Aimee e mais ninguém, e a imitávamos sempre que tínhamos chance e privacidade, praticando o vaivém fluido de seu ventre — como uma onda de desejo atravessando o corpo — e o modo como remexia os quadris estreitos e projetava os seios pequenos usando as costelas, um acionamento sutil de músculos ainda fora de nosso alcance, por baixo de seios que ainda não havíamos desenvolvido. Assim que chegamos na Woolworths, corremos na frente da minha mãe e fomos direto às prateleiras de discos. Onde estava ela? Procuramos o corte de cabelo platinado em estilo joãozinho, os olhos deslumbrantes, de um azul tão claro que pareciam cinzentos, e o rosto élfico, andrógino, com um queixinho pontudo, meio Peter Pan, meio Alice. Mas não encontramos representação nenhuma de Aimee, nua ou vestida: apenas seu nome e o nome da música alinhados à margem esquerda da capa, e o resto do espaço ocupado pela imagem indecifrável — para nós — de uma pirâmide com um olho pairando no topo, um olho inserido no vértice de um triângulo. A capa tinha uma cor verde suja, e acima e abaixo da pirâmide estavam escritas algumas palavras numa língua que não podíamos ler. Confusas e aliviadas, trouxemos o disco para minha mãe, que o ergueu perto dos olhos — ela também era um pouco míope, embora a vaidade a impedisse de usar óculos —, franziu a testa e perguntou se era uma "música sobre dinheiro". Respondi com todo o cuidado. Sabia que minha mãe tinha muito mais pudor com dinheiro do que com sexo.

"Não é sobre nada. É só uma música."

"Acha que sua amiga vai gostar?"

"Ela vai gostar", disse Tracey. "Todo mundo gosta. Podemos levar um pra gente também?"

Ainda de cenho franzido, minha mãe suspirou, foi pegar outra cópia do disco na prateleira, se dirigiu ao caixa e pagou.

Era o tipo de festa em que os pais iam embora — minha mãe, sempre interessada em xeretar o interior de lares de classe média, teve uma decepção —, mas essa não parecia ter sido organizada como as festas que conhecíamos, não havia danças ou atividades em grupo, e a mãe de Lily não tinha se arrumado nem um pouco, parecia quase uma moradora de rua, com os cabelos meio despenteados. Nos despedimos da minha mãe na porta após uma interação constrangedora — "Mas que meninas chiques!", a mãe de Lily gritou ao nos ver — e fomos logos depositadas na pilha de crianças na sala, só meninas, nenhumas delas usando nada próximo da combinação de cor-de-rosa, pregas e imitações de diamantes que Tracey vestia, tampouco vestidos pseudovitorianos de veludo preto e colarinho branco como o que minha mãe achou que seria "perfeito", e que havia "descoberto" para mim no brechó de caridade da vizinhança. As outras meninas usavam jardineiras e moletons divertidos, ou simples aventais de algodão em cores primárias, e quando entramos na sala todas elas pararam o que estavam fazendo para nos analisar. "Elas não estão lindas?", a mãe de Lily disse outra vez, e então saiu e nos largou lá. Éramos as duas únicas meninas negras, e não conhecíamos ninguém além de Lily. Tracey ficou imediatamente hostil. No trajeto a pé, tínhamos discutido para decidir quem entregaria a Lily nosso presente em dupla — Tracey tinha vencido, é claro —, mas na hora ela apenas largou o single embalado para presente no sofá, sem comentário algum, e quando soube a que filme iríamos assistir — *Mogli, o menino lobo* — ela o taxou de "infantiloide" e "apenas um desenho" cheio de "animaizinhos idiotas", com uma voz que me pareceu inesperadamente alta, muito singular, comendo as letras "t" em excesso.

A mãe de Lily reapareceu. Nos amontoamos dentro de um carro comprido e azul que tinha várias fileiras de assentos, como um micro-ônibus, e quando todos os assentos estavam preenchidos pediram a mim, a Tracey e a duas outras meninas que sentássemos no espaço do fundo, no porta-malas, que estava forrado com um tapete de lã xadrez coberto de pelos de cachorro. Minha mãe tinha me dado uma nota de cinco libras para o caso de precisarmos pagar alguma coisa, e eu estava com medo de perdê-la: toda hora eu a tirava do bolso, alisava sobre o joelho e dobrava em quatro novamente. Tracey, enquanto isso, entretinha as duas outras meninas mostrando o que costumávamos fazer sempre que sentávamos no fundo do ônibus escolar que nos levava uma vez por semana ao Parque Recreativo de Paddington para a aula de educação física: ficava de joelhos — tanto quanto o espaço permitia — formava um sinal de V com os dedos em torno da boca e colocava a língua para dentro e para fora diante do olhar mortificado do homem dirigindo o carro logo atrás. Quando paramos, cinco minutos depois, em Willesden Lane, fiquei aliviada com o fim do trajeto, mas desanimada com o local de chegada. Tinha imaginado que iríamos a um dos grandes cinemas do centro da cidade, mas estacionamos em frente ao nosso pequeno Odeon local, que ficava bem ao lado da Avenida Kilburn. Tracey ficou contente: aquele era território seu. Quando a mãe de Lily se distraiu na bilheteria, Tracey mostrou a todas as outras como roubar do baleiro sem pagar, e depois, quando já estávamos dentro da sala escura, a se equilibrar na beirada do assento retrátil de modo a atrapalhar a visão de quem está atrás, e também a chutar o encosto da poltrona à frente até a pessoa virar a cabeça. "Já chega", a mãe de Lily resmungava, mas ela era incapaz de estabelecer uma mínima autoridade, era como se seu próprio constrangimento a impedisse. Não queria que fizéssemos barulho, mas ao mesmo tempo não aturava a ideia de fazer o barulho necessário para nos impedir de fazer barulho, e assim que Tracey compreendeu isso — e também que a mãe de Lily não tinha a menor intenção de lhe dar um tapa, xingá-la ou arrastá-la para fora do cinema pela orelha, como nossas mães teriam feito —, bem, a partir daí ela se sentiu bastante livre. Manteve seu comentário por toda a duração do filme, ridicularizando a trama e as canções e descrevendo em detalhes como a narrativa se afastaria violentamente das versões da Disney e de Kipling caso ela mesma estivesse no lugar de um personagem ou de todos eles. "Se eu fosse aquela cobra eu abria bem a boca e devorava aquele mané com uma só mordida!" ou "Se eu fosse aquele macaco eu matava o menino assim que ele tomasse o meu lugar!" As outras convidadas da festa deliravam com essas intervenções, e eu ria mais alto que todas.

Mais tarde, no carro, a mãe de Lily tentou iniciar uma conversa civilizada a respeito dos méritos do filme. Algumas meninas disseram coisas agradáveis, e então Tracey, novamente sentada bem no fundo — eu a tinha traído e me sentado na segunda fileira —, se impôs.

"Qual era mesmo o nome dele — Mogli? Ele parece o Kurshed, né? Da nossa turma. Não parece?"

"Sim, parece", arremedei. "Ele é igualzinho ao Kurshed da nossa turma."

A mãe de Lily mostrou um interesse exagerado e girou a cabeça bem para trás quando paramos no semáforo.

"Talvez os pais dele sejam da Índia."

"Não", Tracey disse casualmente, olhando alguma outra coisa pela janela. "O Kurshed é um paki."

Ficamos em silêncio pelo resto do trajeto até em casa.

Tinha bolo, embora fosse caseiro e sem muita decoração, e cantamos "Parabéns a você", mas depois disso ainda sobrou meia hora antes que nossos pais viessem nos buscar, e a mãe de Lily, que não tinha planejado isso, pareceu aflita e nos perguntou o que gostaríamos de fazer. Pelas janelas da cozinha, eu via uma grande área verde coberta de vinhas e arbustos e estava com vontade de sair, mas essa opção foi descartada: fazia frio demais. "Por que vocês não sobem as escadas e exploram o andar de cima? Se metam numa aventura!" Percebi como Tracey ficou abalada com isso. Os adultos nos mandavam "não criar problemas", "ir arranjar algo para fazer" ou "tentar ajudar de alguma forma", mas não estávamos acostumadas a receber incentivo —

instruções! — para nos metermos numa aventura. A frase pertencia a um mundo diferente. Lily — sempre graciosa, sempre amistosa, sempre gentil — levou todas as convidadas para o seu quarto e mostrou seus brinquedos, os velhos e os novos, tudo que nos interessasse, sem o menor sinal de mau-humor ou possessividade. Até mesmo eu, que só tinha visitado a casa dela uma vez, consegui me sentir mais possessiva em relação às coisas de Lily do que ela própria. Tratei de mostrar os múltiplos encantos do quarto de Lily para Tracey como se pertencessem a mim, regulando o tempo que ela podia dedicar a esse ou aquele objeto e explicando a origem de coisas penduradas na parede. Mostrei-lhe o relógio Swatch gigante — avisando que ela não podia tocá-lo —, e chamei sua atenção para um pôster de divulgação de uma tourada, adquirido em férias recentes dos Bingham na Espanha; sob a fotografia do toureiro, em vez do nome do toureiro estava escrito em enormes letras vermelhas cheias de arabescos: *Lily Bingham*. Queria que Tracey ficasse tão espantada com aquilo quanto eu ficara na primeira vez que vi, mas ela desdenhou do pôster, me deu as costas e perguntou a Lily: "Você tem um toca-discos? Vamos fazer um show".

Tracey era muito boa em jogos de imaginação, melhor do que eu, e o jogo que ela gostava acima de todos os outros era "Fazer um Show". Brincávamos muito disso, só nós duas, mas dessa vez ela começou a alistar aquela meia dúzia de meninas no "nosso" jogo: uma delas recebeu a missão de descer as escadas para buscar o embrulho de presente com o disco que serviria de trilha sonora, outras foram delegadas a produzir os ingressos do show anunciado, e depois um pôster para divulgá-lo, e outras coletaram travesseiros e almofadas de diversos recintos para serem usados como assentos, e Tracey lhes mostrou onde liberar um espaço para servir de "palco". O show aconteceria no quarto do irmão adolescente de Lily, onde ficava o toca-discos. Ele não estava em casa, e tratamos seu quarto como se tivéssemos um direito natural a ele. Mas quando estava quase tudo organizado, Tracey informou abruptamente a suas trabalhadoras que o show teria como estrelas, no fim das contas, somente eu e ela — todas as outras deveriam ficar na plateia. Quando certas meninas ousaram questionar essa diretiva, Tracey reagiu questionando-as com agressividade. Elas tinham frequentado aulas de dança? Alguma delas tinha uma medalha de ouro? Tantas quanto ela? Algumas meninas começaram a chorar. Tracey mudou um pouco de tom: essa e aquela poderiam se encarregar da "iluminação", essa e aquela podiam cuidar dos "objetos cênicos", fazer "figurinos" ou introduzir a apresentação ao público, e Lily Bingham poderia filmar tudo com a câmera de vídeo de seu pai. Tracey se dirigiu a elas como se fossem bebês, e me surpreendeu a rapidez com que se apaziguaram. Elas aceitaram suas funções bobas, inventadas em cima da hora, e pareceram felizes. Em seguida, foram todas banidas para o quarto de Lily enquanto nós "ensaiávamos". Foi somente então que me foram mostrados os "figurinos": duas camisolas de renda retiradas da gaveta de roupas íntimas da sra. Bingham. Antes que eu pudesse abrir a boca, Tracey já tinha puxado meu vestido por cima da minha cabeça.

"Você usa o vermelho", ela disse.

Colocamos o disco para tocar, ensaiamos. Eu sabia que havia algo de errado, que aquela dança era diferente de todas que já havíamos dançado, mas tinha a sensação de que nada mais estava sob meu controle. Tracey foi, como sempre, a coreógrafa: minha única função era dançar o melhor que pudesse. Quando ela decidiu que estávamos prontas, a plateia foi convidada a retornar ao quarto do irmão de Lily e a se acomodar no chão. Lily ficou no fundo, com a pesada câmera de vídeo apoiada em seu ombro estreito e rosado, os olhos azul-claros transbordando confusão — antes mesmo de começarmos a dançar — ao ver aquelas duas meninas usando peças de roupa provocantes de sua mãe, peças que ela provavelmente nunca tinha visto antes. Ela apertou o botão escrito "Gravar", e ao fazê-lo inaugurou uma cadeia de causas e efeitos que, mais de um quarto de século depois, veio a se parecer mais com um destino, seria quase impossível não considerá-la um destino, mas à qual — não importa sua opinião a respeito do destino — só se pode atribuir seguramente e racionalmente uma consequência prática: não há nenhuma necessidade, agora, de que eu descreva a dança propriamente dita. Mas certas coisas não foram capturadas pela câmera. O momento em que atingimos o último refrão — quando estou montada em cima de Tracey na cadeira — foi também o momento em que a mãe de Lily Bingham, que tinha subido as escadas para avisar que a mãe de alguém tinha chegado, abriu a porta do quarto do filho e nos viu. É por isso que a filmagem se encerra daquele modo tão repentino. Ela ficou paralisada na entrada do quarto, imóvel como a esposa de Ló. E então ela explodiu. Nos arrancou de cima uma da outra, tirou nossas roupas, mandou a plateia voltar para o quarto de Lily e ficou nos vigiando em silêncio enquanto colocávamos novamente os nossos vestidos idiotas. Eu não parava de pedir desculpas. Tracey, que costumava ter respostas desaforadas de sobra para os adultos furiosos, não disse nada, mas recheou de desprezo cada um de seus gestos, chegando à proeza de vestir a meia-calça com sarcasmo. A campainha tocou outra vez. A mãe de Lily Bingham voltou a descer. Não sabíamos se devíamos segui-la. Pelos quinze minutos seguintes, à medida que a campainha tocava e tocava, permanecemos onde estávamos. Não fiz nada, só fiquei ali parada, mas Tracey, com sua desenvoltura usual, fez três coisas. Ela tirou a fita VHS da câmera, colocou o disco de volta na capa e enfiou os dois objetos na bolsa de seda rosa com cordões que a sua mãe tinha achado uma boa ideia pendurar no seu ombro.

* * *

Minha mãe, sempre atrasada para tudo, foi a última a chegar. Foi conduzida ao nosso encontro no andar de cima, como uma advogada vindo falar com suas clientes através das barras de uma cela, enquanto a mãe de Lily fornecia um relato bastante elaborado de nossas atividades, incluindo a pergunta retórica: "Você não se pergunta de onde crianças dessa idade *tiram* essas ideias?". Minha mãe ficou na defensiva: ela praguejou, e as duas mulheres tiveram uma breve discussão. Aquilo me chocou. Naquele momento, ela não parecia em nada diferente de todas as outras mães que eram confrontadas com o mau comportamento do filho na escola — até o patoá dela voltou um pouco — e eu não estava acostumada a vê-la perder o controle. Ela nos segurou por trás dos vestidos e descemos voando as escadas, mas a mãe de Lily veio atrás e, ao alcançarmos o corredor, repetiu o que Tracey havia dito a respeito de Kurshed. Era o seu trunfo. O restante podia ser descartado por minha mãe como "típica moralidade burguesa", mas ela não podia ignorar um "paki". Naquela época éramos "negros e asiáticos", marcávamos a opção "negros e asiáticos" em formulários médicos, participávamos dos grupos de apoio a famílias negras e asiáticas e nos limitávamos à seção de negros e asiáticos na biblioteca: isso era visto como uma questão de solidariedade. Mesmo assim, minha mãe defendeu Tracey, dizendo "Ela é uma criança, só está repetindo o que ouviu", ao que a mãe de Lily retrucou baixinho: "Sem dúvida". Minha mãe abriu a porta da frente e nos removeu, batendo a porta com força atrás de si. Bastou estarmos na rua, porém, para que sua ira se voltasse para nós, para nós somente, ela nos arrastou como dois sacos de lixo pela rua, gritando: "Vocês acham que são um deles? É isso que pensam?". Lembro muito bem daquela sensação de ser arrastada, meus dedos dos pés trilhando a calçada, e da minha perplexidade completa diante das lágrimas de minha mãe, a contorção que arruinava seu belo rosto. Lembro de tudo sobre o aniversário de dez anos de Lily Bingham, mas não guardo memória alguma do meu próprio décimo aniversário.

Quando chegamos à rua que separava o meu conjunto habitacional e o de Tracey, minha mãe soltou a mão de Tracey e proferiu um breve, porém devastador, discurso sobre a história dos insultos raciais. Baixei a cabeça e chorei no meio da rua. Tracey não se deixou abalar. Ergueu o queixo e o narizinho de porco, esperou terminar e então olhou bem nos olhos da minha mãe.

"É só uma palavra", disse.

Dois

Quando soubemos que Aimee visitaria nosso escritório de Camden, na Hawley Lane, algum dia em breve, a notícia afetou a todos de uma forma ou de outra, ninguém estava completamente imune. Um gritinho percorreu a sala de reuniões, e até os macacos velhos da equipe da YTV levaram suas canecas de café à boca, lançaram um olhar para o canal fétido e sorriram ao recordar uma versão anterior de si mesmos que havia dançado — ainda crianças, no meio da sala — ao som da *disco music* urbana e sacana do início da carreira de Aimee ou terminado um namoro na faculdade escutando uma de suas baladas melosas dos anos noventa. Naquele lugar havia respeito por uma verdadeira estrela pop, não importavam as preferências musicais de cada um, e Aimee merecia consideração especial: o destino dela e o do canal estiveram ligados desde o começo. Ela era uma videoartista até o osso. Era possível ouvir as canções de Michael Jackson sem evocar as imagens que as acompanhavam (o que provavelmente só quer dizer que sua música tinha vida própria), mas a música de Aimee estava inserida no mundo de seus videoclipes e às vezes parecia existir de verdade somente neles, e ouvir alguma daquelas músicas — em uma loja, em um táxi, mesmo que fossem apenas as batidas reverberando nos fones de ouvido de um garoto ou garota passando por perto — sempre remetia primeiramente a uma memória visual, aos movimentos de suas mãos, pernas, tronco ou virilha, à cor de cabelo que ela usava na época, a suas roupas, a seus olhos invernais. E por isso Aimee — e todos que a imitaram — era, para o bem ou para o mal, o fundamento de nosso modelo de negócios. Sabíamos que a YTV americana havia sido erguida, em parte, em torno da sua lenda, como um santuário para uma deusa-fada, e saber que ela se sujeitava a adentrar o nosso próprio templo de adoração, britânico e muito inferior, significava uma grande conquista de nossa parte e nos colocava em nossa versão de alerta máximo. A chefe do meu setor, Zoe, armou uma reunião separada somente para a nossa equipe, porque de certa forma Aimee estava vindo a nós, da Relação com Artistas e Talentos, para gravar um discurso de agradecimento para um prêmio que não teria condições de receber pessoalmente em Zurique no mês seguinte. E com certeza haveria uma porção de vinhetas a gravar para os vários mercados emergentes ("Eu sou Aimee, e você está assistindo à YTV Japão!") e quem sabe, se ela pudesse ser convencida, uma entrevista para o *YTV Notícias*, talvez até uma performance ao vivo, gravada no porão, para o programa *Dance Time Charts*. Minha função era reunir todas essas requisições à medida que chegavam — das nossas sucursais europeias na Espanha, França, Alemanha e países nórdicos, da Austrália, de seja lá onde fosse — e apresentá-las em um único documento a ser enviado por fax ao pessoal da Aimee em Nova York, antes da sua chegada dali a quatro semanas. E então, quando a reunião já estava acabando, aconteceu algo maravilhoso: Zoe escorregou da mesa sobre a qual estava sentada, vestindo calças de couro e um tomara que caia — embaixo do qual se tinha um vislumbre de uma barriga marrom e dura como pedra, com um piercing no umbigo lembrando uma joia — sacudiu sua juba de cachos metade caribenhos, me olhou de um jeito despreocupado, como se não fosse nada, e disse: "Você vai ter que recebê-la na entrada no dia e acompanhá-la ao estúdio B12, fique com ela, arranje tudo que ela precisar".

Saí daquela sala de reuniões como Audrey Hepburn flutuando escada acima em *Minha bela dama*, carregada por uma nuvem de música caudalosa, pronta para dançar de uma ponta a outra do nosso escritório sem divisórias, rodopiar e rodopiar porta afora, até chegar em casa. Eu tinha vinte e dois anos. Mas não estava particularmente surpresa: tinha a sensação de que tudo que havia testemunhado e vivido no ano anterior me conduzira naquela direção. Uma exuberância inconsequente tomava conta da YTV naquele crepúsculo dos anos noventa, uma atmosfera de sucesso feroz construído sobre alicerces instáveis, simbolizada de certa forma pelo prédio que ocupávamos: três andares e o subsolo dos velhos estúdios de TV da "WAKE UP BRITAIN" em Camden (ainda tínhamos um imenso sol nascente, cor de gema de ovo e agora completamente irrelevante, suspenso em nossa fachada). O VH1 estava encaixado em cima de nós. Nosso sistema de aquecimento tubular externo, pintado em cores primárias berrantes, parecia um Pompidou dos pobres. O interior era moderno e reluzente, com iluminação parca e móveis escuros, como o refúgio de um vilão de James Bond. O lugar tinha sido uma revendedora de carros usados — antes de canal musical e canal de programas matinais — e a escuridão interna parecia calculada para disfarçar o aspecto enjambrado da construção. Os dutos de ventilação eram tão mal-acabados que os ratos subiam do Regent's Canal e faziam ninhos lá dentro, deixando suas fezes para trás. No verão — quando ligavam a ventilação — andares inteiros pegavam gripe. Quando você mexia nos sofisticados controles de intensidade de luz, era comum o botão cair na sua mão.

Era uma empresa que valorizava muito as aparências. Recepcionistas de vinte e poucos anos se tornavam assistentes de produção somente porque pareciam "animadas" e "dispostas". Minha chefe de trinta e um anos tinha ido de estagiária de produção a Diretora de Talentos em apenas quatro anos e meio. Durante o meu período de apenas oito meses eu fui promovida duas vezes. Às vezes me pergunto o que teria acontecido caso eu tivesse permanecido no emprego — se o digital não tivesse acabado com os videoartistas. Na época, eu me sentia sortuda: eu não tinha nenhum plano de carreira específico, e mesmo assim minha carreira ia avançando. O álcool tinha um papel importante. Em Hawley Lane, beber era obrigatório: sair para beber, segurar uma bebida, beber por baixo da mesa, nunca recusar uma bebida, mesmo se estivesse tomando antibiótico, mesmo se estivesse doente. Empenhada como eu estava, àquela altura da minha vida, em evitar passar as noites sozinha com meu pai, eu ia a todos os drinques e festas dos colegas de trabalho e aguentava bem o álcool, vinha aperfeiçoando aquela aptidão tão britânica desde os treze. A grande diferença na YTV é que bebíamos de graça. O dinheiro jorrava na empresa. "Brinde" e "bebida liberada": dois dos termos mais repetidos no escritório. Comparado aos empregos que tivera antes — e até mesmo à faculdade — o meu trabalho parecia um período recreativo estendido durante o qual estávamos aguardando eternamente a chegada de adultos que nunca apareciam.

Uma de minhas primeiras funções foi organizar as listas de convidados das festas do nosso departamento, que aconteciam em média uma vez por mês. Costumavam ocorrer em estabelecimentos caros do centro da cidade, e sempre havia brindes em profusão: camisetas, tênis, tocadores de MiniDisc, pilhas de CDs.

Oficialmente patrocinadas pela marca de vodca da vez, não oficialmente pelos cartéis de drogas colombianos. Entrávamos e saíamos dos banheiros em comitivas. Marchas de penitência na manhã seguinte, sangramentos nasais, sapatos de salto alto nas mãos. Eu também gerenciava as chamadas de táxi da empresa. As pessoas chamavam táxis depois de passar a noite na casa de alguém que tinham conhecido em uma festa ou para ir ao aeroporto nos feriados. Chamavam táxis nas altas horas do fim de semana após festas em casa ou em clubes com autorização para vender álcool. Uma vez chamei um táxi para ir à casa do meu tio Lambert. Um executivo se tornou uma lenda no escritório por chamar um táxi para Manchester depois de acordar tarde e perder o trem. Ouvi dizer que estancaram a sangria depois que saí, mas naquele ano a conta anual de transporte de funcionários passou de cem mil libras. Uma vez perguntei a Zoe se havia uma lógica por trás daquilo, e ela me disse que as fitas VHS — que os funcionários com frequência transportavam de um lado para outro — podiam ser corrompidas se levadas no metrô. Mas a maioria do nosso pessoal nem sabia que esse era o seu álibi oficial, o deslocamento sem limites era considerado normal, uma espécie de direito adquirido por "ser da mídia", e que era o mínimo que mereciam. O que certamente fazia sentido se comparado ao que seus velhos amigos de faculdade — que tinham escolhido a advocacia ou o mercado financeiro — encontravam todo Natal nos envelopes de bônus.

Pelo menos os advogados e banqueiros trabalhavam durante toda sua jornada. Tempo era o que mais nos sobrava. No meu caso, as obrigações em geral estavam cumpridas até as onze e meia — levando em conta que eu chegava na minha mesa em torno das dez. Ah, como era diferente a sensação do tempo naqueles dias! Quando eu tirava minha hora e meia de almoço, fazia somente isso: almoçava. Não se usava e-mail em nosso escritório, foi um pouco antes disso, e eu não tinha celular. Eu saía pelo portão de cargas, direto no canal, e caminhava pela margem da água com um daqueles sanduíches quintessencialmente britânicos, enrolados em filme plástico, contemplando o dia, as transações de drogas ao ar livre e os patos-reais grasnando aos turistas por migalhas, as casas flutuantes decoradas e os jovens góticos tristonhos balançando as pernas na beira da ponte, matando aula, sombras de mim mesma uma década antes. Não raro, eu caminhava até o zoológico. Chegando lá, sentava na rampa coberta de grama e olhava para o aviário de Snowdon, dentro do qual circulava um bando de pássaros africanos, brancos como ossos e com os bicos vermelhos como sangue. Nunca aprendi como se chamavam, até vê-los em seu próprio continente, onde de todo modo possuíam um nome diferente. Depois de almoçar eu caminhava distraidamente de volta, às vezes com um livro na mão, sem nenhum motivo para ter pressa, e o que me choca agora é que nada disso me parecia incomum ou o resultado de uma sorte especial. Eu também via o tempo livre como meu direito sagrado. Sim, eu achava que, em comparação aos excessos dos meus colegas, eu até que trabalhava bastante, era séria, tinha um senso de proporção que faltava aos demais, e que estava relacionado às minhas origens. Iniciante demais para participar de suas múltiplas "viagens de confraternização", eu reservava seus voos — para Viena, Budapeste, Nova York — e me escandalizava em privado com o preço de um assento de classe executiva, com a própria existência da classe executiva, sempre incapaz de decidir, à medida que autorizava esses "custos", se esse tipo de coisa sempre ocorrera à minha volta durante a minha infância (mas invisível a mim, fora do alcance da minha consciência) ou se eu tinha chegado à idade adulta em um período particularmente pujante da história da Inglaterra, um período em que o dinheiro ganhara novos usos e significados e em que o "brinde" tinha se tornado uma espécie de princípio social desconhecido no meu bairro, mas perfeitamente normal fora dele. "Brindismo": a prática de fornecer coisas gratuitas a quem não precisa delas. Pensei em todas as crianças da escola que podiam ter assumido meu emprego com facilidade — que sabiam muito mais do que eu sobre música, que eram descoladas de verdade, genuinamente "da rua", como se dizia de mim por toda parte, embora não fosse o caso —, mas tinham mais chance de ir parar na lua do que em um escritório como aquele. Eu me perguntava: por que eu?

Nas grandes pilhas de revistas de luxo, todas elas brindes, que ficavam pelos cantos do escritório, líamos que o Reino Unido era bacana — ou uma versão dele que até para mim não parecia ter nada de bacana — e algum tempo depois comecei a entender que era justamente essa onda de otimismo que a nossa empresa estava surfando. Um otimismo impregnado de nostalgia: os rapazes do nosso andar pareciam uma reencarnação dos Mods — com seus cortes de cabelo à moda Kinks de trinta anos atrás — e as garotas eram loiras de farmácia estilo Julie Christie com saias curtas e olhos borrados de preto. Todo mundo vinha trabalhar pilotando uma Vespa e todo mundo parecia ostentar no cubículo uma fotografia de Michael Caine em *Como conquistar as mulheres* ou *Um golpe à italiana*. Era a nostalgia por uma época e uma cultura que não haviam significado nada para mim, e talvez justamente por isso eu fosse descolada aos olhos dos meus colegas de trabalho, em função de não ser como eles. As novidades do hip-hop dos Estados Unidos eram trazidas com solenidade à minha mesa por executivos de meia-idade que presumiam que eu teria uma opinião muito embasada sobre o assunto, e de fato, o pouco que eu sabia devia parecer muito naquele contexto. Tenho certeza de que até mesmo a missão de ciceronear Aimee naquele dia foi confiada a mim porque todos partiam do princípio de que eu era descolada demais para dar a mínima.

A minha desaprovação de qualquer coisa era dada como certa: "Ah, nem se dê ao trabalho de perguntar, ela não vai gostar". Diziam essas coisas ironicamente, como tudo naquela época, mas também com um toque gelado de orgulho defensivo.

Minha aliada mais inesperada era a minha chefe, Zoe. Ela também havia começado como estagiária, mas sem fundo fiduciário ou pais endinheirados como o resto, e inclusive sem um cafofo paterno que a livrasse do aluguel, como era o meu caso. Ela tinha morado numa ocupação imunda em Chalk Farm, trabalhou sem salário por mais de um ano, e apesar disso chegava toda manhã às nove em ponto — a pontualidade na YTV era tida como uma virtude quase inconcebível — e tratava de "trabalhar como uma cadela". Criada primeiro em um orfanato, depois passando por várias moradias coletivas em Westminster, ela não era muito diferente de outros jovens que conheci e que haviam crescido no mesmo sistema. Tinha aquela mesma sede selvagem por tudo que lhe era oferecido e uma personalidade dissociada e hiper-maníaca — traços comuns de encontrar em repórteres de guerra, e às vezes nos próprios soldados. Ela tinha todo o direito de ter medo da vida. Em vez disso, era destemida até não poder mais. O oposto de mim. E, no entanto, no contexto do ambiente de trabalho, eu e Zoe éramos consideradas equivalentes. Suas convicções políticas, a exemplo das minhas, eram presumidas de antemão, embora no caso dela os colegas errassem feio: ela era uma defensora ardente de Thatcher, do tipo que acreditava que, tendo subido na vida com seu próprio esforço, nada impedia os outros de seguirem seu exemplo. Por algum motivo ela "se via em mim". Eu admirava sua garra, mas não me via nela. Afinal, eu tinha ido à universidade, e ela não; ela era uma cheiradora, eu não era; ela se vestia como a Spice Girl que de fato lembrava, e não como a executiva que de fato era; fazia piadas sexuais que não tinham graça e ia para a cama com os estagiários mais jovens, engomadinhos, brancos, indies e com os cabelos mais desarrumados que pudesse encontrar; eu rejeitava pudicamente tudo isso. Ela gostava de mim mesmo assim. Quando estava bêbada ou chapada, gostava de me lembrar que éramos irmãs, duas garotas de pele escura com um compromisso de apoio mútuo. Um pouco antes do Natal, ela me enviou para o nosso European Music Awards, em Salzburgo, onde uma de minhas tarefas seria acompanhar Whitney Houston na passagem de som. Não lembro qual música ela cantou — nunca gostei muito das músicas dela —, mas quando me encontrei em pé no meio daquela casa de espetáculos vazia, ouvindo ela cantar sem banda de apoio, sem auxílios de qualquer natureza, percebi que a beleza pura e simples de sua voz, sua dose monumental de alma, a dor que trazia implícita, era capaz de contornar todas a minhas opiniões conscientes, minha inteligência crítica e minha noção de sentimentalidade, ou seja lá ao que as pessoas se refiram quando falam de seu próprio "bom gosto", para em vez disso alcançar diretamente a minha espinha, alvejar um músculo e me desatar. Bem no fundo, perto do aviso de SAÍDA, caí em lágrimas. Quando retornei a Hawley Lane, essa história já tinha corrido de boca em boca, mas não me prejudicou de nenhuma forma, pelo contrário — foi considerada um sinal de que eu realmente acreditava.

Três

Soa engraçado agora, quase patético — e talvez somente a tecnologia seja capaz dessa vingança cômica em cima de nossas memórias —, mas quando íamos receber um artista e tínhamos que preparar um dossiê a seu respeito para entregar aos entrevistadores, anunciantes e afins, nós descíamos até a pequena biblioteca que ficava no subsolo e tirávamos da prateleira uma enciclopédia em quatro volumes chamada *A biografia do rock*. Eu já sabia tudo, do principal ao detalhe, que estava no verbete de Aimee — nascida em Bendigo, alérgica a nozes — exceto uma coisa: sua cor favorita era o verde. Fiz anotações à mão, organizei todas as requisições relevantes, parei diante da máquina de fax barulhenta da sala de cópias e inseri os documentos nela vagarosamente, imaginando alguém em Nova York — cidade que para mim era um sonho — aguardando ao lado de um equipamento semelhante, vendo o meu documento chegar ao mesmo tempo em que eu o enviava, o que parecia para lá de moderno no instante em que ocorria, um triunfo sobre o tempo e a distância. E é claro que para conhecê-la eu precisava arranjar roupas novas, talvez um cabelo novo, um jeito atualizado de andar e falar, toda uma nova postura diante da vida. O que vestir? Camden Market era o único local em que eu fazia compras naquela época, e com alegria consegui extrair, do interior daquele aglomerado de Dr. Martens e xales hippies, uma gigantesca calça cargo verde-clara feita de um tecido brilhoso de paraquedas, uma miniblusa verde bem justa — que trazia como bônus uma estampa frontal da capa do disco *The Low End Theory* destacada em preto, verde e vermelho brilhantes — e um par de tênis Air Jordan da era espacial, também verdes. Finalizei com uma argola de nariz falsa. Nostálgico e futurista, hip-hop e indie, rrriot girl e violent femme. As mulheres costumam crer que roupas podem resolver problemas, de um jeito ou de outro, mas na terça-feira anterior à chegada de Aimee eu já havia entendido que roupa nenhuma poderia me ajudar, eu estava nervosa demais, não conseguia trabalhar nem me concentrar em nada. Fiquei sentada na frente do meu gigantesco monitor cinza, escutando o chiado do modem, antecipando a chegada da quinta-feira e digitando distraída o nome completo de Tracey na caixinha de busca, várias vezes seguidas. Era o que eu fazia no trabalho quando estava entediada ou ansiosa, embora isso não aliviasse nenhuma das duas coisas. Já o tinha feito diversas vezes aquele dia, abrindo o Netscape, esperando a conexão discada interminavelmente lenta, para encontrar todas as vezes as mesmas três ilhazinhas de informação: seu perfil na página do sindicato dos artistas, sua página pessoal e uma sala de chat que ela frequentava com o apelido Vozdaverdade_LeGon. A página do sindicado era estática, nunca mudava. Mencionava seu trabalho do ano anterior como figurante de *Eles e elas*, mas nenhum outro espetáculo era acrescentado, não havia notícias novas. Sua página pessoal mudava o tempo inteiro. Às vezes eu a checava duas vezes no mesmo dia e descobria que a música de fundo tinha mudado ou que o gif animado dos fogos de artifício rosa tinha sido substituído por outro de corações piscantes nas cores do arco-íris. Foi nessa página, um mês antes, que ela havia mencionado a sala de chat com uma anotação em hyperlink — Às vezes é difícil ouvir a verdade!!! — e essa referência bastou para mim: a porta estava aberta, passei a atravessá-la algumas vezes por semana. Não acho que outras pessoas que tivessem clicado naquele link — ninguém além de mim — saberiam que a "voz da verdade" naquela conversa bizarra era a própria Tracey. De todo modo, ninguém lia a página dela, até onde eu podia ver. Havia nisso uma pureza triste e austera: as músicas que ela escolhia não eram ouvidas, as palavras que escrevia — em geral aforismos banais ("O Arco do Universo Moral É Comprido Mas Se Dobra Para o Lado da Justiça") — não eram lidas, a não ser por mim. Somente naquele chat ela parecia fazer parte do mundo, embora aquele fosse um mundo muito esquisito, preenchido somente pelos ecos das vozes de pessoas que aparentemente já concordavam umas com as outras. Pelo que eu podia perceber, ela gastava uma quantidade enorme de tempo lá, especialmente nas altas horas da noite, e àquela altura eu já tinha lido todos os seus tópicos de conversa, os atuais e os arquivados, a ponto de ter percebido a lógica que os unia — o mais correto seria dizer que deixei de me chocar com eles — e era capaz de identificar e entender a linha da argumentação. Fiquei menos inclinada a contar aos meus colegas as histórias sobre minha ex-amiga doidona Tracey, suas aventuras surreais em salas de chat, suas obsessões apocalípticas. Eu não a havia perdoado — ou esquecido —, mas comecei a sentir que era de um certo mau gosto usá-la daquela maneira.

Um dos aspectos mais estranhos daquilo era o fato de que o homem que parecia tê-la enfeitiçado, o guru, havia sido no passado um repórter de programa matinal e trabalhado no mesmo prédio em que eu estava agora, e lembro de ter me sentado muitas vezes com Tracey no sofá para assisti-lo quando éramos crianças, as duas com tigelas de cereal no colo, esperando o programa de adultos chato que ele apresentava terminar para que pudéssemos assistir aos nossos desenhos animados. Uma vez, durante minhas primeiras férias de inverno da faculdade, fui comprar uns livros didáticos em uma rede de livrarias na Finchley Road e enquanto zanzava pela seção de filmes eu o avistei num canto mais afastado da loja imensa, palestrando sobre um de seus livros. Estava sentado diante de uma escrivaninha branca despojada, todo vestido de branco, com sua cabeleira prematuramente branca, diante de um público razoável. As garotas que trabalhavam na livraria estavam perto de mim e espiavam o ajuntamento peculiar de pessoas pelas frestas das estantes. Elas estavam rindo dele. Mas o que me chamou atenção não foi tanto o que ele estava dizendo, mas a estranha composição do público presente. Havia algumas mulheres brancas de meia-idade, vestindo blusas aconchegantes com motivos natalinos, com a mesma aparência das donas de casa que deviam gostar dele dez anos antes, mas a maioria imensa do público era composta de jovens negros, mais ou menos da mesma idade que eu, segurando sobre os joelhos exemplares gastos de seus livros e ouvindo uma teoria conspiratória complexa com foco e determinação absolutos. Pois o mundo era controlado por lagartos com forma humana: os Rockefeller eram lagartos, os Kennedy também, e quase todo mundo no Goldman Sachs, e William Hearst tinha sido um lagarto, para não dizer Ronald Reagan e Napoleão — era um plano sáurio em escala global. As funcionárias acabaram cansando de troçar da cena e foram fazer outra coisa. Fiquei até o final, profundamente perturbada pelo que tinha visto, sem saber muito bem o que concluir. Só algum tempo depois, quando comecei a ler os tópicos de discussão de Tracey — os quais, se você conseguisse ignorar a premissa maluca, eram impressionantes em sua riqueza de detalhes e erudição perversa, ligando uma grande variedade de períodos históricos e ideias e acontecimentos políticos e combinando-os numa espécie de teoria de tudo que, por mais comicamente equivocada que fosse, exigia uma certa amplitude de estudos e uma atenção persistente — sim, somente então acreditei compreender um pouco melhor a razão de tantos rapazes de aparência séria terem se reunido aquele dia na livraria. Tornou-se possível ler nas entrelinhas. No fim das contas, não seria aquilo tudo uma forma de explicar o poder? O poder que com certeza existe no mundo? Que poucos detêm e do qual a maioria nunca chega nem perto? Um poder do qual a minha velha amiga, naquele momento de sua vida, sentia-se completamente destituída?

"Ei, que *porra* é essa?"

Girei a cadeira giratória e encontrei Zoe olhando por cima do meu ombro, examinando a imagem piscante de um lagarto usando as Joias da Coroa na cabeça. Minimizei a janela.

"Uma ilustração de encarte de disco. Ruim."

"Escuta, sobre a manhã de quinta — você está dentro, eles confirmaram. Está pronta? Tem tudo que precisa?"

"Não se preocupe. Vai dar tudo certo."

"Ah, eu sei que vai. Mas se precisar de um pouco de coragem", ela disse, batendo com o dedo no nariz, "é só dizer".

Não chegou a esse ponto. É difícil juntar os cacos para lembrar exatamente o ponto a que chegou. As minhas recordações e as de Aimee nunca se sobrepuseram muito. Já ouvi ela dizer que me contratou porque sentiu que tivemos "uma conexão imediata" naquele dia, ou então porque as minhas capacidades a impressionaram. Eu acho que aconteceu porque fui grossa com ela sem querer, um tratamento que ela não recebia de quase ninguém naquela época, e minha grosseria de alguma forma me alojou no cérebro dela. Duas semanas depois, quando surgiu de repente a necessidade de encontrar uma nova jovem assistente, eu estava alojada lá. De um jeito ou de outro, ela emergiu de um carro com os vidros escurecidos no meio de uma discussão com a sua então assistente, Melanie Wu. Sua empresária, Judy Ryan, vinha andando dois passos atrás das duas, gritando ao telefone. A primeira coisa que ouvi de Aimee foi um esporro: "Tudo que está saindo da sua boca agora não me serve pra nada". Percebi que ela não tinha sotaque australiano, não mais, mas também não era bem americano ou britânico, era global: era Nova York, Paris, Moscou, Los Angeles e Londres combinadas. Muita gente fala desse jeito agora, claro, mas a versão de Aimee foi a primeira que escutei na vida. "Você é o inverso de útil", ela continuou, e Melanie respondeu: "Entendo totalmente". Um instante depois aquela pobre garota estava parada na minha frente, olhando meu peito em busca de um crachá, e quando ela ergueu de novo os olhos pude constatar que estava destruída, segurando o choro. "Parece que estamos dentro do horário", ela disse com toda a firmeza que conseguiu, "e seria ótimo se continuássemos dentro do horário."

Ficamos as quatro em silêncio dentro do elevador. Eu estava decidida a dizer algo, mas antes de conseguir fazer isso, Aimee se virou na minha direção e fez cara feia para a minha blusinha, como um garoto adolescente bonito e emburrado.

"Que escolha interessante", ela disse para Judy. "Usar a estampa de outro artista quando se vai conhecer uma artista? Que profissional."

Olhei para baixo e fiquei vermelha de vergonha.

"Ah! Não! Sra. — quer dizer, srta. — sra. Aimee, eu não estava tentando fazer…"

Judy soltou uma risada alta e concisa, como uma foca berrando. Tentei dizer alguma outra coisa, mas as portas se abriram e Aimee saiu.

Para atender aos diversos compromissos precisávamos percorrer os corredores repletos de gente, como a Mall no enterro da princesa Diana. Pelo visto, ninguém estava trabalhando. Sempre que passávamos por um dos estúdios, as pessoas perdiam o controle quase imediatamente, não importava sua posição na empresa. Vi um gerente de operações contar para Aimee que uma de suas baladas tinha sido a primeira dança da cerimônia de casamento dele. Ouvi, horrorizada, Zoe vomitar um depoimento desgovernado sobre o impacto pessoal que "Move With Me" exercera em sua vida, como a música a tinha ajudado a se tornar mulher e entender o poder das mulheres, e não ter medo de ser uma mulher, e por aí vai. Quando finalmente escapamos por um outro corredor e entramos em outro elevador para descer até o subsolo — onde Aimee, para o delírio de Zoe, tinha concordado em gravar uma breve entrevista — encontrei coragem para mencionar, com aquele ar de já-vi-tudo dos vinte e dois anos de idade, como devia ser aborrecido para ela lidar com as pessoas dizendo aquele tipo de coisa, dia e noite, noite e dia.

"Pra dizer a verdade, Deusinha Verde, eu adoro."

"Ah, tá, só pensei que…"

"Só pensou que tenho desprezo por meus admiradores."

"Não! Eu só…"

"Sabe de uma coisa, o fato de você não fazer parte dos meus admiradores não significa que elas são más pessoas. Todo mundo tem sua tribo. A qual tribo você pertence, falando nisso?" Ela me avaliou de cima a baixo de novo, sem pressa. "Ah, certo. Isso nós já sabemos."

"Você quer dizer — musicalmente?", perguntei, e cometi o erro de lançar um olhar para Melanie Wu, cuja expressão facial me disse que aquela conversa já devia ter sido encerrada minutos antes, que não devia sequer ter começado.

Aimee suspirou: "Óbvio".

"Bem… um monte de coisas… acho que gosto muito das mais antigas, tipo Billie Holiday? Ou Sarah Vaughan. Bessie Smith. Nina. Cantoras de verdade. Quer dizer, não estou dizendo que… é que eu acho que…"

"Hm, me corrija se eu estiver errada", disse Judy, cujo forte dialeto australiano permanecia intocado pelas décadas. "A entrevista não vai acontecer nesse elevador, né? Obrigada."

Descemos do elevador no subsolo. Eu estava mortificada e tentei caminhar na frente de todas, mas Aimee pulou na frente de Judy e enganchou o braço no meu. Senti o coração pulando na garganta, como as antigas canções ensinam que ele pode fazer. Olhei para baixo — ela tem só um metro e cinquenta e sete centímetros — e pela primeira vez confrontei aquele rosto de perto, de um certo modo masculino e feminino ao mesmo tempo, os olhos com aquela beleza glacial, cinzenta e felina, disponível para o resto do mundo colorir. A australiana mais branca que eu já tinha visto. Às vezes, sem maquiagem, nem parecia que ela vinha de um planeta aquecido, e ela tomava providências para manter isso assim, se protegendo do sol o tempo todo. Havia algo de alienígena nela, como se pertencesse a uma tribo de uma só pessoa. Quase sem me dar conta, sorri. Ela sorriu de volta.

"Você estava dizendo?", ela falou.

"Ah! Eu… eu acho que as vozes pra mim são… são meio que…"

Ela suspirou novamente, fingindo consultar um relógio de pulso inexistente.

"Acho que vozes são como roupas", eu disse com firmeza, como se fosse uma ideia que eu vinha elaborando havia anos, e não algo que tinha tirado do nada naquele mesmo instante.

"Quando você vê uma foto de 1968, sabe que é 68 pelo que as pessoas estão vestindo, e se você ouve Janis cantar, também sabe que é 68. A voz dela é um emblema daquele tempo. É como a história ou... algo assim."

Aimee ergueu uma sobrancelha numa expressão devastadora. "Entendi." Ela soltou o meu braço. "Mas a *minha* voz", ela disse com a mesma convicção, "a minha voz é o tempo atual. Se para você soa como um computador, bem, lamento muito, mas isso só acontece porque ela está *no tempo exato*. Você pode não gostar, pode estar vivendo no passado, mas estou cantando a porra do momento presente, agora mesmo."

"Mas eu gosto!"

Ela fechou a cara novo, daquele jeito adolescente meio engraçado.

"Só não gosta tanto quanto Tribe. Ou a Lady Day Do Caralho."

Judy deu uma corridinha para nos alcançar. "Com licença, você sabe pra qual estúdio estamos indo ou vou ter que..."

"Hey, Jude, tô conversando com os jovens aqui!"

Tínhamos chegado no estúdio. Abri a porta para elas.

"Olha só, queria dizer que me expressei mal no começo — na verdade, senhora — quer dizer, Aimee —, eu tinha dez anos quando você lançou o primeiro — eu comprei aquele single. É uma loucura estar te conhecendo agora. Sou uma das suas admiradoras!"

Ela sorriu para mim de novo: ela falava comigo como se estivesse flertando, era seu jeito de falar com todo mundo. Ela segurou meu queixo com delicadeza.

"Não acredito", disse, e então arrancou minha argola de nariz falsa com um só movimento brusco e a entregou a mim.

Quatro

E agora ali está Aimee, na parede de Tracey — claro como o dia. Ela dividia o espaço com Michael e Janet Jackson, Prince, Madonna, James Brown. Ao longo do verão ela transformou seu quarto numa espécie de templo para aquelas pessoas, seus dançarinos favoritos, decorado com vários cartazes enormes e brilhantes deles, todos capturados em movimento, de modo que sua parede podia ser lida como hieróglifos indecifráveis para mim, mas que claramente continham alguma espécie de mensagem construída de gestos, cotovelos e joelhos dobrados, dedos abertos, pelves projetadas. Como ela não gostava de fotos de publicidade, escolhia cenas de shows que não tínhamos dinheiro para assistir, o tipo de foto em que se via o suor no rosto do dançarino. Essas fotos, ela argumentava, eram "reais". Meu quarto também era um templo à dança, mas eu vivia presa numa fantasia, eu ia à biblioteca, retirava as biografias dos anos setenta dos grande ídolos dos estúdios MGM e RKO, rasgava seus retratos bregas e os colava na minha parede com massinha adesiva. Foi assim que descobri os Nicholas Brothers, Fayard e Harold: uma foto deles abrindo as pernas em pleno ar marcava a entrada do meu quarto, eles pulavam por cima da porta. Descobri que eram autodidatas, não tinham nenhum ensino formal apesar de dançarem como deuses. Eu tinha um orgulho possessivo deles, como se fossem meus irmãos, como se pertencêssemos a uma família. Fiz de tudo para atrair o interesse de Tracey — com qual dos meus irmãos ela se casaria? qual beijaria? —, mas nem os vídeos mais curtos em preto e branco ela conseguia aguentar até o fim, tudo que tinha a ver com eles a entediava. Não era "real" — tinham subtraído ou moldado artificialmente coisas demais. Ela queria ver um dançarino no palco, suado, real, não fantasiado de fraque e cartola. Mas a elegância me atraía. Eu gostava da maneira como ela escondia a dor.

Houve uma noite em que sonhei com o Cotton Club: Cab Calloway estava lá, Harold e Fayard também, e eu estava em cima de um palanque com um lírio atrás da orelha. No meu sonho éramos todos elegantes e nenhum de nós conhecia a dor, nunca tínhamos abrilhantado as páginas tristes dos livros de história que minha mãe comprava para mim, nunca tinham nos chamado de feios e burros, nunca tínhamos entrado num teatro pela porta dos fundos, matado a sede em bebedouros separados ou sentado no fundo de ônibus nenhum. Ninguém do nosso povo tinha sido pendurado pelo pescoço numa árvore ou atirado de repente de um navio, algemado, na água escura — não, no meu sonho éramos dourados! Ninguém era mais belo ou elegante que nós, éramos um povo abençoado onde quer que estivéssemos, em Nairóbi, Paris, Berlim, Londres ou, como naquela noite, no Harlem. Mas quando a orquestra começou a tocar, e enquanto a plateia sentava diante de mesinhas com drinques em mãos, contentes por estarem ali, ansiosos para ver a irmã deles cantar, abri a boca e o som não veio. Acordei e percebi que tinha feito xixi na cama. Eu tinha onze anos.

Minha mãe tentou ajudar, à sua maneira. Dê uma boa olhada naquele Cotton Club, ela disse, ali está o Renascimento do Harlem. Veja: ali estão Langston Hughes e Paul Robeson. Dê uma boa olhada em ... *E o vento levou*: ali está a Associação Nacional para o Progresso de Pessoas de Cor. Mas naquela época as ideias de minha mãe sobre política e literatura não me interessavam tanto quanto braços e pernas, ritmo e música, a seda vermelha da anágua de Mammy ou o tom descontrolado da voz de Prissy. Desencavei o tipo de informação que eu procurava, o tipo que eu sentia que precisava para me manter em pé, de um livro velho roubado da biblioteca — *A história da dança*. Eu lia sobre passos de dança transmitidos ao longo dos séculos de uma geração a outra. Uma história diferente daquela contada por minha mãe, de um tipo que quase não se registra por escrito — que se pode sentir. E me parecia da maior importância, na época, que Tracey também a pudesse sentir, mesmo que já não a interessasse. Corri até a casa dela, invadi seu quarto e disse: sabe quando você abre um espacate (ela era a única menina da aula de dança da srta. Isabel que conseguia fazer isso), sabe quando você pula e abre um espacate, e que você disse que seu pai também consegue, e que você pegou isso do seu pai, e ele pegou de Michael Jackson, e Jackson pegou do Prince e talvez de James Brown, bem, todos eles pegaram dos Nicholas Brothers, os Nicholas Brothers foram os originais, fizeram antes de todo mundo, então mesmo que você não saiba disso ou diga que não está nem aí, mesmo assim está dançando como eles, está pegando deles. Ela estava fumando um dos cigarros de sua mãe perto da janela. Quando fazia isso, parecia ser muito mais velha do que eu, mais para quarenta cinco anos do que onze, conseguia inclusive soprar a fumaça pelas narinas escancaradas, e à medida que eu lhe dizia em voz alta aquela coisa supostamente muito importante que tinha ido lá dizer, sentia as palavras se esfarelando em minha boca. Na verdade, eu nem sabia o que estava dizendo ou aonde queria chegar. Ela se mantinha de costas para mim para evitar que a fumaça se espalhasse dentro do quarto, mas assim que terminei de expor o meu argumento, se é que se tratava disso, ela se virou de frente para mim e disse com muita calma, como se fôssemos estranhas: "Nunca mais fale sobre o meu pai".

Cinco

"Não está dando certo."

Eu tinha começado a trabalhar para ela — para Aimee — havia apenas um mês, aproximadamente, e assim que a frase foi dita em voz alta eu vi que ela tinha razão, não estava dando certo, e o problema era eu. Eu era jovem e inexperiente, e não conseguia trazer de volta aquela impressão que tive, no dia em que nos conhecemos, de que ela talvez fosse apenas um ser humano como outro qualquer. Em vez disso, minha reação instintiva havia sido sobreposta pelas reações das outras pessoas — ex- -colegas de trabalho, amigos do tempo do colégio, meus pais — e cada uma dessas reações tinha exercido algum efeito, cada gritinho ou risada incrédula, de modo que agora, toda vez que chegava pela manhã à casa de Aimee em Knightsbridge ou ao seu escritório em Chelsea era preciso enfrentar um sentimento fortíssimo de estar vivendo algo surreal. O que estou fazendo aqui? Era comum eu gaguejar ou esquecer de informações básicas ditas por ela. Eu perdia o fio da conversa no meio das conferências telefônicas, pois estava distraída demais com outra voz inter-

123

na que nunca parava de me dizer: ela não é real, nada disso é real, é tudo uma fantasia infantil da sua cabeça. Era uma surpresa chegar ao fim do dia, fechar a pesada porta preta de sua casa geminada em estilo georgiano e descobrir que eu não estava numa cidade saída de um sonho, mas em Londres, a poucos passos da linha Piccadilly do metrô. Eu me sentava ao lado de todos os outros trabalhadores lendo seus jornais no caminho de volta para casa, e às vezes eu mesma pegava um jornal, mas sempre com a sensação de estar retornando de uma longa jornada: não apenas do centro de volta para o subúrbio, mas de um outro mundo de volta para o deles, o mundo que me parecia, aos vinte e dois, existir no centro do centro — aquele mundo sobre o qual eles passavam tanto tempo lendo a respeito.

"Não está dando certo porque você não está confortável", me informou Aimee de um grande sofá cinza que ficava em frente a um outro sofá idêntico em que eu estava sentada. "Você precisa estar confortável consigo mesma pra trabalhar pra mim. Mas não está."

Fechei o notebook sobre as pernas, baixei a cabeça e me senti quase aliviada: eu ia poder retornar ao meu verdadeiro emprego — se me aceitassem de volta — e à realidade. No entanto, em vez de me despedir, Aimee arremessou uma almofada de brincadeira na minha cabeça: "E aí, o que podemos fazer pra resolver isso?".

Tentei rir e admiti que não sabia. Ela inclinou a cabeça na direção da janela. Vi no seu rosto aquela expressão de permanente insatisfação, de impaciência, à qual acabaria me acostumando, as marés de sua inquietação dariam forma aos meus dias de trabalho. Naqueles primeiros dias, porém, tudo ainda me parecia novo, e eu interpretava a expressão como mero tédio ou, mais especificamente, tédio e decepção em relação a mim, e sem saber como reagir apontei o olhar para os vasos de flores daquela sala enorme — ela enchia qualquer espaço com flores — e para a beleza que se estendia lá fora, para o sol cintilando nos telhados de ardósia de Knightsbridge, e tentei pensar em alguma coisa interessante para dizer. Eu ainda não tinha entendido que a beleza fazia parte do tédio. As paredes estavam cobertas de pinturas a óleo escuras da era vitoriana, retratos da alta sociedade em frente a suas moradias imponentes, mas não havia nada pertencente ao século dela, nada que parecesse australiano, nada pessoal. Aquela era para ser a residência londrina de Aimee, mas não tinha nada a ver com ela. Os móveis eram de um bom gosto luxuoso e genérico como o de qualquer hotel europeu de alto nível. A única pista verdadeira de que Aimee vivia naquele lugar era uma peça de bronze que ficava próxima ao peitoril da janela, com a forma e tamanho de um prato, e em cujo centro se viam as pétalas e folhas de algo que, à primeira vista, parecia um lírio e seu caule, mas que na verdade era o molde completo de uma vagina: vulva, lábios, clitóris — o pacote completo. Não ousei perguntar de quem era.

"Mas onde é que você se sente mais confortável?", ela perguntou, me olhando de novo. Vi uma ideia nova pintada em seu rosto como batom recém-aplicado.

"Você quer dizer um lugar?"

"Nessa cidade. Um lugar."

"Nunca pensei nisso."

Ela se levantou: "Bem, pense nisso e vamos pra lá".

O Hampstead Heath foi o primeiro lugar que me ocorreu. Mas a Londres de Aimee, como aqueles mapinhas que se pega no aeroporto, era uma cidade que tinha St. James's no centro, com o Regent's Park na fronteira norte, indo até Kensington no oeste — com incursões ocasionais ao território inóspito de Ladbroke Grove — e que não passava do Barbican para o leste. O lado sul da Hungerford Bridge era tão familiar para ela quanto o outro lado do arco-íris.

"É um parque desses grandes", expliquei. "Fica perto de onde eu cresci."

"Tá bom! Bem, vamos pra lá então."

Pedalamos pela cidade, costurando entre os ônibus e apostando corrida com os entregadores, em uma fila de três: na frente, o segurança — que se chamava Granger —, depois Aimee, e por último eu. Aimee pedalando por Londres era uma ideia que enfurecia Judy, mas Aimee adorava fazer isso, chamava isso de ser livre na cidade, e em um de cada vinte semáforos fechados o motorista ao lado se inclinava sobre o volante e baixava o vidro depois de perceber algo conhecido naqueles olhos felinos e cinza-azulados, naquele gracioso queixo triangular... Mas nesse momento abria o sinal e já tínhamos seguido em frente. De todo modo, ela pedalava vestindo camuflagem urbana — top esportivo preto, jaqueta preta e uma bermuda de ciclista preta já um tanto gasta e rasgada no meio das pernas — e somente Granger parecia ter chance de atrair a atenção de alguém: um homem negro de mais de um metro e noventa e cinco e cem quilos balançando em cima de uma bicicleta de corrida com quadro de titânio, parando de vez em quando para tirar um guia de ruas do bolso e estudá-lo furiosamente. Ele tinha vindo do Harlem — "onde as ruas formam quarteirões" — e a incapacidade dos londrinos de numerar ordenadamente suas ruas era algo que ele não podia perdoar, ele havia rejeitado a cidade como um todo por causa desse detalhe. Para ele, Londres era um vasto território com péssima comida e péssimas condições climáticas em que sua única obrigação — garantir a segurança de Aimee — se tornava mais complicada do que deveria ser. Em Swiss Cottage ele fez sinal para que estacionássemos em cima de um canteiro central e dobrou a manga de sua jaqueta, expondo um bíceps descomunal.

"Preciso dizer de uma vez que não faço a menor ideia de onde fica esse lugar", ele disse, batendo com o mapa no guidom. "Você chega na metade de uma ruazinha qualquer — Christchurch Close, a porra de um Hingleberry Corner — e esse treco aqui me diz: *vá para a página 53*. Eu tô de bicicleta, caralho!"

"Queixo pra cima, Granger", disse Aimee com um sotaque britânico terrível, apoiando a cabeça dele em seu ombro por um momento e apertando-a carinhosamente. Granger se livrou dela e fitou o sol: "Desde quando faz esse calor?".

"Bem, estamos no verão. Às vezes a Inglaterra fica quente no verão. Você devia ter colocado uma bermuda."

"Eu não *uso* bermuda."

"Essa conversa não me parece muito produtiva. Estamos em cima de um canteiro de avenida."

"Pra mim deu. Vamos voltar", disse Granger com uma voz que soou definitiva, e me surpreendeu ouvir alguém falando com Aimee naquele tom.

"Nós *não* vamos voltar."

"Então é melhor você ficar com isso", disse Granger, largando o guia de ruas dentro do cesto da bicicleta de Aimee, "porque eu não sei usar."

"Sei o caminho daqui pra frente", arrisquei, querendo morrer por ser a causa daquele problema. "Não tá muito longe."

"Precisamos de um veículo", Granger insistiu, evitando olhar para mim. Nossos olhares quase nunca se cruzavam. Às vezes eu pensava que éramos dois agentes adormecidos, destacados por engano para eliminar o mesmo alvo e evitando trocar olhares para não revelar o disfarce um do outro.

"Ouvi dizer que está cheio de gatinhos por lá", Aimee cantarolou — era para ser uma imitação de Granger — "Eles estão escondi-idos nas á-árvores." Ela colocou o pé no pedal e partiu para dentro do tráfego.

"Não misturo lazer e trabalho", Granger disse com desprezo, montando com dignidade em sua bicicleta sofisticada. "Sou um indivíduo profissional."

Seguimos nosso caminho ladeira acima, enfrentando um aclive monstruosamente íngreme, bufando e ofegando, na esteira das risadas de Aimee.

Sempre consigo encontrar o Heath — passei a vida enveredando por caminhos que me levavam de volta ao Heath, quisesse ou não —, mas nunca procurei conscientemente a Kenwood House e a encontrei. Todas as vezes que dei de cara com ela foi por acaso. Dessa vez não foi diferente: eu ia guiando Aimee e Granger pelos caminhos, passamos pelos laguinhos, subimos uma colina, e eu pensava em qual seria o lugar mais bonito, silencioso e ao mesmo tempo interessante para levar uma superestrela que se entediava fácil demais quando avistei o pequeno portão de ferro e, por trás das árvores, as chaminés brancas.

"Proibido entrar de bicicleta", Aimee leu a placa, e Granger, prevendo o que viria a seguir, começou a protestar de novo, mas foi voto vencido.

"Vamos demorar algo em torno de uma hora", ela disse, entregando-lhe a bicicleta. "Talvez duas. Eu ligo. Trouxe aquilo?"

Granger cruzou os braços na frente do peito maciço.

"Sim, mas não vou te dar. Não se eu não estiver junto. De jeito nenhum. Esqueça."

Quando desci da bicicleta, porém, vi Aimee estender a mãozinha insistente para receber e fechar os dedos em torno de algo pequenino embalado em papel-filme, e esse algo revelou-se um baseado — para mim. Comprido e de design norte-americano, sem nenhum tabaco misturado. Nós nos acomodamos debaixo da magnólia, bem na frente da Kenwood House, e eu encostei no tronco e fumei enquanto Aimee deitava na grama com o boné preto cobrindo os olhos e o rosto virado para cima, em direção a mim.

"Está se sentindo melhor?"

"Mas... você não vai dar um pega?"

"Não fumo. Óbvio."

Ela estava transpirando como se estivesse no palco e começou a levantar e baixar a jaqueta para criar um túnel de ar, me oferecendo um vislumbre daquele abdome alvo que havia hipnotizado o mundo.

"Tem uma Coca-Cola mais ou menos gelada na minha mochila."

"Não bebo essa porcaria, e você não devia beber também."

Ela se ergueu sobre os ombros para me analisar melhor.

"Você não está me parecendo nem um pouco confortável."

Ela deu um suspiro e se virou de barriga para baixo de modo a enxergar melhor a multidão caótica do dia de verão indo às antigas estrebarias para tomar chá com bolinhos ou entrando no casarão para apreciar a arte e a história.

"Tenho uma pergunta", falei, ciente de que eu estava chapada e ela não, mas era difícil para mim assimilar aquele "óbvio" dito havia pouco. "Você faz isso com todas as suas assistentes?"

Ela pensou um pouco antes de responder: "Não, não isso, exatamente. As pessoas são diferentes. Sempre faço alguma coisa. Uma pessoa que precisa ficar em cima de mim vinte quatro horas por dia não pode se intimidar na minha presença. Não há tempo. E não tenho o luxo de poder te conhecer de algum jeito demorado e afetuoso, ou de fazer do jeito polido dos ingleses, dizendo por favor e obrigado sempre que quiser que você faça algo — se quiser trabalhar para mim, precisa mergulhar de cabeça. Tenho agido assim há um tempinho, percebi que dividir algumas horas intensas bem no começo me evita perda de tempo, mal-entendidos e papo-furado mais adiante. Para você está saindo barato, acredite. Entrei numa banheira com a Melanie".

Tentei emendar uma piada boba relacionada, desejando ouvi-la rir novamente, mas ela só me devolveu um olhar enviesado.

"Outra coisa que você deveria colocar na cabeça é que não é que não entenda a sua ironia britânica, apenas não gosto dela. Soa adolescente pra mim. Noventa e nove por cento das vezes que conheço um britânico, minha impressão é: cresça!" A mente dela voltou para aquela banheira com Melanie: "Queria saber se os mamilos dela eram compridos demais. Paranoia".

"Eram?"

"Quem era o quê?"

"Os mamilos dela. Compridos."

"Puta que pariu, parecem dedos."

Cuspi Coca na grama.

"Você é engraçada."

"Pertenço a uma longa linhagem de gente engraçada. Só Deus sabe por que os britânicos pensam que são as únicas pessoas que podem ser engraçadas no mundo."

"Não sou tão britânica assim."

"Ah, querida, você é britânica de cima a baixo."

Ela pegou o celular de dentro do bolso e começou a ler as mensagens. Muito antes de ser uma moléstia generalizada, Aimee vivia no celular. Foi pioneira nisso, como em tantas outras coisas.

"Granger, Granger, Granger, Granger. Não sabe o que fazer quando não tem nada pra fazer. Ele é como eu. Temos a mesma mania. Ele não me deixa esquecer como posso ser cansativa. Pros outros." Seu polegar passeava pelo BlackBerry novo em folha. "De você espero: calma, tranquilidade, foco. Essas coisas que faltam por aqui. Jesus Cristo, ele já me mandou tipo uns quinze torpedos. Ele só precisa cuidar das bicicletas. Disse que está perto do — que diabo é o 'laguinho dos homens'?"

Expliquei em detalhes. Ela fez uma expressão incrédula. "Se conheço bem Granger, não há a menor chance de ele estar nadando a céu aberto, ele não entra na água nem em Miami. Um devoto do cloro. Não, ele pode ficar só cuidando das bicicletas." Ela espetou minha barriga com o indicador. "Terminamos aqui? Tenho outro desses se precisar. Essa é uma ocasião única — aproveite. Uma vez por assistente. No restante do tempo, você trabalha quando eu trabalho. Ou seja, sempre."

"Estou muito relaxada agora."

"Ótimo! Mas tem mais alguma coisa pra fazer aqui além disso?"

E foi assim que acabamos passeando dentro da Kenwood House, seguidas durante algum tempo por uma menina de seis anos com olhos de águia cuja mãe distraída não quis dar crédito a seu palpite certeiro. Eu, de olhos avermelhados, fiquei no encalço de minha nova patroa e notei pela primeira vez sua maneira muito particular de admirar quadros, o que incluía ignorar todos os homens, não como pintores, mas como tema, passando direto por um autorretrato de Rembrandt, ignorando todos os condes e duques, e menosprezando com uma só frase — "Vá cortar esse cabelo!" — um marinheiro mercante que tinha olhos risonhos como os do meu pai. As paisagens também não lhe diziam nada. Ela adorava cães, animais, frutas, tecidos, e principalmente flores. Com o passar dos anos, comecei a esperar que o buquê de anêmonas que tínhamos acabado de ver no Prado ou as peônias da National Gallery fossem reaparecer, algo como uma semana depois, em vasos espalhados na casa ou no hotel em que estivéssemos hospedadas na ocasião. Muitos cachorrinhos pintados também pularam das telas para a vida dela. Kenwood deu origem a Colette, uma cocker spaniel incontinente, saída de um quadro de

Joshua Reynolds e comprada em Paris alguns meses depois, e que dali em diante precisei levar para passear duas vezes por dia, durante um ano. Mas acima de tudo isso ela adorava os retratos de mulheres: seus rostos, seus penduricalhos, seus penteados, seus espartilhos, seus sapatinhos pontudos.

"Ai, meu Deus, é a Judy!"

Aimee estava do outro lado do salão damasceno vermelho, rindo em frente a um retrato em escala real. Me aproximei por trás dela e conferi o Van Dyck em questão. Não havia dúvida: ali estava Judy Ryan, em toda sua horrenda glória, só que quatrocentos anos atrás, vestindo uma tenda branco e preta de cetim e renda que não a favorecia em nada, com a mão direita — ao mesmo tempo maternal e opressora — apoiada no ombro de um jovem pajem anônimo. Os olhos sanguíneos, a franja terrível, o rosto alongado e sem queixo — estava tudo ali. Demos tanta risada que senti algo mudando entre nós, uma formalidade ou medo se desfazendo, a ponto de eu ter me sentido à vontade o bastante para discordar, alguns minutos depois, quando Aimee se declarou encantada com uma coisa chamada *Galeria dos infantes*.

"Um pouco sentimental, não acha? E bizarro…"

"Eu gosto! Gosto da bizarrice. Bebês pelados pintando retratos pelados uns dos outros. Estou numa fase de gostar de bebês." Ela ficou olhando sonhadoramente para um menininho com sorriso acanhado e traços angelicais. "Ele me lembra o meu bebê. Não gosta mesmo?"

Na ocasião, eu não sabia que Aimee estava grávida de Kara, seu segundo bebê. Ela mesma talvez não soubesse. Para mim, estava óbvio que a pintura como um todo era ridícula, e os bebês de bochechas rosadas eram particularmente repulsivos, mas, quando olhei para o rosto dela, percebi que falava sério. E o que *são* bebês, lembro de ter pensado, se podem fazer *isso* com as mulheres? Será que têm o poder de reprogramar suas mães? Transformar suas mães no tipo de mulher que suas versões mais jovens nem sequer poderiam reconhecer? Essa ideia me assustava. Me limitei a dizer que o filho dela, Jay, era muito mais bonito que aqueles querubins, o que por causa da maconha não soou muito convincente ou mesmo coerente, e Aimee se virou para mim com o cenho franzido.

"Você não quer ter filhos, é isso? Ou *pensa* que não quer."

"Ah, tenho *certeza* que não quero."

Ela deu umas batidinhas no topo da minha cabeça, como se nossa diferença de idade fosse de quarenta anos, e não doze.

"Você tem o quê, vinte e três? As coisas mudam. Eu também pensava assim."

"Não, eu sempre soube. Desde pequena. Maternidade não combina comigo. Nunca quis filhos, nunca terei. Vi que o eles fizeram com a minha mãe."

"O que fizeram com ela?"

Uma pergunta tão direta me fez pensar bem na resposta.

"Ela foi uma mãe jovem, e depois mãe solteira. Ela quis ser muitas coisas, mas não pôde, não naquele momento — estava presa. Precisou batalhar por cada migalha de tempo pra si mesma."

Aimee pôs as mãos na cintura e assumiu um ar pedante.

"Bem, *eu* sou uma mãe solteira. E posso te garantir que meu filho não me impede de fazer porcaria nenhuma. Ele é a porra da minha inspiração nesse momento, se quer mesmo saber. É um equilíbrio, sem dúvida, mas você precisa *querer* com força suficiente."

Pensei na babá jamaicana, Estelle, que me abria a porta da casa de Aimee todas as manhãs e depois sumia no quarto da criança. Não parecia ocorrer a Aimee que pudesse haver divergências práticas entre a situação dela e a de minha mãe, e essa foi uma das minhas primeiras lições sobre como ela via as diferenças entre as pessoas, nunca como estruturais ou econômicas, mas sempre, em essência, como diferenças de personalidade. Notei que o rosto dela estava vermelho e que minhas mãos estavam erguidas como as de um político defendendo uma posição, e percebi que nossa discussão tinha se acalorado de maneira rápida e estranha, sem que tivéssemos intenção, como se a própria palavra "bebê" tivesse agido como catalisadora. Deixei minhas mãos caírem rente ao corpo e sorri.

"Não é pra mim, só isso."

Refizemos o caminho pelas galerias, procurando a saída, e cruzamos o caminho com um guia que estava contado uma história que eu conhecia desde pequena, sobre uma garota parda — filha de uma escrava caribenha e seu patrão inglês — trazida à Inglaterra e criada naquele casarão branco por parentes abastados, um dos quais calhava de ser o lorde presidente da Suprema Corte. Uma das historinhas favoritas da minha mãe. Com a diferença de que a minha mãe não contava do mesmo jeito que o guia, ela não acreditava que a compaixão de um tio-avô pela sobrinha-neta parda tinha o poder de abolir a escravidão na Inglaterra. Peguei um dos folhetos da pilha deixada sobre uma mesinha de canto e li que o pai e a mãe da menina tinham "se conhecido no Caribe", como se estivessem passeando por uma praia turística no happy hour. Achei graça daquilo e fui mostrar o folheto a Aimee, mas ela já estava na sala ao lado, ouvindo com atenção o relato do guia, pairando nas beiradas do grupo de visitantes como se fizesse parte dele. Ela sempre se comovia com histórias que demonstravam "o poder do amor" — e que importância isso devia ter para mim? Mas não me contive, comecei a incorporar minha mãe, comentando ironicamente as explicações do guia, até que ele se irritou e levou o grupo todo para fora. Quando nós também nos dirigimos à saída, tomei as rédeas da visita guiada de Aimee e a conduzi pelo túnel de heras de um caramanchão, descrevendo o *Zong* como se o grande navio estivesse flutuando bem ali no lago à nossa frente. Era uma imagem fácil de evocar, eu a conhecia no íntimo, pois tinha singrado muitas vezes pelos meus pesadelos da infância. Um navio rumando para a Jamaica, porém distante da rota por culpa de um erro de navegação, com reservas escassas de água potável, cheio de escravos sedentos ("Ah, é?", disse Aimee, colhendo uma rosa do arbusto) e capitaneado por um homem que, receando que os escravos pudessem não sobreviver ao resto do trajeto — e querendo evitar perdas financeiras em sua primeira viagem — reuniu centro e trinta e três homens, mulheres e crianças e os jogou ao mar, acorrentados uns aos outros: carga danificada que seria ressarcida pelo seguro. O tio-avô de tão famosa compaixão relatou o caso, também — contei para Aimee, como minha mãe havia me contado —, e decidiu contra o capitão, mas somente baseado no princípio de que o capitão havia cometido um equívoco. Ele, e não a seguradora, deveria arcar com o prejuízo. Aqueles corpos se debatendo ainda eram apenas carga, ainda se tinha o direito de jogar carga ao mar para proteger o resto da carga. Você só não seria ressarcido. Aimee assentiu com a cabeça, encaixou a rosa que havia colhido entre a orelha esquerda e o boné e ajoelhou de repente para fazer carinho numa matilha de cachorrinhos que vinha arrastando uma única pessoa.

"O que não mata, fortalece", ouvi ela dizer a um dachshund, para em seguida se recompor e me encarar de novo: "Se meu pai não tivesse morrido jovem, eu não teria chegado aqui de jeito nenhum. É a dor. Judeus, gays, mulheres, negros — os malditos irlandeses. É a nossa força secreta, porra". Pensei na minha mãe — que não tinha a menor paciência para leituras sentimentais da história — e me encolhi. Esquecemos dos cães e seguimos andando. O céu não tinha nuvens, o Heath transbordava de flores e folhagens, os lagos eram piscinas de luz dourada, mas eu não conseguia me livrar daquela sensação de desconforto e desequilíbrio, e ao tentar rastrear sua origem me vi novamente diante daquele pajem anônimo na galeria, com um pequeno brinco dourado na orelha, que erguia um olhar suplicante à sósia de Judy enquanto ríamos da cara dela. Ela não correspondia ao olhar dele, nunca poderia, tinha sido pintada de modo a impossibilitar isso. Mas não era verdade que eu também tinha evitado o olhar dele, como tinha evitado o de Granger, e ele o meu? Eu via aquele pequeno mouro agora com absoluta clareza. Era como se ele estivesse parado ali no meu caminho.

Aimee insistiu que encerrássemos aquela tarde peculiar nadando no laguinho das mulheres. Granger ficou esperando no portão de novo, com três bicicletas a seus pés, folheando com raiva seu Maquiavel em edição de bolso da Penguin. Uma névoa de pólen pairava rente à água, parecia grudada no ar espesso e entorpecido, embora a água estivesse congelante. Me encolhi toda ao entrar, de calcinha e camiseta, descendo a escadinha centímetro a centímetro, enquanto duas inglesas de ancas largas e trajando maiôs robustos e óculos de natação boiavam por perto, fornecendo incentivo não solicitado a quem pretendia se unir a elas. ("Fica realmente bom depois que você entra." "É só bater as pernas até voltar a senti-las." "Se Woolf nadou aqui, vocês também podem!") Mulheres que chegavam à minha esquerda e direita, algumas com o triplo da minha idade, pulavam direto do deque para dentro d'água, mas eu não consegui passar da cintura e, para ganhar tempo, virei para os lados e fingi estar admirando o cenário: senhoras de cabelos brancos descrevendo círculos vagarosos no meio das flores-d'água fedorentas. Uma linda libélula vestida no tom de verde favorito de Aimee passou voando. Eu a vi pousar no deque, perto da minha mão, e fechar suas asas iridescentes. Onde estava Aimee? Ainda sob efeito da maconha, tive um instante de paranoia: será que ela tinha entrado antes de mim, enquanto eu me preocupava com minha roupa de baixo? Já tinha se afogado? Será que amanhã eu estaria sob investigação, explicando ao mundo como permiti que uma australiana mundialmente adorada e protegida por seguros astronômicos nadasse desacompanhada num laguinho congelante do norte de Londres? Um guincho de *banshee* rasgou o ambiente civilizado: me virei e dei de cara com Aimee, nua, correndo do vestiário na minha direção, se jogando num salto por cima da minha cabeça e da escadinha, com os braços esticados e as costas perfeitamente arqueadas, como se erguida por um dançarino principal invisível, para enfim perfurar a água com limpidez e exatidão.

Seis

Eu não sabia que o pai de Tracey tinha ido para a prisão. Foi minha mãe quem me contou, alguns meses depois do ocorrido: "Parece que prenderam ele de novo". Ela não precisou dizer mais nada, nem pedir que eu parasse de andar tanto com Tracey, pois isso já vinha acontecendo naturalmente. Um esfriamento na amizade: uma dessas coisas que acontecem entre amigas. No início fiquei abalada, achando que era definitivo, mas na verdade foi apenas um hiato, um dos vários que teríamos e que duravam um ou dois meses, às vezes mais, mas que sempre terminavam — não por coincidência — com o pai dela sendo libertado mais uma vez ou voltando da Jamaica, para onde fugia com frequência quando se encrencava demais na vizinhança. Era como se, nos períodos em que ele estava cumprindo pena ou distante de casa, Tracey entrasse em modo de espera, pausando a si mesma como se fosse uma fita de vídeo. Embora já não sentássemos na mesma mesa nas aulas (tinham nos separado depois da festa de Lily, minha mãe foi até escola solicitar que o fizessem), eu tinha visão desobstruída dela todos os dias e percebia na mesma hora quando ela estava com "problemas em casa", ficava evidente em tudo que ela fazia ou deixava de fazer. Ela dificultava ao máximo a vida do nosso professor, não com mau comportamento explícito como os outros alunos, não com brigas e xingamentos, mas mediante uma remoção absoluta de sua presença. Estava presente o seu corpo e mais nada. Ela não fazia nem respondia perguntas, não participava de nenhuma atividade nem copiava nada, nem sequer abria o caderno, e eu entendia que, nessas ocasiões, o tempo havia parado para Tracey. Se o sr. Sherman começava a gritar, ela ficava sentada na cadeira, impassível, com o nariz empinado e os olhos mirando um ponto logo acima da cabeça dele, e nada que ele pudesse dizer — nenhuma ameaça ou volume de voz — surtia o menor efeito. Como eu havia previsto, ela nunca o perdoou no episódio dos cartões das Garbage Pail Kids. E ser enviada para a sala da diretora não lhe botava medo algum: ela levantava na mesma hora, já vestida com o casaco que nem se dera ao trabalho de retirar, e saía da sala como se não desse a mínima para onde ia ou o que podia lhe acontecer. Quando ela estava naquele estado eu aproveitava para fazer tudo o que me sentia inibida demais para fazer na companhia de Tracey. Passava mais tempo com Lily Bingham, por exemplo, desfrutando de seu bom humor e modos gentis: ela ainda brincava de boneca, não sabia nada sobre sexo, adorava desenhar e criar coisas com cola e cartolina. Em outra palavras, ainda era uma criança, como eu às vezes tinha vontade de ser. Nas brincadeiras dela, ninguém morria, tinha medo, se vingava ou temia ser desmascarada como uma fraude, e não havia o menor sinal de branco e preto, pois, conforme me explicou com solenidade, certo dia, no meio de uma brincadeira, ela era "daltônica" e só enxergava o que havia dentro do coração das pessoas. Ela possuía um pequeno teatro do Ballet da Rússia em papelão, comprando em Covent Garden, e para ela uma tarde perfeita incluía manobrar o príncipe de papelão ao redor do palco, fazendo ele encontrar e se apaixonar pela princesa de papelão, enquanto um disco arranhado do *Lago dos cisnes*, pertencente a seu pai, tocava ao fundo. Ela adorava balé, embora fosse uma dançarina medíocre, com pernas arqueadas demais para ter ambições reais, e sabia o termo em francês para tudo, assim como as trágicas histórias de vida de Diaghilev e Pavlova. Não tinha interesse por sapateado. Quando lhe mostrei minha cópia já bem gasta do filme *Tempestade de ritmo*, ela reagiu de um modo que eu não tinha previsto, ficou ofendida — ou até magoada. Por que eram todos negros? Disse que era rude ter somente negros num filme, não era justo. Talvez nos Estados Unidos isso fosse possível, mas não aqui na Inglaterra, onde afinal de contas todos eram iguais e não havia necessidade de "ficar martelando em cima disso". E nós não íamos achar bom, disse ela, se nos dissessem que só negros poderiam participar da aula de dança da srta. Isabel, não seria bacana ou justo conosco, seria? Ficaríamos tristes. Ou que apenas negros poderiam entrar na nossa escola. Não íamos gostar, né? Não falei nada. Coloquei *Tempestade de ritmo* de volta na mochila e fui para casa andando sob um crepúsculo de Willesden com tons de petróleo e nuvens em rápida metamorfose, repassando aquele curioso discurso seguidas vezes dentro da cabeça, me perguntando o que ela podia estar querendo dizer com "nós".

Sete

Quando minha relação com Tracey esfriava, os sábados ficavam difíceis para mim e eu contava com o sr. Booth para conversas e conselhos. Eu trazia informações novas até ele — adquiridas na biblioteca — e ele incrementava o que eu já sabia ou explicava coisas que eu não tinha conseguido entender. O sr. Booth não sabia, por exemplo, que "Fred Astaire" era na verdade "Frederick Austerlitz", mas ele sabia o significado de "Austerlitz" e explicou que o nome não devia ter vindo dos Estados Unidos, e sim da Europa, era provavelmente alemão ou austríaco, e possivelmente judeu. Para mim, Astaire *era* os Estados Unidos — se ele aparecesse na bandeira, eu não teria me surpreendido —, mas naquela ocasião aprendi que ele tinha passado muito tempo em Londres, na verdade, e que tinha ficado famoso na cidade, dançando ao lado da irmã, e que eu poderia ter ido vê-lo no Shaftesbury Theatre se tivesse nascido sessenta anos mais cedo. E como se não bastasse, disse o sr. Booth, a irmã dele era uma dançarina muito superior, era o que todos diziam, ela era a estrela e ele o retardatário, *não sabe cantar, não sabe atuar, ficando careca, sabe dançar um pouquinho*, ha ha ha, bem, ele mostrou pra eles o que era bom, não é? Ouvindo o sr. Booth falar, me perguntei se eu também não poderia ser uma dessas pessoas que se revelam mais tarde na vida, bem mais tarde, de modo que um dia — muito longe do agora — quem estaria sentada na primeira fila do Shaftesbury Theatre, assistindo à *minha* performance de dança, seria Tracey, nossas posições completamente invertidas, minha superioridade enfim reconhecida pelo mundo. E nos anos posteriores, disse o sr. Booth, tirando de minhas mãos o livro da biblioteca e lendo, nos anos posteriores a rotina dele pouco mudou em relação ao passado. Ele acordava às cinco da manhã e comia um único ovo cozido de café da manhã, mantendo o peso constante de sessenta e um quilos. Viciado em novelas de televisão como *The Guiding Light* e *As the World Turns*, ele telefonava para a empregada perguntando o que tinha acontecido caso perdesse algum capítulo. O sr. Booth fechou o livro, sorriu e disse: "Que bicho esquisito!".

Quando me queixei com o sr. Booth acerca da única imperfeição de Astaire — na minha opinião, ele não sabia cantar — fui pega de surpresa pela ênfase com que ele discordou, costumávamos concordar a respeito de tudo e dávamos muita risada juntos, mas dessa vez ele destacou as notas de "All of Me" de maneira contida ao piano e disse: "Mas cantar não é só soltar a garganta, certo? Não tem a ver apenas com quem possui o maior alcance vocal ou atinge a nota mais alta, não, tem a ver com fraseado, com delicadeza e com extrair o sentimento certo de cada música, a sua alma, para que algo de verdadeiro aconteça dentro de você quando alguém abre a boca para cantar, e você não prefere sentir algo verdadeiro em vez de ter os pobres ouvidos estourados?".

Ele parou de falar e tocou "All of Me" inteira, e eu fui cantando junto, tentando conscientemente pronunciar cada frase da mesma forma que Astaire as pronuncia em *Meias de seda* —

cortando alguns versos antes do fim, balbuciando outros — por mais que aquilo não soasse natural para mim. Juntos, eu e o sr. Booth imaginamos como seria amar o leste, o oeste, o norte e o sul de uma pessoa, obter o controle completo dela, mesmo que em retribuição ela amasse somente uma pequena porcentagem de nós. Normalmente eu cantava com uma das mãos apoiada no piano e virada para o lado oposto dele, pois era como as garotas faziam nos filmes, e assim eu podia ficar de olho no relógio em cima da porta da igreja e saber quando a última criança tinha entrado, me informando que eu precisava parar, mas naquela ocasião, o desejo de tentar cantar em harmonia com aquela melodia delicada — de combinar com o jeito que o sr. Booth tocava, não simplesmente "soltando a garganta", mas criando um sentimento verdadeiro — me fez virar de frente para o piano, por instinto, no meio dos versos, e ao fazer isso descobri que o sr. Booth estava chorando, bem baixinho, mas certamente chorando. Parei de cantar. "E ele está tentando fazer com que ela dance", ele falou. "Fred quer que Cyd dance, mas ela não vai dançar, vai? Ela é o que você poderia chamar de uma intelectual, da Rússia, e ela não *quer* dançar, e ela diz para ele: 'O problema de dançar é que *Você vai, vai, vai, mas não chega em nenhum lugar!*'. E Fred diz: '*E você diz isso logo para mim!*'. Lindo. Lindo! Mas agora, querida, está na hora da aula. É melhor calçar os sapatos."

Enquanto amarrávamos os cadarços e nos preparávamos para fazer fila de novo, Tracey disse à sua mãe, ao alcance dos meus ouvidos: "Viu? Ela adora essas músicas antigas esquisitas". O tom era de acusação. Eu sabia que Tracey amava música pop, mas eu não achava as melodias bonitas como as das músicas antigas, e tentei dizer isso. Tracey encolheu os ombros, me calando no mesmo instante. Seus ombros exerciam um poder sobre mim.

Eram capazes de encerrar qualquer assunto. Ela se virou de novo para a mãe e disse: "E gosta de velhos safados também".

A reação de sua mãe me chocou: ela me encarou e abriu um sorrisinho malicioso. Naquele momento, meu pai estava lá fora, no jardim da igreja, ocupando seu lugar de sempre debaixo das cerejeiras; pude vê-lo segurando o pacote de tabaco numa das mãos e o papel de cigarro na outra, ele já não se dava ao trabalho de esconder essas coisas de mim. Mas não havia mundo em que eu pudesse fazer um comentário cruel com outra criança e ver meu pai — ou minha mãe — reagindo com um sorrisinho malicioso, ou reforçando minha atitude de qualquer outra maneira. Me dei conta de que Tracey e sua mãe estavam do mesmo lado, e pensei que havia algo de impróprio nisso, e que elas sabiam muito bem, pois tentavam disfarçá-lo em certos contextos. Eu tinha certeza de que, caso meu pai estivesse presente, a mãe de Tracey não teria ousado abrir aquele sorrisinho.

"É melhor ficar longe de velhos estranhos", ela falou, apontando para mim. Mas quando protestei argumentando que o sr. Booth não era um estranho, que era nosso querido velho pianista e que todas o adorávamos, a mãe de Tracey assumiu um ar de fastio enquanto eu falava, cruzou os braços sobre o peito enorme e fixou o olhar à frente.

"Minha mãe acha que ele é um pedófilo", explicou Tracey.

Fui embora daquela aula agarrando com força a mão do meu pai, mas não contei o que havia ocorrido. Eu não pensava em pedir a ajuda dos meus pais para qualquer assunto, não mais, se pensava em algo era somente em protegê-los. Fui procurar orientação em outro lugar. Os livros tinham começado a fazer parte da minha vida. Não os bons livros, ainda não, ainda eram aquelas velhas biografias do showbiz que eu lia na ausência de textos sagrados, como se elas *fossem* textos sagrados, extraindo delas alguma forma de conforto, embora não passassem de encomendas escritas por dinheiro, sem nenhum cuidado especial por parte de seus autores, é certo, mas ainda assim importantes para mim. Eu dobrava o canto de algumas páginas e relia inúmeras vezes certas frases, como uma senhora vitoriana lendo seus salmos. *Ele não está fazendo aquilo direito* — essa era importante. Era o que Astaire alegava pensar toda vez que se via na tela, e reparei naquele pronome em terceira pessoa. O que eu entendia da frase era isso: para Astaire, a pessoa no filme não tinha nenhuma conexão especial com ele. E levei aquilo a sério, ou melhor, a frase ecoava algo que já sentia dentro de mim, em suma, que era importante tratar a mim mesma como se fosse uma espécie de estranha, permanecer desapegada e sem preconceitos no meu próprio caso. Eu achava que era preciso pensar assim para conseguir qualquer coisa nesse mundo. Sim, eu achava que essa era uma atitude muito elegante. E também fiquei obcecada com a famosa teoria de Katherine Hepburn a respeito de Fred e Ginger: *Ele lhe fornece classe, ela lhe fornece sexo.* Seria essa uma regra geral? Será que todas as amizades — todas as relações — implicavam nessa discreta e misteriosa troca de qualidades, nessa troca de poder? Será que isso se estendia a povos e nações ou acontecia somente entre indivíduos? O que meu pai fornecia à minha mãe — e vice-versa? O que eu e o sr. Booth fornecíamos um ao outro? O que eu fornecia a Tracey? O que Tracey fornecia a mim?

PARTE TRÊS
Intervalo

Um

.

Governos são inúteis, não se pode confiar neles, Aimee me explicou, e instituições beneficentes têm interesses próprios, igrejas querem saber de almas e não de corpos. Por isso, se quisermos ver alguma mudança real no mundo, ela prosseguiu, ajustando a inclinação da esteira ergométrica até que eu, correndo na esteira ao lado, tive a impressão de vê-la galgando a encosta do Kilimanjaro, bem, nesse caso precisamos assumir tudo sozinhas, sim, precisamos ser a mudança que queremos ver. Com aquele "precisamos" ela queria dizer pessoas como ela, com recursos financeiros e influência global, que calham de amar a liberdade e a igualdade, querem justiça e sentem a obrigação de fazer algo bom com sua boa fortuna. Era uma categoria moral e ao mesmo tempo econômica. E seguindo a lógica até o fim da esteira transportadora, alguns quilômetros depois você encontraria uma ideia nova, segundo a qual riqueza e moralidade são em essência a mesma coisa, pois quanto mais dinheiro alguém possui, maior a sua bondade ou o potencial para exercê-la. Sequei o suor com a camiseta e espiei as telinhas à nossa frente: onze quilômetros para Aimee, dois e meio para mim. Ela finalmente terminou, descemos das esteiras, entreguei-lhe uma toalha e caminhamos juntas até a sala de edição. Ela queria revisar o primeiro corte de um vídeo de divulgação que estávamos preparando para atrair doadores, e que ainda estava sem som e música. Ficamos em pé atrás do diretor e do montador, vendo uma versão silenciosa de Aimee revolver a terra do terreno da escola com uma grande pá e colocar a pedra de fundação com a ajuda de um ancião do vilarejo. Vimos ela dançar com a filha de seis anos, Kara, e um grupo de lindas meninas em idade escolar usando uniformes nas cores verde e cinza, ao som de alguma música que não podíamos ouvir, suas pisadas levantando grandes nuvens de poeira vermelha. Lembrei de ver todas aquelas coisas acontecendo alguns meses antes, na realidade, no próprio instante em que aconteceram, e me chamou atenção como elas pareciam diferentes agora, naquele formato, com o montador deslocando os pedaços com toda a desenvoltura que o seu software permitia, emendando alternadamente Aimee nos Estados Unidos com Aimee na Europa e Aimee na África, reordenando os eventos conhecidos. E é assim que se faz as coisas, ela anunciou quinze minutos depois, satisfeita, antes de levantar, desarrumar os cabelos do jovem diretor e prosseguir para o chuveiro. Fiquei ajudando a concluir a edição. Uma câmera de *time-lapse* havia sido deixada no local da construção em fevereiro, permitindo que agora víssemos a escola inteira ser colocada em pé em poucos minutos, com os trabalhadores se amontoando como formigas, se movendo rápido demais para que se pudesse distinguir um do outro, uma demonstração surreal do que era possível realizar quando boa gente com recursos decidia arregaçar as mangas. O tipo de gente capaz de construir uma escola para meninas em um vilarejo rural do oeste africano em questão de meses, simplesmente porque era aquilo que tinham decidido fazer.

* * *

Minha mãe sentia prazer em classificar o modo de Aimee de fazer as coisas como "ingênuo". Mas Aimee achava que já havia tentado o caminho de minha mãe, o caminho político. Ela tinha apoiado candidatos presidenciais nos anos oitenta e noventa, organizando jantares, contribuindo com campanhas e discursando nos palcos para a plateia de estádios. Quando entrei em cena, ela já havia deixado tudo isso para trás, assim como a geração que ela encorajara às urnas, a minha geração. Agora ela estava comprometida em "provocar a mudança de baixo para cima", queria apenas "trabalhar com as comunidades no nível da comunidade", e eu tinha um respeito sincero por aquele comprometimento, e só às vezes — quando alguns de seus companheiros dotados de recursos vinham à casa em Hudson Valley para almoçar ou usar a piscina, e para discutir esta ou aquela iniciativa — ficava muito difícil evitar enxergar a questão com os olhos da minha mãe. Nessas ocasiões, eu realmente sentia a presença dela atrás de mim, uma consciência invisível ou uma comentarista irônica, injetando veneno em meus ouvidos a uma distância de milhares de quilômetros enquanto eu tentava escutar aquelas pessoas dotadas de recursos — famosas por tocarem guitarra, cantar, desenhar roupas ou fingirem ser outras pessoas — conversarem, bebendo drinques, sobre seus planos de erradicar a malária no Senegal, trazer água potável ao Sudão e coisas do tipo. Mas eu sabia que Aimee, pelo menos, não tinha nenhum interesse abstrato no poder. Sua motivação era outra: impaciência. Para Aimee, a pobreza era um desleixo do mundo entre tantos outros, algo que poderia ser corrigido facilmente caso as pessoas se dedicassem ao problema com o mesmo foco que ela dedicava a tudo. Ela detestava reuniões e longos debates, não gostava de analisar uma questão por muitos ângulos. Nada a aborrecia mais do que "por um lado isso" e "por outro lado aquilo". Ao contrário, ela depositava sua fé no poder de suas decisões, e essas eram tomadas "seguindo o coração". Não raro tais decisões eram repentinas e, uma vez feitas, elas jamais eram desfeitas ou reconsideradas, pois ela acreditava em seu timing preciso, no timing em si como uma força mística, uma forma de destino que operava tanto em nível global e cósmico quando no individual. Na verdade, na cabeça de Aimee esses três níveis estavam conectados. Foi o bom timing do destino, na percepção dela, que incendiou os escritórios da YTV na Inglaterra em 20 de junho de 1998, seis dias depois de ela ter nos visitado, por causa de algum problema na fiação, no meio da noite, que fez o fogo se espalhar por tudo e incendiar aqueles quilômetros de fitas VHS que até então permaneciam protegidos da influência degradante do metrô londrino. Disseram para nós que levaria nove meses para que o espaço ficasse habitável de novo. No meio-tempo, fomos todos transferidos para um prédio empresarial feio e sem graça em King's Cross. Meu deslocamento até o trabalho ficou vinte minutos mais longo e eu sentia falta do canal, do mercado, das aves do Snowdon. Mas só fiquei seis dias em King's Cross. Tudo acabou quando Zoe trouxe à minha mesa um fax endereçado a mim, com um número de telefone para o qual eu deveria ligar, sem mais explicações. Do outro lado da linha veio a voz da empresária de Aimee, Judy Ryan. Ela me disse que Aimee em pessoa tinha requisitado que a garota parda de roupas verdes viesse ao seu escritório em Chelsea para ser entrevistada para um possível emprego. Fiquei estupefata. Fiquei andando em círculos do lado de fora daquele prédio por meia hora antes de entrar e tremi o caminho todo, do elevador ao corredor de entrada, mas assim que entrei na sala vi que a decisão já tinha sido tomada, estava evidente no rosto dela. Para Aimee não existia ansiedade nem dúvida: nada disso, na visão dela, era coincidência, sorte ou mesmo um acidente feliz. Era "Destino". "O Grande Incêndio" — como os funcionários o batizaram — era somente parte de um esforço consciente, por parte do universo, para que ficássemos juntas, Aimee e eu, um universo que naquele mesmo momento se recusava a intervir em tantos outros assuntos.

Dois

Aimee encarava o tempo de maneira um tanto singular, mas sua abordagem era muito pura e aprendi a admirá-la. Ela não era como o resto de sua tribo. Não precisava de cirurgiões, não vivia no passado, não fazia mistério com datas nem recorria a táticas comuns de distração e distorção. No caso dela, era de fato uma questão de força de vontade. No período de dez anos, vi como essa força de vontade podia ser formidável, o que ela era capaz de fazer acontecer. E com o tempo passei a considerar que todo o esforço que ela colocava nisso — o exercício físico, a cegueira deliberada, a inocência cultivada, as epifanias espirituais que de algum modo conseguia vivenciar espontaneamente, suas maneiras incontáveis de se apaixonar ou desapaixonar, como se fosse uma adolescente — todas essas coisas eram em si mesmas uma forma de energia, uma força capaz de dilatar o tempo, como se ela realmente estivesse se afastando do resto de nós — encalhados aqui na terra, envelhecendo mais rápido que ela — na velocidade da luz, nos vendo lá de cima e se perguntando por quê.

Esse efeito era mais impressionante que nunca quando um

de seus irmãos vinham de Bendigo visitá-la, ou quando ela estava com Judy, a quem conhecia desde o ensino médio. O que aquelas pessoas em fins da meia-idade, com suas famílias esculhambadas, rugas, decepções, casamentos difíceis e moléstias físicas — o que isso tudo tinha a ver com Aimee? Como era possível que aquelas pessoas tivessem crescido com ela, dormido com os mesmos rapazes ou sido capazes de correr do mesmo jeito, na mesma velocidade, pela mesma rua, no mesmo ano? Não era apenas que Aimee tivesse uma aparência muito jovem — e ela tinha, é claro —, mas também que ela parecia pulsar com um vigor juvenil inacreditável. Esse vigor a impregnava até o osso, se manifestando em sua maneira de se sentar, se mover, pensar, falar, tudo. Algumas pessoas, como Marco, seu chef italiano mal-humorado, eram cínicas e azedas em relação a isso, alegavam que era tudo uma questão de ter dinheiro, que era um efeito colateral de ganhar muito e trabalhar pouco, nunca ter de trabalhar para valer. Mas em nossas viagens com Aimee conhecíamos uma porção de gente que tinha muito dinheiro e não fazia nada, que trabalhava muito menos que Aimee — sendo que ela, à sua maneira, trabalhava duro — e quase toda essa gente parecia velha como Matusalém. Portanto, era razoável presumir, como muitos faziam, que Aimee se mantinha jovem por causa de seus jovens amantes, ainda mais quando este tinha sido o argumento dela própria durante muitos anos — isso e a inexistência de filhos. Mas essa teoria não sobreviveu ao ano do cancelamento das turnês pela América do Sul e Europa, e depois à chegada de seu filho Jay, sucedida dois anos depois por Kara, e ao rápido despacho de um pai e namorado de meia-idade, logo substituído pelo segundo pai e marido, que por sua vez foi ainda mais rapidamente despachado e que, é verdade, não passava de um garoto ele próprio. Não pode ser, as pessoas pensavam, não pode ser que tanta experiência condensada em tão poucos anos não deixe marcas. Mas embora o resto da equipe tenha saído exausta desse redemoinho, completamente esgotada, pronta para passar uma década inteira na cama, a própria Aimee demonstrou não ter sido muito afetada, continuava sendo mais ou menos o que era antes, abastecida de uma quantidade de energia aterrorizante. Depois do nascimento de Kara ela retornou imediatamente para o estúdio, para a academia, para a turnê, mais babás foram contratadas, tutores surgiram, e alguns meses mais tarde emergiu de tudo isso parecendo uma mulher amadurecida de vinte e seis anos. Ela tinha quase quarenta e dois. Eu estava prestes a fazer trinta, esse foi um dos fatos a meu respeito que Aimee escolheu reter obsessivamente, e nas duas semanas anteriores à data ela insistiu que saíssemos para uma "noite das mulheres", só nós duas, celulares desligados, foco total, atenção plena, drinques, sendo que eu não tinha solicitado nem esperava nada disso, mas ela não desistia, até que o dia chegou e, é claro, não foi feita menção alguma ao meu aniversário; em vez disso passamos o dia atendendo a imprensa da Noruega, depois ela jantou com os filhos e eu fiquei sozinha no meu quarto, tentando ler. Ela ainda estava no estúdio de dança às dez quando fui interrompida por Judy, que esticou a cabeça na porta, mostrando seu imutável corte de cabelo desfiado, relíquia da juventude em Bendigo, para me dizer, sem tirar os olhos do celular, que eu deveria lembrar a Aimee que tínhamos um voo para Berlim na manhã seguinte. Isso foi em Nova York. O estúdio de dança de Aimee era do tamanho de um salão de baile, uma caixa espelhada com uma barra de nogueira que dava toda a volta. Tinha sido escavado no porão de sua casa geminada. Quando entrei ela estava sentada em espacate horizontal, completamente imóvel, como se estivesse morta, com a cabeça jogada para a frente e uma longa franja — vermelha naqueles dias — cobrindo o rosto. Estava tocando música. Aguardei para ver se ela me daria atenção. Em vez disso, ela se pôs em pé e começou a executar uma coreografia, acompanhando o tempo todo o próprio reflexo nos espelhos. Já fazia algum tempo que eu não a via dançar. Àquela altura eu raramente ficava na plateia assistindo: esse aspecto da vida dela me parecia muito distante, como a performance artificial de alguém que eu viera a conhecer pessoalmente num nível mais profundo e granular. Uma pessoa para quem eu agendava abortos, contratava passeadores de cães, encomendava flores, escrevia cartões de Dia das Mães, espalhava cremes, aplicava injeções, espremia cravos, secava as muito raras lágrimas de separação e por aí vai. Na maior parte do tempo, nem parecia que eu trabalhava para uma artista do palco. O meu trabalho com e para Aimee acontecia no interior de veículos, na maior parte do tempo, ou então em sofás, aviões e escritórios, em muitos tipos de telas e milhares de e-mails.

Mas ali estava ela, dançando. Ao som de uma canção que não reconheci — eu também quase não ia mais ao estúdio de gravação —, mas os passos eram conhecidos, não tinham mudado muito com o passar dos anos. A maior parte de suas coreografias sempre consistiu sobretudo numa espécie de andar estridente: um andar firme e poderoso que delimita o espaço que ela ocupa naquele momento, seja ele qual for, como um grande felino dando voltas metódicas dentro da jaula. O que me surpreendeu dessa vez foi a força erótica incontida. Em geral, quando vamos elogiar uma dançarina, dizemos: ela faz parecer fácil. Não era o caso de Aimee. Parte de seu segredo, senti enquanto a via dançar, é sua capacidade de evocar prazer a partir do esforço, pois nenhum de seus movimentos fluía instintivamente ou naturalmente do anterior, cada "passo" era bem visível, coreografado, mas você a via suando a camisa para executá-los e tinha a sensação de que o trabalho duro em si era erótico, era como ver uma mulher cruzando a linha de chegada no fim de uma maratona ou se empenhando para atingir o orgasmo. Aquela mesma revelação arrebatadora do ímpeto de uma mulher.

"Me deixa acabar!", ela gritou para o próprio reflexo.

Andei até o canto mais afastado, deixei o corpo deslizar contra a parede de vidro, sentei no chão e abri de novo o meu livro. Tinha decidido me impor uma nova regra: ler por meia hora todas as noites, a qualquer custo. O livro que eu tinha escolhido não era comprido, mas tinha avançado pouco nele. Ler era praticamente impossível quando você trabalhava para Aimee, era um hábito visto pelo resto da equipe como contraproducente e em certo sentido, acho, fundamentalmente desleal. Mesmo quando embarcávamos numa longa viagem aérea — mesmo que estivéssemos retornando à Austrália — as pessoas ficavam respondendo e-mails relacionados a Aimee ou folheando pilhas de revistas, o que sempre se podia disfarçar de trabalho, pois se Aimee não estava na revista que você tinha em mãos, muito em breve estaria. A própria Aimee lia livros, às vezes bons livros, recomendados por mim, ou com mais frequência livros de autoajuda ou de dietas fajutas que Judy ou Granger lhe mostravam, mas as leituras de Aimee eram uma coisa separada, afinal de contas ela era Aimee e podia fazer o que bem entendesse. Às vezes ele tirava ideias dos livros que eu lhe dava — um período histórico, um personagem ou uma ideia política — e quando isso acontecia a ideia surgia mais adiante, em versão banal e simplificada, em alguma música ou vídeo. Mas isso não mudava a opinião de Judy a respeito da leitura em geral, para ela era como um vício, porque roubava tempo precioso que podia estar sendo investido em trabalhar para Aimee. Mesmo assim, às vezes ler um livro se tornava necessário, mesmo para Judy — porque o livro estava na iminência de se tornar um veículo para Aimee no cinema, ou estava envolvido de alguma outra forma num projeto — e nessas situações ela usava um dos nossos voos longos para ler um terço do volume, com os pés para o alto e uma cara de quem chupou limão. Ela nunca lia mais do que um terço — "Basta pra pegar o básico" — e ao terminar proferia um veredito dentre quatro possíveis. "Supimpa" — que significava bom; "Importante" — muito bom; "Controverso" — que podia ser bom ou ruim, nunca se sabia; ou "Literatuuura", que era pronunciado com um suspiro e um revirar de olhos, e era muito ruim. Se eu tentasse argumentar a favor de qualquer um deles, Judy encolhia os ombros e dizia: "Eu é que não sei de nada. Sou só uma jeca de Bendigo", e isso, quando dito ao alcance dos ouvidos de Aimee, aniquilava qualquer projeto na mesma hora. Aimee nunca subestimava a importância das terras centrais. Embora tivesse deixado Bendigo para trás — não soava mais como seus conterrâneos, desde o começo havia cantado com um sotaque americanizado e não raro se referia à própria infância como uma espécie de morte em vida —, ela seguia considerando sua terra natal um símbolo potente, quase um norte para sua trajetória. De acordo com sua teoria, uma estrela tem Nova York e Los Angeles no bolso, uma estrela pode conquistar Paris, Londres e Tóquio — mas somente uma superestrela conquista Cleveland, Hyderabad ou Bendigo. Uma superestrela conquista a todos em toda parte.

"Tá lendo o quê?"

Mostrei o livro. Ela reuniu as pernas que tinham acabado de aterrissar em um espacate e mirou a capa, apertando os olhos.

"Nunca ouvi falar."

"*Cabaret*? É isso, basicamente."

"Um livro sobre o filme?"

"O livro que veio antes do filme. Achei que poderia ser útil, já que estamos indo para Berlim. Judy me mandou aqui para estalar o chicote."

Aimee fez uma careta para si mesma no espelho.

"Judy pode beijar meu traseiro jeca. Ela tem pegado demais no meu pé ultimamente. Será que é porque ela entrou na menopausa?"

"Será que é porque você é irritante?"

"Ha ha."

Ela deitou, ergueu a perna direita e ficou esperando. Cheguei perto, me ajoelhei diante dela e dobrei seu joelho na direção do peito. Eu era tão mais encorpada que ela — mais larga, mais alta, mais pesada — que sempre que a ajudava a se alongar daquele jeito tomava todo o cuidado, tinha a sensação de que ela era frágil e eu poderia quebrá-la, embora ela tivesse músculos que eu não conseguia nem imaginar possuir e erguesse dançarinos homens quase até a altura da cabeça.

"Os noruegueses eram sem graça, não eram?", ela resmungou, e então teve uma ideia, como se nenhuma de nossas conversas nas últimas três semanas tivessem acontecido: "Por que não saímos juntas? Tipo, agora mesmo. Judy não vai ficar sabendo. Saímos pelos fundos. Vamos tomar uns drinques. Estou no clima. Não precisamos ter um motivo".

Sorri para ela. Fiquei imaginando como era viver naquele mundo de fatos cambiantes que mudavam de lugar ou sumiam, dependendo do seu humor.

"Eu disse algo engraçado?"

"Não. Vamos lá."

Ela tomou um banho e vestiu seu traje civil: jeans preto, camisa preta e boné preto com aba cobrindo o rosto, o que deixava suas orelhas despontando dos cabelos e lhe dava um ar inesperadamente pateta. As pessoas não acreditam em mim quando digo que ela gostava de sair para dançar, e é verdade que não o fazíamos com frequência, não depois de uma certa altura, mas acontecia, sim, e nunca gerava muito alvoroço, provavelmente porque chegávamos tarde e preferíamos clubes gays, e quando os caras finalmente a identificavam, em geral já estavam dopados, felizes e cheios de uma espécie de boa vontade expansiva: queriam protegê-la. Ela tinha pertencido a eles no começo, antes de pertencer a todo mundo, e cuidar dela nesse estágio era uma forma de demonstrar que no fundo ela ainda lhes pertencia. Ninguém pedia autógrafos nem que ela posasse para fotos, ninguém ligava para os jornais — apenas dançávamos. Minha única obrigação era deixar evidente que eu não conseguia acompanhar o ritmo dela, o que não exigia fingimento algum, eu não conseguia mesmo. Quando chegava ao ponto em que minhas panturrilhas doíam e o suor me encharcava como se eu estivesse embaixo de uma mangueira, Aimee seguia dançando e eu precisava encontrar algum lugar para sentar e esperá-la. Era isso que eu estava fazendo, na área isolada por cordas, quando senti uma palmada forte nos ombros e algo molhado tocando meu rosto. Ergui a cabeça. Aimee estava parada diante de mim, sorrindo e me olhando, pingando suor de seu rosto no meu.

"De pé, soldado. O navio vai partir."

Era uma da manhã. Nem tão tarde assim, mas eu queria ir para casa. Em vez disso, quando chegamos ao Village, ela baixou a divisória e disse para Errol passar pela casa e seguir dirigindo até a Seventh com a Grove, e quando Errol fez menção de protestar ela mostrou a língua e subiu a divisória. O carro parou em frente a um piano bar de aparência sórdida. Eu já podia ouvir um homem com um vibrato esganiçado da Broadway cantando um tema de *A Chorus Line*. Errol baixou o vidro e olhou fixamente para a entrada aberta. Ele não queria liberá-la. Me lançou um olhar suplicante, procurando solidariedade, como se estivéssemos no mesmo barco — aos olhos de Judy, nós dois seríamos os responsáveis na manhã do dia seguinte —, mas eu não tinha o poder de intervir depois que Aimee botava alguma coisa na cabeça. Ela abriu a porta e me puxou para fora do carro. Estávamos bêbadas: Aimee superexcitada, com as baterias perigosamente recarregadas, e eu exausta e melancólica. Nos acomodamos num canto escuro — só havia cantos escuros no lugar — com dois martinis de vodca trazidos por um barman da idade de Aimee, tão transtornado por servi-la que parecia incapaz de dar conta da tarefa de colocar os drinques à nossa frente antes de desmaiar. Peguei os copos de suas mãos trêmulas e aguentei Aimee contando a história do Stonewall, interminável, o Stonewall isso, o Stonewall aquilo, como se eu nunca tivesse ido a Nova York e não soubesse nada a respeito. Ao piano, um grupo de mulheres brancas numa despedida de solteira cantava uma música qualquer de *O rei leão*; tinham vozes horríveis, esganiçadas, e esqueciam a letra o tempo todo. Eu sabia que era uma coisa infantil, mas eu estava absolutamente furiosa por causa do meu aniversário, a fúria era a única coisa que me mantinha acordada naquele momento, eu me alimentava dela com toda a superioridade que é possível quando nos abstemos de mencionar o mal que nos vitima. Sequei meu martini e continuei ouvindo em silêncio à medida que Aimee prosseguia do assunto Stonewall para o seu começo como dançarina pau-pra-toda-obra em Alphabet City, no fim dos anos setenta, quando todos os seus amigos eram "uns garotos negros malucos, queers, divas; todos mortos agora", histórias que eu havia escutado tantas vezes a ponto de ser capaz de repeti-las, e quando eu já estava entrando em desespero à procura de alguma maneira de fazê-la parar de falar, ela anunciou que "ia fazer um pipi", com um sotaque que só usava muito bêbada. Eu sabia que sua experiência com banheiros públicos era limitada, mas antes que eu pudesse levantar ela já estava vinte metros na minha frente. Quando tentei abrir caminho no meio das pinguças da despedida de solteira, o pianista me dirigiu um olhar cheio de esperança e agarrou meu pulso: "Ei, irmã. Você canta?". No mesmo instante, Aimee desceu a escada para o porão e sumiu de vista.

"Que tal essa daqui?" Ele acenou com a cabeça para a partitura e passou a mão cansada pelo crânio lustroso como ébano. "Não aguento mais ouvir essas garotas. Conhece? De *Gypsy*?"

Seus dedos elegantes foram ao teclado e eu estava cantando os primeiros versos, o famoso prelúdio de acordo com o qual somente os mortos ficam em casa, enquanto pessoas como Mama, ah, elas são diferentes, elas não aceitam suportar tudo isso paradas, elas têm sonhos e apetite, não vão ficar ali apodrecendo, sempre vão lutar para levantar — e sair! Coloquei a mão no piano, me voltei para ele e fechei os olhos, e lembro de pensar que estava começando de levinho, pelo menos, era o que pretendia fazer conscientemente — começar de levinho e continuar assim — cantando mais baixo que o instrumento para não chamar a atenção, ou não chamar muito a atenção, por causa da boa e velha timidez. Mas também em consideração a Aimee, que não era uma cantora nata, por mais que isso fosse um assunto vetado entre nós. Não era cantora nata da mesma forma que as garotas da despedida de solteira sentadas à minha frente, tomando mai tais de canudinho nas banquetas do bar. Mas eu era uma cantora nata, não era? Com certeza era, apesar de tudo, né? E nisso descobri que não dava para seguir pegando leve, meus olhos permaneceram fechados, mas a voz subiu e continuou subindo, fui cantando cada vez mais alto, não me sentia exatamente no controle, era algo que eu estava libertando, que ascendeu e se afastou até escapar do meu alcance. Minhas mãos estavam para cima, eu estava batendo os calcanhares no piso. Tinha a sensação de estar conquistando a atenção de todos os presentes. Tive até mesmo a visão piegas de pertencer a uma longa linhagem de irmãs e irmãos cheios de raça, musicistas, cantores, instrumentistas, dançarinos, pois não era que eu também tinha o dom com tanta frequência atribuído à minha gente? Eu sabia transformar o tempo em frases musicais, em notas e batidas, podia retardá-lo e acelerá-lo, controlando o tempo da minha vida, até que enfim, se não em outros lugares, pelo menos ali naquele palco. Pensei em Nina Simone separando violentamente cada nota da próxima, tão violentamente, com uma precisão imensa, bem com Bach, seu herói, havia lhe ensinado, e pensei no nome que ela deu a isso — "Música Clássica Negra" — ela odiava o termo *jazz*, que considerava uma palavra de brancos para negros, ela o rejeitava completamente — e pensei na voz dela, em como era capaz de esticar uma nota até o limite do tolerável e forçar a plateia a ceder a isso, à sua escala de tempo, à sua visão da canção, sua total falta de piedade pela plateia e sua busca incansável por liberdade! Perdida nesses pensamentos sobre Nina, todavia, não reparei que o fim da música tinha chegado, pensei que ainda havia outra estrofe, quando o acorde de conclusão chegou eu cantei por cima dele e continuei por mais algum tempo até perceber, ah, sim, sim, pode parar agora, terminou. Se houve aplausos estrondosos, eu já não podia ouvi-los, pareciam haver terminado. Só senti o pianista me dando tapas, dois tapinhas rápidos nas costas, que estavam frias e grudentas de suor seco da boate anterior. Abri os olhos. Sim, o furor dentro do bar havia passado, ou talvez nem tivesse ocorrido, tudo parecia como antes, o pianista já estava falando com a próxima cantora, as garotas da despedida de solteira ainda bebiam e conversavam alegremente como se nada tivesse acontecido. Eram duas e meia da manhã. Aimee não estava em seu assento. Não estava no bar. Dei duas voltas trôpegas pelo ambiente lotado e apertado, chutei as portas de todas as cabines do banheiro hediondo, o tempo todo com o celular no ouvido, tocando e tocando, dando em sua secretária eletrônica. Com esforço, atravessei de novo o bar e subi as escadas que davam na rua. Eu gania de pânico. Chovia, e os cabelos que eu tinha alisado com escova começaram a encrespar novamente com uma rapidez sensacional, cada pingo que me atingia fazia brotar um cacho, e ao enfiar a mão neles tateei lã de ovelha, aquela elasticidade úmida, espessa e cheia de vida. Uma buzina de carro soou. Olhei naquela direção e vi Errol estacionado bem onde o havíamos deixado. A janela traseira desceu e Aimee se inclinou para fora, batendo palmas devagar.

"Ah, *bravo*."

Fui correndo até ela, me desculpando. Ela abriu a porta: "Apenas entre".

Sentei ao seu lado, ainda me desculpando. Ela se inclinou para falar com Errol.

"Dirija até o centro e volte."

Errol retirou os óculos e prendeu o alto do nariz com os dedos.

"São quase três da manhã", falei, mas a divisória subiu e lá fomos nós. Por uns dez quarteirões, Aimee não disse nada, e muito menos eu. Quando passamos pela Union Square, ela me olhou e disse: "Você é feliz?".

"O quê?"

"Responda."

"Não entendo a razão da pergunta."

Ela lambeu o polegar e limpou um pouco do rímel que escorria pelo meu rosto sem que eu percebesse.

"Estamos juntas há o quê? Cinco anos?"

"Quase sete."

"Está bem. Então você já devia saber que eu não quero que as pessoas que trabalham para mim", ela explicou vagarosamente, como se falasse com uma idiota, "estejam infelizes trabalhando para mim. Não vejo sentido nisso."

"Mas não estou infeliz!"

"Está o quê, então?"

"Feliz!"

Ela tirou o boné da cabeça e o colocou na minha.

"Nessa vida", ela falou, se recostando no banco de couro, "a gente precisa saber o que quer. Precisa visualizar o que quer e então trazer aquilo ao seu encontro. Mas já falamos muitas vezes disso. Muitas vezes."

Concordei com a cabeça e sorri, bêbada demais para conseguir algo além disso. Minha cabeça estava encaixada entre o acabamento em nogueira e o vidro da janela, e dali eu tinha uma visão nova da cidade, do alto. Eu via o jardim no telhado de uma cobertura antes de ver as poucas pessoas ainda perdidas pela rua àquela hora, pisando nas poças das calçadas, e daquela perspectiva eu não podia deixar de detectar arranjos estranhos e paranoicos. Uma velha senhora chinesa, uma catadora de latas, com um chapéu cônico antiquado na cabeça, rebocando sua carga — centenas, talvez milhares de latas reunidas dentro de uma lona imensa — logo abaixo das janelas de um prédio onde morava um bilionário chinês, amigo de Aimee, com quem ela certa vez discutiu abrir uma rede de hotéis.

"E nessa cidade você realmente precisa *saber* o que quer", Aimee ia dizendo, "mas acho que você ainda *não* sabe. Tá bem, você é inteligente, todo mundo sacou. Você acha que isso que estou dizendo não se aplica a você, mas se aplica, sim. O cérebro está ligado ao coração e ao olhar — é tudo visualização, tudo. Querer, ver, obter. Sem desculpas. Eu *nunca* peço desculpas pelo que quero! Mas eu *vejo* você — e vejo que passa a vida se desculpando! É como se tivesse culpa de sobrevivente ou algo assim! Mas não estamos mais em Bendigo! Você foi embora de Bendigo — certo? Como Baldwin foi embora do Harlem. Como Dylan foi embora... de seja lá de que porra ele veio. Às vezes você precisa ir embora — ir embora de Bendigo, caralho! E Cristo seja louvado, nós duas fizemos isso. Faz muito tempo. Deixamos Bendigo para trás. Está me entendendo, né?"

Fiz que sim diversas vezes, embora não fizesse a menor ideia do que ela estava falando, com exceção da forte suspeita que sempre tinha com relação a ela, de que considerava sua própria trajetória universalmente válida, especialmente quando se embebedava, de que todas nós tínhamos vindo de Bendigo, todas tínhamos pais que morreram quando éramos jovens, todas tínhamos visualizado nosso sucesso e o trazido ao nosso encontro. A fronteira entre Aimee e o resto das pessoas se tornava obscura, difícil de distinguir com precisão.

Fiquei enjoada. Botei minha cabeça para fora na noite nova-iorquina como um cachorro.

"Olha só, você não vai continuar fazendo isso para sempre", eu a ouvi dizer um pouco depois, quando estávamos entrando na Times Square, dirigindo abaixo de uma modelo somali de vinte e cinco metros de altura com um afro de meio metro, dançando feliz na lateral de um edifício, vestindo calças cáqui perfeitamente ordinárias da Gap. "Isso é óbvio pra cacete. Então a pergunta é: o que você vai fazer depois disso? O que vai fazer da sua *vida*?"

Eu sabia que a resposta correta era "criar o meu próprio" isso ou aquilo, ou qualquer coisa criativa amorfa como "escrever um livro" ou "abrir um retiro de ioga", pois Aimee pensava que, para fazer esse tipo de coisa, bastava a pessoa bater na porta de, digamos, uma editora e anunciar suas intenções. Assim tinha sido a experiência dela. Como ela podia saber das ondas de tempo que simplesmente vinham na direção de uma pessoa, uma após a outra? Como ela podia saber da vida como a sobrevivência temporária e sempre parcial a esse processo? Grudei os olhos na modelo somali dançante.

"Estou bem! Sou feliz!"

"Bem, a mim parece que você vive demais dentro da própria cabeça", ela disse, batendo na sua. "Talvez precise transar mais... Sabe, parece que você nunca *transa*. Quer dizer: a culpa é minha? Eu arrumo chances para você, não arrumo? O tempo todo. Você nunca me conta como foi."

Uma luz inundou o carro. Vinha de um imenso anúncio

digital para alguma coisa, mas no interior do carro a luz parecia delicada e natural, como o raiar do dia. Aimee esfregou os olhos.

"Bem, tenho projetos para você", ela disse, "se quiser projetos. Todos sabemos que você é capaz de fazer mais. Ao mesmo tempo, se quiser pular fora, agora seria um bom momento. Levo esse projeto africano muito a sério — não, não vire os olhos para mim; precisamos ajustar os detalhes, estou bem ciente disso, não sou burra —, mas vai acontecer. Judy tem conversado com a sua mãe. Sei que não quer ouvir isso também, mas elas conversaram, e sua mãe não está tão por fora quanto você parece pensar que está. Judy acha que a região... Bem, estou bêbada e não lembro exatamente onde fica agora, aquele paisinho... no oeste? Mas ela acha que pode ser uma direção muito interessante a tomar, tem potencial. De acordo com Judy. E o fato é que sua honorária mãe sabe muito a respeito. De acordo com Judy. A questão é, vou precisar de todos os marujos no convés, e de gente que *queira* estar aqui", ela falou, apontando o próprio coração. "Não gente que continua sem saber *por que* está aqui."

"Quero estar aí", falei, olhando para o lugar que ela apontava, embora o efeito da vodca fizesse seus pequenos seios se duplicarem, trocarem de lugar e se unirem num só.

"Posso dar a volta agora?", Errol perguntou em tom esperançoso pelo microfone.

Aimee suspirou: "Pode dar a volta agora. Bem", ela voltou a atenção a mim de novo, "você tem se comportado de maneira estranha faz tempo, desde Londres. É muita energia ruim. É o tipo de energia ruim que precisa ser dissipada, senão continua correndo pelo circuito, afetando todo mundo."

Ela fez uma série de gestos com as mãos, sugerindo leis da física até então desconhecidas.

"Aconteceu alguma coisa em Londres?"

Três

Quando terminei de responder, já tínhamos dado toda a volta e retornado à Union Square, onde olhei para o alto e vi o número naquele contador gigantesco avançando rápido, com novelos de fumaça escapando do buraco vermelho dantesco no centro. Tive uma sensação de falta de ar. Muitas coisas que ocorreram durante aqueles meses em Londres me deixaram sem fôlego: eu tinha finalmente aberto mão do meu apartamento, por falta de uso, e passado uma noite inteira esperando no alto de um palanque lotado até ver um homem de gravata azul subir ao palco e conceder a vitória à minha mãe, que usava um vestido vermelho. Tinha visto um folheto para uma festa nostálgica de hip-hop dos anos noventa no Jazz Café e ficado com muita vontade de ir, mas não consegui pensar em nenhuma amiga para ir comigo, eu tinha simplesmente viajado demais nos últimos anos, não tinha perfil em nenhum dos sites mais comuns e não lia regularmente meu e-mail pessoal, em parte por falta de tempo, em parte porque Aimee fazia cara feia quando "socializávamos" on-line, receando deslizes e vazamentos. Sem realmente me dar conta, fui deixando minhas amizades definharem. Então fui sozinha, fiquei bêbada e acabei indo para a cama com um dos porteiros, um americano grandalhão da Filadélfia que dizia ter sido jogador de basquete. Como a maioria das pessoas em sua área de atuação — como Granger — ele havia sido contratado por causa de sua altura e cor de pele, pela ameaça que se considerava implícita naquela combinação. Dois minutos fumando um cigarro com ele revelaram uma alma gentil e de bem com o universo, inadequada para a função. Eu tinha um saquinho de pó comigo, oferecido a mim pelo chef de cozinha de Aimee, e quando chegou a hora do intervalo do meu porteiro, fomos a um dos banheiros e cheiramos uma boa parte dele numa prateleirinha brilhante atrás dos vasos sanitários que parecia especialmente projetada para isso. Ele me contou que odiava o emprego, a agressividade, detestava a ideia de ter que colocar as mãos em alguém. Fomos embora juntos depois do turno dele, dando risinhos dentro do táxi enquanto ele massageava meus pés. Quando chegamos no meu apartamento, onde tudo estava encaixotado, pronto para ser despachado ao imenso depósito de Aimee em Marylebone, ele se agarrou na barra de exercícios motivacional que eu havia instalado na porta do quarto e jamais usado, tentou se suspender e arrancou a aquele troço imbecil da parede, levando junto uma parte do reboco. Na cama, porém, eu quase não senti ele me penetrar — amortecida pela cocaína, talvez. Ele não pareceu se importar. Adormeceu alegremente em cima de mim como um grande urso e depois, também alegre, em torno das cinco da manhã, me desejou tudo de bom, abriu sozinho a porta e foi embora. Acordei de manhã com o nariz sangrando e o sentimento muito nítido de que minha juventude, ou pelo menos essa versão dela, tinha acabado. Seis semanas depois, numa manhã de domingo, com Judy e Aimee me enviando torpedos freneticamente a respeito da montagem de um acervo em Milão com parte das roupas de palco de Aimee, anos 92-98, eu estava sentada, sem o conhecimento delas, na sala de espera da ambulatório do Royal Free Hospital aguardando os resultados de um teste de HIV e doenças venéreas, escutando várias pessoas menos sortudas que eu sendo conduzidas a salinhas anexas para cair em pranto. Mas não comentei nada disso com Aimee. Em vez disso, eu estava falando de Tracey. Ninguém menos que Tracey. Toda a nossa história, uma cronologia que escorregava pegajosamente para a frente e para trás no tempo ao sabor da vodca, com todos os ressentimentos em letras garrafais e os prazeres diminuídos ou apagados, e quanto mais eu falava, com mais clareza podia ver e entender — como se a verdade fosse algo afundado que agora emergia num poço de vodca ao meu encontro — que uma única coisa havia ocorrido de fato em Londres: eu tinha visto Tracey. Depois de tantos anos sem ver Tracey, eu a vi. Nada do resto importava. Era como se nada entre a última vez que a tinha visto e aquela ocasião em Londres tivesse realmente ocorrido.

"Espera, espera", disse Aimee, também bêbada demais para disfarçar a impaciência com o monólogo de uma outra pessoa — "Essa é a sua amiga mais antiga, não é? Sim, isso eu sabia. Cheguei a conhecê-la?"

"Não."

"E ela é dançarina?"

"Sim."

"O melhor tipo de pessoa! Fazem o que o corpo manda!"

Até então eu estava sentada na beira do banco, mas nesse momento murchei e encostei de novo a cabeça no travesseiro frio de vidro fumê, nogueira e couro.

"Bem, não escolhemos os velhos amigos", Aimee proclamou como se tivesse inventado a expressão. "O que seria de mim sem a velha e boa Jude? Desde os quinze! Ela transou com o cara que levei pro baile da escola! Mas ela me xinga quando faço merda, ah se xinga. Ninguém mais faz isso…"

Eu estava acostumada a ver Aimee transformando todas as histórias sobre mim em histórias sobre si mesma, em geral eu simplesmente aceitava, mas a bebida me deixou valente o bastante para acreditar, naquele momento, que nossas vidas tinham na verdade o mesmo peso, que eram igualmente merecedoras de discussão, igualmente merecedoras de tempo.

"Foi depois daquele almoço com minha mãe", expliquei lentamente. "Na noite em que saí com aquele cara chamado Daniel. Em Londres. O encontro desastroso."

Aimee franziu o cenho: "Daniel Kramer? *Eu* armei o encontro de vocês. O cara do setor financeiro? Viu, você não me contou nada a respeito!".

"Bem, foi um desastre — fomos assistir a um espetáculo. E ela estava na droga do espetáculo."

"Você conversou com ela."

"Não! Faz oito anos que não conversamos. Acabei de dizer isso. Você está me escutando?"

Aimee cobriu as têmporas com dois dedos.

"A linha de tempo é confusa", murmurou. "Além disso, minha cabeça está doendo. Olha... meu Deus, não sei... talvez você *devesse* ligar para ela! Tudo indica que você quer isso. Ligue agora — que se dane, *eu* vou conversar com ela."

"Não!"

Ela capturou o celular da minha mão — rindo, rolando a tela dos meus contatos — e quando tentei recuperá-lo ela pôs o aparelho para fora da janela.

"Devolve!"

"Ah, vamos — ela vai adorar."

Consegui subir por cima dela, arrancar o celular e enfiá-lo entre as pernas.

"Você não entende. Ela fez algo terrível comigo. Tínhamos vinte e dois anos. Algo terrível."

Aimee ergueu uma de suas famosas sobrancelhas geométricas e subiu a divisória que Errol — desejando saber qual das entradas da casa usaríamos, a da frente ou a dos fundos — tinha acabado de baixar.

"Bem, agora fiquei realmente interessada..."

Entramos no Washington Square Park. As casas geminadas em torno da praça se erguiam vermelhas e nobres, suas fachadas banhadas em luz cálida, mas tudo no interior do parque estava escuro e molhado, sem sinal de gente, com a exceção de meia dúzia de moradores de rua negros na extremidade direita, sentados sobre as mesas de xadrez, com os corpos embalados em sacos de lixo com buracos para as pernas e os braços. Aproximei o rosto da janela, fechei os olhos, senti os respingos de chuva e contei a história como eu a lembrava, a ficção e a realidade, num jorro sinuoso e atormentado, como se eu estivesse correndo sobre vidro quebrado, mas quando abri os olhos foi para ouvir Aimee dando risada novamente.

"Não tem graça, porra!"

"Espera — você está falando sério?"

Ela tentou encolher o lábio superior e mordê-lo.

"Você não acha que é possível", perguntou, "que você esteja fazendo uma tempestade em copo d'água?"

"O *quê?*"

"Sinceramente, a única pessoa de quem tenho alguma pena nessa história — se ela for verdade — é o seu pai. Pobre homem! Muito solitário, tentando esvaziar as..."

"Pare!"

"Ele não é exatamente um Jeffrey Dahmer."

"Não é normal! Não é uma coisa normal de se fazer!"

"Normal? Você não entende que todos os homens do mundo com acesso a um computador, incluindo o presidente, estão neste exato momento vendo vaginas ou acabaram de ver vaginas e foram…"

"Não é a mesma…"

"É *exatamente* a mesma coisa. Com a diferença de que seu pai não tinha computador. Na sua opinião, se George W. Bush procura 'Buceta Teen Asiática' — e aí? Ele é a porra de um serial killer por causa disso?"

"Bem…"

"Tem razão — mau exemplo."

Ri baixinho, contra minha vontade.

"Desculpa. Talvez eu esteja sendo burra. Não estou entendendo. Por que você ficou brava, exatamente? Porque ela te contou? Você acabou de dizer que achou que era mentira!"

Era alarmante, depois de tantos anos imersa em minha lógica tortuosa, ouvir o problema descrito nas linhas simples apreciadas por Aimee. Aquela clareza me perturbava.

"Ela vivia mentindo. Tinha essa ideia de que meu pai era perfeito e desejava arruiná-lo a meus olhos, queria que eu odiasse o meu pai da mesma forma que ela odiava o pai dela. Nunca mais consegui olhar no olho dele direito depois desse incidente. E foi assim até ele morrer."

Aimee suspirou. "Essa é a coisa mais idiota que já ouvi na vida. Você arranjou tristeza para se incomodar sem motivo algum."

Ela se esticou para colocar a mão no meu ombro, mas lhe dei as costas e limpei uma lágrima furtiva do rosto.

"Bem idiota mesmo."

"Não. Todo mundo guarda alguma merda dessas. Mas você deveria ligar para a sua amiga."

Ela fez uma almofadinha com o casaco e apoiou a cabeça na janela do seu lado, e quando cruzamos a Sixth Avenue ela já tinha adormecido. Ela era a rainha dos cochilos, precisava ser, para viver como vivia.

Quatro

Mais cedo naquele ano, em Londres — alguns dias antes das eleições locais — eu tinha almoçado com a minha mãe. Era um dia úmido e cinzento, as pessoas estavam atravessando a ponte desanimadas, oprimidas pela garoa, e até os monumentos mais grandiosos, até mesmo o Parlamento, me pareciam ominosos, tristes e decepcionantes. O conjunto todo me dava vontade de retornar o quanto antes a Nova York. Eu ansiava por aquela altitude e o sol nos vidros, e aí, depois de Nova York, Miami, e então cinco paradas na América do Sul e, finalmente, a turnê europeia, vinte cidades, terminando novamente em Londres. E assim um ano inteiro podia passar correndo. Eu gostava. Outras pessoas tinham estações do ano a enfrentar, precisavam se arrastar até o fim de cada ano. No mundo de Aimee, não era assim que vivíamos. E não poderíamos, mesmo se quiséssemos: nunca permanecíamos tempo suficiente no mesmo lugar. Se não gostássemos do inverno, voávamos rumo ao verão. Quando as cidades começam a cansar, íamos para a praia — e vice-versa. Estou exagerando um pouco, não muito. A segunda metade dos meus vinte anos tinha transcorrido num estado insolitamente atemporal, e hoje penso que nem todo mundo teria se adaptado a uma vida daquelas, que eu devia ter uma certa inclinação para isso. Tempos depois, me perguntei se não teríamos sido escolhidos acima de tudo por causa disso, exatamente porque tendíamos a ser pessoas com poucas ligações externas, sem parceiros ou filhos, com o mínimo em termos de família. Nosso modo de vida sem dúvida mantinha as coisas assim. Das quatro assistentes de Aimee, apenas uma de nós teve filho, e mesmo assim somente depois dos quarenta, bem depois de largar o emprego. Ao embarcar naquele jatinho Learjet, você precisava estar sem amarras. Não funcionaria de outra maneira. Eu tinha apenas uma amarra agora — minha mãe — e ela, como Aimee, estava no ápice, com a diferença de que ela praticamente não precisava de mim. Estava voando alto por conta própria, a poucos dias de ser eleita parlamentar por Brent West, e ao virar à esquerda em direção a Oxo Tower, deixando o Parlamento para trás, senti, como sempre, a minha insignificância diante dela, a escala do que ela havia conquistado, a frivolidade da minha ocupação em comparação à dela, apesar da direção que ela tentou me dar. Ela me parecia mais imponente do que nunca. Segurei a grade com força ao longo da ponte até chegar ao outro lado.

Estava molhado demais para sentar no terraço. Procurei no restaurante por vários minutos, até que enfim avistei minha mãe sentada do lado de fora debaixo de um guarda-chuva, protegida da garoa e acompanhada de Miriam, embora em nossa conversa telefônica Miriam não tivesse sido mencionada. Eu não tinha nada contra Miriam. Não tinha nada contra nem a favor, na verdade, e era difícil ter: ela era muito pequena, calada, séria. Todos os seus traços ficavam concentrados no meio do rosto e seus cabelos naturais eram trançados em sista dreads que começavam a ficar grisalhos. Ela usava um par de óculos redondos com armação dourada que jamais eram removidos e faziam seus olhos parecerem ainda menores do que eram. Vestia sóbrios casaquinhos de lã marrons e calças pretas, não importava a ocasião. Uma moldura de quadro humana com a única função de destacar minha mãe. Tudo que minha mãe havia dito sobre Miriam era: "Miriam me faz muito feliz". Miriam nunca falava sobre si mesma — só falava sobre a minha mãe. Precisei ir ao Google para descobrir que era afro-cubana, criada em Lewisham, que já tinha trabalhado com ajuda internacional mas agora lecionava na Queen Mary's — em algum cargo auxiliar bem insignificante — e vinha escrevendo um livro "sobre a diáspora" desde muito antes de nos conhecermos, o que já fazia quatro anos. Foi apresentada ao eleitorado da minha mãe com o menor alarde possível num evento qualquer de uma escola local, onde foi fotografada e ficou todo o tempo sob a asa da companheira, uma ratinha tímida ao lado de sua leoa, e o jornalista do *Willesden and Brent Times* ganhou a mesma declaração que eu: "Miriam me faz muito feliz". Ninguém pareceu particularmente interessado, nem mesmo os velhos jamaicanos e os evangélicos africanos. Fiquei com a impressão que seu eleitorado não via minha mãe e Miriam exatamente como amantes, eram apenas aquelas duas senhoras aprazíveis de Willesden que tinham salvado a antiga sala de cinema e lutado para expandir o centro de lazer e estabelecer o Mês da Cultura Negra nas bibliotecas da região. Em campanha, formavam um par eficiente: quem tinha problemas com a arrogância da minha mãe encontrava algum conforto na passividade isenta de Miriam, enquanto quem achava Miriam enfadonha se refestelava no furor que minha mãe provocava onde quer que fosse. Vendo agora a rapidez e receptividade de Miriam em concordar com a cabeça enquanto minha mãe discursava, compreendi que eu também era grata à sua presença: ela era um bem-vindo amortecedor. Me aproximei e coloquei a mão no ombro de minha mãe. Ela não se virou nem parou de falar, mas reagiu ao meu toque e colocou sua mão sobre a minha, aceitando o beijo que dei em seu rosto. Puxei uma cadeira e sentei.

"Como você está, mãe?"

"Estressada!"

"Sua mãe está muito estressada", Miriam confirmou, e então procedeu a listar as diversas causas do estresse de minha mãe: os envelopes que precisavam ser preenchidos e os folhetos que faltava enviar, a margem pequena na pesquisa mais recente, as táticas escusas da oposição e o suposto jogo sujo da única outra mulher negra no Parlamento, uma parlamentar no cargo havia vinte anos, que minha mãe considerava, sem nenhum motivo razoável, sua feroz rival. Acenei com a cabeça concordando em todas as partes relevantes, investiguei o cardápio e consegui pedir vinho para um garçom que passou, tudo sem interromper o fluxo da fala de Miriam, com seus números e porcentagens, a regurgitação atenciosa das diversas coisas "brilhantes" que minha mãe havia dito a essa ou aquela pessoa em tal momento crucial, e como essa ou aquela pessoa havia dado resposta insuficiente à coisa brilhante que minha mãe havia dito.

"Mas você vai vencer", falei, me dando conta tarde demais da entonação inoportuna que havia ficado no meio do caminho entre afirmação e pergunta.

Minha mãe assumiu uma expressão severa e abriu o guardanapo no colo, como se eu tivesse cometido a impertinência de perguntar a uma rainha se o povo ainda a amava.

"Se houver justiça", ela disse.

Nossa comida chegou, minha mãe já tinha pedido por mim. Miriam começou a catar pedacinhos de seu prato — ela me lembrava um pequeno mamífero se preparando para hibernar —, mas minha mãe deixou o garfo e a faca descansando e pegou na cadeira vazia ao lado um exemplar do *Evening Standard* já aberto numa foto enorme de Aimee no palco, justaposta a uma foto de banco de imagens de crianças africanas desamparadas, eu não soube dizer exatamente de onde. Eu não tinha visto essa matéria e o jornal estava distante demais para que eu pudesse ler o texto, mas eu podia supor a fonte: um release de imprensa recente anunciando o compromisso de Aimee com a "redução da pobreza global". Minha mãe pôs o dedo no abdome de Aimee.

"Ela está levando isso a sério?"

Refleti sobre a pergunta. "Ela está muito animada."

Minha mãe franziu a testa e empunhou os talheres.

"'Redução da pobreza'. Ótimo, mas qual é o plano político, exatamente?"

"Ela não é política, mãe. Ela não tem um plano político. Ela tem uma fundação."

"Bem, mas o que ela pensa em *fazer*?"

Servi-lhe um pouco de vinho e a fiz pausar um instante para brindar comigo.

"Na verdade acho que ela pretende construir uma escola. Uma escola para meninas."

"Porque se ela leva isso a sério", disse minha mãe, ignorando minha resposta, "você deveria alertá-la de que ela precisa falar conosco, para estabelecer algum tipo de parceria com o governo... Ela obviamente tem os meios financeiros e a atenção da opinião pública — tudo isso é bom —, mas sem entender bem a mecânica, acabam sendo apenas boas intenções que não dão em nada. Ela precisa marcar encontros com as autoridades relevantes."

Sorri ao ouvir minha mãe já se referindo a si mesma como "o governo".

O que eu disse em seguida a irritou de tal maneira que ela respondeu olhando para Miriam.

"Ah, *por favor* — eu realmente prefiro que você não se comporte como se eu estivesse pedindo um grande favor. Não tenho interesse NENHUM em conhecer essa mulher, nenhum mesmo. Nunca tive. Estava dando um conselho. Achei que seria bem-vindo."

"E foi bem-vindo, mãe, obrigada. Eu só..."

"Porque, enfim, qualquer um pensaria que essa mulher ia *querer* falar conosco! Nós lhe demos um passaporte britânico, afinal de contas. Bem, esqueça. É que ficou parecendo, lendo isso" — ela ergueu de novo o jornal — "que ela tinha intenções sérias, mas talvez não seja o caso, talvez ela só queira se fazer de boba, não tenho como dizer. 'Mulher branca salva a África.' É essa a ideia? É uma ideia bem antiga. Bem, é o seu mundo, não o meu, graças a Deus. Mas ela realmente deveria conversar com Miriam, pelo menos, o fato é que Miriam tem muitos contatos úteis, contatos rurais, contatos na educação — ela é modesta demais para dizer isso. Ela trabalhou na Oxfam por dez anos, pelo amor de Deus. A pobreza não é apenas uma manchete, meu amor, é uma realidade vivida no mundo lá fora — e a educação está no coração do problema."

"Eu sei o que é a pobreza, mãe."

Minha mãe abriu um sorriso triste e levou o garfo com comida à boca.

"Não, querida, você não sabe."

Meu celular, para o qual eu vinha tentando com todas as forças não olhar, vibrou de novo — tinha vibrado uma dúzia de vezes desde que eu havia me sentado — e dessa vez o peguei e tentei consultar rapidamente o histórico de notificações, comendo com o aparelho numa das mãos. Miriam abordou algum assunto administrativo chato com minha mãe, sua reação comum quando se via no meio de alguma discussão entre nós duas, mas no meio da tentativa de resolver esse assunto minha mãe ficou visivelmente entediada.

"Você é viciada nesse celular. Sabia disso?"

Não parei de digitar, mas tentei fazer com que meu rosto expressasse a maior calma possível.

"É trabalho, mãe. É como as pessoas trabalham hoje em dia."

"Como escravas, você quer dizer?"

Ela partiu um pedaço de pão ao meio e ofereceu o pedaço menor a Miriam, algo que eu já a observara fazer antes, era a sua versão de dieta.

"Não, não como escravas. Mãe, tenho uma vida ótima!"

Ela pensou um pouco nisso com a boca cheia. Depois balançou a cabeça.

"Não, isso está incorreto — você não tem uma vida. *Ela* tem uma vida. Ela tem os homens dela, os filhos dela, a carreira dela — *ela* fica com a vida. Lemos sobre a vida dela nos jornais. Você *se dedica* à vida dela. Ela é essa força de sucção gigante que suga sua juventude, consome toda a sua…"

Para acabar com seu falatório, empurrei a cadeira para trás e fui ao banheiro, onde fiquei me olhando no espelho por mais tempo que o necessário e enviei mais e-mails, mas quando retornei a conversa prosseguiu sem interrupção, como se o tempo tivesse ficado parado. Minha mãe continuava reclamando, agora para Miriam: "… todo o seu tempo. Ela distorce tudo. É por causa dela que não terei netos".

"Mãe, minha situação reprodutiva realmente não tem nada a ver com…"

"Você é próxima demais dela, não consegue ver. Ela deixou você desconfiada de *todo mundo*."

Neguei, mas a seta atingiu o alvo. Não era verdade que eu vivia desconfiada — sempre precavida? Alerta para qualquer sinal do que Aimee e eu chamávamos entre nós de "consumidores". Consumidor: alguém que julgávamos estar me usando para se aproximar dela. Algumas vezes, nos primeiros anos, quando um relacionamento meu conseguia — apesar de todos os obstáculos temporais e geográficos — se arrastar por alguns meses, eu acumulava um pouco de confiança e coragem e apresentava a pessoa a Aimee, e em geral era uma péssima ideia. Tão logo ele fosse ao banheiro ou saísse para fumar, eu perguntava a Aimee: consumidor? E a resposta vinha: Ah, querida, lamento, *definitivamente* um consumidor.

"Veja como você trata os velhos amigos. Tracey. Vocês eram praticamente irmãs, cresceram juntas — e agora você nem fala com ela!"

"Mãe, você sempre *odiou* a Tracey."

"A questão não é essa. As pessoas vêm de algum lugar, elas têm raízes — você deixou que essa mulher arrancasse as suas do solo. Você não mora em lugar nenhum, não possui nada, está o tempo todo dentro de um avião. Por quanto tempo acha que pode viver assim? Ao que me parece, ela nem *quer* que você seja feliz. Porque nesse caso é possível que você a abandone. E *nesse caso*, o que seria dela?"

Ri, mas o som que produzi foi desagradável até para mim mesma.

"Ela ficaria ótima! Ela é Aimee! Sou apenas a assistente número um, sabe — ela tem outras três!"

"Sei. Significa que ela pode ter quantas pessoas quiser a seu redor, mas você pode ter apenas ela."

"Não, você não entende." Tirei os olhos do celular. "Sabia que vou sair com alguém hoje à noite? E foi Aimee que nos aproximou. Ou seja."

"Ora, isso é bom", disse Miriam. O que ela mais gostava na vida era de ver um conflito resolvido, qualquer conflito, e nesse sentido minha mãe era uma excelente fonte: onde quer que ela pisasse, surgia um conflito para Miriam resolver.

Minha mãe ficou toda interessada: "Quem é ele?".

"Você não teria como conhecer. Ele é de Nova York."

"Não posso saber o nome dele? É segredo de estado?"

"Daniel Kramer. Ele se chama Daniel Kramer."

"Ah", minha mãe disse, abrindo um sorrisinho insondável para Miriam. Elas trocaram um olhar cúmplice que me deixou enfurecida. "Outro bom moço judeu."

O garçom estava recolhendo nossos pratos quando o sol surgiu no céu cor de bronze. Arco-íris passavam pelas taças de vinho até os talheres molhados, atravessavam as cadeiras de plástico transparente, se espalhando do anel de compromisso de Miriam até atingirem um guardanapo de linho que repousava entre nós três. Recusei a sobremesa, falei que precisava ir embora, mas quando fiz menção de recolher meu casaco do encosto da cadeira, minha mãe acenou para Miriam e Miriam me entregou uma pasta do tipo oficial, com anéis de metal, contendo capítulos e fotografias, listas de contatos, sugestões arquitetônicas, uma breve história da educação naquela região, uma análise do provável "impacto midiático", planos para parcerias governamentais e por aí vai: um "estudo de viabilidade". O sol se espraiou no cinza, uma névoa mental se dissipou, e entendi que no fundo o almoço todo tivera esse propósito, e eu não passava de um canal para transmitir informações a Aimee. Minha mãe também era uma consumidora.

Agradeci pela pasta e fiquei sentada, olhando a capa fechada sobre as pernas.

"E como está se sentindo", Miriam perguntou com os olhos

piscando ansiosos atrás dos óculos, "a respeito de seu pai? O aniversário é na terça, não é?"

Era tão incomum ouvir uma pergunta íntima durante um almoço com minha mãe — e mais ainda que uma data significativa para mim fosse lembrada — que de início não tive certeza se ela se dirigia a mim. Minha mãe também pareceu alarmada. Era doloroso para ambas constatar que a última vez que tínhamos nos visto fora no velório, um ano inteiro antes. Uma tarde bizarra: o caixão foi de encontro às chamas, eu sentei no meio dos filhos de meu pai — agora adultos nos seus trinta ou quarenta — e vivenciei uma reprise do único encontro que tivéramos no passado: a filha chorou, o filho se inclinou na cadeira e ficou de braços cruzados, cético em relação à morte. E eu, que não consegui chorar, tive novamente a sensação de que eles eram filhos bem mais convincentes do meu pai do que eu mesma pudera ser. Apesar disso, minha família nunca quis admitir essa improbabilidade, sempre rechaçamos o que considerávamos uma curiosidade banal e lasciva de estranhos — "Mas ela não vai crescer confusa com isso?" "Como ela escolherá entre as culturas de vocês?" — a ponto de às vezes eu suspeitar que o sentido da minha infância era demonstrar aos menos iluminados que eu não estava confusa e não tinha dificuldade alguma em escolher. "A *vida* é confusa!" — era a objeção violenta de minha mãe. Mas não há também uma expectativa profunda de semelhança entre pais e filhos? Acho que eu era estranha para meu pai e minha mãe, uma criança substituída no berço, que não pertencia a nenhum deles, e embora no fim isso se aplique, é claro, a todos os filhos — não somos iguais a nossos pais, eles não são iguais a nós —, os filhos do meu pai alcançariam esse entendimento de maneira lenta, ao longo dos anos, talvez só estivessem entendendo completamente naquele mesmo instante, enquanto as chamas consumiam a madeira de pinho, ao passo que eu tinha nascido sabendo, sempre soube, era uma verdade estampada no meu rosto. Mas tudo isso era um drama somente meu: mais tarde, na recepção, percebi que algo maior que minha perda transcorria desde o início, sim, sempre que eu entrava no crematório eu escutava, era um burburinho, Aimee, Aimee, Aimee, mais alto e mais frequente que o nome do meu pai, as pessoas tentando descobrir se ela realmente havia comparecido, e então mais tarde — ao concluírem que ela já devia ter chegado e partido — aquele nome soando de novo em um eco fúnebre, Aimee, Aimee, Aimee... escutei até mesmo minha irmã perguntando ao meu irmão se ele a tinha visto. Ela estava lá o tempo inteiro, oculta a olhos vistos. Uma mulher discreta e surpreendentemente baixa, sem maquiagem, pálida a ponto de parecer translúcida, vestindo um paletó careta de tweed, com veias azuis subindo pelas pernas e os cabelos em seu estado natural, castanhos e lisos.

"Acho que vou levar flores", falei apontando vagamente para o outro lado do rio, em direção a North London. "Obrigada por perguntar."

"Um dia de folga!", minha mãe disse se virando para trás, subindo no bonde da conversa uma parada antes. "O dia do enterro dele. Um dia!"

"Mãe, eu só pedi um dia de dispensa."

Minha mãe forçou uma expressão de mágoa materna.

"Você era tão próxima do seu pai. Sei que sempre encorajei isso. Realmente não entendo o que aconteceu."

Por um instante, tive vontade de contar. Em vez disso, fiquei observando um barco de passeio rasgar as águas do Tâmisa. Algumas pessoas ocupavam aqui e ali as fileiras de assentos vazios, olhando a água cinzenta. Voltei a atenção novamente aos meus e-mails.

"Aqueles pobres rapazes", ouvi minha mãe dizer, e quando tirei os olhos do celular vi que ela acenava para a Hungerford

Bridge, bem no momento em que o barco passava por baixo. Imediatamente, a imagem que eu sabia estar ocupando sua mente se formou também na minha: dois rapazes jovens sendo arremessados por cima da grade de proteção, caindo na água. O que sobreviveu e o que morreu. Estremeci e fechei melhor o cardigã por cima do peito.

"E havia uma garota, também", acrescentou minha mãe, mergulhando a quarta pedra de açúcar no cappuccino espumoso. "Acho que ela não tinha nem dezesseis anos. Praticamente crianças, todos eles. Que tragédia. Eles ainda devem estar na cadeia."

"É claro que ainda estão — eles mataram um homem." Retirei um palito de pão torrado de um vaso estreito de porcelana e o quebrei em quatro. "Ele também ainda está morto. Isso também é uma tragédia."

"Entendo isso", minha mãe disse bruscamente. "Eu estava na galeria pública quase todos os dias durante o julgamento, se você lembra bem."

Eu lembrava. Não fazia muito tempo que eu tinha saído do meu apartamento e minha mãe criou o hábito de me ligar todas as noites, ao chegar em casa do Tribunal Superior, para me contar as histórias — mesmo que eu não quisesse ouvi-las, — cada uma com sua tristeza grotesca, mas de certo modo todas semelhantes: crianças abandonadas pelo pai, pela mãe ou por ambos, criadas pelos avós ou por ninguém, infâncias inteiras dedicadas a cuidar de parentes doentes em prédios que mais pareciam presídios caindo aos pedaços, sempre ao sul do rio, adolescentes expulsos da escola, de casa ou de ambos, abuso de drogas, abuso sexual, pequenos furtos, dormindo ao relento — as mil e uma maneiras de afundar uma vida em miséria quase antes de ela começar. Lembro que um deles tinha largado a faculdade. Outro tinha uma filha de cinco anos que havia morrido num acidente de carro na véspera. Todos já haviam cometido crimes menores.

E minha mãe ficou fascinada por eles, nutria a ideia vaga de escrever algo a respeito daquele caso, para o que seria, àquela altura, o seu doutorado. Nunca chegou a escrever.

"Perturbei você?", ela perguntou, pegando a minha mão.

"Dois rapazes inocentes atravessando a porra de uma ponte!" Bati com o punho livre na mesa ao falar, sem intenção — era um velho hábito da minha mãe. Ela me encarou com preocupação e colocou o saleiro derrubado novamente em pé.

"Mas querida, quem está *contestando* isso?"

"Não podemos ser todos inocentes." Pelo canto do olho, vi o garçom que tinha vindo fechar a conta recuar diplomaticamente. "Alguém precisa ser culpado!"

"Sem dúvida", Miriam balbuciou, retorcendo um guardanapo com aflição. "Acho que ninguém está discordando, está?"

"Eles não tiveram a menor chance", minha mãe disse em voz baixa, mas com firmeza, e somente mais tarde, percorrendo o caminho de volta pela ponte, quando minha irritação tinha passado, percebi que aquela frase andava em duas direções.

PARTE QUATRO
Fase de transição

Um

O melhor dançarino que já vi foi o kankurang. Mas na hora eu não sabia quem ou o que ele era: uma figura laranja gingando furiosamente, do tamanho de uma pessoa, mas desprovida de rosto, coberta de camadas de folhas balançantes. Como uma árvore se desenraizando no esplendor do outono nova-iorquino para dançar pelas ruas. Uma turma grande de meninos ia no seu encalço em meio à poeira vermelha, seguidos por uma falange de mulheres carregando folhas de palmeira — as mães deles, presumi. As mulheres cantavam e batiam os pés com força no chão, agitando as folhas no ar, andando e dançando ao mesmo tempo. Eu estava espremida no interior de um táxi, um Mercedes amarelo caindo aos pedaços com uma faixa verde na lateral. Lamin estava sentado a meu lado no banco traseiro, junto com o avô de alguém, uma mulher amamentando um bebê que chorava aos berros, duas adolescentes uniformizadas e um dos professores corânicos da escola. A cena caótica era enfrentada com calma por Lamin, que permanecia ciente de seu status como professor em treinamento, com as mãos repousando sobre as pernas como um padre, preservando sua constante aparência — com o nariz comprido e achatado, narinas largas e olhos tristes levemente amarelados — de um grande felino em repouso. O sistema de som do carro tocava reggae da terra de minha mãe em um volume insano. Mas aquilo que se aproximava de nós, seja lá o que fosse, dançava em ritmos que o reggae jamais alcança. Batidas tão rápidas e complexas que era necessário pensar sobre elas — ou vê-las expressas no corpo de um dançarino — para entender o que se estava ouvindo. Ou você poderia confundi-las com uma única nota de baixo trepidante. Poderia confundi-las com uma trovoada.

Quem estava tocando a percussão? Olhei pela janela e avistei três homens com os instrumentos presos entre os joelhos, andando como caranguejos, e quando eles se lançaram na frente do nosso carro toda a caravana dançante teve seu embalo interrompido e estacionou no meio da rua, impedindo nosso avanço. Era uma variação e tanto com relação aos postos de controle, onde soldados taciturnos com carinhas de bebê ostentavam metralhadoras dependuradas na altura do quadril. Quando parávamos diante de soldados — era comum acontecer uma dúzia de vezes no mesmo dia — fazíamos silêncio total. Mas agora o interior do táxi explodiu em conversas, assobios e risadas, e as estudantes colocaram o braço para fora da janela e forçaram a maçaneta quebrada até a porta abrir para que todos saíssemos, com exceção da mulher amamentando.

"O que é isso? O que está acontecendo?"

Eu tinha perguntado a Lamin, ele devia ser meu guia, mas ele mal parecia lembrar que eu existia, muito menos que deveríamos estar a caminho da balsa para cruzar o rio e chegar à cidade, de onde iríamos até o aeroporto para receber Aimee. Nada disso importava agora. Havia apenas o momento presente, apenas a dança. E Lamin, logo ficou claro, era um dançarino. Identifiquei essa sua faceta naquele dia, antes mesmo que Aimee o conhecesse, muito antes de ela perceber que ele tinha esse talento. Vi o dançarino em cada giro de seus quadris, em cada movimento de cabeça. Mas a aparição alaranjada tinha sumido de vista, a multidão que me separava dela tinha aumentado tanto que agora eu só podia ouvi-la: o que devia ser o estrondo de seus pés, o rangido agudo de metal contra metal e um grito gutural, de outro mundo, ao qual as mulheres, que também dançavam sem parar, respondiam cantando. Eu mesma dançava involuntariamente, comprimida entre tantos corpos em movimento. Continuei com minhas perguntas — "O que é isso? O que está acontecendo?" —, mas o inglês, a "língua oficial", aquele pesado casaco formal que as pessoas só vestiam na minha presença, e ainda assim com evidente enfado e dificuldade, tinha sido jogado no chão, estavam todos dançando sobre ele, e pensei, não pela primeira vez durante aquela primeira semana, na adaptação que Aimee precisaria enfrentar quando finalmente chegasse e descobrisse, como eu já havia descoberto, o abismo existente entre um "estudo de viabilidade" e a vida que se descortinava a seus olhos na estrada e na balsa, no vilarejo e na cidade, no convívio com as pessoas em meia dúzia de idiomas, na comida, nos rostos, no mar, na lua, nas estrelas.

As pessoas começaram a subir no carro para ter uma visão melhor. Procurei Lamin e vi que ele também estava trepando como podia em cima do capô. A multidão começava a dispersar — rindo, gritando, correndo — e num primeiro momento achei que tinham disparado um fogo de artifício. Uma parte das mulheres fugiu para o lado esquerdo, e então compreendi por quê: o kankurang empunhava dois facões, longos como braços. "Venha!", Lamin gritou para mim, estendendo a mão, e então fiz força até me erguer ao lado dele e me agarrei à sua camiseta branca para manter o equilíbrio enquanto ele seguia dançando.

Olhei para aquela algazarra abaixo de nós. Pensei: aí está a alegria que venho procurando a vida toda.

Logo acima de mim, uma velha estava comportadamente sentada no teto do nosso carro, comendo um saquinho de amendoins, parecendo uma dama jamaicana após a partida de críquete no Lord's. Ela me viu e acenou: "Bom dia, como está o seu dia?". O mesmo cumprimento cortês e automático que me perseguia pelo vilarejo — independentemente do que eu estivesse vestindo ou de quem estivesse acompanhada — e que agora eu finalmente entendia como uma deferência à minha condição de estrangeira, que era óbvia para todos, em todos os lugares. Ela sorria de leve para os facões que giravam, para os meninos que se desafiavam para ver quem tinha coragem de se aproximar da árvore dançante e igualar seus movimentos frenéticos — mantendo distância das lâminas giratórias — usando seus corpos fininhos para imitar os pisões, giros, agachamentos e chutes convulsivos, a euforia rítmica que irradiava da figura para todos os pontos do horizonte, atravessando as mulheres, Lamin, eu, todo mundo que eu podia ver, enquanto o carro sacudia e balançava embaixo de nós. Ela apontou para o kankurang: "É um dançarino", explicou.

Um dançarino que vem buscar os meninos. Que vem levá-los para o mato, onde são circuncidados, iniciados em seus costumes, instruídos acerca de regras e limites, das tradições sagradas do mundo em que passarão suas vidas, dos nomes das plantas que ajudam contra essa e aquela doença, de como usar cada uma delas. Que atua como um limiar entre a juventude e a maturidade, espanta espíritos malignos e garante a ordem, a justiça e a continuidade no seio de seu povo. Ele é um guia que conduz os jovens através de sua difícil fase de transição, da infância à adolescência, e é ele próprio também, simplesmente um jovem anônimo, escolhido pelos anciães de maneira altamente secreta, coberto em folhas da árvore fará e pintado com pigmentos vegetais. Mas tudo isso eu fiquei sabendo pelo meu celular quando já tinha retornado a Nova York. Na ocasião, tentei indagar meu guia a respeito, saber qual era o significado daquilo, como se encaixava ou divergia da prática islâmica local, mas ele não podia me escutar por causa da música. Ou não quis me escutar. Fiz outra tentativa mais tarde, quando o kankurang já tinha ido para outro lugar e nós já tínhamos nos espremido de novo dentro do táxi, junto com dois meninos dançantes que se deitaram em nosso colo, grudentos de suor depois de tanto esforço. Mas percebi que minhas perguntas estavam importunando a todos, e àquela altura a euforia já tinha passado. A formalidade deprimente que Lamin aplicava a todas as interações comigo havia retornado. "Uma tradição mandinga", ele disse, e então retornou a atenção ao motorista e ao resto dos passageiros, com quem riu, debateu e discutiu assuntos que me escapavam numa língua que eu não entendia. O carro seguiu em frente. Fiquei pensando nas meninas. Quem vem buscar as meninas? Se não é o kankurang, quem é? Suas mães? Suas avós? Uma amiga?

Dois

Quando a hora de Tracey chegou, não havia ninguém para guiá-la na transposição do limiar, para aconselhá-la ou mesmo informar que se tratava de um limiar. Mas seu corpo estava se desenvolvendo mais rápido que o de todas as outras, portanto ela precisou improvisar, tomar suas próprias providências. Sua primeira ideia foi a de se vestir escandalosamente. Botaram a culpa na sua mãe — elas costumam levar a culpa —, mas tenho certeza de que sua mãe mal sabia da metade da história. Ela sempre estava dormindo quando Tracey saía para a escola e fora de casa quando retornava. Tinha finalmente encontrado um emprego, acho que ela fazia faxina num prédio de escritórios em algum lugar, mas a minha mãe e as outras mães desaprovavam seu emprego quase na mesma medida em que antes desaprovavam seu desemprego. Antes ela era uma "má influência", agora "nunca estava em casa". De algum modo, tanto sua presença quanto sua ausência não prestavam, e a maneira como passaram a falar de Tracey foi atingindo contornos trágicos, pois apenas os heróis trágicos não têm escolhas à disposição, nenhuma rota alternativa, apenas destinos inevitáveis. Dali a poucos anos Tracey estaria grávida, de acordo com a minha mãe, o que a faria abandonar a escola, completando assim o "ciclo de pobreza", cujo encerramento mais provável era a cadeia. A cadeia fazia parte daquela família. A cadeia também fazia parte da minha família, é claro, mas por algum motivo o meu destino estava ligado a outro astro: eu não seria nem faria nada daquilo. A certeza de minha mãe a respeito dessas coisas me preocupava. Se ela estivesse correta, seu domínio sobre a vida alheia se estendia muito além do que eu pudera imaginar. Por outro lado, se alguém tinha a capacidade de desafiar o destino — que se apresentava na forma da minha mãe — não seria justamente Tracey?

Mas os sinais não eram bons. Agora, quando pediam a Tracey que retirasse o casaco na sala de aula, ela já não se recusava, mas em vez disso executava a ação saboreando cada instante, abrindo o zíper devagar e de modo a nos apresentar seus seios com o maior impacto possível, quase pulando para fora de uma blusinha imprópria que ressaltava sua abundância, em contraste com o resto de nós, que ainda tínhamos apenas osso e mamilos. Todo mundo "sabia" que "pegar nos peitos da Tracey" custava cinquenta pence. Eu não fazia a menor ideia se isso era verdade, mas todas as meninas, negras, brancas e pardas, se uniram para marginalizá-la. Nós éramos meninas de respeito. Não deixávamos as pessoas pegarem nos nossos peitos inexistentes, não éramos mais as endiabradas que tínhamos sido no Terceiro Ano. Agora tínhamos "namorados" que eram escolhidos para nós pelas outras meninas através de bilhetes passados de mesa em mesa ou telefonemas longos e tortuosos ("Quer saber quem gosta de você e disse pra todo mundo que gosta de você?"), e a partir do momento em que esses namorados eram formalmente designados, ficávamos solenemente a seu lado no parquinho sob o débil sol de inverno, de mãos dadas — éramos quase sempre um palmo mais altas que eles — até a chegada inevitável do rompimento (o momento ideal para isso também era decidido por nossas amigas), o que dava início a nova rodada de bilhetes e telefonemas. Não era possível participar desse processo sem contar com uma panelinha de amigas dispostas, e Tracey não tinha mais nenhuma amiga além de mim, isso quando ela escolhia estar em bons termos comigo. Aos poucos ela começou a passar o recreio na quadra de futebol dos meninos, às vezes insultando-os ou mesmo capturando a bola para interromper o jogo, porém agindo mais frequentemente como uma cúmplice, rindo com eles quando nos provocavam, sem nunca firmar relação com nenhum deles em especial, mas, pelo menos na imaginação do resto da escola, sendo apalpada livremente por todos. Se ela me via através da grade brincando com Lily ou pulando corda com outras meninas negras e pardas, fazia todo um teatrinho de se virar e conversar com seu círculo masculino, sussurrando no ouvido deles e rindo, como se ela também tivesse uma opinião sobre estarmos ou não usando sutiã ou menstruadas. Uma vez, quando passei perto da grade da quadra de futebol cheia de orgulho, de mãos dadas com o meu "namorado" — Paul Barron, o filho do policial — ela parou o que estava fazendo, agarrou as barras da grade e sorriu para mim. Não era um sorriso bom, e sim profundamente sarcástico, como se dissesse: Ah, então é isso que você está fingindo ser agora?

Três

Quando finalmente fugimos do kankurang e passamos por todos os postos de controle pelo caminho, depois do nosso táxi ter conseguido vencer as ruas esburacadas e movimentadas da cidade em torno do mercado até chegar à balsa, aí já era tarde, tínhamos perdido a hora, corremos pela rampa de embarque mas acabamos deixados para trás com uma centena de outras pessoas, vendo o casco pesado e enferrujado abrindo caminho nas águas. O rio dividia aquele apêndice de território ao meio em todo o seu comprimento e o aeroporto ficava do outro lado. Olhei melhor para a caótica carga distribuída nos três andares da balsa: mães e seus bebês, colegiais, fazendeiros e trabalhadores, animais, carros, caminhões, sacas de grãos, bugigangas para turistas, tonéis de combustível, malas, móveis. As crianças acenavam para nós. Ninguém tinha certeza se aquela era mesmo a última balsa. Esperamos. O tempo passou, o céu ficou rosa. Pensei em Aimee, no aeroporto, na conversa fiada com o ministro da Educação — e em Judy fora de si, curvada sobre o celular, me ligando sem parar e sem chegar a lugar algum —, mas esses pensamentos não surtiram o efeito desejado. Me senti um tanto calma esperando, resignada, ao lado de todas aquelas pessoas que também não demonstravam impaciência alguma, ou que pelo menos a demonstravam de nenhuma maneira conhecida para mim. Eu estava sem sinal, não havia nada que eu pudesse fazer. Estava completamente inacessível, pela primeira vez em anos. Aquilo me deu uma inesperada, porém nada desagradável, sensação de calmaria, de estar imune ao tempo: me lembrava um pouco a infância. Esperei, apoiada no capô do táxi. Outros sentavam em cima da própria bagagem ou trepavam em cima dos tonéis de combustível. Um velho descansava em cima de um enorme estrado de cama partido ao meio. Duas garotinhas estavam montadas numa gaiola de frangos. De quando em quando, caminhões com reboques avançavam aos centímetros pela rampa, nos enfiando fumaça preta de diesel goela abaixo e buzinando para alertar quem estivesse sentado ou dormindo no caminho, mas logo eles também não tinham para onde ir ou o que fazer e se uniam ao resto naquela espera que não parecia ter início ou fim: estávamos olhando a água e esperando a balsa desde sempre, e para sempre estaríamos. Quando o sol estava se pondo, nosso motorista jogou a toalha. Ele manobrou o táxi, abriu caminho aos trancos pela multidão e se foi. Para fugir de uma mulher que insistia em me vender um relógio, também abandonei meu posto, fui até perto da margem e me sentei. Mas Lamin ficou preocupado comigo, ele vivia preocupado comigo, uma pessoa como eu deveria estar numa sala de espera que custava duas das cédulas imundas e amassadas que eu guardava no bolso, e por esse motivo ele naturalmente não me acompanharia, mas insistia que *eu* devia ir, sim, a sala de espera era com certeza o melhor lugar para uma pessoa como eu.

"Mas por que não podemos simplesmente esperar aqui?"

Ele me abriu um de seus sorrisos agoniados, o único do qual dispunha.

"Por mim, tudo bem…. mas e por você?"

Ainda faziam quarenta graus na rua: a ideia de permanecer num lugar fechado era nauseante. Em vez disso, eu o convenci a sentar comigo, com os pés balançando sobre a água e os calcanhares batendo nas pilhas de ostras mortas cimentadas às estacas do píer. Todos os outros rapazes do vilarejo estavam escutando música dançante nos fones de ouvido, músicas escolhidas precisamente para escutar naquelas circunstâncias, mas Lamin, um rapaz muito sério, preferia escutar o World Service, então dividimos os fones e ouvimos juntos uma matéria sobre o custo das matrículas universitárias em Gana. Abaixo de nós, na margem, garotos sem camisa e de costas largas carregavam viajantes determinados nos ombros através das águas rasas e agitadas, em direção a canoas de aparência insegura, pintadas em tons coloridos. Apontei para uma mulher muito gorda, com um bebê amarrado às costas, sendo erguida nos ombros por um daqueles garotos. As coxas da mulher estavam prensando sua cabeça suada.

"Por que *nós* não fazemos isso? Chegaremos ao outro lado em vinte minutos!"

"Por mim, está bem", sussurrou Lamin — era como se qualquer conversa entre nós fosse embaraçosa para ele e não pudesse ser entreouvida — "mas por você não. Você devia ir para a sala de espera. Vai demorar muito."

Observei o garoto na praia, agora imerso até as coxas, depositar sua passageira no assento da canoa. Transferindo sua carga, ele parecia sofrer bem menos que Lamin, que estava apenas conversando comigo.

Quando começou a escurecer, Lamin adentrou a multidão para fazer perguntas, se transformando em um Lamin completamente novo, não aquele dos sussurros monossilábicos que existia em minha presença, mas o que deveria ser o verdadeiro Lamin, sério e respeitado por todos, divertido e falante, aparentemente conhecido de todos, recebido com um afeto caloroso e fraterno por pessoas jovens e atraentes, não importava o lugar. Seus "companheiros de idade", ele as chamava, e isso podia significar que ele havia crescido com elas no vilarejo, ou que tinham sido colegas de classe na escola ou no curso de magistério. O país era minúsculo: os companheiros de idade estavam por toda parte. A garota que nos vendeu cajus no mercado era sua companheira de idade, e também um segurança do aeroporto. Às vezes acontecia de um companheiro de idade ser um jovem policial ou cadete do exército nos postos de controle, e nesses casos sempre havia a sensação de termos tirado a sorte, a tensão se dissipava, eles tiravam as mãos da armas, se inclinavam para dentro da janela do passageiro e relembravam alegremente os velhos tempos. Companheiros de idade ofereciam melhores preços, emitiam bilhetes mais rápido, deixavam você passar. Agora aparecia mais uma, uma garota peituda no guichê da balsa que estava vestindo uma combinação desconcertante de peças que eu tinha visto em muitas outras garotas da região e que ansiava por mostrar a Aimee com a sabedoria elevada da viajante que chegou com uma semana de antecedência. Calças jeans justíssimas, com cintura baixa e cravejadas de tachas, a blusinha mais diminuta possível — deixando à mostra os contornos em neon de um sutiã rendado — e um hijab vermelho-escarlate enrolado modestamente ao redor do rosto e preso com um alfinete rosa-choque. Assisti a Lamin e essa garota conversando por um tempo enorme num dos diversos dialetos locais que Lamin falava e tentei imaginar como as simples respostas que procurávamos à pergunta "Há outra balsa e que horas ela chega?" podiam se transformar naquele debate tão acalorado que os dois pareciam estar travando. À distância na baía, ouvi um som de buzina e avistei uma grande forma sombria vindo pela água em nossa direção. Fui correndo até Lamin e o agarrei pelo cotovelo.

"Não é ela? Lamin, não é ela?"

A garota parou de tagarelar e olhou para mim. Percebeu na hora que eu não era uma companheira de idade. Examinou as roupas monótonas e utilitárias que eu havia comprado especialmente para usar em seu país: calças cargo verde-oliva, camisa de linho amassada de mangas compridas, tênis Converse puídos que haviam pertencido a um ex-namorado e um lenço de cabeça preto que fizera eu me sentir idiota e constrangida, e que agora eu estava usando em torno do pescoço.

"Aquilo é um navio de carga", ela disse sem disfarçar a pena que sentia de mim. "Você perdeu a última balsa."

Pagamos uma quantia que Lamin considerou exorbitante por nossa passagem de canoa, apesar de uma negociação feroz, e no instante em que meu garoto gigante me descarregou no assento, uma dúzia de rapazes surgiram do nada e se acomodaram em cada canto disponível, transformando o nosso táxi aquático privado numa embarcação pública. Na margem oposta, porém, meu sinal de celular voltou e ficamos sabendo que Aimee tinha decidido permanecer num dos hotéis da praia e se dirigir ao vilarejo somente no dia seguinte. O garoto gigante ficou faceiro: nós o pagamos de novo e subvencionamos mais uma travessia para os rapazes locais, retornando ao ponto de partida. Uma vez em solo, finalmente partimos para o vilarejo dentro de uma van caindo aos pedaços. A ideia de pegar dois barcos e dois táxis no mesmo dia era excruciante para Lamin, mesmo que eu tivesse pago a segunda viagem, mesmo que o preço mencionado — que arrancou dele um gemido — não comprasse uma garrafinha d'água na Broadway. Ele foi sentado no teto do veículo junto com outro rapaz que não tinha conseguido se enfiar na parte de dentro, e enquanto meus companheiros de viagem conversavam, dormiam, rezavam, comiam, amamentavam bebês e gritavam para o motorista largá-los no que a mim pareciam cruzamentos completamente despovoados, eu o escutava batucar um ritmo no teto, bem acima da minha cabeça, e durante duas horas esse foi o único idioma que compreendi. Chegamos no vilarejo depois das dez. Eu estava hospedada com uma família local e nunca tinha estado fora da sua propriedade familiar num horário tão avançado nem reparado no breu que nos cercava, breu esse que Lamin agora atravessava com total confiança, como se houvesse holofotes por toda parte. Me apressei em segui-lo pelos caminhos estreitos, arenosos e cobertos de lixo que eu não conseguia enxergar, passando pelas chapas de aço corrugado que separavam uma casa térrea de blocos de cimento da próxima, até chegarmos à propriedade familiar do Al Kalo, que não era maior nem mais alta que as outras, mas tinha à frente um enorme terreno baldio em que pelo menos uma centena de crianças em uniformes de escola — a escola que acabaríamos por substituir — se amontoavam sob a copa de uma única mangueira. Elas tinham aguardado seis horas para apresentar sua dança a uma mulher chamada Aimee: agora cabia a Lamin explicar por que aquela moça não ia chegar hoje. Mas quando Lamin tinha terminado, o chefe do vilarejo apareceu e aparentemente quis ouvir toda a explicação de novo. Fiquei esperando os dois homens debaterem a questão, agitando as mãos energicamente, enquanto as crianças iam ficando cada vez mais entediadas e inquietas, até que as mulheres colocaram de lado os tambores que não iam mais tocar e finalmente mandaram as crianças levantarem, enviando-as correndo para casa em pequenos grupos. Ergui o meu celular. Ele emitiu sua luz artificial sobre o Al Kalo. Ele não era, pensei comigo mesma, o grande chefe tribal africano que Aimee tinha imaginado. Miúdo, grisalho, enrugado e desdentado, vestindo uma camiseta surrada do Manchester United, calças de abrigo e sandálias da Nike remendados com fita isolante. E quão surpreso ficaria o Al Kalo, por sua vez, se soubesse a lenda que ele havia se tornado para nós em Nova York! Tinha começado com um e-mail enviado por Miriam — assunto: *Protocolo* — que salientava, na visão de Miriam, o que todo visitante do vilarejo deveria oferecer ao Al Kalo na chegada para demonstrar respeito. Ao ler o e-mail, Judy soltou um de seus latidos de foca e enfiou o celular na minha cara: "Isso aqui é piada?".

Li a lista:

Óculos de leitura
Paracetamol
Aspirina
Pilhas
Sabonete líquido
Pasta de dente
Pomada antisséptica

"Acho que não... Miriam não faz piadas."

Judy sorriu carinhosamente para sua telinha: "Bem, acho que conseguimos providenciar".

Poucas coisas encantavam Judy, mas aquela lista conseguiu. Aimee ficou ainda mais encantada, e nas semanas seguintes, sempre que alguma boa gente com recursos nos visitava na casa de Hudson Valley ou em Washington Square, Aimee repetia aquela lista com uma solenidade debochada e perguntava aos presentes se eles podiam imaginar, e todos confessavam que mal podiam imaginar e pareciam muito comovidos e confortados por essa incapacidade de imaginar, que era tida como um sinal de pureza tanto do Al Kalo quanto deles mesmos.

"Mas é tão desafiador realizar essa tradução", comentou um rapaz do Vale do Silício numa dessas noites — ele tinha se inclinado para o centro da mesa de jantar, onde havia uma vela decorativa, e seu rosto parecia iluminado por baixo pelo seu próprio insight — "quer dizer, entre uma realidade e outra. É como atravessar a *matrix*." Todo mundo na mesa fez que sim com a cabeça e concordou que era difícil, e posteriormente flagrei Aimee adicionando harmoniosamente aquela frase de jantar festivo a suas declamações da já famosa lista do Al Kalo, como se a autoria fosse dela.

"O que ele está *dizendo?*", sussurrei para Lamin. Eu tinha ficado cansada de esperar. Abaixei meu celular.

Lamin pousou a mão com delicadeza no ombro do chefe tribal, mas o velho continuou proferindo seu discurso nervoso e interminável para a escuridão.

"O Al Kalo está dizendo", sussurrou Lamin, "que as coisas estão muito difíceis aqui."

Na manhã seguinte, fui com Lamin até a escola e carreguei meu celular no escritório do diretor, na única tomada de todo o vilarejo, que era abastecida por um gerador movido a luz solar pago anos atrás por uma instituição beneficente italiana. Lá pelo meio-dia, o sinal reapareceu milagrosamente. Li meus cinquenta torpedos e fiquei sabendo que ainda precisaria passar dois dias sozinha naquele lugar antes de retornar à balsa para buscar Aimee: ela estava "descansando" num hotel da cidade. Num primeiro momento, fiquei animada com esse isolamento inesperado e surpreendi a mim mesma com toda espécie de planos. Disse a Lamin que desejava visitar a famosa casa do escravo rebelde, a duas horas de viagem, e que pretendia finalmente ver com meus próprios olhos a praia de onde os navios partiam levando sua carga de seres humanos até a ilha de origem da minha mãe, e dali para as Américas e a Grã-Bretanha, transportando açúcar e algodão, para então retornarem completando o triângulo que havia ensejado — entre outras inúmeras consequências — minha própria existência. Duas semanas antes, contudo, eu tinha desdenhado daquilo, na cara de minha mãe e de Miriam, como "turismo de diáspora". Agora eu estava informando a Lamin que pegaria a van sozinha até as antigas fortificações de escravos em que meus antepassados estiveram confinados. Lamin sorriu e pareceu estar de acordo, mas na prática fez de tudo para obstruir os meus planos. Obstruir todas as minhas tentativas de interação, fossem elas pessoais ou econômicas, com o vilarejo incompreensível, com os velhos e as crianças, respondendo a todas as minhas perguntas e pedidos com seu sorriso tenso e sua explicação preferida, sempre aos sussurros: "As coisas são difíceis aqui". Eu não tinha permissão para entrar no mato, colher meus próprios cajus, ajudar a cozinhar qualquer refeição ou lavar minhas roupas. Me dei conta de que ele me via como uma criança, alguém que deveria ser tratada com luvas de pelica e apresentada à realidade aos poucos. E depois percebi que todo mundo no vilarejo me via da mesma forma. Quando as avós se agachavam de cócoras com seus traseiros possantes para comer do prato coletivo, juntando arroz e pedaços de peixe e beringela com os dedos, eu recebia uma cadeira, garfo e faca, pois se presumia, corretamente, que eu não teria força para me manter naquela posição. Quando derramei um litro d'água no vaso sanitário para mandar embora uma barata que estava me deixando aflita, nenhuma das dez garotas com quem eu morava se deram ao trabalho de me detalhar a distância que haviam percorrido naquele dia para buscar aquele litro. Quando me esgueirei até o mercado para comprar uma manta vermelha e roxa para minha mãe, Lamin abriu seu sorriso tenso, mas me poupou de saber a proporção de seu salário anual que eu tinha acabado de gastar num pedaço de pano.

Quase no fim daquela primeira semana, compreendi que os

preparativos para o meu jantar começavam instantes após servi-rem o café da manhã. Mas quando tentei me aproximar do can-to do pátio onde todas aquelas mulheres e meninas se agachavam sobre o chão batido para descascar, cortar, moer e salgar, elas riram de mim e me mandaram ficar à vontade para permanecer sentada numa cadeira de plástico no meu quarto escuro, lendo os jornais norte-americanos que havia trazido — já amassados e comicamente irrelevantes — de modo que jamais fiquei sabendo como, exatamente, sem forno ou luz elétrica, elas preparavam as batatas douradas que eu não tinha pedido a ninguém ou as gran-des tigelas de arroz bem mais apetitoso do que o que elas mesmas comiam. Preparar comida não cabia a mim, nem lavar roupa, buscar água, colher cebolas ou mesmo alimentar as cabras e ga-linhas. Eu não prestava para nada, no sentido estrito do termo. Até os bebês me eram entregues com ironia, e as pessoas riam quando me encontravam segurando um deles no colo. Sim, ha-via um cuidado imenso e constante para me proteger da reali-dade. Eles já tinham conhecido pessoas como eu. Sabiam que não aguentávamos uma dose muito grande de realidade.

Na última noite antes de ir buscar Aimee, fui despertada muito cedo pelo chamado à oração e pelos galos histéricos, e ao constatar que ainda não estava apavorantemente quente, me ves-ti no escuro e saí de casa sozinha, livre do pequeno exército de mulheres e crianças com quem estava vivendo — algo que La-min me instruíra a jamais fazer — e fui procurar Lamin. Queria lhe dizer que iria hoje mesmo à antiga fortificação dos escravos, quisesse ele ou não. Quando o dia raiou, me vi sendo seguida por diversas crianças curiosas de pés descalços — "Bom dia, como está seu dia?" — como um séquito de sombras, enquanto eu avançava pronunciando o nome de Lamin para as dúzias de mulheres por quem passava, todas já a caminho do trabalho na fazenda comunitária. Elas assentiam com a cabeça e me apontavam um caminho ou outro pelo meio da vegetação rasteira, em torno da mesquita verde-clara de concreto semidevorada nos dois lados por cupinzeiros de mais de três metros de altura, pela frente de todos aqueles pátios poeirentos que já eram varridos, àquela hora, por meninas adolescentes emburradas e quase despidas, e que se apoiavam no cabo de suas vassouras para me ver passar. Para onde quer que eu olhasse, via mulheres trabalhando: cuidando de crianças, cavando, carregando, alimentando, limpando, arrastando, esfregando, construindo, consertando. Não vi um homem sequer até finalmente encontrar a casa de Lamin, nos limites do vilarejo, um pouco antes do início das terras de cultivo. A casa era muito escura e úmida, até para os padrões locais: sem porta da frente, cama no chão, nenhum grande sofá de madeira, apenas uma cadeira de plástico, piso de terra e um balde de metal cheio d'água no qual ele devia ter acabado de se lavar, pois estava ajoelhado a seu lado, todo molhado, vestindo apenas um calção de futebol. Na parede de blocos de cimento atrás dele entrevi o logotipo do Manchester United toscamente desenhado em tinta vermelha. Sem camisa, esguio, todo feito de músculos, a pele refulgindo com a própria juventude — impecável. Perto dele, como eu parecia branca, quase sem cor! Aquilo me fez lembrar de Tracey, de como ela encostava o braço no meu quando éramos crianças para confirmar de novo que ela era um pouco mais clara — como ela sustentava com orgulho, — só para garantir que o inverno ou o verão não tinham mudado esse estado das coisas desde a última checagem. Eu não ousava lhe contar que eu me estendia na varanda em todos os dias quentes procurando obter exatamente aquilo que ela parecia abominar: mais cor, um tom mais escuro, que minhas sardas todas se unissem e mesclassem, me deixando com a cor marrom-escura igual à de minha mãe. Mas Lamin, como a maioria dos moradores do vilarejo, era muitos graus mais escuros do que minha mãe em relação a mim, e ao vê-lo agora o contraste entre sua beleza e o ambiente a seu redor me parecia — entre outras coisas — surreal. Ele se virou e me viu em pé diante dele. Seu rosto ficou repleto de mágoa — eu havia quebrado um acordo tácito. Ele pediu licença. Foi para trás de uma cortina feita de pano velho que teoricamente dividia em duas partes aquela habitação deplorável. Mas eu ainda podia vê-lo vestindo a camisa Calvin Klein branca imaculada com o monograma da marca, as calças de algodão brancas e as sandálias brancas, roupas que ele mantinha brancas sabe-se lá como, pois eu vivia coberta de poeira vermelha todos os dias. Seus pais e seus tios vestiam principalmente jelabas, enquanto seus numerosos primos e irmãos jovens corriam de lá para cá usando as onipresentes camisas de futebol surradas e jeans esfarrapados, descalços, mas Lamin estava vestindo suas peças ocidentais brancas quase todas as vezes que eu o via, além de um grande relógio de pulso prateado, cravejado com pedras de zircônia, cujos ponteiros estavam perpetuamente parados às 10h04. Aos domingos, quando todo o vilarejo se encontrava para uma reunião, ele usava um terno bege com colarinho romano e sentava ao meu lado, cochichando no meu ouvido como um delegado da ONU, traduzindo somente o que ele julgava necessário das discussões travadas. Todos os jovens professores do vilarejo se vestiam dessa maneira, com colarinhos romanos tradicionais ou camisas e calças de algodão elegantes, equipados com grandes relógios de pulso e valises pretas e finas, e sempre ostentando seus celulares flip ou Androids de telas imensas, mesmo que não estivessem funcionando. Era um comportamento que eu lembrava do meu bairro de infância, uma forma de representar, o que no vilarejo significava assumir um papel específico: *Sou um dos jovens sérios e modernos. Sou o futuro do meu país.* Eu sempre me sentia absurda perto deles. Comparada ao senso de identidade pessoal que eles tinham, eu parecia estar no mundo por mero acidente, sem jamais ter pensado no que eu representava, vestindo minhas calças cargo amassadas e meus tênis Converse puídos, levando minha mochila rasgada para tudo que era lado.

Lamin se ajoelhou novamente e, sem alarde, reiniciou sua primeira oração do dia — eu tinha interrompido isso também. Enquanto ouvia seus sussurros em árabe, me perguntava que forma teriam suas orações. Esperei. À minha volta, vi a pobreza que Aimee esperava "reduzir". Era tudo que eu conseguia ver, e as perguntas que me ocorriam eram do tipo que costumam ocorrer às crianças. *O que é isso? O que está acontecendo?* A mesma mentalidade tinha me levado no dia de minha chegada ao escritório do diretor da escola, onde fiquei sentada suando debaixo do telhado de zinco derretido, tentando desesperadamente me conectar, embora eu pudesse, é claro, ter pesquisado tudo que quisesse no Google bem mais rápido e com mais facilidade quando ainda estava em Nova York, em qualquer momento dos últimos seis meses. Ali, o processo era trabalhoso. As páginas carregavam até a metade e travavam, a energia do painel solar oscilava e por vezes acabava totalmente. Levou mais de uma hora. E quando as duas somas de dinheiro que eu procurava finalmente apareceram nas janelas emparelhadas, só pude ficar ali sentada por um tempo enorme, olhando para elas. Na verdade, Aimee ganhava por uma pequena vantagem na comparação. Era simples assim, o produto interno bruto de um país inteiro podia caber numa única pessoa, como uma boneca russa dentro da outra.

Quatro

Naquele último junho do ensino fundamental, o pai de Tracey foi libertado e nos encontramos pela primeira vez. Ele estava em pé na grama da área comum, olhando para o alto em nossa direção, sorrindo. Moderno, cândido, cheio de uma espécie de alegria dinâmica, mas de alguma forma também elegante, clássico, Bojangles em pessoa. Estava parado em quinta posição, com as pernas afastadas, vestindo uma jaqueta azul-celeste com um dragão chinês nas costas e uma calça jeans branca e justa. Tinha um bigodinho espesso e sacana e um cabelo afro à moda antiga, sem camadas ou topetes *high-top*. A felicidade de Tracey foi intensa, ela se inclinou na beira da sacada como se quisesse puxar o pai até si, gritando para que ele subisse, suba, Pai, suba, mas ele piscou um olho e disse: "Tenho uma ideia melhor, vamos passear na avenida". Descemos correndo e cada uma segurou uma mão.

A primeira coisa que notei foi que ele tinha corpo de dançarino e se movia como um dançarino, ritmadamente, com força mas também leveza, de modo que não íamos simplesmente caminhando pela avenida, e sim desfilando. Todos olhavam para nós, íamos pavoneando ao sol, e várias pessoas interromperam o que estavam fazendo para nos cumprimentar — cumprimentar Louie — do outro lado da rua, de uma janela sórdida acima de um salão de cabeleireiro, da entrada dos pubs. Quando nos aproximamos da casa de apostas, um velho senhor caribenho que, apesar do calor, usava boina e um colete de lã grosso, parou na nossa frente, bloqueando a passagem, e perguntou: "São suas filhas?". Louie ergueu nossas mãos como se fôssemos duas lutadoras disputando um título. "Não", disse, soltando a minha mão, "só essa aqui". Tracey exultou com a glória de tudo aquilo. "Ouvi dizer que cê só cumpriu treze meses", o velho disse com uma risadinha. "Louie, Louie, cara de sorte." Ele deu uma cotovelada de leve na cintura de Louie, que estava envolta por um fino cinto dourado, como o de um super-herói. Mas Louie se sentiu insultado, recuou para longe do velho — um longo plié deslizante — e assoviou ruidosamente entre os dentes. Ele corrigiu o histórico: não cumpriu nem sete.

O velho desenrolou o jornal que trazia enrolado debaixo do braço e exibiu uma página a Louie, que a estudou por um momento e se abaixou para mostrá-la a nós. Ele nos mandou fechar os olhos e apontar com o dedo onde nos desse na telha, e quando abrimos os olhos estávamos cada uma com o dedo em cima de um cavalo, ainda lembro o nome do meu, Theory Test, porque cinco minutos depois Louie saiu correndo pela porta da casa de apostas, me recolheu do chão e me lançou no ar. Tinha ganhado cento e cinquenta pratas com uma aposta de cinco libras. Dali ele nos levou à Woolworths e disse que podíamos escolher qualquer coisa. Deixei Tracey nos vídeos voltados a crianças como nós — as comédias suburbanas, filmes de ação, sagas espaciais — e fui me debruçar mais adiante sobre o grande cesto de arame, o "cesto de promoções", separado para aqueles que tinham pouco dinheiro ou poucas escolhas. O cesto sempre estava cheio de musicais, ninguém os queria, nem as velhinhas, e eu estava vasculhando seu conteúdo, feliz da vida, quando ouvi Tracey, que não tinha arredado pé da seção de filmes modernos, perguntar a Louie: "Mas quantos a gente pode escolher?". A resposta foi quatro, mas precisávamos nos apressar, ele estava com fome. Em delicioso estado de pânico, passei a mão em quatro musicais:

Ali Babá é boa bola
Melodia da Broadway de 1936
Ritmo louco
Dançando nas nuvens

A única escolha de Tracey de que me recordo é *De volta para o futuro*, mais cara do que todas as minhas juntas. Ela apertou a caixa do filme contra o peito, se afastando dela somente pelo tempo necessário para que a atendente do caixa a registrasse, tomando-a de volta logo em seguida como um animal dando o bote na comida.

Ao chegarmos no restaurante, sentamos na melhor mesa, bem ao lado da janela. Louie nos mostrou um jeito divertido de comer um Big Mac, desmontando as camadas, colocando batatas fritas em cima e embaixo de cada hambúrguer e montando tudo de novo.

"Então você vem morar com a gente de novo?", perguntou Tracey.

"Hmmm. Não sei como vai ser. Ela disse alguma coisa?"

Tracey empinou o nariz de porquinho. "Não ligo pro que ela diz."

Suas mãozinhas fecharam os punhos com força.

"Não falte com respeito a sua mãe. Ela tem seus próprios problemas."

Ele voltou ao balcão para buscar milk-shakes. Parecia atormentado ao retornar e, sem tomar o cuidado de introduzir o assunto de nenhuma maneira formal, começou a nos contar como era a vida na cadeia, sobre como bastava chegar lá para descobrir que não tinha nada a ver com as ruas, não, nada mesmo, era muito diferente, porque na cadeia todos entendiam que o melhor era ficar próximo da sua própria gente, não tinha conversa, "cada um com os seus", quase ninguém se misturava, não como no conjunto habitacional, e não eram os guardas ou alguma outra pessoa que forçavam você a isso, era assim e pronto, as tribos ficam cada uma no seu canto, e tem até uma separação por tons de pele, ele explicou, puxando a manga e mostrando o braço, ou seja, todo mundo que era escuro como eu ficava naquele canto, juntinho, o tempo todo — ele riscou uma linha na mesa de fórmica — e os pardos como vocês duas ficam naquele outro canto, e os Pakis ficam em outro lugar, e os indianos em outro. Os brancos também se dividem: irlandeses, escoceses, ingleses. E no meio dos ingleses, alguns são do Partido Nacional Britânico e outros são gente boa. Mas a moral é que cada um anda só com a sua gente, e é natural. Dá o que pensar.

Ficamos ali sugando nossos milk-shakes, pensando.

E cê aprende todo tipo de coisa, ele continuou, aprende quem é o *verdadeiro* Deus dos negros! Não é aquele Jesus de olhos azuis e cabelos longos — não! E aí eu pergunto: como é que eu nunca ouvi falar dele até ir parar lá dentro? Pesquisem. Cê aprende muita coisa que não pode aprender na escola, porque essa gente não te diz nada, não diz nada sobre os reis africanos, nada sobre as rainhas egípcias, nada sobre Maomé, escondem tudo, escondem toda a nossa história para que a gente tenha a impressão de que não somos nada, sentimos que estamos na base da pirâmide, esse é exatamente o plano deles, mas nós construímos a porra das pirâmides! Ah, eles sabem ser diabólicos, mas um dia, um dia, se Deus permitir, esse dia do branco vai chegar ao fim. Louie pôs Tracey no colo e brincou como se ela fosse uma criança muito menor, e então pegou os braços dela por baixo, como se ela fosse uma boneca, e fez com que ela parecesse estar dançando no ritmo da música que tocava nos alto-falantes instalados entre as câmeras de segurança. Cê ainda tá dançando? Era uma pergunta casual, notei que ele não estava realmente interessado na resposta, mas Tracey sempre aproveitava uma oportunidade, por menor que fosse, e assim contou ao pai, com profusão alegre de detalhes, sobre todas as medalhas de dança que havia conquistado naquele ano e no anterior, sobre o que a srta. Isabel tinha dito a respeito de seu potencial com a sapatilha de ponta, sobre o que as mais diversas pessoas tinham falado a respeito de seu talento e sobre o teste para a escola de teatro que estava chegando, assunto sobre o qual eu já havia escutado tudo que podia suportar. Minha mãe, enquanto isso, não me autorizara a fazer a escola de teatro, nem se eu conseguisse a bolsa integral em que Tracey estava apostando suas fichas. Vínhamos brigando por causa disso, eu e minha mãe, desde que fiquei sabendo que Tracey poderia fazer o teste. Eu morria só de pensar que frequentaria uma escola normal enquanto Tracey passaria os dias dançando!

Mas é o seguinte, no meu caso, disse Louie, se cansando de repente do falatório da filha, no meu caso nem precisei de escola de dança, porque a verdade é que eu reinava nas pistas! Essa menina herdou tudo do pai. Podem acreditar: eu sei todos os passos! Pergunta pra sua mãe! Até ganhava algum dinheiro com isso nos velhos tempos. Cês parece que tão duvidando!

Para provar, para atenuar nossa dúvida, ele escorregou do banquinho, deu um chute alto com a perna, dobrou o pescoço, jogou com os ombros, deu um giro rápido e travou em posição final na ponta dos dedos. Um grupo de garotas sentadas à mesa em frente vibrou com gritos e assovios, e eu, depois de vê-lo em ação, entendi o que pretendia Tracey ao situá-lo na mesma realidade que Michael Jackson, e não achei que ela tivesse mentido, não exatamente, ou pelo menos senti que por trás da mentira havia uma verdade mais profunda. Os dois haviam se beneficiado da mesma herança. E se o talento de Louie para a dança não tinha ficado tão famoso quanto o de Michael, bem, isso não passava, para Tracey, de uma tecnicalidade — um acidente no tempo e no espaço — e agora, lembrando dos passos de dança de Louie, escrevendo a respeito deles, acho que ela tinha toda razão.

Posteriormente decidimos voltar caminhando pela avenida com nossos milk-shakes enormes, parando novamente para conversar com alguns amigos de Louie — ou quem sabe fossem apenas pessoas que sabiam o suficiente a respeito dele para temê-lo — incluindo um jovem pedreiro irlandês que estava pendurado com apenas uma das mãos no andaime em frente ao Tricycle Theatre, com o rosto vermelho de tanto trabalhar ao sol. Ele se esticou para sacudir a mão de Louie: "Ora, ora, se não é o Playboy das Índias Ocidentais!". Ele estava reconstruindo o telhado do Tricycle e Louie ficou muito abalado com isso, era a primeira vez que ele ouvia falar do incêndio terrível de alguns meses antes. Perguntou ao rapaz quanto custaria a restauração, quanto ele e os outros empregados de Moran estavam recebendo por hora, que cimento estavam usando e em que atacado o adquiriam, e em meio a tudo isso olhei para Tracey e a flagrei se enchendo de orgulho diante desse vislumbre de um outro Louie possível: jovem empreendedor de respeito, rápido com números, bondoso com a equipe, levando a filha para visitar seu local de trabalho, segurando firme a mão dela. Desejei que ela pudesse ter aquilo todos os dias.

Não me passou pela cabeça que nosso breve passeio pudesse ter consequências, mas antes mesmo de eu retornar a Willesden Lane alguém já tinha contado a minha mãe onde eu estivera, e com quem. Ela me agarrou assim que passei pela porta e deu um tapa no meu milk-shake, que atingiu a parede oposta, uma massa rosa e muito espessa — mais dramática do que era de esperar —, e até nos mudarmos daquela casa tivemos de conviver com uma suave mancha cor de morango. Ela começou berrando. O que eu pensava que estava fazendo? Com quem pensava que tinha ido passear? Ignorei todas as suas perguntas retóricas e perguntei outra vez por que não podia fazer o teste de dança a exemplo de Tracey. "Só uma idiota abre mão de sua educação", disse minha mãe, e eu disse "Bem, vai ver sou uma idiota". Tentei passar por ela para alcançar o meu quarto, carregando meu butim de vídeos, mas ela bloqueou a minha passagem, então lhe disse na cara que eu não era ela, que jamais desejaria ser ela, que não dava a mínima para seus livros, suas roupas, suas ideias ou seja lá o que fosse, queria dançar e viver minha própria vida. Meu pai surgiu de onde quer que estivesse escondido. Gesticulei para ele e tentei argumentar que, se dependesse do meu pai, eu poderia fazer o teste, porque meu pai era um homem que acreditava em mim, como o pai de Tracey acreditava nela. Minha mãe suspirou. "É claro que ele a deixaria fazer o teste", disse. "Ele não está preocupado — sabe que você nunca vai conseguir passar."

"Pelo amor de Deus", grunhiu meu pai, mas ele não conseguia me encarar, e percebi, com uma pontada de dor, que minha mãe devia estar dizendo a verdade.

"Tudo que importa nesse mundo", ela explicou, "é o que está escrito. Mas o que acontece com isso" — ela indicou o meu corpo com um gesto — "isso nunca vai importar, não nessa cultura, não para essas pessoas, então tudo que você está fazendo é jogando o jogo deles, seguindo as regras deles, e eu prometo que, se jogar esse jogo, terminará sendo uma sombra de si mesma. Vai ter uma penca de bebês, nunca abandonará esta vizinhança, e será outra dessas irmãs que poderiam muito bem nem existir."

"Você não existe", falei.

Segurei essa frase como uma criança segura a primeira coisa a seu alcance. Seu efeito sobre minha mãe foi muito além de tudo que eu poderia ter esperado. Sua boca murchou e toda sua beleza e presença de espírito foram pelo ralo. Ela começou a chorar. Estávamos paradas na entrada do meu quarto, minha mãe com a cabeça caída. Meu pai já tinha retrocedido, restávamos apenas nós duas. Ela só reencontrou a voz depois de um minuto. Ela me disse — com um sussurro feroz — para não dar outro passo. Mas bastou ela dizer isso para perceber o próprio erro: foi um consentimento, aquele era exatamente o momento de minha vida em que eu finalmente *poderia* dar um passo para longe dela, muitos passos, eu tinha quase doze anos, já tinha quase a sua altura — eu poderia me afastar dançando de sua vida — e assim sendo, era inevitável haver uma mudança em sua autoridade, era precisamente o que estava acontecendo enquanto ficávamos ali paradas. Não falei nada, passei por ela, entrei no meu quarto e bati a porta.

Cinco

Ali Babá é boa bola é um filme estranho. É uma variação de *Na corte do rei Artur*, na qual Eddie Cantor faz o papel de Al Babson, um babaca ordinário que termina trabalhando de figurante num filme estilo *As mil e uma noites* em Hollywood. Ele adormece no set de filmagem e sonha que está na Arábia do século IX. Uma cena me causou impressão muito forte, eu queria mostrá-la a Tracey, mas ela tinha ficado difícil de encontrar, não me ligava mais, e quando eu tentava ligar para ela ficava sempre um silêncio na linha antes de sua mãe dizer que ela não estava em casa. Eu sabia que ela tinha motivos legítimos, estava se preparando para o teste da escola de dança — o sr. Booth tinha se prontificado gentilmente a ajudá-la — e ensaiava quase todas as tardes da semana no salão paroquial. Mas eu não estava pronta para entregá-la a sua nova vida. Fiz diversas tentativas de emboscada: as portas da igreja eram deixadas abertas, com o sol atravessando os vitrais, o sr. Booth a acompanhava ao piano, e se ela me via espiando, acenava — o aceno adulto e discreto de uma mulher ocupada —, mas ela não veio falar comigo nem uma única vez. Por alguma lógica obscura de pré-adolescente, concluí que a culpa era do meu corpo. Eu ainda era uma criança magricela e sem peito, espreitando pelos cantos, enquanto Tracey, ali dançando na luz, já era uma pequena mulher. Como ela podia ter qualquer interesse nas coisas que ainda me interessavam?

"Não conheço, não. Como chama mesmo?"

"Acabei de dizer. *Ali Babá é boa bola.*"

Eu tinha me atrevido a entrar na igreja depois de um de seus ensaios. Ela estava sentada numa cadeira de plástico, tirando os calçados de sapateado, enquanto o sr. Booth permanecia no seu canto brincando com as notas do tema — "Can't Help Loving That Man of Mine", — aumentando e diminuindo o ritmo, tocando ora como jazz, ora como ragtime.

"Estou ocupada."

"Você poderia vir comigo agora."

"Estou ocupada agora."

O sr. Booth guardou as partituras na maleta e veio até nós. O nariz de Tracey se empinou, farejando elogios.

"Puxa, foi de arrebentar", ele disse.

"Foi bom mesmo?"

"De arrebentar. Você dança como nos sonhos."

Ele sorriu e deu umas batidinhas em seu ombro, e a felicidade banhou seu rosto. Era o tipo de elogio que eu recebia todos os dias do meu pai, não importava o que eu fizesse, mas para Tracey devia ser raríssimo, pois ouvir aquilo pareceu mudar tudo, incluindo seus sentimentos em relação a mim naquele momento. Quando o sr. Booth se retirou lentamente da igreja, ela abriu um sorriso, jogou a mochila com as coisas de dança por cima do ombro e disse: "Vamos".

* * *

A cena aparece logo no começo do filme. Um grupo de homens está sentado no chão arenoso, eles parecem abatidos, deprimidos. Aqueles, o sultão diz para Al, são os músicos, os africanos, que ninguém consegue entender porque falam um idioma desconhecido. Mas Al quer conversar com eles e tenta de tudo: inglês, francês, espanhol, italiano, até iídiche. Nada serve. Até que ele tem um estalo. *Hi dee hi dee hi dee hi!* É o chamado de Cab Calloway, e os africanos logo o reconhecem, ficam em pé e cantam a resposta: *Ho dee ho dee ho dee ho!* Emocionado, Cantor começa a se fantasiar de negro, ali mesmo, pintando o rosto todo com uma rolha queimada, deixando de fora apenas os olhos inquietos e os lábios elásticos.

"O que é *isso*? Não quero assistir isso!"

"Não essa parte. Espera um pouco, Tracey, por favor. Espera."

Tirei o controle remoto de sua mão e pedi que se reclinasse no sofá. Al tinha começado a cantar para os africanos, versos que pareciam embalar o próprio tempo, iluminando um futuro distante em que aqueles africanos não seriam mais como são agora, um futuro ainda distante mil anos, num lugar chamado Harlem, no qual eles próprios definiriam o ritmo que o mundo queria dançar. Ao saber disso, os músicos empolgados começaram a dançar e cantar num palco elevado na praça da cidade. A sultana e seus conselheiros olham para baixo do alto de sua varanda, os árabes olham para cima diante ao palco. Os árabes são árabes de Hollywood, brancos, fantasiados de Aladim. Os africanos são americanos negros fantasiados — tangas e penachos, adornos de cabeça escandalosos — e tocam instrumentos musicais primitivos, paródias de suas futuras encarnações no Cotton Club: trombones feitos de ossos, clarinetes feitos de galhos ocos, esse tipo de coisa. E Cantor, fiel à origem de seu nome, é o líder da banda, soprando o apito pendurado no pescoço para encerrar um solo ou retirar um artista do palco. A canção chegou ao refrão, ele lhes disse que o *swing* veio para ficar, que não havia escapatória, e que portanto eles precisam escolher um par — e dançar. E nesse momento Cantor soprou o apito e a coisa maravilhosa aconteceu. Era uma garota — chegou uma garota. Fiz Tracey se aproximar o máximo possível da tela, não queria que ela tivesse a menor dúvida. Fiquei espiando: vi seus lábios se abrirem de surpresa, como tinham feito os meus quando assisti ao filme pela primeira vez, e soube assim que ela enxergava o mesmo que eu. Ah, o nariz era diferente — o nariz da garota era normal e achatado — e não havia em seus olhos nenhum sinal da crueldade típica de Tracey. Mas o rosto em forma de coração, as adoráveis bochechas rechonchudas, o corpo compacto mas com membros compridos, tudo isso pertencia a Tracey. A semelhança física era tremenda, mas ela não dançava parecido com Tracey. Quando se movia, seus braços pendiam para a frente, as pernas voam para lá e para cá, ela era uma dançarina de cabaré, não era obcecada com a técnica. E ela era engraçada: andava na ponta dos pés ou congelava por um segundo numa posição absurdamente cômica, numa perna só, braços erguidos, como um ornamento no capô de um carro de luxo. Estava vestida como os outros — saia de capim, penas —, mas nada era capaz de rebaixá-la.

Para o grande final, a garota retornou ao palco e se juntou a todos aqueles americanos fantasiados de africanos e ao próprio Cantor, e todos ficaram enfileirados e se inclinaram para a frente num ângulo de quarenta e cinco graus com o chão. Era um movimento que tinha voltado do futuro: um ano depois, todas nós estávamos no parquinho tentando executá-lo depois de ver Michael Jackson fazer exatamente a mesma coisa em um videoclipe. Tracey, eu e outras crianças passamos semanas tentando imitá-lo, mas era impossível, ninguém conseguia, todas nós dávamos de cara no chão. Naquela época, eu não sabia como era feito. Agora eu sei. No videoclipe, Michael Jackson usou arames e, anos depois — quando quis reproduzir o efeito nos palcos — usou um par de calçados "antigravidade" que tinham uma fenda no calcanhar que se encaixava a um pino no palco, e ele foi coinventor dos sapatos, a patente está em seu nome.

Os africanos de *Ali Babá* pregaram os próprios sapatos no chão.

Seis

No hotel de Aimee, entramos numa fileira de SUVs. Veio o circo todo naquela primeira visita: seus filhos estavam conosco, bem como a babá, Estelle, e Judy, é claro, além das três outras assistentes, uma garota da assessoria de imprensa, Granger, um arquiteto francês que eu nunca tinha visto na vida, uma mulher do Departamento para o Desenvolvimento Internacional deslumbrada com celebridades, um jornalista e fotógrafo da *Rolling Stone* e um homem chamado Fernando Carrapichano, nosso diretor de projetos. Fiquei olhando os carregadores suarentos com uniformes de linho branco guardarem malas nos bagageiros e ajudarem todos a se acomodarem em seus assentos, e fiquei imaginando de que vilarejo tinham vindo. Eu esperava viajar no carro de Aimee para inteirá-la — caso ela estivesse interessada — das apurações da minha semana, mas quando Aimee viu Lamin seus olhos se arregalaram e a primeira coisa que ela lhe disse depois de "Olá" foi "Você vem no meu carro". Me alocaram no segundo carro junto com Carrapichano. Eu e ele precisávamos conviver para "repassar os detalhes", foi o que nos disseram.

O trajeto de volta ao vilarejo foi surreal. Todas as dificuldades que eu tinha aprendido a esperar da jornada desapareceram, como em um sonho lúcido no qual a pessoa consegue manipular tudo a seu redor. Nem sinal dos postos de controle e das estradas esburacadas atravancando nosso caminho, e no lugar do calor sufocante nos tirando do sério, um ambiente perfeitamente climatizado com ar-condicionado a vinte e um graus constantes e uma garrafinha de água gelada em mãos. Nosso comboio, que incluía um par de jipes cheios de oficiais do governo e uma escolta policial, se deslocava com agilidade por ruas que às vezes davam a impressão de terem sido artificialmente desimpedidas, e em outros casos artificialmente povoadas — com fileiras de crianças agitando bandeiras como num cenário de filme —, e além disso percorremos uma rota estranha e alongada, costurando a área turística eletrificada e depois passando por uma série de enclaves suburbanos cuja existência eu até então ignorava, nos quais residências imensas e inacabadas, com armações de ferro expostas, se esforçavam em aparecer por trás das muralhas. Afetada por aquela realidade tão insólita, eu avistava versões do rosto da minha mãe por toda parte, em garotinhas correndo pela rua, nas senhoras vendendo peixe nos mercados, e até mesmo em um rapaz pendurado do lado de fora de uma van. Quando chegamos à balsa, ela estava vazia, esperando por nós e nossos veículos. Fiquei pensando no que Lamin acharia de tudo aquilo.

Eu não conhecia Carrapichano muito bem, e na única vez em que havíamos nos falado anteriormente eu tinha me feito de idiota. Foi no voo para Togo, seis meses antes, quando Togo ainda estava na lista, antes de Aimee ter ofendido a pequena nação ao opinar durante uma entrevista que seu governo "não fazia nada pelo povo". "Como é lá?", eu tinha perguntado, me inclinando na direção dele, olhando pela janelinha redonda, e querendo dizer, admito, "a África".

"Nunca estive lá", ele disse com frieza e sem se virar.

"Mas você praticamente mora aqui — li seu currículo."

"Não. Estive no Senegal, Libéria, Costa do Marfim, Sudão, Etiópia — nunca estive em Togo."

"Ah, tá, mas você entendeu o que eu quis dizer."

Ele se virou para mim, com o rosto vermelho, e perguntou: "Se estivéssemos voando para a Europa e você quisesse saber como é a França, ajudaria se eu descrevesse a Alemanha?".

Agora eu via a chance de tentar fazer as pazes, jogar conversa fora, mas ele estava ocupado com uma pilha enorme de papéis, entre os quais identifiquei gráficos que não compreendi e conjuntos de estatísticas do FMI. Tive um pouco de pena dele, ali forçado a conviver conosco e com nossa ignorância, tão distante de seu âmbito usual. Eu sabia que ele tinha quarenta e seis anos e um pós-doutorado, uma formação de economista com atuação em desenvolvimento internacional, e que, assim como Miriam, havia trabalhado muitos anos na Oxfam: chegamos a ele através de recomendação dela. Ele havia passado a maior parte dos anos noventa gerenciando projetos de ajuda humanitária nas Áfricas Oriental e Ocidental, em vilarejos remotos sem televisão, e uma consequência interessante disso — pelo menos para mim — era que ele realmente não tinha uma ideia muito clara de quem era Aimee, nada além de um registro vago de que o nome dela estava associado a um fenômeno de sua juventude. Agora ele precisava passar quase todo o tempo a seu lado, portanto também ao lado de pessoas como Mary-Beth, a atrapalhada segunda assistente de Aimee, cujo trabalho consistia quase inteiramente em enviar e-mails ditados por Aimee a outras pessoas e depois ler as respostas de volta para ela. Ou da sinistra Laura, a assistente número três, que presidia as dores musculares, cosméticos e nutrição de Aimee, e que acreditava que a chegada do homem à Lua não passava de uma encenação. Ele precisava ouvir Judy lendo o horóscopo de manhã e planejando o seu dia de acordo. Em meio à insanidade do mundo de Aimee, eu deveria ser a coisa mais próxima de uma aliada à sua disposição, mas toda vez que tentávamos nos aproximar a conversa desandava, sua maneira de entender o mundo era tão completamente alheia para mim que eu tinha a impressão de que ele habitava uma realidade paralela, que eu não tinha dúvidas de ser a verdadeira, mas com a qual eu não conseguia "me remeter", para usar uma de suas expressões favoritas. Aimee, tão impotente quanto eu diante de gráficos, gostava dele porque ele era brasileiro e bonito, com cabelos pretos volumosos e encaracolados e óculos de armação dourada que lhe davam o aspecto de um ator fazendo o papel de economista num filme. Mas estava óbvio desde o começo que eles iriam se desentender mais adiante. O modo de Aimee comunicar suas ideias estava baseado em um entendimento comum — ela mesma, a sua "lenda" — e "Fern", como ela o chamava, não tinha esse contexto a seu alcance. Ele era excelente em passar a limpo os detalhes: planos arquitetônicos, negociações com governos, contratos de propriedade — todas as considerações práticas. Mas na hora de conversar diretamente com Aimee sobre o projeto em si — que para ela era acima de tudo um empreendimento íntimo e pessoal — ele ficava perdido.

"Mas o que ela *quer dizer* quando diz: 'Vamos tentar fazer com uma inspiração meio iluminada'?"

Ele empurrou os óculos para o alto de seu belo nariz e examinou suas várias anotações, que presumi serem a transcrição de cada besteira que tinha pulado da boca de Aimee durante o voo de oito horas que fizeram juntos. Ele ergueu o papel como se as anotações pudessem começar a fazer sentido se ele olhasse para elas o tempo suficiente.

"Talvez eu tenha entendido errado. De que maneira uma escola pode ser 'iluminada'?"

"Não, não, isso é referência a um dos discos dela: *Iluminada*. De 97? Ela o considera seu disco mais 'positivo', então as letras são, bem, elas são meio assim: *Ei, garota, vá atrás de seu sonho, blá blá, você é poderosa, blá blá, nunca desista.* Esse tipo de coisa, sabe? Então o que ela está dizendo, basicamente, é: quero que essa escola empodere as meninas."

Ele pareceu desconcertado.

"Mas por que não dizer isso, simplesmente?"

Bati com delicadeza em seu ombro. "Fernando, não se preocupe — vai dar tudo certo."

"Devo escutar esse disco?"

"Sinceramente, não acho que vá ajudar."

À nossa frente, no próximo carro, eu via Aimee inclinada no banco do passageiro com o braço para fora, interagindo alegremente com os acenos, assobios e gritos de euforia que vinham das ruas, e que eram, eu tinha quase certeza, não reações à presença de Aimee propriamente dita, e sim ao desfile reluzente de suvs atravessando áreas rurais que menos de uma pessoa em cada duzentas possuíam um carro. No vilarejo, só de curiosidade, eu requisitava os celulares dos professores jovens, colocava os fones de ouvido e escutava as cerca de trinta músicas que eles tendiam a ouvir em repetição, algumas das quais vinham grátis com a aquisição de minutos de ligação, e outras — as mais adoradas — que haviam sido baixadas ao custo de créditos preciosos. Hip-hop, r&b, soca, reggae, ragga, grime, dub-step, hi-life — migalhas de toda a gloriosa diáspora musical em formato de ringtone podiam ser ouvidas, mas era raro haver algum artista branco, e nunca Aimee. Eu a vi sorrir e piscar o olho para os numerosos soldados que, dispensados da atividade usual, aguardavam parados à margem da estrada com as armas a tiracolo, nos vendo passar. E em todos os lugares onde havia música, onde a garotada estivesse dançando, Aimee batia palmas para conseguir atenção e imitava seus movimentos o melhor que podia, se mantendo sentada. Esse elemento de caos se desenrolando à margem da estrada, que tanto me afetava e perturbava, como um zootrópio contendo toda espécie de drama humano — mulheres amamentando seus filhos, carregando-os, conversando com eles, beijando e batendo neles, homens conversando, lutando, comendo, trabalhando, rezando, animais vivendo e morrendo, vagando pelas ruas com sangue escorrendo do pescoço, meninos correndo, caminhando, dançando, mijando, cagando, meninas cochichando, rindo, acabrunhadas, sentadas, dormindo — tudo isso encantava Aimee, ela se inclinou tanto para fora da janela que pensei que ela poderia cair e atravessar de vez para o outro lado de sua tão adorada *matrix*. E no entanto, ela nunca ficava mais feliz do que no meio de multidões incontroláveis. Antes de sua seguradora ordenar que parasse, ela costumava fazer *crowd-surfing*, e, ao contrário de mim, ela não ficava assustada quando o público a engolfava repentinamente no aeroporto ou no saguão de um hotel. Enquanto isso, a única coisa que eu conseguia ver pela minha janela escurecida não parecia surpreendê-la ou alarmá-la, e quando aludi a essa coisa nos poucos minutos em que permanecemos juntas na rampa de embarque, vendo nossos veículos entrarem em fila na balsa esdruxulamente vazia e seus filhos subirem correndo felizes pelos degraus de ferro até o andar de cima, ela se virou para mim e disse num rompante: "Jesus Cristo, se você vai ficar chocada com cada mísero sinal de pobreza que encontrar aqui, essa viagem vai ser longa pra caramba. Você está na África!".

Era como se eu tivesse perguntado por que havia luz lá fora e recebido como resposta: "Está de dia!".

Sete

Tudo que sabíamos era o seu nome, encontramos nos créditos. Jeni LeGon. Não fazíamos ideia de onde ela vinha, se estava viva ou morta, se tinha feito outros filmes, só tínhamos aqueles quatro minutos de *Ali Babá* — bem, eu tinha. Se Tracey queria assisti-los, precisava me visitar em casa, o que começou a fazer de vez em quando, como Narciso se agachando sobre a poça d'água. Compreendi que ela não levaria muito tempo para aprender a coreografia inteira — sem contar a inclinação impossível —, mas eu estava decidida a não lhe entregar o vídeo para levar para casa, eu não era boba, sabia que tinha uma garantia em mãos. E eu tinha começado a identificar LeGon aqui e ali, pontas em filmes a que eu havia assistido muitas vezes. Lá estava ela fazendo o papel da empregada de Ann Miller, lutando com um filhote de pug, como uma trágica mulata morrendo nos braços de Cab Calloway e novamente como empregada, ajudando Betty Hutton a se vestir. Cada uma dessas descobertas, muito espaçadas entre si, às vezes por vários meses, se tornava um motivo para ligar para Tracey, e ela vinha imediatamente, sem hesitação ou desculpas, mesmo quando era sua mãe quem atendia. Ficava sentada a centímetros da tela, pronta para destacar esse movimento ou aquela expressão, uma emoção passando pelo rosto de Jeni, uma variação em algum passo, interpretando tudo o que via com a percepção aguda que me faltava, que àquela altura eu já considerava uma capacidade exclusiva de Tracey. Era um dom para ver que, aparentemente, só se manifestava e expressava ali na minha sala de estar, em frente à televisão, e que nenhum professor jamais tinha sabido identificar, nenhum teste do colégio tinha sido capaz de registrar ou mesmo perceber, e que talvez tenha sido testemunhado e preservado única e exclusivamente aqui, nessas memórias.

Ela não reparou numa coisa, e eu não queria lhe contar: meus pais haviam se separado. Eu mesma só sabia porque minha mãe havia me contado. Eles ainda moravam no mesmo apartamento e dormiam no mesmo quarto. Para onde poderiam ir? Divórcios de verdade eram para pessoas que tinham advogados e outros lugares para morar. Havia também a questão das capacidades da minha mãe. Nós três sabíamos que num divórcio o pai ia embora, mas meu pai não podia ir embora, não havia discussão quanto a isso. Na ausência dele, quem poria um curativo no meu joelho quando eu caísse, quem se lembraria de que estava na hora de eu tomar meu remédio ou pentearia meus cabelos com paciência para tirar as lêndeas? Quem viria me acalmar quando eu tinha meus terrores noturnos? Quem lavaria meus lençóis fedorentos e amarelados na manhã seguinte? Não estou querendo dizer que minha mãe não me amava, mas ela não era uma pessoa doméstica: sua vida era a sua mente. A habilidade fundamental de todas as mães — gerenciamento do tempo — estava além de suas capacidades. Ela media o tempo em páginas. Meia hora, para ela, significava dez páginas lidas, ou catorze, dependendo do tamanho da letra, e quando você pensa no tempo dessa maneira não sobra tempo para mais nada, não sobra tempo para ir ao parque ou comprar sorvete, não sobra tempo para colocar uma filha na cama, não sobra tempo para ouvir o relato lacrimoso de um pesadelo. Não, meu pai não podia ir embora.

Certa manhã, quando eu estava escovando os dentes, minha mãe entrou no banheiro, sentou na borda de nossa banheira cor de abacate e esboçou em linhas eufemísticas o novo trato. No começou mal pude entendê-la, ela parecia estar demorando muito para chegar aonde queria chegar, falando em teorias de psicologia infantil, "lugares na África" em que os filhos não eram criados pelos pais, e sim "por um vilarejo inteiro", e outros assuntos que eu não entendia ou para os quais não dava a mínima, até que finalmente ela me puxou contra si, me abraçou com força e disse "Seu pai e eu — nós vamos conviver como irmão e irmã". Lembro de ter pensado que aquilo era a coisa mais perversa que eu já tinha ouvido: eu continuaria para sempre filha única, enquanto mais pais se tornariam irmãos. A reação inicial do meu pai deve ter sido semelhante, porque por muitos dias depois daquilo o apartamento virou uma guerra, guerra total, e eu precisava dormir com dois travesseiros tapando os ouvidos. Mas quando finalmente entendeu que ela não estava brincando, que ela não mudaria de ideia, ele caiu em depressão. Começou a passar o fim de semana inteiro no sofá vendo televisão enquanto minha mãe se limitava à cozinha e a seu banquinho, ocupando-se com as lições de casa da faculdade. Eu ia para a aula de dança sozinha. Tomava o chá da tarde com um ou outro, não mais com os dois.

Pouco tempo depois do anúncio de minha mãe, meu pai tomou uma decisão desconcertante: ele voltou a trabalhar como carteiro. Tinha levado dez anos para ser promovido a Gerente do Setor de Entregas, mas a tristeza o levara a ler *Um pouco de ar*, *por favor!*, de George Orwell, e esse romance o tinha convencido que ele estaria melhor fazendo um "trabalho honesto", como ele dizia — ficando com o restante dos dias livres para "obter a educação que nunca teve" —, em vez de se dedicar a uma função burocrática sem alma que lhe consumia todo o tempo. Era o tipo de atitude inconsequente e cheia de princípios que minha mãe costumava apreciar, e a escolha do momento para aquele anúncio não me pareceu acidental. Mas se o plano dele era reconquistá-la, não deu certo: ele voltou a acordar todos os dias às três da manhã e voltar para a casa à uma da tarde, quase sempre lendo de maneira ostensiva algum livro didático de sociologia surrupiado das prateleiras da minha mãe, mas, apesar de minha mãe lhe perguntar respeitosamente sobre como andavam suas manhãs de trabalho e, às vezes, suas leituras, ela não voltou a se apaixonar por ele. Algum tempo depois eles pararam completamente de falar um com o outro. O clima no apartamento mudou. Até então, eu normalmente precisava aguardar uma das raras brechas na discussão de uma década de duração entre meus pais para tentar me inserir. Agora, se quisesse, eu podia falar ininterruptamente com os dois, mas já era tarde demais. Ao estilo tecla-de-avanço-rápido das infâncias na cidade, eles tinham deixado de ser as pessoas mais importantes na minha vida. Não, no fundo eu não me importava mais com o que meus pais pensavam de mim. Só o julgamento da minha amiga importava, agora mais do que nunca, e suspeito que ela, ao perceber isso, optava por sonegá-lo cada vez mais.

Oito

Disseram mais tarde que fui uma péssima amiga para Aimee, desde o começo, que estava apenas esperando o momento certo para prejudicá-la ou mesmo arruiná-la. Talvez ela creia nisso. Mas quem desperta uma amiga de um sonho é uma boa amiga. No começo, pensei que essa tarefa não caberia a mim, que o próprio vilarejo trataria de despertá-la, porque não parecia possível continuar sonhando naquele lugar ou seguir considerando a si mesma uma exceção em qualquer sentido. Quanto a isso me enganei. Ao norte, nos arredores do vilarejo, à margem da estrada que conduzia ao Senegal, erguia-se uma grande casa de tijolos com dois andares — a única desse tipo num raio de quilômetros —, abandonada, mas basicamente pronta, a não ser pela ausência de portas e janelas. Tinha sido construída, de acordo com Lamin, com as remessas de dinheiro enviadas por um jovem de origem local que estava se dando bem dirigindo um táxi em Amsterdam, até que a sorte dele mudou e o dinheiro sumiu de uma hora para outra. Agora aquela casa, vazia havia um ano, ganharia vida nova como a nossa "base de operações".

Quando chegamos nela, o sol estava se pondo e o ministro do Turismo nos mostrou com satisfação as lâmpadas nuas brilhando no teto de cada cômodo. "E cada vez que visitarem", nos disseram, "estará sempre melhor." O vilarejo aguardava a chegada da luz elétrica fazia muito tempo — desde o golpe ocorrido vinte anos antes —, mas bastaram um ou dois dias para que Aimee convencesse as autoridades relevantes a instalarem um gerador naquele esqueleto de casa, possibilitando que tivéssemos tomadas para recarregar nossos celulares, e além disso um time de trabalhadores havia instalado janelas de acrílico e trazido portas de MDF que davam conta do recado, camas para todos e até mesmo um fogareiro. As crianças ficaram eufóricas — era como acampar —, e para Aimee, as duas noites programadas para ficar naquele lugar ganharam ares de uma aventura ética. Ouvi ela dizer para o repórter da *Rolling Stone* como era importante permanecer "no mundo real, entre as pessoas", e na manhã seguinte, ao lado das formalidades para as câmeras — preparar solo para plantio, meninas dançando —, foram registradas muitas imagens de Aimee naquele mundo real, comendo dos pratos coletivos, se agachando com facilidade no meio das mulheres — usando os músculos que fortalecera pedalando na academia — ou exibindo sua agilidade escalando cajueiros com um grupo de meninos. Depois do almoço, ela vestiu suas calças cargo verde-oliva e visitamos o vilarejo juntas, acompanhadas da mulher do Departamento para o Desenvolvimento Internacional, cuja função era apontar os "principais setores de escassez". Vimos latrinas infestadas de tênias, uma clínica construída pela metade e esquecida, muitos quartos abafados com telhas de metal em que dormiam dez crianças por cama. Depois visitamos a horta comunitária — para testemunhar "os limites da lavoura de subsistência" —, mas quando entramos na plantação o sol projetava sombras compridas e enternecedoras, as batatas cresciam verdes e viçosas e as árvores eram abraçadas por trepadeiras, visões luxuriantes que criavam um efeito de extraordinária beleza. As mulheres, velhas e jovens, tinham um quê de utópico ali vestidas em panos coloridos, arrancando ervas daninhas do solo, conversando enquanto trabalhavam, gritando por cima das fileiras de ervilhas e pimentões, rindo das piadas que contavam. Ao perceberem a nossa aproximação, se aprumaram e limparam o suor do rosto com o lenço de cabeça ou com as próprias mãos.

"Bom dia pra você. Como está o dia?"

"Ah, entendi o que está acontecendo aqui", disse Aimee para uma senhora muito velha que tivera a audácia de colocar o braço ao redor de sua cintura minúscula. "A mulherada pode bater papo à vontade aqui. Nenhum homem à vista. É, só posso imaginar o que rola."

A mulher do Departamento para o Desenvolvimento Internacional deu um riso forçado. Pensei em como era difícil para mim imaginar o que rolava. Até as ideias mais simples que havia trazido comigo pareciam não funcionar quando eu tentava aplicá-las. Naquele momento, por exemplo, eu não estava parada naquela plantação com a minha tribo ampla, com minhas companheiras mulheres negras. Ali essa categoria não existia. Havia somente as mulheres sere, as uólofes, e as mandingas, as serahuli, as fulas e as jolas, sendo que com essas últimas, me disseram uma vez, a contragosto, eu me parecia um pouco, nem que fosse na arquitetura facial básica: o mesmo nariz comprido, as mesmas maçãs do rosto. Dali onde estava, escutei o chamado para a oração, que vinha do minarete quadrado de concreto na mesquita verde, se elevar acima das árvores e daquele vilarejo em que as mulheres, cobertas ou descobertas, eram todas irmãs, primas e amigas entre si, mães e filhas, ou que estavam cobertas pela manhã e descobertas à tarde somente porque alguns companheiros de idade tinham aparecido para uma visita, garotos e garotas, e um deles havia se oferecido para trançar seus cabelos. Ali onde o Natal era celebrado com um fervor espantoso e onde os pertencentes ao povo do livro eram tratados como "irmãos, irmãs", ao mesmo tempo em que eu, representante dos completamente destituídos de deuses, não era inimiga de ninguém, não, somente alguém que merecia pena e proteção — uma das garotas que dividiam o quarto comigo havia explicado —, como se eu fosse um bezerro cuja mãe havia morrido ao dar à luz.

Agora eu estava vendo as garotas fazerem uma fila na frente do poço, enchendo de água os enormes baldes de plástico e colocando-os sobre a cabeça para começar a longa caminhada de volta ao vilarejo. Reconheci algumas da casa em que estivera morando ao longo da última semana. As primas gêmeas de minha anfitriã, Hawa, bem como três de suas irmãs. Abanei a mão para todas elas, sorrindo. Elas responderam acenando com a cabeça.

"Sim, sempre nos impressiona tudo que as mulheres e meninas fazem aqui", disse a mulher do Departamento para o Desenvolvimento Internacional em voz baixa, acompanhando meu olhar. "Elas fazem o trabalho doméstico, como estamos vendo, mas também todo o trabalho agrícola, e vocês verão que há quase somente mulheres trabalhando na escola e no mercado. *Girl Power*, é isso aí."

Ela se curvou para apalpar o caule de uma beringela e Aimee aproveitou para chamar minha atenção, envesgar os olhos e mostrar a língua. A mulher do Departamento para o Desenvolvimento Internacional se endireitou e dirigiu um olhar para a fila de garotas que ia aumentando.

"Muitas deveriam estar na escola, é claro, mas infelizmente suas mães precisam da ajuda delas aqui. E então você pensa naqueles garotos que acabamos de ver, deitados em redes, vendo o tempo passar no meio dos cajueiros…"

"Educação é a resposta para o desenvolvimento de nossas garotas e mulheres", Lamin se impôs com o ar levemente ferido e cansado, pensei, de quem já tinha aguentado incontáveis discursos de representantes do Departamento para o Desenvolvimento Internacional. "Educação, educação, educação." Aimee lançou-lhe um sorriso ofuscante. "É para isso que estamos aqui", disse.

Ao longo de todas as atividades do dia, Aimee manteve Lamin por perto, confundindo sua tendência de falar em sussurros com uma intimidade especial entre os dois, e a partir de certo ponto ela passou a sussurrar para ele também, flertando como uma colegial. Perigoso, pensei, tão perto do jornalista sempre atento, mas não houve momento propício para que eu lhe dissesse isso com firmeza. Ao contrário, a vi lutando para não perder a paciência toda vez que o pobre Carrapichano não tinha escolha a não ser afastá-la de Lamin para dar atenção às obrigações mundanas e necessárias do dia: assinar documentos, encontrar ministros, discutir taxas de matrícula, sustentabilidade, currículo, salário dos professores. Meia dúzia de vezes ele obrigou Aimee e os outros a pararmos onde estávamos para ouvir mais um funcionário do governo proferir mais um discurso — sobre parceria e respeito mútuo, especialmente o respeito que o presidente vitalício queria que fosse transmitido a Aimee na sua ausência, respeito esse que era apenas a resposta adequada e devida ao respeito que Aimee "claramente nutria por nosso amado presidente" — enquanto o ouvíamos em pé debaixo do sol. Cada novo discurso era quase idêntico ao anterior, como se na capital existisse um texto original que todos os ministros haviam sido instruídos a citar. Quando nos aproximávamos da escola, devagar para não passar por cima do fotógrafo — que andava de costas à nossa frente —

um desses ministros apertou outra vez a mão de Carrapichano, e quando Carrapichano tentou dissuadi-lo, sem alarde e longe da vista de Aimee, o ministro se recusou a ser dissuadido e firmou posição no portão da escola, bloqueando a entrada e dando início a seu discurso, levando Aimee a dar-lhe as costas abruptamente.

"Escuta aqui, Fern, não quero ser pentelha, mas estou realmente tentando estar presente nesse momento. E você está dificultando muito isso. Está quente, estamos todos com calor, e estou muito consciente de que não temos tempo de sobra dessa vez. Então acho que podemos dar um basta nesses discursos. Acho que todos sabemos em que pé estão as coisas, todos nos sentimos bem recebidos, todos nos respeitamos mutuamente ou sei lá o quê. Nesse exato momento, estou aqui para estar presente. Chega de discursos por hoje — tá bem?"

Carrapichano baixou a cabeça e encarou sua prancheta com ar de derrota, e por um instante pensei que ele fosse perder a calma. O ministro seguia parado ao lado dele, imperturbado, sem entender o que Aimee havia dito, aguardando o sinal para que prosseguisse com sua fala.

"Está na hora de visitar a escola", Carrapichano falou sem erguer a cabeça, driblando o ministro e abrindo o portão.

A babá, Estelle, estava lá para nos encontrar com as crianças, e elas atravessaram correndo o gigantesco pátio de terra — vazio, exceto por duas traves de gol tortas e sem redes — cumprimentando qualquer criança que se aproximasse deles, extasiados por se verem soltos no meio de seus semelhantes. Jay tinha oito anos na época, Kara tinha seis, ambos tinham sido educados em casa a vida inteira. À medida que realizávamos nossa viagem pinga-pinga pelas seis salas de aula grandes, abafadas e cheias de pinturas alegres, suas perguntas infantis vieram aos borbotões, perguntas não muito diferentes das minhas, porém livres, no caso deles, de reflexão e autocensura, e a babá ficou o tempo todo

240

tentando acalmá-los e silenciá-los, sem muito sucesso. Tive vontade de somar minhas perguntas às deles. Por que o diretor da escola tem duas esposas, por que algumas meninas usam véu e outras não, por que todos os livros estão sujos e rasgados, por que estão sendo ensinados em inglês se não falam inglês em casa, por que os professores escrevem as palavras errado na lousa, e se a nova escola é para meninas, o que será dos meninos?

Nove

Quase todo sábado, às vésperas da minha própria fase de transição, eu acompanhava minha mãe a alguma passeata contra a África do Sul, contra o governo, contra as bombas nucleares, contra o racismo, contra os cortes nos investimentos, contra a desregulamentação dos bancos ou a favor do sindicato dos professores, do Conselho da Grande Londres ou do IRA. O propósito de tudo aquilo era difícil de compreender para mim, levando em conta a natureza da nossa inimiga. Eu a via na televisão quase todos os dias — a bolsa de mão rígida, os cabelos rígidos, invulnerada, invulnerável — e sempre impassível, não importava quanta gente minha mãe e suas companheiras tinham conseguido levar para a marcha na manhã do sábado anterior, atravessando Trafalgar Square até a sua porta da frente negra e brilhosa. Lembro de ter marchado pela manutenção do Conselho da Grande Londres no ano anterior, uma caminhada que pareceu durar dias — oitocentos metros atrás da minha mãe, que estava na dianteira, conversando sem parar com Red Ken —, carregando uma tabuleta acima da cabeça, até que ela ficou pesada demais e passei a carregá-la sobre os ombros como Jesus na crucificação, e depois arrastá-la pela avenida Whitehall, até que finalmente pegamos o ônibus de volta para casa, desabamos no sofá, ligamos a TV e ficamos sabendo que o Conselho da Grande Londres tinha sido diluído mais cedo naquele mesmo dia. E mesmo assim eu tinha que ouvir que "não havia tempo para dançar" ou a variação "essa não é uma época para danças", como se o momento histórico em si vetasse tal possibilidade. Eu tinha "responsabilidades", elas estavam ligadas à minha "inteligência", que havia sido recentemente reafirmada por uma jovem professora substituta da minha escola, depois que ela teve a ideia de pedir à turma que trouxesse à sala de aula "o que vocês estiverem lendo em casa". Foi um daqueles momentos — houve vários — em que nós, estudantes, éramos lembrados da inocência fundamental de nossas professoras. Na primavera elas nos davam sementes para "plantar em nossos jardins", e depois da pausa de verão nos pediam para "escrever sobre o lugar onde foram passar férias". Não era algo que me atingisse: eu já tinha ido a Brighton diversas vezes, e uma vez fomos de barco à França para comprar bebidas baratas, e me dedicava às plantinhas da nossa floreira. Mas e no caso da menina cigana que fedia, tinha manchas de choro ao redor da boca e aparecia toda semana com um olho roxo? Ou os gêmeos crescidos e de pele escura demais para adoção, que eram transferidos de um orfanato a outro? E o menino com eczema, que uma vez eu e Tracey, olhando entre as grades do Queen's Park numa noite de verão, avistamos sozinho, dormindo num banco? As professoras substitutas eram as mais inocentes de todas. Lembro da surpresa dessa professora em particular quando uma porção considerável das crianças trouxe para a aula guias de programação do rádio ou da televisão.

Eu trouxe minhas biografias de dançarinos, livros grossos que traziam na capa retratos dos anos setenta levemente desfocados das grandes estrelas já idosas — usando robes de seda com echarpe, mantos com penas de avestruz cor-de-rosa — e somente com base no total de páginas foi decidido que meu futuro precisava ser "discutido". Minha mãe compareceu cedo a uma reunião, antes das aulas, na qual foi informada de que os livros que ocasionalmente a faziam debochar de mim eram na verdade um indício de minha inteligência, e de que existia um exame para essas crianças "superdotadas", sendo que uma aprovação daria à criança a oportunidade de frequentar o tipo de bom colégio que oferecia bolsas de estudo — não, não, não — não há taxas de qualquer tipo, não se preocupe, são colégios tradicionais, mas não haveria dinheiro envolvido, não se preocupe. Espiei minha mãe, cujo rosto não transparecia reação alguma. É por causa da idade de leitura, explicou a professora para preencher nosso silêncio, a idade de leitura dela é bastante avançada, entende? A professora analisou melhor a minha mãe — sua blusa sem sutiã e calças jeans, seu lenço kente enrolado na cabeça como um turbante, o par de brincos enormes com o formato da África — e perguntou se o pai também compareceria à reunião. O pai está trabalhando, disse minha mãe. Ah, disse a professora, se voltando a mim, e o que seu pai faz, querida, é ele o leitor da casa ou...? O pai é carteiro, disse minha mãe. A mãe é a leitora. Pois então, normalmente, a professora disse, enrubescendo e consultando suas anotações, normalmente não sugerimos os exames de admissão para as escolas independentes. Quer dizer, há bolsas integrais disponíveis, mas não há motivo para condenar essas crianças à decepção... Mas essa jovem srta. Bradwell que ensinou aqui recentemente achou que talvez, bem, ela achou que na situação da sua filha, pode ser o caso de...

Caminhamos de volta para casa em silêncio, não havia mais o que discutir. Já tínhamos ido visitar a enorme e turbulenta escola secundária estatal que eu passaria a frequentar no outono, tinham me convencido com base na promessa de que ela possuía um "estúdio de dança" metido em algum lugar daquele aglomerado de corredores deteriorados, salas de aula modulares e banheiros temporários. Todo mundo que eu conhecia — exceto Tracey — estava indo para lá, e isso trazia algum conforto: eu estaria acompanhando a multidão. Mas a minha mãe me surpreendeu. Assim que entramos no nosso conjunto habitacional, ela parou na base da escadaria e me disse que eu faria aquele exame, e que me esforçaria ao máximo para passar. Sem aula de dança no fim de semana, sem distrações de qualquer espécie, eu estava recebendo o tipo de oportunidade, disse, que ela própria jamais recebera, pois quando tinha a minha idade fora aconselhada — por seus professores, ainda por cima — a treinar para conseguir digitar quarenta palavras por minuto, como todas as outras garotas negras.

A sensação que tive era de estar viajando num determinado trem, indo para onde quer que as pessoas como eu iam na adolescência, só que de repente algo tinha mudado. Eu havia sido informada de que desceria numa parada inesperada, mais adiante na linha. Pensei no meu pai, que havia sido empurrado para fora do trem quando mal havia deixado a estação. E em Tracey, tão decidida a pular fora, exatamente *porque* preferia ir andando do que obedecer a ordens de descer numa parada específica ou não passar de um determinado ponto. E não havia algo de nobre nessa postura? Não havia pelo menos alguma oposição — alguma resistência? E depois havia todos aqueles casos históricos revoltantes dos quais eu ficara sabendo graças à minha mãe, histórias a respeito de mulheres furiosamente talentosas — e eram todas mulheres, nos relatos de minha mãe — mulheres que poderiam ter corrido mais rápido que um trem em alta velocidade se dispusessem da liberdade para tanto, mas que por terem nascido na época e no lugar errados encontraram todas as paradas interditadas, ou não tiveram permissão nem mesmo para entrar na estação. E não era verdade que, tendo nascido na Inglaterra, nos tempos modernos, eu era muito mais livre do que elas, e também tão mais leve, com um nariz tão mais reto, uma probabilidade tão menor de ser confundida com a própria essência da negritude? O que poderia me impedir de seguir viagem? Apesar disso, quando me sentei numa cadeira da minha própria escola, num dia sufocante de julho, fora do horário normal de aula — um momento insólito para se estar na escola — e li as páginas daquele exame, daquela oportunidade que minha mãe desejava que eu "agarrasse com as duas mãos", uma raiva imensa e rabugenta tomou conta de mim, não tive vontade de viajar no trem deles, escrevi algumas palavras aqui e ali, ignorei as páginas de matemática e ciências, fracassei retumbantemente.

Dez

Algumas semanas depois, Tracey entrou na escola de teatro. A mãe dela não teve escolha a não ser tocar a campainha da minha mãe, entrar em nosso apartamento e contar a novidade. Mantendo Tracey à frente como um escudo, escorregou porta adentro e recusou o convite para sentar-se e tomar um chá. Ela nunca tinha cruzado a soleira. "Os juízes disseram que nunca viram nada parecido com a" — a mãe de Tracey empacou e olhou com irritação para a filha, que forneceu o termo desconhecido — "*coreografia* original dela. Pra ter uma ideia de como era nova. Nunca! Eu sempre falei pra ela que precisaria ser duas vezes melhor que as outras pra chegar a algum lugar", disse, comprimindo a filha contra seu busto enorme, "e agora ela é." Ela havia trazido uma fita com o vídeo do teste para nós, e minha mãe o aceitou com educação. Eu o encontrei mais tarde debaixo de uma pilha de livros no quarto dela e o assisti sozinha à noite. A canção era "Swing is Here to Stay", e cada movimento, cada piscada, cada aceno de cabeça pertencia a Jeni LeGon.

Naquele outono, no primeiro período em minha nova escola, descobri o que eu era sem minha amiga: um corpo sem contornos distintos. O tipo de garota que ia de grupo em grupo sem ser exatamente bem-vinda nem rejeitada, e sim tolerada, sempre disposta a evitar confrontos. Eu tinha a sensação de não causar nenhuma impressão. Durante um certo tempo, algumas garotas uma série acima de mim acreditaram que eu me vangloriava do meu tom de pele, do meu nariz comprido e das minhas sardas, e por isso me intimidavam, roubavam o meu dinheiro, me importunavam no ônibus, mas os praticantes de bullying necessitam enfrentar alguma resistência, mesmo que apenas lágrimas, e como eu não lhes oferecia nada, elas logo esqueceram de mim. Não recordo da maioria dos anos passados naquela escola. Mesmo enquanto os vivia, um lado teimoso em mim só podia aceitá-los como um período a ser sobrevivido diariamente, até que eu estivesse livre de novo. Eu estava mais envolvida com a educação que Tracey estaria recebendo, tal qual eu e a imaginava, do que com a minha própria. Por exemplo, lembro de ela me contar, pouco tempo depois de começar seus estudos lá, que a escola realizou um memorial na ocasião da morte de Fred Astaire, e que alguns dos alunos foram convocados para dançar em sua homenagem. Tracey, vestida como Bojangles, de cartola e fraque brancos, fez a casa vir abaixo. Sei que não estava lá para ver, mas até hoje sinto possuir uma memória disso.

Treze, catorze, quinze, a difícil fase de transição — naqueles anos não a vi com muita frequência. Sua nova vida a engoliu. Ela não estava presente quando meu pai finalmente saiu de casa ou quando menstruei pela primeira vez. Não sei quando ela perdeu a virgindade ou se teve o coração partido pela primeira vez, e por quem. Quando topava com ela na rua, sempre me parecia bem. Surgia com os braços em volta de algum rapaz muito bonito e de ar maduro, quase sempre alto e com o cabelo raspado nos lados, e na minha lembrança desses encontros ela não está simplesmente andando, e sim saltitando — de rosto vivo, com os cabelos puxados com força num coque de dançarina, usando fuseau de cores berrantes e mini blusa —, mas também com os olhos vermelhos, claramente chapada. Elétrica, carismática, escandalosamente sensual, eternamente carregada com a energia do verão, mesmo no congelante mês de fevereiro. E vê-la daquela maneira, como realmente era — ou seja, fora das ideias invejosas que eu fazia dela —, me provocava sempre uma espécie de choque existencial, como ver alguém saindo das páginas de uma história para a vida real, e eu fazia tudo ao meu alcance para abreviar o encontro ao máximo, chegando a atravessar a rua antes de ela me alcançar, saltar para dentro de um ônibus ou mentir que estava a caminho de algo urgente. Mesmo quando fiquei sabendo, algum tempo depois, por minha mãe e outros na vizinhança, que ela estava passando por dificuldades, se metendo em situações cada vez piores, eu não conseguia imaginar que dificuldades seriam essas, até onde eu sabia ela tinha uma vida perfeita, e esse talvez seja um dos efeitos colaterais da inveja, a falência da imaginação. Na minha cabeça, suas lutas haviam terminado. Ela era uma dançarina: tinha encontrado a sua tribo. Eu, enquanto isso, havia sido pega totalmente desprevenida pela adolescência, ainda cantarolando melodias de Gershwin no fundo da sala à medida que os círculos de amizade se formavam e fortaleciam a meu redor, definidos por cor, classe, dinheiro, CEP, nação, música, drogas, política, esportes, aspirações, idiomas, sexualidades... Naquela imensa dança das cadeiras, um belo dia me dei conta de que eu já não tinha onde sentar. Perdida, me tornei uma gótica — era o que acontecia com os que não tinham mais para onde ir. Os góticos já eram uma minoria, e aderi à menor facção de todas, um grupo de apenas cinco garotos e garotas. Um deles era romeno e tinha um pé torto, outro era japonês. Góticos negros eram raros, mas existiam: eu tinha visto alguns reunidos na região de Camden e agora os copiava na medida do possível, empoando minha cara como um fantasma e pintando os lábios de vermelho-sangue, deixando os cabelos formarem dreads incompletos e pintando partes deles com spray lilás. Comprei um par de botas Dr. Martens e as cobri de símbolos anarquistas desenhados com corretivo líquido. Eu tinha catorze anos: o mundo era sofrimento. Estava apaixonada pelo meu amigo japonês, ele estava apaixonado pela loira frágil da nossa turma que tinha cicatrizes nos braços e parecia um gato traumatizado abandonado na chuva — ela era incapaz de se apaixonar. Durante quase dois anos, passamos todo o tempo juntos. Eu detestava as músicas e dançar não era permitido — só pogar para cima e para baixo ou cambalear bêbados uns por cima dos outros —, mas era bom que a apatia política incomodasse minha mãe e que a brutalidade do meu novo visual despertasse o lado maternal mais intenso de meu pai, que agora se preocupava comigo infinitamente e tentava me alimentar enquanto eu perdia peso como toda gótica que se preze. Eu cabulava as aulas na maior parte da semana: o ônibus que me levava para a escola também ia para Camden Lock. Sentávamos na margem do canal, bebendo sidra e fumando com as Dr. Martens balançando acima da água, debatendo a falsidade de todo mundo que conhecíamos, conversas soltas que podiam consumir dias inteiros. Eu condenava com violência minha mãe, o velho bairro, toda a minha infância e, acima de tudo, Tracey. Meus novos amigos eram forçados a escutar os mínimos detalhes de nossa história juntas, recontada com um espírito amargo, começando no dia em que nos conhecemos, atravessando o jardim da igreja. Depois de uma tarde inteira disso, eu pegava o ônibus novamente, passava pela frente do colégio tradicional no qual eu não tinha conseguido entrar e descia no ponto em frente — exatamente em frente — ao novo apartamento de solteiro do meu pai, onde podia voltar no tempo alegremente, comer sua comida de valor sentimental e me entregar aos velhos prazeres secretos. Judy Garland fingindo ser uma zulu, dançando o *cakewalk*, em *Agora seremos felizes*.

Onze

Nossa segunda visita ocorreu quatro meses depois, na estação chuvosa. Desembarcamos na escuridão, depois de um voo atrasado, e quando chegamos à casa rosa tive dificuldades em lidar com a estranheza daquele lugar, com sua tristeza e vazio, com a sensação de estar me mudando para a ambição desmoronada de uma outra pessoa. A chuva açoitava o teto do táxi. Perguntei a Fernando se ele se importaria caso eu voltasse a me hospedar na casa de Hawa.

"Por mim não tem problema. Tenho muito trabalho a fazer."

"Você vai ficar bem? Sozinho aqui, quero dizer?"

Ele riu: "Já fiquei sozinho em lugares muito piores".

Nos despedimos no outdoor enorme e descascado que marcava o início do vilarejo. Fiquei encharcada caminhando por vinte metros e empurrei a porta de alumínio que dava acesso à propriedade familiar de Hawa, destrancada como sempre, apenas apoiada numa lata de óleo cheia de areia. O interior estava quase irreconhecível para mim. No pátio, que quatro meses antes estava coberto de terra vermelha cuidadosamente varrida e era ocupado até tarde da noite por avós, primos, sobrinhos, sobrinhas, irmãs e muitos bebês sentados por toda parte, agora não havia ninguém, restava apenas um lamaçal revolvido no qual imediatamente afundei os pés e perdi um sapato. Quando me abaixei para recuperá-lo, ouvi risadas. Olhei para cima e percebi que estava sendo observada da varanda de concreto. Era Hawa e algumas amigas, carregando os pratos de metal do jantar de volta para sabe-se lá onde ficavam guardados.

"Oh-oh", gritou Hawa, rindo do meu estado, toda desarrumada e arrastando uma grande mala que se recusava a deslizar pelo barro. "Olha o que a chuva traz!"

Eu não havia planejado me hospedar novamente com Hawa, não a tinha avisado, mas nem ela nem qualquer outro morador da propriedade familiar pareceu surpreso com a minha chegada, e mesmo que na primeira vez eu não tivesse sido uma hóspede particularmente bem-sucedida ou estimada, fui recebida como alguém da família. Troquei apertos de mão com todas as avós e Hawa e eu nos abraçamos, dizendo o quanto havíamos sentido falta uma da outra. Expliquei que nessa viagem éramos somente eu e Fernando — Aimee estava gravando em Nova York — e que iríamos observar com mais detalhes o que estava sendo feito na antiga escola para decidir o que poderia ser melhorado na nova. Fui convidada a me reunir com Hawa e suas visitas na pequena sala de estar, mais iluminada pelas telas dos celulares das garotas do que pela débil luz branca do painel solar. Sorrimos umas para as outras, eu, Hawa, as garotas. Perguntaram educadamente sobre a saúde dos meus pais — o fato de eu não ter irmãs ou irmãos causou novamente espanto geral —, depois de Aimee e de seus filhos, depois de Carrapichano e Judy, mas elas queriam acima de tudo saber de Granger. A saúde de Granger era o que realmente as interessava, pois ele tinha sido o verdadeiro sucesso da primeira visita, muito mais do que Aimee ou qualquer um de nós. Nós éramos curiosidades — ele era amado. Granger conhecia todas as canções cafonas de R&B adoradas por Hawa, desdenhadas por Aimee e desconhecidas por mim, e calçava o tipo de tênis que ela mais admirava, e quando as mães da escola promoveram uma roda de batucada para celebrar, Granger havia entrado no círculo sem hesitar, varrido os ombros e executado movimentos como o *body pop*, *vogue* e *moonwalk* enquanto eu me encolhia na cadeira e me ocupava de tirar fotos. "Aquele Granger!", dizia Hawa agora, sacudindo a cabeça de alegria ao lembrar dele e compará-lo com a realidade sem graça da minha existência. "Um dançarino muito louco! Todos os meninos diziam: 'Esses são os novos movimentos?'. E lembra que a sua Aimee nos disse: 'Não, esses são os movimentos velhos!'. Você lembra? Mas ele não veio com você dessa vez? Que pena. Ah, Granger é um homem tão engraçado!" As garotas mais jovens no recinto riram, balançaram as cabeças e suspiraram, e então o silêncio se impôs novamente e comecei a me dar conta de que eu havia interrompido um encontro de amigas, uma divertida sessão de fofocas que, depois de um minuto de silêncio constrangedor, foi retomada em uólofe. Querendo evitar a escuridão total do quarto, sentei no sofá e deixei a conversa delas me encobrir enquanto minhas roupas secavam no corpo. Ao meu lado, Hawa se mantinha no centro das atenções, duas horas inteiras de histórias que — até onde eu conseguia perceber — podiam ser engraçadas, lamuriosas ou cheias de razão, mas nunca descambavam para a ira. O riso e os suspiros me guiavam, bem como as fotos que ela exibia no celular no meio de certas anedotas e explicava superficialmente em inglês caso eu me desse ao trabalho de perguntar. Compreendi que ela tinha um dilema amoroso — um jovem policial em Banjul que ela raramente tinha oportunidade de ver — e um grande plano arranjado para, assim que as chuvas terminassem, ir à praia para um encontro de família ao qual o policial seria convidado. Ela me mostrou uma foto desse evento ocorrido no ano anterior: uma panorâmica que abarcava pelo menos uma centena de pessoas. Eu a identifiquei na fileira mais à frente e reparei na ausência de um lenço cobrindo a cabeça, deixando à mostra um aplique sedoso, partido no meio e caindo até os ombros.

"Cabelo diferente", falei, e Hawa riu, removeu o hijab e revelou os cabelos de dez centímetros de comprimento, torcidos em pequenos dreads.

"Mas cresce tão *devagar*, ah!"

Levei algum tempo para me dar conta de que Hawa era algo relativamente raro no vilarejo, uma garota de classe média. Era filha de dois professores universitários, nenhum dos quais cheguei a conhecer, o pai trabalhava em Milão como guarda de trânsito e a mãe morava na cidade e ainda trabalhava na universidade. Seu pai havia escolhido o caminho que o povo do vilarejo chamava de "o caminho dos fundos" e, junto com o irmão mais velho de Hawa, cruzado o Saara até a Líbia e depois feito a perigosa travessia até Lampedusa. Dois anos depois, já casado com uma italiana, mandou buscar o outro irmão dela, mas seis anos já tinham se passado desde então, e se Hawa ainda esperava a sua vez, era orgulhosa demais para me dizer. O dinheiro que o pai enviava para casa garantiu alguns luxos na propriedade familiar, raros no vilarejo: um trator, um grande lote de terra privado, um vaso sanitário que não estava conectado a nenhuma rede de esgoto e um televisor que não funcionava. A propriedade em si abrigava as quatro esposas do falecido avô de Hawa e muitos dos filhos, netos e bisnetos que suas uniões haviam gerado, em combinações interminavelmente variadas. Nunca era possível localizar todos os pais daquelas crianças: somente as avós permaneciam constantes, alternando o cuidado de bebês de colo e crianças pequenas entre si e com Hawa, que, apesar da pouca idade, muitas vezes me parecia ser a cabeça do lar, ou pelo menos o coração. Ela era uma dessas pessoas que agradam a qualquer um. Enfaticamente graciosa, com um rosto negro-azulado perfeitamente redondo, traços faciais de uma alegria digna de desenhos da Disney, cílios compridos belíssimos e um lábio superior adorável, cheio e projetado para a frente, que tinha algo de bico de pato. Qualquer um que estivesse buscando um pouco de leveza, brincadeiras bobas ou ser o alvo de provocações divertidas por uma ou duas horas sabia poder contar com Hawa, e ela se interessava de maneira igual por todos, queria saber de todas as notícias, não importa o quão cotidianas ou banais ("Você acabou de passar no mercado? Ah, me conta, então! Quem estava lá? O homem dos peixes estava lá?"). Ela teria sido a joia da coroa de qualquer vilarejo, em qualquer lugar. Ao contrário de mim, ela não tinha desprezo nenhum pela vida provinciana: adorava a pequenez, as fofocas, a repetição e a proximidade da família. Ela adorava que os assuntos dos outros fossem seus assuntos e vice-versa. Uma vizinha de Hawa com um problema amoroso mais grave que o dela fazia visitas diárias — ela havia se apaixonado por um garoto com quem seus pais não aceitavam que ela se cassasse — e segurava as mãos de Hawa enquanto falava e chorava, permanecendo quase sempre até a uma da manhã, e mesmo assim reparei que ela sempre ia embora sorrindo. Tentei me imaginar prestando um serviço semelhante a uma amiga. Quis saber mais sobre aquele problema amoroso, mas Hawa se aborrecia traduzindo, e em sua versão impaciente, era comum que duas horas de conversa fossem resumidas em duas ou três frases ("Bem, ela está dizendo que ele é muito bonito e carinhoso e eles nunca vão se casar. Fico muito triste! Estou dizendo que não vou dormir essa noite! Mas me diga, você ainda não aprendeu *nem um pouco* de uólofe?"). Às vezes, quando os convidados de Hawa apareciam e me viam sentada no meu cantinho escuro, faziam uma cara de fastio e iam embora, pois assim como Hawa era conhecida em toda parte como uma pessoa iluminada, uma pessoa que com sua mera presença podia aliviar as dores, logo ficou claro para todos que a visitante da Inglaterra havia trazido consigo apenas peso e tristeza. Todas as perguntas mórbidas que eu sentia necessidade de fazer com uma caneta em mãos, perguntas a respeito da redução da pobreza, da falta de insumos na escola ou das aparentes privações na vida de Hawa — às quais se somavam agora as dificuldades trazidas pela estação chuvosa, os mosquitos, a ameaça da malária sem tratamento — tudo isso espantava nossas visitas e testava severamente a paciência de Hawa. Assuntos políticos não lhe interessavam — a não ser que fossem conspiratórios, limitados à sua região e envolvendo pessoas que ela conhecia — e ela também torcia o nariz para qualquer conversa muito espinhenta sobre tópicos religiosos e culturais. Como todo mundo, ela rezava e ia à mesquita, mas até onde eu podia perceber não possuía nenhum interesse muito sério em religião. Era o tipo de garota que só quer uma coisa da vida: se divertir. Eu lembrava muito bem desse tipo nos meus dias de colégio, garotas que sempre foram um mistério para mim — ainda são — e acho que eu também era um mistério para Hawa. Deitávamos em nossos colchões vizinhos toda noite e eu era grata à aura azulada que seu Samsung emitia enquanto ela visualizava suas mensagens e fotos, às vezes até altas horas, rindo ou suspirando com as fotos que a divertiam, quebrando a escuridão e nos poupando da necessidade de conversar. Mas nada parecia capaz de enfurecê-la ou deprimi-la para valer, ao passo que eu, talvez por ver diariamente coisas que despertavam em mim exatamente essas emoções, era tomada de um sentimento perverso de arrancar dela os mesmos sentimentos. Numa dessas noites em que estávamos deitadas lado a lado, enquanto ela refletia de novo sobre como Granger tinha se mostrado um cara divertido, muito divertido e descolado, perguntei o que ela achava da promessa do presidente de decapitar pessoalmente qualquer homossexual que encontrasse no país. Ela assoviou entre os dentes e continuou rolando a tela do celular: "Aquele homem vive dizendo bobagens. De qualquer modo, não temos esse tipo de pessoa aqui". Ela não ligou minha pergunta a Granger, mas naquela noite fui dormir ardendo de vergonha por me flagrar tão disposta a destruir, sem mais nem menos, a possibilidade de que Granger um dia retornasse àquele lugar, e a troco de quê? Princípios? Eu sabia como Granger tinha adorado aquele alugar, mais até que Paris — e muito mais que Londres — e que ele sentia isso mesmo sabendo da ameaça existencial que a visita certamente representava para ele. Falávamos disso com frequência, era uma quebra no tédio das sessões de gravação — nós dois sentados na cabine, sorrindo para Aimee através do vidro, sem nunca escutar o que ela cantava — e aquelas foram as conversas de maior substância que tive com Granger, como se o vilarejo tivesse destravado em nós uma relação que não sabíamos possuir. Não que concordássemos ou fizéssemos as mesmas conexões. Onde eu via privação, injustiça, pobreza, Granger via simplicidade, ausência de materialismo, beleza comunitária — o oposto da América em que ele havia sido criado. Onde eu via poligamia, misoginia, crianças órfãs (como a infância de minha mãe na ilha, só que amplificada, entranhada nos costumes), ele lembrava de uma escadaria até o sexto andar, um conjugado minúsculo dividido com uma mãe solteira depressiva, a solidão, os vales-alimentação, a falta de sentido, a ameaça das ruas bem na frente da porta de entrada, e me dizia com lágrimas sinceras nos olhos que teria sido muito mais feliz se criado por quinze mulheres em vez de uma.

Uma vez, quando por acaso Hawa e eu ficamos sozinhas no

pátio, enquanto ela trançava os meus cabelos, tentei outra vez falar de coisas difíceis, e aproveitei a intimidade do momento para questioná-la sobre um rumor que eu tinha ouvido a respeito de uma mulher desaparecida no vilarejo, aparentemente levada pela polícia, a mãe de um jovem que tinha participado de uma recente tentativa de golpe de estado. Ninguém sabia onde ela estava ou o que tinha acontecido com ela. "Houve uma garota que veio aqui ano passado, seu nome era Lindsay", disse Hawa, como se eu não tivesse dito nada. "Foi antes de Aimee e todos vocês chegarem, ela era do Corpo da Paz — era americana e muito divertida! Jogamos vinte e um e blackjack. Você sabe jogar cartas? Estou dizendo, ela era muito divertida, cara!" Ela suspirou, riu e puxou meus cabelos com força. Desisti. O assunto preferido de Hawa era o astro do R&B Chris Brown, mas eu não tinha quase nada a dizer sobre Chris Brown e meu celular só tinha uma música dele ("Essa música é muito, muito, muito velha", ela me informou), enquanto Hawa sabia tudo que era possível saber sobre aquele homem, incluindo todos os movimentos de dança. Certa manhã, logo antes de ela partir para a escola, eu a flagrei no pátio dançando com fones no ouvido. Estava vestindo seu traje de aprendiz de professora de escola, tecnicamente comportado, porém coladíssimo ao corpo: blusinha branca, saia de Lycra preta e comprida, hijab amarelo, sandálias amarelas, relógio de pulso amarelo e um terninho justo com risca fina, que ela tivera o cuidado de apertar bem nas costas para marcar a cintura fina e a bunda espetacular. Ela ergueu a cabeça, deixando de admirar por um instante os movimentos ágeis dos próprios pés, me avistou e riu: "Não conta pros meus alunos!".

Em cada um dos dias daquela visita, eu e Carrapichano fomos à escola para acompanhar as aulas de Hawa e Lamin e tomar notas. Carrapichano se debruçava em todos os aspectos do funcionamento da escola, enquanto o meu escopo era mais limitado: frequentei primeiro a turma de Lamin e depois a de Hawa, procurando "os melhores e mais brilhantes", como Aimee me instruíra a fazer. Na aula de Lamin, de matemática, isso era fácil: bastava anotar os nomes das meninas que acertavam as respostas. E foi o que fiz, esperando Lamin confirmar no quadro negro que a resposta tinha sido correta. Pois qualquer coisa além da adição e subtração básicas estava, para dizer a verdade, fora do meu alcance, e eu via as alunas de Lamin multiplicarem mais rápido que eu e chegarem à solução de longas operações de divisão que eu não sabia nem por onde começar. Eu segurava a caneta com força e sentia as mãos suando. Era como viajar no tempo. Eu estava de volta às minhas próprias aulas de matemática, sentia a mesma velha e conhecida vergonha e mantinha, pelo jeito, a minha tendência infantil ao autoengano, cobrindo minhas anotações com a mão sempre que Lamin passava por perto e dando um jeito de me convencer, assim que a resposta ia para o quadro, de que eu estivera muito perto de obtê-la sozinha, não fosse um ou outro errinho bobo, o calor na sala ou minha ansiedade irracional diante dos números...

Foi um alívio sair da aula de Lamin e ir para a de Hawa, uma aula de temas gerais. Lá eu estava decidida a encontrar Traceys, ou seja, as meninas mais brilhantes, rápidas, voluntariosas, mortalmente entediadas, encrenqueiras, aquelas com um olhar que furava como laser as frases curriculares do governo britânico — frases mortas, frases sem nenhum conteúdo ou significado —, que eram trabalhosamente transcritas a giz no quadro negro por Hawa, para então serem traduzidas de maneira igualmente trabalhosa para o uólofe e por fim explicadas às alunas. Eu esperava encontrar somente um pequeno número de Traceys em cada turma, mas logo ficou claro que as representantes da tribo de Tracey predominavam naquelas salas abafadas. Algumas delas vestiam uniformes tão gastos que não passavam de trapos, outras tinham feridas abertas nos pés ou olhos purulentos, e quando eu observava a taxa escolar ser paga aos professores todo dia de manhã, reparava que muitas não tinham as moedas para dar. E mesmo assim elas não desistiam, essas Traceys todas. Elas não ficavam satisfeitas em repetir frases em voz alta para Hawa, que devia ter estado na mesma posição delas anos atrás, repetindo as mesmas frases, seguindo o livro-texto como elas agora faziam. Era fácil se desesperar, evidentemente, diante de todas aquelas fogueiras minguando por falta de gravetos. Mas toda vez que a conversa se libertava das algemas inúteis do inglês e retornava aos idiomas locais, eu via de novo aquelas nítidas faíscas de inteligência — como labaredas atravessando a grade feita para abafá-las — assumindo a forma que costumam assumir nas salas de aula de qualquer lugar do mundo: conversas paralelas, humor, discussões. A Hawa cabia a ingrata obrigação de silenciar tudo aquilo, qualquer indagação ou curiosidade natural, e arrastar a classe de volta para o livro-texto em questão, escrever *A panela está sobre o fogo* ou *A colher está dentro da tigela* com um toco de giz no quadro negro e fazê-las repetir a frase em voz alta e depois copiá-la com exatidão, incluindo os erros frequentes cometidos por Hawa. Depois de acompanhar esse processo doloroso por alguns dias, percebi que ela só testava o conhecimento das alunas quando as frases estavam no quadro negro ou tinham acabado de ser repetidas, até que um dia, numa tarde ainda mais quente que as outras, resolvi esclarecer a questão por conta própria. Pedi a Hawa que sentasse no banquinho quebrado que era o meu lugar, fiquei em pé diante da turma e lhes pedi que escrevessem em seus livros: *A panela está sobre o fogo*. Elas olhas olharam para o quadro negro vazio e depois para Hawa, com expectativa, aguardando a tradução. Não permiti que ela falasse. Por dois longos minutos, as crianças encararam impotentes seus livros de exercícios semiarruinados, reencapados diversas vezes com papel de embrulho. Depois passei pelas mesas e recolhi os livros para mostrá-los a Hawa. Uma parte de mim sentiu prazer nisso. Três das quarenta meninas tinham escrito a frase corretamente em inglês. As outras acertaram uma ou duas palavras, e maioria dos meninos não tinha escrito nenhuma letra, somente garranchos que lembravam vagamente vogais e consoantes do inglês, sombras de letras, mas nenhuma letra propriamente dita. Hawa fez aceno de cabeça ao ver cada um dos livros, sem trair emoção alguma, e depois, quando eu tinha acabado, levantou e voltou a dar sua aula.

Quando tocou o sinal para o almoço, atravessei o pátio correndo para ir ao encontro de Carrapichano, que estava sentado debaixo da mangueira, fazendo anotações num bloquinho, e lhe narrei com pressa excitada os acontecimentos daquela manhã e as conclusões que tirei, imaginando como teria sido lento o meu progresso caso meus professores tivessem ensinado o nosso currículo em mandarim ou algo parecido, sendo que eu não falava mandarim em nenhum outro contexto, não escutava mandarim sendo falado, tinha pais que não falavam mandarim em casa...

Carrapichano largou a caneta e me encarou.

"Entendi. E você acha que conseguiu o que com isso?"

Primeiro, pensei que ele não tinha compreendido o que eu disse, então comecei a relatar o caso do início, mas ele me interrompeu, batendo com o pé na areia.

"Tudo que você conseguiu fazer foi humilhar uma professora. Na frente de sua classe."

Sua voz era baixa, mas seu rosto estava vermelho. Ele tirou os óculos e me fulminou com o olhar, exibindo uma beleza sisuda e tão intensa que parecia reforçar sua posição, como se quem tivesse razão fosse sempre mais belo.

"Mas — é que — eu quis dizer que não é só uma questão de competência, é um 'problema estrutural' — você mesmo vive dizendo isso — e só estou dizendo que podemos ter uma aula de inglês, claro, por que não, mas vamos ensinar essas crianças em seu próprio idioma, estamos no seu país, e então elas podem — quer dizer, elas poderiam, sabe, levar testes em inglês para fazer como lição de casa, algo assim."

Fernando riu com amargura e soltou um palavrão em português.

"Lição de casa? Você esteve na casa delas? Consegue imaginar livros nas estantes? Consegue imaginar estantes? Escrivaninhas?" Ele se levantou e começou a gritar: "O que acha que essas crianças fazem quando chegam em casa? Estudam? Acha que elas têm tempo para estudar?".

Ele não tinha avançado na minha direção, mas quando me dei conta eu estava recuando, até dar de costas com o tronco da mangueira.

"O que você está fazendo aqui? Que experiência tem com esse tipo de trabalho? Isso é trabalho adulto! Você se comporta como uma adolescente. Mas não é mais adolescente, é? Não está na hora de crescer um pouco?"

Comecei a chorar. Uma campainha soou em algum lugar. Ouvi Fernando suspirar com o que me pareceu ser empatia, e por um momento tive a esperança maluca de que ele fosse colocar o braço em volta do meu ombro. Com a cabeça afundada entre as mãos, ouvi centenas de crianças irromperem das salas de aula e correrem pelo pátio, rindo e gritando, se dirigindo à aula seguinte ou saindo pelo portão, indo ajudar suas mães na lavoura, e ouvi também Carrapichano chutar a perna da cadeira, derrubando-a no chão, e cruzar o pátio até as salas de aula.

Doze

O fim da minha própria fase de transição chegou na metade do inverno, a época perfeita para ser uma gótica: você fica em sintonia com a miséria a seu redor, como aquele relógio que marca a hora certa duas vezes por dia. Eu estava indo para a casa do meu pai, as portas do ônibus não abriam por causa da neve que já se acumulava na frente delas, de modo que tive de forçá-las com minhas luvas de couro pretas para conseguir descer na ventania, protegida do frio intenso por botas Dr. Martens pretas com bico de metal, várias camadas de lã e brim pretos e o calor de um penteado afro em estilo ninho de pássaro que quase nunca era lavado. Eu tinha me transformado num animal perfeitamente adaptado a seu ecossistema. Apertei a campainha da casa do meu pai: uma garota jovem abriu a porta. Devia ter uns vinte anos. Seus cabelos estavam presos em tranças bem básicas e ela possuía um rosto adorável em forma de gota e uma pele impecável que reluzia como a casca de uma beringela. Ela pareceu amedrontada, abriu um sorriso nervoso, se virou e chamou o nome do meu pai com um sotaque tão carregado que nem parecia o nome dele. Ela desapareceu e foi substituída pelo meu pai, e não saiu mais do quarto dele até o fim da minha visita. À medida que percorríamos o corredor malcuidado da área comum do prédio, passando pelo papel de parede caído, pelas caixas de correio enferrujadas e pelo carpete imundo, ele me explicou em voz baixa, como se fosse um missionário um pouco relutante em esclarecer o verdadeiro alcance de suas ações beneficentes, que tinha encontrado aquela garota na estação de metrô de King's Cross. "Ela estava descalça! Não tinha para onde ir, lugar algum. Veja bem, ela é do Senegal. Seu nome é Mercy. Você devia ter ligado antes para avisar que vinha."

Jantei como sempre fazia, assisti a um filme antigo — *Mais próximo do céu* — e quando chegou a hora de ir embora, sem que nada mais fosse dito por nenhum de nós a respeito de Mercy, reparei que ele olhava por cima do ombro na direção da porta do quarto, mas Mercy não voltou a aparecer, e logo depois parti. Não comentei com minha mãe nem com ninguém na escola. A única pessoa que eu achava que entenderia era Tracey, mas fazia meses que eu não a via.

Eu já tinha percebido que outras pessoas tinham aquele talento adolescente para "perder totalmente o controle", para "sair dos trilhos", mas essa coisa que elas guardavam dentro de si para liberar nos momentos de tristeza ou trauma, seja lá o que fosse, eu não a conseguia encontrar dentro de mim. Em vez disso, de maneira consciente, como um atleta optando por um novo método de treinamento, eu decidi sair dos trilhos. Mas ninguém me levou muito a sério, muito menos minha mãe, pois ela me considerava uma adolescente fundamentalmente confiável. Quando outras mães do bairro a paravam na rua, como era frequente, para pedir conselhos de como agir com seus filhos e filhas descontrolados, ela as ouvia de bom grado mas sem nenhuma preocupação de sua parte, e às vezes, para interromper a conversa, botava a mão no meu ombro e dizia algo como: "Bem, nós temos muita sorte, não enfrentamos esse tipo de problema, não por enquanto". Essa narrativa estava tão entranhada em sua mente que as minhas tentativas de investir contra ela em geral passavam despercebidas: minha mãe estava apegada a uma sombra de mim, e preferia ir atrás dessa sombra. Mas ela tinha razão, não tinha? Eu não era mesmo tão parecida com meus novos amigos, não tinha nada de muito autodestrutivo ou inconsequente. Eu acumulava camisinhas (desnecessárias), tinha pavor de agulhas, era aflita demais com sangue para pensar seriamente em me cortar, sempre parava de beber antes de ficar incapacitada, tinha um apetite bastante saudável e quando ia a boates me afastava da minha turma — ou conspirava para me perder dela — uns quinze minutos depois da meia-noite para ir ao encontro da minha mãe, cuja regra era me buscar exatamente à meia-noite e meia toda sexta à noite, em frente à entrada do palco do Camden Palace. Eu entrava no carro e reclamava estrondosamente desse arranjo, mas sempre me sentindo grata, em segredo, por ele existir. A noite em que resgatamos Tracey foi uma dessas, uma noite do Camden Palace. Normalmente minha turma preferia ir lá nas noites sem atrações, que eu era capaz de tolerar com esforço, mas dessa vez, por algum motivo, tínhamos ido a um show de hardcore com guitarras distorcidas rasgando os imensos alto-falantes, uma barulheira infernal, e a certa altura me dei conta de que eu não aguentaria até a meia-noite — embora tivesse brigado com minha mãe para obter justamente aquela dispensa. Lá pelas onze e meia, avisei que estava indo ao banheiro, caminhei aos tropeços pelo velho teatro, outrora palco de vaudevilles, encontrei um camarote vazio na plateia do primeiro andar e tratei de me embebedar com a garrafinha de vodca barata que eu levava no bolso do meu casaco impermeável. Sentei sobre o piso de veludo puído do qual haviam arrancado os assentos e olhei para o *mosh pit* abaixo. Obtive uma espécie de triste satisfação ao pensar que eu era provavelmente a única alma naquele lugar que sabia que Chaplin tinha se apresentado lá, e também Gracie Fields, para não mencionar todos os já esquecidos espetáculos de cães, de famílias, de dançarinas de cabaré, de acrobatas e de menestréis fazendo *black face*. Olhei para todos aqueles jovens brancos, suburbanos e insatisfeitos lá embaixo, vestidos de preto, se arremessando uns contra os outros, e imaginei no lugar deles G. H. Elliott, "O Crioulo Cor de Chocolate", vestido da cabeça aos pés de branco, cantando sobre a lua de prata. Ouvi a cortina correr atrás de mim: um garoto entrou na minha cabine. Era um garoto branco, bem magricela, no máximo da minha idade, e claramente chapado de alguma coisa, com acne esburacada e muito cabelo tingido de preto caindo por cima da testa cheia de crateras. Mas seus olhos eram de um azul deslumbrante. E pertencíamos a uma mesma tribo provisória: vestíamos o mesmo uniforme de jeans preto, algodão preto, lã preta, couro preto. Acho que nem chegamos a trocar palavra. Ele só avançou e eu me virei para ele, já de joelhos, e abri o zíper de sua calça. Nos despimos o mínimo possível, deitamos naquele carpete que mais parecia um cinzeiro e encaixamos os púbis por cerca de um minuto, enquanto o resto de nossos corpos permanecia separado pelas várias camadas de tecido preto. Foi a única vez em minha vida que o sexo aconteceu sem sua sombra, sem sombra das ideias sobre sexo ou do tipo de fantasia a seu respeito que só se acumula com o passar do tempo. Naquele camarote tudo ainda era exploratório, experimental, e técnico no sentido de descobrir onde as coisas se encaixavam. Eu nunca tinha visto pornografia. Naquela época, ainda era possível.

Não parecia correto dois góticos se beijarem, então mordemos de leve o pescoço um do outro, como pequenos vampiros. Depois ele sentou em posição ereta e falou numa voz bem mais elegante do que eu esperava: "Mas não usamos nada". Teria sido a primeira vez dele também? Eu lhe disse que não importava, num tom que deve tê-lo surpreendido tanto quanto a mim, e depois lhe pedi um cigarro, que foi fornecido na forma de um montinho de tabaco, uma folhinha de papel e um cartão retangular. Combinamos de descer até o bar e pegar uma cerveja, mas na escadaria eu me perdi dele em meio a uma multidão que veio subindo, e de uma hora para outra, desesperada por um pouco de ar e espaço, decidi procurar a saída e ganhar as ruas de Camden na hora das bruxas. As pessoas estavam vagando na semiescuridão, vazando para fora dos pubs, vestindo jeans rasgado com xadrez ou preto sobre preto, algumas sentadas em círculos no chão, cantando, tocando violão, outras sendo instruídas por um homem a procurarem outro homem, mais adiante na rua, que tinha as drogas que o primeiro homem supostamente deveria ter. Me senti ao mesmo tempo brutalmente sóbria e solitária, e desejei que minha mãe aparecesse logo. Me juntei a um grupo de desconhecidos no chão que pareciam pertencer à minha tribo e enrolei aquele cigarro.

De onde estava sentada, podia ver a rua lateral que dava no Jazz Café, e me chamou a atenção como era diferente o público que se agrupava em frente à porta, pessoas que estavam entrando em vez de sair, e nem um pouco bêbadas, pois eram pessoas que amavam dançar e não precisavam ficar bêbadas para convencerem seus corpos a se mover. Nada que vestiam estava rasgado, esfarrapado ou sujo, tudo era tão chique quanto possível, as mulheres brilhavam e deslumbravam e ninguém estava sentado no chão, pelo contrário, todos os esforços eram feitos para separar a clientela do chão: os tênis dos homens eram recheados de três centímetros de ar, e os sapatos das mulheres tinham saltos com o dobro disso. Fiquei pensando no que os motivava a formar aquela fila. Talvez uma garota de pele escura com uma flor no cabelo fosse cantar para eles. Pensei em andar até lá e conferir, mas bem naquele momento minha atenção foi desviada para uma comoção que ocorria na entrada da estação de metrô Mornington Crescent, algum tipo de atrito entre um homem e uma mulher, estavam gritando um na cara do outro, o homem tinha prensado a mulher contra a parede, estava gritando com ela e prendendo sua garganta com a mão. Os garotos com quem eu havia me sentado não se moveram nem pareceram muito abalados, continuaram tocando violão e enrolando baseados. Quem tomou uma atitude foram duas garotas — uma careca mal-encarada e outra que talvez fosse sua namorada — e eu também me levantei para intervir, não gritando como elas, mas seguindo-as de perto. Quando nos aproximamos, porém, a situação ficou confusa, já não estava tão claro se a "vítima" estava sendo agredida ou ajudada — vimos que suas pernas amoleceram e que o homem estava de certa forma tentando segurá-la em pé — e com isso fomos mais devagar em nossa abordagem. A garota careca ficou menos agressiva, mais solícita, e naquele momento me dei conta de que a mulher era apenas uma garota, e que eu a conhecia: Tracey. Corri a seu encontro. Ela me reconheceu mas não conseguiu falar, só me estendeu a mão e esboçou um sorriso triste. Seu nariz sangrava pelas duas narinas. Senti um cheiro horrível, olhei para baixo e vi que o vômito escorria pelo seu corpo e formava uma poça na calçada. O homem a soltou e deu um passo para trás. Assumi seu lugar, abracei-a e repeti seu nome — Tracey, Tracey, Tracey —, mas seus olhos se reviraram e de repente senti todo o peso dela em meus braços. Como estávamos em Camden, cada beberrão e maconheiro tinha sua teoria: ecstasy ruim, desidratação, excesso de álcool, provavelmente tinha cheirado uma *speedball*. O melhor era mantê-la em pé, ou deitá-la, ou lhe dar um pouco d'água, ou se afastar para deixá-la respirar, e eu já estava começando a entrar em pânico quando aquele ruído todo foi atravessado por uma voz bem mais alta que veio do outro lado da rua, uma voz com nítida autoridade, chamando o meu nome e o de Tracey juntas. Era minha mãe parando o carro em frente ao Palace como havíamos combinado, à meia-noite e meia, em seu pequeno 2CV. Acenei e ela arrancou com o carro novamente e estacionou na nossa frente. Diante daquela adulta imponente e capaz, todas as outras pessoas dispersaram e minha mãe nem parou um instante para fazer o que me pareciam ser as perguntas necessárias. Ela me separou de Tracey, acomodou-a no banco traseiro, elevou sua cabeça com alguns dos livros sérios que ela levava consigo em qualquer circunstância, até no meio da noite, e nos levou direto ao St. Mary's Hospital. Eu queria muito contar para Tracey minha aventura no camarote, contar que, até que enfim, eu tinha agido de maneira verdadeiramente inconsequente. Chegamos na Edgware Road: ela acordou de repente e sentou de cabeça erguida. Mas quando minha mãe tentou explicar gentilmente o que estava acontecendo e para onde estávamos indo, Tracey nos acusou de sequestro, de tentar controlá-la, nós que sempre havíamos tentado controlá-la desde que ela era criança, que sempre pensávamos saber o que era melhor para ela, o que era melhor para todo mundo, tínhamos chegado ao ponto de tentar roubá-la da própria mãe, do próprio pai! Sua fúria crescia na mesma proporção que a calma gélida de minha mãe, a tal ponto que, ao entrarmos no estacionamento do setor de emergências, ela estava inclinada entre os assentos da frente, cuspindo sua ira em nossas nucas. Minha mãe não estava disposta a morder a isca ou ser distraída de seu objetivo. Ela me mandou segurar minha amiga pelo lado esquerdo enquanto ela fazia o mesmo pelo lado direito, e assim fomos meio que arrastando, meio que obrigando Tracey a entrar na sala de espera onde, para nossa surpresa, ela ficou completamente dócil, sussurrou *"speedball"* para a enfermeira e ficou aguardando até ser atendida, tapando as narinas com uma bola de lenços de papel. Minha mãe entrou com ela. Voltou uns quinze minutos depois — minha mãe, quero dizer — dizendo que Tracey passaria a noite no hospital, que faria uma lavagem estomacal e que ela tinha dito — Tracey, no caso — uma porção de coisas sexualmente explícitas para o médico indiano estressado do turno da noite, perdida em seus delírios. Ela ainda tinha apenas quinze anos. "Alguma coisa muito séria aconteceu com essa garota!", minha mãe murmurou antes de estalar a língua nos dentes e se debruçar no balcão para assinar alguns documentos *in loco parentis*.

Naquele contexto, a minha embriaguez moderada não era mais uma questão. Ao encontrar a garrafinha de vodca no meu casaco, minha mãe a removeu sem dizer palavra e a jogou num cesto de lixo hospitalar. A caminho da saída, vi meu próprio reflexo no espelho largo da parede de um banheiro para deficientes que por acaso estava com a porta aberta. Vi meu uniforme preto sem graça e minha absurda cara empoada — eu já tinha visto aquilo antes, é claro, mas não na luz estourada de um hospital, e o rosto que devolvia o meu olhar já não era o de uma adolescente, e sim o de uma mulher. O efeito foi muito diferente do que qualquer coisa que eu já tinha visto antes na luz fraca e roxa do meu quarto com paredes pretas. Eu havia ultrapassado o limiar: abandonei a vida gótica.

PARTE CINCO

Noite e dia

Um

Eles estavam sentados frente à frente, parecia um encontro muito íntimo, se você pudesse ignorar as milhões de pessoas que estavam assistindo. Antes disso eles haviam passeado juntos por sua residência peculiar, vendo seus tesouros, suas obras de arte espalhafatosas, sua horrível mobília banhada a ouro, falando disso e daquilo, e a certa altura ele cantou para ela e executou alguns de seus passos de dança famosos. Mas todos queríamos saber apenas uma coisa, e ela finalmente parecia prestes a perguntar, e até mesmo minha mãe, que estava fazendo seus vasos de cerâmica pelo apartamento e alegava não estar interessada, parou, sentou ao meu lado em frente à televisão e esperou para ver o que iria acontecer. Peguei o controle remoto e aumentei o volume. Está bem, Michael, ela disse, então vamos falar do assunto que todos mais discutem a seu respeito, que é, eu acho, o fato de que a cor da sua pele é obviamente diferente daquela que tinha na juventude, e acho que isso provocou um alto grau de especulações e controvérsias sobre o que você fez ou está fazendo...

Ele baixou a cabeça e começou a se defender. Minha mãe

não acreditou numa só palavra, e pelos próximos minutos não consegui mais escutar nada que eles diziam, era só a minha mãe discutindo com a televisão. Ou seja, sou um escravo do ritmo, ele disse com um sorriso, mas parecia desnorteado, ansioso para mudar de assunto, e Oprah permitiu que ele mudasse, dando prosseguimento à conversa. Minha mãe saiu da sala. Um pouco depois eu mesma fiquei entediada e desliguei a televisão.

Eu tinha dezoito anos. Minha mãe e eu nunca mais voltamos a morar juntas depois daquele ano, e já não tínhamos muita certeza de como nos relacionar em nossas novas encarnações: duas mulheres adultas ocupando, temporariamente, o mesmo espaço. Ainda éramos mãe e filha? Amigas? Irmãs? Companheiras de apartamento? Tínhamos rotinas diferentes e não nos víamos com frequência, mas eu temia estar esticando a minha estadia além da conta, como um espetáculo que não sabe a hora de acabar. Quase todos os dias eu ia à biblioteca e tentava estudar, enquanto ela trabalhava como voluntária toda manhã num centro de reabilitação juvenil e, à noite, num abrigo para mulheres negras e asiáticas. Não que ela não se dedicasse a esses trabalhos com sinceridade, ou que não fosse boa nisso, mas o fato é que ambas as atividades ficavam bonitas no currículo se você fosse candidata a vereadora. Eu nunca a tinha visto tão ocupada. Ela parecia estar em todas as partes do bairro ao mesmo tempo, envolvida em tudo, e todo mundo concordava que o divórcio tinha lhe feito bem, ela parecia mais jovem do que nunca: às vezes eu temia que em algum ponto do futuro, dentro de poucos anos, nos encontraríamos na mesma idade. Era difícil eu andar pelas ruas de seu distrito eleitoral sem que alguém me abordasse na rua para me agradecer "por tudo que sua mãe tem feito por nós", ou para me perguntar se eu podia perguntar a ela se tinha alguma ideia de como viabilizar um clube para as crianças somalis recém-chegadas terem o que fazer depois da escola ou onde encontrar um espaço adequado para uma aula de orientação a ciclistas. Ela não tinha sido eleita para nada, ainda não, mas no nosso entorno as pessoas já a haviam coroado.

Um aspecto importante de sua campanha era a proposta de transformar o velho galpão de bicicletas do conjunto habitacional num "espaço de encontro da comunidade", o que a colocou em rota de colisão com Louie e sua gangue, que usavam o galpão para suas próprias atividades. Mais tarde minha mãe me contou que ele enviou dois rapazes ao apartamento para intimidá-la, mas que ela "conhecia a mãe deles" e não tinha medo, e eles foram embora sem vencer a discussão. Acredito nisso. Ofereci-lhe ajuda para pintar o lugar de um amarelo vivo e visitar o comércio local à procura de cadeiras de plástico sobressalentes. A entrada foi estabelecida em uma libra para cobrir o oferecimento de bebidas básicas e a Kilburn Books vendia livros relevantes numa mesa de cavaletes instalada no canto do galpão. O espaço foi inaugurado em abril. Toda sexta-feira às seis da tarde, palestrantes compareciam a convite de minha mãe, dos mais variados tipos de excêntricos moradores locais: poetas *spoken-word*, ativistas, orientadores de combate às drogas, um acadêmico sem reconhecimento que publicava por conta própria livros sobre conspirações históricas abafadas pelas autoridades; um empresário nigeriano insolente que nos dava sermões sobre "as aspirações da raça negra"; uma tranquila enfermeira guianense que pregava os milagres da manteiga de karité. Vários palestrantes irlandeses também foram convidados — em sinal de respeito à população original do bairro, cada vez mais rarefeita —, mas minha mãe podia fazer ouvidos moucos para as demandas de outras tribos e não hesitava em oferecer apresentações lisonjeiras ("Onde quer que lutemos pela liberdade, nossa luta é a mesma!") para gângsteres ardilosos que pregavam bandeiras tricolores na parede ao fundo e arrecadavam dinheiro para o IRA ao fim de seus discursos. Assuntos que a mim pareciam historicamente obscuros e distantes da nossa realidade — as doze tribos de Israel, a história de Kunta Kinte, qualquer coisa relacionada ao antigo Egito — eram os mais populares, e era comum eu ser enviada à igreja nessas ocasiões para pedir cadeiras extras ao diácono. Mas quando os palestrantes tratavam de questões mais prosaicas do nosso cotidiano — crime local, drogas, gravidez na adolescência, fracasso acadêmico — eles só podiam contar com o grupinho de senhoras jamaicanas que aparecia para ouvir sobre qualquer tema, e que só estavam interessadas no chá com biscoitos. Eu, porém, não tinha como me livrar, precisava comparecer a tudo, até o esquizofrênico que entrava no galpão trazendo pilhas de anotações com meio metro de altura — presas em elásticos e organizadas de acordo com um sistema que só ele conhecia — e nos falava apaixonadamente sobre a falácia racista da evolução que ousava conectar o Sagrado Homem Africano ao macaco rudimentar e primitivo quando na verdade ele, o Sagrado Homem Africano, descendia da pura luz, ou seja, dos próprios anjos, cuja existência era de alguma forma provada — esqueci exatamente como — pelas pirâmides. Às vezes minha mãe falava: nessas noites, o galpão ficava lotado. Seu tema era o orgulho em todas as suas formas. Devíamos lembrar sempre que éramos lindos, inteligentes, capazes, reis e rainhas, e donos de uma história, de uma cultura, de nós mesmos, e no entanto, quanto mais ela enchia o recinto dessa luz empenhada, mais nítidas eram para mim as formas e proporções da imensa sombra que devia, apesar de tudo, pairar sobre nós.

Um dia ela sugeriu que eu falasse. Talvez uma jovem pudesse atingir os jovens mais facilmente. Acho que ela se sentia realmente confusa ao constatar que suas palestras, por mais populares que fossem, ainda não impediam as garotas de engravidar ou os garotos de fumar maconha, abandonar a escola e começar a roubar. Ela me propôs diversos tópicos sobre os quais eu não tinha o menor conhecimento, e quando eu lhe disse isso ela se exasperou: "O seu problema é que você nunca precisou lutar!". Isso iniciou uma briga que não acabava mais. Ela atacou os temas "bobos" que havia escolhido estudar, as faculdades "inferiores" em que tentara me inscrever e a "falta de ambição", em seu entendimento, que eu havia herdado do outro lado da família. Me retirei. Perambulei pela avenida durante algum tempo, fumando cigarros, até me sujeitar ao inevitável e ir para a casa do meu pai. Mercy tinha ido embora havia muito tempo, ninguém mais tinha surgido desde então, ele estava vivendo sozinho de novo e me parecia abatido, triste como eu nunca tinha visto. Seu horário de trabalho — que ainda começava antes do raiar do dia — representava um novo problema: ele não sabia como ocupar as suas tardes. Era um homem de família por instinto, e agora que estava sem a família se sentia completamente perdido, e eu me perguntava se os seus outros filhos, os filhos brancos, apareciam às vezes para visitar. Não perguntei — tive vergonha. O que eu mais temia já não era a autoridade dos meus pais sobre mim, mas que eles pudessem escancarar todos os seus medos mais íntimos, suas tristezas e seus arrependimentos. O que eu via no meu pai já era o bastante. Ele havia se transformado numa daquelas pessoas sobre as quais antigamente ele gostava de falar, pessoas que conhecia no seu trajeto de carteiro e das quais sentia pena, marmanjos de pantufas assistindo à programação vespertina dentro de casa, esperando o início da programação noturna, conversando com quase ninguém, fazendo nada. Uma vez eu fui lá e Lambert apareceu, mas depois de um breve surto de animação os dois se enterraram no clima sombrio e paranoico de homens de meia-idade abandonados pelas esposas, piorado pelo fato de Lambert ter se esquecido de trazer maconha para proporcionar algum alívio. A TV foi ligada e eles ficaram sentados em silêncio na frente dela pelo resto da tarde, como dois afogados segurando a mesma boia, enquanto eu arrumava a casa ao redor deles.

Às vezes eu tinha a ideia de reclamar da minha mãe para o meu pai, como se isso pudesse ser um entretenimento para nós dois, algo para compartilhar, mas isso nunca terminava bem porque eu subestimava gravemente o quanto ele ainda a amava e admirava. Quando lhe contei a respeito do espaço de convívio e de ter sido forçada a palestrar nele, meu pai disse: "Olha só, esse projeto parece ser bem interessante. Algo bom para toda a comunidade". Ele assumiu um ar melancólico. Como ele ficaria feliz, mesmo agora, de poder arrastar cadeiras pelo meio da rua, ajustar o microfone, pedir silêncio à plateia antes que minha mãe subisse ao palco!

Dois

Cartazes em grande quantidade, não fotocópias, mas desenhados à mão, um a um, anunciando uma palestra — "A história da dança" — foram espalhados pelo conjunto habitacional e, como acontece com todas as notificações públicas, foram logo desfigurados de maneiras criativas e obscenas, com uma intervenção em grafite gerando uma resposta que por sua vez gerava outra resposta. Eu estava pregando um deles numa passarela no conjunto de Tracey quando senti um par de mãos nos meus ombros — um apertão forte e breve —, e ao me virar dei de cara com ela. Tracey olhou para o cartaz mas não fez menção a ele. Pegou meus óculos novos, colocou-os em seu rosto e riu de seu reflexo num pedaço de espelho torto pendurado ao lado do quadro de avisos. Riu de novo quando me ofereceu um cigarro e eu recusei, e de novo ao reparar nas espadrilhas encardidas que eu estava usando, e que haviam sido roubadas do guarda-roupas da minha mãe. Eu me senti como um antigo diário que ela tivesse encontrado no fundo da gaveta: uma recordação de uma época mais inocente e boba de sua vida. Caminhamos juntas pelo pátio e nos sentamos na grama que ocupava uma borda nos fundos de seu conjunto, de frente para a St. Christopher's. Ela apontou com a cabeça na direção da porta da igreja e disse: "Aquilo não era dança de verdade. Agora estou num nível completamente diferente". Não duvidei. Perguntei como iam seus estudos e descobri que no tipo de escola que ela frequentava não havia exames, isso tinha acabado para ela aos quinze anos. Eu estava acorrentada, mas ela estava livre! Agora tudo dependia de uma "montagem de conclusão de curso" que era prestigiada pela "maioria dos grandes agentes", e para a qual também fui convidada a contragosto ("posso tentar ver se eles conseguem um convite para você"), e era nessa ocasião que as melhores dançarinas eram escolhidas, encontravam agentes e começavam a fazer testes para a temporada de outono dos espetáculos do West End ou para as companhias itinerantes regionais. Ela se gabou disso. Tive a impressão de que ela havia se tornado mais presunçosa de modo geral, especialmente quando o assunto era seu pai. Ele estava construindo uma enorme casa para ela e a família em Kingston, e em breve ela se mudaria com ele para lá, e de lá era só um pulinho até Nova York, onde ela teria chances de se apresentar na Broadway, onde realmente se dava valor aos dançarinos, ao contrário daqui. Sim, ela trabalharia em Nova York mas moraria na Jamaica, moraria ao sol com Louie, e finalmente se livraria do que lembro de ela ter chamado de "essa merda desse país desgraçado" — como se o fato de ela ter vivido ali não passasse de um acidente.

Mas alguns dias mais tarde vi Louie num contexto completamente diferente, foi em Kentish Town. Eu estava dentro de um ônibus, no andar de cima, e o avistei na rua com o braço ao redor de uma mulher bastante grávida, do tipo que costumávamos chamar de *"home girl"*, usando grandes brincos dourados em forma de pirâmides, uma porção de colares e os cabelos esculpidos com fixador num arranjo de espetos e pega-rapazes. Estavam rindo e fazendo piadas, e de vez em quando se beijavam. Ela empurrava um carrinho com uma criança de uns dois anos dentro e levava pela mão outra criança de uns sete ou oito. Meu primeiro pensamento não foi: "Quem são essas crianças?". E sim: "O que Louie está fazendo em Kentish Town? Por que está caminhando pela avenida principal de Kentish Town como se morasse lá?". Eu realmente não conseguia imaginar para além de um raio de um quilômetro. Só quando os perdi de vista ponderei todas as ocasiões em que Tracey havia mentido ou me engambelado a respeito da ausência de Louie — ela parou de chorar por causa disso quando ainda era bem pequena — sem jamais considerar como era provável que ele estivesse por perto o tempo todo. Ausente da apresentação musical da escola, do aniversário, do show, do dia de evento esportivo ou simplesmente de casa, para o jantar, porque estava supostamente cuidando da mãe eternamente doente no sul de Kilburn, ou dançando com Michael Jackson, ou a milhares de quilômetros de distância na Jamaica, construindo a casa dos sonhos de Tracey. Mas aquela conversa unilateral na borda de grama tinha me confirmado que já não podíamos conversar sobre assuntos íntimos. Em vez disso, ao chegar em casa contei o que tinha visto para minha mãe. Ela estava no meio de sua tentativa de cozinhar para o jantar, sempre um momento estressante do dia, e ficou irritada comigo com rapidez e intensidade desproporcionais. Não consegui entender, sabia que ela detestava Louie — então por que defendê-lo? Batendo panelas, falando apaixonadamente sobre a Jamaica, e não a Jamaica dos tempos atuais, e sim a do século XIX, século XVIII e além — a Kentish Town dos dias de hoje foi descartada como irrelevante —, me contando sobre escravos reprodutores e escravos amansados, sobre crianças arrancadas dos braços das mães, sobre repetição e retorno ao longo dos séculos e sobre os vários homens desaparecidos em sua linhagem, incluindo seu pai, todos eles homens-fantasmas, nunca vistos de perto ou com clareza. Enquanto ela falava aos berros, recuei até me encostar no calor da porta do forno. Eu não sabia o que fazer com tanta tristeza. Cento e cinquenta anos! Você tem noção de como passam rápido cento e cinquenta anos na família de um homem? Ela estalou os dedos, me fazendo lembrar da srta. Isabel, que contava as crianças no ritmo da música. Passam assim, ela disse.

Uma semana depois, alguém incendiou o antigo galpão de bicicletas, na véspera da data marcada para a minha palestra, reduzindo-o a uma caixa preta de carvão. Acompanhamos a vistoria dos bombeiros. Um cheiro horrível vinha das cadeiras de plástico que estavam empilhadas junto à parede e tinham derretido e se fundido. Fiquei aliviada, parecia um ato divino, embora todos os indícios apontassem um responsável mais próximo de casa, e não demorou para Louie e seus rapazes retomarem o espaço. No dia seguinte ao incêndio, quando eu e minha mãe estávamos na rua resolvendo coisas juntas, algumas pessoas bem-intencionadas cruzaram a rua para prestar solidariedade e perguntar sobre o acontecido, mas minha mãe selou os lábios e as encarou como se elas houvessem dito algo de rude ou pessoal. A força bruta a enfurecia, eu acho, porque estava situada fora do seu adorado reino da linguagem, e no fundo ela não tinha nada a dizer em resposta. Apesar de seu estilo revolucionário, não creio que minha mãe pudesse ser muito útil numa revolução de verdade, não depois que as conversas e reuniões terminassem para dar lugar à violência propriamente dita. Em algum sentido, ela era incapaz de acreditar na violência, como se ela fosse, na sua opinião, estúpida demais para ser real. Eu sabia — somente por meio de Lambert — que a infância dela havia sido repleta de violência, emocional e física, mas ela nunca se referia à própria infância a não ser em termos como "aquela baboseira" ou, às vezes, "aquelas pessoas ridículas", porque assim que ela ascendeu à vida intelectual, tudo que não era a vida intelectual deixou de existir para ela. Louie como fenômeno sociológico, sintoma político ou exemplo histórico, ou simplesmente como uma pessoa criada na mesma pobreza rural trituradora que ela própria conhecera muito bem — uma pessoa que ela reconhecia e, acredito eu, compreendia profundamente —, com *aquele* Louie minha mãe podia lidar. Mas o olhar de absoluto abandono que apareceu no seu rosto quando os bombeiros a trouxeram até um canto afastado do galpão para mostrar o lugar onde o fogo havia sido iniciado, por alguém que ela conhecia pessoalmente, com quem tentara argumentar, mas que, apesar disso, escolhera destruir violentamente o que ela havia criado com amor e dedicação — aquele olhar é algo que jamais esqueci. Louie nem precisava cuidar do assunto pessoalmente, tampouco precisava esconder que havia ordenado sua execução. Pelo contrário, ele queria que todos soubessem: era uma demonstração de força. No começo, achei que aquele incêndio havia destruído algo essencial em minha mãe. Mas algumas semanas depois ela já havia se reorganizado e pedido ao vigário que cedesse a sala de fundos da igreja para abrigar os encontros comunitários. O incidente até acabou sendo útil, de certa forma, para a sua campanha: era a confirmação visível e literal do "niilismo urbano" do qual ela vivia falando, e em torno do qual havia erguido parcialmente sua campanha. Não muito tempo depois, ela se tornou nossa vereadora. E com isso o segundo ato de sua vida, o ato político — que ela sem dúvida considerava o mais verdadeiro — teve início.

Três

A construção terminou junto com a estação chuvosa, em outubro. Para comemorar, planejou-se um evento no pátio novo, meio campo de futebol de terreno limpo. Não nos envolvemos no planejamento — o comitê de ação do vilarejo se encarregou disso — e Aimee só chegou na manhã da data marcada. Mas eu estava na região havia duas semanas e acabei me preocupando com a logística, o sistema de som, o tamanho do público e a convicção nutrida por todos — crianças e adultos, o Al Kalo, Lamin, Hawa e todas suas amigas — de que o presidente em pessoa faria uma aparição. Era difícil apontar com certeza a origem do rumor. Todo mundo havia escutado de outra pessoa e não era possível obter informações mais detalhadas, apenas sorrisos e piscadinhas, pois era presumido que nós, "os americanos", estávamos por trás da visita. "Você pergunta a *mim* se ele vem?", disse Hawa, rindo, "mas você mesma não sabe?" O rumor e a escala do evento foram se alimentando mutuamente: primeiro três jardins de infância participariam do desfile, depois cinco, depois quinze. Primeiro era o presidente que vinha, depois também os líderes do Senegal, Togo e Benin, e com isso a roda de tambores das mães dos alunos ganhou a companhia de meia dúzia de griôs tocando harpas *kora* de braço longo e da banda marcial da polícia. Começamos a receber notícias de que comunidades de vários outros vilarejos estavam chegando de ônibus e que um famoso DJ senegalês tocaria depois das cerimônias formais. Por baixo de todo esse planejamento ruidoso corria uma outra coisa, um rumor sutil de desconfiança e ressentimento que no início fui incapaz de ouvir, mas que Fernando reconheceu imediatamente. Pois ninguém sabia exatamente quanto dinheiro Aimee havia transferido para o banco em Serrekunda, e sendo assim ninguém podia saber com certeza quanto dinheiro Lamin havia recebido pessoalmente, e muito menos que quantidade exata daquele dinheiro fora colocada dentro do envelope que foi entregue algum tempo depois na casa do Al Kalo, e que quantidade ele havia deixado naquela casa com Fatu, nossa tesoureira, antes que o restante finalmente chegasse aos cofres do comitê do vilarejo. Ninguém acusava ninguém, não diretamente. Mas todas as conversas, não importava onde haviam começado, acabavam girando em torno dessa questão, geralmente aninhadas dentro de construções proverbiais tais como "É longo o caminho de Serrekunda até aqui" ou "Esse par de mãos, depois aquele, depois mais outro. São tantas mãos! Quem garante a limpeza daquilo que foi tocado por tantas mãos?". Fern — passei a chamá-lo assim também — ficava revoltado com a inépcia geral: ele nunca havia trabalhado com idiotas tão idiotas quanto essa gente de Nova York, que só sabia fabricar problemas e não tinha nenhuma noção de procedimentos ou das realidades locais. Ele também se transformou numa máquina de fazer provérbios: "Numa enchente, a água se espalha por tudo, você não precisa pensar no assunto. Numa seca, se quiser água, você precisa conduzi-la cuidadosamente por cada centímetro do caminho". Mas sua preocupação obsessiva, que ele chamava de "orientação para os detalhes", já não me incomodava: a essa altura eu cometia erros demais, todos os dias, para não enxergar que quem entendia das coisas era ele. Já não era possível ignorar a verdadeira diferença entre nós dois, que ia muito além de sua formação mais avançada, de seu Ph.D. ou mesmo de sua experiência profissional. Era uma diferença entre tipos de atenção. Ele escutava e percebia. Ele era mais aberto. Sempre que o avistava durante minhas relutantes caminhadas diárias pelo vilarejo — que eu fazia somente pelo exercício e para escapar do ambiente claustrofóbico da propriedade familiar de Hawa — Fern estava engajado em discussões fervorosas com homens e mulheres de todas as idades e circunstâncias, agachado a seu lado enquanto comiam, correndo para acompanhar carroças puxadas por jumentos, bebendo *ataya* sentado com os velhos nas bancas do mercado e sempre escutando, aprendendo, pedindo mais detalhes, sem supor nada antes que lhe dissessem. Eu comparava aquilo tudo com minha própria maneira de ser. Enfiada no meu quarto úmido sempre que possível, evitando falar com as pessoas na medida do possível, lendo livros sobre a região com uma lanterna de cabeça e sentindo uma fúria homicida, de natureza adolescente, voltada ao FMI e ao Banco Mundial, ao holandês que trouxera os escravos, aos chefes locais que os venderam e a diversas outras abstrações mentais longínquas às quais na prática eu não podia fazer mal nenhum.

Minha parte favorita do dia começou a ser o início da noite, quando eu andava até a casa rosa de Fern e o acompanhava num jantar simples, preparado pelas mesmas moças que faziam a comida da escola. Uma única tigela de metal cheia de arroz, às vezes com apenas um tomate verde ou beringela escondidos em algum lugar, outras vezes com uma abundância de vegetais frescos e por cima um peixe fininho, mas delicioso, que Fern gentilmente me deixava atacar primeiro. "Somos parentes agora", ele me disse na primeira vez que comemos assim, duas mãos na mesma tigela. "Parecem ter decidido que formamos uma família." O gerador que funcionava na visita anterior agora estava quebrado, mas como éramos os únicos a usá-lo, Fern considerou este um problema de "baixa prioridade" — pelo mesmo motivo que eu considerava de alta prioridade — e se recusava a gastar um dia inteiro indo à cidade em busca de um substituto. Agora, portanto, quando o sol ia embora, colocávamos nossas lanternas na cabeça, tomando o cuidado de ajustá-las no ângulo certo para não nos cegarmos, e conversávamos até tarde da noite. Ele era uma boa companhia. Tinha uma mente aguda, compassiva, intrincada. Assim com Hawa, nunca se deprimia, mas não alcançava isso desviando o olhar, e sim olhando com muita atenção, se dedicando a cada etapa lógica de um problema específico, até que o problema preenchesse todo o espaço mental disponível. Algumas noites antes da festa, enquanto discutíamos a chegada iminente de Granger, Judy e os demais — e o fim de uma certa versão pacífica da nossa vida naquele lugar — ele começou a me contar de um novo problema que havia surgido na escola: seis crianças que estavam desaparecidas das aulas havia duas semanas. Elas não tinham relação entre si. Mas a ausência de todas havia começado, de acordo com a diretora, no dia em que eu e Fern retornáramos ao vilarejo.

"Desde que *nós* retornamos?"

"Sim! E eu pensei: que estranho, por que isso acontece? Primeiro, faço perguntas. Todo mundo diz: 'Ah, não sabemos. Provavelmente não é nada. Às vezes as crianças precisam trabalhar em casa'. Volto para a diretora e peço a lista dos nomes. Depois fui à casa de cada uma delas no vilarejo. Nada fácil. Não existe endereço, você precisa seguir o instinto. Mas encontro todos. 'Ah, ela está doente', ou 'Ah, ele foi visitar o primo na cidade'. Fico com a sensação de que ninguém diz a verdade. Aí eu estava olhando a lista hoje e pensei: esses nomes são familiares. Vou olhar meus papéis e encontro a lista de microcrédito — está lembrada? — essa coisa que Granger fez, por conta dele. Ele é um homem bom, leu um livro sobre microcrédito... De todo modo, consulto a lista e vejo que são exatamente as mesmas seis famílias! As mães são as mulheres para quem Granger entregou investimentos de trinta dólares para usar nas tendas do mercado. Exatamente as mesmas. Então penso: qual a ligação entre os investimentos de trinta dólares e essas crianças desaparecidas? Agora fica óbvio: as mães, ao verem que não poderiam pagar suas dívidas nas datas combinadas com Granger, elas presumem que o dinheiro será cobrado, de moedinha em moedinha, das taxas escolares de seus filhos, e que os filhos vão passar vergonha! Elas descobrem que voltamos para o vilarejo, 'os americanos', e pensam: melhor deixar as crianças em casa! São espertas, faz sentido."

"Pobre Granger. Vai ficar chateado. A intenção dele era boa."

"Não, não, não... é fácil resolver. Para mim é apenas um exemplo interessante de seguimento. Ou de não dar seguimento. O financiamento é uma boa ideia, eu acho, ou pelo menos não uma má ideia. Mas pode ser preciso mudar as datas de pagamento."

Por uma das janelas arrancadas, vi um táxi-lotação percorrendo aos trancos a única estrada boa das redondezas, iluminado pelo luar. Mesmo àquela hora da noite os jovens passageiros iam pendurados para fora, e três rapazes estavam deitados de bruços no teto, segurando um colchão com o peso de seus corpos. Fui atingida por aquela onda de absurdo e de falta de sentido que normalmente surgia nas primeiras horas do dia, quando eu estava deitada de olhos bem abertos ao lado de Hawa, que seguia mergulhada no sono, enquanto os galos perdiam as estribeiras no lado de fora.

"Não sei... trinta dólares aqui, trinta dólares ali..."

"Sim?", disse Fern, animado — era comum ele não captar um tom de voz — e em seu rosto havia tanto otimismo e interesse diante de seu novo probleminha que acabei me irritando. Tive vontade de esmagar aquilo.

"Não, estou querendo dizer que — olha só, você vai à cidade, a qualquer outro vilarejo aqui da região, e vê esses jovens do Corpo de Paz, os missionários, as ONGs, toda essa gente branca cheia de boas intenções, se preocupando com algumas árvores — como se nenhum de vocês pudesse ver a floresta!"

"Agora quem está se expressando com provérbios é você."

Me levantei e comecei a vasculhar a pilha de provisões no canto da sala, procurando o bule e o fogareiro a gás.

"Vocês não aceitariam essas... soluções *microscópicas* nas *suas* casas, nos *seus* países — por que deveríamos aceitá-las aqui?"

"'Nós'?", questionou Fern, abrindo um sorriso. "Espere, espere." Me vendo com os ânimos exaltados e fracassando, ele veio até onde eu estava e se agachou para me ajudar a encaixar o tubo de gás no furo do fogareiro. Nossos rostos ficaram muito próximos. "'Essa gente branca cheia de boas intenções.' Você pensa demais em raça — alguém já te disse isso? Mas espera aí: você me considera branco?" Fiquei tão espantada com a pergunta que comecei a rir. Fern recuou: "Bem, é interessante para mim. No Brasil não nos entendemos como brancos, sabe? Não minha família, pelo menos. Mas você está rindo — isso quer dizer que sim, considera?".

"Ah, Fern..." Com quem podíamos contar aqui, a não ser um com o outro? Desviei minha lanterna para que não iluminasse mais a aflição meiga em seu rosto, que no fim das contas não era muito mais claro do que o meu. "Acho que não importa muito o que eu penso, importa?"

"Ah, importa, sim", ele disse, retornando à sua cadeira e, apesar da lâmpada apagada sobre nossas cabeças, tive a impressão de vê-lo corar um pouco. Me concentrei em procurar um par de pequenos e refinados copos de vidro marroquinos, manchados de verde. Fern tinha me dito que os levava consigo sempre, em todas as suas viagens, e aquela confissão tinha sido uma de suas raras concessões a assuntos envolvendo algum prazer pessoal ou conforto.

"Mas não estou ofendido, não, tudo isso é interessante para mim", ele disse, se reclinando no encosto da cadeira e esticando as pernas como um professor em seu gabinete. "O que estamos fazendo aqui, o efeito que causamos, o que fica para trás como legado, e por aí vai. Tudo precisa ser pensado, é claro. Passo a passo. Esta casa é um exemplo bom." Ele esticou a mão para o seu lado esquerdo e apalpou os fios expostos na parede. "Talvez tenham pagado o proprietário, ou talvez ele não faça a menor ideia de que estamos nela. Quem sabe? Mas agora estamos nela e todo o vilarejo vê que estamos nela, então agora eles sabem que, em essência, ela não pertence a ninguém, ou pertence a quem o Estado decidir, de acordo com seus caprichos. Então o que vai acontecer quando partirmos, quando a escola nova estiver funcionando e não visitarmos mais com frequência — isso se continuarmos visitando? Talvez várias pessoas se mudem para a casa, talvez ela se torne um espaço comunitário. Talvez. Minha aposta é que vão demolir a casa, tijolo a tijolo." Ele tirou os óculos e os esfregou com a barra da camisa. "Sim, primeiro alguém vai levar os fios, depois os forros, depois as lajotas, mas cada pedra será eventualmente reaproveitada. Essa é minha aposta... Posso estar enganado, teremos de esperar para ver. Não sou tão inventivo quanto essas pessoas. Ninguém é mais inventivo do que os pobres, onde quer que estejam. Quando você é pobre, cada passo precisa ser muito bem pensado. A riqueza é o contrário. Com a riqueza você pode ser inconsequente."

"Não vejo nada de inventivo numa pobreza dessas. Não vejo nada de inventivo em ter dez filhos quando não se tem condições de criar nenhum."

Fern pôs novamente os óculos e sorriu para mim com tristeza.

"Filhos podem ser um tipo de riqueza", ele disse.

Ficamos um tempo em silêncio. Pensei — embora realmente não quisesse — num carrinho de controle remoto vermelho e reluzente que eu havia trazido de Nova York para um garotinho da família de Hawa por quem havia me afeiçoado em especial, mas eu não tinha pensado no problema das pilhas, para as quais às vezes havia dinheiro, mas em geral não, e assim sendo o carrinho teve como destino uma prateleira que Hawa mantinha na sala, como eu já havia reparado, para guardar objetos decorativos mas fundamentalmente inúteis, trazidos por visitantes incautos, fazendo companhia a diversos rádios desativados, uma Bíblia de uma biblioteca de Wisconsin e uma foto do presidente com a moldura quebrada.

"Vejo meu trabalho da seguinte forma", Fern disse com firmeza, bem no instante em que a chaleira começou a apitar. "Não faço parte do mundo dela, isso já ficou claro. Mas estou aqui porque, se ela ficar entediada…"

"*Quando* ela ficar entediada…"

"Meu trabalho é garantir que algo de útil seja deixado para trás, na região, não importa o que aconteça ou quando ela for embora."

"Não sei como você consegue."

"Consegue o quê?"

"Lidar com as gotas quando pode enxergar o oceano."

"Outro provérbio! Você disse que os detestava, mas parece que absorveu o hábito local!"

"Vamos tomar chá ou não vamos?"

"Na verdade, é mais fácil", ele disse, despejando o líquido

escuro no meu copo. "Respeito a pessoa que consegue pensar no oceano. Minha mente já não trabalha assim. Quando eu era jovem como você, talvez fosse assim, mas não é mais."

Eu já não sabia dizer se estávamos falando do mundo inteiro, do continente em geral, do vilarejo em particular ou simplesmente de Aimee, a respeito de quem nenhum de nós dois, apesar de nossas boas intenções e nossos provérbios, conseguia pensar com muita clareza.

Como era despertada quase todos os dias às cinco da manhã pelos galos e chamados à oração, adquiri o hábito de voltar a dormir até as dez ou mais tarde, chegando à escola a tempo de acompanhar o segundo ou terceiro período. Na manhã da chegada de Aimee, entretanto, senti uma determinação renovada para aproveitar o dia inteiro enquanto isso ainda era possível. Para a minha própria surpresa — e também a de Hawa, Lamin e Fern —, apareci às oito da manhã em frente à mesquita, onde eu sabia que eles se reuniam todos os dias sem mim para caminhar juntos até a escola. A beleza matinal foi uma outra surpresa: me fez pensar em minhas primeiras experiências nos Estados Unidos. Nova York foi o meu primeiro contato com as possibilidades da luz, que irrompia das frestas nas cortinas e transformava pessoas, calçadas e prédios em ícones dourados ou sombras negras, dependendo de sua posição em relação ao sol. Mas a luz em frente à mesquita — a luz que me envolvia enquanto eu era saudada como uma heroína local pelo simples fato de ter saído da cama umas três horas mais tarde que a maioria das mulheres e crianças com quem morava — aquela luz era de novo algo inédito. Ela zunia com um calor que te abraçava, era densa, farta de pólen, insetos e pássaros, e como não havia nada além de construções térreas bloqueando seu caminho, ela oferecia todos os seus regalos de uma só vez, abençoando tudo por igual numa explosão de luminosidade simultânea.

"Como vocês chamam aqueles pássaros?", perguntei a Lamin. "Os pequenos e brancos, com bicos vermelhos? São lindos." Lamin inclinou a cabeça para trás e enrugou a testa. "Aqueles? São só pássaros, nada especial. São lindos para você? Temos pássaros muito mais lindos que esses no Senegal."

Hawa deu risada: "Lamin, você está começando a falar como um nigeriano! 'Gosta daquele rio? Temos um rio muito mais bonito em Lagos'".

O rosto de Lamin se vincou num sorriso envergonhado e irresistível — "Estou falando a verdade quando digo que temos um pássaro parecido, só que maior. É mais impressionante" — e Hawa pôs as mãos na cintura fina e olhou para ele de soslaio, cheia de malícia: vi como ele se deliciou com aquilo. Eu devia ter reparado antes. É claro que ele estava apaixonado por ela. Quem não ficaria? Gostei da ideia e me senti justificada. Não via a hora de dizer para Aimee que ela estava desperdiçando esforços.

"Bem, agora você está falando como um americano", sentenciou Hawa. Ela olhou na direção do vilarejo. "Acredito que todos os lugares têm sua porção de beleza, graças a Deus. E este lugar é tão belo quanto qualquer outro que já conheci." Um instante depois, porém, uma nova emoção cintilou no seu belo rosto, e ao olhar na direção do que parecia ter despertado sua atenção vi um rapaz parado junto ao reservatório de água potável das Nações Unidas, lavando os braços até a altura dos cotovelos e nos espiando com um olhar igualmente pensativo. Ficou claro que esses dois representavam alguma espécie de provocação um para o outro. Quando nos aproximamos, identifiquei nele um tipo que eu já tinha visto em outros lugares, na balsa, andando na beira da estrada, quase sempre na cidade, mas raramente no vilarejo. Tinha uma barba espessa e um turbante branco enrolado displicentemente na cabeça, carregava uma mochila de fibra de ráfia nas costas e suas calças eram de um corte estranho que terminava vários centímetros acima dos tornozelos. Quando Hawa correu à nossa frente para cumprimentá-lo, perguntei a Lamin quem era ele.

"É o primo dela, Musa", disse Lamin, voltando a sussurrar como de costume, adicionando agora uma pitada azeda de desaprovação. "É um infortúnio encontrar ele aqui. Você não deve dar atenção a ele. Era um vigarista e agora é um *mashala*, é um problema para a família, e você não deve dar atenção a ele." Mas quando alcançamos Hawa e seu primo, Lamin o cumprimentou com respeito e até um certo constrangimento, e percebi que Hawa também parecia acanhada perto dele — como se ele fosse mais velho, e não pouco mais que um garoto —, e quando lembrou que o lenço havia escorregado até o pescoço, ela o ergueu novamente até cobrir os cabelos por inteiro. Hawa me apresentou a Musa em inglês de forma educada. Trocamos acenos de cabeça. Ele parecia estar se esforçando para estabilizar no rosto uma certa expressão de serenidade benigna, como se fosse um rei de uma nação mais iluminada nos fazendo uma visita. "Como vai você, Hawa?", ele balbuciou, e ela, que sempre tinha muito a dizer quando lhe perguntavam isso, se superou com uma sucessão nervosa de descrições: ela estava bem, suas avós estavam bem, vários sobrinhos e sobrinhas estavam bem, os americanos estavam aqui, e estavam bem, porque a escola seria inaugurada na tarde do dia seguinte e haveria uma grande celebração, DJ Khali iria tocar — ele lembrava daquela tarde que passaram na praia dançando ao som de Khali? Ah, cara, foi tão divertido! —, e as pessoas estavam vindo das partes mais altas do rio, do Senegal, de toda parte, porque era maravilhoso o que estava acontecendo, uma nova escola para as meninas, porque educação é algo muito importante, especialmente para as meninas. Essa última parte era endereçada a mim e sorri em aprovação. Musa concordou com a cabeça, de maneira um pouco insistente demais, a meu ver, ao longo de toda a resposta, mas agora que Hawa tinha finalmente parado de falar ele se virou um pouco, de modo a olhar mais para mim do que para sua prima, e disse em inglês: "Infelizmente não estarei lá. Música e dança é Shaytan. Como muitas coisas que se faz por aqui, é *aadoo*, costume, e não religião. Nesse país, gastamos a vida dançando. Tudo é desculpa para dançar. De todo modo, estou partindo em *khuruj* hoje para o Senegal". Ele baixou a cabeça e olhou para as suas sandálias simples de couro como se avaliasse se elas estavam prontas para a jornada adiante. "Estou indo lá para *Da'wah*, para convidar e chamar."

Nesse ponto Lamin deu uma risada cheia de sarcasmo e o primo de Hawa retrucou agressivamente em uólofe — ou talvez em mandinga —, e os dois ficaram respondendo um ao outro enquanto eu permanecia ali parada, estampando no rosto o risinho idiota e constrangido dos que necessitam de tradução. "Musa, sentimos sua falta em casa!", Hawa gemeu de repente em inglês, com emoção sincera, abraçando o braço esquerdo raquítico de seu primo como se esta fosse a única parte de seu corpo que ousasse abraçar, e novamente ele concordou repetidas vezes com a cabeça, mas não respondeu. Achei que naquele momento ele seguiria seu próprio rumo — a discussão que acabara de travar com Lamin me parecia ser do tipo que exigia que um dos dois se retirasse em seguida —, mas em vez disso fomos caminhando todos juntos para a escola. Musa uniu as mãos atrás das costas e começou a falar num fluxo calmo e moderado, que para mim soava como uma palestra que Hawa ouvia respeitosamente, mas que Lamin interrompia o tempo todo com volume e energia crescentes, num tom que não combinava com ele. Quando conversava comigo, ele esperava até que eu concluísse cada frase e guardava longos intervalos de silêncio antes de responder, silêncios que passei a interpretar como cemitérios da interlocução, onde ele mandava enterrar tudo de constrangedor e desagradável que eu pudesse ter submetido à sua consideração. Aquele Lamin raivoso e confrontador era tão alheio a mim que tive sensação de que ele não gostaria que eu o visse em ação. Apertei um pouco o passo e, quando já tinha me adiantado alguns metros, me virei para checar em que pé andava a situação e vi que eles também tinham parado. Musa estava segurando o pulso de Lamin: apontava para seu grande relógio de pulso quebrado e dizia alguma coisa muito solene. Lamin livrou o braço com um puxão e pareceu ficar emburrado, e Musa sorriu como se tudo isso tivesse sido prazeroso, ou ao menos necessário, apertou a mão de Lamin apesar da aparente discussão, aceitou que Hawa lhe desse outra apertada no braço, acenou com a cabeça em minha direção, deu as costas e seguiu seu caminho.

"Musa, Musa, Musa...", disse Hawa, balançando a cabeça enquanto se aproximava de mim. "Agora tudo é *nafs* para Musa — tudo é uma tentação — *nós* somos uma tentação. É tão estranho, nós éramos companheiros de idade, sempre brincávamos juntos, ele era como um irmão. Todos em casa o amavam, ele nos amava, mas ele não podia ficar. Somos muito antiquados para ele agora. Ele quer ser moderno. Quer viver na cidade: somente ele, uma esposa, dois filhos e Deus. Mas ele tem razão: quando você é um homem jovem, vivendo no meio da loucura da família, é difícil se manter muito puro. Eu gosto de viver na loucura — ah, não consigo evitar, mas talvez quando for mais velha", ela disse, olhando para o próprio corpo como o primo tinha olhado para as sandálias, com curiosidade, como se pertencessem a outra pessoa: "Talvez quando for mais velha eu serei mais sábia. Veremos".

Ela parecia entretida com essa comparação entre a Hawa

que era agora e a Hawa que poderia vir a ser, mas Lamin estava agitado.

"Aquele garoto doido está dizendo a todo mundo 'Não reze desse jeito, reze daquele, cruze os braços na frente do corpo, não os deixe soltos do lado!'. Ele vem na casa da própria família chamar as pessoas de *Sila keeba* — ele está *criticando* a própria avó! Mas o que significa isso, 'velho muçulmano', 'novo muçulmano'? Somos um povo só! Ele diz a ela: 'Não, você não deveria fazer uma grande cerimônia de batismo, faça algo modesto, sem música, sem dança — mas a avó de Musa é do Senegal, como eu —, quando chega um bebê, nós dançamos!'."

"Mês passado", começou a contar Hawa, e já me preparei para a longa jornada, "minha prima Fatu teve o primeiro bebê, Mamadu, e você devia ter visto esse lugar naquele dia, vieram cinco músicos, as pessoas dançavam em toda parte, a comida era tanta — Ah! Nem consegui comer tudo, na verdade, senti dores de tanta comida, tanta dança, e minha prima Fatu ficou vendo seu irmão dançar como…"

"E Musa está casado agora", Lamin interrompeu. "E como ele se casou? Quase ninguém estava presente, não tinha comida — sua avó chorou, chorou por dias!"

"É verdade… Nossas avós adoram cozinhar."

"'Não use amuletos, não vá aos…' nós os chamamos de *marabouts* — e na verdade *eu* nunca vou", ele me disse, e por algum motivo me mostrou a mão direita e a girou para cima e para baixo. "Eu provavelmente sou diferente do meu pai de algumas maneiras, e do pai dele também, mas eu fico dizendo aos mais velhos o que fazer? E Musa disse à própria avó que ela não pode ir?!"

Lamin estava se dirigindo a mim, e mesmo sem ter a menor ideia do que era um *marabout* e por que as pessoas vão a eles, fingi estar escandalizada.

"Elas vão o tempo todo…", confidenciou Hawa, "as nossas

avós. Minha avó me trouxe isso." Ela mostrou o pulso e admirei o lindo bracelete de prata do qual pendia um pequeno amuleto.

"Por favor me mostre, onde está escrito que respeitar os mais velhos é pecado?", exigiu Lamin. "Ninguém pode me mostrar. Agora ele quer levar o filho novo ao hospital 'moderno' em vez de ao mato. A escolha é dele. Mas por que o menino não pode ter uma cerimônia de iniciação? Musa vai partir o coração da avó novamente com isso, eu juro. Mas acham que vou deixar um garoto do gueto que nem sabe falar árabe me mandar fazer isso ou aquilo? *Aadoo*, Shaytan — é só isso que ele sabe dizer em árabe! Ele foi a uma escola missionária católica! Eu sei recitar os *hadith*, um por um! Não, não."

Era o discurso mais longo, contínuo e exaltado que eu já tinha visto sair da boca de Lamin, e depois de terminar ele parecia surpreso consigo mesmo, secando o suor da testa com um lenço branco que estava sempre dobrado no bolso traseiro para essa finalidade.

"Digo que as pessoas sempre terão suas diferenças…", começou a dizer Hawa, mas Lamin a interrompeu de novo: "E então ele vem me dizer" — Lamin apontou para o relógio de pulso quebrado — "'Essa vida não é nada se comparada à eternidade — essa vida que está vivendo é somente o meio segundo antes da meia-noite. Não estou vivendo para este meio segundo, mas para o que vem depois.' Mas ele pensa que é melhor que eu porque reza com os braços cruzados no peito? Não. Eu disse a ele: 'Sei ler em árabe, Musa, você sabe?'. Acreditem no que digo, Musa é um homem perdido em confusão."

"Lamin…", disse Hawa, "acho que você é um pouco injusto, Musa só quer fazer jihad, e não há nada de errado com…"

Meu rosto deve ter exibido alguma reação extrema: Hawa apontou para o meu nariz e explodiu em riso.

"Olhe para ela! Ah, cara! Ela pensa que meu primo quer sair

atirando nas pessoas — ah, não, que engraçado — um *mashala* não possui nem escova de dentes, uma arma de fogo, então, nem pensar — ha ha ha!"

Lamin, que não achou tanta graça, apontou para o próprio peito e tornou a sussurrar: "Parar com o reggae, parar de frequentar o gueto, parar de fumar maconha. É isso que ela quer dizer. Musa tinha dreadlocks — sabe o que são? Ótimo, então, ele tinha dreadlocks até aqui embaixo! Mas agora ele está fazendo jihad espiritual, por dentro. É isso que ela quer dizer".

"Quem me dera ser pura assim!", proferiu Hawa com um suspiro sonhador. "Ah, ah... é bom ser pura — deve ser!"

"Bem, é claro que é", disse Lamin com o rosto sério. "Todos tentamos fazer jihad, todos os dias, à nossa própria maneira, tanto quanto nos é possível. Mas você não precisa cortar a barra das calças e insultar sua avó. Musa se veste como um indiano. Não precisamos desse imã estrangeiro aqui — temos o nosso!"

Tínhamos chegado aos portões da escola. Hawa torceu a saia longa, que havia se deslocado durante a caminhada, até que se acomodasse de novo em seus quadris.

"*Por que* ele usa as calças daquele jeito?"

"Curtas, você quer dizer?", Hawa respondeu com enfado, empregando seu dom de sempre me fazer sentir que perguntei a coisa mais óbvia do mundo. "Para que seus pés não queimem no inferno!"

Naquela noite, sob um céu magnificamente limpo, ajudei Fern e um time de voluntários locais a distribuir trezentas cadeiras, montar toldos brancos por cima delas, erguer bandeiras e mastros e pintar "BEM-VINDA, AIMEE" numa parede. Aimee, Judy, Granger e a garota da assessoria de imprensa estavam passando a noite no hotel em Banjul, exaustos da jornada ou evitando a casa rosa, vai saber. À nossa volta, só se falava do presidente. Aguentamos as mesmas piadas incessantes: sobre o quanto sabíamos, ou alegávamos não saber, ou quem de nós dois sabia mais. Ninguém tocou no nome de Aimee. O que eu não conseguia decifrar no meio daqueles rumores e contrarrumores frenéticos era se uma visita do presidente era desejada ou temida. É a mesma coisa quando dizem que há um temporal se aproximando da cidade, explicou Fern enquanto espetávamos as pernas de metal das cadeiras dobráveis na areia. Mesmo com medo, você tem curiosidade de ver.

Quatro

Eu estava na estação King's Cross com meu pai, de manhã cedo, numa de nossas viagens de última hora para visitar uma universidade. Tínhamos acabado de perder o trem, não porque tivéssemos nos atrasado, mas porque o preço do bilhete era o dobro do que eu tinha dito ao meu pai, e durante a discussão sobre o que fazer em seguida — um de nós ir agora e o outro depois, não irmos, irmos os dois juntos na tarde de outro dia, fora do horário de pico da tarifa — o trem acabou nos deixando na plataforma. Ainda estávamos batendo boca exaltadamente diante do painel de avisos quando vimos Tracey chegando do túnel do trem pela escada rolante. Que visão! Jeans brancos impecáveis, botinhas de salto alto e uma jaqueta de couro justa e com o zíper fechado até o queixo: parecia uma espécie de armadura. O ânimo do meu pai se transformou na hora. Ele levantou os dois braços, como um controlador de tráfego aéreo fazendo sinais para uma aeronave estacionar. Vi Tracey caminhar em nossa direção com uma formalidade estranha e que passou despercebida ao meu pai, que a abraçou como costumava fazer nos velhos tempos, sem notar como o corpo dela estava rígido em relação ao seu, ou como os braços dela estavam inertes como varetas de espingarda. Ele se afastou e perguntou como estavam os pais dela, como estava sendo o seu verão. Tracey forneceu uma série de respostas sem vida que para os meus ouvidos não continham nenhuma informação. Percebi que o rosto dele nublou. Não por causa das coisas que ela dizia, exatamente, e sim pela maneira como estavam sendo ditas, com um estilo todo novo que não guardava relação nenhuma com a garota selvagem, engraçada e corajosa que ele pensava conhecer. Um estilo que pertencia a uma garota completamente diferente, vinda de uma vizinhança e um mundo diferentes. "O que estão te dando naquele lugar maluco?", ele perguntou, "lições de oratória?". "Sim", Tracey respondeu com afetação, empinando o nariz, e estava claro que ela desejava encerrar o assunto ali mesmo, mas meu pai, que nunca tinha sido bom em interpretar essas dicas, insistiu. Ele continuou a provocá-la, e para se defender daquela ridicularização ela começou a listar as diversas habilidades que vinha desenvolvendo em seus cursos de verão de canto e de esgrima, seus cursos de dança e de atuação, habilidades dispensáveis na vida do bairro, mas que eram necessárias para se apresentar no que ela agora chamava de "os palcos do West End". Pensei, mas não perguntei, em como ela estava conseguindo pagar por aquilo tudo. Enquanto ela seguia me despejando aquela ladainha, meu pai a encarava em silêncio, até que finalmente a interrompeu. "Mas você não está falando sério, está, Tracey? Pare com tudo isso — só estamos nós aqui! Não precisa falar desse jeito pomposo com a gente. Conhecemos você bem, desde que era deste tamanho, não precisa fingir que é uma dondoca na nossa frente!" Mas Tracey foi ficando agitada, começou a falar cada vez mais rápido com aquela vozinha nova e esquisita que ela pode ter pensado que impressionaria meu pai em vez de afastá-lo, uma voz que ela não conseguia manter sob controle e que a cada frase transitava tortuosamente entre o nosso passado compartilhado e o misterioso presente, até que meu pai perdeu o controle totalmente e riu da cara dela, no meio da estação King's Cross, na frente de todos os passageiros que iam ou voltavam do trabalho na hora do rush. Ele não fez por mal — só estava confuso —, mas vi como ela ficou magoada. Mas é preciso dar-lhe crédito, pois ela não deu um de seus famosos chiliques, não naquele momento. Aos dezoito anos, ela já era uma especialista naquela arte aprendida por mulheres mais velhas, de deixar fermentar a raiva e conservá-la para uso posterior. Pediu licença educadamente e disse que estava atrasada para uma aula.

Em julho, a srta. Isabel ligou para a minha mãe e perguntou se eu e Tracey poderíamos ser voluntárias na apresentação de fim de verão. Fiquei lisonjeada: quando éramos pequenas, as ex-estudantes eram como deusas para nós, garotas independentes e de pernas compridas, rindo entre si e cochichando seus códigos adolescentes enquanto recolhiam nossos bilhetes, gerenciavam a rifa, serviam lanches e entregavam prêmios. Mas aquela manhã desagradável em King's Cross continuava viva em minha lembrança. Eu entendia que a visão da srta. Isabel a respeito da nossa amizade estava congelada no tempo, mas não suportava a ideia de quebrar aquela imagem. Mandei minha mãe responder que sim e aguardei notícias de Tracey. No dia seguinte, a srta. Isabel ligou de novo: Tracey havia aceitado. Mas nenhuma de nós ligou para a outra ou fez qualquer tentativa de contato. Não a vi até a manhã do espetáculo, quando decidi que seria a pessoa madura e fui bater à sua porta. Apertei a campainha duas vezes. Depois de uma pausa estranhamente longa, Louie atendeu. Fiquei surpresa: pelo jeito tínhamos surpreendido um ao outro. Ele limpou um pouco de suor acima do bigode e perguntou o que eu desejava com uma voz seca. Antes que pudesse responder, ouvi Tracey gritando ao pai que me deixasse entrar com uma voz gozada — quase não a reconheci — e Louie me deu passagem acenando com a cabeça, mas saiu andando na direção contrária, porta afora e pelo corredor. Eu o vi descer as escadas correndo, atravessar o gramado e sumir. Me voltei para o interior do apartamento, mas Tracey não estava no corredor, nem na sala ou na cozinha: tive a impressão de que ela tinha acabado de sair de cada recinto no instante em que eu chegava. Encontrei-a no banheiro. Diria que ela havia chorado recentemente, mas não tenho certeza. Eu disse olá. No mesmo instante ela se examinou rapidamente, olhou para o mesmo ponto que eu estava olhando e ajeitou a blusinha até cobrir novamente o sutiã.

Saímos e descemos as escadas. Eu não conseguia falar, mas Tracey nunca foi de prender a língua, nem em situações extremas, e começou a tagarelar em tom cômico e animado sobre todas as "vadias magricelas" com quem concorria nos testes, os novos movimentos de dança que precisava aprender, o problema de projetar a voz para além da beira do palco. Falava rápido e sem parar, garantindo que não houvesse pausa ou interrupção que me desse espaço para fazer uma pergunta, e dessa maneira conseguimos sair em segurança do conjunto habitacional e chegar à porta da igreja, onde encontramos a srta. Isabel. Recebemos molhos de chaves iguais e instruções sobre como trancar a caixa do dinheiro e onde guardá-la, como fechar e abrir a igreja antes e depois e mais uma série de detalhes práticos. Enquanto caminhávamos pela área, a srta. Isabel fez uma série de perguntas a Tracey a respeito de sua nova vida, sobre os pequenos papéis que já ia conquistando na escola e os grande papéis que um dia esperava obter fora dela. Havia algo de belo e inocente naquelas perguntas. Percebi como Tracey desejava ser a garota que a srta. Isabel tinha em mente, o tipo de garota com uma vida clara e desimpedida, sem nada além de objetivos pela frente, esperta e esclarecida e sem obstáculos no caminho. Assumindo o papel dessa garota, ela caminhou pelo espaço conhecido da nossa infância, evocando recordações, lembrando de abreviar as vogais, as mãos atrás das costas, como uma turista vagando por um museu, observando os objetos expostos de uma história dolorosa, o tipo de turista que não possui envolvimento pessoal com o que está vendo. Quando chegamos nos fundos de uma igreja onde as crianças faziam fila para ganhar um suco e biscoitos, todas elas olharam para Tracey com uma admiração incontrolável. Ela estava com os cabelos presos num coque de dançarina e com uma bolsa da Pineapple Studios pendurada no ombro, caminhava com os pés virados para fora, ela era o sonho que nós duas, ainda garotinhas, tivemos uma década antes quando entramos na fila para o suco e os biscoitos. Ninguém prestava muita atenção em mim — até as crianças podiam ver que eu não era mais uma dançarina — e Tracey parecia feliz de estar cercada por todos aqueles pequenos admiradores. Para eles, ela era linda e adulta, dona de um talento invejável, livre. E ao vê-la da mesma forma, ficava mais fácil dizer a mim mesma que eu estava imaginando coisas.

Atravessei o salão e voltei no tempo até estar diante do sr. Booth. Ele continuava sentado no mesmo banquinho surrado em frente ao piano, um pouco mais velho que antes, mas para mim ainda o mesmo, e estava tocando uma melodia fora da estação: "Have Yourself a Merry Little Christmas". E então aconteceu aquela coisa fluida que, por ser tão irreal, faz as pessoas odiarem os musicais, ou pelo menos é o que me dizem quando descobrem que os aprecio: começamos a fazer música juntos, sem debate ou ensaio prévio. Ele sabia as notas, eu sabia os versos. Cantei a respeito de amizades fiéis. Tracey se voltou para mim e sorriu, um sorriso melancólico mas afetuoso, ou talvez ele apenas carregasse memórias de afeto. Vi nela a menina de sete, oito, nove, dez anos, a adolescente, a pequena mulher. Todas aquelas versões de Tracey atravessavam os anos no salão paroquial para me fazer uma pergunta: *O que você pretende fazer?* Nós duas já sabíamos a resposta. Nada.

Cinco

Não parecia a inauguração de uma escola, e sim o anúncio do término de um antigo regime. No meio estava uma tropa de jovens soldados de uniforme azul-escuro segurando seus instrumentos de sopro e suando horrorosamente. Não havia sombra na rua e eles já estavam ali parados fazia uma hora. Eu estava sentada a cem metros deles, debaixo do toldo, junto com a nata da sociedade da parte mais alta do rio, alguns jornalistas locais e internacionais, Granger e Judy, mas não havia sinal do presidente ou de Aimee, não por enquanto. Fern tinha ficado de trazê-la depois que tudo estivesse pronto e bem encaminhado: um processo demorado. Lamin e Hawa, que não pertenciam à nata, tinham sido relegados a uma posição afastada, distante de nós, pois a hierarquia dos assentos era absoluta. A cada quinze minutos mais ou menos, Judy, eu ou Granger sugeríamos que talvez fosse uma boa ideia levar um pouco de água para aqueles pobres soldados da banda, mas nenhum de nós tomava essa iniciativa, nem mais ninguém. Enquanto isso os jardins de infância iam ocupando seu espaço, cada escola com seu próprio uniforme composto

309

de vestidinhos, camisas e calções em combinações de cores chamativas — laranja e cinza, ou roxo e amarelo — e liderada por um pequeno grupo de mulheres, as professoras, que não tinham poupado esforços em seus modelitos. As professoras do Jardim de Infância Kunkujang Keitaya usavam camisetas vermelhas justas, calças jeans pretas com diamantes de vidro nos bolsos e cabelos trançados com esmero. As professoras do Jardim de Infância Tujereng usavam panos e lenços de cabeça combinando com o mesmo padrão vermelho e laranja, e sandálias de plataforma brancas e idênticas. Cada equipe adotava uma abordagem distinta, mas observava uma perfeita uniformidade dentro do grupo, como as integrantes do The Supremes. Elas entravam pelo portão principal, cruzavam o pátio rebolando com uma fileira de crianças logo atrás e mantinham fisionomias impassíveis — como se não estivessem escutando nossos gritos e aplausos — até chegarem a sua posição pré-designada, onde duas das mulheres desenrolavam uma faixa pintada à mão com o nome da escola e ficavam ali paradas com a faixa aberta, trocando a perna de apoio de tempos em tempos à medida que a espera se alongava. Acho que nunca mais vi tantas mulheres escandalosamente belas reunidas no mesmo lugar. Eu também havia me vestido para a ocasião — Hawa me disse com firmeza que minhas calças cáqui usuais e camisas de linho amarrotadas não serviriam — tomando emprestados de minha anfitriã um pano e uma blusa de estampa amarela e branca que eram apertados demais para mim e não fecharam nas costas, o que me forçou a esconder as fendas abertas com um lenço vermelho jogado casualmente sobre as costas, embora o calor fosse de pelo menos trinta e nove graus.

Finalmente, quase duas horas depois de nos sentarmos, todos que precisavam estar no pátio já estavam no pátio, e Aimee, cercada por uma multidão compacta de simpatizantes, foi conduzida por Fern a seu assento central. Luzes de flash pipocaram.

E a primeira coisa que ela me perguntou foi: "Onde está Lamin?". Não tive a chance de lhe dizer: as trombetas soaram, o evento principal tinha chegado, e me encostei bem na cadeira pensando que talvez eu tivesse entendido mal tudo que julgava ter entendido bem nas duas semanas anteriores. Pois um desfile de crianças fantasiadas ocupou a praça, todas elas com sete ou oito anos de idade, vestidas como líderes de nações africanas. Entraram em cena trajando panos kente, dashikis, ternos Nehru e roupas de safári, e cada um deles tinha seu próprio cortejo composto de outras crianças vestidas de seguranças: ternos pretos e óculos escuros, falando em walkie-talkies de mentira. Vários dos pequenos líderes estavam acompanhados de pequenas esposas com bolsinhas penduradas no ombro, embora a Lady Libéria andasse sozinha, e o líder da África do Sul vinha com três esposas que andavam de braços dados em seu encalço. A dizer pela reação do público, ninguém tinha visto algo mais engraçado em toda vida, e Aimee, que também achou aquilo hilariante, secava as lágrimas dos olhos enquanto abraçava o presidente do Senegal ou apertava a bochecha do presidente da Costa do Marfim. Os líderes desfilaram diante dos soldados que suavam em desespero e em seguida diante de nossos assentos, onde pararam para acenar e ser fotografados, todavia sem esboçar sorriso ou dizer palavra. Depois a banda interrompeu as trombetas de boas-vindas e o conjunto de metais tocou uma versão muito barulhenta do hino nacional. Nossas cadeiras vibravam. Virei a cabeça e vi dois veículos grandalhões adentrando o pátio arenoso: o primeiro era um suv como aquele em que viajáramos quatro meses antes, e o segundo era um verdadeiro jipe da polícia, tão carregado de armas que mais parecia um tanque. Algo em torno de uma centena de crianças e adolescentes do vilarejo vinha correndo atrás e nos lados dos veículos, às vezes na frente, mas sempre numa proximidade perigosa das rodas, vibrando e comemorando. Dentro do primeiro carro, esticada para fora do teto solar aberto, estava uma versão de oito anos do próprio presidente, trajando seu vistoso bubu e chapéu kufi brancos e segurando sua bengala. A busca por verossimilhança era muito séria: o menino tinha a pele escura como a do presidente e a mesma cara de sapo. Ao lado dele estava uma pequena *glamour girl* de oito anos, mais ou menos da minha cor, de peruca e vestidinho vermelho provocante, jogando punhados de cédulas falsas de Banco Imobiliário para a multidão. Mais seguranças mirins vinham agarrados às laterais do carro, usando mini óculos escuros e apontando mini pistolas para as crianças, algumas das quais abriam os braços com entusiasmo, expondo o peito diminuto à mira de seus semelhantes. Duas versões adultas desses seguranças, vestindo o mesmo traje, mas sem pistolas, pelo menos até onde pude ver, corriam ao lado do carro filmando a cena toda em câmeras de vídeo de última geração. No jipe da polícia que fazia a retaguarda, os minipoliciais com arminhas de brinquedo dividiam espaço com policiais de verdade empunhando Kalashnikovs de verdade. Os policiais, pequenos e grandes, brandiam as armas no ar para deleite das crianças, que corriam atrás do jipe e tentavam escalá-lo para também estarem ali, junto ao poder. Os adultos com quem eu estava sentada pareciam divididos entre vibrar sorridentes — toda vez que as câmeras se voltavam a nós — ou gritar aterrorizados sempre que os veículos ameaçavam atropelar as crianças que corriam em volta. "Saia da frente", ouvi um policial de verdade gritar para um menino persistente que pedia doces junto ao eixo direito. "Ou vou passar por cima!"

Finalmente, os veículos estacionaram e o presidente em miniatura desceu, caminhou até o pódio e fez um pequeno discurso do qual não pude ouvir uma única palavra por causa da microfonia nos alto-falantes. Ninguém mais escutou nada, mas todo mundo riu e aplaudiu no final. Me dei conta de que, caso o presidente em pessoa houvesse comparecido, o resultado não teria sido muito diferente. Uma demonstração de poder é uma demonstração de poder. Então Aimee foi até lá, disse algumas palavras, beijou o homenzinho, tomou sua bengala e a brandiu no ar, fazendo o público delirar. Foi declarada a inauguração da escola.

Em vez de sairmos da cerimônia formal e nos dirigirmos a uma festa separada, seria mais exato dizer que a cerimônia formal se dissolveu instantaneamente e foi substituída por uma festa. Todo mundo que não havia sido convidado à cerimônia invadiu a quadra, as fileiras de cadeiras arrumadinhas à moda colonial foram desfeitas e as pessoas sentaram onde bem entenderam. As professoras glamorosas conduziram as turmas de crianças às áreas com sombra e serviram seus almoços, que saíram ainda quentes das panelas grandes que vieram trazidas dentro de grandes sacolas de compras axadrezadas, como aquelas que se vendem no mercado de Kilburn e são um símbolo internacional de gente próspera que viajou o mundo. Na extremidade norte do terreno, o prometido equipamento de som foi acionado. Toda criança que podia se afastar de um adulto ou que viera desacompanhada estava lá dançando. Tive a impressão de que era um ritmo jamaicano, uma forma de dancehall, e como eu havia me perdido de todo mundo em meio à transição repentina, fui até lá observar. Havia duas modalidades de dança. A dominante consistia numa imitação irônica da forma das mães dançarem: joelhos dobrados, costas curvadas, traseiro empinado, olhando para os pés enquanto pisavam no chão ao ritmo da música. Mas de vez em quando — especialmente quando me flagravam prestando atenção neles — os movimentos viajavam para outras épocas e lugares mais familiares para mim, passando pelo hip-hop e pelo ragga, por Atlanta e Kingston, e vi elementos de *jerking, popping, sliding, grinding.* Um menino bonito de uns dez anos, sempre com um sorrisinho sacana no rosto, dominava alguns movimentos particularmente obscenos e os executava em rajadas curtas para que as meninas à sua volta pudessem periodicamente se escandalizar, gritar, correr para se esconder atrás duma árvore e depois retornar devagarinho para vê-lo fazer de novo. Ele estava de olho em mim. Apontava na minha direção, gritava alguma coisa por cima da música alta, eu não conseguia entender direito: "Dança? Que pena! Dança? Dança! Que pena!". Me aproximei um passo, sorri e balancei a cabeça negativamente, embora ele soubesse muito bem que eu estava em dúvida. "Ah, aí está você", disse Hawa por trás de mim, antes de enganchar o braço no meu e me levar de volta à nossa festa.

Lamin, Granger, Judy, nossas professoras e alguns dos alunos estavam reunidos debaixo de uma árvore, todos chupando sorvete de laranja ou água gelada de embalagens plásticas em forma de pirâmide. Peguei uma água com a menina que as vendia e Hawa me mostrou como rasgar um dos cantinhos com os dentes para chupar o líquido. Ao terminar, olhei para a pequena embalagem torcida na minha mão, que parecia uma camisinha usada, e percebi que não havia alternativa a não ser jogá-la no chão, e que aqueles refrescos piramidais deveriam ser a origem daqueles plásticos retorcidos que vi amontoados em todas as ruas, nos galhos das árvores, nos lixões e nos arbustos, onde se assemelhavam a flores. Enfiei a minha dentro do bolso para adiar o inevitável e fui me sentar entre Granger e Judy, que estavam no meio de uma discussão.

"Não foi *isso* que eu disse", rosnou Judy. "O que eu disse foi: 'Nunca vi nada parecido'". Ela fez uma pausa para chupar o sorvete ruidosamente. "E não vi mesmo, droga!"

"É, tá bem, mas pode ser que eles também nunca tenham

visto as maluquices que nós fazemos. Dia de São Patrício. Sabe, que *porra* é o Dia de São Patrício?"

"Granger, sou australiana — e budista, basicamente. Não venha com essa de Dia de São Patrício pra cima de mim."

"Meu ponto é: nós amamos o *nosso* presidente..."

"Rá! Fale por si!"

"... por que essas pessoas não podem amar e respeitar seus próprios líderes? O que você tem a ver com isso? Não pode simplesmente chegar aqui sem contexto algum e julgar..."

"Ninguém ama ele", disse uma garota de olhos penetrantes que estava sentada na frente de Granger com a vestimenta baixada até a cintura, tirando o bebê do peito direito e colocando-o esquerdo. Tinha um rosto belo e inteligente e era pelo menos dez anos mais jovem que eu, mas seus olhos transmitiam o mesmo ar de experiência que eu já tinha percebido em algumas velhas amigas de colégio nas longas e constrangedoras tardes em que as visitava com seus bebês enfadonhos e maridos mais enfadonhos ainda. Como se uma camada de ilusões de menina tivesse descascado.

"Todas essas mulheres jovens", ela disse baixando a voz e tirando a mão de sob a cabeça do bebê para indicar a multidão com um gesto desdenhoso. "Mas onde estão os homens? Meninos, sim — mas rapazes? Não. Ninguém aqui ama ele ou o que ele fez aqui. Todo mundo que pode vai embora. Caminho dos fundos, caminho dos fundos, caminho dos fundos, caminho dos fundos." Enquanto falava, ela apontava para alguns dos meninos que dançavam perto de onde estávamos, próximos da adolescência, escolhendo-os como se tivesse o poder de fazê-los desaparecer. Ela chiou entre os dentes, bem como minha mãe fazia. "Acreditem, eu também iria embora se pudesse!"

Granger, que assim como eu, aposto, tinha presumido que a mulher não falava inglês — ou pelo menos não era capaz de acompanhar as variações faladas por ele e Judy — concordou com a cabeça diante de cada palavra dela, às vezes antes mesmo de ela pronunciá-las. Todas as outras pessoas que estavam próximas o bastante para ouvir — Lamin, Hawa, algumas das jovens professoras da nossa escola, outros que eu não conhecia — murmuraram e assoviaram, mas sem acrescentar nada. A bela garota se ajeitou na cadeira, percebendo que tinha repentinamente assumido o poder no grupo.

"*Se* eles o amassem", ela disse agora em voz bem mais alta, mas tampouco, não pude deixar de notar, chamando-o pelo devido nome, "não estariam aqui conosco, em vez de jogando a vida fora nas águas?" Ela baixou a cabeça e ajeitou o bico do seio, e me perguntei se "eles", no caso dela, seriam uma abstração ou, pelo contrário, teriam um nome, uma voz, um parentesco com o bebê esfomeado que ela segurava nos braços.

"Caminho dos fundos é loucura", sussurrou Hawa.

"Todo país tem seus conflitos", disse Granger — ouvi um eco invertido do que Hawa tinha me dito naquela manhã — "Conflitos *sérios* na América. Para o nosso povo, o povo negro. É por isso que faz bem pra nossa alma estar aqui, com vocês." Ele falou devagar, ponderadamente, e tocou na sua alma, que estava localizada no centro exato entre seus peitorais. Parecia que ele ia começar a chorar. Meu instinto foi o de virar o rosto, de lhe oferecer privacidade, mas Hawa olhou bem fundo em seus olhos, pegou sua mão e disse, "Vejam como Granger nos enxerga de verdade" — ele correspondeu apertando a mão dela de volta —, "não só com o cérebro, mas com o coração também!". Uma repreenda nem um pouco sutil, dirigida a mim. A garota intensa assentiu com a cabeça e ficamos esperando algo mais, tínhamos a impressão de que somente ela poderia trazer algum sentido final ao episódio, mas seu bebê tinha terminado de mamar e sua fala estava encerrada. Ela puxou para cima o pano amarelo de sua vestimenta e se levantou para fazê-lo arrotar.

"É uma coisa incrível termos a nossa irmã Aimee aqui conosco", disse uma das amigas de Hawa, uma garota cheia de energia chamada Esther, que não tolerava, eu já havia percebido, o menor sinal de silêncio. "O nome dela é conhecido em todas as partes do mundo! Mas agora ela é uma de nós. Precisamos lhe dar um nome no vilarejo."

"Sim", falei. Eu continuava observando a mulher da vestimenta amarela que tinha falado. Agora ela estava caminhando na direção das pessoas que dançavam, com as costas bem eretas. Eu queria ir atrás dela e conversar mais um pouco.

"Ela está aqui agora? Nossa irmã Aimee?"

"O quê? Ah, não... Acho que ela precisou ir a algum lugar dar entrevistas, ou algo assim."

"Ah, é maravilhoso. Ela conhece o Jay-Z, ela conhece a Rihanna e a Beyoncé."

"Sim."

"E ela conhece o Michael Jackson?"

"Sim."

"Você acha que ela também é Illuminati? Ou ela só conhece os Illuminati?"

Eu ainda podia distinguir a mulher de amarelo no meio de tantas outras pessoas, até que ela passou por trás de uma árvore e do predinho dos banheiros, sumindo de vista.

"Eu não diria que... Para ser sincera, Esther, não acho que nada disso seja real."

"Ah, bem", disse Esther em tom conciliador, como se ela tivesse dito que gostava de chocolate e eu tivesse dito que não gosto. "Aqui para nós é real, porque existe muito poder lá, com certeza. Ouvimos falar muito disso."

"É real", confirmou Hawa, "mas nessa internet, acredite em

mim, você não pode confiar em qualquer coisa! Por exemplo, meu primo me mostrou fotos de um homem branco, na América, ele era do tamanho de quatro homens, de tão gordo! Eu disse, 'Você é muito bobo, essa não é uma fotografia verdadeira, percebe? Não é possível, ninguém poderia ser assim'. Esses jovens são doidos. Acreditam em tudo que veem."

Quando resolvemos voltar para casa havia apenas estrelas iluminando a escuridão. Enganchei os braços com Lamin e Hawa e tentei provocá-los um pouco.

"Não, não, não, apesar de eu chamar ela de Esposinha", Lamin protestou, "e ela me chamar de sr. Marido, é verdade que somos apenas companheiros de idade."

"Flerte, flerte, flerte", disse Hawa, flertando, "é só isso!"

"É só isso?", perguntei, metendo logo o pé na porta.

"Com certeza é só isso", disse Lamin.

Na propriedade familiar, muitas das crianças pequenas ainda estavam acordadas e vieram correndo ao encontro de Hawa, tão encantadas quanto ela também estava em recebê-las. Apertei a mão das quatro avós, o que sempre devia ser feito como se fosse a primeira vez, e cada uma das mulheres se inclinou para tentar me dizer algo importante — ou, para ser mais exata, me disseram algo importante que fui incapaz de entender — e depois, quando as palavras se tornaram insuficientes, como sempre acabava acontecendo, me puxaram de leve pelo pano da minha vestimenta até o canto mais afastado da varanda.

"Ah!", disse Hawa, se aproximando com um de seus sobrinhos no colo, "mas ali está meu irmão!"

Era um meio-irmão, na verdade, e na minha opinião não se parecia muito com Hawa, não era bonito como ela e não tinha nem um pingo de seu charme. Possuía um rosto sério e bondoso, redondo como o dela, mas acrescido de uma papada, usava um par de óculos elegantes e se vestia de uma maneira totalmente neutra que, mesmo antes de ele tocar no assunto, me sugeriu que ele havia passado algum tempo nos Estados Unidos. Estava parado em pé na varanda, bebendo uma caneca de chá Lipton's, com os cotovelos encostados na beirada do muro de concreto. Dei a volta no pilar para cumprimentá-lo. Apertou minha mão calorosamente, mas com a cabeça recuada para trás e um meio-sorriso que revestia o gesto de ironia. Ele me lembrava uma pessoa — minha mãe.

"E você está hospedada aqui na propriedade familiar, pelo que entendi", ele disse, acenando com a cabeça para a atividade silenciosa que nos cercava e para o sobrinho de Hawa, que gritava em seus braços e saiu correndo pelo pátio assim que ela o soltou. "Mas como está se adaptando à vida rural do vilarejo? Você precisa primeiro se habituar às circunstâncias para apreciá-la completamente, imagino."

Em vez de responder, perguntei onde ele tinha aprendido aquele inglês perfeito. Ele deu um sorriso formal, mas seu olhar por trás dos óculos traiu uma breve severidade.

"Aqui. Este é um país falante do inglês."

Hawa, sem saber muito bem como reagir ao constrangimento, escondeu um risinho com a mão.

"Estou gostando muito", falei envergonhada. "Hawa tem sido muito generosa."

"Gosta da comida?"

"É uma delícia."

"É simples." Ele deu umas palmadinhas na barriga redonda e entregou a tigela vazia a uma garota que estava passando. "Mas às vezes o simples é mais saboroso que o complicado."

"Sim, exatamente."

"Então: para concluir, tudo está bom?"

"Tudo está bom."

"Leva um certo tempo para a pessoa se aclimatar a essa vida rural do vilarejo, como eu disse. Até mesmo para mim leva um minuto, mesmo tendo nascido aqui."

Naquele momento alguém me entregou uma tigela cheia, embora eu já tivesse comido, mas como eu estava sentindo que tudo que fazia na frente do irmão de Hawa era um tipo de teste, decidi aceitá-la.

"Mas você não pode comer desse jeito", ele protestou, e quando tentei apoiar a tigela em cima do muro ele disse: "Vamos sentar".

Lamin e Hawa permaneceram encostados no muro e nós dois nos agachamos para sentar em banquinhos feitos em casa que balançavam um pouco. Protegido dos olhares das numerosas almas que estavam no pátio, o irmão de Hawa relaxou. Ele me contou que tinha frequentado uma boa escola na cidade, perto da universidade em que seu pai dava aulas, e a partir daquela escola tinha se inscrito para uma vaga numa universidade privada no Kansas, dirigida por quacres, que concedia dez bolsas por ano a estudantes africanos, e ele tinha sido um deles. Milhares se inscrevem, mas ele conseguiu entrar, gostaram de sua redação, embora já fizesse tanto tempo que ele não lembrava mais do tema. Fez pós-graduação em Boston, em economia, e depois morou em Minneapolis, Rochester e Boulder, lugares que em algum momento ou outro eu havia visitado com Aimee e que não tinham significado nada para mim, mas me peguei desejando saber mais a respeito deles, talvez porque um dia passado no vilarejo parecesse um ano para mim — o tempo lá corria radicalmente mais devagar —, tanto que naquele instante até as calças bege e a camisa de golfe vermelha do irmão de Hawa pareciam capazes de inspirar em mim a ternura nostálgica de uma exilada. Fiz-lhe uma porção de perguntas bastante específicas sobre o tempo que passou na minha quase-casa, enquanto Lamin e Hawa continuavam parados ao nosso lado, trancados do lado de fora da conversa.

"Mas por que você teve que ir embora?", perguntei num tom mais lamentoso do que pretendia. Ele me dirigiu um olhar arguto.

"Nada me forçou. Eu poderia ter ficado. Voltei para servir ao meu país. Quis voltar. Trabalho para o Ministério da Fazenda."

"Ah, para o governo."

"Sim. Mas para ele, nosso Tesouro é como um cofre particular… Você é uma moça inteligente. Tenho certeza de que já ouviu falar disso." Ele tirou um chiclete do bolso e demorou para abrir a embalagem de papel metálico. "Você entende que, quando digo 'servir ao meu país', quero dizer ao povo inteiro, não àquele homem. Você deve entender, também, que no momento estamos de mãos atadas. Mas não será assim para sempre. Eu amo o meu país. E quando as coisas mudarem, pelo menos estarei aqui para ver."

"Babu, agora você está aqui só por um dia!", Hawa reclamou, abraçando o irmão pelo pescoço. "E quero falar com você sobre o drama que acontece *neste* pátio — deixe a cidade para lá!"

Irmão e irmã inclinaram as cabeças um na direção do outro, afetuosamente.

"Irmã, não duvido que a situação aqui seja mais complicada — espere, quero concluir esse argumento para a nossa hóspede interessada. Pois veja bem, minha última parada foi em Nova York. Estou correto ao supor que você é de Nova York?"

Respondi que sim: era mais fácil.

"Então você deve saber como é, como as classes funcionam nos Estados Unidos. Francamente, aquilo foi demais para mim. Quando cheguei a Nova York, eu já havia suportado o bastante.

321

É claro que também temos um sistema de classes aqui — mas não o desprezo."

"O desprezo?"

"Pois veja bem... Essa propriedade em que estamos? Você está no meio da nossa família. Bem, na verdade se trata de uma porção muito, muito pequena dela, mas vai servir para este exemplo. Talvez para você eles vivam de maneira muito simples, são pessoas de um vilarejo rural. Mas originalmente somos *foros*, nobres, pela linhagem da minha avó. Algumas pessoas que você irá conhecer — o diretor da escola, por exemplo, é um *nyamalos*, o que significa que sua linhagem é de artesãos — elas têm diversas variedades, ferreiros, trabalhadores do couro, et cetera... E você, Lamin, sua família é *jali*, não é?"

Um olhar de extrema tensão brotou no rosto de Lamin. Ele assentiu com a cabeça de maneira quase imperceptível e depois olhou para cima, para a imensa lua cheia que ameaçava se aninhar na copa da mangueira.

"Músicos, contadores de histórias, griôs", disse o irmão de Hawa, batendo num tambor imaginário. "E algumas pessoas, por outro lado, são *jongo*. Muitos em nosso vilarejo descendem de *jongos*."

"Não sei o que é isso."

"Os descendentes de escravos." Ele sorriu enquanto me olhava de cima a baixo. "Mas o que estou querendo dizer é que aqui as pessoas ainda podem dizer: 'Claro, um *jongo* é diferente de mim, mas não o desprezo'. Aos olhos de Deus, temos nossas diferenças, mas também uma igualdade básica. Em Nova York, vi pessoas de classe baixa sendo tratadas de uma maneira que nunca pensei que fosse possível. Com desprezo total. Elas estão servindo comida e as pessoas não fazem sequer contato visual com elas. Acredite ou não, algumas vezes fui tratado dessa maneira."

"Há tantos jeitos diferentes de ser pobre", murmurou Hawa

num súbito golpe de inspiração. Ela estava terminando de recolher uma pilha de espinhas de peixe deixadas no chão.

"É rico", falei, e o irmão de Hawa, sorrindo de leve, terminou por concordar.

Seis

Na manhã seguinte à apresentação de fim de verão, a campainha tocou num horário mais cedo que o normal, mais cedo que o carteiro. Era a srta. Isabel, e ela estava transtornada. As caixas de dinheiro tinham sumido, com quase trezentas libras dentro, e não havia sinais de arrombamento. Alguém tinha entrado com chaves durante a noite. Minha mãe ficou sentada na beirada do sofá, de roupão, esfregando os olhos em reação à luz matinal. Eu fiquei ouvindo do corredor, pois minha inocência estava desde o começo presumida. A discussão era a respeito do que fazer com relação a Tracey. Depois de um tempo, fui chamada para dar a minha versão e falei a verdade: trancamos tudo às onze e meia, depois de empilhar todas as cadeiras, e então eu saí numa direção e Tracey em outra. Pensei que ela havia passado a chave por baixo da porta, mas era possível, é claro, que a tivesse colocado no bolso. Minha mãe e a srta. Isabel olhavam para mim enquanto eu falava, mas escutavam sem muito interesse, com expressões neutras, e assim que terminei elas viraram a cabeça e continuaram conversando entre si. Quanto mais eu ouvia, mais aflita ficava. A meu ver, havia uma complacência obscena na certeza que demonstravam ter, tanto a respeito da culpa de Tracey quanto da minha inocência, embora racionalmente eu compreendesse que Tracey devia estar envolvida de alguma maneira. Fiquei ouvindo suas teorias. A srta. Isabel acreditava que Louie devia ter roubado a chave. Minha mãe acreditava com a mesma força que a chave havia sido entregue a ele. Não pareceu incomum, na ocasião, que nenhuma delas tivesse considerado chamar a polícia. "Com uma família daquelas...", disse a srta. Isabel, aceitando um lenço para passar nos olhos. "Quando ela vier ao centro", minha mãe garantiu, "teremos uma conversa." Era a primeira vez que eu ouvia falar do comparecimento de Tracey ao centro juvenil, aquele no qual minha mãe fazia trabalho voluntário, e naquele instante minha mãe olhou para mim, sobressaltada. Demorou um bom tempo até que ela recuperasse a compostura, e sem olhar nos meus olhos ela passou a explicar, com toda a calma, que "depois do incidente com as drogas" ela havia naturalmente arranjado um jeito de oferecer aconselhamento gratuito a Tracey, e não tinha me contado nada por uma questão de "confidencialidade". Nem a mãe de Tracey havia sido informada. Hoje entendo que aquilo era perfeitamente razoável, mas na época eu via conspirações maternas para tudo que era lado, manipulações, tentativas de controlar a minha vida e as vidas dos meus amigos. Fiz um escarcéu e me fechei no meu quarto.

Dali em diante tudo aconteceu muito rápido. A srta. Isabel, em sua inocência, resolveu falar com a mãe de Tracey, foi praticamente escorraçada do apartamento delas e voltou ao nosso abalada, com o rosto mais rosado que nunca. Minha mãe a convidou para sentar novamente e preparou um chá, mas um instante depois ouvimos a porta de entrada do prédio batendo com força: era a mãe de Tracey, impelida pela fúria que não fora capaz de ventilar suficientemente do outro lado da rua, subindo as escadas até o saguão do nosso prédio, onde permaneceu o tempo necessário para tecer uma contra-acusação terrível envolvendo o sr. Booth. Ela gritou tão alto que ouvi tudo através do piso. Desci correndo as escadas e dei de cara com ela preenchendo a moldura da porta, hostil, transbordando desprezo — por mim. "Você e a merda da sua mãe", ela disse. "Vocês sempre acharam que eram melhores que a gente, você sempre achou que era a menina de ouro, mas no fim das contas não era você, não é mesmo? É a minha Tracey, e vocês todos não passam de invejosos de merda, e só vão atrapalhar a vida dela se for por cima do meu cadáver, ela tem a vida inteira pela frente e vocês não vão conseguir impedi-la com mentiras, ninguém vai."

Nenhum adulto jamais tinha falado comigo daquele jeito antes, como se me desprezasse. De acordo com ela, eu estava tentando arruinar a vida de Tracey, assim como a minha mãe, a srta. Isabel e o sr. Booth, bem como outras diversas pessoas do conjunto habitacional e todas as mães invejosas da aula de dança. Subi as escadas correndo, chorando, e ela berrou: "Pode chorar o quanto quiser, amor!". Quando cheguei no meu andar, ouvi a porta de entrada do prédio bater de novo e por muitas horas tudo ficou em silêncio. Um pouco antes do jantar, minha mãe veio até o meu quarto e fez uma série de perguntas delicadas — foi a única vez que o assunto sexo foi abordado de modo explícito entre nós duas — e afirmei com toda a clareza possível que o sr. Booth jamais tinha encostado a mão em mim ou em Tracey, ou em qualquer outra pessoa, até onde eu soubesse.

Não ajudou: antes de a semana acabar ele havia sido forçado a abandonar o posto de pianista da aula de dança da srta. Isabel. Não sei o que aconteceu com ele depois disso, se continuou morando na vizinhança ou se mudou, se morreu ou foi simplesmente aniquilado pelos rumores. Pensei na intuição da minha mãe — "Alguma coisa muito séria aconteceu com essa garota!" — e então senti que ela tinha razão, como sempre, e que se tivéssemos abordado Tracey com as perguntas pertinentes, no momento certo e de maneira mais delicada, talvez obtivéssemos dela a verdade. Mas agimos na hora errada, acuamos Tracey e sua mãe num canto e elas reagiram de modo previsível, atirando em tudo que viam pela frente — e acertando, no caso, o pobre e velho sr. Booth. E assim obtivemos algo parecido com a verdade, bem parecido, mas não igual.

PARTE SEIS

Dia e noite

Um

Naquele outono, depois da segunda chamada, consegui entrar na minha segunda opção de universidade para estudar comunicação, a pouco menos de um quilômetro do inerte e cinzento Canal da Mancha, um cenário do qual me recordava dos feriados na infância. As águas eram margeadas por uma praia de seixos contendo inúmeras pedras marrons e tristes, de vez em quando alguma maior de cor azul-claro, pedaços de conchas brancas, nódulos de coral, lascas brilhantes facilmente confundíveis com algo de valor, mas que se revelavam apenas cacos de vidro ou de cerâmica. Levei comigo a minha postura urbana e provinciana, junto com um vaso de planta e vários pares de tênis, certa de que cada alma na rua ficaria espantada ao ver uma pessoa como eu. Mas as pessoas como eu não eram tão incomuns. De Londres e Manchester, de Liverpool e Bristol, usando jeans folgados e jaquetas de couro, com trancinhas, cabeças raspadas ou coques bem puxados reluzindo de cera Dax, orgulhosos de nossas coleções de bonés. Naquelas primeiras semanas, gravitamos para perto uns dos outros e caminhávamos numa gangue defensiva pela orla, preparados para receber insultos, mas os moradores locais nunca demonstraram por nós o mesmo interesse que demonstrávamos por eles. O ar salgado rachava os nossos lábios, nunca havia um lugar para cortar o cabelo, mas "Você faz faculdade?" era uma pergunta educada e sincera, não um ataque ao nosso direito de estar lá. E havia outras vantagens mais inesperadas. Agora eu tinha uma "ajuda de custo" que cobria alimentação e aluguel, e os fins de semana eram baratos — não havia para onde ir ou o que fazer. Passávamos o tempo livre juntos, de dormitório em dormitório, trocando perguntas sobre nossos passados com a cautela que parecia adequada a pessoas cujas árvores genealógicas podiam ser rastreadas até uma ou duas gerações anteriores, antes de afundarem na obscuridade. Havia uma exceção, um rapaz ganês: ele descendia de uma longa linhagem de médicos e advogados e agonizava diariamente por não ter sido aceito em Oxford. Mas para o resto de nós, que estávamos distantes apenas um grau, ou às vezes dois, de um pai maquinista e uma mãe faxineira, de uma avó servente e um avô motorista de ônibus, ainda tínhamos a sensação de ter feito um milagre, de que éramos "os primeiros de nossa estirpe a conseguir", e isso bastava por si só. E se a instituição era quase tão verde quanto nós, isso também acabou se revelando uma vantagem. Não havia nenhum passado acadêmico grandioso ali, não precisávamos prestar continência para ninguém. Nossas matérias eram relativamente novas — estudos de mídia, estudos de gênero —, e o mesmo valia para os nossos dormitórios e o corpo docente. Podíamos inventar o lugar por nossa conta. Pensei em Tracey escapando cedo para aquela comunidade de dançarinos, na inveja que tive dela, mas agora, pelo contrário, eu tinha uma certa pena dela, seu mundo me parecia infantil, apenas uma desculpa para brincar com o corpo, enquanto que eu podia atravessar o corredor e assistir a uma palestra com um título como "Pensando o corpo negro:

Uma dialética", ou dançar feliz da vida nos dormitórios dos meus novos amigos até tarde da noite, e não ao som das velhas canções dos espetáculos, mas ouvindo coisas novas, como Gang Starr ou Nas. Agora, quando dançava, eu não precisava mais obedecer a regras ancestrais de posição e estilo: eu me movimentava como bem entendia, ao sabor do ritmo. Pobre Tracey: os primeiros ensaios de manhã cedinho, a ansiedade ao subir na balança, os peitos dos pés doloridos, o oferecimento de seu corpo jovem ao julgamento de outras pessoas! Comparada a ela, eu era muito livre. Na faculdade nós dormíamos tarde, comíamos o que quiséssemos, fumávamos maconha. Ouvíamos a era de ouro do hip-hop, alheios ao fato de que estávamos vivendo uma outra era de ouro. Os mais versados que eu me davam lições a respeito das letras, e eu encarava aquelas aulas informais com a mesma seriedade dedicada às palestras nos auditórios. Era o espírito dos tempos: aplicávamos alta teoria a anúncios de xampu, filosofia a videoclipes do N.W.A. No nosso pequeno círculo, ser "consciente" era o que importava, e depois de anos alisando meus cabelos à força com chapinha eu passei a deixá-los crespos, e também passei a usar um pequeno mapa da África pendurado no pescoço, com os países maiores desenhados numa costura de retalhos de couro pretos, vermelhos, verdes e dourados. Escrevi ensaios longos e apaixonados sobre o fenômeno do "Tio Tom".

Quando minha mãe veio passar três noites comigo, perto do final do primeiro semestre, achei que ela ficaria muito impressionada com tudo aquilo. Mas eu havia esquecido que eu não era exatamente como os outros, não havia sido "a primeira de minha estirpe a conseguir". Nessa corrida de obstáculos, minha mãe estava um pulo à minha frente, e eu deixara de levar em conta que o suficiente para os outros nunca era o suficiente para ela. Estávamos caminhando juntas pela praia na última manhã de sua visita quando ela começou a dizer uma frase que, pelo que eu mesma pude perceber, logo fugiu ao seu controle e foi muito mais longe do que ela pretendia, mas mesmo assim ela a disse até o fim, ela comparou seu diploma recém-obtido com o curso que eu estava iniciando, chamou a minha faculdade de "hotel disfarçado", longe do que uma universidade deveria ser, nada além de uma armadilha de financiamento estudantil para alunos ingênuos cujos pais eram igualmente pouco instruídos, e aquilo me deixou furiosa, tivemos uma discussão horrível. Disse que ela não precisava mais se dar ao trabalho de me visitar, e ela nunca voltou.

Era de esperar que eu me sentisse desolada — como se tivesse cortado o único fio que me prendia ao mundo —, mas o sentimento nunca veio. Pela primeira vez na vida eu tinha um namorado, e ele me ocupava a tal ponto que eu me sentia apta a suportar qualquer outra perda. Ele era um rapaz conscientizado que se chamava Rakim — havia trocado de nome em homenagem ao rapper — e seu rosto, comprido como o meu, era de um tom mais escuro, entre cor de mel e castanho, contendo dois olhos muito escuros e penetrantes, um nariz saliente e um lábio superior que se projetava de maneira inesperada e delicadamente feminina, lembrando ninguém menos que Huey P. Newton. Tinha dreadlocks finos que desciam até o ombro, All Star Converse em qualquer condição climática e pequenos óculos redondos como os de Lennon. Eu o achava o homem mais lindo do mundo. Ele achava a mesma coisa. Considerava-se um dos "Cinco Por Cento", ou seja, um deus encarnado — pois todos os filhos homens da África eram deuses —, e quando me explicou pela primeira vez esse conceito, a primeira coisa que pensei foi que devia ser muito bom ver a si mesmo como um deus vivo, imagina que relaxante! Mas não, na verdade aquilo se revelou uma dura responsabilidade: não era fácil carregar o fardo pesado da verdade enquanto tantas pessoas viviam na ignorância, oitenta e cinco por cento das pessoas, para ser exata. Mas piores do que os ignorantes eram os maliciosos, os dez por cento que sabiam de tudo que Rakim alegava saber, mas trabalhavam ativamente para disfarçar e subverter a verdade com o objetivo de manter a ignorância dos oitenta e cinco por cento e tirar vantagens disso. (Rakim incluía nesse grupo de impostores perversos todas as igrejas, a própria Nação do Islã, a mídia, o "establishment".) Na parede de seu quarto havia um belo cartaz vintage dos Panteras Negras, no qual o grande felino parecia prestes a pular sobre você, e ele vivia falando da vida violenta nas grandes cidades americanas, do sofrimento da nossa gente em Nova York e Chicago, em Baltimore e Los Angeles, lugares que eu nunca havia visitado e que mal conseguia imaginar. Às vezes eu tinha a impressão de que essa vida do gueto — mesmo estando a cinco mil quilômetros de distância — era mais real para ele do que o cenário litorâneo, aprazível e sossegado em que de fato vivia.

Ocasionalmente, o estresse de ser um Professor Justo e Humilde podia se tornar insuportável. Ele baixava as persianas no quarto, fumava maconha logo depois de acordar, faltava às aulas, me implorava para não deixá-lo sozinho, passava horas estudando o Alfabeto Supremo e a Matemática Suprema, que para mim eram apenas cadernos e mais cadernos preenchidos com letras e números em combinações incompreensíveis. Noutras vezes ele parecia bem equipado para a tarefa da iluminação global. Sereno e repleto de conhecimento, sentado de pernas cruzadas no chão como um guru, servindo chá de hibisco para o nosso pequeno círculo, "dando a letra", movendo a cabeça de leve no ritmo da música cantada por seu homônimo no aparelho de som. Eu nunca tinha conhecido um garoto como aquele. Os garotos que eu conhecia não tinham paixão nenhuma, nada digno de ser chamado assim, eles não podiam se dar a esse luxo: o que importava para eles era o fato de não se importar com nada. Participavam de uma competição vitalícia entre si — e o resto do mundo — justamente para determinar quem se importava menos, quem sabia pouco se foder melhor que os outros. Era uma forma de defesa contra a derrota, que lhes parecia inevitável de um jeito ou de outro. Rakim era diferente: todas as suas paixões estavam na superfície, ele não conseguia escondê-las, não tentava — era isso que eu tanto amava nele. Não percebi, de início, como rir era algo difícil para ele. O riso não parecia apropriado para um deus em forma humana — e muito menos para a namorada de um deus — e eu provavelmente deveria ter interpretado isso como um aviso. Em vez disso, eu o seguia com devoção até os destinos mais estranhos. Numerologia! Ele se inebriava de numerologia. Me ensinou a converter meu nome em números e depois a manipular esse números de maneira específica, de acordo com a Matemática Suprema, até que viessem a significar: "A luta para triunfar sobre a divisão interior". Eu não entendia tudo que ele falava — estávamos quase sempre chapados durante essas conversas —, mas eu conhecia muito bem a divisão que ele dizia ser capaz de ver dentro de mim, nada me era mais fácil de apreender do que a ideia de que eu havia nascido metade certa, metade errada, sim, desde que eu não pensasse para valer no meu pai e no amor que sentia por ele, esse era um sentimento que encontrava em mim com muita facilidade.

Essas ideias não tinham lugar nem relação com os estudos de Rakim propriamente ditos: ele cursava administração e hotelaria. Mas elas dominavam o tempo que passávamos juntos e aos poucos comecei a me sentir encoberta por uma nuvem de constantes correções. Nada que eu fazia estava certo. Ele sentia repulsa pelo material que eu deveria estar estudando — os menestréis e empregadinhas que dançavam nos filmes, as dançarinas profissionais e figurantes —, não via o menor valor em nada disso, mesmo que a minha intenção fosse a de criticar, o assunto como um todo era vazio para ele, um produto da "Hollywood Judaica", que ele incluía em massa naqueles dez por cento de impostores. Se eu tentava falar com ele a respeito de algo que estava escrevendo — principalmente na frente dos nossos amigos — ele fazia questão de me diminuir ou ridicularizar. Uma vez, chapada além da conta e na companhia de outras pessoas, cometi o erro de tentar explicar o que eu achava bonito nas origens do sapateado — a tripulação de irlandeses e os escravos africanos matando tempo com os pés no convés de madeira do navio, ensinando passos uns aos outros, criando uma forma híbrida —, mas Rakim, também chapado e com uma disposição de ânimo cruel, ficou em pé, revirou os olhos, projetou os lábios, agitou as mãos como um menestrel e disse: *Ai, mestre, tô tão feliz aqui no navio negrêro que vô dançá de alegria.* Cravou os olhos em mim e voltou a sentar. Nossos amigos ficaram olhando para o chão. A mortificação foi intensa: pelos meses seguintes, bastava eu lembrar do incidente para que meu rosto ardesse. Mas na época eu não o culpava por se comportar dessa forma nem o amava menos por isso: meu instinto era sempre o de botar a culpa em mim mesma. Meu maior defeito naqueles tempos, tanto na visão dele quanto na minha, era a minha feminilidade, que era do tipo errado. A mulher, no esquema de Rakim, tinha que ser a "terra", ela mantinha o homem no chão, que por sua vez era pura ideia, "dava a letra", e na visão dele eu estava muito longe de onde deveria, longe da raiz das coisas. Eu não cultivava plantas nem fazia comida, nunca falava em bebês ou assuntos domésticos e competia com Rakim nos momentos e nas ocasiões em que deveria estar prestando apoio. O romantismo não estava a meu alcance: ele exigia uma forma de mistério íntimo que eu não era capaz de fabricar e que desaprovava nos outros. Eu não conseguia fingir que os pelos não cresciam nas minhas pernas, que meu corpo não excretava uma variedade de substâncias nojentas ou que meus pés não eram chatos como panquecas. Eu não sabia flertar e não via nenhum motivo para saber. Não me importava de me arrumar para encontros com estranhos — quando íamos às festas da universidade ou aos clubes londrinos —, mas em nossos dormitórios, nos limites de nossa intimidade, eu não sabia ser uma garota e muito menos a gata de alguém, só sabia ser uma fêmea humana, e o sexo que eu compreendia era aquele praticado entre amigos e semelhantes, delimitando conversas como os apoios de livros delimitam uma prateleira repleta de volumes. Esses defeitos profundos, na visão de Rakim, derivavam do sangue do meu pai, que corria nas minhas veias como um veneno. Mas a culpa também era minha, da minha mente, ocupada demais consigo mesma. Uma mente urbana, era assim que ele a chamava, do tipo que nunca se encontra em paz porque não dispõe de nada natural sobre o que meditar, apenas concreto e imagens, e imagens de imagens — "simulacros", como dizíamos na época. As cidades me haviam corrompido, me tornando masculina. Não sabia eu que as cidades haviam sido construídas pelos dez por cento? Que elas eram uma ferramenta intencional de opressão? Um hábitat anormal para a alma africana? Suas evidências para essa teoria podiam ser complexas — conspirações governamentais abafadas, diagramas de projetos arquitetônicos rabiscados à mão, citações obscuras creditadas a presidentes e líderes civis e que eu devia levar a sério com base na fé —, mas às vezes eram simples e condenatórias. Eu sabia os nomes das árvores? Os nomes das flores? Não? Mas como uma africana poderia viver dessa maneira? Ao passo que ele sabia esses nomes todos, embora isso se devesse ao fato — que não fazia questão de propagar — de que ele havia nascido na Inglaterra rural, criado primeiro em Yorkshire, depois em Dorset, em vilarejos remotos, onde era sempre o único de seu tipo nas ruas, o único de seu tipo na escola, algo que me soava ainda mais exótico que todo seu radicalismo, seu misticismo. Me encantava que ele soubesse o nome de todos os condados e como eles se interligavam, os nomes dos rios e onde exatamente desembocavam no oceano, que soubesse diferenciar uma amora de uma amora-preta, um bosque de uma capoeira. Em toda minha vida, eu nunca tinha saído para andar sem rumo, mas agora eu fazia isso acompanhando-o em suas caminhadas pela orla desolada, passando pelos píeres abandonados, às vezes penetrando fundo na cidade, por suas ruazinhas com calçamento de pedra, atravessando os parques naturais, costurando o caminho pelo meio de cemitérios, seguindo à margem das estradas principais, indo tão longe que acabávamos chegando aos campos onde, finalmente, nos deitávamos. No decorrer dessas longas caminhadas, ele não deixava suas preocupações de lado. Recorria a elas para emoldurar o que víamos, de maneiras que podiam me surpreender. O esplendor georgiano de um arco de casas construídas de frente para o mar, suas fachadas brancas como açúcar — essas casas, ele explicou, também tinham sido pagas pelo comércio de açúcar, construídas por um dono de plantação da nossa própria ilha ancestral, a ilha que nenhum de nós dois jamais havia visitado. Quanto ao pequeno pátio de igreja onde às vezes nos reuníamos à noite para fumar, beber e deitar na grama, Sarah Forbes Bonetta havia se casado bem ali, uma história que ele contava com tanto vigor que era como se ele próprio houvesse se casado com ela. Eu deitava com ele na grama rala do cemitério da igreja e ouvia. Uma menina de sete anos do oeste africano, bem nascida, porém enredada numa guerra tribal, raptada por invasores do reino do Daomé. Ela testemunhou o assassinato da própria família, mas depois foi "resgatada" — termo que Rakim qualificava fazendo aspas com os dedos — por um capitão inglês que convenceu o rei do Daomé a entregá-la de presente para a rainha Victoria. "Um presente do Rei dos Negros para a

Rainha dos Brancos." Esse capitão a batizou de Bonetta, em homenagem ao próprio navio, e no caminho até a Inglaterra ele percebeu como ela era esperta, como era ligeira e alerta acima da média, inteligente como uma menina branca, e ao conhecê-la a rainha também enxergou tudo isso e decidiu criar Sarah como sua afilhada, casando-a, muitos anos depois, quando ela atingiu a maioridade, com um rico comerciante iorubá. Nessa igreja, disse Rakim, aconteceu nessa igreja bem aqui. Me apoiei nos cotovelos e olhei para aquela igreja tão despretensiosa, com ameias simples e uma sólida porta vermelha. "E havia oito damas de honra negras na procissão", ele disse, traçando o trajeto delas do portão até a porta da igreja com a ponta do baseado aceso. "Imagine só! Oito negras e oito brancas, e os homens africanos andaram ao lado das garotas brancas, e os homens brancos, das garotas africanas." Mesmo na escuridão, eu podia ver. Os doze cavalos cinza puxando a carruagem, o magnífico laço cor de marfim do vestido e o grande público reunido para assistir ao espetáculo, saindo da igreja e tomando conta do gramado, retornando até o portão com telhado, de pé sobre os murinhos de pedra e pendurados nas árvores, só para não perder a breve chance de vê-la.

Penso em como Rakim coletava informações naquela época: nas bibliotecas públicas, nos arquivos da universidade, lendo jornais velhos obstinadamente, examinando microfilmes, seguindo notas de rodapé. E então penso nele hoje, na era da internet, em como deve estar perfeitamente feliz, ou talvez absorvido às raias da loucura em suas buscas. Agora eu mesma posso encontrar num instante o nome daquele capitão e posso saber no mesmo clique o que ele pensava da menina que levou de presente a uma rainha. *Desde sua chegada no país, ela tem realizado um progresso considerável no estudo da língua inglesa e manifesta grande talento musical e uma inteligência de ordem incomum. Seus cabelos são curtos, pretos e cacheados, fortemente indicativos de sua origem africana; suas feições são agradáveis e belas, e seus modos e sua conduta são muito amenos e afetuosos com todos a seu redor.* Sei hoje que seu nome iorubá era Aina, o que significa "parto difícil", um nome que se dá a uma criança nascida com o cordão umbilical enrolado no pescoço. Posso ver uma foto de Aina com seu espartilho de gola alta, o rosto fechado, o corpo perfeitamente imóvel. Lembro que Rakim tinha um refrão que era sempre declamado com orgulho, com o lábio superior recolhido, mostrando os dentes: "Temos nossos próprios reis! Temos nossas próprias rainhas!". Eu assentia com a cabeça para preservar a paz, mas no fundo uma parte de mim sempre se rebelava. Por que ele pensava que era tão importante para mim saber que Beethoven havia dedicado uma sonata a uma violinista mulata, ou que a "dark lady" de Shakespeare era realmente escura, ou que a rainha Victoria tinha se prestado a cuidar de uma criança africana, "inteligente como uma menina branca"? Eu não queria depender de sombras africanas para cada fato europeu, como se os fatos europeus fossem uma armação evitando que tudo relacionado à África virasse poeira em minhas mãos. Não me dava nenhum prazer ver aquela menina de rostinho doce vestida como as filhas da rainha Victoria, congelada numa fotografia formal, com um novo tipo de corda em volta do pescoço. Eu sempre quis vida — movimento.

Num domingo parado, Rakim soltou um pouco de fumaça pela boca e começou a falar em irmos assistir a um "filme de verdade". Era francês, estava passando no clube de cinema da universidade naquele dia, e ao longo da manhã tínhamos rasgado o folheto de divulgação e usado o papel lustroso para enrolar uma porção de filtros pequeninos para os nossos baseados. Mas ainda dava para ver o rosto de uma garota parda usando um lenço azul na cabeça, e Rakim julgava ver um pouco dos meus traços no rosto dela, ou vice-versa. Ela estava olhando diretamente para mim com o que restava de seu olho direito. Nos arrastamos pelo campus até a sala de vídeos e nos acomodamos nas desconfortáveis cadeiras dobráveis. O filme começou. Mas com a névoa em minha mente era difícil entender o que eu estava assistindo, o filme parecia feito de muitos pedacinhos, como um vitral, e eu não sabia que partes eram importantes ou a que cenas Rakim pensava que eu deveria prestar atenção, embora fosse possível que todos na sala tivessem a mesma sensação, talvez fosse a proposta do filme fazer com que cada espectador visse algo diferente. Não sei dizer o que Rakim viu. Eu vi tribos. Muitas tribos diferentes, de todos os cantos do mundo, operando de acordo com as regras internas de seus grupos e depois montadas num padrão complexo que parecia apresentar, no momento, uma estranha lógica própria. Vi garotas japonesas vestindo trajes tradicionais, dançando em formação, executando movimentos curiosamente semelhantes aos do hip-hop em cima dos tamancos *geta*. Cabo-verdianos aguardando, com paciência perfeita e eterna, um barco que podia ou não aparecer. Vi crianças de cabelos brancos de tão loiros caminhando por uma estrada islandesa deserta numa cidade que havia sido pintada de preto por cinzas vulcânicas. Ouvi uma voz de mulher dublada e desencarnada falando por cima dessas imagens, contrastando o tempo africano e o tempo europeu com a experiência do tempo asiática. Ela disse que há cem anos a humanidade se confrontou com a questão do espaço, mas que o problema do século XX era a existência simultânea de diversas noções de tempo. Espiei Rakim: ele estava tomando notas no escuro, irreversivelmente chapado. Chegou a um ponto em que as imagens eram demais para ele, vi que apenas escutava a voz da mulher e tomava notas cada vez mais rápido à medida que o filme avançava, até escrever metade do roteiro do filme em seu bloco de notas.

Para mim o filme não tinha início nem fim, e isso não causava uma sensação ruim, era apenas misteriosa, como se o tempo em si houvesse se expandido para acomodar o desfile interminável de tribos. Ele continuava sem parar, se recusando a terminar, admito que dormi em algumas partes, acordando num sobressalto quando o queixo batia no peito, apenas para erguer a cabeça de novo e deparar com uma imagem bizarra — um templo dedicado a gatos, Jimmy Stewart perseguindo Kim Novak numa escada em espiral —, imagens que se tornavam ainda mais incompreensíveis porque eu tinha perdido o que viera logo antes e perderia o que vinha a seguir. E durante um desses intervalos lúcidos entre acordar e cair no sono, ouvi de novo aquela voz desencarnada falando da indestrutibilidade essencial das mulheres, e de como os homens se relacionavam com ela. Pois é o papel do homem, ela disse, impedir as mulheres de perceberem a própria indestrutibilidade, e pelo maior tempo possível. Cada vez que eu acordava sobressaltada, podia sentir a impaciência que Rakim me dirigia, sua necessidade de me corrigir, e passei a temer a chegada dos créditos finais, pude imaginar a exata intensidade e duração da briga que teríamos em seguida, naquele momento perigoso após o cinema, de volta ao dormitório dele, longe das testemunhas. Queria que o filme nunca terminasse.

Alguns dias depois, terminei com Rakim de maneira covarde, por meio de uma carta enfiada debaixo de sua porta. Eu culpava a mim mesma na carta e dizia esperar que pudéssemos continuar sendo amigos, mas ele me enviou outra em resposta, escrita com uma tinta vermelha furiosa, me informando que ele sabia muito bem que eu pertencia aos dez por cento, e que dali em diante ele estaria prevenido contra mim. Ele foi fiel à sua palavra. Durante o resto da faculdade, ele dava meia-volta quando eu me aproximava, atravessava a rua quando me avistava na cidade e abandonava qualquer sala de aula que eu adentrasse. Dois anos depois, na formatura, uma mulher branca correu pelo salão, agarrou a manga da minha mãe e disse "Eu *sabia* que era você — você é uma inspiração para os nossos jovens, de verdade —; é um prazer tão grande te conhecer! E este é o meu filho". Minha mãe se virou com o rosto já fixo numa expressão que eu conhecia bem àquela altura — uma leve condescendência combinada com orgulho, a mesma expressão que agora ela exibia com frequência quando aparecia na televisão, sempre que era chamada para "falar em nome daqueles que não têm voz". Ela estendeu a mão para cumprimentar o filho daquela mulher branca, que de início se recusava a sair de trás de sua mãe, e ao sair manteve os olhos no chão, com o rosto escondido atrás dos dreads fininhos, embora eu o tivesse reconhecido na mesma hora pelos All Star Converse apontando por debaixo da toga.

Dois

Na minha quinta visita, fui sozinha. Atravessei o saguão do aeroporto sem parar, indo de encontro ao calor, sentindo uma competência triunfante. À minha esquerda e direita estavam os perdidos e os temerosos: turistas com destino às praias, evangélicos com camisetas grandes demais e todos aqueles jovens e sérios antropólogos alemães. Nenhum representante me levou até o meu veículo. Eu não estava "aguardando o resto do meu grupo". Levava comigo as moedas para entregar aos aleijados no estacionamento, o dinheiro do táxi no bolso traseiro da calça, minha meia dúzia de expressões. *Nakam! Jamun gam? Jama rek!* Calças cáqui e camisas de linho branco amassadas eram coisa do passado. Jeans pretos, uma blusa de seda preta e grandes argolas douradas nas orelhas. Eu acreditava ter dominado o tempo local. Sabia quanto tempo levava para chegar à balsa em cada horário do dia, de modo que ao chegar à rampa centenas de outras pessoas já haviam esperado no meu lugar e eu precisava apenas sair do carro e embarcar. A balsa deu um solavanco e zarpou. No deque superior, o balanço da embarcação me impeliu adiante, me ajudando a atravessar duas camadas de pessoas até chegar na grade, feliz da vida, como alguém empurrado para os braços do amante. Olhei para toda a vida e o movimento ocorrendo abaixo de mim: pessoas se acotovelando, galinhas cacarejando, golfinhos saltando na espuma, canoas sacudidas pela esteira da balsa, cães famintos correndo pelas margens. Aqui e ali eu avistava o que eu já sabia serem membros do Tablighi, com suas calças curtas folgadas nos tornozelos, pois elas se sujariam se fossem mais compridas e as orações dos sujos não são atendidas, de modo que você terá os pés queimados no inferno. Mas, para além da roupa, se destacavam das demais pessoas por sua imobilidade. No meio de tanta atividade, eles pareciam pausados, lendo seus livros de orações ou apenas sentados em silêncio, com os olhos delineados com *kajal* frequentemente fechados e um sorriso jubiloso acomodado em suas barbas tingidas de hena, tão apaziguados em comparação a todos nós. Talvez estivessem sonhando com seu *iman* puro e moderno: com pequenas famílias nucleares venerando Alá em apartamentos discretos, com louvor isento de magia, com acesso direto a Deus sem intermediários locais, com a circuncisão esterilizada em hospitais, bebês nascidos sem danças de celebração, mulheres que não pensavam em combinar um hijab rosa-choque com um minivestido de Lycra verde-limão. Fiquei pensando em como devia ser difícil cultivar esse sonho naquele exato momento, dentro da balsa, enquanto a fé desgovernada do dia a dia se manifestava ao redor deles.

Me acomodei num banco. À minha esquerda estava sentado um desses jovens espiritualizados, com os olhos fechados e abraçado a um tapete de orações enrolado. Do outro lado estava sentada uma garota toda enfeitada, com dois pares de sobrancelhas — um dos pares estranhamente pintado em cima de suas sobrancelhas naturais — e que ficava agitando um saquinho de castanhas-de-caju nas mãos. Relembrei os meses que separavam minha primeira viagem de balsa desta que estava realizando agora. A Academia Iluminada para Meninas — que por razões práticas, e para poupar a todos da vergonha de pronunciar o nome completo, abreviávamos como AIM, sem o conhecimento de Aimee — tinha sobrevivido ao seu primeiro ano. Prosperado, se o sucesso fosse medido em espaço nas colunas dos jornais. Para o resto de nós havia sido uma provação periódica, mais intensa sempre que chegava a hora das visitas ou quando alguma crise trazia o belicoso diretor da escola para dentro de nossas salas de reunião em Londres ou Nova York na forma de tensas videoconferências. Em todas as outras ocasiões, a escola ficava estranhamente distante. Com frequência me voltavam as palavras de Granger em Heathrow, na noite de nosso primeiro retorno, abraçando meus ombros na fila da alfândega: "Nada disso me parece real agora! Alguma coisa mudou. Nada pode continuar igual depois de ter visto o que eu vi!". Mas poucos dias depois ele continuava sendo exatamente o mesmo, todos nós continuávamos: deixávamos as torneiras abertas, jogávamos garrafinhas de plástico fora depois de tomar uns goles, comprávamos uma calça jeans pelo valor do salário anual de um professor em treinamento. Se Londres era irreal, se Nova York era irreal, sua cenografia era poderosa: bastava estar de volta a elas para que não apenas parecessem reais, como parecessem ser *a única realidade possível*, e as decisões a respeito do vilarejo que eram tomadas nessas cidades sempre pareciam dotadas de uma certa plausibilidade no momento em que eram formuladas, sendo que apenas depois, quando um de nós retornava para cá e cruzava este rio, o potencial absurdo da decisão se tornava evidente. Quatro meses atrás, por exemplo, tinha nos parecido importante, em Nova York, ensinar a teoria da evolução àquelas crianças — e a seus professores —, muitas das quais não tinham nem ouvido falar em Darwin. Pareceu bem menos prioritário quando chegamos ao vilarejo no meio da estação chuvosa e descobrimos que um terço das crianças havia contraído malária, metade do telhado de uma sala de aula havia desabado, o contrato da prestadora de serviços que cuidava dos banheiros estava emperrado e os circuitos elétricos dos painéis solares estavam enferrujados e danificados. Mas o nosso maior problema, como Fern havia previsto, não eram exatamente as nossas ilusões pedagógicas, e sim a natureza oscilante da atenção de Aimee. Seu novo interesse era a tecnologia. Ela havia começado a dedicar muito tempo ao convívio social com os jovens brilhantes do Vale do Silício e gostava de se considerar uma integrante da tribo, "basicamente uma nerd". Ela vinha sendo bastante receptiva à sua visão de um mundo transformado — salvo — pela tecnologia. Na primeira onda desse novo interesse, ela não chegou a abandonar a AIM ou a redução da pobreza, mas embutiu as novas preocupações nas antigas, às vezes com resultados alarmantes ("Vamos dar um laptop a cada uma dessas pirralhas: *eles* serão o caderno de exercícios, *eles* serão a biblioteca, o professor, tudo!"). E coube a Fern massagear aquilo até que voltasse a corresponder pelo menos vagamente à realidade. Ele permanecia "na região" não apenas semanas, mas estações do ano inteiras, em parte por afeição ao vilarejo e por comprometimento com seu trabalho, mas também, eu sabia muito bem, para evitar trabalhar com Aimee a uma distância menor que seis mil quilômetros. Ele via o que ninguém mais podia ver. Reparou no ressentimento crescente dos meninos, que tinham sido deixados para apodrecer na velha escola, que agora — apesar de Aimee ocasionalmente colocar algum dinheiro nela — era pouco mais do que uma cidade-fantasma em que as crianças ficavam esperando a chegada de professores que tinham sumido por falta de pagamento. O governo parecia ter se retirado do vilarejo como um todo: muitos outros serviços que antes funcionavam bem, ou pelo menos funcionavam, agora estavam cruelmente deteriorados. A clínica não tinha voltado a abrir as portas e um enorme buraco na estrada bem em frente ao vilarejo se alastrava numa cratera. Os relatórios de um pesquisador ambiental italiano denunciando níveis perigosos de pesticidas no poço eram ignorados, não importava quantas vezes Fern chamasse a atenção dos governantes responsáveis. Talvez esse tipo de coisa fosse ocorrer de qualquer maneira. Mas era difícil evitar a suspeita de que o vilarejo estava sendo punido por sua ligação com Aimee, ou negligenciado de propósito na esperança de que o dinheiro de Aimee preenchesse o buraco.

Havia um problema que não constava de nenhum dos relatórios, mas do qual tanto eu quanto Fern estávamos agudamente conscientes, embora o vivenciássemos em lados opostos. Tínhamos desistido de discutir a questão com Aimee. ("Mas e se eu estiver apaixonada por ele?" foi sua única resposta quando unimos forças numa chamada de videoconferência para tentar intervir.) Em vez disso, fazíamos o possível para agir sem o conhecimento dela, trocando informações como dois detetives trabalhando no mesmo caso. Devo ter sido a primeira a perceber, em Londres. Flagrava galanteios sendo trocados no computador ou celular dela, que eram imediatamente fechados ou desligados assim que eu entrava no recinto. Depois de um certo ponto ela desistiu de esconder. Quando ele passou no teste de aids que ela o obrigou a fazer, ficou tão contente que veio me contar. Me acostumei a ver a cabeça sem corpo de Lamin em algum canto, sorrindo para mim, num streaming de vídeo sendo enviado, presumia eu, do único café com internet de Barra. Ele estava presente no café da manhã com as crianças e acenava dando tchau para elas quando os tutores chegavam. Aparecia no jantar como se fosse mais um convidado à mesa. Começou a ser incluído na reuniões daquele tipo ridículo que chamavam de "reunião criativa" ("Lam, o que acha desse corpete?"), mas também nas reu-

349

niões sérias com os contadores, o gerente financeiro, os assessores de imprensa. No lado de Fern a situação era menos enjoativamente romântica e mais concreta: a propriedade familiar de Lamin ganhou uma nova porta de entrada, depois um vaso sanitário, depois paredes de divisão interna, depois um novo telhado. Isso não passou despercebido. Uma televisão de tela plana tinha sido o incômodo mais recente. "O Al Kalo convocou uma reunião sobre o assunto na terça-feira", Fern me informou quando lhe telefonei para avisar que o avião estava decolando. "Lamin estava em Dakar, visitando familiares. Quem mais apareceu para ver foram os jovens. Todo mundo estava preocupado. Terminou numa longa discussão sobre quando e como Lamin se tornou um Illuminati..."

Eu estava no processo de enviar uma mensagem de texto a Fern para lhe transmitir minha última localização quando escutei uma comoção do outro lado da sala de máquinas, e ao olhar para cima vi corpos abrindo espaço e se deslocando em direção às escadas para evitar um homem magro e descontrolado que agora estava à vista, gritando e agitando os braços ossudos, sofrendo algum transtorno severo. Olhei para o homem à minha esquerda: seu rosto continuava plácido, os olhos fechados. A moça à minha direita ergueu os dois pares de sobrancelhas e disse: "Homem bêbado, xi". Dois soldados apareceram e foram para cima dele em instantes, cada um pegou num braço e tentaram forçar o homem a sentar mais adiante no mesmo banco em que estávamos, mas cada vez que suas nádegas estreitas encostavam no assento ele saltava como se a madeira estivesse pegando fogo, e assim o plano mudou, os soldados o arrastaram até a entrada da casa de máquinas, bem na minha frente, e tentaram forçá-lo a atravessar a portinha e a descer os degraus escuros, de modo a sumir de vista. A essa altura eu já sabia que ele era epilético — vi a espuma acumulada nos cantos de sua boca — e no começo achei que eles não tinham entendido isso. Enquanto tentavam arrancar fora sua camiseta, fiquei gritando "Epilético! Ele é epilético!". Até que a moça da sobrancelha quádrupla explicou: "Irmã, eles sabem disso". Eles sabiam, mas não possuíam um arsenal de movimentos delicados. Eram do tipo de soldado a quem ensinavam somente a brutalidade. Quanto mais o homem convulsionava, mais espumava pela boca e mais enfurecia os soldados, e após um breve embate junto à porta, onde por um momento suas convulsões enrijeceram seus membros como os de uma criança pequena que se recusa a sair do lugar, eles o chutaram escada abaixo e entraram, trancando a porta atrás de si. Ouvimos sons de luta, gritos terríveis, a pancada surda de socos. Depois silêncio. "O que estão fazendo com o pobre homem?", gritou a sobrancelha quádrupla ao meu lado, mas quando a porta abriu de novo ela baixou a cabeça e retornou a atenção a suas castanhas, e eu não disse nada que pensei que diria, e o povo abriu caminho e deixou os soldados descerem as escadas sem serem incomodados. Éramos os fracos e eles eram os fortes, e seja qual for a força incumbida de mediar os fracos e os fortes, ela não estava presente naquela balsa e naquele país. Somente quando os soldados tinham saído de vista o Tablighi sentado a meu lado — acompanhado de dois outros homens que estavam próximos — entrou na sala de máquinas, buscou o epilético e o trouxe de volta à luz. O Tablighi o deitou carinhosamente em seu colo: parecia a *Pietà*. O homem estava com os dois supercílios abertos e sangrando, mas estava vivo e calmo. Um pedaço do banco foi liberado, e ali ele permaneceu pelo resto da travessia, sem camisa, gemendo de leve, até que atracamos, e então ele se levantou como qualquer outro passageiro, desceu as escadas e se misturou às hordas a caminho de Barra.

Como fiquei feliz de rever Hawa, feliz de verdade! Estava na hora do almoço quando abri a porta com um pontapé, e era a temporada da castanha-de-caju: estavam todos organizados em círculos de cinco ou seis pessoas, agachados ao redor de grandes tigelas de castanhas escurecidas pelas brasas, e que agora precisavam ser tiradas de dentro das cascas queimadas e separadas numa série de baldes com estampas coloridas berrantes. Até as crianças pequenas tinham condições de fazer isso, então todos deviam pôr as mãos à obra, inclusive os incompetentes como Fern, que era alvo das risadas de Hawa por causa de seu montinho de cascas relativamente pequeno.

"Olhe só para você! Parece a Miss Beyoncé em pessoa! Bem, espero que suas unhas não sejam preciosas demais, senhorita, porque chegou a hora de você mostrar a esse pobre Fern como se faz. Até o Mohammed tem uma pilha maior — e ele só tem três anos!" Larguei minha única mochila no chão — eu também havia aprendido a arrumar a mala — e fui abraçar a cintura forte e estreita de Hawa. "Nada de bebê ainda?", ela sussurrou no meu ouvido, e eu sussurrei a mesma coisa no ouvido dela, e então nos abraçamos com mais força ainda e rimos com nossas cabeças encostadas. Me surpreendeu bastante que Hawa e eu tivéssemos estabelecido um laço por esse motivo, atravessando continentes e culturas, mas assim foi. Pois assim como em Londres e Nova York o mundo de Aimee — e portanto o meu — havia sido tomado por bebês, os dela e os de seus amigos, e por atividades e conversas relacionadas a bebês, a ponto de parecer que o mundo girava unicamente em torno dos nascimentos, e não somente na esfera privada, mas também nos jornais, na televisão e nas canções ouvidas por acaso no rádio, que a mim pareciam se dedicar obsessivamente à questão da fertilidade em geral e, mais especificamente, da fertilidade de mulheres como eu, da mesma forma Hawa vinha sofrendo pressões no vilarejo, à medida que o tempo passava e as pessoas iam simpatizando com a teoria de que o policial em Banjul era um engodo e que Hawa era um novo tipo de garota, talvez não circuncidada, certamente não casada, sem filhos, sem planos imediatos de tê-los. "Nada de bebê ainda?" havia se tornado a abreviatura e expressão típica para toda aquela nossa situação mútua, e fazer aquele comentário nos parecia ser a coisa mais engraçada do mundo, caíamos na risada e gemíamos, e só às vezes me ocorria — sempre depois de eu haver retornado ao meu mundo — que eu tinha trinta e dois anos e Hawa era dez anos mais nova.

Fern tomou distância de seu fiasco com as castanhas-de-caju e limpou as mãos sujas de cinzas nas calças: "Ela voltou!".

O almoço foi servido imediatamente. Comemos num canto do pátio, com os pratos apoiados nos joelhos, os dois famintos o bastante para ignorar o fato de que ninguém mais interrompeu o descascamento para almoçar.

"Você parece ótima", disse Fern, abrindo um enorme sorriso para mim. "Muito feliz."

A porta de metal dos fundos da casa estava aberta, oferecendo uma visão das terras de plantio da família de Hawa. Vários acres de cajueiros de coloração arroxeada, arbustos amarelados e pequenos montes pretos e chamuscados marcando os locais em que Hawa e suas avós acendiam, uma vez por mês, imensas piras de lixo doméstico e plástico. De certa forma, era uma paisagem exuberante e devastada ao mesmo tempo, uma mistura bela aos meus olhos. Vi que Fern tinha razão: eu era feliz naquele lugar. Com trinta e dois anos e três meses de vida, eu estava finalmente tirando meu ano fora.

"Mas o que é um 'ano fora'?"

"Ah, é quando você é jovem e passa um ano em algum país distante, conhecendo a vida local, em comunhão com a... comunidade. Nunca tivemos esse luxo."

"Sua família?"

"Bem, sim, mas — eu estava pensando especificamente em mim e na minha amiga, Tracey. A gente via pessoas indo passar um ano fora e depois tirava sarro delas quando voltavam."

Ri de mim mesma diante daquela recordação.

"'Tirar sarro'? O que é isso?"

"Ah, a gente os chamava de 'turistas da pobreza'... Sabe, aquele tipo de estudante que volta para casa do ano fora vestindo uma calça étnica idiota e com estatuetas africanas 'esculpidas à mão', caríssimas, feitas numa fábrica qualquer no Quênia... A gente achava essas pessoas tão babacas."

Mas talvez Fern tivesse sido um desses jovens viajantes hippies e otimistas. Ele suspirou e ergueu a tigela vazia do chão para protegê-la de uma cabra enxerida.

"Que jovens cínicas vocês eram... você e sua amiga Tracey."

O descascamento das castanhas-de-caju continuaria noite adentro. Para não ser novamente intimada a ajudar, sugeri que déssemos uma caminhada até o poço com o pretexto fraco de buscar água para o banho matinal, e Fern, normalmente tão escrupuloso, me pegou de surpresa ao aceitar. No caminho ele me contou uma história sobre a visita que fez a Musa, o primo de Hawa, para checar a saúde de um bebê recém-chegado. Quando chegou ao local, uma habitação pequena e muito humilde que o próprio Musa havia construído nas margens do vilarejo, encontrou Musa sozinho. Sua esposa tinha pego o bebê e ido visitar a mãe.

"Ele me convidou para entrar, estava se sentindo um pouco sozinho, acho. Percebi que ele tinha um pequeno televisor antigo com um videocassete acoplado. Fiquei surpreso, ele é sempre tão frugal, como todos os *mashala*, mas ele disse que uma mulher do Corpo de Paz que estava retornando aos Estados Unidos tinha deixado aquilo com ele. Ele enfatizou que jamais assistia a filmes de Nollywood, telenovelas ou nada parecido, essas coisas tinham ficado para trás. Agora assistia apenas a 'filmes puros'. Quer ver um? Claro, eu disse. Nos sentamos, e um minutos depois percebi que era um desses vídeos de treinamento do Afeganistão, rapazes vestidos de preto, dando saltos mortais com Kalashnikovs... Eu disse a ele, 'Musa, você entende o que estão dizendo nesse vídeo?'. Porque uma voz dava um sermão repetitivo e interminável em árabe — você deve imaginar — e estava claro para mim que ele não entendia uma palavra. E ele me disse, em tom sonhador: 'Adoro o jeito que eles pulam!'. Acho que para ele era como um lindo vídeo de dança. Um vídeo de dança radical islâmico! Ele me disse: 'O jeito que eles se movem me dá vontade de ser mais puro por dentro'. Pobre Musa. Mas enfim, achei que você poderia achar graça dessa história. Pois sei que se interessa por dança", ele acrescentou ao constatar que eu não estava rindo.

Três

O primeiro e-mail que recebi na vida veio da minha mãe. Ela o enviou de um laboratório de computação no subsolo da University College London, onde tinha acabado de participar de um debate público, e eu o recebi num computador da biblioteca de minha universidade. O conteúdo era um único poema de Langston Hughes: ela me fez recitá-lo na íntegra quando lhe telefonei na mesma noite, para provar que a mensagem havia chegado. *Enquanto a noite chega suave, Escura como eu* — A nossa foi a primeira turma de graduação a ganhar endereços de e-mail, e minha mãe, sempre curiosa a respeito de novidades, comprou um Compaq velho e gasto e o conectou a um modem capenga. Entramos juntas naquele novo espaço que se abria entre as pessoas, uma conexão sem início ou fim precisos, que estava sempre potencialmente aberta, e minha mãe foi uma das primeiras pessoas que conheci que souberam compreender e explorar isso ao máximo. A maioria dos e-mails enviados em meados dos anos noventa tendiam a ser longos e semelhantes a cartas: começavam e terminavam com saudações típicas — as mesmas que se usava no papel — e se dedicavam a descrever o cenário ao redor, como se aquele novo meio houvesse transformado a todos em escritores. ("Estou digitando isso ao lado da janela, vendo o mar cinza-azulado, em cujas águas três gaivotas acabam de mergulhar.") Mas a minha mãe nunca escreveu e-mails desse jeito, ela pegou a manha desde o começo, e quando tinha acabado a faculdade havia poucas semanas, mas continuava vendo o mar cinza-azulado, ela começou a me enviar múltiplas mensagens de duas ou três linhas por dia, em sua maioria sem pontuação, e quase sempre dando a sensação de terem sido escritas em alta velocidade. Todas tinham o mesmo assunto: quando eu planejava voltar? Ela não se referia ao velho conjunto habitacional, ela tinha se mudado de lá no ano anterior. Agora ela morava num belo apartamento térreo em Hampstead com o homem que eu e meu pai nos acostumamos a chamar de "O Conhecido Ativista", inspirados pelo parentético usual de minha mãe ("Estamos escrevendo um artigo juntos, ele é um conhecido ativista, você deve ter ouvido falar dele." "Ele é um homem realmente maravilhoso, somos muito próximos, e ele é um conhecido ativista, é claro."). O Conhecido Ativista era um tobaguiano atraente, de linhagem indiana, com uma pequena barba prussiana e fartos cabelos negros espalhafatosamente arranjados no topo da cabeça para ressaltar ao máximo uma única mecha branca. Minha mãe o conhecera numa conferência antinuclear dois anos antes. Tinha ido a protestos com ele, escrevera artigos sobre ele — e a quatro mãos com ele — antes de proceder a beber com ele, jantar com ele, dormir com ele e, agora, morar com ele. Os dois eram frequentemente fotografados juntos, em pé entre os leões de Trafalgar Square, discursando um após o outro — como Sartre e Beauvoir, só que muito mais bonitos — e agora, sempre que o Conhecido Ativista era convocado para falar em nome dos que não tinham voz ou participava de protestos e conferências, era comum minha mãe estar a seu lado, em seu novo papel de "vereadora local e ativista civil". Estavam juntos havia um ano. Nesse período minha mãe se tornou razoavelmente conhecida. Uma dessas pessoas que o produtor de um programa de rádio pode chamar para opinar no debate que ocupava a esquerda naquele dia. Talvez não o primeiro nome da lista, mas se o presidente da associação dos estudantes, o editor da *New Left Review* ou o porta-voz da Aliança Antirracismo estivessem todos ocupados, era sempre possível contar com a disponibilidade quase constante da minha mãe e do Conhecido Ativista.

Fiz o que pude para me sentir feliz por ela. Sabia que era isso o que ela sempre desejara. Mas é difícil, quando sua própria vida não está dando em nada, ficar feliz pelos outros, e além disso eu me sentia mal pelo meu pai, e tinha ainda mais pena de mim mesma. A ideia de voltar a morar com minha mãe parecia anular o pouco que eu conseguira conquistar nos três anos anteriores. Mas eu não ia conseguir sobreviver do meu empréstimo estudantil por muito mais tempo. Desanimada, empacotando a mudança no meu dormitório, folheando meus artigos agora inúteis, olhei para o mar lá fora e me senti despertando de um sonho, como se a faculdade não tivesse sido nada além disso, um sonho que se passou muito longe da realidade, ou pelo menos da minha realidade. Meu barrete alugado mal tinha sido devolvido quando jovens que eu não julgava muito diferentes de mim já anunciavam que estavam partindo para Londres, às vezes com destino ao meu bairro ou a outros parecidos, o que era discutido por eles com ares de bravura, como se fossem fronteiras selvagens a serem conquistadas. Partiam com depósitos de caução já reservados para alugar apartamentos ou mesmo casas, aceitavam estágios não remunerados ou se inscreviam em seleções de emprego nas quais o entrevistador calhava de ser um velho amigo de universidade de seus pais. Eu não tinha nenhum plano, nenhum depósito e ninguém que pudesse morrer para me deixar dinheiro: os parentes que tínhamos eram mais pobres do que nós. Não tínhamos sido *nós* a classe média, em termos de atitude e ambições? E talvez para a minha mãe esse sonho fosse a verdade, e teria bastado sonhá-lo para que ela sentisse que o realizara. Mas agora eu estava acordada, e de olhos bem abertos: alguns fatos eram imutáveis e inevitáveis. Era assim de qualquer ponto de vista que eu olhasse, como por exemplo as oitenta e nove libras na minha conta corrente, que eram todo o dinheiro que eu possuía neste planeta. Fiz refeições de feijão com torrada, enviei currículos a duas dúzias de vagas, esperei.

Sozinha numa cidade que todos já haviam abandonado, fiquei com tempo de sobra para remoer pensamentos. Comecei a ver minha mãe por outro ângulo mais desagradável. Uma feminista que sempre fora sustentada por homens — primeiro meu pai, agora o Conhecido Ativista — e que, apesar de viver me pregando a respeito da "nobreza do trabalho", nunca se dedicara a um emprego rentável. Ela trabalhava "pelo povo" — não havia salário. Eu temia que a mesma coisa valesse, mais ou menos, para o Conhecido Ativista, que aparentemente havia escrito uma porção de panfletos, mas nenhum livro, e não possuía nenhum cargo oficial em universidades. Depositar todas as fichas dela num homem daqueles, abrir mão do nosso apartamento — a única segurança que tivéramos na vida — para ir morar com ele em Hampstead, vivendo exatamente o tipo de fantasia burguesa que ela passara a vida desdenhando, tudo isso começou a me parecer de má-fé e extremamente irresponsável. Todas as noites, eu caminhava até a orla para usar uma cabine telefônica temperamental que confundia as moedas de dois centavos com as de dez para travar conversas mal-humoradas com minha mãe a respeito desses assuntos. Mas a mal-humorada era eu, minha mãe estava feliz e apaixonada, cheia de afeto por mim, embora isso só tornasse mais difícil arrancar dela os detalhes práticos. Qualquer tentativa de esclarecer a situação financeira exata do Conhecido Ativista, por exemplo, resultava em respostas fajutas e mudanças de assunto. A única coisa que ela sempre ficava feliz de discutir era o apartamento de três quartos dele, o mesmo para o qual ela esperava que eu me mudasse, comprado por vinte mil libras em 1969 com o dinheiro da herança de um tio e valendo agora "bem mais de um milhão". Esse fato, apesar de suas tendências marxistas, evidentemente lhe trazia um prazer e um bem-estar imensos.

"Mas mãe: ele não vai vender o apartamento, vai? Então é irrelevante. Não vale nada se os dois pombinhos vão ficar morando nele."

"Escuta, por que você simplesmente não embarca no trem e vem jantar conosco? Você vai adorar conhecer ele — todos adoram esse homem. Vocês vão ter muita coisa para conversar. Ele conheceu Malcolm X! Ele é um conhecido ativista…"

Mas, a exemplo de muitas pessoas que têm vocação para mudar o mundo, em pessoa ele se revelou terrivelmente mesquinho. Nosso primeiro encontro não foi dominado por uma discussão política ou filosófica, e sim por uma interminável reclamação dele a respeito de seu vizinho de porta, que também era caribenho como ele mas, ao contrário do nosso anfitrião, era rico, tinha publicado diversos livros, era professor fixo de uma universidade norte-americana, era dono do prédio inteiro e no momento estava construindo "alguma porra parecida com uma pérgula" na extremidade do seu jardim. Isso acabaria bloqueando parcialmente a vista que o Conhecido Ativista tinha do Heath, e depois do jantar, quando o sol de junho finalmente se pôs, pegamos uma garrafa de rum Wray & Nephew e, num ato de solidariedade, fomos ao jardim para admirar aquele treco construído pela metade. Minha mãe e o Conhecido Ativista sentaram à sua mesinha de ferro, enrolaram vagarosamente e depois fumaram um baseado muito mal apertado. Bebi rum demais. A certa altura o clima se tornou meditativo e nós três ficamos olhando os laguinhos e o Heath que se estendia mais além, enquanto os postes de luz vitorianos iam acendendo e aos poucos o cenário se esvaziava, restando apenas os patos e os homens de espírito mais aventureiro. As luzes transformaram o gramado num purgatório alaranjado.

"Imagine dois jovens da ilha como nós, dois jovens de pés descalços saídos do nada, e vindo parar aqui...", minha mãe murmurou, e eles deram as mãos e encostaram as testas, e ao olhar para eles senti que, se eles eram absurdos, eu era mais absurda ainda, uma mulher adulta se ressentindo de outra mulher adulta que, afinal de contas, tinha feito tanto por mim, tanto por ela mesma e, sim, pelo seu povo, e tudo isso, como ela estava dizendo, depois de ter vindo do nada. Eu estava com pena de mim mesma porque não tinha um dote? E quando tirei os olhos do baseado que estava enrolando, tive a impressão de que minha mãe estava lendo meus pensamentos. Mas você não percebe, disse ela, a sorte incrível que tem de estar viva nesse momento? Pessoas como nós não têm direito à nostalgia. Não possuímos lar no passado. A nostalgia é um luxo. Para a nossa gente, a hora é agora!

Acendi meu baseado, me servi de outra pequena dose de rum e fiquei de cabeça baixa enquanto os patos grasnavam e minha mãe discursava, até que foi ficando tarde e seu amante passou a mão de leve em seu rosto, e vi que tinha chegado a hora de pegar o último trem.

No final de julho me mudei de volta para Londres, não para a casa da minha mãe, e sim para a do meu pai. Me ofereci para dormir na sala, mas ele não quis nem ouvir, disse que eu acordaria toda manhã com o barulho que ele fazia bem cedo antes de sair para fazer as entregas, e eu aceitei essa lógica sem discutir e deixei que ele se encolhesse no sofá. Em troca, senti que tinha o dever de encontrar logo um emprego: meu pai acreditava *mesmo* na nobreza do trabalho, tinha apostado toda sua vida nisso, e eu tinha vergonha de ficar desocupada perto dele. Às vezes, quando não conseguia dormir depois de ouvi-lo sair na ponta dos pés, eu me sentava na cama e ficava pensando em todo aquele trabalho, do meu pai e das pessoas como ele, se acumulando por tantas gerações. Trabalho que prescindia de educação, que prescindia de conhecimento e habilidade, parte dele honesta, parte ilegal, mas que no conjunto resultava, de alguma forma, na minha presente ociosidade. Quando eu era bem pequena, aos oito ou nove anos, meu pai havia me mostrado a certidão de nascimento de seu próprio pai, atestando no documento as profissões de seus avós — operador de caldeira, cortadora de tecidos —, e isso, eu devia entender, era prova de que a sua tribo sempre fora definida pelo tipo de trabalho que tinha de fazer, querendo ou não. A importância do trabalho era uma visão que tinha uma força imensa para ele, a mesma força que minha mãe via na ideia de que as definições que realmente importavam eram cultura e cor da pele. Nossa gente, nossa gente. Pensei em como não tínhamos hesitado em usar aquela expressão algumas semanas antes, naquela linda noite de junho no apartamento do Conhecido Ativista, sentados com nossos copos de rum, admirando as famílias de patos gorduchos com suas cabeças viradas para dentro e os bicos enfiados nas penas de seu próprio corpo, aninhados na margem em torno do lago. Nossa gente! Nossa gente! E agora, deitada no bodum da cama do meu pai, revirando aquela expressão na minha cabeça — por falta de algo melhor para fazer — ela me lembrava os grasnos e balbucios daquelas aves, que repetiam sem parar a mesma curiosa mensagem, saída de seus bicos direto para suas penas: "Sou um pato!" "Sou um pato!".

Quatro

Ao sair do táxi-lotação — depois de uma ausência de vários meses — avistei Fern parado na beira da estrada, aparentemente me aguardando, e na hora certa, como se existisse um ponto de ônibus e uma tabela de horários. Fiquei feliz ao vê-lo. Mas ele demonstrou não estar no clima para saudações e gracejos, e logo estava andando ao meu lado e apresentando um relatório em voz baixa, de modo que antes de chegar à porta da casa de Hawa eu já estava a par do mais recente rumor que trazia alvoroço ao vilarejo: Aimee estava tratando de arranjar um visto e Lamin se mudaria em breve para Nova York. "E então, isso vai acontecer mesmo?" Falei a verdade: eu não sabia e não queria saber. Eu estava vindo de um período exaustivo em Londres, segurando a mão de Aimee ao longo de um inverno difícil, tanto no campo pessoal quanto no profissional, e em consequência disso me sentia particularmente avessa a seu gênero de drama íntimo. O álbum que ela gravara nos lúgubres meses de janeiro e fevereiro britânicos — e que deveria estar sendo lançado por aqueles dias — fora abandonado por causa de um breve e tumultuado caso amoroso com o jovem produtor que, depois de tudo, levou embora as canções que havia composto. Poucos anos antes, um rompimento desse tipo teria sido apenas um pequeno contratempo para Aimee, justificando no máximo uma manhã ou tarde na cama assistindo a velhos episódios de novelas australianas esquecidas havia milênios — The Flying Doctors, The Sullivans —, o que ela fazia em momentos de extrema vulnerabilidade. Mas eu tinha notado uma mudança nela, sua armadura pessoal já não era mais a mesma. Abandonar e ser abandonada — essas operações agora a afetavam de maneira bem mais profunda, a casca grossa havia se dissolvido, ela sentiu o golpe para valer e não aceitou fazer reuniões com ninguém exceto Judy por quase um mês, mal saindo de casa e pedindo várias vezes para que eu dormisse em seu quarto, ao lado de sua cama, no chão, pois ela não queria dormir sozinha. Durante esse período de *purdah* eu havia presumido que, para o bem ou para o mal, ninguém era mais íntimo dela do que eu. Ao ouvir o que Fern dizia, a minha primeira reação foi me sentir traída, mas depois de refletir mais sobre o assunto percebi que não era bem o caso: não se tratava de traição, e sim de uma forma de distanciamento mental. Eu representava conforto e companhia para ela num momento de impasse, ao mesmo tempo em que noutro compartimento do coração ela se ocupava de planejar o futuro com Lamin — e nessa frente Judy era sua parceira de conspiração. Em vez de ficar magoada com Aimee, me senti frustrada com Fern: ele estava tentando me envolver naquilo, mas eu não queria tomar parte, era inconveniente para mim, eu já tinha a minha viagem toda planejada, e quanto mais Fern falava, mais o itinerário traçado na minha mente se afastava de mim. Uma visita à Ilha Kunta Kinteh, algumas tardes na praia, duas noites em algum dos hotéis caros da cidade. Aimee não me dava quase nenhuma folga anual, eu precisava aproveitar bem, encaixando férias nas menores oportunidades.

"Está bem, mas por que não levar Lamin junto? Ele vai conversar com você. Comigo ele é como um caramujo."

"Para o hotel? Fern — não. Péssima ideia."

"Na sua viagem, então. Você não pode ir sozinha, de qualquer modo, nunca vai encontrar a ilha."

Cedi. Quando apresentei a ideia a Lamin ele ficou contente, não por visitar a ilha, suspeitei, mas sim por causa da oportunidade de fugir um pouco da sala de aula e passar uma tarde negociando com seu amigo Lolu, que era motorista de táxi, em torno do preço da viagem de ida e volta. O afro de Lolu tinha sido cortado no formato de um moicano e tingido de laranja, e ele usava um cinto largo com uma grande fivela de prata formando as palavras BOY TOY. Tive a impressão de que negociaram o caminho inteiro, uma viagem de duas horas dominada por risos e debates nos bancos dianteiros, a música reggae ensurdecedora de Lolu e incontáveis chamadas telefônicas. Fiquei sentada no banco traseiro, entendendo pouca coisa de uólofe a mais do que nas visitas anteriores, vendo a vegetação passar, avistando aqui e ali um macaco cinza-claro e povoados cada vez mais isolados que nem se podia chamar de vilarejos, nada mais que duas ou três cabanas reunidas, e depois mais quinze quilômetros de nada. Lembro sobretudo de duas meninas descalças caminhando à margem da estrada, de mãos dadas, parecendo melhores amigas. Acenaram para mim e acenei de volta. Não existia nada nem ninguém ao redor delas, estavam sozinhas na fronteira final do mundo, ou do mundo que eu conhecia, e ao vê-las percebi como era difícil para mim, quase impossível, imaginar o que era o tempo para elas lá fora. Conseguia lembrar como era ter a idade delas, é claro, de mãos dadas com Tracey, e como nos considerávamos "garotas dos anos oitenta", mais descoladas que nossos pais, muito mais modernas. Nos víamos como crias de um momento específico, pois além dos velhos musicais também gostávamos de coisas como *Os Caça-Fantasmas*, *Dallas* e pirulitos. Sentíamos possuir nosso lugar no tempo. Que pessoa do planeta não sente isso? Apesar disso, quando acenei para aquelas duas meninas, percebi que não podia me livrar da ideia de que elas eram símbolos atemporais da infância feminina ou da amizade entre duas crianças. Sabia que tal coisa não era possível, mas não conseguia pensar nelas de outra forma.

A estrada finalmente acabou diante do rio. Saímos do carro e fomos andando até uma estátua de concreto de dez metros de altura que tinha a forma de um homem-palito virado de frente para o rio, com um planeta Terra inteiro no lugar da cabeça, agitando seus braços-palito livres das correntes da escravidão. Um canhão solitário do século XIX, as paredes de tijolos vermelhos de um entreposto de comércio original, um pequeno "museu da escravidão construído em 1992" e uma cafeteria desolada completavam o que um guia de turismo desesperado e com poucos dentes na boca descreveu como "o Centro de Boas-Vindas". Às nossas costas ficava um vilarejo de barracos precários, muito mais miserável do que aquele de onde havíamos partido, resistindo de frente para o velho entreposto como se tivesse esperanças de que um dia ele fosse reativado. Um bando de crianças estava sentado observando a nossa chegada, mas quando acenei para elas o guia me repreendeu: "Elas não têm permissão para chegar mais perto que isso. Elas pedem dinheiro. Elas incomodam turistas como vocês. O governo nos escolheu como guias oficiais para que vocês não sejam incomodados por elas". Cerca de um quilômetro e meio rio adentro estava a ilha propriamente dita, um pequeno afloramento rochoso com as ruínas cenográficas de um quartel no topo. Tudo que eu desejava era um minuto de sossego para absorver onde eu estava e o que significava eu estar ali, se é que significava alguma coisa. Aqui e ali, dentro do triângulo formado pela cafeteria, pela estátua do escravo e pelas crianças olhando, eu podia ver e ouvir grupos de turistas — uma solene família negra britânica, um punhado de adolescentes afro-americanos muito animados e um casal de mulheres holandesas brancas, as duas já se debulhando em lágrimas — que desejavam a mesma coisa, e que assim como eu precisavam suportar a fala decorada de um dos guias oficiais do governo vestindo uma camiseta azul esfarrapada, ou pegar os cardápios que eram enfiados em suas caras na cafeteria, ou pechinchar com os barqueiros que não viam a hora de levá-los para visitar as celas de prisão de seus ancestrais. Vi que eu tinha sorte de ter Lamin a meu lado: enquanto ele se dedicava a sua atividade predileta — negociação financeira intensa e sussurrada com várias partes ao mesmo tempo — fiquei livre para caminhar até perto do canhão, montar nele e olhar para a água. Tentei alcançar um estado mental meditativo. Imaginar os navios na água, a propriedade humana subindo pelas pranchas, os poucos corajosos que assumiam o risco de pular na água numa tentativa condenada de nadar até a margem. Mas todas as situações que eu imaginava tinham a superficialidade de uma caricatura e não pareciam mais próximas da realidade do que o mural na entrada do museu que exibia uma família mandinga nua e agrilhoada pelos pescoços, sendo perseguida por um holandês malvado, como se tivessem sido capturadas por um caçador, em vez de vendidas como sacas de grãos por seu chefe tribal. Todos os caminhos levavam de volta para lá, minha mãe vivia me dizendo, mas agora que me encontrava naquele célebre pedaço do continente eu não o vivenciava como um lugar excepcional, e sim como um exemplo de uma regra geral. Ali, o poder havia explorado a fraqueza: o poder de todos os tipos — local, racial, tribal, da coroa, nacional, global, econômico — explorando a fraqueza de todos os tipos, passando por cima de tudo, até da mais frágil menina. Mas o poder faz isso em toda parte. O mundo está encharcado de sangue. Toda tribo tem seu legado sangrento: ali estava o meu. Fiquei aguardando pelo tipo de emoção catártica que as pessoas esperam sentir nesses lugares, mas não consegui me forçar a crer que o sofrimento da minha tribo estava reunido exclusivamente ali, naquele lugar, era óbvio demais que o sofrimento estava em toda parte, aquele só calhava de ser o local onde ergueram o monumento. Desisti e fui procurar Lamin. Ele estava apoiado na estátua falando em seu novo celular, um BlackBerry todo especial, com um ar sonolento e um sorriso grande e bobo, e ao ver que eu me aproximava fechou o aparelho sem se despedir.

"Quem era?"

"Então, se você está pronta", Lamin sussurrou, colocando o aparelho enorme de volta no bolso, "este homem vai nos levar à outra margem agora."

Dividimos uma canoa com a família negra britânica. Eles tentaram iniciar uma conversa com o guia a respeito da distância separando a ilha do continente, e se um homem, para não dizer um homem acorrentado, teria capacidade de nadar naquela correnteza traiçoeira. O guia os ouvia falar mas tinha um aspecto muito cansado, com o branco dos olhos obscurecido por incontáveis vasos rompidos, e não parecia muito interessado em hipóteses. Repetia seu mantra: "Se um homem alcançava a margem, ele ganhava sua liberdade". Na ilha, perambulamos um pouco entre as ruínas e fizemos fila para entrar no "último recurso", uma salinha subterrânea de um metro por três onde "os homens mais rebeldes, como Kunta, ficavam presos". *Imagina!* Todos ficavam repetindo isso, e tentei imaginar como seria ficar trancada ali dentro, mas eu sabia por instinto que não fazia o tipo rebelde, não havia muitas chances de eu pertencer à tribo de Kunta. Poucos pertencem. Eu com certeza podia imaginar a minha mãe trancada ali, e Tracey também. E Aimee — à sua maneira, ela pertencia àquela raça. Mas eu não. Sem saber muito bem o que fazer, agarrei um aro de ferro na parede que tinha servido para prender aqueles "mais rebeldes" pelo pescoço. "Dá vontade de chorar, não dá?", perguntou a mãe da família britânica, e pensei que deveria mesmo dar vontade, mas quando desviei do olhar dela e mirei a janelinha no alto, me preparando para as lágrimas, vi o guia do governo deitado de bruços, bloqueando quase toda a luz com sua boca de três dentes.

"Agora vocês vão sentir o sofrimento", ele explicou através das barras, "e vão precisar de um minuto sozinhos. Encontro vocês lá fora depois de terem sentido o sofrimento."

No barco de volta, perguntei a Lamin o que ele e Aimee tanto tinham para conversar. Ele estava sentado no banco do remador e antes de responder endireitou as costas e levantou o queixo.

"Ela acha que sou um bom dançarino."

"É mesmo?"

"Ensinei a ela muitos movimentos que ela não sabia. No computador. Eu demonstro os passos que dançamos aqui. Ela disse que usará esses passos em suas apresentações."

"Entendi. E alguma vez ela falou sobre levar você para os Estados Unidos? Ou a Inglaterra?"

"Está tudo nas mãos de Deus", ele disse, olhando ansioso para os outros passageiros.

"Sim. E do Ministério das Relações Exteriores."

Lolu, que tinha ficado esperando pacientemente no táxi, trouxe o carro até perto da margem quando nos aproximamos e abriu a porta, dando a entender que pretendia me levar direto do barco para o assento traseiro e iniciar a viagem de duas horas de retorno sem almoçar.

"Mas, Lamin, preciso comer!"

Percebi que ele carregou o cardápio laminado da cafeteria durante toda a nossa visita à ilha, e agora ele o exibiu para mim, a prova cabal e devastadora de um drama de tribunal.

"Isso é dinheiro demais para almoçar! Hawa nos preparará almoço em casa."

"*Eu* vou pagar pelo almoço. São tipo três libras por cabeça. Eu juro, Lamin, é pouco dinheiro para mim."

Começou uma discussão entre Lamin e Lolu e, para a minha satisfação, Lamin aparentemente foi o perdedor. Lolu colocou as mãos na fivela do cinto como um caubói triunfante, fechou a porta do carro, deu a partida e subiu de novo a colina.

"É demais", Lamin repetiu com um suspiro profundo, mas eu fui atrás de Lolu e Lamin veio atrás de mim.

Sentamos numa das mesas de piquenique e comemos peixes cozidos no papel de alumínio com arroz. Fiquei escutando as conversas nas mesas vizinhas, diálogos estranhos e desiguais que não conseguiam decidir o que eram: as reflexões pesadas dos visitantes de um trauma histórico ou o bate-papo descontraído de turistas bebendo coquetéis na praia. Uma mulher branca alta e arruinada pelo sol, com pelo menos setenta anos, estava sentada sozinha numa mesa ao fundo, cercada por pilhas de tecidos estampados dobrados, tambores, estátuas, camisetas que diziam NUNCA MAIS e outras mercadorias locais. Ninguém se aproximava de sua banca ou dava o menor sinal de querer comprar algo, e passado algum tempo ela levantou e começou a ir de mesa em mesa dando boas-vindas aos visitantes, perguntando de onde vinham e onde estavam hospedados. Fiquei torcendo para que terminássemos de comer antes de ela chegar à nossa mesa, mas

Lamin comia numa lentidão torturante e ela nos alcançou, e ao saber que eu não estava em nenhum hotel, que não trabalhava com ajuda humanitária e não era missionária, ela ficou especialmente interessada e sentou conosco, um pouco perto demais de Lolu, que se debruçou sobre seu peixe e evitou olhar para ela.

"Que vilarejo você disse?", ela perguntou, embora eu não tivesse dito nada, mas Lamin respondeu antes que eu tivesse a oportunidade de ser vaga. A ficha caiu.

"Ah, mas então vocês estão envolvidos com a escola! É claro. Bem, sei que as pessoas falam as coisas mais horríveis daquela mulher, mas eu realmente a adoro, a admiro, sinceramente. Na verdade sou americana, também, originalmente", ela disse, e me chamou a atenção que ela pudesse achar possível que alguém não soubesse disso àquela altura. "Normalmente não gosto muito dos americanos, no geral, mas ela é do tipo que usa o passaporte, se entendem o que digo. Eu a acho muito curiosa e entusiasmada, e isso é muito bom para o país, toda essa publicidade que ela traz. Ah, australiana? Bem, de todo modo, ela é o meu tipo de mulher. Uma aventureira! Embora eu tenha vindo parar aqui por amor, não para fazer caridade. A caridade veio depois, no meu caso."

Ela pôs a mão no coração, que estava exposto em parte por um vestido multicolorido de alça fina e com um decote assustadoramente profundo. Seus seios eram compridos e avermelhados e tinham uma textura de crepe. Eu estava absolutamente decidida a não perguntar quem era o amor que a tinha levado até ali, ou quais eram os atos caridosos que tinham resultado disso, mas ao perceber a minha resistência ela decidiu, com a prerrogativa da mulher mais velha, que me contaria mesmo assim.

"Eu era igualzinha a essas pessoas que vêm aqui passar as férias. Eu não pretendia me apaixonar! Por um garoto com a metade da minha idade." Ela piscou para mim. "E isso foi vinte anos atrás! Mas foi muito, muito mais do que um romance de férias, sabe: nós construímos tudo isso aqui juntos." Ela olhou em torno com orgulho para aquele grande monumento de amor: uma cafeteria com teto de zinco, quatro mesas e três itens no cardápio. "Não sou uma mulher rica, na verdade era apenas uma humilde professora de ioga. Mas essas pessoas em Berkeley, basta você dizer a elas: 'Escute, a situação é a seguinte, essas pessoas passam por uma necessidade tremenda', e vai por mim, vocês ficariam surpresos, elas entram com tudo, entram mesmo. Praticamente *todo mundo* queria colaborar. Quando você explica o que um dólar pode fazer aqui? Quando explica até onde aquele dólar pode ir? Ah, as pessoas não acreditam! Agora, infelizmente, os meu próprios filhos, do meu primeiro casamento? Eles não deram lá muito apoio. Sim, às vezes são os estranhos que nos dão apoio. Mas sempre digo para as pessoas aqui, 'Não acredite em tudo que ouvir, por favor! Porque nem todos os americanos são ruins assim, não mesmo'. Há uma grande diferença entre o pessoal de Berkeley e o pessoal de Fort Worth, se entende o que quero dizer. Nasci no Texas, de pais cristãos, e quando eu era jovem a América era um lugar bem difícil para mim, porque eu era um espírito livre e não conseguia encontrar o meu lugar. Mas acho que agora me encaixo um pouco melhor."

"Mas você mora aqui com o seu marido?", perguntou Lamin.

Ela sorriu mas não pareceu muito fascinada com a pergunta.

"Nos verões. Passo os invernos em Berkeley."

"E ele vai para lá com você?", perguntou Lamin. Tive a impressão de que ele estava fazendo uma discreta pesquisa.

"Não, não. Ele fica aqui. Ele tem muito o que fazer aqui, o ano inteiro. Ele é o homem que manda por aqui, e acho que se pode dizer que sou a mulher que manda por lá! Então funciona bem. Para nós."

Pensei naquela camada de ilusão de menina que as amigas de Aimee que haviam acabado de se tornar mães pareciam ter perdido, uma espécie de luz nos olhos que havia se apagado, mesmo apesar de toda sua fama e riqueza, e depois fitei os olhos abertos, azuis e desvairados daquela mulher, e o que vi foi uma escavação completa. Mal parecia possível que uma pessoa pudesse ter tantas camadas arrancadas de si e ainda seguir desempenhando seu papel.

Cinco

Depois de me formar, instalada na base do apartamento do meu pai, me candidatei a todos os empregos de aprendiz na área de comunicação que pude encontrar, deixando meus currículos em envelopes no balcão da cozinha todas as noites para que meu pai os postasse pela manhã, mas um mês inteiro se passou e nada. Eu sabia que a relação do meu pai com esses envelopes era complicada — uma boa notícia para mim seria uma má notícia para ele, pois eu iria embora — e às vezes eu tinha fantasias paranoicas de que ele nem chegava a remetê-los, apenas os jogava na lata de lixo no fim da nossa rua. Pensei sobre o que minha mãe sempre dissera a respeito de sua falta de ambição — uma acusação da qual eu sempre o defendera furiosamente — e me vi forçada a admitir que ela tinha uma certa razão. Nada o alegrava mais do que as visitas dominicais esporádicas de meu tio Lambert, quando nos instalávamos os três em espreguiçadeiras no teto coberto de heras do vizinho de baixo e fumávamos maconha, comíamos os bolinhos de peixe caseiros que eram a desculpa de Lambert para chegar duas ou três horas atrasado, ouvíamos ao World Service no rádio e víamos os trens da Linha Jubilee brotarem das entranhas da terra a cada oito ou dez minutos.

"Isso que é vida, não é, meu amor? Sem mais essa coisa de: *faça isso, não faça aquilo.* Todos juntos, como amigos, e nada mais — semelhantes. Hein, Lambert? Quando você se torna amigo dos próprios filhos? Isso que é vida, hein?"

Seria isso mesmo? Eu não me recordava dele praticando a dinâmica de pais e filhos da qual alegava agora ter se livrado, ele nunca tinha dito "Faça isso, não faça aquilo". Amor e excesso de liberdade — era só isso que ele havia me oferecido. E isso tinha dado em quê? Numa aposentadoria precoce e chapada na companhia de Lambert? Sem saber o que fazer, acabei retornando a um péssimo emprego que tivera nas minhas primeiras férias de verão da faculdade, numa pizzaria em Kensal Rise. O dono era um iraniano patético chamado Bahram, muito alto e magro, que se considerava um homem refinado apesar do seu entorno. Gostava de usar um casaco comprido e chique, cor de camelo, não importava o clima, deixando-o às vezes pendurado nos ombros como um barão italiano, e chamava sua pocilga de "restaurante", embora as instalações fossem do tamanho de um banheiro e ocupassem um cantinho de várzea espremido entre o terminal de ônibus e a ferrovia. Ninguém nunca comia ali, os clientes pediam por telefone ou faziam pedidos para levar. Eu costumava ficar no balcão vendo os ratos chisparem pelo piso de linóleo. Havia uma única mesa à qual, teoricamente, os clientes tinham liberdade para sentar e comer, mas na prática Bahram a ocupava durante todo o dia e metade da noite: ele tinha problemas em casa, uma esposa e três filhas solteiras, difíceis de lidar, e suspeitávamos que ele preferia a nossa companhia à de sua própria família, ou pelo menos preferia gritar conosco do que discutir com elas. No trabalho, seu dia não era muito puxado. Consistia em comentar o que estava passando no televisor instalado no canto superior esquerdo da biboca ou abusar verbalmente de nós, seus empregados, de sua posição sentada. Vivia irado contra tudo o tempo inteiro. Era uma raiva exuberante e cômica que se expressava em provocações constantes e obscenas contra tudo que o cercava — provocações raciais, sexuais, políticas, religiosas — e que quase todos os dias resultava na perda de um cliente, empregado ou amigo, o que com o tempo me fez considerá-la menos uma ofensa contra os outros do que um comovente atentado contra si próprio. De todo modo, era o único entretenimento disponível. Mas quando entrei lá pela primeira vez, aos dezenove anos, não fui ofendida, nada disso, fui saudada num idioma que depois entendi ser o farsi, com tamanha veemência que julguei ter absorvido mais ou menos o que ele dizia. Como eu era jovem, e simpática, e evidentemente esperta — era verdade que eu estava na faculdade? Como minha mãe devia se orgulhar! Ele levantou, me segurou pelo queixo e virou meu rosto para um lado e outro, sorrindo. Mas quando respondi em inglês ele franziu o cenho e analisou com atenção, criticamente, a bandana vermelha que cobria meus cabelos — achei que seria vista com bons olhos num lugar onde se fazia comida — e momentos depois, quando ficou esclarecido que eu não era persa apesar do meu nariz persa, nem um pouquinho, nem egípcia, marroquina ou árabe de qualquer tipo, cometi o erro de dizer o nome da ilha de origem de minha mãe, e então o ar amistoso sumiu por completo: fui alocada no balcão, onde minha função era atender o telefone, levar os pedidos à cozinha e organizar os entregadores. Minha atribuição mais importante era cuidar de um projeto muito estimado por ele: a Lista de Clientes Banidos. Ele havia se dado ao trabalho de anotar essa lista numa longa folha de papel que ficava pregada na parede atrás do meu balcão, às vezes ilustrada com polaroides. "Gente da sua raça, na maioria", ele disse casualmente, acenando na minha direção, no meu segundo dia de trabalho.

"Eles não pagam, ou brigam, ou vendem drogas. Não faz essa cara para mim! Como ficar ofendida? Você sabe! É verdade!". Eu não podia me dar ao luxo de ficar ofendida. Estava decidida a resistir por aqueles três meses de verão, o suficiente para começar a guardar um depósito para um aluguel logo depois de me formar. Mas estava passando tênis na TV, e isso inviabilizava tudo. Um entregador somali e eu acompanhávamos avidamente as partidas, e Bahram, que também costumava acompanhá-las — ele via o esporte como a mais pura manifestação de suas teorias sociológicas — estava furioso com o tênis naquele ano, e furioso conosco por estarmos curtindo os jogos, e toda vez que nos flagrava de olho no televisor ele ficava ainda mais colérico, pois seu senso de ordem havia sido profundamente perturbado pela recusa de Bryan Shelton em ser eliminado na primeira rodada.

"Por que acompanham ele? Hein? Hein? Porque é um de vocês?"

Ele estava enfiando o dedo no peito magricela do entregador somali, Anwar, que tinha uma grande luminosidade de espírito e uma notável capacidade de ser alegre — embora nada em sua vida parecesse oferecer causa justa para isso — e cuja resposta então foi bater palmas e sorrir de orelha a orelha.

"*Yeah*, cara! A gente torce Bryan!"

"Você é idiota, isso a gente sabe", disse Bahram, voltando atenção a mim no balcão: "Mas você é esperta, e isso faz você mais idiota". Como não respondi nada, ele se aproximou e bateu com os punhos no balcão: "Esse homem Shelton — ele não vai vencer. Não vai conseguir".

"Ele vence! Ele vence!", gritou Anwar.

Bahram pegou o controle remoto e baixou o volume para

que sua voz fosse ouvida no lugar inteiro, até pela congolesa que esfregava as laterais do forno de pizza.

"Tênis não é jogo de negro. Vocês precisam entender: cada povo tem o seu jogo."

"Qual é o seu jogo?", perguntei, sinceramente curiosa, e Bahram se empertigou ao máximo na cadeira, todo orgulhoso: "Polo". Gargalhadas explodiram na cozinha.

"Fodam-se todos vocês, filhos da puta." Crise histérica.

Na realidade, eu não acompanhava a carreira de Shelton, nunca tinha ouvido falar nele antes de Anwar me atualizar, mas agora eu o acompanhava e, assim como Anwar, havia me tornado sua fã número um. Comprei bandeirinhas americanas para levar ao trabalho nos dias em que ele jogava, e nessas ocasiões também tomava o cuidado de passar os pedidos para todos os entregadores, menos Anwar. Torcíamos juntos por Shelton e dançávamos pela pizzaria a cada ponto vitorioso, e como ele foi vencendo um jogo após o outro, começamos a sentir que nossas dancinhas e comemorações eram responsáveis por empurrá-lo adiante, e que sem nós ele estaria frito. Às vezes Bahram agia como se também acreditasse nisso, como se estivéssemos realizando alguma espécie de ritual vodu africano. Sim, de algum jeito conseguimos enfeitiçar tanto Shelton quanto Bahram, e à medida que os dias de torneio se sucediam e Shelton ainda se recusava a cair, vi todas as outras aflições urgentes de Bahram — o negócio, sua esposa difícil, a procura estressante de pretendentes para as suas filhas — se desmancharem no ar, até que sua única preocupação era garantir que não torcêssemos por Bryan Shelton, e que Shelton não chegasse à final de Wimbledon.

Certa manhã, lá pela metade do torneio, eu estava entediada no balcão quando Anwar veio pedalando pela calçada em nossa direção a uma grande velocidade, brecou de repente, desmontou da bicicleta e veio correndo até mim, mordendo o punho e com um sorriso que mal podia controlar. Ele atirou ruidosamente um exemplar do *Daily Mirror* no balcão à minha frente, apontou para uma coluna na página de esportes e disse: "Árabe!". Não podíamos acreditar. Seu nome era Karim Alami. Era marroquino e estava mais abaixo ainda que Shelton no ranking. A partida entre os dois começaria às duas. Bahram chegou à uma. Havia um forte clima de ansiedade e expectativa na pizzaria, os entregadores que só precisavam aparecer às cinco vieram mais cedo e a faxineira congolesa começou a limpar os fundos da cozinha numa velocidade inédita, na esperança de chegar à parte da frente — onde ficava o televisor — a tempo de ver o jogo começar. A partida teve cinco sets. Shelton começou bem e em vários momentos do primeiro set Bahram se limitou a ficar sentado na cadeira gritando. Quando o primeiro set terminou em seis a três para Shelton, Bahram saltou da cadeira e saiu do estabelecimento. Ficamos nos entreolhando: aquilo significava vitória? Cinco minutos depois ele entrou de volta trazendo na mão um maço de Gauloises que tinha ido buscar no carro e começou a fumar um cigarro atrás do outro com a cabeça baixa. Mas no segundo set a situação ficou um pouco melhor para Karim, e Bahram se endireitou na cadeira, depois ficou em pé e começou a andar em círculos pelo espaço exíguo, oferecendo seus próprios comentários à partida, os quais davam tanta importância à eugenia quanto aos backhands, lobs e faltas duplas, e conforme nos aproximávamos de um tie break ele falava com cada vez mais fluência, brandindo o cigarro no ar, ganhando confiança com o inglês. O negro, ele nos informou, o negro é instinto, é corpo em movimento, é força, e ele é música, sim, é claro, e ele é ritmo, todo mundo sabe, e ele é velocidade, e isso pode ser belo, talvez, sim, mas deixa eu dizer uma coisa, o tênis é um jogo mental — mental! O negro pode ter força, vigor, pode bater forte na bola, mas Karim é como eu: ele pensa um, dois lances à frente. Ele tem mente árabe. A mente árabe é máquina complicada, delicada. Nós inventamos matemática. Inventamos astronomia. Uma gente engenhosa. Dois lances à frente. Seu Bryan agora está perdido.

Mas ele não estava perdido: ganhou o set por sete a cinco, e Anwar tomou a vassoura das mãos da faxineira congolesa — cujo nome eu não sabia, ninguém nunca tinha se dado ao trabalho de perguntar — e a obrigou a dançar com ele ao som de algum *highlife* que estava tocando no rádio transistor que ele sempre levava consigo. No set seguinte Shelton desmoronou, um-seis. Bahram ficou exultante. Onde você vai no mundo, ele disse a Anwar, sua gente é por baixo. Às vezes no topo tem homem branco, judeu, árabe, chinês, japa — depende. Mas sua gente, ela sempre perde. Quando começou o quarto set ninguém mais fingia que éramos uma pizzaria. O telefone tocava e ninguém atendia, o forno estava vazio e todos estavam amontoados na pequena área da entrada. Fiquei sentada no balcão com Anwar e nossas pernas nervosas chutaram tanto as placas de MDF que elas começaram a trepidar. Ficamos vendo aqueles dois jogadores — que na verdade eram oponentes quase perfeitamente equilibrados — se digladiando rumo a um tie break excruciante e interminável que Shelton acabou perdendo, fechando o set em seis-sete. Anwar chorou de tristeza.

"Mas Anwar, meu amigo: ele tem mais um set", explicou o gentil chef bósnio, e Anwar ficou agradecido como se fosse um condenado à cadeira elétrica vendo o governador passar correndo do outro lado da janela de acrílico. O último set foi rápido: seis-dois. Game, set, match — Shelton. Anwar colocou o volume do rádio no máximo e eu desatei a dançar passos de todos os tipos, *winding, stomping, shuffling* — fiz até um *shim-sham*. Bahram nos acusou a todos de fazer sexo com a própria mãe e se mandou embora. Cerca de uma hora depois ele voltou. Estava na hora daquele movimento do início da noite, quando as mães decidem que não conseguem encarar o preparo do jantar e maconheiros que passaram o dia todo queimando um se dão conta de que não comem nada desde o café da manhã. Eu estava agitada no telefone, tentando como sempre distinguir os vários tipos de inglês falado por estrangeiros, tanto dos clientes quanto dos nossos entregadores, quando Bahram veio até mim e esfregou o jornal vespertino na minha fuça. Apontou uma foto de Shelton na qual o jogador estava com o braço esticado bem alto, preparando um de seus saques poderosos, com a bola acima da cabeça, pausado no instante da finalização. Tapei o fone com a mão.

"Quê? Estou trabalhando."

"Olha perto. Não negro. Pardo. Como você."

"Estou trabalhando."

"Provavelmente é meio a meio, como você. Então: isso explica."

Não olhei para Shelton, e sim para Bahram, fixamente. Ele sorriu.

"Meio vencedor", falou.

Larguei o telefone, tirei o avental e fui embora.

Não sei como Tracey descobriu que eu tinha voltado a trabalhar na pizzaria de Bahram. Eu não queria que ninguém soubesse, mal podia encarar o fato sozinha. Provavelmente ela me reconheceu através do vidro. Quando ela entrou numa tarde úmida de fins da agosto, causou sensação com sua legging justa e blusinha decotada quase até o umbigo. Percebi que suas roupas não haviam mudado com o passar do tempo, que não havia razão para que mudassem. Ela não se esforçava, como eu — e como a maioria das mulheres — para encontrar maneiras de vestir o corpo de acordo com os símbolos, formas e signos da época. Era como se pairasse acima de tudo isso, atemporal. Estava sempre vestida para um ensaio de dança e sempre ficava estonteante. Anwar e o restante dos rapazes que esperavam no lado de fora com suas bicicletas ficaram um bom tempo admirando a frente e depois se reposicionaram para checar o que os italianos chamam de lado B. Quando ela se inclinou por cima do balcão para falar comigo, vi um deles cobrir os olhos, como se sofresse fisicamente.

"Bom te ver. Como foi no litoral?"

Ela abriu um sorrisinho sarcástico, confirmando a sensação que eu já tinha de que minha vida universitária tinha sido uma espécie de piada local, uma tentativa pouco convincente de representar um papel fora do meu alcance, e na qual eu havia fracassado.

"Vejo sua mãe por aí. Ela anda por toda parte ultimamente."

"Sim. Estou feliz de voltar, acho. Você parece ótima. Está trabalhando?"

"Ah, faço tudo que é tipo de coisa. Tenho notícias. Que horas você sai?"

"Acabei de começar."

"Que tal amanhã, então?"

Bahram veio andando de lado até nós e perguntou a Tracey, em seu tom mais cortês, se por acaso ela não era persa.

Nos encontramos na noite seguinte num pub da região que era conhecido como irlandês, mas que agora não tem irlandês nem qualquer outra coisa. Os velhos compartimentos com mesas tinham sumido e dado lugar a numerosos sofás e poltronas de vários períodos históricos, estofadas com estampas contrastantes e espalhadas pelo recinto como num camarim desarrumado. Um papel de parede retrô roxo tinha sido colado acima da lareira e diversos animais silvestres empalhados sem muito capricho, fixos no ato de pular ou se agachar, estavam acondicionados em potes de vidro colocados em prateleiras altas e observavam meu reencontro com Tracey com seus olhos vesgos e vítreos. Desviei do olhar de um esquilo petrificado para saudar Tracey, que estava voltando do bar com duas taças de vinho branco e uma expressão repugnada no rosto.

"Sete libras? Que merda é essa?"

"Podemos ir a algum outro lugar."

Ela empinou o nariz: "Não. É isso que eles querem. Nascemos aqui. Beba devagar".

Nós nunca conseguimos beber devagar. Fomos em frente no cartão de crédito de Tracey, relembrando e rindo — rindo como eu não havia rido nos meus três anos de faculdade —, retomando juntas os sapatos amarelos da srta. Isabel, a cratera de argila da minha mãe, *A história da dança*, de tudo um pouco, até coisas das quais nunca pensei que poderíamos rir juntas. Louie dançando com Michael Jackson, meus delírios com o Royal Ballet. Cheia de coragem, perguntei sobre seu pai.

Ela parou de rir.

"Continua lá. Tem um monte de filhos 'fora de casa' agora, ouvi dizer…"

Seu rosto sempre expressivo ficou pesaroso e depois assumiu aquele ar de frieza congelante que eu lembrava tão bem da nossa infância. Cogitei falar do que eu tinha visto anos atrás em Kentish Town, mas aquela frieza impediu a frase de se formar em meus lábios.

"E o seu velho? Não o vejo faz tempo."

"Acredite ou não, acho que ele ainda ama minha mãe."

"Que bom", ela disse, mas a frieza permaneceu em seu rosto. Ela estava olhando por trás de mim, para o esquilo. "Que bom", repetiu.

Percebi que tínhamos atingido o ponto final das reminiscências e que era o momento adequado para desbravar o presente. Eu já podia prever que as notícias de Tracey ultrapassariam com folga qualquer coisa que eu pudesse contar. E assim foi: ela tinha conseguido um papel nos palcos do West End. Era num revival de um de nossos espetáculos favoritos, *Eles e elas*, e ela fazia o papel da "Hot Box Girl Número Um", que eu lembrava não ser um dos maiores papéis — no filme ela não possuía nome próprio e tinha só quatro ou cinco falas —, mas ainda assim era bastante presente, cantava e dançava no Hot Box Club ou então ficava seguindo Adelaide, de quem devia ser a melhor amiga. Tracey dançaria "Take Back Your Mink" — uma canção que dançávamos quando crianças, brandindo um par de boás de plumas imundas — e vestiria espartilhos de corda e vestidos de cetim de verdade, e teria os cabelos cacheados. "Já estamos no ensaio geral com figurinos. Eles fazem chapinha em mim toda noite, está me matando." Ela passou os dedos nos cabelos e vi que, de fato, por baixo da cera usada para alisá-los, já estavam danificados e irregulares.

Ela já tinha se vangloriado como pretendia. Dali em diante, contudo, ela me pareceu vulnerável e defensiva, e tive a impressão de que não reagi bem como ela esperava. Talvez ela tivesse realmente imaginado que uma garota de vinte e um anos com diploma superior fosse saber de suas boas-novas e desabar chorando no chão. Ela pegou o copo de vinho e o bebeu de um gole. E então, finalmente, perguntou sobre a minha vida. Respirei fundo e repeti o tipo de coisa que dizia à minha mãe: era só uma fase de transição, eu estava aguardando novidades relativas a outras oportunidades, minha estadia com meu pai era temporária, já que os aluguéis andavam tão elevados, não tinha nenhum relacionamento, mas enfim, relacionamentos eram tão complicados, não era o que eu precisava naquele momento da vida, e eu queria ter tempo para trabalhar no meu próprio...

"Tá, tá, tá, mas você não pode continuar trabalhando pro boçal da pizzaria, né? Precisa ter algum plano."

Concordei com a cabeça e fiquei esperando. Um alívio tomou conta de mim, era conhecido, embora eu não o sentisse fazia muito tempo, e percebi que tinha a ver com ser conduzida pela mão por Tracey, com abrir mão de decisões e deixar que fossem substituídas por sua força de vontade e suas intenções. Não era Tracey quem sempre decidia quais eram as melhores brincadeiras, as melhores histórias, os melhores ritmos, os melhores passos de dança para cada um?

"Olha só, sei que você já é uma mulher crescida", ela disse com um ar de confidência, se recostando na poltrona com os pés apontados para baixo, criando assim uma bela linha vertical dos joelhos até os dedos. "Não é da minha conta. Mas se precisar de alguma coisa, eles estão procurando ajudantes de palco. Você poderia tentar. Eu poderia dizer que te conheço. Dura só quatro meses, mas é melhor que porra nenhuma."

"Não sei nada sobre teatro. Não tenho experiência."

"Puxa vida", disse Tracey, balançando a cabeça para mim e se levantando para buscar outra rodada. "Minta, ora bolas!"

Seis

Deduzi que as perguntas que fiz a Lamin tinham chegado aos ouvidos de Aimee, porque no dia da minha partida do hotel Coco Ocean a recepção ligou para o meu quarto dizendo que havia uma mensagem para mim, e quando abri o envelope branco encontrei este bilhete: Jatinho indisponível. Você vai precisar ir de voo comercial. Guarde os comprovantes. Judy.

Eu estava sendo punida. Primeiro achei engraçado que a ideia que Aimee tinha de punição era voar por uma companhia aérea comercial, mas ao chegar no aeroporto me surpreendi com tudo que eu havia de fato esquecido: a espera, as filas, a submissão a instruções irracionais. Cada aspecto da experiência, a presença de tantas outras pessoas, a falta de gentileza dos funcionários, até mesmo os imutáveis horários de voo nos monitores da sala de embarque — tudo parecia uma afronta. Meu assento ficava ao lado de dois motoristas de caminhão de Huddersfield, tinham passado dos sessenta e estavam viajando juntos. Tinham adorado o lugar, iam voltar "todo ano, se pudessem pagar". Depois do almoço começaram a beber garrafinhas de Baileys e a comparar suas "garotas". Os dois tinham alianças meio enterradas em seus dedos gorduchos e peludos. Àquela altura eu já estava de fones de ouvido e eles devem ter pensado que eu não podia ouvi-los. "A minha me disse que tinha vinte, mas o primo dela — que trabalha de garçom lá também — me disse que ela tinha dezessete. Mas de experiência ela tinha bem mais idade que isso." Sua camiseta estava suja de gema de ovo endurecida. O amigo tinha dentes amarelos e gengivas sangrentas. Tinham direito a sete dias de férias por ano. O homem de dentes amarelos tinha trabalhado em dupla jornada por três meses só para poder pagar esse fim de semana estendido com sua garota em Banjul. Tive delírios assassinos — pegar minha faquinha de plástico e cravar no pescoço deles —, mas quanto mais eu ouvia, mais triste aquilo tudo soava. "Eu disse pra ela, não quer vir para a Inglaterra? E ela basicamente me disse: 'Não vai rolar, amorzinho'. Ela quer que a gente construa uma casa em Wassu, seja lá onde for essa porra de lugar. Essas garotas não são bobas. Realistas. A libra vale muito mais lá do que em casa. É como a patroa me dizendo que quer ir pra Espanha. Eu disse pra ela: 'Cê tá vivendo no passado, querida. Sabe quanto a Espanha tá custando hoje em dia?'" Uma fraqueza se alimentando da outra.

Alguns dias depois voltei ao trabalho. Fiquei esperando uma reunião formal ou um encontro para passar o meu relatório, mas era como se eu não tivesse feito aquela visita. Ninguém mencionava minha viagem, e isso não era tão estranho em si, muitas outras coisas sempre estavam acontecendo ao mesmo tempo — um novo álbum, uma nova turnê —, mas Judy e Aimee, com a sutileza de quem realmente entende de bullying, fizeram de tudo para me excluir das decisões importantes se certificando de que nada que dissessem ou fizessem pudesse ser claramente interpretado como punição ou retribuição. Estávamos preparando nossa transição de outono para Nova York — período em que eu e Aimee costumávamos ficar grudadas —, mas eu quase não a via, e durante duas semanas me passaram o tipo de trabalho pesado que seria mais apropriado às governantas. Eu ficava no telefone com empresas de frete. Catalogava sapatos. Acompanhava as crianças à aula de ioga. Numa manhã de sábado, confrontei Judy a respeito. Aimee estava malhando no porão e as crianças estavam assistindo à sua hora semanal de televisão. Vasculhei a casa e encontrei Judy sentada na biblioteca com os pés em cima da mesa de feltro verde, pintando as unhas do pé com um esmalte fúcsia horrendo, com pequenos chumaços de algodão enfiados nos espaços entre seus dedos compridos. Ela só levantou a cabeça para me olhar quando terminei de falar.

"Pois é, odeio ter que dar essa notícia, querida, mas Aimee está pouco se fodendo para o que você pensa da vida privada dela."

"Estou tentando defender os interesses dela. É minha função como amiga."

"Não, querida, não está correto. Sua função é: assistente pessoal."

"Estou aqui há nove anos."

"E eu estou aqui há vinte e nove." Ela girou os pés e os enfiou numa caixa preta que estava no chão e emanava um brilho roxo. "Vi muitas dessas assistentes chegando e partindo. Mas, Jesus amado, nenhuma era tão iludida quanto você."

"Não é verdade? Ela não está tentando conseguir um visto para ele?"

"Não vou discutir isso com você."

"Judy, hoje eu passei a maior parte do dia trabalhando para o cachorro. Tenho diploma. Não venha dizer que não estou sendo punida."

Judy colocou a franja para trás com as duas mãos.

"Em primeiro lugar, não seja tão melodramática. O que você está fazendo é *trabalhar*. Não importa o que pense, fofa, seu cargo não é nem *nunca foi* 'melhor amiga'. Você é assistente dela. Sempre foi. Mas recentemente parece ter se esquecido disso — e já estava mais do que na hora de ser lembrada. A primeira questão é essa, então. Segunda: se ela quiser trazê-lo para cá, se quiser casar com ele ou dançar com ele no alto da porra do Big Ben, isso não é da sua conta. Você está ciscando longe demais do seu terreiro." Judy deu um suspiro e olhou para os dedos dos pés. "E a parte mais engraçada é que ela nem está brava com você por causa do rapaz. Nem tem *a ver* com a droga do rapaz."

"O que é, então?"

"Tem falado com a sua mãe ultimamente?"

A pergunta me deixou vermelha na mesma hora. Fazia quanto tempo? Um mês? Dois? O Parlamento estava em sessão, ela estava ocupada, e ela sabia onde me achar caso quisesse falar comigo. Eu estava repassando essas justificativas na cabeça havia um bom tempo quando me ocorreu como era estranho Judy estar interessada no assunto.

"Bem, talvez devesse fazer isso. Ela está dificultando a nossa vida e não sei bem por quê. Nos ajudaria muito se você descobrisse."

"A minha *mãe*?"

"Afinal de contas, tem um milhão de problemas nessa bostinha de ilha que vocês chamam de país — literalmente um milhão. E ela quer falar sobre 'Ditaduras no Oeste Africano'?", disse Judy fazendo aspas com os dedos. "Cumplicidade britânica com as ditaduras do oeste da África. Ela está na TV, escreve artigos de opinião, pede a palavra na Hora do Chá com Perguntas do Primeiro-Ministro, ou seja lá que porra vocês chamam aquilo. Ela não tira o assunto da cabeça. Tudo bem. Não é problema meu — o que o Departamento para o Desenvolvimento Internacional faz, o que o FMI faz — nada disso é a *minha* área. Aimee, por outro lado, é minha área — e a sua também. Estávamos fazendo uma parceria com esse presidente maluco, e se você for perguntar ao seu amado Fern qual é a situação, ele vai dizer que estamos na corda bamba. Acredite, minha linda, se a Sua Alteza Por Toda a Vida o venerável Rei dos Reis não nos quiser mais em seu país, estaremos fora antes de a ovelha balançar o rabo duas vezes. A escola está fodida, todo mundo está fodido. Pois então, eu *sei* que você tem diploma. Você já me disse muitas e muitas vezes. Esse diploma é em Desenvolvimento Internacional? Não, eu não achava mesmo. E aposto que sua mãe metida a besta lá nos assentos do fundo do Parlamento provavelmente pensa que está ajudando, também, sabe Deus, mas sabe o que ela está *realmente* fazendo? Prejudicando as pessoas que alega querer ajudar, e cagando na nossa cabeça enquanto tentamos fazer alguma diferença lá. Mordendo a mão que alimenta. Deve ser coisa de família."

Sentei na chaise-longue.

"Jesus, você não lê jornal nunca?", perguntou Judy.

Três dias depois dessa conversa, voamos para Nova York. Deixei mensagens para a minha mãe, mandei torpedos, e-mails, mas ela não me ligou até o final da semana seguinte, com aquele talento extraordinário das mães de escolher a pior hora, no caso duas e meia da tarde de um domingo, bem na hora em que o bolo de Jay saiu da cozinha, fitas saltaram do teto do Rainbow Room e duas centenas de convidados cantaram "Parabéns a você" acompanhados de violinistas da Filarmônica de Nova York.

"Que barulho todo é esse? Onde você *está*?"

Abri a porta corrediça, saí para o terraço e a fechei atrás de mim.

"É aniversário de Jay. Ele faz nove anos hoje. Estou no último andar do Rockefeller."

"Escuta, não quero brigar com você por telefone", disse minha mãe, soando exatamente como se quisesse brigar por telefone. "Li seus e-mails, entendo sua posição. Mas espero que entenda que eu não trabalho para essa mulher — e nem para você, na verdade. Trabalho para o povo inglês, e se desenvolvi um interesse por aquela região, se fiquei cada vez mais preocupada com..."

"Sim, mãe, mas será que você não poderia ficar cada vez mais preocupada com outra coisa?"

"Não interessa a você saber *quem* são os seus parceiros nesse projeto? Conheço você, querida, e sei que não é uma mercenária, sei que possui ideais — eu criei você, pelo amor de Deus, então eu sei. Andei mergulhando fundo nessa questão, e Miriam também, e chegamos à conclusão de que a essa altura o problema dos direitos humanos está se tornando insustentável — gostaria que não fosse assim, pelo seu bem, mas é. Querida, não se interessa em saber..."

"Mãe, desculpa — te ligo depois — preciso ir."

Fern, vestindo um terno de tamanho errado, evidentemente alugado, com as calças um pouco curtas nos tornozelos, vinha caminhando em minha direção com um ar meio pateta, e acho só naquele momento percebi o quanto eu estava por fora de tudo. Ele sorriu, abriu a porta corrediça e virou a cabeça para o lado como um cão terrier: "Ah, mas você está linda mesmo".

"Por que ninguém me disse que você vinha? Por que você não me disse?"

Ele passou a mão pelos cachos semidomesticados com um gel de cabelo barato e pareceu encabulado como um colegial flagrado numa travessura de pouca gravidade.

"Bem, eu estava tratando de um assunto confidencial. É ridículo, mas de qualquer modo eu não podia contar, me perdoe. Queriam que ninguém soubesse."

Olhei na direção que ele apontava e avistei Lamin. Estava sentado na mesa principal vestindo um terno branco, como o noivo em um casamento, no meio de Judy e Aimee.

"Jesus Cristo."

"Não, não, acho que ele não esteve envolvido. A não ser que trabalhe para o Ministério do Exterior." Ele avançou um passo e pôs as mãos no murinho de proteção. "Mas que vista se tem aqui!"

A cidade inteira estava a nossos pés. Dei as costas a ela e analisei Fern, como se quisesse checar sua existência, e depois vi Lamin aceitar uma fatia de bolo do garçom que passava. Tentei explicar a mim mesma o pânico que estava sentindo. Mais do que simplesmente estar sendo deixada no escuro, se tratava de uma rejeição da maneira como eu ordenava minha existência. Pois na minha mente, naquela época — como deve ser para a maioria dos jovens — eu estava no centro dos acontecimentos, era a única pessoa do mundo livre de verdade. Eu ia de um lado a outro observando a vida conforme ela se apresentava a mim, mas todas as outras pessoas presentes nessas cenas, todos os personagens secundários, moravam apenas nos compartimentos em que eu os havia colocado: Fern eternamente na casa rosa, Lamin encerrado nas trilhas de chão batido do vilarejo. O que eles estavam fazendo ali, na minha Nova York? Eu não sabia como conversar com eles no Rainbow Room, não conseguia entender direito qual era a nossa relação ou estabelecer o que esperavam de mim e o que eu podia esperar deles. Tentei imaginar como Lamin estava se sentindo naquele momento, depois de finalmente ter passado para o outro lado da *matrix*, e se ele tinha alguém para guiá-lo nesse desconcertante mundo novo, alguém que ajudasse a explicar as quantidades obscenas de dinheiro que tinham sido gastas ali em coisas como balões de hélio, sanduichinhos de lula no vapor e quatrocentas peônias. Mas quem estava ao lado dele era Aimee, não eu, e ela não se preocupava com nada disso, dava para ver à distância, este era o seu mundo, e Lamin havia simplesmente sido convidado a fazer parte dele como se fosse qualquer outra pessoa, tratava-se de um privilégio ou de um presente, assim como as antigas rainhas ofereciam espontaneamente seu patrocínio. Na mente dela era tudo obra do destino, estava escrito, e portanto não podia haver nada de complicado. Era para isso que eu, Judy, Fern e todos nós estávamos sendo pagos, na verdade: para manter a vida descomplicada — para ela. Abríamos caminho dentro d'água, em meio a algas traiçoeiras, para que ela pudesse flutuar acima da superfície.

"De qualquer modo, foi bom ter vindo. Queria ver você."

Fern avançou e tocou no meu ombro direito com a mão, e no momento pensei que ele estava apenas retirando alguma sujeira, minha cabeça estava em outro lugar, eu estava presa naquela cena em que me via em meio às algas enquanto Aimee boiava tranquila sobre a minha cabeça. Mas em seguida a sua outra mão foi para o meu outro ombro: continuei sem entender. Como todo mundo naquela festa, exceto talvez o próprio Fern, eu não conseguia tirar os olhos de Lamin e Aimee.

"Meu Deus, olha só!"

Fern lançou um rápido olhar na direção que eu havia apontado e viu Lamin e Aimee trocando um beijinho. Ele assentiu com a cabeça: "Ah, então eles não escondem mais!".

"Jesus Cristo. Ela vai casar com ele? Vai adotá-lo?"

"Quem se importa? Não quero falar sobre ela."

De repente ele segurou minhas duas mãos, e ao me virar para ele descobri que estava me encarando com uma intensidade cômica.

"Fern, o que está fazendo?"

"Você finge ser cínica" — ele continuava procurando meu

olhar com a mesma insistência que eu o desviava — "mas acho que só tem medo."

Com o sotaque dele, aquilo soava como uma das telenovelas mexicanas a que assistíamos junto com metade do vilarejo, toda tarde de sexta, na sala de televisão da escola. Não consegui evitar — comecei a rir. Suas sobrancelhas se uniram numa linha tristonha.

"Por favor, não ria de mim." Ele olhou para os próprios pés, e fiz o mesmo: acho que era a primeira vez que eu o via sem uma de suas bermudas cargo. "A verdade é que não sei como me vestir em Nova York."

Puxei minhas mãos delicadamente até que estivessem livres.

"Fern, não sei o que pensa que está acontecendo. Você não me conhece de verdade."

"Bem, é difícil conhecer você bem. Mas quero te conhecer. É assim quando se está apaixonado. Você quer conhecer a pessoa melhor."

Naquele ponto, a situação tinha se tornado tão constrangedora para mim que achei que ele deveria simplesmente desaparecer — como nas telenovelas, quando esse tipo de cena corta para o comercial —, do contrário eu não podia imaginar como seríamos capazes de sobreviver aos dois minutos seguintes. Ele não se moveu. Em vez disso, pegou duas taças de champanhe do garçom que passava e bebeu a dele em um só gole.

"Não tem nada para me dizer? Estou te entregando meu coração!"

"Ai, meu Deus — Fern — por favor! Pare de falar assim! Não quero seu coração! Não quero ser responsável pelo coração de ninguém. Por nada de ninguém!"

Ele pareceu confuso: "Uma ideia peculiar. Basta estar vivo nesse mundo para se tornar responsável".

"Por mim mesma." Foi a minha vez de beber a taça inteira.

"Só quero ser responsável por mim mesma."

"Às vezes na vida é preciso correr riscos por outra pessoa. Veja o caso de Aimee."

"O caso de *Aimee*?"

"Por que não? É preciso admirá-la. Ela não tem vergonha. Ela ama esse rapaz. Provavelmente vai causar muitos problemas a ela."

"A nós, você quer dizer. Vai causar muitos problemas a nós."

"Mas ela não se importa com o que os outros pensam."

"Isso porque, como sempre, ela não faz ideia de onde está se metendo. A coisa toda é absurda."

Eles estavam apoiados um no outro, vendo a apresentação do mágico, um senhor cativante que vestia um terno Savile Row e gravata-borboleta, e que também estivera no aniversário de oito anos de Jay. Estava realizando o truque dos aros chineses. A luz invadiu o Rainbow Room e os anéis entravam e saíam uns dos outros apesar de sua aparente solidez. Lamin estava enfeitiçado — todos estavam. Ao fundo, bem baixinho, tocava música de oração chinesa, e compreendi, abstratamente, que ela devia fazer parte do efeito. Eu podia ver o que todos estavam sentindo, mas não estava junto deles e era incapaz de sentir a mesma coisa.

"Está com inveja?"

"Gostaria de ser capaz de enganar a mim mesma como ela. Tenho inveja de qualquer pessoa tão desconectada da realidade. Um pouco de ignorância nunca a impediu de nada. Nada pode impedi-la."

Fern largou o copo no chão desajeitadamente.

"Eu não devia ter falado. Acredito que interpretei mal a situação."

Sua linguagem romântica havia sido um tanto tola, mas agora que ele voltara à sua linguagem mais administrativa eu comecei a sentir pena. Ele me deu as costas e voltou para dentro. O mágico concluiu sua apresentação. Vi Aimee se levantar e ir até perto do palquinho redondo. Jay foi chamado, ou pelo menos se uniu a ela, e depois vieram Kara e Lamin. A festa toda os envolveu numa meia-lua de adoração. Tudo indicava que eu era a única pessoa ainda olhando do lado de fora. Com um dos braços ela envolveu Jay e Kara, e com o outro segurou a mão de Lamin numa pose triunfal. Todos bateram palmas e vibraram, um rugido abafado pelos vidros duplos. Ela se manteve naquela posição: câmeras piscaram por todo o salão. Do meu ponto de vista, aquela era uma pose que unificava todos os períodos de sua vida: mãe e amante, irmã mais velha, melhor amiga, superestrela e diplomata, bilionária e menina de rua, garota inconsequente e mulher com conteúdo. Mas por que ela deveria ter tudo, ficar com tudo, fazer tudo, ser todo mundo, em todos os lugares, a qualquer momento?

Sete

O que lembro mais nitidamente é do calor do corpo dela quando saía correndo do palco e caía em meus braços nos bastidores, onde eu já a aguardava com uma saia lápis para substituir o vestido de cetim, ou com um rabo de gato para pregar em seu traseiro — depois que ela conseguia se espremer para fora da saia lápis — e lenços de papel para secar o suor que sempre brotava do alto de seu nariz sardento. Havia, é claro, uma porção de outros eles e elas a quem eu precisava entregar pistolas e bengalas ou arrumar um alfinete de gravata, ajeitar uma costura ou colocar um broche no lugar certo, mas lembro mesmo é de Tracey, quando ela segurava meu cotovelo para manter o equilíbrio enquanto se enfiava numa calça cápri verde-clara que eu depois fechava pelos zíperes laterais, tomando o cuidado de não prender sua pele, para em seguida me agachar e amarrar os cadarços de seus calçados de sapateado brancos com saltos do tamanho de um prédio. Ela sempre ficava séria e em silêncio durante essas trocas apressadas. Nunca ficava rindo e brincando como as outras Hot Box Girls, nem se sentia insegura ou precisava ouvir incentivos, como logo aprendi que era comum entre figurantes, mas totalmente alheio à natureza de Tracey. Enquanto eu a vestia ou despia, ela se mantinha fixa no que estava acontecendo no palco. Assistia ao espetáculo sempre que as circunstâncias permitiam. Se ficava presa em um camarim e precisava escutá-lo pelos monitores, ficava tão focada no que ouvia que era impossível conversar com ela. Não importava quantas vezes ela já tinha assistido, jamais se cansava, vivia impaciente para entrar nele outra vez. Tudo que acontecia nos bastidores a entediava. Sua existência verdadeira estava lá, naquela ficção, sob os holofotes, e isso me confundia porque, diferentemente de todos os outros membros do elenco, eu sabia que ela estava tendo um caso secreto com uma das estrelas, um homem casado. Ele interpretava o Irmão Arvide Abernathy, o gentil senhor mais velho que carrega um tambor grave na banda do Exército da Salvação. Não precisavam embranquecer seus cabelos com spray, ele era quase três vezes mais velho que Tracey e já possuía cabelos brancos em abundância, um afro grisalho que contribuía para lhe conferir aquele ar que os críticos chamavam de "distinto". Na vida real, ele tinha nascido e sido criado no Quênia, e depois integrou a Real Academia de Arte Dramática e a Royal Shakespeare Company: falava com uma voz shakespeareana muito encorpada, que fazia com que muitos rissem às suas costas, mas eu gostava de ouvi-la, principalmente no palco, era uma voz luxuriante, um veludo verbal. O caso deles era vivido em breves intervalos de tempo livre, sem liberdade para se expandir. No palco, quase não tinham cenas juntos — seus personagens vinham de mundos diversos, uma casa de culto e um antro de pecado — e fora do palco era tudo clandestino e afobado. Mas eu me entregava ao papel de intermediária com satisfação, verificando camarins vazios, patrulhando, mentindo em benefício deles quando era necessário — era uma forma concreta de passar o tempo, em vez de ficar me perguntando, como acontecia na maioria das noites, que diabo eu estava fazendo ali.

Também era interessante para mim observar o caso deles, pois ele funcionava de maneira curiosa. Toda vez que o pobre homem batia os olhos em Tracey, era como se fosse morrer de tanto amor, e apesar disso ela nunca era muito carinhosa com ele, até onde eu podia constatar, e várias vezes eu a ouvi chamá-lo de velho bobo, provocá-lo por causa da esposa branca ou fazer piadas cruéis com sua perda de libido em função da idade. Uma vez, quando entrei num camarim que ocupavam sem o meu conhecimento, eu os interrompi sem querer e deparei com uma cena singular: ele de joelhos no chão, todo vestido, mas com a cabeça baixa e chorando copiosamente, e ela sentada num banquinho, de costas para ele, se olhando no espelho e passando batom. "Pare, por favor", eu a ouvi dizer enquanto fechava a porta. "E levanta. Levanta daí, caralho..." Mais tarde ela me disse que ele estava propondo abandonar a esposa. O mais estranho para mim naquela ambivalência de Tracey em relação a ele era o quanto isso contrariava as hierarquias do mundo teatral em que ela transitava, um mundo em que cada alma envolvida na produção tinha um valor exato e um poder correspondente, e onde todas as relações obedeciam estritamente a um esquema definido. Em termos sociais, práticos e sexuais, uma estrela feminina tinha o valor de vinte figurantes, por exemplo, e a Hot Box Girl Número Um equivalia a três figurantes mais todas as substitutas, enquanto que um papel masculino com falas, não importava qual, equivalia à soma de todas as mulheres no palco reunidas — exceto, talvez, a protagonista feminina — e uma estrela masculina podia imprimir a própria moeda, quando ele aparecia o espaço se moldava a seu redor, quando ele escolhia uma figurante ela se curvava a ele imediatamente, quando ele sugeria uma modificação no espetáculo o diretor sentava e escutava. Esse sistema era tão sólido que permanecia intacto a revoluções externas. Os diretores, por exemplo, já tinham começado a escolher artistas passando por cima das velhas distinções de cor e classe — você encontrava um rei Henrique negro, um Ricardo III com sotaque cockney ou um Arvide Abernathy queniano que falava igualzinho a Laurence Olivier —, mas as velhas hierarquias de status no palco seguiam firmes como antes. Na minha primeira semana, perdida nos bastidores e confusa a respeito da localização do armário de objetos cênicos, interceptei uma linda garota indiana de corpete que passava por perto e tentei pedir orientações. "Não me pergunte", ela disse, sem diminuir o passo, "Não sou ninguém…" O caso de Tracey me parecia uma forma de vingança contra tudo aquilo: era como ver um gato doméstico capturar um leão, domá-lo e tratá-lo como um cachorro.

Eu era a única pessoa com quem os dois amantes podiam socializar depois das apresentações. Eles não podiam ir ao Coach and Horses com o restante da equipe, mas tinham a mesma necessidade de afogar em álcool a adrenalina pós-espetáculo, então iam para o Colony Room, que ninguém mais envolvido na peça frequentava, mas do qual o ator era membro havia muitos anos. Eles sempre me convidavam para acompanhá-los. Lá todos o chamavam de "Farinha", sabiam qual era o drinque favorito dele — uísque com ginger ale —, e sempre havia um copo à sua espera no bar quando ele chegava às dez e quarenta e cinco em ponto. Ele adorava isso, e o apelido imbecil, porque era um hábito inglês refinado conceder apelidos imbecis aos outros, e ele era devoto de tudo que era inglês e refinado. Percebi que ele quase nunca falava do Quênia ou da África. Numa dessas noites, tentei falar com ele sobre suas origens, mas ele ficou irritado: "Veja bem, vocês mais novos, que cresceram aqui, acham que na minha terra só há crianças desnutridas, Live Aid e ou seja lá o que imaginam. Bem, meu pai era professor de economia, minha mãe era agente do governo, cresci numa propriedade familiar belíssima, muito obrigado, com empregados, cozinheira, jardineiro…". Ele continuou nessa toada por um bom tempo e depois voltou ao seu assunto preferido, os dias de glória do Soho. Fiquei constrangida, mas também senti que ele havia me interpretado mal: é claro que eu sabia que o mundo dele existia — esse tipo de mundo existe em todos os lugares. Não era isso que eu queria saber.

Sua verdadeira afiliação era com o bar em que estávamos, um afeto que ele não conseguia traduzir muito bem para duas garotas que mal tinham ouvido falar de Francis Bacon e viam apenas um salão estreito e enfumaçado, sombrias paredes esverdeadas e a barafunda de objetos — "Arte de merda", era o termo de Tracey — que encobria todas as superfícies. Para importunar seu amante, Tracey gostava de exibir sua ignorância, mas por mais que ela tentasse disfarçar, eu suspeitava que na maioria das vezes ela se interessava de verdade pelas histórias compridas, digressivas e embriagadas que ele contava a respeito dos artistas, atores e escritores que tinha conhecido, suas vidas e obras, com quem tinham transado, que drinques ou drogas consumiam, como haviam morrido. Quando ele ia ao banheiro ou saía para comprar cigarros, eu às vezes a flagrava absorta na contemplação de uma pintura qualquer, acompanhando, eu imaginava, o movimento do pincel, olhando atentamente, com aquela contundência que ela dedicava a tudo. E quando o Farinha voltava aos tropeços e retomava sua história de onde havia parado, ela revirava os olhos mas ouvia tudo, eu podia ver claramente. Farinha não tinha sido amigo próximo de Bacon, somente o suficiente para erguer o drinque quando se cruzavam, e eles tinham um bom amigo em comum, um ator chamado Paul, um homem "de grande beleza, grande charme pessoal", filho de ganenses, que tinha vivido com seu namorado e Bacon num triângulo platônico, em Battersea, por um certo tempo. "E o que vocês precisam entender", disse o Farinha (depois de certo número de whiskies sempre começavam a surgir essas coisas que precisávamos entender), "o que vocês precisam entender é que aqui, no Soho, naquela época, não tinha preto, não tinha branco. Nada tão banal assim. Não era como em Brixton, não, aqui éramos irmãos, na arte, no amor" — ele deu um apertão em Tracey — "em tudo. Daí Paul conseguiu aquele papel em *Um gosto de mel* — nós viemos aqui comemorar — e todos só falavam disso, e a gente se sentia no centro de tudo aquilo, a Londres animada, a Londres boêmia, a Londres literária, a Londres teatral, sentia que esse também era o nosso país agora. Era lindo! Estou dizendo, se Londres começasse e terminasse na Dean Street, seria tudo... felicidade."

Tracey saltou do colo dele para um banco vazio. "Você é um bêbado de merda", ela resmungou, e o garçom, que tinha ouvido o que ela disse, riu e falou: "Sinto dizer que isso é uma exigência para ser membro aqui, boneca...". Farinha se aproximou de Tracey e a beijou desleixadamente: "*Come, come, you wasp; i' faith, you are too angry...*". "Olha só o que eu tenho que aguentar!", gritou Tracey, afastando-o. Farinha tinha uma queda pelas baladas fúnebres de Shakespeare, aquilo fazia Tracey subir pelas paredes esverdeadas, em parte porque ela tinha inveja de sua bela voz, mas também porque quando o Farinha começava a cantar sobre salgueiros e megeras infiéis era um sinal de que ele estava prestes a precisar ser carregado pela escadaria íngreme e frágil, enfiado num táxi e enviado de volta à esposa branca, com a tarifa paga com o dinheiro que Tracey retirava da carteira dele, em geral pegando um pouco mais do que o necessário. Mas ela era pragmática e só dava a noite por encerrada depois de ter aprendido alguma coisa. Acredito que ela estava tentando correr atrás daquilo que eu havia conquistado e ela havia perdido nos três anos anteriores: um ensino gratuito.

O espetáculo teve uma ótima recepção, e em novembro, nos bastidores, cinco minutos antes de a cortina abrir, fomos reunidos pelos produtores para receber a notícia de que a temporada seria estendida para além do encerramento previsto no Natal e continuaria primavera adentro. O elenco ficou em êxtase, e naquela noite eles levaram o êxtase para o palco. Fiquei nos bastidores, feliz por eles, mas guardando comigo a minha própria novidade secreta, que eu não tinha contado nem para a gerência, nem para Tracey. Um dos meus pedidos de emprego tinha dado resultado, finalmente: um cargo de assistente de produção, um estágio pago, na recém-lançada filial britânica da YTV. Na semana anterior eu tinha ido fazer uma entrevista e me dado bem com o entrevistador, que me disse, num gesto não muito profissional, achei, levando em conta a fila de garotas do outro lado da porta, que eu tinha levado o emprego. Eram apenas treze mil por ano, mas se eu continuasse morando com meu pai seria mais do que suficiente. Eu estava feliz, mas hesitando em contar para Tracey, sem me questionar a sério sobre as razões daquela hesitação. As Hot Box Girls passaram correndo por mim, direto da maquiagem, e entraram no palco vestidas de gatas, com Adelaide no meio e na frente e a Hot Box Girl Número Um logo à sua esquerda. Elas inflaram o peito em provocação, lamberam as patas, seguraram os próprio rabos — entre os quais aquele que eu havia pregado em Tracey minutos antes —, se agacharam como gatinhas prontas para o bote e começaram a cantar sobre "papis" malvados que, ao abraçarem você com força demais, despertam a vontade de vadiar por aí, e sobre outros estranhos, mais gentis, que fazem você se sentir em casa... Era um número de dança que sempre agitava os ânimos, mas naquela noite foi uma sensação. De onde eu estava, com uma visão nítida da primeira fila, pude ver o desejo indisfarçável nos olhos dos homens, e quantos daqueles olhos estavam voltados especificamente para Tracey quando deveriam por certo estar fixos na mulher que fazia o papel de Adelaide. Todas as outras eram eclipsadas pelas pernas flexíveis de Tracey naquela malha justa, pela vitalidade pura de seus movimentos realmente felinos, e ultrafemininos de uma maneira que eu invejava, mas que não poderia sonhar em imitar nem que pregassem em mim todos os rabos do mundo. Eram treze mulheres dançando naquele número, mas os movimentos de Tracey eram os únicos que importavam, e quando ela saiu correndo do palco com as outras e eu lhe disse que ela tinha dançado maravilhosamente bem, ela não tentou relativizar meu comentário ou pedir que eu repetisse o elogio como as outras garotas, disse apenas "Sim, eu sei", se curvou, tirou a roupa e me entregou sua meia-calça amassada numa bola.

Aquela noite o elenco foi comemorar no Coach and Horses. Tracey e Farinha foram com eles, e eu também, mas nós estávamos acostumados à intensidade íntima e embriagada das noites no Colony Room — e também a sentar em nossos bancos reservados e ouvir o que os outros estavam falando — e depois de uns dez minutos em pé, gritando com toda a força e aguardando atendimento em vão, Tracey quis ir embora. Pensei que ela estava falando de voltar para o Colony Room, com Farinha, para fazermos o de sempre, para que ela e seu amante pudessem beber demais e repassar sua situação inviável: o desejo dele de contar tudo para a esposa, a insistência dela em não permitir tal coisa, a complicação dos filhos dele — que tinham mais ou menos a nossa idade — e a possibilidade, que aterrorizava o Farinha mas me parecia improvável, de que os jornais descobrissem e publicassem alguma coisa. Mas quando ele foi ao banheiro, Tracey me puxou para o canto e disse "Não quero encarar ele essa noite" — lembro bem desse "encarar" — "Vamos voltar pra sua casa e encher a cara".

Eram cerca de onze e meia quando chegamos em Kilburn. Tracey tinha enrolado um no trem e agora fumávamos andando pela rua, lembrando dos tempos em que fazíamos exatamente aquilo, naquela mesma rua, aos vinte, quinze, treze, doze anos... Estávamos andando quando revelei minha novidade. Soava muito glamoroso, YTV, três letras de um mundo que havia nos envolvido na adolescência, e eu tinha quase vergonha de mencionar aquilo, era uma sorte absurda, como se eu fosse *aparecer* no canal em vez de preparar o chá e separar os envelopes que chegassem pelo correio à filial britânica. Tracey parou de andar e pegou o baseado da minha mão.

"Mas você não vai sair agora, né? No meio de uma temporada."

Encolhi os ombros e confessei. "Terça. Você está mesmo emputecida?"

Ela não respondeu. Caminhamos mais um pouco em silêncio, e então ela disse: "Planeja se mudar da casa de seu pai também ou o quê?".

Não estava nos meus planos. Descobri que gostava de morar com o meu pai, e de estar perto — mas não junto — da minha mãe. Para minha própria surpresa, eu não tinha pressa nenhuma de sair de casa. E lembro de insistir nisso tudo com Tracey, no quanto eu "amava" viver no antigo bairro, tentando impressioná--la, acho, provando como eu ainda tinha os pés firmes no lugar de onde vim, não importava para onde a sorte me levasse, eu ainda morava com meu pai, assim como ela morava com a mãe. Ela ouviu, deu um sorriso meio apertado, empinou o nariz e engoliu o que estava pensando. Alguns minutos depois chegamos ao prédio do meu pai e percebi que eu estava sem a chave. Era comum eu esquecer, mas não gostava de tocar a campainha — ele podia estar dormindo e acordava sempre muito cedo —, então eu passava pela lateral do prédio e entrava pela porta dos fundos da cozinha, que em geral ficava aberta. Mas naquele momento eu estava matando o baseado e não queria correr o risco de o meu pai me ver — tínhamos prometido um ao outro recentemente que não fumaríamos mais maconha. Então enviei Tracey no meu lugar. Um minuto depois ela voltou e disse que a cozinha estava trancada, e que era melhor irmos para a casa dela.

O dia seguinte era um sábado. Tracey saiu cedo para a matinê, mas eu não trabalhava aos sábados. Voltei para o apartamento do meu pai e passei a tarde com ele. Não vi a carta naquele dia, embora ela já devesse estar sobre o tapete da porta. Só a encontrei na manhã de domingo: tinha sido enfiada por baixo da porta e estava endereçada a mim, em letra de mão, com uma pequena mancha de comida no canto da folha, e penso nela como a última carta pessoal escrita à mão que recebi na vida, pois embora Tracey não tivesse um computador, não naquela época, a revolução já estava em curso à nossa volta e em pouco tempo as únicas folhas de papel endereçadas a mim seriam remetidas por bancos, serviços ou governos, com uma janelinha de plástico me alertando a respeito do conteúdo. Essa carta veio sem alertas — eu não via a letra de mão de Tracey havia anos — e eu a abri sentada à mesa do apartamento do meu pai, com ele sentado à minha frente. "De quem é?", ele perguntou, e por algumas linhas eu ainda não tinha descoberto. Dois minutos depois, a única pergunta que restava era se se tratava de fato ou ficção. Tinha de ser ficção: acreditar no contrário era impossibilitar toda a minha vida atual, bem como destruir uma boa parte da vida que eu tinha vivido até então. Era permitir que Tracey instalasse uma bomba debaixo de mim e me explodisse sem deixar rastro. Li de novo para ter certeza de que havia entendido. Ela começava falando de seu dever, dizia que era um dever terrível, e que ela havia se interrogado muitas vezes ("interrogado" escrito errado) sobre o que fazer, e tinha sentido que não restava opção ("opção" escrito errado). Ela descrevia a noite de sexta como eu também a recordava: caminhar na rua até o prédio do meu pai, fumando um baseado, até o momento em que ela se esgueirou pela lateral para entrar pela cozinha, sem sucesso. Mas nesse ponto a linha de tempo se partia em duas, entre a realidade dela e a minha, ou entre a ficção dela — vista da minha posição — e os meus fatos. Na versão dela, ela havia andado até os fundos do apartamento do meu pai, chegado no pequeno pátio de cascalho e, constatando que a cozinha parecia estar trancada, andado mais dois passos para a esquerda e levantado o nariz até a altura da janela dos fundos, a janela do quarto do meu pai, o quarto onde eu dormia, e colocado as mãos aos redor dos olhos para espiar dentro. Então ela viu meu pai, nu, em cima de alguma coisa, se movendo para cima e para baixo, e no começo ela pensou que se tratava naturalmente de uma mulher, e se tivesse sido uma mulher, pelo menos foi o que ela me garantiu, ela nem teria me contado nada, não era da conta dela e nem da minha, mas o fato é que não se tratava de uma mulher, era uma boneca, de tamanho humano, mas inflável, e de uma cor bem escura — "como um boneco Golliwog", ela escreveu — com uma coroa de cabelos de lã sintética e um par enorme de lábios de um vermelho vivo como sangue. "Tudo bem, querida?", perguntou meu pai do outro lado da mesa enquanto eu segurava em minhas mãos trêmulas aquela carta cômica, trágica, absurda, horrenda, de partir o coração. Eu disse que estava ótima, levei a carta de Tracey até o pátio dos fundos, peguei um isqueiro e botei fogo.

PARTE SETE

Tempos tardios

Um

Oito anos se passaram até que eu visse Tracey novamente. Foi numa noite de maio em que fazia um calor fora de época, a noite em que saí com Daniel Kramer, um primeiro encontro. Ele visitava a cidade trimestralmente e era um dos favoritos de Aimee, no sentido de que, em virtude de sua beleza, não sumia no meio de todos os outros contadores, consultores financeiros e advogados de direitos autorais que lhe prestavam serviços com regularidade, e por isso tinha sido digno, na mente dela, de receber um nome, qualidades como "uma aura boa" e "um senso de humor nova-iorquino" e os poucos detalhes biográficos que ela tivera a capacidade de lembrar. Tinha crescido no Queens. Estudado na Stuyvesant High School. Jogava tênis. Na esperança de manter a programação flexível, eu tinha sugerido a ele que fôssemos ao Soho e improvisássemos, mas Aimee queria que passássemos primeiro na casa dela para um drinque. Aquilo não era nada comum, um convite casual e íntimo como aquele, mas Kramer não pareceu surpreso nem preocupado ao recebê-lo. Durante os vinte minutos que nos foram concedidos, ele não esboçou sinais de que era um consumidor. Elogiou as obras de arte — sem exagerar — e escutou educadamente enquanto Aimee repetia tudo que o *marchand* havia lhe dito sobre as obras na ocasião em que as adquirira, e em pouco tempo, nos vendo livres de Aimee e da suntuosidade opressora daquela casa, descemos pela escadinha dos fundos, um pouco tontos de champanhe, e acessamos a Brompton Road numa noite quente, pesada e abafada, com ares de temporal. Ele queria fazer uma longa caminhada até o centro da cidade — tínhamos planos vagos de conferir o que estava em cartaz no Curzon —, mas eu não era turista, e naquela época vivia minhas primeiras aventuras com saltos imensos. Eu estava começando a procurar um táxi quando ele desceu da calçada e "só pela diversão" fez sinal para um táxi-triciclo que estava passando.

"Ela coleciona muita arte africana", ele disse enquanto subíamos nos assentos de estampa de oncinha — ele só estava puxando papo, mas eu, acostumada a reagir contra qualquer indício de um consumidor, lhe dei uma patada: "Bem, não entendo o que você pode querer dizer com 'arte africana'".

Ele pareceu surpreso com meu tom, mas conseguiu manter um sorriso neutro. Ele dependia dos negócios de Aimee, e eu era uma extensão de Aimee.

"A maior parte das obras que você viu", falei num tom mais apropriado a uma sala de conferências, "são na verdade de Augusta Savage. Ou seja, Harlem. É onde ela morou quando foi pela primeira vez a Nova York — Aimee, no caso. Mas é claro, ela é uma grande apoiadora das artes no geral."

Kramer ficou entediado. Eu estava entediando a mim mesma. Não falamos mais até que o triciclo estacionasse na esquina da Shaftesbury Avenue com a Greek Street. Ao pararmos rente ao meio-fio, ficamos surpresos com a existência de um garoto bengali de cuja presença independente havíamos nos esquecido por completo até aquele momento, mas que inegavelmente nos havia trazido até ali, e que agora se virou sobre o selim do triciclo e olhou para nós com o rosto coberto de suor, tentando comunicar, com a respiração ofegante, qual era o custo por minuto daquele tipo de labuta. Não havia nada que nos interessasse no cinema. Com o clima levemente tenso e a roupa colando no corpo devido ao calor, perambulamos na direção de Piccadilly Circus sem saber qual bar procurávamos, ou se talvez fosse melhor jantar num restaurante, os dois já considerando a noite um fracasso, olhando reto e deparando a cada poucos metros com os enormes cartazes de programação dos teatros. Foi na frente de um desses, um pouco mais adiante, que estaquei. Era uma apresentação do musical *Magnólia*, com uma imagem do "coro negro": lenços na cabeça, calças com as barras dobradas, aventais e saias de serviço, mas tudo feito com bom gosto, com cuidado, "autêntico", sem nenhum traço de Mammy ou Uncle Ben. E a garota mais próxima da câmera, cantando com a boca escancarada, com um dos braços esticado bem alto, erguendo uma vassoura — a própria imagem do prazer cinético — era Tracey. Kramer se aproximou e espiou por cima do meu ombro. Apontei com o dedo para o nariz empinado de Tracey, da mesma forma que ela costumava apontar para o rosto das dançarinas que apareciam nas telas das nossas tvs.

"Eu a conheço!"

"Ah, é?"

"Eu a conheço muito bem."

Ele bateu no maço até extrair um cigarro, acendeu-o e olhou para o teatro de cima a baixo.

"Bem... quer assistir?"

"Mas você não gosta de musicais, né? Nenhuma pessoa séria gosta."

Ele encolheu os ombros. "Estou em Londres, é um espetáculo. É isso que se deve fazer em Londres, não é? Assistir a um espetáculo."

Ele me passou o cigarro, empurrou as portas pesadas e foi até a bilheteria. De uma hora para outra aquilo pareceu uma coincidência muito romântica e oportuna, e uma narrativa ridícula de garota adolescente começou a rodar na minha cabeça, sobre um momento futuro em que eu explicaria para Tracey — nos bastidores de algum triste teatro do interior, enquanto ela vestia uma meia-calça arrastão surrada — que o instante exato em que encontrei o amor da minha vida, o momento em que topei com a verdadeira felicidade, foi também o momento em que a identifiquei por acaso naquele papel insignificante no coro de *Magnólia*, muito e muitos anos atrás...

Kramer retornou com os nossos ingressos, ótimos lugares na segunda fileira. No lugar de um jantar, comprei um saco enorme de chocolates, do tipo que quase nunca tinha a chance de comer, pois Aimee considerava essas coisas não apenas fatais de um ponto de vista nutritivo, mas também evidências inquestionáveis de fraqueza moral. Kramer comprou duas taças de plástico grandes cheias de vinho tinto ruim e o folheto do programa. Procurei por tudo mas não encontrei o nome de Tracey. Ela não estava no lugar onde devia estar na lista em ordem alfabética do elenco, e comecei a suspeitar que eu tinha sido vítima de alguma espécie de delírio, ou então cometido um engano constrangedor. Virei as páginas de um lado a outro, suando na testa — devo ter parecido louca. "Você está bem", Kramer perguntou. Eu já tinha quase chegado no final do folheto de novo quando Kramer colocou o dedo numa página e me impediu de virá-la.

"Mas essa aqui não é a sua amiga?"

Olhei de novo: era. Ela tinha mudado o sobrenome comum e grosseiro — o nome pelo qual sempre a conheci — para Le Roy, que soava afrancesado e, aos meus ouvidos, absurdo. O primeiro nome também sofrera adaptações: agora era Tracee. E o cabelo dela estava liso e brilhoso nas fotos. Ri alto.

Kramer me encarou com curiosidade.

"E vocês são boas amigas?"

"Eu a conheço muito bem. Quer dizer, não a vejo há uns oito anos."

Kramer franziu a testa: "Pois bem, no mundo dos homens chamamos isso de 'ex-amigo', ou melhor ainda: 'estranho'".

A orquestra começou a tocar. Eu estava lendo a biografia de Tracey, analisando-a furiosamente, correndo contra o tempo antes que as luzes do teatro enfraquecessem, como se as palavras visíveis escondessem outras de significado mais profundo, e que após decodificadas revelariam algo essencial sobre Tracey e sua vida atual:

TRACEE LE ROY
CORISTA/DANÇARINA DAOMEANA
Participações teatrais incluindo:
Eles e elas (Wellington Theatre); *Desfile de Páscoa* (turnê no Reino Unido); *Grease* (turnê no Reino Unido); *Fame!* (Scottish National Theatre); Anita, *Amor, sublime amor* (workshop)

Se aquilo era a história da vida dela, era decepcionante. Estavam ausentes as conquistas que abundavam em todas as outras biografias: nada na televisão, nada no cinema, e nenhuma menção ao local onde ela havia "treinado", o que me fez concluir que ela jamais conseguira se formar. Além de *Eles e elas*, não havia mais nada no West End, somente aquelas "turnês" com aspecto de desgraça. Imaginei pequenos salões paroquiais e escolas cheias de alunos bagunceiros, matinês vazias no palco de cinemas abandonados, pequenos festivais de teatro regionais. Mas enquanto uma certa parte daquilo me dava prazer, outra parte, também grande, se revoltava com a ideia de que a biografia de Tracee Le Roy pudesse ser justamente comparada — por qualquer pessoa que a lesse naquele momento no teatro, ou por qualquer um dos atores no elenco — com todas as outras histórias ali presentes. O que Tracee Le Roy tinha a ver com aquelas pessoas? Com a garota bem a seu lado no folheto, por exemplo, a garota com a biografia interminável, Emily Wolff-Pratt, que havia estudado na Royal Academy of Dramatic Art e que não tinha meios de saber, como eu, o quão estatisticamente improvável era a presença da minha amiga naquele palco, ou em qualquer palco — em qualquer papel, qualquer contexto — e talvez tivesse a temeridade de pensar que *ela*, Emily Wolff-Pratt, era uma amiga de verdade de Tracey somente porque a via todas as noites, porque dançavam juntas, quando na verdade ela não fazia a menor ideia de quem era Tracey ou de onde ela viera, ou do preço alto que havia pago para estar onde estava. Voltei minha atenção para a fotografia de Tracey. Bem, eu precisava admitir: os anos a haviam tratado bem. Seu nariz já não parecia tão escandaloso, o rosto o acomodara, e a crueldade que eu sempre detectava em seu semblante estava obscurecida pelo mesmo sorriso Broadway de muitos megawatts exibido por todos os outros atores na mesma página. A surpresa não se encontrava no fato de ela ser bonita ou sexy — esses eram atributos que ela possuía desde a adolescência. A surpresa era que ela havia se tornado uma mulher elegante. Suas covinhas de Shirley Temple tinham sumido junto com qualquer indício da corpulência provocante que ela ostentara na infância. Era quase impossível, para mim, imaginar sua voz como eu a conhecia, como a recordava, saindo daquela criatura de nariz insolente, cabelos lisos e sardas delicadas. Sorri para ela. Tracee Le Roy, quem você está fingindo ser dessa vez?

"Lá vamos nós!", Kramer disse quando as cortinas se abriram. Ele apoiou os cotovelos nos joelhos, apoiou o queixo sobre os dois punhos fechados como uma criança e fez uma cara debochada: *Mal posso esperar.*

À esquerda no palco, um carvalho coberto de barbas-de-pau, lindamente reproduzido. À direita, a sugestão de uma pequena cidade no Mississippi. No centro, um navio a vapor usado como palco de espetáculos, o *Flor de Algodão*. Tracey — ao lado de outras quatro mulheres — foi a primeira no palco, aparecendo de trás do carvalho com uma vassoura em punho, e atrás dela vieram os homens com suas pás e enxadas variadas. A orquestra tocou os primeiros acordes de uma música. Eu reconheci logo no começo, o grande número dos coristas, e imediatamente entrei em pânico sem saber o motivo, demorou um pouco até que a própria canção desenterrasse a lembrança. Vi a canção inteira disposta na partitura e lembrei, também, de como me senti quando a vi pela primeira vez. E então os versos, chocantes para mim na infância, se formaram em meus lábios em sincronia perfeita com a introdução da orquestra, me lembrei do Mississippi onde os "crioulos" todos trabalham, onde os brancos não trabalham, e agarrei os braços da poltrona com força, sentindo um impulso de levantar — era como uma cena extraída de um sonho — com o objetivo de impedir Tracey antes mesmo de ela começar, mas assim que a ideia me ocorreu já era tarde demais, e nos versos que eu já conhecia haviam substituído algumas palavras, é claro que haviam — ninguém cantava os versos originais fazia muitos anos. *"Aqui todos trabalhamos... aqui todos trabalhamos..."*

Afundei de novo na poltrona. Vi Tracey manobrar a vassoura com destreza de vários jeitos, dando-lhe vida, a ponto de ela quase parecer outra presença humana no palco, como o truque que Astaire consegue fazer com aquele cabide de chapéus em *Núpcias reais*. Houve um momento em que ela ficou perfeitamente alinhada com sua imagem no cartaz do espetáculo, vassoura no ar, braço esticado, prazer cinético. Quis pausá-la naquela posição para sempre.

As verdadeiras estrelas chegaram ao palco para dar início à história. Ao fundo, Tracey varria o degrau da frente de uma mercearia. Estava à esquerda do palco em relação aos protagonistas, Julie LaVerne e seu dedicado marido, Steve, dois atores de cabaré que trabalham juntos no *Flor de Algodão* e estão apaixonados. Mas logo ficamos sabendo, antes do intervalo, que LaVerne é na verdade Julie Dozier, ou seja, não uma mulher branca, como sempre fingiu ser, mas sim uma mulata trágica que "consegue se passar", que convence a todos, inclusive a seu marido, até o dia em que é desmascarada. Nesse ponto o casal corre o risco de ir para a prisão, pois seu casamento é ilegal de acordo com as leis de miscigenação. Steve faz um corte na palma da mão de Julie e bebe um pouco de seu sangue: a "regra da gota" — os dois são negros agora. À meia-luz, em meio a esse melodrama ridículo, conferi a biografia da atriz que interpretava Julie. Tinha sobrenome grego e era tão branca quanto Kramer.

Bebi demais e muito rápido no intervalo, e fiz Kramer me ouvir sem trégua. Fiquei apoiada no balcão, bloqueando o acesso de outras pessoas aos atendentes, agitando as mãos e vociferando contra a injustiça na escalação do elenco, a pouca oferta de papéis para atrizes como eu, e mesmo os poucos que existiam eram difíceis de conseguir porque sempre eram entregues a atrizes brancas, e parecia que uma mulata trágica não era adequada o bastante nem para fazer o papel de uma mulata trágica, mesmo nos dias de hoje e…"

"Atrizes como você?"

"O quê?"

"Você disse: *atrizes como eu*."

"Não disse, não."

"Disse, sim."

"Meu argumento é: o papel deveria ter sido de Tracey."

"Você acabou de dizer que ela não sabe cantar. Pelo que vi, é um papel que precisa de uma cantora."

"Ela canta bem!"

"Jesus, por que está gritando comigo?"

Assistimos à segunda parte mantendo o mesmo silêncio com que havíamos mantido na primeira, mas dessa vez o silêncio tinha uma outra textura, enrijecida pelo frio do desprezo mútuo. Eu mal podia esperar a hora de sair dali. Longos trechos do espetáculo transcorreram sem nenhuma aparição de Tracey e não me despertaram o menor interesse. Somente quase no fim o coro reapareceu, dessa vez como os "Dançarinos Daomeanos", ou seja, como africanos, do reino do Daomé, eles estavam supostamente se apresentando na Feira Mundial de Chicago de 1893. Observei Tracey no meio do círculo de mulheres — os homens dançavam do outro lado em seu próprio círculo — balançando os braços, se acocorando e cantando num idioma africano fictício, enquanto os homens pisavam forte no chão e entrechocavam suas lanças em resposta: *gunga, hungo, bunga, gooba!* Foi inevitável pensar na minha mãe e em sua linha de histórias do Daomé: o relato orgulhoso sobre a história dos reis; o formato e a sensação das conchas de cauri que eram usadas como moeda, o batalhão de amazonas feito inteiramente de mulheres, capturando prisioneiros de guerra para serem escravos do reino, ou então simplesmente cortando as cabeças dos inimigos e erguendo-as com as mãos. Assim como outras crianças ouvem histórias da Chapeuzinho Vermelho e da Cachinhos Dourados, eu ouvia as histórias dessa "Esparta Negra", o nobre reino do Daomé, lutando contra a investida dos franceses até o fim. Mas era quase impossível conciliar aquelas memórias com a farsa que eu estava testemunhando naquele momento, tanto no palco quanto fora dele, pois a maioria das pessoas que estavam sentadas perto de mim não sabia o que vinha em seguida no espetáculo, e em consequência disso, percebi, achavam que estava assistindo a um espetáculo de menestréis vergonhoso de alguma espécie, e torciam para que a cena terminasse. No palco, também, a "plateia" da feira mundial recuava dos dançarinos daomeanos, mas não por vergonha, e sim por medo, medo de que os dançarinos pudessem ser perigosos, iguais ao restante de sua tribo, ou de que suas lanças fossem de verdade, e não meros objetos de cena. Dei uma espiada em Kramer; ele estava todo encolhido. Olhei de novo para o palco e vi Tracey. Ela estava se divertindo à beça com o desconforto geral, como sempre, desde pequena ela adorava aquele tipo de situação. Brandiu sua lança e berrou, marchando como os outros, em direção à plateia amedrontada da feira mundial, e depois riu junto com os outros quando a plateia fugiu correndo do palco. Podendo fazer o que bem entendessem, os dançarinos daomeanos soltaram as amarras: cantaram versos sobre como estavam alegres e cansados, alegres de ver as costas dos brancos, e cansados, tão cansados, de fazerem parte de um "espetáculo daomeano".

E então a plateia — a plateia real — entendeu. Perceberam que tudo a que estavam assistindo tinha a intenção de ser engraçado e irônico, que os dançarinos eram americanos, e não africanos — sim, eles finalmente sacaram que estavam pregando uma peça neles. Essas pessoas não eram do Daomé! Eram apenas bons e velhos negros, afinal de contas, saídos diretos da Avenue A, nada menos que de Nova York! Kramer soltou uma risadinha, a música mudou para um ragtime e senti meus pés se movendo abaixo de mim, tentando imitar no carpete vermelho fofinho o *shuffle* complicado que Tracey executava logo acima de mim, com sapatos macios sobre o palco de madeira dura. Eu conhecia bem aqueles passos — qualquer dançarino os conheceria — e tive vontade de estar lá em cima com ela. Eu estava presa em

420

Londres, no ano de 2005, mas Tracey estava na Chicago de 1893, e no Daomé de cem anos antes, e em qualquer tempo e lugar em que as pessoas haviam movido os pés daquela maneira. Tive tanta inveja que chorei.

Espetáculo terminado, saí do meio da longa fila do banheiro feminino e vi Kramer antes que ele me visse, ele estava parado em pé no saguão, irritado e entediado, segurando meu casaco por cima do braço. A chuva tinha começado a açoitar a rua lá fora. "Então eu vou indo", ele disse ao me entregar o casaco, incapaz sequer de olhar direito para mim. "Tenho certeza de que vai querer ir dar oi para a sua 'amiga'."

Ele levantou a gola e adentrou aquela noite horrenda, sem guarda-chuva, ainda irritado. Nada ofende tanto um homem quanto ser ignorado. Mas fiquei admirada: seu ódio por mim era muito mais forte que o medo da influência que eu poderia ter sobre a sua empregadora. Depois que ele sumiu de vista, caminhei até a lateral do teatro e descobri que era igualzinha à que se via nos filmes antigos: a porta dizia "Porta do Palco" e havia uma quantidade razoável de pessoas esperando o elenco aparecer, segurando bloquinhos e canetas, mesmo com a chuva.

Como eu não tinha guarda-chuva, me encostei na parede e fiquei debaixo de um toldinho estreito. Eu não sabia o que planejava dizer nem como a abordaria, mas eu estava apenas começando a pensar nisso quando um carro estacionou no beco de acesso, com a mãe de Tracey ao volante. Ela não tinha mudado quase nada: através das janelas molhadas de chuva, pude ver as mesmas argolas de metal nas orelhas, o queixo triplo, os cabelos puxados para trás com força, um cigarro pendurado na boca. Na mesma hora, virei de frente para a parede, e fugi enquanto ela ainda manobrava. Corri pela Shaftesbury Avenue, me encharcando e pensando no que havia entrevisto no banco traseiro do carro: duas crianças pequenas adormecidas, presas em suas cadeirinhas. Fiquei pensando se não era por causa daquilo, e nada além daquilo, que a história da vida de Tracey era tão rápida de ler.

Dois

Você quer acreditar que há limites para o que o dinheiro pode fazer, barreiras que ele não pode cruzar. Lamin de terno branco no Rainbow Room parecia um exemplo do contrário. Mas na verdade ele não tinha um visto, ainda não. Tinha um novo passaporte e uma data de retorno. E quando chegasse a hora de ele partir, caberia a mim acompanhá-lo de volta ao vilarejo, junto com Fern, e depois permanecer por uma semana para completar o relatório anual destinado ao conselho diretor da fundação. Depois disso, Fern ficaria por lá e eu retornaria a Londres para encontrar as crianças e supervisionar a visita trimestral que faziam a seus pais. Assim nos foi dito por Judy. Até lá, um mês juntos em Nova York.

Ao longo da década anterior, a minha base sempre que estive na cidade havia sido o quarto da empregada, que ficava no térreo ao lado da cozinha, embora de vez em quando ocorresse uma discussão não muito convicta a respeito da possibilidade de eu ficar em algum lugar separado — um hotel, um quarto alugado em algum lugar —, que nunca dava em nada e logo era esquecida. Mas dessa vez um lugar havia sido alugado para mim antes mesmo de eu chegar, um apartamento de dois quartos na West 10th Street, com pé direito alto, lareiras, o segundo andar inteiro de um belo predinho de arenito pardo. Emma Lazarus tinha morado nele: uma placa azul embaixo da minha janela celebrava suas massas encurraladas, ansiosas por respirar em liberdade. Eu tinha vista para um corniso ruborizado e todo florido. Confundi aquilo tudo com um *upgrade*. Até que Lamin apareceu, e entendi que eu havia sido removida para dar lugar a ele.

"O que exatamente está acontecendo com você?", Judy me perguntou na manhã seguinte à festa de aniversário de Jay. Sem preliminares, apenas seu grito estridente chegando pelo meu celular enquanto eu tentava dizer ao bodegueiro na Mercer Street para não colocar maçã no meu suco verde. "Você teve algum tipo de desentendimento com Fernando? Porque não podemos hospedá-lo na casa agora — não há lugar para ele na hospedaria. A hospedaria está cheia, você provavelmente notou. Nossos pombinhos querem privacidade. O plano era ele ficar com você por algumas semanas, no apartamento, estava tudo combinado — e de repente ele começou a resistir à ideia."

"Bem, eu não sei de nada a respeito disso. Porque ninguém me disse. Judy, você não me disse nem que Fern estava vindo para Nova York!"

Judy resmungou com impaciência: "Escuta, Aimee queria que eu cuidasse disso. Tinha a ver com acompanhar Lamin até aqui, ela não queria que a notícia corresse o mundo... Era delicado, e cuidei do assunto".

"Agora você cuida também de quem mora comigo?"

"Ai, fofa, *me desculpe* — você está pagando o aluguel?"

Consegui encerrar o telefonema e liguei para Fern. Ele estava num táxi em algum ponto da West Side Highway. Escutei a buzina de neblina de um navio de cruzeiro que atracava. "Melhor eu encontrar outro lugar. Sim, é melhor. Hoje à tarde olho um lugar em…" Ouvi um som triste de folhas de papel sendo mexidas. "Bem, não importa. Em algum lugar no centro." "Fern, você não conhece a cidade — e não vai querer pagar aluguel aqui, acredite em mim. Aceite o quarto. Vou me sentir uma merda se você não aceitar. Estarei dia e noite na casa de Aimee — ela tem esse show daqui a duas semanas, estaremos enterrados até o pescoço nisso. Prometo — mal vamos nos ver." Ele fechou uma janela, o vento do rio parou de entrar no carro. O intimidade do silêncio não ajudava muito. "Eu *gosto* de ver você." "Ai, Fern… por favor, apenas aceite o quarto!" Naquela noite, os únicos sinais dele foram uma xícara de café usada na cozinha e uma mochila de lona comprida — do tipo que estudantes levam para passar o ano viajando — apoiada no batente da porta de seu quarto. Quando ele subira os degraus da balsa levando aquela única mochila nas costas, a simplicidade de Fern, sua frugalidade, remetia a algo de nobre, eu desejava imitá-la, mas ali em Greenwich Village a ideia de um homem de quarenta e cinco anos portando nada mais que uma mochila me parecia somente triste e excêntrica. Eu sabia que ele havia atravessado a Libéria a pé sozinho aos vinte e quatro anos — era alguma espécie de homenagem a Graham Greene —, mas agora eu só conseguia pensar: *Meu irmão, essa cidade vai te comer vivo.* Escrevi um bilhete de boas-vindas simpático e neutro, enfiei-o debaixo das alças de sua mochila e fui dormir.

Eu tinha razão quando lhe disse que mal nos veríamos: eu precisava estar na casa de Aimee toda manhã às oito (ela levantava todos os dias às cinco para duas horas de exercícios no porão e uma hora de meditação) e Fern sempre dormia até mais tarde — ou fingia dormir. Na casa de Aimee tudo era planejamento frenético, ensaios, ansiedade: o novo show ocorreria em um local médio, ela cantaria ao vivo, com banda ao vivo, coisa que não acontecia havia anos. Para escapar do tiroteio, dos ataques de nervos e das discussões, eu procurava me manter no escritório e evitava os ensaios sempre que possível. Mas depreendi que havia alguma temática do oeste africano envolvida. Um conjunto de tambores *atumpan* foi entregue na casa, além de uma harpa *kora* de braço longo, rolos de lenços kente e — numa bela manhã de terça — uma trupe de doze dançarinos, africanos-do-Brooklyn, que foram levados ao estúdio no porão e não reapareceram até depois do jantar. Eram jovens, em sua maior parte senegaleses de segunda geração, e Lamin ficou fascinado por eles: queria saber seus sobrenomes e os vilarejos de onde seus pais vieram, procurando estabelecer qualquer conexão possível entre famílias e lugares. E Aimee ficava grudada em Lamin: já não havia como falar com ela a sós, ele estava sempre a seu lado. Mas que Lamin era aquele? Ela achava que era provocador e engraçado me contar que ele ainda rezava cinco vezes ao dia dentro do closet, que aparentemente estava voltado para Meca. Eu desejava acreditar naquela continuidade, naquela parte dele que ainda estaria fora do alcance dela, mas havia dias em que eu mal o reconhecia. Certa tarde desci ao estúdio trazendo garrafas de água de coco numa bandeja e o encontrei de camisa e calça brancas, demonstrando um movimento de dança que associei à minha lembrança do kankurang, uma combinação de *side-stamp*, *shuffle* e *dip*. Aimee e as outras garotas o observavam com atenção e repetiam os movimentos. Estavam suados, vestindo blusinhas e macacões rasgados, e tão próximos dele e uns dos outros que cada movimento que ele fazia parecia uma única onda atravessando cinco corpos. Mas o gesto realmente irreconhecível foi o de pegar uma água de coco da minha bandeja sem dizer obrigado e sem nenhuma espécie de consideração — era como se ele tivesse passado a vida toda pegando bebidas em bandejas oscilantes trazidas por garçonetes. Talvez o luxo seja a *matrix* mais fácil de atravessar. Talvez nada seja mais fácil de se acostumar do que o dinheiro. Embora em certos momentos eu tivesse a impressão de haver algo assombrado nele, como se algo o perseguisse. Quando sua permanência estava chegando ao fim, entrei na sala de jantar e o encontrei à mesa do café falando com Granger, que parecia esgotado, como se estivesse ali havia muito tempo. Sentei com eles. Os olhos de Lamin estavam fixos num ponto entre a cabeça raspada de Granger e a parede ao fundo. Ele tinha voltado a sussurrar numa fala perplexa e sem entonação, como se submetido a um feitiço: "... e agora mesmo, nossas mulheres estão plantando as cebolas no canteiro da direita e as ervilhas no canteiro da esquerda, e se as ervilhas não forem irrigadas do jeito certo, elas vão precisar arar a terra, e daqui umas duas semanas terão um problema, vai aparecer uma dobra laranja na borda da folha, e se aparecer essa dobra é porque a planta tem a praga da ferrugem, então elas vão desencavar o que foi plantado e plantar de novo, tomando o cuidado, espero, de colocar uma camada do solo fértil que trazemos de cima do rio, sabe, quando os homens sobem o rio, daqui a uma semana mais ou menos, quando subimos o rio buscamos esse solo fértil...".

"Hm-hum", Granger dizia a cada duas ou três frases. "Hm-hum, hm-hum."

Fern fazia aparições esporádicas em nossas vidas, nas reuniões do conselho ou quando Aimee requisitava sua presença para lidar com problemas práticos relacionados à escola. Ele parecia estar em constante estado de sofrimento — se encolhia fisicamente sempre que travávamos contato visual — e propagandeava sua dor aonde quer que fôssemos, como um personagem de quadrinhos com uma nuvem negra sobre a cabeça. Diante de Aimee e do restante do conselho, ele fez um relatório pessimista focado em recentes declarações agressivas do presidente, aludindo à presença estrangeira no território. Eu nunca o tinha ouvido falar daquela maneira tão fatalista, não condizia com sua personalidade, e sabia que eu era o verdadeiro alvo indireto de suas críticas.

Naquela tarde no apartamento, em vez de me esconder no meu quarto como sempre, eu o confrontei no corredor. Ele tinha acabado de voltar de uma corrida e estava suado e curvado, com as mãos nos joelhos, ofegando e me olhando por trás das sobrancelhas grossas. Fui muito ponderada. Ele não disse nada, mas pareceu absorver minhas palavras. Sem óculos, seus olhos pareciam enormes, como os de um bebê em um desenho animado. Quando terminei, ele se endireitou e se curvou no sentido oposto, empurrando a lombar para a frente com as duas mãos.

"Bem, peço desculpas se a constrangi. Você tem razão: não foi profissional."

"Fern — não podemos ser amigos?"

"Claro. Mas você também quer que eu diga: 'Estou feliz por sermos amigos'?"

"Não quero que seja infeliz."

"Mas não estamos dentro de um dos seus musicais. A verdade é que estou muito triste. Eu queria algo — queria você — e não tive tudo que queria ou esperava, e agora estou triste. Vou superar, eu suponho, mas no momento estou triste. Tudo bem eu ficar triste? Sim? Muito bem. Vou tomar banho agora."

Era muito difícil para mim, naquela época, entender uma pessoa que falava desse jeito. Era exótico para mim, enquanto ideia — eu não havia sido criada assim. Que reação um homem desses — do tipo que abre mão de todo poder — podia esperar de uma mulher como eu?

Não fui ao show, não tive coragem. Não queria sentar na arquibancada ao lado de Fern, sentindo seu ressentimento, enquanto assistíamos a versões circenses daquelas danças que havíamos conhecido em seu local de origem. Falei para Aimee que iria e tinha a intenção de ir, mas quando o relógio marcou oito horas eu ainda estava em casa de moletom, deitada na cama com as costas meio erguidas e o laptop no colo, e de repente já eram nove horas, e depois dez. Era imperativo que eu fosse — minha mente insistia nisso e eu concordava —, mas o meu corpo travou, ficou pesado e imóvel. Sim, devo ir, isso estava claro, mas estava igualmente claro que eu não iria a lugar nenhum. Entrei no YouTube e fui pulando de um dançarino a outro: Bojangles subindo as escadas, Harold and Fayard em cima de um piano, Jeni LeGon com sua saia de capim balançante, Michael Jackson em *Motown 25*. Era comum eu chegar a esse clipe de Jackson, mas dessa vez, ao vê-lo atravessar o palco fazendo o *moonwalk*, o que realmente me interessou não foram os gritos em êxtase do público ou mesmo a fluidez surreal de seus movimentos, e sim o comprimento curto de suas calças. E mesmo a essa altura a possibilidade de ir não parecia perdida ou completamente descartada, até que tirei os olhos dos vídeos e descobri que as onze e quarenta e cinco eram uma realidade, significando que estávamos inquestionavelmente no pretérito: eu não tinha ido. Buscar Aimee, buscar local do show, buscar trupe de dançarinos do Brooklyn, busca por imagens, busca na agência de notícias AP, busca em blogs. Comecei movida por um senso de culpa, mas este logo deu lugar à constatação de que eu poderia reconstruir — 140 caracteres por vez, de imagem em imagem, de post em post — a experiência de ter estado lá, até que, ao chegar à uma da manhã, ninguém poderia ter estado lá mais do que eu. Eu estivera mais lá do que qualquer pessoa que havia efetivamente estado lá, elas haviam sofrido limitações de localização e perspectiva — um único fluxo de tempo — ao passo que eu estivera em todos os pontos daquele ambiente em todos os momentos, acompanhando o evento de todos os ângulos, num formidável esforço de colagem. Eu podia ter parado aí — tinha mais do que o suficiente para fazer um relato detalhado da minha noite para Aimee na manhã seguinte —, mas não parei. Fui arrastada pelo processo. Observar os debates em tempo real enquanto se formam e aglutinam, observar o consenso se formando, os destaques e vexames sendo identificados, seus significados e subtextos sendo aceitos ou negados. Os insultos e as piadas, as fofocas e rumores, os memes, o Photoshop, os filtros e toda a grande variedade de críticas que corriam à solta naquele ambiente, longe do alcance e do controle de Aimee. No início daquela semana, quando assistia a uma prova de figurino — na qual Aimee, Jay e Kara estavam sendo vestidos como nobres axântis — eu havia tocado, com hesitação, no tema da apropriação cultural. Judy resmungou, Aimee olhou para mim e depois para seu corpo de fadinha branca embrulhado em toneladas de tecidos em cores vibrantes, e me disse que ela era uma artista, e artistas precisam ter permissão para amar coisas, tocá-las e usá-las, porque arte não é apropriação, a finalidade da arte não era essa — a finalidade da arte era o amor. E quando lhe perguntei se era possível amar algo e deixá-lo em paz ao mesmo tempo, ela me olhou de um jeito estranho, puxou os filhos contra si e perguntou: Você já amou alguém?

Mas agora eu me sentia defendida, virtualmente cercada. Não, eu não tinha vontade de parar. Continuei recarregando e recarregando, esperando outros países acordarem para ver as imagens e formar suas próprias opiniões, ou alimentar as opiniões já propagadas. No meio da madrugada, ouvi a porta da frente ranger e Fern entrou no apartamento, chegando, certamente, da festinha pós-show. Não me movi. E deve ter sido lá pelas quatro da manhã, quando rolava a tela em busca das mais recentes opiniões e ouvia os passarinhos cantando no corniso, que vi o nome de usuário "Tracey LeGon" e o subtítulo "Voz da Verdade". Minhas lentes de contato estavam arranhando os olhos, doía até para piscar, mas eu não estava vendo coisas. Cliquei. Ela tinha postado a mesma foto que eu já tinha visto centenas de vezes àquela altura — Aimee, os dançarinos, Lamin, as crianças — todos enfileirados na frente do palco, vestindo o tecido *adrinka* que eu vira ser costurado sob medida para eles: um azul celeste intenso estampado com triângulos pretos, e dentro de cada triângulo um olho. Tracey havia separado essa imagem, ampliado várias vezes e recortado de modo a exibir somente o triângulo com o olho, e debaixo dessa imagem ela colocava a pergunta: ALGUÉM RECONHECE?

Três

Para o retorno com Lamin pegamos o jatinho, mas sem Aimee — que estava na França recebendo uma medalha do governo francês —, de modo que foi necessário enfrentar todo o processo do aeroporto como as pessoas normais, passando por uma sala de embarque cheia de filhos e filhas que voltavam para casa. Os homens vestiam jeans requintados de tecido de brim grosso, camisas justas e estampadas de colarinho branco, blusões com capuz ostentado marcas famosas, jaquetas de couro, os tênis da moda. As mulheres mostravam a mesma disposição em vestir de uma só vez tudo que possuíam de melhor. Cabelos com penteados magníficos, unhas recém-pintadas. Ao contrário de nós, eles estavam acostumados àquela sala de embarque e solicitavam rapidamente os serviços dos carregadores, a quem entregavam suas malas colossais com ordens para que tomassem cuidado — embora as malas estivessem embaladas em quilos de plástico —, para então conduzir aqueles jovens, calorentos e oprimidos carregadores pelo meio da multidão até a saída, se virando de vez em quando para berrar instruções como escaladores de montanhas com os seus sherpas. Por aqui, por aqui! Smartphones erguidos no alto para indicar a rota. Olhando para Lamin naquele contexto, concluí que sua escolha de roupa para a viagem era deliberada: apesar de todas as roupas, anéis, correntes e sapatos que Aimee tinha lhe dado de presente no mês anterior, ele estava vestido exatamente como havia saído de seu país. A mesma velha camisa branca, calças cáqui e um par de sandálias de couro simples, pretas e com o calcanhar gasto. Aquilo me fez pensar que eu não havia entendido alguma coisa a respeito dele — muitas coisas, talvez.

Pegamos um táxi e sentei com Lamin no banco traseiro. O carro estava com três vidros quebrados e tinha um buraco no piso através do qual se podia ver o asfalto passando. Fern foi sentado na frente, ao lado do motorista: sua nova política era demonstrar um desinteresse constante em relação a mim. No jatinho ele ficou lendo seus livros e periódicos, e no aeroporto se limitou aos procedimentos práticos, pegar aquele carrinho de bagagem, entrar naquela fila. Ele nunca era agressivo, nunca dizia nada cruel, mas sua atitude nos isolava.

"Quer parar para comer?", ele me perguntou olhando pelo retrovisor. "Ou pode esperar?"

Eu queria ser o tipo de pessoa que não se importava de pular o almoço, que conseguia aguentar sem essa refeição, como era o caso de Fern, reproduzindo o hábito das famílias mais pobres do vilarejo, que comiam uma única vez, no fim da tarde. Mas eu não era aquele tipo de pessoa: não conseguia pular uma refeição sem ficar irritada. Viajamos por quarenta minutos e paramos num restaurante de beira de estrada, em frente a uma tal de American College Academy. As janelas tinham grades de ferro e metade das letras da placa tinham caído. Dentro do restaurante, os cardápios reproduziam pratos americanos resplandecentes "acompanhados de fritas" a preços que Lamin leu em voz alta, balançado a cabeça com indignação, como se estivesse diante de algo profundamente sacrílego ou ofensivo, e depois de um longo debate com a garçonete pedimos três pratos de yassa de frango a um "preço local" negociado.

Estávamos debruçados sobre os pratos, comendo em silêncio, quando escutamos uma voz trovejante vinda dos fundos do restaurante: "Meu garoto Lamin! Irmãozinho! É o Bachir! Aqui atrás!".

Fern acenou. Lamin não se moveu: ele tinha detectado a presença desse tal de Bachir fazia muito tempo e estava rezando para não ser visto. Olhei na direção da voz e vi um homem sentado sozinho na última mesa próxima ao balcão, nas sombras, o único outro cliente do lugar. Era largo e musculoso como um jogador de rúgbi e vestia um terno azul-marinho com listas, gravata com alfinete, mocassins sem meias e uma corrente de ouro grossa no pulso. O terno parecia prestes a rasgar com o volume de seus músculos e o suor escorria em seu rosto.

"Ele não é meu irmão. É meu companheiro de idade. É do vilarejo."

"Mas você não vai…"

Bachir já estava diante de nós. De perto, vi que ele usava um dispositivo na cabeça, composto de fone de ouvido e microfone, não muito diferente daquele que Aimee usava no palco, e trazia nas mãos um laptop, um tablet e um celular enorme.

"Preciso achar espaço pra largar todas essas coisas!" Mas ele sentou conosco e continuou abraçado a seus eletrônicos. "Lamin! Irmãozinho! Quanto tempo!"

Lamin acenou com o queixo sem tirar os olhos do prato. Fern e eu nos apresentamos e ganhamos apertos de mão firmes, dolorosos e úmidos.

"Eu e ele crescemos juntos, cara! A vida no vilarejo!" Bachir tomou a cabeça de Lamin e aplicou-lhe uma chave de braço suarenta. "Mas então tive que ir pra a cidade, baby, sabe do que estou falando? Estava indo atrás do dinheiro, baby! Trabalhando com os grandes bancos. Cadê a bufunfa? Babilônia pra valer! Mas meu coração ainda mora no vilarejo." Ele deu um beijo em Lamin e o soltou.

"Você tem sotaque americano", falei, mas era apenas um dos fios na rica tapeçaria de sua voz. Vários filmes e comerciais de televisão estavam presentes, e também muito hip-hop, *Esmeralda* e *As the World Turns*, os noticiários da BBC, CNN e Al Jazeera e um pouco do reggae que se ouvia na cidade toda, nos táxis, bancas de mercado e salões de beleza. Uma antiga música do Yellowman estava tocando naquele momento nos pequenos alto-falantes sobre nossas cabeças.

"Pra valer, pra valer…" Ele apoiou a cabeçona quadrada sobre o punho numa pose pensativa. "Sabe, ainda não estive nos Estados Unidos, ainda não. Muita coisa rolando. Tudo acontecendo ao mesmo tempo. Conversas, conversas, tem que acompanhar a tecnologia, se manter relevante. Olha essa garota: ela tá ligando pro meu número, baby, dia e noite, noite e dia!" Ele me exibiu uma imagem no tablet, uma linda mulher com tranças sedosas e lábios exuberantes pintados de roxo. Tive a impressão de que era uma fotografia de um anúncio. "Essas garotas da cidade grande, elas são doidas demais! Ah, irmãozinho, preciso de uma garota do alto do rio, quero iniciar uma boa família. Mas essas garotas nem querem mais ter família! Elas são doidas! Mas quantos anos você tem?"

Falei a minha idade.

"Não tem filhos? Nem mesmo é casada? Não? Tá bom! Sim, sim… Saquei, irmã, saquei… Senhorita Independência, não é? É a sua escolha, tudo bem. Mas para nós, uma mulher sem filhos é como uma árvore sem frutos. Como uma árvore" — ele levantou a bunda musculosa da cadeira, mantendo uma posição agachada,

e esticou os braços e dedos como se fossem galhos — "sem frutos."
Voltou a sentar e fechou os punhos. "Sem frutos", repetiu.

Pela primeira vez em semanas, Fern conseguiu me dirigir um meio-sorriso.

"Acho que o que ele quer dizer é que você é como uma árvore…"

"Sim, Fern, entendi, obrigado."

Bachir reparou no meu celular tipo flip, meu telefone de uso pessoal. Ele o pegou na mão e o virou para um lado e para o outro com um olhar de espanto exagerado. Suas mãos eram tão grandes que o aparelho parecia um brinquedo de criança.

"*Não pode* ser seu. É sério? Isso é seu?! É isso que estão usando em Londres? HÁ HÁ HÁ. Ai, cara, estamos mais atualizados aqui! Ai, cara! Que engraçado, que engraçado. Eu não estava esperando por isso. Globalização, certo? Tempos estranhos, tempos estranhos."

"Para qual banco você trabalha mesmo?", perguntou Fern.

"Ah, tenho várias coisas rolando ao mesmo tempo, cara. Crescimento, crescimento. Terras aqui, terras ali. Construção. Mas trabalho pro banco aqui, sim, fazendo transações. Você sabe como é, irmão! O governo *dificulta* a vida, às vezes. Mas cadê a bufunfa, né? Você gosta de Rihanna? Conhece? Ela tem a bufunfa *dela*. Illuminati, certo? Vida dos sonhos, baby."

"Precisamos voltar para a balsa", Lamin sussurrou.

"É, acho que estou fazendo várias transações ultimamente — negócios complicados, cara — tem que entrar nos esquemas, esquemas, esquemas." Ele demonstrou o que queria dizer passando os dedos pelos três dispositivos, como se estivesse pronto para usar qualquer um deles a qualquer momento, caso surgisse algo urgente. Percebi que a tela do laptop estava apagada e rachada em vários pontos. "Sabe, muita gente tem que entrar nessa vida de plantação todo dia, descascar os amendoins, certo?

Mas eu tenho que fazer meus esquemas. Esse é o novo equilíbrio entre trabalho e vida. Sabem do que estou falando? Sim, cara! É a última onda! Mas nesse país ainda temos a mentalidade do velho mundo, certo? Muita gente por aqui está parada no tempo. Essa gente ainda vai demorar um pouco, tá bem? Pra colocar isso na cabeça." Ele desenhou um retângulo no ar com o dedo. "O Futuro. Tem que colocar isso na cabeça. Mas escuta: pra você? A qualquer hora! Gosto do seu rosto, cara, é belo, tão limpo e leve. E eu poderia ir a Londres, falaríamos de negócios pra valer! Ah, você não está no mundo dos negócios? Caridade? ONG? Missionária? Gosto dos missionários, cara! Tive um bom amigo, ele era de South Bend, Indiana — Mikey. Fizemos muita coisa juntos. Mikey era legal, cara, ele era muito legal, um adventista do sétimo dia, mas somos todos filhos de Deus, sem dúvida, sem dúvida…"

"Eles estão aqui fazendo um trabalho educacional com as nossas meninas", disse Lamin, virando de costas para nós e tentando chamar a atenção da garçonete.

"Ah, claro, ouvi falar das mudanças lá. São os tempos, são os tempos. Bom pro vilarejo, certo? Desenvolvimento."

"Esperamos que sim", disse Fern.

"Mas, irmãozinho: vocês estão ganhando alguma coisa naquilo? Sabiam que o meu irmãozinho aqui não dá bola pra dinheiro? O lance dele é a próxima vida. Eu não: quero esta vida! HÁ HÁ HÁ HÁ HÁ. Dinheiro, dinheiro rolando. Vai dizer. Ai, ai, cara…"

Lamin se levantou: "Adeus, Bachir".

"É tão sério, esse aí. Mas ele me adora. Vocês também iam me adorar. Puxa vida, você vai fazer trinta e três, garota! A gente devia conversar! O tempo voa. A vida precisa ser vivida, certo? Na próxima, em Londres, garota, na Babilônia — vamos conversar!"

Na caminhada até o carro, ouvi Fern rindo baixinho consigo mesmo, animado pelo episódio.

"Isso é o que chamam de 'personagem'," disse ele, e quando alcançamos o táxi que nos aguardava e nos viramos para entrar, vimos o personagem Bachir parado em frente à porta, ainda com o microfone na cabeça, segurando seus diversos aparelhos eletrônicos e acenando para nós. Agora que estava em pé, seu terno parecia ainda mais peculiar, as calças eras curtas demais, como uma *mashala* de risca de giz.

"Bachir perdeu o emprego há três meses", Lamin disse baixinho enquanto entrávamos no carro. "Está todos os dias nesse restaurante."

Sim, tudo naquela viagem parecia errado desde o começo. Em vez da minha gloriosa competência anterior, me sentia perseguida por uma sensação constante de deslize, de ter interpretado tudo de maneira incorreta, a começar por Hawa, que me abriu a porta de sua propriedade familiar usando um lenço novo, preto, que cobria toda a cabeça e terminava na metade do peito, e uma saia comprida e solta, do tipo que ela gostava de debochar quando íamos ao mercado. Ela me abraçou com a força de sempre, mas fez apenas um aceno para Fern e parecia incomodada com sua presença. Ficamos todos parados no meio do pátio por algum tempo enquanto Hawa falava amenidades cansativas como que por educação — sem jamais se dirigir a Fern — e eu aguardava alguma menção ao jantar, que só seria servido, entendi lá pelas tantas, depois que Fern fosse embora. Ele finalmente entendeu o recado: estava cansado e se dirigiria à casa rosa. E assim que a porta se fechou atrás dele, Hawa voltou a ser quem era, segurou a minha mão, beijou meu rosto e gritou: "Ai, irmã — boas notícias — vou casar!". Eu a abracei, mas senti um sorriso conhecido grudar na minha cara, o mesmo sorriso que eu exibia em Londres ou Nova York quando recebia notícias semelhantes, e fui acometida da mesma sensação intensa de traição. Eu me envergonhava de sentir aquilo, mas não podia evitar, um pedaço do meu coração se fechou contra ela. Ela pegou minha mão e me levou para dentro de casa.

Tanta coisa para contar. O nome dele era Bakary, era um tablighi, amigo de Musa, e ela não mentiria dizendo que era bonito, porque na verdade era o oposto, ela queria que eu entendesse isso já de cara, e pegou o celular para trazer as provas. "Viu? Ele parece um sapo-boi! Para ser sincera, preferiria que ele não colocasse a coisa preta nos olhos nem usasse henna desse jeito, na barba... e às vezes ele até veste um lungi! Minhas avós acham que ele parece uma mulher usando maquiagem! Mas elas só podem estar erradas, porque o próprio Profeta usava kajal, é bom para as infecções nos olhos, e tem muita coisa que não sei e ainda preciso aprender. Ah, minhas avós choram dia e noite, noite e dia! Mas Bakary é gentil e paciente. Ele diz que ninguém chora para sempre — e você não acha que é verdade?"

As sobrinhas gêmeas de Hawa trouxeram o jantar: arroz para Hawa, batatas assadas para mim. Meio zonza, fiquei ouvindo Hawa contar histórias engraçadas sobre sua recente *masturat* à Mauritânia, a viagem mais longa que ela já tinha feito, e sobre ter adormecido no meio das palestras ("O homem que está falando, não dá para ver ele, porque ele não tem permissão para nos olhar, então fica falando de trás de uma cortina, e as mulheres ficam todas sentadas no chão e a palestra é muito longa, e às vezes a gente só quer dormir") e pensado em costurar um bolso dentro do casaco para esconder o celular e mandar torpedos às escondidas para seu Bakary durante as declamações mais entediantes. Mas ela sempre concluía essas histórias com alguma expressão devota: "A coisa mais importante é o amor que dedico a minhas novas irmãs". "Não cabe a mim perguntar." "Está nas mãos de Deus."

"No fim", ela disse enquanto duas outras garotas nos traziam canecas cheias de chá Lipton, adoçado ao extremo, "tudo que importa é louvar a Deus e deixar para trás todas as coisas *dunya*. Vou te contar, aqui nessa casa tudo que se ouve é assuntos *dunya*. Quem foi ao mercado, quem tem um relógio de pulso novo, quem está usando o 'caminho dos fundos', quem tem dinheiro, quem não tem, quero isso, quero aquilo! Mas quando você está viajando, levando a verdade do Profeta às pessoas, não sobra tempo nenhum para essas coisas *dunya*."

Perguntei por que ela continuava vivendo na propriedade familiar, se aquela vida agora a incomodava tanto.

"Bem, Baraky é um homem bom, mas é muito pobre. Assim que possível, vamos nos casar e nos mudar, mas por enquanto ele dorme no *markaz*, perto de Deus, enquanto eu fico aqui, junto com as galinhas e as cabras. Mas vamos poupar muito dinheiro porque meu casamento será muito, muito pequeno, como o casamento de um camundongo, e apenas Musa e sua esposa estarão presentes, e não haverá música nem dança nem banquete, e não vou nem precisar fazer um vestido novo", ela disse com um brilho ensaiado, e aquilo me deu uma tristeza enorme, porque se eu sabia de uma coisa a respeito de Hawa era o quanto ela adorava casamentos, vestidos de casamento, banquetes de casamento e festas de casamento.

"Então, como pode ver, muito dinheiro será poupado assim, com certeza", ela disse, cruzando as mãos no colo como se desejasse marcar formalmente a conclusão daquele raciocínio, e eu não a contrariei. Mas eu via que ela queria conversar, que suas expressões de linguagem apropriadas eram como tampas dançando em cima de panelas no fogo, e que eu só precisava aguardar com paciência até a fervura levantar. Sem que eu precisasse fazer qualquer outra pergunta, ela continuou falando, primeiro com cautela, e depois com energia crescente, a respeito do noivo. O que mais parecia impressioná-la nesse tal de Bakary era a sua sensibilidade. Ele era maçante e feio, mas era sensível.

"Maçante como?"

"Ah, eu não deveria dizer 'maçante', quer dizer, você precisava ver ele e Musa juntos, escutam aquelas fitas sagradas o dia inteiro, são fitas muito sagradas, Musa está tentando aprender mais árabe, e eu também estou aprendendo a ver a importância das fitas, por enquanto elas ainda são muito maçantes para mim — mas quando Bakary as escuta, começa a chorar! Ele chora e abraça Musa! Às vezes vou ao mercado, volto e eles ainda estão abraçados e chorando! Nunca vi um vigarista chorar! A não ser quando alguém rouba suas drogas! Não, não, Bakary é muito sensível. Definitivamente tem a ver com o coração. Primeiro pensei: minha mãe é uma mulher instruída, me ensinou muita coisa do árabe, vou estar mais adiantada que Bakary no meu *iman*, mas é tão errado pensar isso! Porque não importa o que você lê, e sim o que sente. E ainda tenho muito a percorrer até que meu coração esteja tão repleto de *iman* quanto o de Bakary. Penso que um homem sensível dá um bom marido, você não acha? E nossos homens *mashala* — não devo usar esse termo, tablighi é a palavra certa —, mas, enfim, eles são tão bondosos com as esposas! Eu não sabia. Minha avó sempre dizia: eles não cresceram direito, são loucos, não fale com esses homens-mocinha, eles nem possuem emprego. Ai, nossa, elas choram *todos os dias*. Mas ela não entende, é antiquada demais. Bakary sempre fala: 'Há um hadith que diz assim: "O melhor homem é aquele que ajuda a esposa e os filhos e tem misericórdia deles"'. E é assim mesmo. Por causa disso, quando fazemos essas viagens de *masturat*, bem, para evitar que outros homens nos vejam no mercado, *os nossos homens* vão fazer as compras em nosso lugar, *eles* compram os vegetais. Dei risada quando me disseram isso, pensei: não pode ser verdade — mas é verdade! Meu avô nem *sabia* onde ficava o mercado! É isso que tento explicar para as minhas avós, mas elas são antiquadas. Choram todos os dias porque ele é um *mashala* — quer dizer, tablighi. Se quer saber o que penso, acho que elas têm inveja em segredo. Ai, queria poder ir embora daqui agora mesmo. Quando estava na companhia de minhas irmãs, me sentia tão feliz! Nós rezávamos juntas. Caminhávamos juntas. Depois do almoço, uma de nós precisava liderar as orações, sabe, e uma das irmãs me falou: 'Você lidera!'. E assim fui a Imam por um dia, sabe? Mas não tive vergonha. Muitas das minhas irmãs têm vergonha, elas dizem, 'Não cabe a mim falar', mas descobri com certeza, nessa viagem, que não sou envergonhada. E todos me ouviram — nossa! As pessoas até fizeram perguntas para *mim* depois. Dá para acreditar?"

"Não me surpreende nem um pouco."

"Meu tópico foram os seis fundamentos. Isso é sobre como uma pessoa deve comer. Na verdade, não estou observando os fundamentos neste momento, porque você está aqui, mas com certeza tenho eles em mente para a próxima vez que for comer."

Esse pensamento cheio de culpa logo conduziu a outro: ela se inclinou para sussurrar algo perto de mim, com um leve sorriso em seu rosto irresistível.

"Ontem fui à sala de TV da escola e assistimos a *Esmeralda*. Eu não deveria sorrir", ela disse, parando abruptamente, "mas você sabe mais que todo mundo o quanto eu amo *Esmeralda*, e aposto que concorda quando eu digo que ninguém consegue se livrar de todas as coisas *dunya* de uma só vez." Ela olhou para sua saia larga. "Minhas roupas também precisam mudar, no fim, não adianta só a saia, tem que ser tudo da cabeça aos pés. Mas todas as minhas irmãs dizem que é difícil no começo, porque você sente muito calor e as pessoas ficam olhando, te chamam de ninja ou Osama no meio da rua. Mas lembrei de algo que você me disse quando veio aqui pela primeira vez: 'Quem se importa com o que os outros pensam?'. E esse é um pensamento muito forte que guardo comigo, porque minha recompensa virá no Céu, onde ninguém vai me chamar de ninja porque essas pessoas com certeza estarão queimando. Ainda adoro meu Chris Brown, não consigo evitar, e até Bakary segue adorando suas canções de Marley, sei porque dia desses eu o ouvi cantando. Mas vamos aprender juntos, somos jovens. Como já te disse, durante a viagem Bakary se ocupou de todas as tarefas no meu lugar, foi ao mercado no meu lugar, e fez isso mesmo quando as pessoas riam dele. Ele lavou as roupas por mim. Eu disse às minhas avós: meu avô lavou *sequer uma meia* por alguma de vocês em quarenta anos?"

"Mas Hawa, *por que* os homens não podem vê-la no mercado?"

Ela fez uma cara de enfado. Eu tinha acabado de fazer a pergunta mais boba de todas.

"Quando os homens olham para uma mulher que não é sua esposa, é nessa hora que Shaytan se aproveita para tomar conta, para enchê-los de pecado. Shaytan está por toda parte! Mas nem isso você sabe?"

Eu não podia continuar ouvindo, e dei uma desculpa para ir embora. Mas o único lugar que eu tinha para ir, e que saberia encontrar sozinha no escuro, era a casa rosa. A uma certa distância, da estrada, pude ver que as luzes estavam todas apagadas, e quando cheguei diante da porta constatei que estava em posição torta, com as dobradiças quebradas.

"Você está aí? Posso entrar?"

"Minha porta está sempre aberta", Fern respondeu das sombras com uma voz sinistra, e rimos ao mesmo tempo. Entrei, ele me preparou um chá e regurgitei as novidades a respeito de Hawa.

Fern escutou minha arenga inclinando a cabeça para trás aos poucos, até o facho da lanterna presa a sua testa iluminar o teto. "Preciso dizer que não parece estranho para mim", ele disse assim que terminei. "Ela trabalha como um cão naquela propriedade. Quase nunca sai. Imagino que esteja desesperada, como qualquer pessoa jovem e inteligente, para ter uma vida própria. Você não queria sair da casa de seus pais nessa idade?"

"Na idade dela eu queria liberdade!"

"E você diria que ela está menos livre, digamos assim, agora que faz turnês pela Mauritânia pregando a fé, do que presa em casa como neste exato momento?" Ele passou a sandália pela camada de poeira vermelha que havia se acumulado no assoalho de plástico. "É interessante. É um ponto de vista interessante."

"Ah, você só está querendo me irritar."

"Não, essa nunca é a minha intenção." Ele observou o padrão que havia desenhado no assoalho. "Às vezes me pergunto se as pessoas não buscam liberdade tanto quanto buscam sentido", ele disse, falando devagar. "É isso que eu pretendia dizer. Pelo menos, essa tem sido a minha experiência."

Se continuássemos falando disso, acabaríamos discutindo, portanto mudei de assunto e lhe ofereci um dos biscoitos que havia afanado do quarto de Hawa. Lembrei que eu havia salvado alguns podcasts no meu iPod, e ficamos os dois ali em paz, cada um com um fone, sentados lado a lado, mordendo pedacinhos de biscoito e ouvindo aqueles relatos de vidas americanas, seus pequenos dramas e satisfações, seus prazeres, irritações e epifanias tragicômicas, até chegar a minha hora de partir.

Na manhã seguinte, ao despertar, a primeira coisa que pensei foi em Hawa, em Hawa prestes a se casar, nos bebês que certamente viriam em seguida, e quis conversar com alguém que compartilhasse da minha decepção. Me vesti e fui procurar Lamin. Encontrei-o no pátio da escola, revisando um plano de aula debaixo da mangueira. Mas não foi com decepção que ele reagiu às novidades sobre Hawa, ou pelo menos não foi essa a primeira reação — sua primeira reação foi ficar com o coração arrasado. Não eram nem nove horas da manhã e eu já tinha conseguido arrasar o coração de alguém.

"Mas quem te contou isso?"

"Hawa!"

Ele tentou manter o controle de sua expressão facial.

"Às vezes as garotas dizem que vão casar com alguém mas não casam. É comum. Havia um policial..." Ele perdeu o fio da meada.

"Sinto muito, Lamin. Sei o que você sente por ela."

Lamin deu uma risada contida e voltou a atenção novamente a seu plano de aula.

"Ah, não, você está enganada, somos irmão e irmã. Sempre fomos. Foi o que eu disse a nossa amiga Aimee: essa é a minha irmãzinha. Ela vai lembrar que eu disse isso, se você perguntar. Não, eu apenas lamento pela família de Hawa. Eles vão ficar muito tristes."

Soou o sinal para o início das aulas. Passei toda a manhã visitando as salas de aula e pela primeira vez tive uma noção do que Fern havia alcançado em nossa ausência, apesar das interferências de Aimee, e de certa forma agindo às suas costas. O escritório da escola abrigava todos os computadores novos que ela havia enviado e contava com acesso mais rápido à internet, que até o momento havia sido usada, como pude verificar nos históricos de busca, somente pelos professores e com dois objetivos: vasculhar o Facebook e colocar o nome do presidente no Google. Todas as salas de aula continham uma variedade de quebra-cabeças lógicos, tridimensionais e misteriosos — ao menos para mim —, e pequenos dispositivos portáteis onde se podia jogar xadrez. Mas não foram essas as inovações que me impressionaram. Fern havia usado o dinheiro de Aimee para montar uma horta com vários tipos de hortifrútis no pátio logo atrás do prédio principal, algo que eu não lembrava de ter sido mencionado nas reuniões do conselho, e ele me explicou que a horta pertencia coletivamente ao grupo dos pais, o que — entre outras diversas consequências — significava que a metade dos alunos que desaparecia após o primeiro período para ir ajudar a família na fazenda agora permanecia na escola para cuidar de suas mudinhas. Descobri que Fern, seguindo uma sugestão dada pelas mães na reunião de pais e professores, havia convidado à escola diversos professores dos *majlis* locais e lhes oferecido uma sala para ensinar árabe e estudos corânicos, recebendo um pequeno honorário pelo serviço, o que evitou que outra grande parcela da população escolar desaparecesse ao meio-dia ou passasse uma parte da tarde realizando tarefas domésticas para os mesmos professores *majli*, até então a única maneira que tinham de pagá-los. Passei uma hora dentro da nova sala de artes, onde as meninas mais novas ficavam sentadas à mesa misturando cores e pintando com as mãos — brincando — enquanto os laptops que Aimee concebera para o seu uso haviam, Fern confessou agora, desaparecido a caminho do vilarejo, nenhuma surpresa nisso, pois cada um deles valia o dobro do salário anual de qualquer professor. Levando tudo em conta, a Academia Iluminada para Meninas não era aquela incubadora do futuro fulgurante, radicalmente nova e jamais vista que havia sido descrita tantas vezes nas mesas de jantar de Aimee em Nova York e Londres. Era a "Academia Minada", como as pessoas a chamavam localmente, onde muitas coisas pequenas, porém interessantes, viviam acontecendo todos os dias, para então serem avaliadas e debatidas ao final de cada semana nas reuniões do vilarejo, o que trazia novas adaptações e mudanças sobre as quais Aimee, supunha eu, jamais ficava sabendo, mas que Fern implementava com dedicação, ouvindo a todos daquela sua maneira incrivelmente aberta, empilhando suas anotações. Era uma escola que funcionava, que havia sido construída com o dinheiro de Aimee sem ficar subjugada a ele, e agora eu, a exemplo de cada membro menos importante do vilarejo, sentia orgulho da pequena parte que me cabia em sua criação. Eu estava desfrutando daquele sentimento agradável de realização, caminhando de volta da horta para o escritório da direção, quando avistei Lamin e Hawa em pé debaixo da mangueira, mais próximos um do outro do que o normal, discutindo.

"Não ouço sermões de você", ouvi ela dizer quando me aproximei, e ao me ver ela se voltou na minha direção e enfatizou: "Não aceito sermões dele. Ele quer que eu seja a última pessoa sobrando nesse lugar. Não".

No escritório da direção, a uns trinta metros de onde estávamos, alguns professores curiosos que haviam acabado de almoçar aproveitavam a sombra da porta de entrada e lavavam as mãos com uma chaleira cheia de água enquanto ouviam o debate.

"Não vamos falar agora", Lamin sussurrou, consciente de que tinham uma plateia, mas era difícil parar Hawa depois que ela havia engatado.

"Você passou um mês fora, não foi? Sabe quantos outros foram embora daqui nesse mês? Procure Abdulaye. Não vai achar. Ahmed e Hakim? Meu sobrinho Joseph? Ele tem dezessete anos. Se foi! Meu tio Godfrey — ninguém mais viu. Estou cuidando dos filhos dele agora. Ele se foi! Não quis ficar apodrecendo aqui. Caminhos dos fundos — todos eles."

"Caminho dos fundos é loucura", murmurou Lamin, mas depois ousou: "*Mashala* são loucos também."

Hawa avançou um passo em sua direção: ele se encolheu. Além de estar apaixonado, pensei, ele também tem um pouco de medo dela. Era compreensível — eu também tinha um pouco de medo dela.

"E quando eu for para a faculdade dos professores em setembro", ela disse, espetando o peito dele com o indicador, "você continuará aqui, Lamin? Ou tem outro lugar para estar? Você continuará aqui?" Lamin olhou na minha direção, um olhar culpado e apavorado, que Hawa interpretou como uma confirmação: "Não, não era o que eu pensava".

O sussurro de Lamin adquiriu um tom adulador.

"Por que simplesmente não pede ajuda ao seu pai? Ele conseguiu um visto para o seu irmão. Poderia fazer o mesmo por você, se pedisse. Não é impossível."

Eu havia pensado a mesma coisa diversas vezes, mas nunca havia tocado no assunto diretamente com Hawa — ela nunca parecia disposta a falar de seu pai — e agora, vendo seu rosto queimar de fúria justiceira, fiquei feliz de nunca ter perguntado. O grupo de professores irrompeu num burburinho, como a plateia de uma luta de boxe quando um soco acerta em cheio.

"Não há amor entre mim e ele, você deveria saber disso. Ele tem sua nova esposa, sua nova vida. Algumas pessoas podem ser compradas, algumas pessoas conseguem sorrir na frente de outras pessoas por quem não sentem amor algum, só para tirar vantagens. Mas eu não sou como você", ela disse, mirando o pronome em algum ponto entre eu e Lamin e nos dando as costas para ir embora, raspando sua longa saia na areia.

Naquela tarde, convidei Lamin para me acompanhar até Barra. Ele aceitou, mas pareceu humilhado. Nosso percurso de táxi ocorreu em silêncio, assim como a travessia de balsa. Eu precisava trocar um pouco de dinheiro, mas quando fomos até os buraquinhos na parede — onde os homens sentavam em banquetas altas por trás de cortinas, contando pilhas enormes de cédulas amarrotadas presas em elásticos — ele me deixou sozinha. Lamin nunca havia me deixado sozinha em lugar nenhum, nem quando era isso o que eu mais desejava, e agora eu descobria o quanto a ideia me deixava em pânico.

"Mas onde nos encontramos depois? Onde você vai?"

"Tenho algumas coisas para resolver também, mas estarei em volta, por perto, na área em torno da balsa. Vai ficar tudo bem, me liga se precisar. Vou demorar quarenta minutos."

Antes que eu tivesse a chance de discutir, ele se foi. Não acreditei que ele tivesse coisas a resolver: queria apenas se livrar de mim por algum tempo. Mas minha operação de câmbio levou apenas dois minutos. Zanzei pelo mercado, e depois, para fugir das pessoas me chamando, passei pela balsa e fui até um antigo forte militar que já havia sido um museu, agora abandonado, mas ainda se podia subir nos muros para contemplar o rio e a maneira revoltante como haviam construído aquela cidade toda, de costas para a água, ignorando o rio, encolhida em posição de defesa, como se a vista deslumbrante da margem oposta, com o mar e os golfinhos pulando, fosse de alguma maneira ofensiva, ou excedesse o que era estritamente necessário, ou simplesmente carregasse lembranças de um sofrimento intolerável. Desci de volta e matei tempo nas proximidades da balsa, mas ainda me restavam vinte minutos, portanto fui ao café com internet. Era o cenário de sempre: um garoto atrás do outro com seu fone de cabeça, dizendo "Eu te amo" ou "Sim, minha lindinha", enquanto nas telas mulheres brancas de uma certa idade acenavam e mandavam beijos, quase sempre britânicas — a julgar pela decoração de suas casas —, e enquanto eu estava parada em frente ao balcão, esperando para pagar meus vinte e cinco dalasi por quinze minutos de acesso, podia vê-las todas saindo simultaneamente de seus chuveiros com tijolos de vidro na parede, ou comendo barrinhas de cereais, ou caminhando ao redor de seus arranjos de pedras no jardim, ou descansando na cadeira de balanço da estufa, ou simplesmente sentadas no sofá, vendo tevê, munidas de celulares e laptops. Não havia nada de anormal naquilo, eu já tinha visto aquelas cenas muitas vezes, mas naquela tarde específica, na hora em que eu colocava meu dinheiro sobre o balcão, um homem louco entrou tagarelando no lugar e começou a percorrer os computadores um a um, brandindo um pedaço de pau comprido e esculpido, e o dono do café deixou de lado a nossa transação para persegui-lo entre os terminais. O lunático era incrivelmente alto e bonito, como um Masai, e estava descalço, vestindo um dashiki tradicional bordado a ouro, porém rasgado e sujo, e no topo dos dreadlocks usava um boné de um campo de golfe de Minnesota. Ele foi batendo no ombro de cada um dos garotos, uma vez de cada lado, como um rei concedendo títulos de cavaleiro, até que o dono do café conseguiu se apoderar do pedaço de pau e usou-o para espancar o louco. E enquanto era espancado ele continuou falando com um sotaque inglês comicamente refinado que me lembrava o do Farinha, de tantos anos atrás. "Meu bom senhor, não sabe quem eu sou? Algum dos tolos aqui sabe quem eu sou? Pobres, pobres tolos. Não são capazes de me reconhecer?"

Deixei meu dinheiro no balcão e saí para esperar no sol.

Quatro

Quando voltei a Londres, jantei com a minha mãe, ela havia reservado uma mesa no Andrew Edmunds, no andar de baixo — "por minha conta" —, mas me senti oprimida pelas paredes verde-escuras e confusa com os olhares disfarçados dos outros clientes, e em certo momento ela abriu à força minha mão direita, que estava agarrada ao celular como se fosse uma boia salva-vidas, e disse: "Olhe só isso. Olha o que ela está fazendo com você. Unhas comidas até a raiz, dedos sangrando". Tentei imaginar quando minha mãe tinha começado a jantar no Soho, e por que ela parecia tão magra, e por onde andava Miriam. Talvez eu tivesse pensado um pouco mais seriamente nessas questões todas se sobrasse algum espaço para isso, mas naquela noite minha mãe estava com a língua solta e a maior parte da refeição foi dominada por um monólogo sobre a gentrificação londrina — endereçado tanto a mim quanto às mesas mais próximas — que partiu das queixas contemporâneas usuais e se prolongou rumo ao passado até se transformar numa aula de história improvisada. Quando chegaram os pratos principais, estávamos no início do século XVIII. A própria fileira de casas geminadas que ocupávamos no momento — uma parlamentar de assento dos fundos e uma assistente de estrela pop comendo ostras juntas — já havia sido moradia de marceneiros e instaladores de janelas, pedreiros e carpinteiros, os quais pagavam um aluguel mensal que, mesmo com o ajuste da inflação, não cobria o custo da ostra que eu estava colocando na boca. "Gente trabalhadora", ela disse, deixando uma ostra Loch Ryan escorregar pela garganta. "Também radicais, indianos, judeus, escravos fugidos caribenhos. Panfletadores e agitadores. Robert Wedderburn! Os 'Blackbirds'! Esse era também o ponto deles, bem debaixo do nariz de Westminster... Nada parecido ocorre nessa região agora — às vezes penso que seria bom. Alguma coisa para nos colocar a trabalhar! Para se posicionar a favor! Ou mesmo contra..." Ela acariciou, pensativa, o revestimento de madeira de trezentos anos idade na parede a seu lado. "A verdade é que a maioria dos meus colegas nem lembra o que é a verdadeira Esquerda, e acredite em mim, eles não *querem* lembrar. Ah, mas houve uma época em que o caldeirão fervia nessa área..." Ela continuou nessa veia por um tempo um pouco mais longo que o necessário, como sempre, mas com a corda toda — os clientes jantando ao redor espichavam as orelhas para captar fragmentos — e nada daquilo continha farpas ou estava direcionado a mim, todas as bordas afiadas haviam sido retiradas. As conchas de ostras vazias foram levadas embora. Por hábito, comecei a morder a pele ao redor das cutículas. Desde que fique falando do passado, pensei, ela não estará me interrogando sobre o presente ou o futuro, quando vou parar de trabalhar para Aimee e ter um filho, e evitar aquele ataque duplo era sempre minha prioridade quando nos encontrávamos. Mas ela não me perguntou sobre Aimee, não me perguntou sobre nada. Pensei: ela finalmente chegou ao centro, ela está "no poder". Sim, mesmo que goste de se descrever como "uma pedra no sapato do partido", o fato é que ela está no centro das coisas, até que enfim, e a diferença deve estar aí. Agora ela tinha o que mais queria e precisava na vida: respeito. Talvez o que eu fizesse da minha vida já não tivesse para ela a menor importância. Já não se tratava de um julgamento a respeito dela própria, ou da criação que me dera. E embora tivesse reparado que ela não estava bebendo, creditei isso também à minha nova interpretação de minha mãe: madura, sóbria, confiante, sem o pé atrás, bem-sucedida à sua maneira.

Foi essa linha de pensamento que me deixou despreparada para o veio a seguir. Ela parou de falar, apoiou a cabeça numa das mãos e disse: "Meu amor, preciso que me ajude com uma coisa".

Ela fez cara de dor ao dizer essas palavras. Me blindei contra uma manifestação qualquer de vitimização. É terrível pensar agora que aquele estremecimento era provavelmente uma reação real e involuntária a uma dor física.

"E eu queria poder resolver isso sozinha", ela continuou, "não te incomodar com isso, sei que é muito ocupada, mas não sei a quem mais recorrer a essa altura."

"Sim — muito bem, do que se trata?"

Eu estava dedicando quase toda a minha atenção em separar a gordura de uma costeleta de porco. Quando finalmente ergui a cabeça e olhei nos olhos de minha mãe, ela me pareceu mais cansada que nunca.

"É a sua amiga — Tracey."

Larguei os talheres.

"Ah, é ridículo, na verdade, mas recebi um e-mail dela, amigável... chegou no meu gabinete. Eu não tinha notícia dela fazia anos... mas pensei: Ah, é a Tracey! Era sobre um de seus filhos, o menino mais velho — ele havia sido expulso da escola, de acordo com ela injustamente, e ela queria a minha ajuda, entende, então respondi, e no começo não parecia estranho, recebo esse tipo de mensagem o tempo todo. Mas agora, sabe, eu me pergunto: teria sido uma cilada desde o começo?"

"Mãe, do que você está falando?"

"Achei que era um pouco estranho, a quantidade de e-mails que ela ficava enviando, mas... bem, você sabe, ela não trabalha, isso está claro, não sei se trabalhou alguma vez na vida, para dizer a verdade, e ela ainda mora naquela porcaria de apartamento... Isso bastaria para enlouquecer alguém. Ela deve ter muito tempo livre à disposição — e logo de cara já eram muitos e-mails, dois ou três por dia. Ela tinha a opinião de que a escola expulsava injustamente meninos negros. Fui averiguar, mas aparentemente nesse caso, bem... a escola acreditava ter motivos de sobra e não consegui levar adiante. Escrevi para ela, e ela ficou com muita raiva, enviou uns e-mails bastante raivosos, e pensei que a coisa havia se encerrado aí, mas — era só o começo."

Ela coçou a parte de trás do lenço de cabeça com nervosismo, e percebi que a pele no alto de seu pescoço estava irritada e um pouco esfolada.

"Mas mãe, por que você iria responder *qualquer coisa* vinda de Tracey?" — Eu estava agarrada às laterais da mesa. — "Eu poderia ter te falado que ela não é uma pessoa estável. Sei disso há muitos anos!"

"Bem, em primeiro lugar, sou sua representante, e sempre respondo aos cidadãos que represento. E quando percebi que era a *sua* Tracey — ela trocou de nome, como deve saber —, mas os e-mails dela foram se tornando bastante... estranhos, peculiares."

"Há quanto tempo isso está acontecendo?"

"Uns seis meses."

"Por que não me disse antes?"

"Querida", ela disse, encolhendo os ombros: "Quando é que tive a chance de falar com você?"

Ela tinha perdido tanto peso que sua cabeça magnífica parecia vulnerável no alto do pescoço de cisne, e essa recém-adquirida delicadeza, esse indício do tempo dos mortais agindo sobre ela da mesma forma que sobre todos nós, falava mais alto para mim do que as já conhecidas acusações de ser uma filha negligente. Coloquei minha mão sobre a sua.

"Esquisito em que sentido?

"Eu realmente prefiro não falar disso aqui. Vou te enviar alguns dos e-mails."

"Mãe, não seja tão dramática. Me dê uma ideia geral."

"As mensagens são bem abusivas", ela disse, com lágrimas represadas nos olhos, "e não ando me sentindo muito bem, e a quantidade tem aumentado, às vezes chega uma dúzia no mesmo dia, e sei que é bobo, mas está me perturbando."

"Por que não deixa Miriam cuidar disso? Ela lida com a sua comunicação, não?"

Ela recolheu a mão e assumiu a sua expressão de parlamentar, um sorriso rígido e triste, adequando para enfrentar questões de saúde pública, mas desconcertante de se ver numa mesa de jantar.

"Bem, você descobrirá cedo ou tarde: nos separamos. Continuo morando no apartamento de Sidmouth Road. Devo permanecer no bairro, obviamente, e não encontrarei algo mais barato, não de uma hora para outra, então pedi que ela saísse. É claro que, tecnicamente, o apartamento é dela, mas ela foi muito compreensiva, você conhece Miriam. De todo modo, não é nada grave, não há rancor, e conseguimos manter os jornais afastados do assunto. Questão encerrada."

"Ai, mãe... lamento muito. Mesmo."

"Não lamente, não precisa. Algumas pessoas não conseguem lidar com uma mulher adquirindo um certo poder, é assim que as coisas são. Já vi isso antes e verei de novo, tenho certeza. Veja o caso de Raj!", ela disse, e fazia tanto tempo que eu não pensava no Conhecido Ativista que me dei conta de que havia esquecido o seu nome verdadeiro. "Se mandou com aquela garota ignorante assim que terminei meu livro! Por acaso é *minha* culpa que ele nunca conseguiu terminar um livro?"

Não, assegurei-lhe, não era por culpa dela que Raj nunca havia terminado seu livro sobre a exploração da mão de obra oriental nas Índias Ocidentais — um projeto no qual trabalhava havia vinte anos — enquanto minha mãe começara e terminara o seu, sobre Mary Seacole, em um ano e meio. Sim, o Conhecido Ativista só podia culpar a si mesmo.

"Os homens são tão ridículos. Mas as mulheres também, no fim das contas. De todo modo, tem um lado bom... chegou um ponto em que passei a sentir que ela interferia na minha vida de maneiras... Bem, essa *obsessão* dela com as "nossas" práticas comerciais no oeste da África, abusos de direitos humanos, essas coisas — enfim, ela me incentivava a levantar questões no Parlamento — em áreas que não estou muito qualificada para debater — e no fim das contas acho que a verdadeira intenção dela, por mais engraçado que pareça, era me separar de *você*..." Era difícil imaginar uma motivação menos provável no caso de Miriam, mas mordi a língua. "... E estou ficando velha, já não tenho a mesma energia de antes, e realmente quero tentar focar nas *minhas* preocupações locais, no *meu* eleitorado. Sou uma representante local, e é isso que prefiro fazer. Não tenho outras ambições além desta. Não precisa sorrir, querida, não tenho mesmo. Não mais. Chegou a um ponto em que eu disse a ela, a Miriam — 'Escuta, todo dia entram no meu gabinete pessoas vindas da Libéria, do Senegal, de Gâmbia, da Costa do Marfim! Meu trabalho é global. É ali que *está* o meu trabalho. Essas pessoas chegam de toda parte do mundo ao *meu distrito eleitoral*, nesses barquinhos de dar dó, chegam traumatizadas, depois de verem outras pessoas morrerem diante de seus olhos, e elas vêm para *cá*. Isso é o universo tentando me dar algum recado. Eu realmente sinto que esse é o trabalho para o qual nasci.' Pobre Miriam... ela tem boas intenções, e só Deus sabe como ela é bem organizada, mas às vezes lhe falta perspectiva. Ela quer salvar todo mundo. E esse tipo de pessoa não é a melhor parceira para a vida, pode ter certeza, embora eu nunca vá deixar de considerá-la uma administradora muito eficiente." Era impressionante — e um pouco triste. Fiquei pensando se ela não tinha uma epígrafe insensível para mim também: *Não foi a melhor das filhas, mas era uma companhia aceitável para jantar.*

"Você acha", minha mãe perguntou, "acha que ela é doida... mentalmente perturbada, ou..."

"Miriam é uma das pessoas mais sãs que já conheci."

"Não — sua amiga Tracey."

"Pare de chamá-la assim!"

Mas minha mãe não estava me ouvindo, estava sonhando sozinha: "Sabe, por algum motivo... bem, eu tenho consideração por ela. Miriam achava que eu deveria ter ido logo à polícia para tratar dos e-mails, mas... não sei... quando você fica mais velha, de algum modo as coisas do passado... podem pesar. Lembro de quando ela vinha se aconselhar no centro de assistência... É claro que não vi as fichas dela, mas fiquei com a impressão, conversando com a equipe de atendimento, de que havia problemas, de saúde mental, quero dizer, já naquela época. Talvez eu tenha cometido um erro quando impedi que ela continuasse sendo atendida, mas realmente não era fácil arranjar horários para ela, em primeiro lugar, e lamento, mas na época eu sentia mesmo, de verdade, que ela havia abusado da minha confiança, e da sua, e de todo mundo... Ela ainda era uma criança, é claro, só que *foi* um crime — e não era pouco dinheiro —, estou certa de que foi tudo parar nas mãos do pai dela —, mas e se eles tivessem colocado a culpa em *você*? Naquele momento, cortar toda espécie de relação me pareceu a melhor saída. Bem, tenho certeza de que você tem juízos de sobra a respeito do que ocorreu — você sempre tem juízos de sobra —, mas quero que entenda que não foi nada fácil criar você, minha situação não era fácil, e além de tudo eu estava focada na minha própria formação, tentando me qualificar, talvez com um certo exagero, na sua opinião... mas eu precisava garantir uma vida para mim e para você. Eu sabia que seu pai seria incapaz disso. Ele não era forte o bastante. Ninguém mais assumiria a tarefa. Estávamos sozinhas. E eu tinha coisas demais para lidar ao mesmo tempo, era assim que me sentia, e...". Ela segurou meu cotovelo por cima da mesa: "Devíamos ter feito algo a mais — para protegê-la!".

Senti seus dedos ossudos encravados no meu braço.

"Você teve sorte, teve um pai maravilhoso. Ela não teve. Você não sabe como é, justamente *porque* teve sorte, nasceu com muita sorte — mas *eu* sei. E ela era praticamente parte da nossa família!"

Era uma súplica. As lágrimas que vinham se acumulando caíram.

"Não, mãe... ela não era. Você não está lembrando direito: você nunca gostou dela. Vai saber o que acontecia naquela família, o tipo de proteção que ela precisava, se é que precisava. Ninguém nunca nos contou — ela não contou nada, disso estou certa. Todas as famílias naquele corredor tinham segredos." Olhei para ela pensei: quer saber qual é o nosso?

"Mãe, você mesma acabou de dizer: não se pode salvar todo mundo."

Ela concordou com a cabeça várias vezes e secou as bochechas com um guardanapo.

"É verdade", ela disse. "É bem verdade. Mas também não é sempre possível fazer um pouco mais?"

Cinco

Na manhã do dia seguinte, meu celular inglês tocou, era um número que eu não conhecia. Não era minha mãe, nem Aimee, nem nenhum dos dois pais de seus filhos, nem os três amigos de faculdade que ainda tinham esperanças de me arrastar para beber alguma coisa uma ou duas vezes por ano, antes de o meu próximo voo decolar. No início, tampouco reconheci a voz: Miriam nunca tinha soado tão severa e fria.

"Mas você consegue compreender", ela perguntou após abrir a conversa com amenidades, "que sua mãe está realmente doente?"

Deitei no sofá cinza felpudo de Aimee, admirando a vista de Kensington Gardens — ardósia cinza, céu azul, carvalhos verdes — e me dei conta, à medida que Miriam detalhava a situação, de que aquela vista se fundia a outra anterior: cimento cinza, céu azul, passando pelo topo dos castanheiros-da-índia e depois Willesden Lane, em direção à ferrovia. No quarto ao lado, eu podia ouvir a babá, Estelle, tentando disciplinar os filhos de Aimee com aquela entonação festiva que eu associava aos meus primeiros dias, com canções infantis, hora do banho e histórias antes de dormir, pancadas com uma colher de madeira. Os faróis dos automóveis passando à noite, deslizando pelo teto.

"Alô? Você ainda está aí?"

Estágio três: tinha começado na coluna vertebral. Cirurgia parcialmente bem-sucedida em fevereiro passado (onde eu estava em fevereiro?). Agora ela estava em fase de remissão, mas a última quimioterapia a enfraquecera. Ela deveria estar descansando, deixando o organismo se recuperar. Era loucura ela continuar indo ao Parlamento, continuar saindo para jantar, e eu era louca de deixá-la fazer isso.

"Como eu podia saber? Ela não me contou."

Ouvi Miriam puxar o ar entre os dentes.

"Qualquer pessoa com um pingo de atenção olha para aquela mulher e percebe que há algo de errado!"

Chorei. Miriam ouviu com paciência. Meu instinto era encerrar a conversa e ligar para a minha mãe, mas quando dei sinais de que faria isso, Miriam me implorou para desistir.

"Ela não quer que você saiba. Sabe que você precisa viajar e tudo mais — não quer atrapalhar seus planos. Ela iria saber que eu te contei. Sou a única pessoa que sabe."

Eu não podia suportar a ideia de que minha mãe preferia morrer a me atrapalhar. Para fugir dela, procurei pensar em algum gesto drástico, e mesmo antes de saber ser era possível, ofereci os serviços dos vários médicos da Harley Street que cuidavam de Aimee. Miriam deu uma risadinha decepcionada.

"Atendimento privado? Você ainda não conhece a sua mãe? Não, caso queira fazer algo por ela, posso te dizer o que faria diferença a essa altura. Sabe essa mulher maluca que a tem importunado? Não sei por que sua mãe está tão obcecada com isso, mas precisa acabar, ela não pensa em outra coisa — e isso é péssimo numa hora dessas. Ela me disse que conversou com você sobre o assunto, confere?"

"Sim. Ela ia me repassar os e-mails, mas ainda não recebi nada."

"Eu os tenho aqui, vou te repassar."

"Ah, o.k... pensei — quer dizer, ela me disse, no jantar, que vocês duas..."

"Sim, sim, muitos meses atrás. Mas sua mãe é alguém que sempre fará parte da minha vida. Ela não é o tipo de pessoa que sai da sua vida depois de ter entrado. Enfim, quando você gosta de alguém e essa pessoa adoece, todo o resto... vai embora."

Alguns minutos depois de eu ter largado o celular, os e-mails começaram a chegar em pequenos surtos, até que eu tivesse uns cinquenta ou mais. Fiquei sentada no lugar enquanto os lia, paralisada diante de tanta raiva. A força daquilo fazia eu me sentir inadequada — como se Tracey tivesse mais sentimentos por minha mãe do que eu própria —, mesmo que as mensagens não expressassem amor, e sim ódio. Paralisada também com a qualidade de seu texto, que jamais era enfadonho, nem por um segundo, a dislexia e os erros gramaticais não eram obstáculos para ela: ela tinha o dom de ser interessante. Não dava para começar a ler um e-mail sem chegar ao fim. Ela acusava minha mãe principalmente de negligenciar várias coisas: os problemas do filho dela na escola, as próprias reclamações e e-mails enviados por Tracey, o seu dever — de minha mãe, no caso — de atender às demandas de seus eleitores. Para ser honesta, os primeiros e-mails não me soavam despropositados, mas a partir de certo ponto Tracey ampliou o alcance. Indiferença em relação às escolas públicas do distrito, indiferença com as crianças negras que estudavam nessas escolas, com os negros da Inglaterra, com a classe trabalhadora negra da Inglaterra, com as mães solteiras, com os filhos das mães solteiras, com a própria Tracey enquanto filha única de uma mãe solteira, todos aqueles anos atrás. Achei interessante ela ter escrito "mãe solteira", como se o pai dela nunca tivesse existido. O tom foi ficando cada vez mais chulo e abusivo. Em alguns e-mails ela escrevia como se estivesse bêbada ou chapada. Logo a troca de mensagens se transformou numa correspondência de uma só via, uma dissecação sistemática das múltiplas formas pelas quais Tracey acreditava que minha mãe havia deixado de atendê-la. Você nunca gostou de mim, nunca me quis por perto, sempre tentou me humilhar, nunca fui boa o bastante para você, você tinha medo de ser associada a mim, você sempre se manteve afastada, você fingia estar do lado da comunidade mas sempre esteve apenas do próprio lado, você disse para todo mundo que roubei aquele dinheiro mas não tinha provas e nunca me defendeu. Havia um conjunto de mensagens dedicadas apenas ao conjunto habitacional. Nada estava sendo feito para melhorar as unidades de moradia dos residentes, essas unidades estavam em estado de abandono — quase todas elas pertenciam ao bloco de Tracey —, ninguém havia tocado nelas desde os anos oitenta. Enquanto isso, o conjunto do outro lado da rua — o nosso conjunto habitacional, que o conselho agora estava liquidando às pressas — tinha se enchido de jovens casais brancos com bebês e parecia "uma porra dum resort de férias". E o que minha mãe pretendia fazer a respeito dos garotos vendendo crack na esquina da Torbay Road? E o fechamento da piscina? E os puteiros em Willesden Lane?

Era assim: uma mistura surreal de vingança pessoal, recordações dolorosas, protesto político astuto e reclamações de uma moradora do bairro. Percebi que as mensagens iam ficando mais longas com o passar das semanas, começando com um ou dois parágrafos e chegando a ter páginas e páginas. Nas mais recentes, algumas das fantasias e ideias conspiratórias que eu lembrava de ter encontrado dez anos antes ressurgiam, se não literalmente, pelo menos no espírito da coisa. Os lagartos haviam ficado para trás: agora uma seita bávara do século XVIII havia sobrevivido a esforços de supressão e agia no mundo atual, tendo entre seus membros diversos negros poderosos e famosos — ombro a ombro com a elite branca e os judeus —, e Tracey estava pesquisando tudo aquilo a fundo e cada vez mais convencida de que minha mãe podia estar a serviço dessa gente, numa escala modesta, mas perigosa, parasitando o coração do governo britânico.

Um pouco depois do meio-dia, li o último e-mail, vesti o casaco, fui para a rua e esperei o ônibus 52. Desci em Brondesbury Park, caminhei toda a Christchurch Avenue, cheguei ao conjunto habitacional de Tracey, subi as escadas e toquei a campainha. Ela já devia estar no vestíbulo, pois abriu a porta de imediato, com um bebê novo, de quatro ou cinco meses, apoiado no quadril e virado de costas para mim. Atrás dela havia o barulho de mais crianças brigando e uma TV com volume alto. Não sei o que eu esperava, mas o que estava diante de mim era uma mulher de meia-idade, ansiosa e corpulenta, com uma calça de pijama atoalhada, pantufas e um moletom preto com uma palavra escrita na frente: OBEDEÇA. Eu parecia muito mais jovem.

"É você", ela disse. Ela colocou a mão atrás da cabeça do bebê, num gesto de proteção.

"Tracey, precisamos conversar."

"MÃE!", gritou uma voz dentro do apartamento. "QUEM É?"

"Sei, mas estou preparando almoço."

"Minha mãe está morrendo", falei — aquele velho hábito de infância de exagerar tudo voltou com força — "e você precisa parar com isso que está…"

Bem nesse momento, seus dois filhos mais velhos esticaram a cabeça no canto da porta para me ver. A menina parecia branca, com cabelos castanhos ondulados e olhos verde-água. O menino era da cor de Tracey e tinha um cabelo afro espetado, mas não se parecia muito com ela: devia ter puxado ao pai. O bebê era muito mais escuro que todos nós, e quando seu rosto foi virado na minha direção reparei que era uma menina sósia de Tracey, incrivelmente linda. Mas isso todos eram.

"Posso entrar?"

Ela não respondeu. Suspirou, abriu a porta com o pé empantufado e deu licença para que eu entrasse.

"Quem é você, quem é você, quem é você?", a menininha me perguntou, e antes de ouvir a resposta pegou na minha mão. Reparei, ao passarmos pela sala de estar, que eu havia interrompido uma sessão de *No sul do Pacífico*. Esse detalhe me comoveu e dificultou que eu mantivesse em mente a Tracey colérica dos e-mails ou a Tracey que havia enfiado aquela carta por baixo da minha porta dez anos antes. Eu conhecia a Tracey que desperdiçava uma tarde assistindo a *No sul do Pacífico* e amava aquela garota.

"Você gosta?", a filha dela me perguntou, e quando respondi que sim ela puxou meu braço até me fazer sentar no sofá entre ela e o irmão mais velho, que estava jogando no celular. Eu tinha marchado pelo Brondesbury Park cheia de fúria justiceira, mas agora parecia perfeitamente possível que eu ficasse sentada naquele sofá a tarde toda, assistindo a *No sul do Pacífico* enquanto segurava a mão de uma menininha. Perguntei seu nome.

"Mariah Mimi Alicia Chantelle!"

"O nome dela é Jeni", disse o menino, sem tirar os olhos da tela. Ele me parecia ter oito anos, e Jeni, cinco ou seis.

"E qual é o seu nome?", perguntei, estremecendo ao ouvir dentro de mim a voz de minha mãe, que falava com qualquer criança, não importava a idade, como se ela mal possuísse uma consciência formada.

"Meu nome é Bo!", ele disse, imitando meu tom de voz e caindo na risada com a própria piada — a risada era puramente Tracey — "E qual é a *sua* história, Srta. Mulher? Você é do Departamento de Assistência Social?"

"Não, eu sou... uma amiga da sua mãe. Nós crescemos juntas."

"Hmmm, talvez", ele disse, como se o passado fosse uma hipótese que ele podia pegar ou largar. Em seguida, voltou ao jogo que estava jogando. "Só que eu nunca te vi antes, então tenho minhas SUSPEITAS."

"Essa é a parte de 'Happy Talk!'", disse Jeni, eufórica, apontando para a tela, e eu disse "Sim, mas preciso conversar com a mamãe", embora por dentro eu quisesse permanecer no sofá, segurando sua mãozinha quente e sentindo o joelho de Bo encostado no meu, sem que o menino desse bola.

"Está bem, mas volta aqui assim que terminar a conversa!"

Ela estava mexendo ruidosamente nas louças na cozinha, segurando a bebê sobre o quadril, e não parou para me dar atenção quando entrei.

"Que crianças excelentes", falei sem pensar muito, enquanto ela empilhava os pratos e juntava os talheres. "Fofas — e espertas."

Ela abriu o forno; a porta quase raspava na parede oposta.

"O que está cozinhando?"

Ela forçou a porta até fechá-la de novo e, sem se virar para mim, trocou a criança de lado. Tudo estava invertido: minha atitude era servil e escusatória, enquanto ela estava na posição de quem tinha razão. O próprio apartamento dela parecia despertar em mim um papel submisso. No palco da vida de Tracey, nenhum outro papel me cabia.

"Preciso mesmo falar com você", repeti.

Ela se virou. Em seu rosto havia uma expressão de impor respeito, como costumávamos dizer, mas sorrimos com o canto da boca assim que nossos olhares se cruzaram, foi involuntário.

"Mas não estou achando graça", ela disse, recuperando a expressão severa, "e se veio aqui só pra começar uma briga, melhor ir embora, porque não estou a fim."

"Vim pedir que pare de importunar a minha mãe."

"É isso que ela te disse?"

"Tracey, li os seus e-mails."

Ela colocou a bebê em cima do ombro e começou a sacudi-la de leve e a dar batidinhas em suas costas.

"Escuta, eu moro nessa região", ela disse, "ao contrário de você. Vejo o que acontece. Eles podem gastar palavras à vontade no Parlamento, mas estou aqui, de pé no chão, e a sua mãe deveria estar representando as ruas. Ela aparece na TV dia sim, dia não, mas você vê alguma mudança aqui em volta? Meu menino tem QI de 130 — tá bom? Ele fez testes. Ele tem DDA, o cérebro dele funciona a mil, e ele *vive entediado* naquela pocilga. Sim, ele se mete em encrencas. *Porque vive entediado.* E tudo que os professores conseguem pensar em fazer com ele é expulsá-lo?"

"Tracey, não sei o que dizer sobre isso — mas você não pode simplesmente..."

"Ai, para de estressar, tente ser útil. Me ajude a levar esses pratos."

Ela me entregou os pratos, colocou os talheres em cima e me direcionou de volta à sala, e quando me dei conta estava arrumando a mesa pequena e redonda para sua família comer, assim como no passado havia servido o chá para as suas bonecas.

"O almoço está na mesa!", ela disse, parecendo imitar a

minha voz. Deu tapas de brincadeirinha atrás da cabeça dos dois filhos mais velhos.

"Se for lasanha de novo vou ficar de joelhos e chorar", disse Bo, e Tracey disse "É lasanha", e Bo assumiu a posição anunciada e começou a bater comicamente com os punhos no chão.

"Levanta, engraçadinho", disse Tracey, e todos começaram a rir, me deixando sem saber como prosseguir com minha missão.

Fiquei sentada à mesa em silêncio enquanto eles discutiam e riam de cada coisinha, falando no volume mais elevado que podiam, dizendo palavrões livremente, com a bebê ainda apoiada no joelho de Tracey, sendo sacudida para cima e para baixo enquanto Tracey comia com uma só mão e gracejava com as outras duas crianças, e talvez os almoços deles fossem sempre assim, mas eu não conseguia me livrar da suspeita de que era também uma espécie de performance por parte de Tracey, uma forma de dizer: *Veja só como minha vida é plena. Veja só como a sua é vazia.*

"Você segue dançando?", perguntei de repente, interrompendo todos eles. "Profissionalmente, quero dizer."

A mesa ficou quieta e Tracey se voltou para mim.

"Eu *pareço* alguém que segue dançando?" Ela olhou para si mesma, depois ao redor da mesa, e deu uma risada agressiva. "Sei que eu era a inteligente, mas... cai na real, caralho."

"Eu — eu nunca te contei, Tracey, mas vi você em *Magnólia*."

Ela não pareceu nem remotamente surpresa. Me perguntei se ela não teria me visto na ocasião.

"Sim, pois é, são águas passadas. Minha mãe ficou doente, não tinha ninguém pra cuidar das crianças... ficou difícil demais. Tive os meus próprios problemas de saúde. Não era pra mim."

"E o pai deles?"

"E o pai deles o quê?"

"Por que ele não pode cuidar deles?" Eu estava propositalmente usando o singular, mas Tracey — sempre alerta para eufemismos e hipocrisia — não caiu nessa.

"Bem, como pode ver, tentei baunilha, café com leite e chocolate, e sabe o que descobri? Por dentro, são todos a mesma merda: homens."

A linguagem dela me abalou, mas as crianças — que já tinham virado as cadeiras em direção a *No sul do Pacífico* — não pareciam reparar ou se importar.

"Talvez o problema esteja no tipo de homem que você escolhe."

Tracey revirou os olhos: "Obrigado, dr. Freud! Não tinha pensado nisso! Alguma outra pérola de sabedoria pra dar?".

Fiquei quieta e comi minha lasanha, ainda um pouco congelada no meio, mas deliciosa. A lasanha me fez lembrar da mãe dela, e perguntei como ela estava.

"Morreu uns meses atrás. Não é, princesa? Ela morreu."

"Vovó morreu. Foi morar com os anjos!"

"Isso mesmo. Estamos sozinhas agora. Mas estamos bem. Esses assistentes sociais de merda ficam aporrinhando, mas estamos bem. Os quatro mosqueteiros."

"Queimamos a vovó num fogo enorme!"

Bo se virou: "Deixa de ser idiota — não queimamos ela sem mais nem menos, né? Como se tivéssemos feito uma fogueira ou algo assim! Ela foi cre-ma-da. É melhor do que ser enfiada debaixo da terra, dentro de um caixa fechada. Não, obrigado. Quando chegar a minha vez também quero assim. A vovó era como eu, ela odiava lugares fechados. Ela era claus-tro-fó-bi-ca. É por isso que ela sempre usava as escadas".

Tracey mostrou um sorriso carinhoso para Bo e tentou tocá-lo, mas ele baixou a cabeça e se esquivou.

"Mas ela teve tempo de conhecer as crianças", ela murmurou quase consigo mesma. "Até a Bella, que veio por último. Isso me alegra um pouco."

Ela ergueu Bella até a altura do rosto e cobriu seu nariz de beijos. Depois olhou para mim e fez um gesto apontando para o meu útero: "O que está esperando?".

Empinei o nariz, percebendo tarde demais que era um gesto emprestado — que eu vinha usando havia anos em ocasiões de orgulho ou insistência — e pertencente, por direito, à mulher sentada à minha frente.

"A situação certa", falei. "O momento certo."

Ela sorriu, e a crueldade dos velhos tempos apareceu em seu rosto: "Ah, tá. Boa sorte nisso. Engraçado, né não", ela disse, exagerando o sotaque para aumentar o efeito e se dirigindo à televisão, não a mim: "A riquinha sem filhos, a pé rapada cheia deles. Aposto que sua mãe teria muito a dizer sobre isso".

As crianças terminaram de comer. Recolhi os pratos, levei-os à cozinha e fiquei ali sentada na banqueta por algum tempo, atenta à respiração — como a professora de ioga de Aimee tinha nos ensinado a fazer —, olhando para as vagas de estacionamento através da janelinha basculante. Eu queria obter respostas dela, relativas ao passado distante. Estava tentando decidir como retornar à sala de modo a reorientar aquela tarde a meu favor, mas antes que eu chegasse a uma conclusão Tracey apareceu e disse: "O negócio é o seguinte, o que acontece entre mim e sua mãe é problema meu e da sua mãe. Nem sei por que você veio aqui, pra ser sincera".

"Só estou tentando entender por que você..."

"Sim, mas aí é que está! Não há mais entendimento possível entre mim e você! Você pertence a um sistema diferente agora. Gente como você acredita que é capaz de controlar tudo. Mas vocês não podem me controlar!"

"Gente como eu? Do que você está *falando*? Tracey, você é

uma mulher adulta agora, tem três filhos lindos, precisa realmente largar mão desses delírios..."

"Você pode chamar do nome metido a besta que quiser, fofa: existe um sistema, e você e a porcaria da sua mãe pertencem a ele."

Me levantei.

"Pare de importunar a minha família, Tracey", falei enquanto saía da cozinha a passos firmes e atravessava a sala até a porta de entrada, seguida de perto por Tracey. "Se continuar, teremos que botar a polícia nisso."

"Tá bom, tá bom, continue andando, continue andando", ela disse, batendo a porta à minha saída.

Seis

No início de dezembro, Aimee voltou para conferir o progresso de sua academia, viajando com um grupo reduzido — Granger, Judy, sua paspalha encaminhadora de e-mails Mary-Beth, Fern e eu —, sem acompanhamento de imprensa e com uma agenda específica: queria propor a instalação de uma clínica de saúde sexual no terreno da própria escola. Ninguém discordava a princípio, mas ao mesmo tempo era muito difícil entender como se poderia falar publicamente numa clínica de saúde sexual ou como os relatórios discretos de Fern a respeito da vulnerabilidade sexual das meninas da região — obtidos por ele aos poucos, construindo uma relação de confiança com algumas professoras, que por sua vez haviam se arriscado muito ao tocar no assunto com ele — poderiam ser trazidos à tona na vida do vilarejo sem instaurar caos e ofensa nas relações pessoais, o que poderia arruinar o projeto como um todo. Discutimos o assunto no voo de ida. Tentei, com todo o cuidado, falar com Aimee sobre a necessidade de uma abordagem delicada, a partir do que eu conhecia sobre o contexto local, tendo em mente Hawa,

471

ao mesmo tempo em que Fern, com mais eloquência, trouxe ao debate as intervenções de uma ONG de médicos alemães num vilarejo mandinga das redondezas onde a circuncisão feminina era prática comum, a partir das quais as enfermeiras alemãs concluíram que as abordagens indiretas davam mais resultado, enquanto as abordagem diretas tendiam a fracassar. Aimee franziu o cenho para essas comparações e continuou de onde havia parado: "Olha, aconteceu comigo em Bendingo, aconteceu comigo em Nova York, acontece em toda parte. Não tem a ver com o 'contexto local' de que vocês estão falando — isso está *por toda parte*. Eu tinha uma família grande, tios e primos que chegavam e iam embora — sei o que acontece. E aposto um milhão de dólares que se entrarem em qualquer sala de aula com trinta garotas, em qualquer lugar do mundo, pelo menos uma delas terá um segredo que não pode contar a ninguém. Eu me lembro. Eu não tinha a quem recorrer. Quero que essas meninas tenham a quem recorrer!".

Diante de sua paixão e dedicação, nossas capacidades e preocupações soavam pequenas e limitadas, mas conseguimos vencê-la pelo cansaço e concordamos em usar apenas a palavra "clínica", bem como decidir por uma ênfase — pelo menos quando fôssemos discutir a clínica com as mães da região — na saúde menstrual, que era por si só uma complicação para muitas meninas que não podiam arcar com os custos de produtos de higiene. Pessoalmente, porém, não achava que Aimee estava enganada: eu lembrava das minhas próprias turmas de escola, aulas de dança, parquinhos, grupos de jovens, festas de aniversário, despedidas de solteira, e sempre havia uma garota com um segredo, em quem se podia entrever algo furtivo ou arruinado, e ao caminhar pelo vilarejo com Aimee, entrando nas casas das pessoas, trocando apertos de mão, aceitando sua comida e sua bebida, sendo abraçada por seus filhos, em vários momentos tive a impressão de tê-la encontrado outra vez, aquela garota que vive em todos os lugares e em todas as épocas históricas, que está varrendo o pátio, servindo chá ou carregando o bebê de outra pessoa no colo, olhando para você a uma certa distância, com um segredo que não pode contar.

Foi um primeiro dia difícil. Estávamos felizes de voltar e havia um prazer inesperado em percorrer um vilarejo que já não era tão estranho ou exótico para nós, encontrando rostos conhecidos — no caso de Fern, pessoas que haviam se tornado grandes amigas —, mas ao mesmo tempo estávamos nervosos, pois sabíamos que Aimee, embora cumprisse seus deveres e sorrisse nas fotografias que Granger ficara encarregado de fazer, estava com a cabeça totalmente ocupada por Lamin. Não passavam muitos minutos sem que ela olhasse fixamente para Mary-Beth, que então tentava ligar outra vez, mas só caía na caixa postal. Fizemos perguntas em algumas propriedades de famílias que tinham ligação de sangue ou amizade com Lamin, mas aparentemente ninguém sabia onde ele estava, tinham-no visto ontem ou de manhã cedo, talvez ele tivesse ido a Barra ou a Banjul, talvez ao Senegal para visitar a família. No fim da tarde, Aimee estava com dificuldades de esconder a irritação. Nosso objetivo era perguntar às pessoas o que elas pensavam sobre as mudanças ocorridas no vilarejo e o que mais gostariam de mudar, mas Aimee começava a olhar para os lados sempre que alguém passava algum tempo falando com ela, e começamos a entrar e sair das propriedades com uma pressa excessiva, deixando os moradores ofendidos. Eu queria me demorar em cada lugar: considerava que aquela poderia ser nossa última visita e sentia uma certa urgência em reter tudo que via, em imprimir o vilarejo na memória, sua luminosidade ininterrupta, os verdes e os amarelos, aqueles pássaros brancos com bicos vermelho sangue, e o povo, o meu povo. Mas em algum lugar daquelas ruas havia um rapaz se escondendo de

Aimee, um sentimento humilhante e novo para ela, acostumada como estava a ter as pessoas correndo atrás dela. Para não ter de refletir sobre isso, percebi, ela estava determinada a se manter em movimento, e por mais que seus intentos frustrassem os meus, eu lamentava por ela. Eu estava doze anos atrás dela, mas também sentia minha idade no meio de todas aquelas garotas escandalosamente jovens que encontrávamos nas casas de família, lindas além da conta, nos confrontando, naquela tarde escaldante, com a única coisa que, uma vez perdida, nenhuma quantidade de poder e dinheiro pode trazer de volta.

Um pouco antes de o sol se pôr, fomos até a extremidade leste do vilarejo, na fronteira em que deixava de ser um vilarejo para se transformar novamente em território selvagem. Não havia propriedades familiares ali, somente cabanas de chapas de aço corrugado, e foi numa delas que encontramos o bebê. Cansados como estávamos, morrendo de calor, de início não percebemos que havia mais alguém naquele pequeno espaço além da mulher cuja mão Aimee estava apertando, mas quando dei um passo ao lado para permitir que Granger entrasse e se protegesse do sol, vi um bebê deitado sobre um pano estendido no chão, ao lado de uma outra menina de uns nove anos, que fazia carinho em seu rosto. Tínhamos visto muitos bebês, é claro, mas nenhum tão novinho quanto aquele: tinha três dias de vida. A mulher o embrulhou e o entregou a Aimee, que o aceitou nos braços e ficou parada olhando para ele, sem fazer nenhum dos comentários típicos que as pessoas sentem necessidade de fazer quando seguram um recém-nascido. Granger e eu, constrangidos, nos aproximamos e tratamos de fazer os tais comentários: se era menino ou menina, como era linda, que pequeninha, e os olhos, e que tufos adoráveis de cabelo preto. Eu estava dizendo essas coisas automaticamente — já as tinha dito muitas vezes antes — até que olhei para ela. Tinha olhos enormes, pretos com reflexos lilases, desfocados, com esplêndidos cílios compridos. Por mais que eu tentasse fazê-la olhar para mim, ela não olhava. Era um pequeno Deus me recusando sua graça, embora eu estivesse de joelhos. Aimee apertou o bebê contra si ainda mais, virou de costas para mim e colocou a ponta do nariz nos lábios que pareciam um botão de flor. Granger saiu para pegar um pouco de ar. Me aproximei de Aimee e estiquei o pescoço para ver o bebê. O tempo foi passando. Nós duas, lado a lado, numa proximidade desconfortável, suando uma por cima da outra, nos recusando a correr o risco de sair da linha de visão do bebê. A mãe estava dizendo alguma coisa, mas acho que nenhuma de nós a ouvia. Até que finalmente Aimee, com muita relutância, se virou e colocou o bebê em meus braços. Talvez seja algo químico, como a dopamina que aflui aos apaixonados. Para mim foi como um afogamento. Nunca experimentei algo igual, antes ou depois.

"Gostou dela? Gostou dela?", disse um homem jovial que apareceu de algum lugar. "Leve para Londres! Ha ha! Gostou dela?"

Não sei como a devolvi para a mãe. Ao mesmo tempo, seja lá onde residam os futuros alternativos, saí correndo dali com o bebê nos braços, chamei um táxi para o aeroporto e voei para casa.

Quando o sol se pôs e as visitas se tornaram impraticáveis, decidimos encerrar o dia e nos reagruparmos na manhã seguinte para fazer um tour pela escola e comparecer à reunião dos moradores do vilarejo. Aimee e os outros foram com Fern para a casa rosa. Curiosa para saber o que havia mudado desde minha visita anterior, fui à residência de Hawa. Na escuridão absoluta, caminhei muito devagar em direção ao que acreditava ser o cruzamento principal, esticando a mão para tatear os troncos das árvores como uma cega e me espantando com a quantidade de crianças e adultos que sentia passarem perto de mim com passos velozes e firmes, sem lanternas, rumo a seus destinos. Encontrei o cruzamento e estava a poucos passos da porta da casa de Hawa quando Lamin surgiu do meu lado. Eu o abracei e falei que Aimee estivera o dia inteiro à sua procura, e esperava vê-lo amanhã.

"Estou só aqui. Não fui a nenhum lugar."

"Bem, vou visitar Hawa — quer vir junto?"

"Você não a encontrará. Ela foi embora há dois dias para casar. Ela volta para visitar amanhã, vai gostar de ver você."

Eu queria me solidarizar, mas não encontrei a expressão certa.

"Você deveria participar do tour na escola amanhã", repeti. "Aimee passou o dia à sua procura."

Ele chutou uma pedra no chão.

"Aimee é uma moça muito boa, está me ajudando e sou agradecido, mas..." Ele parou a frase no meio, como se calculasse um salto perigoso, mas de repente decidiu que sim, iria saltar: "Ela é uma mulher velha! Sou um homem jovem. E um homem jovem deseja ter filhos!".

Ficamos parados em frente à porta da casa de Hawa, nos olhando. Estávamos muito próximos, eu sentia sua respiração no meu pescoço. Acho que soube na hora que algo aconteceria entre nós, naquela noite ou na próxima, e que seria uma forma de oferecer solidariedade com o corpo, na ausência de uma solução mais clara ou articulada. Não nos beijamos, não naquele momento, ele nem pegou na minha mão. Não precisava. Sabíamos que a decisão estava tomada.

"Bem, entre", ele disse finalmente, abrindo a porta da casa de Hawa como se fosse a sua. "Você está aqui, é tarde. Você come aqui."

Na varanda, parado em pé e olhando a noite, mais ou menos na mesma posição em que o vira pela última vez, estava o irmão de Hawa, Babu. Nos cumprimentamos com entusiasmo: como todo mundo que eu conhecera ali, ele considerava a minha decisão de voltar um tipo de virtude em si mesma, ou pelo menos fingia. Lamin só ganhou um aceno de cabeça, não sei se por excesso de familiaridade ou por antipatia. Mas foi quando perguntei por Hawa que sua face desmoronou em definitivo. "Estive lá ontem para o casamento, fui a única testemunha. Por mim, não importa se há cantores, vestidos ou bandejas de comida — nada disso me importa. Mas as minhas avós! Ah, ela declarou uma guerra aqui! Vou ouvir mulheres reclamando até o fim dos meus dias!"

"Você acha que ela está feliz?"

Ele sorriu como se eu tivesse pisado numa armadilha.

"Ah, sim — para os americanos essa é sempre a pergunta mais importante!"

O jantar foi servido, um verdadeiro banquete, e comemos do lado de fora, com as avós formando um círculo tagarela no outro lado da varanda, lançando olhares ocasionais em nossa direção, mas ocupadas demais com seus próprios assuntos para nos dar muita bola. Uma lâmpada movida a luz solar nos iluminava de baixo para cima: eu podia ver a minha comida e a parte inferior dos rostos de Lamin e do irmão de Hawa, e de longe chegavam os ruídos usuais de trabalho doméstico e as risadas, o choro e os gritos das crianças, bem como o som das pessoas percorrendo o pátio, indo e voltando dos diversos anexos. O que não se ouvia eram vozes masculinas, até que várias delas começaram a falar muito perto de onde estávamos, e Lamin ficou em pé e apontou para o muro da propriedade, sobre o qual estavam sentados meia dúzia de homens, à esquerda e à direita do portão de entrada, com as pernas voltadas para a estrada. Lamin deu um passo na direção deles mas o irmão de Hawa o segurou pelo ombro e o fez sentar novamente, assumindo a tarefa de abordá-

477

-los, acompanhado de duas de suas avós. Vi que um dos rapazes estava fumando e jogou um cigarro dentro do nosso pátio, mas quando o irmão de Hawa parou diante deles, a conversa acabou sendo muito curta: ele disse alguma coisa, um rapaz deu risada, uma avó disse outra coisa, o irmão de Hawa voltou a falar com mais firmeza, e os seis traseiros desceram e sumiram de vista. A avó que se manifestara abriu o portão e ficou observando eles se afastarem pela estrada. A lua surgiu por detrás das nuvens, e de onde eu estava pude ver que pelo menos um deles tinha uma arma de fogo pendurada nas costas.

"Eles não são daqui, são do outro lado do país", disse o irmão de Hawa, voltando a se sentar conosco. Continuava exibindo seu sorriso inanimado de sala de reuniões, mas pude ver em seus olhos, por trás dos óculos de marca, que ele estava bastante abalado. "Aparecem cada vez mais. Eles ouvem dizer que o presidente quer governar por um bilhão de anos. Estão perdendo a paciência. Começam a ouvir outras vozes. Vozes estrangeiras. Ou a voz de Deus, se você acredita que ela pode ser comprada numa fita Casio no mercado por vinte e cinco dalasi. Sim, eles perderam a paciência e eu não os culpo. Mesmo nosso Lamin, tão calmo, tão paciente — ele também perdeu a paciência."

Lamin pegou uma fatia de pão branco mas não abriu a boca.

"E quando você vai embora?", Babu perguntou a Lamin, em um tom tão carregado de culpa e censura que presumi que ele se referia ao caminho dos fundos, mas os dois riram do pânico que deve ter ficado estampado no meu rosto: "Não, não, não, ele terá os documentos oficiais. Está sendo tudo providenciado, graças ao seu pessoal aqui. Já estamos perdendo todos os nossos jovens talentosos, e agora vocês levam outro embora. É triste, mas é como as coisas funcionam."

"Você foi embora", Lamin disse, acabrunhado. Ele retirou uma espinha de peixe da boca.

"Era outra época. Não precisavam de mim aqui."

"Não precisam de mim aqui."

Babu não respondeu e a irmã dele não estava conosco para preencher os espaços com suas tagarelices. Quando terminamos nossa refeição silenciosa, me antecipei às várias trabalhadoras domésticas mirins, recolhi os pratos e fui na direção em que as meninas tinham ido, até o último recinto da ala, que acabou sendo um quarto de dormir. Estava parada no lugar mal iluminado, sem saber o que fazer em seguida, quando uma das cinco ou seis crianças que dormiam ali ergueu a cabeça na cama de solteiro, viu a carga em meus braços e apontou para uma cortina. Me vi do lado de fora, de volta ao pátio, mas este era o pátio dos fundos, e ali estavam as avós e algumas das garotas mais velhas, agachadas ao redor de bacias cheias d'água, lavando roupas com barras grandes de sabão cinzento. Um círculo de lâmpadas movidas a luz solar iluminava a cena. Quando me aproximei, o trabalho foi interrompido para assistir a um espetáculo ao vivo do reino animal: um galo perseguiu uma galinha, dominou-a, segurou seu pescoço com as garras, imobilizou sua cabeça contra o chão batido e finalmente montou nela. A operação toda durou apenas um minuto, mas a galinha pareceu o tempo inteiro entediada, impaciente para seguir cuidando de suas outras tarefas, de modo que a brutal impressão de poder que o galo tinha sobre a galinha acabava adquirindo contornos cômicos. "Valentão! Valentão!", gritou uma das avós, reparando em minha presença e apontando para o galo. As mulheres riram, a galinha foi libertada: ela andou em círculo uma, duas, três vezes, aparentemente zonza, antes de retornar ao galinheiro com suas irmãs e seus pintinhos. Deixei os pratos no lugar onde me mandaram deixar, no chão, e quando voltei para dentro descobri que Lamin tinha ido embora. Entendi como um sinal. Informei que eu também estava indo dormir, mas em vez disso fiquei deitada no meu quarto, vestida, aguardando até que os últimos ruídos de atividade humana houvessem cessado. Um pouco antes da meia-noite, peguei minha lanterna de cabeça, atravessei o pátio em silêncio, saí da propriedade e adentrei o vilarejo.

Aimee tinha pensado naquela visita como uma "excursão em busca de fatos", mas para o conselho do vilarejo tudo era motivo para festa, e no dia seguinte, quando terminamos o tour pela escola e voltamos para o pátio, encontramos uma roda de tambores à nossa espera debaixo da mangueira, doze mulheres de meia-idade com tambores entre as coxas. Nem Fern tinha sido informado, e Aimee ficou agitada com mais aquele atraso no cronograma, mas não havia o que fazer a respeito: era uma emboscada. O enxame de crianças surgiu e formou um segundo círculo enorme ao redor das mães percussionistas, e nós, "os americanos", deveríamos nos sentar no círculo mais interno, em cadeiras retiradas das salas de aula. Os professores tinham ido buscar as cadeiras, e no meio deles, chegando da extremidade oposta da escola, lá onde ficava a sala de aula em que Lamin ensinava matemática, avistei Lamin e Hawa caminhando juntos, cada um trazendo quatro cadeirinhas. Ao vê-lo, porém, não me senti constrangida ou envergonhada em nenhum sentido: os acontecimentos da noite anterior estavam tão separados da minha vida diurna que era quase como se tivessem acontecido a uma outra pessoa, uma sombra que tinha outros objetivos e não podia ser forçada a vir à luz. Acenei para os dois — eles não deram sinal de ter me visto. Os tambores soaram. Não adiantava gritar no meio do barulho. Me virei de volta para o círculo e me sentei na cadeira que me foi oferecida, ao lado de Aimee. As mulheres se revezavam no círculo, deixando o tambor de lado para dançar em turnos intensos de três minutos cada, uma espécie de antiperformance, pois, apesar da habilidade de seus passos, da genialidade de seus movimentos de quadril, elas não se voltavam para a plateia, ficavam de frente para suas irmãs percussionistas, de costas para nós. Quando a segunda mulher começou a dançar, Hawa entrou no círculo e sentou na cadeira que eu havia lhe reservado ao meu lado, mas Lamin se limitou a acenar com a cabeça para Aimee antes de sentar no outro lado do círculo, tão longe dela, e acho que de mim também, quanto lhe era possível. Apertei a mão de Hawa e lhe dei os parabéns.

"Estou muito feliz. Não foi fácil para mim estar aqui hoje, mas queria ver você!"

"Bakary também veio?"

"Não! Ele pensa que estou comprando peixe em Barra! Ele não gosta de danças desse tipo", ela disse, movendo ligeiramente os pés, ecoando os passos vigorosos das mulheres poucos metros à nossa frente. "Mas é claro que eu mesma não vou dançar, então não tem problema."

Apertei sua mão novamente. Havia algo esplêndido em estar em sua companhia, ela fazia qualquer situação caber em seus parâmetros, acreditava ser capaz de adaptar qualquer coisa de acordo com suas preferências, mesmo que em sua vida a flexibilidade estivesse cada vez mais em baixa. Ao mesmo tempo, um impulso paternalista — ou talvez eu devesse escrever "maternalista" nesse caso — tomou conta de mim: segurei sua mão com força demais, na esperança irracional de que isso ajudasse — como um talismã barato comprado de um *marabout* — a lhe trazer proteção, a mantê-la afastada de maus espíritos de cuja existência eu já não duvidava. Mas ao se virar e ver as rugas na minha testa ela riu, retirou a mão da minha e começou a bater palmas para Granger, que tinha acabado de entrar no círculo como se fosse um dançarino de break, exibindo seus passos pesados para o deleite das mães percussionistas. Depois de um minuto adequado de reticência, Aimee se juntou a ele. Para evitar vê-la, percorri com os olhos o nosso círculo, contemplando todo aquele amor indomável e inflexível, tão tristemente desperdiçado. Eu podia sentir Fern me encarando ao meu lado. Vi Lamin erguer a cabeça de vez em quando para olhar para Hawa e para ninguém mais, para seu rosto perfeito embrulhado com o capricho de um presente. Mas no fim não pude evitar a visão de Aimee dançando para Lamin, para Lamin, para Lamin. Como se dançasse para uma chuva que jamais cairia.

Oito mulheres percussionistas mais tarde, depois que até Mary-Beth havia arriscado uns passinhos, chegou a minha vez de dançar. Eu tinha uma mãe agarrada a cada braço, me rebocando. Aimee havia improvisado, Granger evocou a história — *moonwalk*, dança do robô, corrida sem sair do lugar —, mas eu ainda não tinha ideias sobre como dançar, apenas instinto. Passei um minuto olhando as duas mulheres dançando na minha frente, me provocando, escutei atentamente as várias batidas da música, e concluí que também era capaz de fazer o que elas estavam fazendo. Me coloquei no meio delas e imitei todos os seus passos. A garotada enlouqueceu. Eram tantas vozes gritando para mim que não conseguia mais ouvir os tambores e só pude prosseguir respondendo aos movimentos das mulheres, elas que jamais perdiam o ritmo, que sempre escutavam a batida, não importava o barulho. Cinco minutos depois eu estava acabada, mais cansada do que se tivesse corrido dez quilômetros.

Desabei ao lado de Hawa, que tirou um paninho de alguma espécie de uma dobra do seu novo hijab, com o qual eu sequei o suor que me escorria pelo rosto.

"Por que eles estão dizendo 'tá bom'? Queriam que eu parasse?"

"Não! Você foi muito boa! Eles estão dizendo: *Toobab* — isso significa..." Ela passou a mão pela pele do meu rosto. "Ou seja, estão dizendo: 'Embora você seja uma garota branca, dança como se fosse negra!'. E eu digo que é verdade: você e Aimee, as duas — vocês dançam mesmo como se fossem negras. É um grande elogio, eu diria. Eu nunca pensei que você fosse assim! Uau, uau, você até dança tão bem quanto Granger!"

Aimee, que havia escutado de canto, desatou a rir.

Sete

Alguns dias antes do Natal, eu estava na casa de Londres, sentada à escrivaninha no escritório de Aimee, terminando de fazer a lista da festa de Ano-Novo, quando ouvi a voz de Estelle no andar de cima, dizendo: "Nana, nenê". Era domingo e o escritório do segundo andar estava fechado. As crianças ainda não haviam retornado do novo internato e Judy e Aimee estavam passando duas noites na Islândia, fazendo divulgação. Eu não tinha visto nem ouvido falar de Estelle desde a partida das crianças, e havia presumido — se é que cheguei a pensar nela — que seus serviços já não eram necessários. Agora eu escutava aquela cantiga conhecida: "Nana, nenê". Subi um andar correndo e a encontrei no antigo quarto de Kara, que costumávamos chamar de berçário. Ela estava em pé diante da janela corrediça, olhando a vista do parque, com seus crocs confortáveis nos pés, vestindo um suéter preto decorado com linhas douradas, como brocatel, e uma comportada calça pregada azul-marinho. Estava de costas para mim, mas se virou ao me ouvir entrar, revelando um bebê em seus braços. Estava tão bem embrulhado que parecia falso, um objeto cenográfico. Me aproximei com ansiedade, fiz menção de pegá-lo — "Cê não pode ir chegando e encostando no bebê! Precisa limpar as mãos!" — e precisei de muito autocontrole para recuar um passo e manter as mãos atrás das costas.

"Estelle, de quem é esse bebê?"

O bebê bocejou. Estelle olhou para ele com adoração.

"Foi adotado três semanas atrás, acho. Você não sabia? Parece que todo mundo sabe! Mas ela só chegou aqui na noite passada. Seu nome é Sankofa — não me pergunta que tipo de nome é esse, porque não sei. Por que alguém daria um nome desses a uma bebezinha tão linda é algo que não entendo. Vou chamar ela de Sandra, até alguém me impedir."

O mesmo olhar lilás, escuro, desfocado, evitando meu olhar, fascinado consigo mesmo. A voz de Estelle revelava o deleite que a criança já lhe provocava — muito mais, suspeitei, do que a afeição que demonstrava por Jay e Kara, praticamente criados por ela —, e tentei me manter focada na narrativa daquela "garotinha tão incrivelmente sortuda" que estava em seus braços, resgatada "do meio do nada", agraciada com "uma vida luxuosa". Melhor não ficar pensando em como aquilo podia ter sido providenciado: uma adoção internacional em menos de um mês. Fiz menção de pegá-lo novamente. Minhas mãos tremiam.

"Se quer tanto segurar ela, vou dar banho agora mesmo: suba comigo, você pode lavar as mãos."

Fomos ao gigantesco banheiro da suíte de Aimee, que em algum momento havia sido discretamente adaptado para um bebê: um conjunto de toalhas com orelhas de coelho, talcos e óleos para bebê, esponjas para bebê e sabão para bebê, e meia dúzia de patinhos multicoloridos alinhados na beirada da banheira.

"Quanta besteirada!" Estelle agachou para examinar um aparato excêntrico, feito de tecido felpudo e armação metálica, que se enganchava na beirada da banheira e parecia uma espreguiçadeira para um homenzinho em miniatura. "Esse monte de equipamentos. Única maneira de lavar um bebê tão pequeno é na pia."

Me ajoelhei ao lado de Estelle e a ajudei a desfazer o pacotinho. Pequenos membros de sapo se espalharam, atônitos. "É o choque", explicou Estelle, enquanto a bebê chorava. "Ela estava quentinha e apertada, e agora está solta e com frio."

Observei ela colocar Sankofa, que chorava indignada, dentro de um bloco de porcelana vitoriana de sete mil libras que eu lembrava de ter encomendado.

"Pronto, pronto", disse Estelle, passando um pano nas várias dobrinhas enrugadas da criança. Cerca de um minuto depois, ela encaixou a bundinha de Sankofa na mão, deu um beijo em seu rosto ainda contorcido pelo choro e me disse para dobrar o cobertor em forma de triângulo sobre o piso aquecido. Sentei sobre os tornozelos e vi Estelle esfregar óleo de coco por todo o corpinho da bebê. Para mim, que só tinha segurado bebês no colo por breves instantes, o procedimento todo me pareceu executado com maestria.

"Você tem filhos, Estelle?"

Dezoito, dezesseis e quinze — mas as mãos dela estavam grudentas, então ela apontou para o bolso traseiro e retirei dali seu celular. Deslizei a tela para a direita. Vi por um momento a imagem elegante de um rapaz alto vestindo a toga de formatura do ensino médio, no meio de duas garotas sorridentes que eram as suas irmãs mais novas. Ela citou seus nomes e talentos especiais, suas alturas e temperamentos, e com que frequência cada um deles respondia ou não suas mensagens e chamadas no Skype e Facebook. Menos do que deviam. Trabalhávamos para Aimee fazia mais ou menos uma década, e aquela era a conversa mais longa e mais íntima que já tivéramos.

"Minha mãe cuida deles pra mim. Eles estudam na melhor

escola de Kingston. Em breve ele vai pra Universidade das Índias Ocidentais estudar engenharia. É um garoto maravilhoso. As meninas o veem como um modelo. Ele é a estrela. É uma referência pra elas."

"Sou jamaicana", falei, e Estelle assentiu com a cabeça e sorriu suavemente para a bebê. Eu tinha visto ela fazer isso muitas vezes, quando estava tentando agradar as crianças ou a própria Aimee. Senti o rosto corar e me corrigi.

"Quer dizer, a família de minha mãe veio de St. Catherine."

"Ah, sim. Entendi. Já esteve lá alguma vez?"

"Não. Ainda não."

"Bem, você ainda é jovem." Ela enrolou a criança novamente em seu casulo e a segurou contra o peito. "O tempo está a seu favor."

Chegou o Natal. O bebê foi apresentado a mim e a todos como um caso encerrado, uma adoção legal, proposta e aceita pelos pais, e ninguém questionou isso, pelo menos não em voz alta. Ninguém questionou o que um "acordo" poderia significar numa situação de tamanho desequilíbrio entre as partes. Aimee estava se retorcendo de amor pelo bebê e todos pareciam felizes por ela — era o seu milagre de Natal. Tudo que eu tinha eram suspeitas, e o fato de que o processo inteiro havia sido escondido de mim até que estivesse consumado.

Alguns meses depois, retornei ao vilarejo pela última vez e fiz o possível para esclarecer o assunto. Ninguém aceitava falar comigo a respeito, ou então eu recebia platitudes bonitinhas como resposta. Os pais naturais não moravam mais na região, ninguém sabia exatamente para onde tinham ido. Se Fernando sabia de alguma coisa, não estava disposto a me contar, e Hawa tinha se mudado para Serrekunda com o seu Bakary. Lamin andava cabisbaixo pelo vilarejo, continuava de luto pela perda de Hawa — talvez fosse também o meu caso. As noites na propriedade da família, sem Hawa, eram longas, escuras, solitárias e permeadas somente por idiomas que eu não conhecia. Mas embora eu tivesse dito a mim mesma, quando estava a caminho da casa de Lamin — cinco ou seis vezes no total, e sempre bem tarde da noite —, que estávamos agindo movidos por um desejo físico incontrolável, acho que nós dois sabíamos perfeitamente bem que essa forma de paixão que existia entre nós era direcionada a outro lugar, a Hawa, ou então à ideia de ser amado por alguém, ou visava simplesmente provar para nós mesmos que tínhamos alguma independência de Aimee. Era ela, no fundo, a pessoa que pretendíamos atingir com nossas fodas desinteressadas, ela fazia parte do processo como se estivesse conosco no quarto.

Certa manhã, me esgueirando bem cedo, um pouco antes das cinco, enquanto o sol nascia, da casa de Lamin até a propriedade da família de Hawa, ouvi o chamado para as orações e me dei conta de que era tarde demais para passar despercebida — uma mulher puxando um burro teimoso, um grupo de crianças acenando de uma porta —, portanto mudei o sentido da caminhada para dar a impressão de que estava passeando sem rumo, o que era conhecido por lá como um hábito dos americanos. Passando por trás da mesquita, dei de cara com Fernando, que estava apoiado na árvore mais próxima, fumando. Eu nunca o tinha visto fumar. Tentei sorrir de leve para cumprimentá-lo, mas ele acompanhou meu passo e agarrou meu braço com tanta força que doeu. Estava com hálito de cerveja. Parecia ter virado a noite acordado.

"O que está fazendo? Por que você faz essas coisas?"

"Fern, você está me *seguindo*?"

Ele não respondeu até alcançarmos o outro lado da mesquita, perto do cupinzeiro gigante, onde então paramos, protegidos do olhar alheio em três direções. Ele me soltou e começou a falar como se tivéssemos interrompido uma longa discussão. "E tenho boas notícias: graças a mim, ele estará com você muito em breve de forma permanente, sim, graças a mim. Vou à embaixada hoje mesmo, na verdade. Estou trabalhando duro nos bastidores para unir os amantes jovens, ou nem tão jovens assim. O trio todo."

Comecei a negar, mas era inútil. Era sempre muito difícil mentir para Fern.

"Você deve sentir algo muito forte por ele, para se arriscar tanto. Tanto. Na última vez em que esteve aqui, comecei a suspeitar, sabe, e na vez anterior — mas por algum motivo foi um choque confirmar."

"Mas não sinto *nada* por ele!"

Ele perdeu o ar combativo na mesma hora.

"Acha que me sinto melhor com isso?"

Finalmente, a vergonha. Uma emoção duvidosa, tão ancestral. Vivíamos incentivando as meninas da escola a não senti-la, pois era antiquada e sem propósito, e conduzia a comportamentos que desaprovávamos. Mas finalmente a senti.

"Por favor, não diga nada. Por favor. Vou embora amanhã e pronto. Acabou de começar e já terminou. Por favor, Fern — você precisa me ajudar."

"Eu tentei", ele disse, e então foi embora, em direção à escola.

O resto do dia foi uma tortura, o dia seguinte também, e o voo foi uma tortura, bem como a caminhada através do aeroporto, com o celular parecendo uma granada no bolso traseiro da minha calça. Ela não detonou. Quando entrei na casa de Londres, tudo estava como antes, só que ainda mais feliz. As crianças estavam bem adaptadas — ou pelo menos não tínhamos notícias delas — e o último álbum havia sido bem recebido. Fotos de Aimee e Lamin juntos, os dois belíssimos — no último aniversário de Jay, no show — estavam em todas as revistas de fofocas e foram, à sua maneira, ainda mais bem recebidas do que o álbum. E a bebê já tinha estreado. O mundo não se preocupava lá muito com a logística, aparentemente, e os jornais adoraram o caso. Parecia lógico a todo mundo que Aimee pudesse providenciar um bebê com a mesma facilidade que encomendava uma bolsa de edição limitada do Japão. Um dia, sentada no trailer de Aimee durante uma filmagem, almoçando com Mary-Beth, a assistente pessoal número dois, abordei o assunto cautelosamente, esperando extrair dela alguma informação, mas eu nem precisava ter tomado cuidado, pois Mary-Beth me contou tudo com a maior alegria, fiquei sabendo da história toda, um contrato havia sido preparado por um dos advogados da área de espetáculos, poucos dias depois de Aimee ter conhecido a bebê, e Mary-Beth estava presente quando ele foi assinado. Ela se mostrou encantada com esse atestado de sua própria importância e o que ficava subentendido a respeito da minha posição na hierarquia. Ela sacou o celular e foi passando as fotos de Sankofa, seus pais e Aimee sorrindo lado a lado, e no meio das imagens, percebi, havia uma foto do contrato propriamente dito. Quando ela foi ao banheiro e deixou o celular na minha frente, enviei a foto por e-mail para mim mesma. Um documento de duas páginas. Uma quantia monumental de dinheiro, para os padrões locais. Gastávamos mais ou menos aquilo em flores decorativas para a casa a cada ano. Quando expus o fato a Granger, meu último aliado, ele me surpreendeu ao considerá-lo um caso de "colocar o dinheiro naquilo em que se acredita", e falou da bebê com tanto carinho que todas as minhas colocações, em comparação, soavam monstruosas ou insensíveis. Percebi que não seria possível conversar racionalmente. A bebê enfeitiçava todos à sua volta. Granger tinha se apaixonado por Kofi, como era chamada, com a mesma intensidade que todos os que haviam se aproximado dela, e Deus sabe como ela era apaixonante, ninguém estava imune, e eu com certeza não era uma exceção. Aimee estava inebriada: ela era capaz de passar uma ou duas horas apenas sentada com a bebê sobre a perna, olhando para ela sem fazer mais nada, e conhecendo a relação que Aimee tinha com o tempo, em termos de valor e escassez, era evidente para todos nós a quantidade de amor que aquilo representava. A bebê redimia toda uma gama de situações fastidiosas — longas reuniões com contadores, testes de figurino cansativos, sessões de brainstorming para estratégias de divulgação —, mudava a cor do dia apenas com sua presença no cantinho de qualquer ambiente, apoiada no joelho de Estelle ou balançando dentro de um moisés, rindo, gorgolejando, chorando, imaculada, fresca, novinha. À primeira oportunidade, todos nos debruçávamos em volta dela. Homens e mulheres, de todas as idades e raças, mas todos com alguma porção de tempo acumulada na equipe de Aimee, dos velhos cavalos de batalha como Judy, passando pelos postos intermediários como o meu, até jovens recém-saídos da faculdade. Venerávamos, todos nós, o altar da bebê. A bebê estava começando do zero, a bebê não estava comprometida a nada, a bebê não estava sacaneando ninguém, a bebê não precisava falsificar a assinatura de Aimee em quatro mil retratos que seriam enviados à Coreia do Sul, a bebê não precisava gerar significado a partir das lascas quebradas disso ou daquilo, a bebê não era nostálgica, a bebê não tinha lembranças nem arrependimentos, não precisava de um peeling com ácido, não tinha celular, não precisava enviar e-mail a ninguém, o tempo estava realmente a seu favor. Nada do que aconteceu dali em diante foi por falta de amor à bebê. A bebê estava cercada de amor. É só uma questão do que o amor te dá ou não o direito de fazer.

Oito

Naquele último mês trabalhando para Aimee — um pouco antes de ela me demitir, para ser mais exata — fizemos uma miniturnê europeia que teve início com um evento em Berlim, não um show, e sim uma exposição de fotografias feitas por ela. Eram fotografias de fotografias, imagens apropriadas ou refotografadas; ela havia tirado a ideia de Richard Prince — um velho amigo dos velhos tempos — sem acrescentar nada novo, exceto o fato de que ela, Aimee, era a artista. Mesmo assim, uma das galerias mais respeitadas de Berlim não hesitou em expor sua "obra". Todas as fotografias eram de dançarinos — ela via a si mesma antes de tudo como uma dançarina, e se identificava profundamente com eles — mas a pesquisa foi toda feita por mim e Judy clicou a maior parte das imagens, pois havia sempre outra coisa importante a fazer na hora de ir ao estúdio para refotografar as fotografias: encontros exclusivos com fãs em Tóquio, o "design" de um novo perfume, às vezes até a gravação de uma música propriamente dita. Refotografamos Baryshnikov e Nureyev, Pavlova, Fred Astaire, Isadora Duncan, Gregory Hines, Martha Graham,

Savion Glover, Michael Jackson. Defendi Jackson. Aimee não o queria, ele não combinava com a ideia que ela fazia de um artista, mas obtive sua atenção num momento estabanado e consegui convencê-la, enquanto Judy tentava emplacar "uma mulher de cor". Ela estava preocupada com a representatividade, vivia preocupada com isso, o que no fundo queria dizer que ela estava preocupada com o que os outros poderiam entender como uma falta de representatividade, e sempre que conversávamos sobre o tema eu tinha a impressão sinistra de que era uma dessas coisas, não uma pessoa, e sim um objeto — sem o qual uma determinada série matemática de objetos não estaria completa —, ou nem mesmo um objeto, mas uma espécie de véu conceitual, uma cortina moral que serve para proteger essa ou aquela pessoa dessa ou daquela crítica, e que é digna de consideração somente na medida em que cumpre tal papel. Não chegava a me ofender especialmente: a experiência me interessava, era como ser fictícia. Eu pensava em Jeni LeGon.

Tive a minha chance no meio de uma viagem de carro cruzando a fronteira entre Luxemburgo — onde Aimee tinha ido fazer divulgação — e a Alemanha. Peguei o telefone, coloquei Jeni LeGon no Google e Aimee espiou distraidamente as imagens — ela estava digitando ao mesmo tempo em seu próprio celular — enquanto eu tentava falar o mais rápido possível sobre LeGon como pessoa, atriz, dançarina, símbolo, tentando segurar a atenção fugidia de Aimee, até que de repente ela acenou positivamente para uma fotografia em que LeGon e Bojangles apareciam juntos, LeGon em pé, dançando, numa pose de prazer cinético, e Bojangles ajoelhado a seus pés, apontando para ela, e Aimee disse "Sim, essa aí, gostei, sim, gosto da inversão, o homem de joelhos, a mulher no controle". Com aquele "sim" assegurado, pude pelo menos iniciar a pesquisa do que entraria no texto do catálogo, e alguns dias depois Judy fez a foto, de um ângulo ligeiramente enviesado, deixando de fora alguns cantos do enquadramento, pois Aimee havia solicitado que todas as fotografias fossem feitas desse modo, como se "a própria fotógrafa estivesse dançando". Até onde se pode esperar desse tipo de coisa, foi a fotografia mais aclamada da exposição. A oportunidade de redescobrir LeGon me deixou feliz. Pesquisando a seu respeito, quase sempre sozinha, quase sempre tarde da noite, numa série de quartos de hotéis europeus, me dei conta do quanto eu havia fantasiado a respeito dela na infância, do quão ingênua havia sido em relação a praticamente todos os aspectos de sua vida. Eu havia imaginado, por exemplo, toda uma narrativa de amizade e respeito entre LeGon e as pessoas com quem ela havia trabalhado, com os dançarinos e diretores, ou quis acreditar que a amizade e o respeito poderiam ter existido, no mesmo espírito de otimismo infantil que leva uma menina a querer acreditar que seus pais continuam profundamente apaixonados. Mas Astaire nunca falava com LeGon no set, em sua cabeça ela não somente representava uma empregada, mas de fato não diferia muito da criadagem, e o mesmo valia para quase todos os diretores, eles não a enxergavam e quase nunca a contratavam para nada exceto papéis de empregada, e em pouco tempo até mesmo esses papéis ficaram escassos, e somente ao ir para a França ela "começou a se sentir uma pessoa". Quando descobri tudo isso, eu estava em Paris, sentada ao sol, em frente ao teatro Odéon, tentando ler as informações na tela do meu celular ofuscada pelo sol, bebendo um Campari e conferindo as horas compulsivamente. Vi as doze horas que Aimee havia destinado a Paris desaparecendo minuto a minuto, mais rápido, quase, do que eu era capaz de vivenciá-las, e logo o meu táxi chegaria, e em seguida uma pista de decolagem ficaria para trás, e lá iríamos nós de novo, passar doze horas noutra cidade linda e impossível de conhecer — Madri. Pensei em todos os cantores, dançarinos, trompetistas, escultores e escritores que alegavam ter se sentido uma pessoa pela primeira vez, finalmente, ali mesmo em Paris, passado de sombras para pessoas dignas do nome, um efeito que provavelmente necessitava de mais que doze horas para surgir, e me perguntei como essas pessoas eram capazes de apontar com tanta precisão o momento exato em que haviam começado a se sentir como pessoas. O guarda-sol sobre minha cabeça não fazia sombra, o gelo havia derretido na minha bebida. Minha própria sombra se projetava imensa, como um canivete, por baixo da mesa. Parecia se estender até metade da praça e apontar para a mansão branca e majestosa na esquina, que ocupava a maior parte do quarteirão e tinha a calçada à sua frente ocupada por um guia que estava erguendo uma bandeirinha e anunciando uma sequência de nomes, alguns conhecidos, outros novos para mim: Thomas Paine, E. M. Cioran, Camille Desmoulins, Sylvia Beach… Turistas americanos velhinhos, suando e assentindo com a cabeça, formavam um pequeno círculo em volta do guia. Olhei de novo para o celular. Então foi em Paris — digitei essa frase com o polegar — que LeGon começou a se sentir uma pessoa. O que significava — não escrevi essa parte — que a pessoa que Tracey havia imitado com tamanha perfeição tantos anos antes, a garota que víamos dançar ao lado de Eddie Cantor, chutando e balançando a cabeça — aquela garota não era uma pessoa, era apenas uma sombra. Até seu nome encantador, que tanto invejávamos, até ele era falso, na verdade ela era filha de Hector e Harriet Ligon, imigrantes da Geórgia, descendentes de meeiros, enquanto a outra LeGon, aquela que julgávamos conhecer — aquela dançarina de cabaré displicente — era um ser fictício, originado num erro de grafia, inventado por Louella Parsons quando ela escreveu "Ligon" errado em sua coluna de fofocas no *LA Examiner*.

Nove

A granada finalmente explodiu no Dia do Trabalho. Estávamos em Nova York, a poucos dias de partir para Londres, onde planejávamos encontrar Lamin, que já tinha o visto britânico. Fazia um calor hediondo: o ar de esgoto pestilento chegava a despertar sorrisos na pessoas que se cruzavam na rua: *dá para acreditar que vivemos nesse lugar?* Era como bile, e esse era o odor na Mulberry Street naquela tarde. Eu ia caminhando com a mão na boca, um gesto profético: quando alcancei a esquina com a Broome, estava despedida. Quem enviou a mensagem foi Judy — assim como a dúzia de mensagens seguintes —, todas tão cheias de xingamentos que poderiam ter sido escritas pela própria Aimee. Eu era uma vagabunda, uma traidora de merda e não sei o que mais. Aimee podia terceirizar até mesmo a sua ira pessoal.

Um pouco tonta, atordoada, andei até a Crosby Street e sentei no degrau em frente à cafeteria Housing Works, no lado das roupas vintage. Cada pergunta levava a outra: onde vou morar, o que vou fazer, onde estão meus livros, onde estão minhas roupas, qual a situação do meu visto? Eu estava menos irritada com Fern, e mais frustrada comigo mesma por não ter antecipado o momento com precisão. Eu deveria ter esperado aquilo, conhecia bem os sentimentos dele. Podia reconstruir sua experiência. Trabalhando para obter os documentos do visto de Lamin, comprando a passagem aérea de Lamin, organizando a partida e chegada de Lamin, quem o buscaria, quem o receberia, suportando as trocas de e-mails com Judy durante todo esse processo, dedicando todo o seu tempo e energia à existência de uma outra pessoa, aos desejos, necessidades e exigências de uma outra pessoa. É uma vida espectral, e depois de um certo tempo fica difícil de aguentar. Babás, assistentes, agentes, secretárias, mães — as mulheres estão acostumadas. A tolerância dos homens é mais baixa. Fern devia ter enviado uma centena de e-mails relacionados a Lamin nas semanas anteriores. Como poderia resistir à tentação de enviar o único e-mail que bastaria para detonar a minha vida?

Meu telefone vibrava com tanta frequência que parecia ter vida própria. Parei de olhar para ele e desviei minha atenção para um homem negro e muito alto que estava na vitrine da Housing Works, tinha portentosas sobrancelhas arqueadas e estava segurando uma pilha de vestidos contra seu corpo volumoso enquanto calçava um par de sapatos de salto alto. Ao me ver ele sorriu, encolheu a barriga, deu uma viradinha e se curvou. Não sei como nem por quê, mas a visão dele me encorajou. Levantei e chamei um táxi. Algumas respostas foram fáceis de obter. Tudo que eu possuía em Nova York estava dentro de caixas depositadas na calçada em frente ao apartamento da West 10th Street, e as fechaduras já haviam sido trocadas. Meu visto dependia do meu emprego: me restavam trinta dias para deixar o país. Levou mais tempo para descobrir onde eu poderia ficar. Eu nunca tinha pagado nada em Nova York: eu morava com Aimee, comia com Aimee, saía com Aimee, e o que meu celular me revelou acerca do preço de uma noite num hotel de Manhattan me fez sentir como Rip Van Winkle acordando de um sono de cem anos. Sentada nos degraus em frente ao apartamento da West 10th, tentei pensar em alternativas, amigos, conhecidos, conexões. Todas as ligações eram fracas e acabavam me conduzindo de volta a Aimee. Em um devaneio impossível, pensei em caminhar para o leste nessa rua até chegar, num delírio sentimental, à ponta oeste da Sidmouth Road em Londres, onde minha mãe atenderia a porta e me levaria a seu quarto de depósito, ocupado até a metade por pilhas de livros. Para onde mais? E para onde ir depois? Eu não possuía coordenadas. Táxis que ninguém chamava iam passando um depois do outro, bem como dondocas e seus cachorrinhos. Sendo Manhattan como é, ninguém parava para observar o que poderia parecer uma reencenação teatral: uma mulher chorando, sentada nos degraus, embaixo daquela placa com o poema de Emma Lazarus, cercada de caixas, longe de casa.

Me lembrei de James e Darryl. Conhecera-os em março passado, foi numa noite de domingo — minha noite de folga —, eu tinha ido sozinha ver os dançarinos do Alvin Ailey, e no teatro puxei conversa com meus vizinhos de cadeira, dois senhores nova-iorquinos entrando nos sessenta, um casal, um branco, o outro negro. James era inglês, alto e careca, com uma voz lúgubre e uma risada alegre, e ainda se vestia como se fosse a um descontraído almoço no pub numa aldeia de Oxfordshire — embora já morasse em Nova York havia muitos anos —, e Darryl era um americano com um afro de pontas grisalhas, olhos verruguentos por trás dos óculos e calças com bainhas desfiadas e espirros de tinta, como as de um estudante de artes. Ele sabia tanta coisa sobre o que estava acontecendo no palco, sobre a história de cada peça, sobre o balé de Nova York em geral e Alvin Ailey em particular, que num primeiro momento presumi que ele devia ser um coreógrafo ou ex-dançarino. Na verdade, os dois eram escritores, pessoas divertidas e espirituosas, e gostei de ouvir suas opiniões em sussurros a respeito das finalidades e limitações do "nacionalismo cultural" na dança, e eu, que não tinha opiniões sobre dança, apenas deslumbramento, os entretive também à minha maneira quando bati palmas após cada troca de luz e fiquei em pé assim que as cortinas desceram. "É bacana ver *Revelations* com alguém que já não a assistiu cinquenta vezes", assinalou Darryl, e depois eles me convidaram para tomar um drinque no bar do hotel ao lado e me contaram uma história longa e dramática a respeito de uma casa que haviam adquirido no Harlem, uma ruína da época de Edith Wharton, e que agora estavam reformando com o dinheiro que haviam poupado a vida toda. Por isso a tinta. Para mim se tratava de um esforço evidentemente heroico, mas uma de suas vizinhas, uma mulher de seus oitenta anos, reprovava com o mesmo vigor o casal James e Darryl e a gentrificação acelerada do bairro: gostava de gritar com eles no meio da rua e enfiar panfletos religiosos na caixa de correio. James fazia uma imitação fiel da velha senhora, enquanto eu ria além da conta e terminava meu segundo Martini. Era um alívio enorme sair à noite com pessoas que não davam a mínima para Aimee e que não queriam nada de mim. "E certa tarde", disse Darryl, "eu estava andando sozinho, James estava em algum outro lugar, e ela pulou do meio das sombras, agarrou meu braço e disse: *Mas eu posso te ajudar a se afastar dele. Você não precisa de um dono, pode ser livre — me deixa te ajudar!* Ela poderia estar indo de porta em porta, fazendo campanha por Barack, mas não: o lance dela era que James estava me escravizando. Ela estava me oferecendo minha própria rota de fuga da escravidão. Queria me levar escondido pro Spanish Harlem!" Desde então eu os via ocasionalmente, nas minhas noites de domingo livres, quando estava na cidade. Vi os dois descascarem gesso para revelar cornijas ocultas e simularem pórfiro espirrando tinta numa parede pintada de rosa escuro. A cada nova visita eu me comovia outra vez: como eram felizes juntos, mesmo após tantos anos! Eu não tinha muitos outros modelos daquele ideal. Duas pessoas criando o tempo de suas próprias vidas, protegidas de alguma maneira pelo amor, sem ignorar a história, mas não se deixando deformar por ela. Gostava imensamente deles, mesmo que não pudesse considerá-los nada mais que conhecidos. Mas foi neles que pensei naquela ocasião. E quando enviei uma mensagem cautelosa dos degraus em frente ao apartamento da West 10th, a resposta foi imediata e com a generosidade que lhes era característica: ao fim do dia eu estava jantando à mesa deles, uma comida superior a qualquer coisa jamais servida na casa de Aimee. Comida saborosa, com gordura, de frigideira. Eles tinham preparado uma cama para mim num dos vários quartos vazios, e descobri que eram carinhosamente parciais, com se fossem meus pais: sempre que lhes contava alguma parte do meu infortúnio, eles se recusavam a aceitar que eu tivesse qualquer parcela de culpa. No entendimento deles, eu é que deveria estar enfurecida, a culpa era toda de Aimee, eu estava isenta, e fui deitar no meu lindo quarto com painéis de madeira confortada por essa visão edulcorada.

Não senti raiva até que Judy me enviou o contrato de confidencialidade na manhã seguinte. Olhei para o PDF de uma folha de papel que devia ter assinado aos vinte e três anos, embora não lembrasse. De acordo com seus termos inflexíveis, as coisas que saíam da minha boca já não me pertenciam, tampouco minhas ideias, opiniões e sentimentos, para não dizer minhas memórias. Eram dela. Tudo que tinha acontecido na minha vida nos últimos dez anos pertencia a ela. A raiva tomou conta de mim instantaneamente: tive vontade de fazer a casa dela cair. Mas tudo que você precisa para fazer cair a casa de alguém hoje em dia já está em suas mãos. Estava tudo nas minhas mãos — eu não precisava nem sair da cama. Abri uma conta anônima, escolhi o site de fofocas que ela mais abominava, escrevi um e-mail contando tudo que eu sabia sobre a pequena Sankofa, anexei a imagem de seu "certificado de adoção" e cliquei em enviar. Satisfeita, fui tomar meu café da manhã, esperando, creio eu, ser recebida como uma heroína. Mas quando contei aos meus amigos o que tinha feito — e o que eu achava que aquilo significava — o rosto de James ficou severo como a estátua medieval de São Maurício no corredor, e Darryl retirou os óculos, sentou e ficou piscando os olhos para o tampo de pinho da mesa de jantar. Ele me disse esperar que eu entendesse como era grande o amor que ele e James sentiam por mim após um convívio tão breve — justamente porque me amavam, podiam me dizer a verdade — e que a única coisa que meu e-mail significava era que eu ainda era muito jovem.

Dez

Acamparam em frente à casa de Aimee. Dois dias depois —
para a minha vergonha — estavam batendo à porta de James e
Darryl. Mas essa parte era obra de Judy, que plantou uma notícia
sem citar nomes: ato ilegal, "ex-funcionária vingativa"... Judy vinha de outra era, na qual notícias que não citavam nomes permaneciam assim e você podia controlar a história. Conseguiram meu
nome em poucas horas, e logo em seguida a minha localização,
Deus sabe como. Talvez Tracey tenha razão: talvez sejamos ras-
treados incessantemente através de nossos celulares. Fiquei na
cama enquanto James me trazia xícaras de chá e abria e fechava a
porta para um repórter insistente, e vi a maré virar em tempo real
no meu laptop, ao lado de Darryl, à medida que o dia ia passando.
Sem fazer nada diferente, sem tomar nenhuma atitude, deixei de
ser a subordinada aproveitadora de Judy e me transformei na de-
latora do Povo, tudo isso em poucas horas. Recarregar página, recarregar página. Viciante. Minha mãe ligou e disse, mesmo antes
que eu tivesse tempo de perguntar como ela estava: "Alan me
mostrou no computador, e eu acho que foi um ato muito corajoso.

Você sempre foi um pouco covarde, sabe, ou não exatamente covarde — um pouco tímida. É culpa minha, protegi você demais, provavelmente, deixei você mimada. Essa é a primeira coisa realmente corajosa que vejo você fazer, e estou muito orgulhosa!". Quem era Alan? A voz dela parecia pastosa e um pouco diferente, mais artificialmente empolada do que nunca. Perguntei com cuidado a respeito de seu estado de saúde. Ela não entregou nada — tinha ficado gripada, mas já estava boa — e embora eu soubesse que era mentira, ela soou tão convicta que pareceu verdade. Prometi que faria uma visita tão logo pisasse em Londres, e ela disse "Sim, sim, eu sei", com uma convicção bem menor que antes.

A próxima ligação que atendi era de Judy. Ela me perguntou se eu queria ir embora. Já tinha uma passagem aérea comprada para mim, no próximo voo noturno. No destino haveria um apartamento que eu poderia usar por alguns dias, perto do campo de críquete Lord's, até que as coisas se acalmassem. Tentei agradecer. Ela deu sua risada de foca.

"Pensa que estou fazendo isso por você? Qual é o seu *problema*, caralho?"

"Está bem, Judy, já falei que vou aceitar a passagem."

"Muito bondoso da sua parte, fofa. Depois da montanha de merda que jogou em cima de mim."

"E Lamin?"

"E Lamin o *quê*?"

"Ele esperava vir para a Inglaterra. Você não pode simplesmente…"

"Você é ridícula."

A ligação foi encerrada.

Depois que o sol se pôs e o último homem em frente à porta foi embora, deixei minhas caixas com James e Darryl e chamei um táxi na Lennox Avenue. O motorista tinha um tom de pele dos mais escuros, como Hawa, e tinha um nome provável, e eu estava numa fase de encontrar símbolos e sinais por toda parte. Me inclinei para a frente com meu entusiasmo de mochileira e minha miscelânea de fatos locais e perguntei de onde ele vinha. Ele era senegalês, mas isso não me impediu muito: falei sem parar desde o Midtown Tunnel até o bairro Jamaica. Ele batia no volante às vezes com o punho direito, suspirava e dava risada.

"Então você sabe como é, lá na nossa terra! Aquela vida do vilarejo! Não é fácil, mas é a vida que me dá saudade! Mas, irmã, você devia ter ido nos visitar! Podia ter simplesmente andado até lá!"

"Na verdade, sabe esse amigo de quem estava falando", falei, tirando os olhos por um instante da tela do celular, "esse do Senegal? Acabamos de combinar um encontro em Londres, eu estava mandando uma mensagem para ele agora mesmo." Refreei o impulso de contar para aquele estranho que, do alto de minha generosidade, eu havia comprado a passagem aérea de Lamin.

"Ah, muito bom, muito bom. Londres é melhor? Mais bom do que aqui?"

"É diferente."

"Faz vinte e oito anos que estou aqui. Aqui é muito estressante, precisa ter raiva o tempo todo pra sobreviver aqui, você se alimenta da raiva... é pesado."

Estávamos estacionando no embarque do JFK, e quando tentei lhe dar uma gorjeta, ele a devolveu.

"Obrigado por visitar meu país", ele disse, esquecendo que eu não tinha ido.

Onze

Agora todos sabem quem você realmente é.

Quando meu voo pousou, a nossa antiga dança da infância já havia se espalhado pelo mundo. Acho interessante que Tracey só tenha enviado a mensagem para mim dois dias depois. Na sua visão das coisas, os outros saberiam quem eu realmente sou antes de mim mesma — mas talvez seja sempre assim. Aquilo me lembrou de como ela conduzia nossas primeiras histórias de dançarinas de balé em perigo, de como me corrigia e editava: "Não: essa parte aqui". "Ficaria melhor se ela morresse na página dois." Deslocando e reorganizando as coisas para criar o maior impacto possível. Agora ela havia atingido o mesmo efeito com a minha vida, posicionando o começo da história num ponto anterior, para que tudo que viesse depois dele pudesse ser lido como a consequência doentia de uma obsessão permanente. A versão dela era mais convincente que a minha. Extraía das pessoas as reações mais estranhas. Todo mundo queria ver o vídeo, mas ninguém podia: foi retirado do ar pouco depois de ser postado, seja lá onde for. Para alguns — para você, talvez — ele flertava com a pornografia infantil, se não na intenção, pelo menos no efeito. Outras o consideravam apenas abusivo, embora seja difícil definir exatamente quem está abusando de quem. Crianças podem se abusar entre si? Haveria no vídeo algo além de duas meninas fazendo palhaçadas, duas meninas simplesmente dançando — duas meninas pardas dançando como adultas —, copiando os movimentos dos adultos de maneira inocente, mas também habilidosa, como meninas pardas não raro sabem fazer? E se você pensar ainda mais além, onde está o problema, exatamente, nas meninas do vídeo — ou em você? Qualquer coisa dita ou pensada a respeito do vídeo tende a fazer o espectador se sentir cúmplice: o melhor é nem assistir. Essa é a única superioridade moral disponível. Do contrário, há apenas essa nuvem de culpa que não pode ser propriamente definida, mas que ainda assim você sente. Até eu, assistindo ao vídeo, tive um pensamento incômodo: bem, se uma menina se comporta dessa maneira aos dez anos, ela poderá ser considerada inocente alguma vez na vida? O que ela não fará aos quinze, aos vinte e dois — aos trinta e três? O desejo de estar do lado da inocência é muito grande. Ele pulsava do meu celular em ondas, em todos aqueles posts, textões e comentários. A bebê, em contraste, era inocente, a bebê não podia ter culpa de nada. Aimee amava a bebê, os pais naturais da criança amavam Aimee, queriam que ela criasse sua filha. Judy espalhou essa mensagem aos quatro ventos. Quem tinha o direito de julgar? Quem eu pensava que era?

Agora todos sabem quem você realmente é.

A maré virou outra vez, com força e empatia imensas, na direção de Aimee. Mas ainda havia pessoas na porta do flat alugado por Judy, apesar de todas as suas providências e as promessas do porteiro, e no terceiro dia saí de lá com Lamin e fui para o apartamento de minha mãe na Sidmouth Road, que eu sabia constar em todos os registros como pertencente a Miriam. Não havia ninguém na porta. Quando toquei a campainha, não houve resposta, e o celular da minha mãe caiu na caixa postal. Finalmente, uma vizinha nos abriu a porta. Ela pareceu confusa — chocada — quando perguntei onde estava minha mãe. Aquela mulher também saberia, agora, quem eu realmente era: o tipo de filha que não sabia que a mãe estava numa clínica em estado terminal.

O apartamento lembrava todos os lugares em que minha mãe havia morado, com livros e papéis empilhados por toda parte, só que num grau mais elevado: o espaço para morar de fato havia diminuído. As cadeiras serviam de prateleiras para livros, bem como todas as mesas disponíveis, uma boa parte do piso e as superfícies da cozinha. Mas não era apenas caos, havia uma certa lógica. A cozinha estava dominada por ficção de diáspora e poesia, no banheiro havia principalmente livros sobre a história caribenha. Havia uma parede só de narrativas de escravos e estudos relacionados, indo do quarto dela até a caldeira na outra ponta do corredor. Encontrei o endereço da clínica na porta da geladeira, estava escrito com a letra de uma outra pessoa. Me senti triste e culpada. A quem ela havia solicitado que escrevesse o bilhete? Quem a levou de carro até a clínica? Tentei arrumar um pouco o apartamento. Lamin me ajudou, sem se esforçar muito — estava acostumado a ter mulheres fazendo esse tipo de tarefa por ele, e logo sentou no sofá da minha mãe para assistir televisão no mesmo aparelho antigo e pesado da minha infância, que estava meio escondido atrás de uma poltrona para que ficasse bem claro que jamais era usado. Carreguei pilhas de livros para lá e para cá, fazendo pouco progresso, e em pouco tempo desisti. Sentei na escrivaninha de minha mãe, de costas para Lamin, abri o laptop e retomei a atividade que havia me ocupado inteiramente na véspera, pesquisei a mim mesma, li sobre mim mesma, e procurei Tracey por tabela. Não era difícil encontrá-la. Era em geral o quarto ou quinto comentário, e ela sempre chegava metendo o pé na porta, todas as vezes, sem poupar nada, agressiva, transbordando conspirações. Ela usava muitos apelidos. Alguns eram bem sutis: referências minúsculas a momentos da nossa trajetória juntas, canções de que gostávamos, brinquedos que possuíramos ou recombinações numéricas do ano em que havíamos nos conhecido ou de nossas datas de nascimento. Percebi que ela gostava de usar as palavras "sórdido" e "vergonhoso", e a expressão "Onde estavam as mães dessas duas?". Sempre que eu via essa frase, ou alguma variação dela, sabia que era Tracey. Encontrei-a em toda parte, nos lugares mais improváveis. Nos blogs de outras pessoas, nos rodapés de artigos de imprensa, em linhas do tempo no Facebook, atacando qualquer um que não concordasse com seus argumentos. Enquanto seguia seu rastro, os programas de televisão idiotas passavam um atrás do outro nas minhas costas. Quando me virava para ver o que Lamin estava fazendo, o encontrava sempre parado como uma estátua, assistindo.

"Pode baixar um pouquinho?"

Ele havia aumentado o volume de repente no meio de um programa de reforma de casas, do tipo que em certa época meu pai gostava de assistir.

"O homem está falando sobre Edgware. Tenho um tio em Edgware. E um primo."

"Tem?", falei, tentando não demonstrar demais minha esperança. Esperei uma resposta, mas ele voltou a dedicar atenção ao programa. O sol se pôs. Meu estômago começou a roncar. Não me mexi na cadeira, estava concentrada demais em caçar Tracey, em forçá-la a sair de seu esconderijo, e checando uma janela secundária a cada quinze minutos para ver se ela havia invadido minha caixa de entrada. Mas os métodos que usava comigo não pareciam ser os mesmos que usara contra minha mãe. A única coisa que me enviou foi aquele e-mail de uma linha.

* * *

Às seis começou o noticiário. Lamin ficou muito abalado com a revelação de que o povo da Islândia tinha empobrecido de maneira repentina e catastrófica. Como algo assim podia acontecer? Uma colheita fracassada? Um presidente corrupto? Mas era novidade para mim também, e como não entendi tudo que o apresentador disse, não pude fornecer uma interpretação. "Talvez a gente também veja uma notícia sobre Sankofa", aventou Lamin, e eu ri alto, fiquei em pé e falei que não colocavam esse tipo de bobagem no noticiário noturno. Vinte minutos depois, eu estava investigando a geladeira cheia de produtos estragados quando Lamin me chamou de volta à sala. Era a matéria de fechamento no noticiário para valer, o jornal da British Broadcast, como ele dizia, e ali no canto superior direito estava um retrato de Aimee tirado de um banco de imagens. Nos sentamos na borda do sofá. Corte para um escritório iluminado por lâmpadas fluorescentes em algum lugar, com um quadro torto do presidente vitalício com cara de sapo na parede, na frente do qual estão sentados os pais biológicos vestindo roupas de aldeia, parecendo desconfortáveis e com calor. Uma mulher de uma agência de adoção estava sentada ao lado deles, fazendo a tradução. Tentei lembrar se a mãe era a mesma pessoa que vi naquele dia na cabana de chapas de aço, mas não tive certeza. Escutei a mulher da agência explicar a situação para o correspondente estrangeiro sentado em frente a todos eles, ele vestia uma versão do meu velho uniforme amassado de linho e calças cáqui. Tudo havia sido feito de acordo com os procedimentos corretos, o que havia vazado não era o certificado de adoção, de maneira alguma, era apenas um documento intermediário, claramente não destinado ao público, os pais estavam satisfeitos com a adoção e compreendiam o que haviam assinado.

"A gente não tem problemas", disse a mãe em inglês trepidante, sorrindo para a câmera.

Lamin pôs as duas mãos atrás da cabeça, afundou novamente no sofá e me ofereceu um provérbio: "Dinheiro faz os problemas sumirem".

Desliguei a televisão. O silêncio se espalhou pela casa, não tínhamos absolutamente nada a dizer um ao outro, o terceiro ponto do nosso triângulo havia se evaporado. Dois dias antes, eu ficara satisfeita com aquele meu gesto drástico — assumir uma obrigação negligenciada por Aimee —, mas o gesto em si havia obscurecido a realidade de Lamin: Lamin em minha cama, Lamin naquela sala de estar, Lamin em minha vida por tempo indeterminado. Ele não tinha emprego nem dinheiro. Suas qualificações conquistadas com muito esforço não serviam para nada ali. Cada vez que eu saía da sala — para fazer um chá ou ir ao banheiro — meu primeiro pensamento ao vê-lo de novo era: o que você está fazendo na minha casa?

Às oito, encomendei comida etíope. Enquanto comíamos, mostrei-lhe no Google Maps onde estávamos situados em relação ao resto de Londres. Mostrei-lhe onde ficava Edgware. As várias maneiras de chegar a Edgware.

"Vou visitar minha mãe amanhã, mas sinta-se livre para ficar aqui, obviamente. Ou, tipo, sair explorando a cidade."

Quem nos visse aquela noite teria pensado que havíamos nos conhecido poucas horas antes. Me senti distante dele novamente, de sua autossuficiência orgulhosa e sua capacidade de silêncio. Ele não era mais o Lamin de Aimee, mas também não era o meu. Eu não fazia ideia de quem ele era. Quando ficou claro que meus assuntos geográficos haviam se esgotado, ele ficou em pé e, sem nenhum debate prévio, foi para o quartinho de visitas. Eu fui para o quarto de minha mãe. Fechamos nossas portas.

* * *

A clínica para doentes terminais ficava em Hampstead, num beco sem saída sossegado e arborizado, a um pulo do hospital em que nasci e a poucas ruas de distância de onde morava o Conhecido Ativista. O outono era belo ali, castanho-avermelhado e dourado contra os tijolos vermelhos daquele monte de prédios vitorianos caros, e me vieram potentes memórias associativas de minha mãe caminhando por ali em manhãs vivas como aquela, de braços dados com o Conhecido Ativista, deplorando os aristocratas italianos e banqueiros norte-americanos, os oligarcas russos e as lojas chiques de roupa infantil, os porões sendo desenterrados. O fim de um ideal boêmio perdido havia muito, que dizia respeito a um lugar que ela estimava tanto. Ela tinha quarenta e sete anos naquela época. Tinha apenas cinquenta e sete agora. De todos os futuros que eu havia imaginado para ela naquelas ruas, a realidade atual devia ser o mais improvável. Quando eu era criança, ela era imortal. Eu não podia imaginá-la deixando esse mundo sem derrubar suas estruturas. E agora, em vez disso, aquela rua silenciosa, aquelas gingko bilobas deixando cair folhas douradas.

Dei meu nome no balcão de atendimento e um pouco depois um enfermeiro jovem veio me receber. Ele me avisou que minha mãe estava sob efeito de morfina e às vezes ficava confusa, e só então me levou até seu quarto. Nada me chamou a atenção naquele enfermeiro, ele me pareceu completamente genérico, mas quando ele abriu a porta do quarto minha mãe se ergueu na cama e gritou: "Alan Pennington! Então você conheceu o famoso Alan Pennington!".

"Mãe, sou eu."

"Ah, eu sou Alan", disse o enfermeiro, e me virei para dar outra boa olhada naquele homem que era alvo do sorriso radiante de minha mãe. Era baixo, tinha cabelos castanho-claros, pequenos olhos azuis, um rosto um pouco rechonchudo e um nariz comum coberto por algumas sardas. A única coisa que parecia fora do normal para mim, no contexto de todos os enfermeiros nigerianos, poloneses e paquistaneses que conversavam nos corredores, era sua aparência tão inglesa.

"Alan Pennington é famoso por aqui", disse minha mãe, acenando para ele. "Sua bondade é lendária."

Alan Pennington sorriu para mim, mostrando um par de incisivos pontudos, como os de um cachorrinho.

"Vou deixá-las a sós", disse.

"Como você está, mãe? Sente muita dor?"

"Alan Pennington", ela me informou depois que a porta foi fechada, "só trabalha para os outros. Sabia disso? A gente ouve falar dessas pessoas, mas conhecê-las é outra coisa. Claro, eu trabalhei para os outros a vida toda — mas não desse jeito. Todos eles são assim por aqui. Primeiro foi uma garota de Angola, Fátima, muito boazinha, ela também era assim... mas teve que ir embora, infelizmente. Depois veio Alan Pennington. Perceba: ele é um cuidador. Nunca pensei com profundidade nessa palavra. Alan Pennington *cuida*."

"Mãe, por que insiste em chamá-lo de Alan Pennington desse jeito?"

Minha mãe me encarou como se eu fosse uma idiota.

"Porque é o nome dele. Alan Pennington é um cuidador que *cuida*."

"Sim, mãe, é o que os cuidadores são pagos para fazer."

"Não, não, não, você não entende: ele *cuida*. Cada coisa que faz por mim! Ninguém deveria ter de fazer essas coisas por outro ser humano — mas ele faz por mim!"

Cansada do assunto Alan Pennington, eu a convenci a me

deixar ler em voz alta um livro fino que estava sobre a mesinha de cabeceira, uma pequena edição do conto "Sonny's Blues", até que o almoço chegasse numa bandeja trazida por Alan Pennington. "Mas não posso comer isso", minha mãe lamentou quando Alan acomodou a bandeja sobre seu colo.

"Bem, vamos fazer assim, vou deixar a bandeja com você por vinte minutos, e se tiver absoluta certeza de que não pode comer, toque a campainha e venho buscar. Pode ser? Parece uma boa?"

Fiquei esperando minha mãe descascar Alan Pennington — ela odiou a vida toda ser tratada com condescendência ou como uma criança —, mas ela fez que sim e manteve um ar sério, como se aquela fosse uma proposta muito sábia e generosa, pegou as mãos de Alan com suas mãos trêmulas e espectrais e disse: "Obrigada, Alan. Por favor, não se esqueça de voltar".

"Como esquecer a mulher mais bonita do pedaço?", disse Alan, embora fosse evidentemente gay, e minha mãe, feminista desde o berço, riu como uma garotinha. E os dois permaneceram daquele jeito, de mãos dadas, até Alan sorrir e soltá-la para ir cuidar de outras pessoas, deixando-nos à própria sorte. Um pensamento aberrante me ocorreu, odiei tê-lo: desejei que Aimee estivesse ali comigo. Eu estivera em leitos de morte ao lado de Aimee, quatro vezes, e em todas elas sentira admiração e humildade diante de seu modo de lidar com doentes terminais, da honestidade, afeto e simplicidade que ninguém mais no quarto parecia capaz de igualar, nem mesmo os familiares. A morte não a assustava. Ela a encarava, se envolvia com a pessoa que estava morrendo sem desviar os olhos de sua atual condição, por mais extrema que fosse, sem nostalgia nem otimismo falso, aceitando seu pavor quando estavam apavoradas, ou a dor que porventura sentissem. Quantas pessoas são capazes de manter essas posturas supostamente descomplicadas? Lembro de uma amiga dela, uma pintora que havia perdido décadas de vida por causa da anorexia que acabou por matá-la, deitada no seu leito de morte, dizendo a Aimee: "Meu Deus, Aim — Acho que desperdicei tempo pra caralho!". E Aimee respondeu: "Mais do que você pensa". Aquela mulher que parecia feita de palitos em meio aos lençóis, com a boca escancarada, ficou tão chocada que desatou a rir. Mas era verdade, ninguém mais tinha coragem de lhe dizer isso, e os moribundos, descobri, anseiam pela verdade. Não falei verdade alguma à minha mãe, me limitei à conversinha de sempre, li um pouco mais de seu adorado James Baldwin, escutei anedotas sobre Alan Pennington e ergui seu copo de suco para que ela pudesse beber pelo canudo. Ela sabia que eu sabia que ela estava morrendo, mas por alguma razão — bravura, negação, delírio — ela não fez nenhuma menção a isso em minha presença, a não ser quando perguntei onde estava o celular dela e por que não o havia atendido, ao que ela disse: "Olha, não quero gastar o tempo que ainda me resta com aquela porcaria".

Encontrei o celular na gaveta de sua mesinha de cabeceira, dentro de um saco plástico de lavanderia da clínica, junto com um terno e calça, uma pasta cheia de papéis, um manual de conduta parlamentar e o seu laptop.

"Não precisa usá-lo", falei, ligando o aparelho e deixando-o sobre a mesinha. "Mas deixe-o ligado para que eu possa falar com você."

O alarme de notificações começou a tocar — o celular vibrou e dançou sobre a bancada — e minha mãe olhou para ele tomada por uma espécie de horror.

"Não, não, não — não quero! Não quero que fique ligado! Por que você foi *fazer* isso?"

Conferi o celular. Vi e-mails não lidos, dezenas e dezenas deles preenchendo a tela, com assuntos abusivos, todos enviados a partir do mesmo endereço. Comecei a lê-los, tentando resistir àquele catálogo de dores: dificuldades para manter cuidados com os filhos, atrasos no aluguel, brigas com assistentes sociais. Os mais recentes eram também os mais agitados: ela temia que tirassem os filhos dela.

"Mãe, tem notícias recentes de Tracey?"

"Onde está Alan Pennington? Não quero comer isso."

"Meu Deus, você está tão doente — não devia ter que lidar com isso!"

"Alan não costuma esquecer de checar…"

"Mãe, tem notícias de Tracey?"

"NÃO! Já disse que não olho essa porcaria!"

"Não tem falado com ela?"

Ela deu um longo suspiro.

"Não recebo muitas visitas, querida. Miriam aparece. Lambert veio uma vez. Meus colegas do parlamento nunca vêm. Você está aqui. Como disse Alan Pennington: 'Você descobre quem são seus amigos'. Durmo a maior parte do tempo. Sonho bastante. Sonho com a Jamaica, com a minha avó. Volto no tempo…" Ela fechou os olhos. "Tive um sonho com sua amiga, logo que cheguei aqui, estava recebendo uma dose alta disso aqui" — ela mexeu o braço para mostrar a agulha na veia — "Sim, sua amiga veio me visitar. Eu estava dormindo, acordei e ela estava parada na porta, sem dizer nada. Depois voltei a dormir e ela sumiu."

Quando retornei ao apartamento, emocionalmente fragilizada, ainda sofrendo pela diferença de fuso horário, rezei para não encontrar Lamin, e ele tinha mesmo saído. Fiquei aliviada quando ele não voltou para jantar. Só na manhã seguinte, quando bati em sua porta, abri uma fresta e não vi nem ele nem sua mochila, me dei conta de que ele tinha ido embora. Liguei e caiu na caixa postal. Liguei a cada duas ou três horas durante quatro dias e o resultado foi o mesmo. Eu havia me concentrado tanto em decidir como lhe daria a notícia de que ele precisava partir, de que não tínhamos um futuro juntos, que não fui capaz de imaginar nem por um segundo que ele estava o tempo todo planejando como escapar de mim.

Sem ele, e sem a TV ligada, o apartamento permanecia em total silêncio. Éramos só eu e meu computador, e às vezes o rádio, onde mais de uma vez escutei a voz do Conhecido Ativista, que seguia com a bola toda, cheio de opiniões. Mas a notícia a meu respeito estava sumindo, on-line e em todas as outras mídias, e todos aquele comentários ardendo como fogueiras na noite já haviam se consumido, restando apenas cinzas na escuridão. Me sentindo perdida, passei o dia enviando e-mails a Tracey. Eles começaram dignos e cheios de razão, depois foram se tornado sarcásticos, depois irados, depois histéricos, até eu perceber que ela me afetava mais com seu silêncio do que eu jamais poderia afetá-la com minhas palavras. Seu poder sobre mim ainda é o mesmo, um julgamento, e vai muito além das palavras. Nenhum argumento meu mudará o fato de que fui sua única testemunha, de que sou a única pessoa que conhece seus potenciais, tudo que foi ignorado e desperdiçado, e que mesmo assim a deixei lá atrás, na hoste dos esquecidos, onde você precisa berrar para ser ouvido. Mais tarde descobri que Tracey tinha um longo histórico de e-mails enraivecidos. Para um diretor do Tricycle que não a havia escalado, no entendimento dela, por causa da cor de sua pele. Para os professores da escola de seu filho. Para uma enfermeira da clínica de seu médico. Mas nada disso modifica o julgamento. Se ela estava atormentando minha mãe em seu leito de morte, se ela estava tentando arruinar a minha vida, se ela estava presa naquele apartamentinho claustrofóbico, vendo meus e-mails se acumularem em seu celular e optando por nem os abrir — não importava o que estivesse fazendo, eu sabia que se tratava de um julgamento da minha pessoa. Eu era sua irmã: meu dever por ela era sagrado. Mesmo que só nós duas pudéssemos entender e reconhecer isso, não deixava de ser verdade.

Saí algumas vezes do apartamento para ir à lojinha da esquina comprar cigarros e pacotes de macarrão, mas fora isso não vi ou falei com ninguém. À noite eu pegava aleatoriamente algum livro de minha mãe, tentava ler um pouco, perdia o interesse e começava outro. Comecei a achar que estava com depressão e precisava conversar com outro ser humano. Ficava olhando para o meu novo celular pré-pago, vendo a pequena lista de contatos que havia resgatado do meu aparelho de trabalho anterior, que havia sido sumariamente desativado, e tentava imaginar como se daria cada interação, se eu conseguiria de algum jeito conduzir a conversa até o fim, mas cada possível diálogo se assemelhava a uma cena de uma peça de teatro na qual eu representava a pessoa que havia sido por tanto tempo, que parece estar almoçando com você, mas que na verdade está com a atenção voltada a Aimee, trabalhando para Aimee, pensando em Aimee, dia e noite, noite e dia. Liguei para Fern. Depois de um toque longo de chamada internacional, ele atendeu com um *"Hola"*. Estava em Madrid.

"Trabalhando?"

"Viajando. Será meu ano de folga. Não sabia que eu me demiti? Mas estou muito feliz de estar livre!"

Perguntei a razão, esperando um ataque pessoal dirigido a Aimee, mas sua resposta não tinha nenhum aspecto pessoal, ele estava preocupado com as "distorções" que o dinheiro dela vinha provocando no vilarejo, com o colapso dos serviços públicos na região e com o relacionamento ingênuo e conivente da fundação com o governo. À medida que ele falava, lembrei com vergonha de uma diferença que havia entre nós. Eu sempre me apressava em levar tudo para o lado pessoal, enquanto Fern enxergava os problemas grandes e estruturais.

"Foi bom você ter ligado, Fern."

"Não, não liguei. Você que ligou."

Ele deixou o comentário no ar. Quanto mais o tempo passava, mais difícil era pensar em algo para dizer.

"Por que me ligou?"

Escutei sua respiração por mais alguns segundos, e então meus créditos acabaram.

Cerca de uma semana depois, ele me enviou um e-mail para dizer que estava numa breve passagem por Londres. Eu não tinha falado com ninguém além da minha mãe durante vários dias. Nos encontramos em South Bank, na janela panorâmica do Film Café, e sentamos lado a lado, de frente para as águas, e relembramos um pouco o passado, mas foi estranho, eu ficava amargurada com qualquer coisa, todo pensamento me arrastava para a escuridão, para algo doloroso. Fiquei apenas reclamando, e por mais que percebesse o quanto isso o irritava, não consegui parar.

"Bem, podemos dizer que Aimee vive dentro de uma bolha", ele disse, me interrompendo, "e a sua amiga também, e eu diria que é também o seu caso. Talvez isso valha para todos nós. Muda o tamanho da bolha, só isso. E quem sabe a espessura da — como de diz isso em inglês? — pele — película. A camada fina que reveste a bolha."

O garçom chegou e prestamos a máxima atenção ao que ele fazia. Quando ele saiu, ficamos olhando um barco de turismo navegar pelo Tâmisa.

"Ah! Sei o que eu queria contar pra você", ele disse de repente, batendo no balcão e fazendo um pires tremer. "Lamin me procurou. Ele está bem — está em Birmingham. Queria uma carta de recomendação minha. Espera conseguir estudar. Trocamos alguns e-mails. Descobri que Lamin é um fatalista. Ele me escreveu: 'Vir a Birmingham era o meu *destino*. Então eu estava sempre vindo para cá'. Não é engraçado? Não? Bem, talvez eu esteja usando a palavra errada em inglês. Quero dizer que para Lamin o futuro é tão definido quanto o passado. É uma teoria da filosofia."

"Soa como um pesadelo."

Fern pareceu outra vez perplexo: "Talvez eu esteja me expressando mal. Não sou filósofo. Para mim significa algo simples, como dizer que o futuro já está lá esperando por você. Por que não aguardar, ver o que ele nos traz?".

Havia tanta esperança em seu olhar que acabei rindo. Recuperamos um pouco do nosso velho ritmo amistoso e conversamos por um longo tempo, e pensei que não era impossível haver um futuro no qual eu teria sentimentos por ele. Estava me acostumando à ideia de que não iria a lugar algum, de que não havia mais motivo para pressa, eu não teria de embarcar no próximo avião. O tempo agora estava a meu favor também. Naquela tarde, tudo parecia se oferecer abertamente para mim, o que era uma espécie de choque, eu não sabia o que aconteceria nos próximos dias ou mesmo nas próximas horas — uma sensação inédita. Fiquei surpresa ao tirar os olhos da minha segunda xícara de café e constatar que o dia estava indo embora e que a noite quase nos encobria.

Mais tarde ele quis pegar o metrô em Waterloo, era a melhor estação para mim também, mas em vez disso me despedi e optei por usar a ponte. Ignorei as duas barreiras, caminhei bem pelo centro, por cima do rio, até chegar ao outro lado.

Epílogo

Na última vez em que vi minha mãe viva, conversamos sobre Tracey. Isso soa insuficiente: Tracey era a única coisa que tornava viável conversarmos. Na maior parte do tempo, minha mãe se sentia cansada demais para falar ou ouvir, e pela primeira vez em sua vida os livros não lhe exerciam atração alguma. Em vez disso eu cantava para ela, o que parecia lhe agradar — desde que eu me limitasse aos clássicos da Motown. Assistíamos televisão juntas, algo que nunca tínhamos feito, e eu jogava conversa fora com Alan Pennington, que aparecia de vez em quando para checar os soluços violentos de minha mãe, o estado de suas fezes e seus delírios. Ele trazia o almoço, que ela não conseguia nem olhar, muito menos comer, mas naquele nosso último dia juntas, assim que Alan saiu do quarto, ela abriu os olhos e me disse com uma voz calma e firme, como se comentasse um fato evidente e objetivo — como o clima na rua ou o conteúdo de seu prato —, que era chegada a hora de "fazer algo a respeito" da família de Tracey. Primeiro pensei que ela estivesse perdida no passado, como vinha sendo comum naqueles dias finais, mas de repente me dei conta de que estava falando das crianças, dos filhos de Tracey, embora ela não diferenciasse muito entre o que imaginava ser a realidade deles, a história de nossa própria família e uma outra história mais profunda: foi o seu derradeiro discurso. Ela trabalha demais, disse minha mãe, e as crianças nunca a veem, e agora querem tirar meus filhos de mim, mas seu pai era muito bom, muito bom, e com frequência me pergunto: fui uma boa mãe? Fui? E agora querem tirar meus filhos de mim... Mas eu era apenas uma estudante, estou estudando, porque você precisa aprender a sobreviver, e fui uma mãe e preciso aprender, pois sabia que prendiam qualquer um de nós que fosse visto lendo ou escrevendo, ou chicoteavam, ou coisa ainda pior, e quem fosse pego nos ensinando a ler ou escrever recebia o mesmo tratamento, cadeia ou chicote, era a lei na época, era muito severa, e assim fomos retirados do nosso tempo e lugar e depois impedidos de ao menos *conhecer* nosso tempo e lugar — e isso é o pior que se pode fazer a um povo. Mas não sei se Tracey era uma boa mãe, embora eu tenha feito o meu melhor para criá-los, mas sei com certeza que seu pai era muito bom, muito bom...

Eu lhe disse que ela era boa. O resto não importava. Eu lhe disse que todos tinham feito o seu melhor dentro de seus limites próprios. Não sei se ela me ouviu.

Estava recolhendo as minhas coisas quando ouvi Alan Pennington chegando no corredor, cantando com sua voz monocórdica e sem melodia uma das canções de Otis que estava entre as favoritas de minha mãe, sobre ter nascido à beira de um rio e estar correndo desde então. "Ouvi você cantar essa ontem", ele me disse ao aparecer na porta, animado como sempre. "Você tem uma voz linda. Sua mãe tem muito orgulho de você, sabia, vive falando de você."

Ele sorriu para a minha mãe. Mas ela estava muito longe de Alan Pennington.

"Está claro como a luz do dia", ela murmurou, fechando os olhos enquanto eu me levantava para ir embora. "Eles devem ficar com você. O melhor lugar possível para aquelas crianças é a seu lado."

Passei o restante da tarde alimentando aquela fantasia, não com muita seriedade, creio, era somente uma trilha sonora de sonho em Technicolor tocando na minha cabeça: uma família que já vinha pronta, se apresentando aqui e agora, preenchendo a minha vida. No dia seguinte, dei uma caminhada matinal no perímetro descampado do parque recreativo de Tiverton, enquanto o vento fustigava as cercas e carregava os gravetos arremessados aos cães, e quando me dei conta segui caminhando na direção oposta ao apartamento, deixando para trás a estação que me levaria à clínica. Minha mãe morreu às 10h12, bem na hora em que virei a esquina da Willesden Lane.

A torre residencial de Tracey surgiu adiante, acima dos castanheiros-da-índia, e com ela veio a realidade. Aqueles não eram os meus filhos, eles jamais seriam os meus filhos. Teria dado meia-volta, como se tivesse despertado de um passeio sonâmbulo, não fosse por uma ideia que me ocorreu de repente, uma ideia nova me dizendo que eu poderia ajudar de outra forma, oferecendo algo mais simples, mais honesto, situado em algum ponto entre o conceito de salvação de minha mãe e coisa alguma. Impaciente, saí da trilha e atravessei o gramado até a passarela coberta. Estava entrando na escadaria quando ouvi uma música que me fez parar e olhar para o alto. Ela estava bem acima de mim, na sacada, de roupão e pantufas, com as mãos no ar, girando e girando com as crianças ao redor, todo mundo dançando.

Agradecimentos

Obrigada aos leitores do primeiro manuscrito: Josh Appignanesi, Daniel Kehlmann, Tamsin Shaw, Michael Shavit, Rachel Kaadzi Ghansah, Gemma Seiff, Darryl Pinckney, Ben Bailey-Smith, Yvonne Bailey-Smith e especialmente Devorah Baum, pelo apoio quando mais precisei.

Um agradecimento especial a Nick Laird, que leu primeiro e viu a tempo o que precisava ser feito a respeito do tempo.

Obrigada aos meus editores e agente: Simon Prosser, Ann Godoff e Georgia Garrett.

Obrigada a Nick Parnes, Hannah Parnes e Brandy Jolliff, por me lembrar de como era trabalhar nos anos noventa.

Obrigada a Eleanor Wachtel por me apresentar à incomparável Jeni LeGon.

Obrigada a Steven Barclay por um lugarzinho em Paris quando eu mais precisava.

Devo muito ao Dr. Marloes Janson, cujo envolvente, ponderado e inspirador estudo antropológico *Islam, Youth, and Modernity in the Gambia: The Tablighi Jama'at* teve importância inestimável, trazendo o contexto para as minhas impressões e possíveis respostas para as minhas perguntas, e fornecendo boa parte dos fundamentos culturais desta história, além de ter ajudado a criar o clima e a textura de certas cenas do romance. Uma nota geográfica: North London, nestas páginas, é um estado de espírito. Algumas ruas podem não combinar com o que aparece no Google Maps.

Nick, Kit, Hal — amor e gratidão.

ESTA OBRA FOI COMPOSTA EM ELECTRA PELO ESTÚDIO O.L.M./ FLAVIO PERALTA
E IMPRESSA EM OFSETE PELA LIS GRÁFICA SOBRE PAPEL PÓLEN SOFT DA SUZANO
PAPEL E CELULOSE PARA A EDITORA SCHWARCZ EM OUTUBRO DE 2018

A marca FSC® é a garantia de que a madeira utilizada na fabricação do papel deste livro provém de florestas que foram gerenciadas de maneira ambientalmente correta, socialmente justa e economicamente viável, além de outras fontes de origem controlada.